Compilation Guerriers Blessés

Guerriers Blessés

Aurelia Skye

Published by Amourisa Press, 2023.

Table des Matières

Image de couverture : Depositphotos.com/

Conception de la couverture par Amourisa Designs

Edité par N.G., I.S., et CM Editing Services

Compilation Guerriers Blessés

Aurelia Skye

Quatrième De Couverture For Guerriers Blessés

LES ANCIENS SOLDATS Wyatt, Devon, Lex et Malcolm ont tous participé à la même expérience de contrôle mental qui a laissé des cicatrices psychiques sur les métamorphes. Ils s'efforcent de se remettre de ce que l'armée leur a fait subir lorsqu'ils apprennent qu'ils sont marqués pour la mort. Au début, ils se battent simplement pour survivre, mais leur quête les entraîne bientôt dans un voyage à la recherche de réponses, d'une occasion de mettre fin aux expériences illégales de façon permanente et d'une chance longtemps attendue d'obtenir justice pour eux-mêmes et pour leurs camarades tombés au combat. En chemin, ils rencontrent leurs compagnons de destin et découvrent que la vie ne se résume pas à la survie, et que l'amour est l'élément essentiel pour vivre vraiment.

Il s'agit du coffret de la série qui comprend les Quatre livres, qui doivent être lus dans l'ordre. Il s'agit d'une combinaison d'aspects paranormaux, de mystère, de suspense, de science-fiction et d'action. Le contenu est torride, il y a quelques jurons et des thèmes matures qui font de ce livre une lecture réservée aux adultes.

Chassé (Guerriers Blessés #1)

LORSQUE WYATT TOURNE le dos au monde - et à elle - Gillian sait qu'il est blessé et qu'il a besoin de temps pour se remettre des blessures que l'armée a infligées à son ours. Il accepte à contrecœur son aide alors qu'ils fuient un groupe secret envoyé pour éliminer les soldats métamorphes impliqués dans une expérience d'opérations secrètes, bien qu'il soit déterminé à garder une distance émotionnelle avec elle. Mais les ours s'accouplent pour la vie, et sa compagne humaine est tout aussi têtue que lui. Rien ne pourrait la blesser plus que de le perdre, et elle est justement celle qui peut aider son guerrier blessé à tourner la page sur le passé et à se tourner vers l'avenir - si tant est qu'ils aient un avenir...

Prologue

"TU ALLAIS AU MOINS dire au revoir ?"

Wyatt se raidit en poussant la dernière boîte à l'arrière de sa Jeep. Le ton familier de sa compagne l'avait fait sursauter, indiquant que son ours était bien enfoui, comme il l'avait prévu. Il aurait dû se sentir coupable de ses paroles, mais il ne ressentait pas grand-chose. Il s'arma de courage et se tourna vers elle, chassant les remords lorsqu'il vit l'expression de détresse de la jeune femme. "C'est mieux ainsi.

Gillian pose les mains sur ses hanches galbées et lui jette un regard noir. "Mieux pour qui ? Nous sommes censés nous marier, et tu vas juste partir ?"

Il recula les épaules, essayant de cacher toute trace de défensive. "La demande en mariage a été faite après que nous ayons terminé le lycée. Beaucoup de choses ont changé en Huit ans."

Ses grands yeux verts brillaient de larmes, mais il la connaissait suffisamment pour savoir qu'elle se battrait jusqu'au bout pour les laisser couler. Chaque fois qu'elle se mettait en colère, elle avait envie de pleurer. Il voyait bien qu'elle était furieuse contre lui, mais aussi blessée et déconcertée. Il n'avait pas besoin de l'odorat de son ours qui détectait ses phéromones pour le savoir. S'il s'était concentré, il aurait pu discerner cette information avec son ours, mais il essayait de réprimer ses instincts d'ours et de ne pas les faire ressortir.

"Quand nous avions treize ans, tu m'as dit que j'étais ta compagne. Cela n'a pas changé. Ça ne change pas pour les métamorphes d'ours."

Il grimaça, se souvenant du moment auquel elle faisait référence. C'était peu après que son ours ait commencé à s'agiter dans sa tête, et un jour il avait regardé sa camarade de classe - une fille qu'il connaissait depuis toujours, puisqu'ils avaient grandi dans la même petite ville - et elle avait été différente. Son ours avait poussé un grognement possessif dans sa tête, et il avait su à ce moment-là qu'elle leur appartenait.

Avec toute la sensibilité et la subtilité d'un camion Mack traversant une usine de nitroglycérine, il l'avait coincée un jour après l'école et lui avait fait part de sa révélation. Au début, elle avait été sceptique, mais il s'était déplacé pour elle et, une fois le secret révélé, elle n'avait plus douté de son sens de l'ours. Elle avait su dès lors qu'elle était sa compagne, et ils étaient restés ensemble depuis, à part les années où ils s'étaient séparés après le lycée, alors qu'il était dans l'armée, ne rentrant que brièvement à la maison pour les permissions.

Même à l'époque, elle n'avait montré aucun signe de doute. Alors qu'il s'était replié sur lui-même, elle était restée déterminée. Il ne l'avait pas vue du tout au cours des Trois dernières années, lorsque l'armée avait soudainement retiré à son équipe l'autorisation de quitter la base, sauf en cas de mission, mais lorsqu'il était enfin rentré à la maison, elle l'avait attendue.

Elle avait perdu son temps. Il était un homme nouveau, et son ours n'était plus qu'une présence maussade dans sa tête de temps en temps. Il avait besoin qu'il en soit ainsi, et après ce qui s'était passé cet après-midi-là, il devait partir et s'éloigner le plus possible des gens, y compris de Gillian.

Réalisant qu'il ne lui avait pas répondu, il lui dit : "Mon ours est pratiquement inexistant ces jours-ci. Je ne vais pas vous faire tenir une vieille promesse".

Son regard se durcit. "Je veux qu'on me tienne cette promesse. Je t'ai attendu. Même quand tu as perdu le contact et cessé d'appeler ou de rendre visite, je savais qu'il devait y avoir une bonne raison. Je n'ai pas renoncé à nous."

Il s'est efforcé de ne pas paraître émotif, bien qu'il y ait eu plus qu'un pincement au cœur lorsqu'il a prononcé les mots qu'il devait dire : "Je l'ai fait. Je pars."

Une seule larme s'échappa, et il sut que cela avait dû lui coûter cher de la laisser sortir. "Pourquoi pars-tu ? Cela n'a pas de sens. Tu n'es revenue que depuis quelques semaines. Tu ne veux pas parler de ce qui s'est passé et tu m'autorises à peine à te voir. Et maintenant, tu t'en vas ? Dis-moi ce qui se passe, Wyatt."

Il se concentre sur la question la plus pertinente. "Vous avez vu ce qui s'est passé cet après-midi. J'ai failli tuer Clayton Walsh."

Elle a fait un geste de la main, comme si cela ne la concernait pas. "Clayton Walsh est un crétin, et il était sur le point de frapper sa femme enceinte. Vous avez bien fait d'intervenir."

Certaines des émotions qu'il essayait d'étouffer remontèrent à la surface, dont une forte dose de colère. "Intervenir était la bonne chose à faire, mais se transformer en ours et s'acharner sur lui jusqu'à ce que six habitants de la ville soient obligés de me tirer de là ne l'était pas. Ce n'était pas à moi de rendre un verdict ou de rendre la justice. J'ai franchi la ligne entre protéger quelqu'un et presque tuer quelqu'un d'autre. Je ne peux pas contrôler l'ours, alors je dois m'éloigner des gens."

Elle croisa les bras sur sa poitrine, l'air placide. "Elle croisa les bras sur sa poitrine, l'air placide. Je viens avec toi alors."

Wyatt secoua la tête, se détournant d'elle pour finir de charger ses affaires et fermer la porte du cargo avant de se retourner vers elle. "Tu ne peux pas venir avec moi.

"Nous nous sommes promis pour toujours", dit-elle d'une voix claire et forte.

Il la regarde fixement. "Nous avions treize ans, et tout est différent maintenant."

Elle secoue la tête. "Je refuse de croire que tu as simplement cessé de m'aimer malgré ce qui t'est arrivé. Je veux être là pour toi et t'aider à surmonter cette épreuve. Si tu as besoin de t'éloigner des gens, nous irons quelque part tous les deux".

"Je ne suis pas sûr d'être là." Ses mots ressemblaient plus à un grognement qu'à de véritables syllabes, et il sentait son contrôle vaciller. "Je pourrais te faire du mal."

Elle secoue la tête. "Tu ne ferais jamais ça."

Avant qu'il ne puisse s'en empêcher, il s'élança vers l'avant, une main serrée autour de la gorge de la jeune femme et l'attirant plus près de lui. Il laissa transparaître dans ses yeux une partie de l'agitation intérieure, tandis que ses cheveux se hérissaient et commençaient à se transformer en fourrure sur ses bras. "Je ne peux pas le contrôler. Je dois m'en débarrasser, et jusqu'à ce que je le fasse, je suis un danger pour tous ceux que je côtoie."

Compte tenu de la façon dont il la tenait et de sa colère évidente, elle semblait remarquablement calme. "Qu'est-ce que tu veux dire par se débarrasser de ça ?"

"L'ours", dit-il avec un autre grognement en la repoussant brusquement. "Je ne peux pas le contrôler. Ils m'ont fait des choses..." Il s'interrompit, n'ayant aucunement l'intention de partager son cauchemar avec sa compagne.

Non, elle n'était plus sa compagne. Elle avait été identifiée par l'ours, et il devait se débarrasser de tout ce qui avait un rapport avec ce côté de sa nature, y compris Gillian.

"On ne peut pas se débarrasser de la moitié de sa nature. L'ours fait partie de toi. Laisse-moi t'aider, Wyatt." Elle lui tendit la main en parlant, la voix tremblante.

Il détourna le regard, trop tenté de céder ne serait-ce qu'un instant. Seul un bref instant passé à imaginer son corps brisé et déchiré après que son ours ait pris le dessus et se soit retourné contre elle lui permit de résister à la supplication dans sa voix et au besoin dans ses yeux. "Je ne peux pas t'emmener avec moi. Tu ne comprends pas que ça me détruirait si je te faisais du mal ? Et si je te tuais ?"

Elle renifla, s'essuyant les yeux du revers de la main. "Je suis sûre que tu ne ferais jamais ça."

"Et je suis tout aussi sûr que je le pourrais. Tu dois me laisser partir, Gillian, parce que je ne peux pas rester."

Elle secoue la tête. "Je viens avec toi", dit-elle encore.

"Si tu m'aimes encore, et il semble que ce soit le cas, tu dois me laisser faire ce qu'il faut. Tournez-vous et partez, à moins que vous ne vouliez me voir quitter la ville en voiture. Dis-moi au revoir maintenant et oublie-moi."

La tristesse se lisait dans son expression, et cette fois-ci, lorsque les larmes inondèrent ses yeux, elle ne tenta pas de les retenir. Il pouvait faire la différence avec ses larmes de colère, et s'il avait pu ressentir quoi que ce soit, son visage lui aurait brisé le cœur à ce moment-là. Heureusement pour eux deux, le temps qu'il avait passé à s'éloigner de l'ours avait aussi émoussé ses émotions, et il n'était pas capable de ressentir sa douleur assez profondément pour la laisser l'influencer.

Sans lui adresser un mot de plus, il se détourna et se dirigea vers l'avant de la Jeep. Il démarra le véhicule et s'avança. Dans un moment de faiblesse, il se permit un dernier coup d'œil dans le rétroviseur. Il ne fut pas surpris de voir Gillian toujours debout, les bras croisés sur sa poitrine et des larmes coulant sur son visage. C'était un spectacle déchirant, mais il continua à avancer, appuyant même plus fort sur l'accélérateur.

La quitter était la bonne chose à faire, la seule chose qu'il pouvait faire pour s'assurer qu'elle reste en sécurité. Elle s'en remettrait. Gillian n'était qu'une humaine, elle ne ressentait donc pas le lien de compagnon que son ours reconnaissait. Lui non plus ne le ressentait pas beaucoup en ce moment, et il était soulagé de ce sursis. Il avait suffisamment de culpabilité sur la conscience pour ne pas ajouter un autre visage à la longue liste qui défilait dans son esprit. Il était certain que Gillian allait surgir de toute façon, mais au moins il savait qu'il faisait ce qu'il fallait, même si cela la blessait.

Il traversa Shifter Springs sans regarder les bâtiments qui bordaient la petite rue principale. Il gardait le regard fixé droit devant lui, sauf lorsqu'il atteignait l'un des deux arrêts à Quatre voies de la ville. Il jeta un bref coup d'œil de gauche à droite pour s'assurer que la voie était libre et continua à avancer. Très vite, Shifter Springs ne fut plus qu'une poussière derrière ses roues.

Il était à environ trente minutes de la ville lorsqu'il a réalisé qu'il ne pouvait pas disparaître complètement. Il pourrait y avoir une véritable urgence. Il ne restait plus que Garrett et lui, puisque leurs parents étaient tous deux décédés, mais il ne pouvait pas partir sans dire à son frère où il allait.

Il s'arrêta sur le bas-côté de la route, laissant ses phares allumés pour se frayer un chemin dans l'épaisseur de la nuit, et sortit son téléphone portable de sa poche. Il composa le numéro de son jeune frère et Garrett répondit dès la deuxième sonnerie, l'air fatigué. Un coup d'œil à l'horloge révéla qu'il était plus de 23 heures, et que son frère avait sans doute dormi depuis un moment, puisqu'il s'occupait encore de la ferme et du ranch familiaux. "Je m'en vais, Garrett.

Toute trace de sommeil disparut de la voix de Garrett lorsqu'il répondit. "Pour combien de temps cette fois, Wyatt ? Le gouvernement t'a-t-il rappelé à l'ordre ?"

"Je pars pour toujours. Je ne peux pas être entouré de gens. Je voulais que tu saches où je serai, mais tu n'as pas le droit de le dire à qui que ce soit, et tu ne peux me contacter qu'en cas d'urgence."

"Je m'y attendais", dit doucement Garrett. "Où allez-vous ?"

"La cabane de repérage dans les montagnes."

Garrett laisse échapper un petit sifflement entre ses dents. "Je ne pense pas que maman et papa aient fini de tout construire avant de mourir. C'est probablement le bordel là-haut. Impossible à vivre."

"Je vais faire en sorte que ça marche. Tu sais où me trouver, mais ne cherche pas à moins d'y être obligé."

"Et Gillian ? Est-elle avec vous ?"

"Non, et elle ne le sera pas. Surtout, vous ne pouvez pas lui dire où je suis, et j'ai besoin de votre parole là-dessus."

Le choc a traversé la voix de Garrett. "C'est ta compagne, et tu ne peux pas lui tourner le dos.

"Elle n'est plus ma compagne. Je l'ai libérée de la promesse, et je dois tourner le dos à tout si je veux survivre - et si les gens veulent me survivre."

"Tu fais une erreur. Elle est ta compagne. Ton ours te l'a dit il y a des années. Tu ne peux pas défaire ça."

"Regardez-moi", dit Wyatt froidement. "Ai-je votre parole ? Si ce n'est pas le cas, je trouverai un autre endroit où rester, et vous n'aurez plus aucun moyen de me contacter."

Avec ce qui ressemblait à un lourd soupir, son jeune frère capitula. "D'accord, je ne dirai à personne où tu es et je n'essaierai pas de te trouver, sauf en cas d'urgence."

"Surtout Gillian", a-t-il demandé.

"Surtout Gillian", répète Garrett avec une exaspération évidente. "Je persiste à dire que vous faites une erreur".

"C'est une bonne chose que ce soit moi qui le fasse", dit Wyatt avec une pointe de froideur. Il n'a pas pris la peine de faire ses adieux. Il raccrocha simplement le téléphone, baissa sa vitre et la jeta sur la route. Bien qu'il ait étouffé son ours autant que possible, il avait encore un sens aigu de l'ouïe et de la vue, et il vit et entendit l'appareil fragile se briser dès qu'il toucha l'asphalte. Avec un hochement de tête satisfait, il remonta sa vitre, enclencha la vitesse et continua à rouler sans même jeter un coup d'œil derrière lui.

Chapitre Un

DIX-HUIT MOIS PLUS tard

Le son de quelqu'un frappant à sa porte était si inattendu et étranger que Wyatt laissa tomber la bouilloire qu'il était en train de remplir dans l'évier avec un grand bruit. Il coupa rapidement l'eau, en poussant un juron, et se dirigea vers la porte d'entrée. En chemin, il prit une arme de poing dans le coffre ouvert. Comme il n'y avait que lui dans la cabane, il n'avait pas pris la peine de la fermer à clé. Il y avait un puma qui aimait bien traîner dans le coin, et il avait dû tirer un coup de semonce plus d'une fois pour le dissuader de s'approcher.

Son ours aurait pu dissuader le puma de traîner dans les parages, mais Wyatt avait réussi à enfermer la bête au plus profond d'elle-même. Il ne pouvait presque plus se transformer, même s'il le voulait, et cela lui facilitait la vie, même s'il était toujours dans un vide émotionnel.

C'est du moins ce qu'il pensait, jusqu'à ce qu'il ouvre la porte et aperçoive Gillian. Une myriade d'émotions l'envahit, la principale étant la colère à sa vue et la trahison de Garrett qui avait révélé son emplacement, ainsi qu'une vague de désir féroce qu'il réprima rapidement.

"Qu'est-ce que tu fais ici ?" Wyatt avait parlé plus durement qu'il ne l'avait voulu, mais la vue de la jeune femme avait fait surgir son ours au premier plan, lui donnant vie dans son esprit comme il ne l'avait pas fait depuis plusieurs mois. Il s'était habitué au quasi-silence que lui procurait le fait d'ignorer son côté ursin. Qu'elle vienne briser cela fut un choc inattendu et désagréable. "Tu ne devrais pas être ici. Garrett a promis qu'il ne dirait à personne où j'étais, sauf en cas d'urgence."

Gillian le regarde fixement, l'expression ne révélant rien. "C'est vrai.

Il ricane. "Je n'appellerais pas ça une urgence si vous êtes venu pour me faire changer d'avis. Je n'ai pas changé de décision. Je suis enfin parvenu à un équilibre et je ne peux pas risquer de laisser entrer qui que ce soit."

"Oui, mais si vous..."

Il a levé la main. "Il n'y a rien que tu puisses dire qui me fera changer d'avis, Gillian. Tu as été ma compagne, mais tu ne l'es plus."

Elle tressaillit, mais ses lèvres se pincèrent, indiquant qu'elle s'enfonçait dans ses talons. "Je pense que vous l'avez bien compris, mais je suis ici pour une raison."

"Je ne veux pas entendre la raison. Cela ne changera rien." Il commença à fermer la porte, surpris par le fait qu'elle enfonça son pied dans l'espace entre la porte et le montant. S'il voulait la fermer complètement, il devrait la blesser pour y parvenir. Il n'était pas encore un salaud à ce point. "Il n'y a rien ici pour toi."

Elle laissa échapper un son de frustration, un son qu'il avait rarement entendu de sa part depuis toutes les années qu'il la connaissait. Cela ressemblait presque à un cri. "Je suis ici parce que Sam, Joanna et Donnie sont morts."

Il hésite un instant. "Qui ?

"Jax, Jester, et Dick, diminutif de..." Elle s'interrompit, l'air légèrement mal à l'aise.

"Face de bite", ajouta-t-il doucement, réalisant de qui elle parlait lorsqu'elle utilisait les signes d'appel de ses anciens coéquipiers. Une vague de chagrin le submergea, menaçant de raviver toutes les émotions qu'il avait refoulées, et il s'empêcha rapidement de ressentir quoi que ce soit lorsqu'il entendit le rugissement de l'ours dans son dos. L'animal n'avait pas été aussi loquace depuis des mois. "Je suis désolé de l'apprendre. Comment le sais-tu ?"

Elle se lécha les lèvres, ces lèvres magnifiques et pleines dont il rêvait encore parfois, même s'il ne le lui avouerait jamais. "Après ton départ brutal, j'ai contacté d'anciens membres de ton équipe pour essayer de comprendre ce qui s'est passé et pourquoi tu étais si brisé. Je connais quelques détails, mais ils sont tous assez peu loquaces. Je n'ai pas été surpris de constater que la plupart d'entre eux étaient eux aussi dans un état plus ou moins avancé, vous avez tous dû vivre un enfer. Au cours de ce processus, je me suis lié d'amitié avec plusieurs d'entre eux. Quand je n'ai plus eu de nouvelles d'eux pendant un certain temps, j'ai commencé à m'inquiéter, et j'ai fini par en retrouver un. Malcolm."

Il laissa l'ombre d'un sourire effleurer ses lèvres en pensant à son ancien chef d'équipe. Mal n'avait pas eu besoin d'un indicatif, car il était assez proche de tous les adjectifs qui le décrivaient - mécontent et inadapté, en premier lieu. "Qu'est-ce que Mal fait ces jours-ci ? Toujours aussi fou ?" Il posa la question avec affection, surpris par l'élan de chaleur qui l'envahissait et qui passait ses défenses. Comme tout le reste, il essayait d'effacer les souvenirs de ses coéquipiers et amis, ayant besoin de se déconnecter du monde pour contrôler son ours.

"Je ne pense pas qu'il soit fou du tout", dit-elle avec une pointe de froideur dans le ton. "C'est lui qui m'a dit que Trois de tes coéquipiers étaient morts dans des accidents étranges, et qu'au moins Trois autres avaient disparu ou étaient injoignables. Il a dit qu'ils venaient pour toi."

Wyatt se raidit, laissant par inadvertance sa prise sur la porte se relâcher suffisamment pour qu'elle puisse se glisser à l'intérieur et claquer la porte derrière elle. Il ne manqua pas de remarquer qu'elle vérifiait soigneusement que les deux serrures étaient bien enclenchées. Sa paranoïa était contagieuse, mais il secoua la tête.

"Mal a toujours pensé qu'ils nous élimineraient, mais s'ils avaient prévu de le faire, ils ne se seraient pas contentés de nous renvoyer du service après la fin du financement du programme. Ils nous auraient éliminés à ce moment-là."

Elle semble intriguée. "Quel programme ? Je n'arrive à obtenir aucune réponse d'aucun d'entre vous."

"C'est une affaire classée, top secrète, dont je n'ai pas le droit de parler même aujourd'hui. Je ne peux en parler à personne."

Elle laissa échapper le même son de frustration, bien que modulé sur un ton plus bas. "Pourquoi continues-tu à être loyal envers des gens qui te chassent ?"

Il fit un bruit de moquerie. "Vous me chassez ? Mal est un bon gars, mais il a toujours vu le pire dans tout, surtout dans le gouvernement. Il était amer de ce qu'ils nous ont fait, et il a laissé cela entacher sa vie en dehors de l'armée. L'armée ne nous traque pas, et si vous avez fait tout ce chemin juste pour me dire que Trois de mes coéquipiers sont morts, j'apprécie l'effort, mais je n'ai pas l'intention d'aller à des funérailles ou à des services commémoratifs ou quoi que ce soit d'autre de prévu."

"Il n'y aura pas de services, pour autant que je sache. Joanna a eu une crise cardiaque au milieu d'un marathon. La maison de Sam a été détruite par une explosion de gaz, et Donnie a soi-disant eu une crampe et est mort en nageant."

Il a ressenti un malaise face à ces décès. Une crise cardiaque chez une femme d'une trentaine d'années en bonne santé paraissait suspecte, mais était tout à fait plausible. Il avait du mal à croire que Sam, qui avait été un métamorphe, n'avait pas senti une fuite de gaz avant qu'elle ne s'enflamme, mais il aurait pu dormir et ne pas se réveiller à temps pour s'enfuir. C'est le dernier cas qui a attiré son attention. Donnie était un métamorphe, et les chances qu'il meure en nageant étaient astronomiques.

Son regard se porta presque automatiquement sur les serrures de la porte, et il serra plus fort l'arme dans sa main en se détournant d'elle pour se rendre dans l'arrière-boutique. Bien sûr, elle l'a suivie, mais il s'est concentré sur Malcolm pour l'instant.

Il s'assit à la table où se trouvait la petite radio militaire qu'il avait emportée à la demande de Mal. Tous ses anciens coéquipiers possédaient le même modèle, et ils avaient des fréquences prédéfinies pour se contacter. Il se mit sur la fréquence d'urgence établie par Mal et se figea un instant au son de la voix de son ami qui emplissait la pièce. Il lui fallut un moment pour réaliser qu'il s'agissait d'un enregistrement.

"-pour un sanctuaire. Il y a une puce sur votre épaule. Ou je suppose qu'il y en a une. Il y en avait une dans l'épaule du soldat que j'ai abattu avant de partir, et j'en ai trouvé une dans la mienne au même endroit quand j'ai regardé. Vous allez devoir creuser pour la trouver, car si vous la laissez, elle pourra vous suivre n'importe où. Mes coéquipiers, ils viennent pour nous. Il est temps de se diriger vers le sanctuaire. Il y a une puce..."

Il réécouta l'enregistrement en entier, notant cette fois les coordonnées que Mal lui donnait en code. Il s'agissait d'un code qu'ils avaient établi et utilisé entre eux, et non d'un code militaire officiel. Joanna était une crypteuse douée, et c'est elle qui avait sécurisé le code. Il était donc certain que si quelqu'un entendait la transmission, il aurait du mal à discerner les coordonnées.

Avec un soupir, il se dégagea de la table, se leva et se tourna vers elle.

Elle se mordillait la lèvre inférieure d'une manière qui trahissait sa nervosité. Ses yeux étaient remplis d'anxiété lorsqu'elle croisa son regard. "La dernière fois que j'ai eu Mal, c'était lui directement. Ce n'était pas un enregistrement. Je n'ai pas utilisé de fréquence sécurisée. Je n'ai qu'une seule fréquence, mais je suppose qu'il y en a d'autres ?"

Il acquiesce. "Mais rien n'est vraiment sûr, même si une partie du message est codée. J'ai besoin que tu fasses quelque chose pour moi."

Elle n'a même pas hésité, et ça l'a transpercé, parce qu'après la façon dont il l'a traitée depuis dix-Huit mois, elle aurait été en droit de lui dire d'aller se faire voir. D'ailleurs, elle n'avait pas besoin de venir le prévenir. Pendant un instant, il a pensé qu'il y avait encore de l'amour, mais il a rapidement écarté cette idée. Cela n'avait pas d'importance. Être loin d'elle était ce qu'il y avait de mieux pour elle. Le meilleur pour tout le monde.

"Comment puis-je vous aider ?"

"J'ai besoin que vous m'ouvriez l'épaule et que vous creusiez."

Elle pâlit et se met à transpirer, tout en secouant la tête. "Je ne peux pas faire ça."

Il se souvint brusquement de leur cours de biologie de première année, lorsqu'ils avaient été mis en binôme pour disséquer la grenouille. La première entaille dans l'estomac de la grenouille lui avait fait prendre la même couleur, et elle avait fini par vomir sur le sol. Il avait terminé la dissection et le professeur avait fait semblant de ne pas remarquer qu'il avait fait tout le travail.

Il faillit rire en se rappelant son visage, mais il s'était passé trop de choses pour qu'il se sente vraiment amusé. "Il va falloir que tu le fasses. Je ne vois pas ce que je fais, et si j'ai vraiment une dent contre moi, il faut que je la sorte. S'il n'y a rien, je peux considérer tout cela comme de la paranoïa de Mal."

Ses lèvres se serrèrent et elle hocha la tête une fois. Elle tourna le talon et sortit de l'arrière-boutique en direction de la cuisine. Le temps qu'il entre derrière elle, elle avait trouvé le chemin du bloc à couteaux et en avait retiré le couteau de chef et un couteau d'office plus fin.

La vue de ces objets dans ses mains le fit s'arrêter un instant, et il déglutit bruyamment en songeant à quel point il l'avait blessée.

Lui en voudrait-il si elle lui enfonçait soudain le couteau de chef dans la base du crâne au lieu de l'utiliser pour lui trancher l'épaule ? S'en soucierait-il ? Passer par les mouvements de la vie de tous les jours était devenu ennuyeux. Il n'était pas suicidaire, mais il ne tremblait pas non plus à l'idée de mourir. D'une certaine manière, si le gouvernement était vraiment à ses trousses, ce serait peut-être un soulagement bienheureux que de se laisser faire.

Secouant la tête, rejetant ses pensées défaitistes, il se détourna d'elle et s'assit à la table de la cuisine. Il retint son souffle lorsqu'elle se rapprocha, ses sens améliorés lui permettant de discerner le ralentissement de sa respiration, couplé à un pic soudain de peur dans ses phéromones.

Il n'avait pas senti les phéromones d'une autre personne vivante depuis des mois, pas depuis son dernier voyage dans la montagne pour se ravitailler, et il ne savait pas si c'était une capacité qui s'était émoussée comme tout le reste, ou si son ours reprenait vie maintenant qu'elle était là. Ou peut-être s'agissait-il simplement d'un manque de contact avec tout le monde, et il aurait eu la même réaction avec n'importe qui. Il ne savait pas, mais il n'aimait pas penser que sa présence rapprochait l'ours de la surface. Il devait se débarrasser d'elle au plus vite.

Elle hésita un long moment, même après qu'il eut poussé un long soupir et retiré sa chemise, essayant de l'inciter à continuer. "Fais-le, c'est tout".

"Je ne peux pas", dit-elle d'une voix tremblante.

Avec un soupir d'impatience, en partie parce qu'il voulait savoir si Mal avait raison, et aussi parce qu'il voulait se débarrasser d'elle avant de perdre le contrôle, il laissa l'ours se faufiler juste assez pour que des griffes sortent de ses doigts. Il se taillada les deux épaules, ne sachant pas laquelle contenait la puce, et siffla d'agonie tandis que la douleur l'envahissait.

Lorsque l'ours tenta de prendre le dessus, poussant un rugissement qui semblait motivé par l'odeur de son propre sang, il serra les dents, poussa un juron et repoussa la bête avant qu'elle ne prenne le dessus. En quelques secondes, il eut l'impression d'avoir perdu tous les progrès qu'il avait accomplis depuis un an et demi, et la colère monta en lui.

"C'était peut-être un peu radical", dit-elle, la voix encore tremblante. "Je crois que je vois quelque chose".

"Sortez-le", demanda-t-il avec un grognement dans le ton.

Son souffle et la peur qui se dégageait de ses phéromones indiquaient qu'elle voulait protester, aussi fut-il presque surpris lorsqu'il sentit le couteau lui trancher l'épaule gauche un instant plus tard, s'enfonçant plus profondément dans l'incision qu'il avait lui-même pratiquée. Incision n'est pas le mot exact, à moins qu'un ours ne puisse pratiquer une chirurgie délicate.

Il grimaça et serra les dents, grinçant jusqu'à ce que le son remplisse la pièce tandis qu'elle creusait soigneusement dans sa chair. Après ce qui lui sembla être de longues minutes de torture, mais qui n'était probablement que quelques secondes, la lame s'éloigna. Il y eut une dernière douleur aiguë lorsqu'elle arracha quelque chose de sa chair, puis elle se pencha sur lui et le laissa tomber sur la table.

Même dans la douleur, il est soudain conscient de sa proximité, de ses courbes féminines et chaudes qui se pressent brièvement contre lui, et de l'odeur de cannelle de son shampoing. Elle doit toujours utiliser la même marque. Il lui fallut tout ce qu'il avait pour ne pas enfouir son visage dans les mèches dorées et forcer son expression à rester impassible lorsqu'elle s'éloigna, passant derrière lui pour s'asseoir à la table de l'autre côté.

Elle regarda ses épaules, l'air confus. "Pourquoi ne te transformes-tu pas et ne te soignes-tu pas toi-même ?"

Il serra les dents en secouant la tête. "Je ne me déplace plus." Les mots étaient plus furieux qu'il ne l'avait voulu, mais il était encore sous l'emprise de la rage qu'il ressentait d'avoir perdu tant de progrès en si peu de temps.

Pour tenter de se concentrer ailleurs et de détourner ses pensées du sexe et de la colère, une mauvaise combinaison, il regarda l'appareil qu'elle avait déterré de son épaule. Il était petit, certainement moins d'un demi-pouce sur un demi-pouce, et il était dans son corps au moins depuis qu'il était entré dans le programme spécial au cours de ses Trois dernières années dans l'armée. Il clignotait encore, une lumière bleue clignotant toutes les quelques secondes.

Avec un petit rugissement, il abattit son poing et l'écrasa d'un seul coup. Le petit appareil semblait confirmer le message de Mal, et il était certain que le gouvernement allait venir le chercher. Ils savaient où il se trouvait depuis le début, il devait donc être quelque part sur leur liste. S'ils avaient déjà réussi à éliminer six de ses coéquipiers - au moins Trois morts confirmés et Trois disparus - ils ne devaient pas tarder à l'atteindre. S'il n'allait pas se rendre pacifiquement et accepter son sort en silence, il devait sortir de là tout de suite.

Il a levé les yeux. "Il est temps d'y aller."

Elle acquiesce. "J'ai ma voiture, mais ta Jeep pourrait être une meilleure option."

Il comprime ses lèvres. "Il est temps pour toi de rentrer chez toi, c'est ce que je voulais dire. Je dois encore planifier ce que je vais faire, mais tu n'en fais pas partie."

Sa blessure était à vif et visible sur son visage. "Je veux venir avec vous. Je veux t'aider."

Il secoue la tête. "Il n'en est pas question".

"Vous ne pouvez pas me renvoyer là-bas. Ils savent probablement tout ce que je sais maintenant, et je serai aussi une cible."

Il secoue la tête. "Je doute qu'ils aient fait attention à toi. Tu n'es rien dans l'ordre des choses."

"J'étais ta fiancée, et ta compagne, s'ils savent quelque chose de ce côté-là de ta nature. Je suis sûre que j'ai été surveillée, surtout depuis que j'ai été en contact avec tes coéquipiers. Ils pourraient m'utiliser contre toi."

Il s'est senti comme le plus grand salaud du monde lorsqu'il s'est forcé à dire : "Ça ne marcherait que si tu comptais pour moi."

Pendant un instant, elle eut l'impression qu'il lui avait donné un coup de poing au visage, et elle poussa un profond soupir. Au bout d'un moment, son expression s'est calmée et elle a repris la parole avec dignité. "Nous savons tous les deux que tu racontes des conneries. Quelque part au fond de toi, tu me veux et tu m'aimes autant qu'avant. Ce n'est pas le moment de discuter de tout ça, mais tu ne peux pas faire comme si je ne comptais pas pour toi, et tu ne peux pas ignorer le fait que si tu ne m'emmènes pas avec toi, c'est comme si tu m'envoyais mourir quelque part. Es-tu à ce point déconnecté de ce que nous avions et de ce que nous étions ? Es-tu d'accord pour me laisser mourir ?"

Il ferma les yeux, poussa un long soupir avant de les rouvrir. "Bien sûr que non. Mais il faut qu'on parte d'ici tout de suite. Si Malcolm a raison, et qu'ils viennent vraiment pour nous, ils savent exactement où je suis." Un sentiment de violation l'envahit lorsqu'il réalisa qu'ils lui avaient implanté une puce pour le suivre à la trace. Sans sa permission ni sa connaissance, ils le surveillaient depuis des années. C'était dégoûtant, et si l'une des personnes impliquées dans le programme avait été dans la pièce, il n'aurait pas hésité à lâcher l'ours sur eux. C'était ce qu'ils auraient mérité, puisqu'ils avaient fait de son ours une arme mortelle.

Elle n'a ni discuté ni hésité lorsqu'il lui a demandé de rassembler les denrées non périssables dans un grand sac en plastique pendant qu'il s'occupait du coffre-fort. Il l'a vidé de ses armes et de ses munitions, les mettant dans un grand sac de sport en quelques minutes. Lorsqu'il revint dans la cuisine, il la trouva en train de se débattre pour transporter le sac en plastique jusqu'à la table. Il le lui prit facilement, son ours gémissant à l'arrière de sa tête lorsque sa main frôla la sienne.

Il fit de son mieux pour réprimer sa réaction et celle de son animal à ce simple contact. Cela faisait si longtemps qu'il ne s'était pas permis de la toucher, et même un frôlement accidentel de sa main contre la sienne suffisait à faire s'emballer son cœur. Il n'avait pas le temps pour cela, et il ne pouvait pas encore se permettre de perdre le contrôle. Malgré le danger extérieur, il ne pouvait pas se permettre de la laisser s'approcher à nouveau de lui. Elle était autant en danger face à lui que face au gouvernement qui venait le tuer.

Ils quittèrent la cabane de repérage moins de cinq minutes plus tard, après qu'il eut chargé le sac d'armes à l'arrière, en même temps que la nourriture. Avant de fermer la porte, il ouvrit le sac juste assez longtemps pour en extraire l'une des petites armes de poing, qu'il pressa dans la paume de la jeune femme. "Il est chargé, mais la sécurité est enclenchée. Vous vous souvenez comment l'utiliser ?"

Elle acquiesça, le glissant dans la ceinture de son jean, ce qui le fit tressaillir à cette idée. Elle devrait avoir un holster pour plus de sécurité, mais il n'avait rien de tel à lui offrir.

"Ce n'est pas exactement le même modèle que celui avec lequel je t'ai appris à tirer, mais c'est assez proche. Il a plus de recul, mais c'est le plus léger que j'ai".

Elle acquiesce. "Je me souviens comment tirer. Ses yeux se sont adoucis et sa respiration est devenue irrégulière pendant un instant. "Je me souviens de tout ce qui s'est passé cet été-là."

Ses narines s'enflammèrent lorsqu'il perçut son désir soudain, et il gémit doucement en se souvenant de cet été-là aussi. C'était l'époque où ils étaient devenus amants au cours de longues journées passées au bord du lac, parfois à nager, parfois à se prélasser avec des amis, et parfois pimentées par des leçons de tir lorsqu'elle avait exprimé le désir d'apprendre à tirer.

Les nuits avaient été la partie la plus mémorable. Bien qu'ils n'aient que dix-Sept ans, il ne leur a pas fallu longtemps pour comprendre de quoi il s'agissait et comment se satisfaire mutuellement.

Il claqua la porte à l'arrière de la Jeep aussi fort qu'il le put, dans l'espoir d'arracher le souvenir et de le repousser. "Monte. Il faut qu'on y aille." Il parla d'un ton bourru, faisant de son mieux pour se séparer d'elle, à la fois physiquement et émotionnellement, en contournant l'autre côté de la Jeep et en grimpant sur le siège. Elle prit le côté passager, et il dut se forcer physiquement à rester immobile plutôt que d'étreindre la portière pour mettre plus d'espace entre eux. Il aurait seulement eu l'air d'un idiot, et cela n'aurait rien fait pour apaiser son besoin soudain et furieux d'elle.

Il tourne la clé et la Jeep démarre immédiatement. Il ne la descendait pas souvent dans la montagne, mais il en assurait l'entretien. Ce n'était pas seulement une question de praticité, c'était aussi un moyen de s'occuper et de ne pas penser à des choses qu'il ne voulait pas se mettre sous la dent.

Ils arrivèrent au bout de l'allée et s'apprêtaient à descendre la colline abrupte lorsqu'il entendit le *bruit* familier des pales d'un hélicoptère qui s'approchait. Étant donné qu'il n'avait jamais entendu d'avion depuis les dix-Huit mois qu'il vivait dans la cabane de repérage, la coïncidence était trop grande pour qu'un hélicoptère passe soudainement. Il doutait que l'hélicoptère puisse contenir autre chose que les soldats envoyés pour l'éliminer. Ils avaient manqué de temps.

Chapitre Deux

WYATT APPUYA SUR L'ACCÉLÉRATEUR, ce qui fit trembler la Jeep avant qu'elle ne dévale la colline à toute allure. C'était imprudent et dangereux, mais c'était aussi le cas de laisser l'hélicoptère les piéger dans la cabane.

Ils ont parcouru la moitié de l'allée escarpée avant que l'hélicoptère ne change de cap pour s'approcher. Il n'y a pas eu d'avertissement ni de demande d'arrêt. L'hélicoptère leur a simplement tiré dessus, avec des balles de gros calibre provenant des canons fixés à l'intérieur. La porte était ouverte pour que l'homme au canon puisse leur tirer dessus, mais il n'arrivait pas à distinguer suffisamment de détails entre ses efforts pour garder le contrôle de la Jeep et éviter les éclairs brillants des tirs qui détruisaient sa vision nocturne, pour discerner le nombre de personnes qui occupaient l'hélicoptère. Même ses sens d'ours n'étaient pas suffisants pour répondre à cette question.

L'une des balles a touché la voiture, et la Jeep a tremblé et calé. D'après le sifflement, il devina qu'ils avaient soit cassé le bloc, soit arraché le radiateur. Peut-être les deux. Quoi qu'il en soit, la Jeep n'allait pas aller bien loin. Il tourna brusquement le volant, quittant l'allée de gravier pour s'enfoncer dans la forêt cahoteuse qui les entourait. Il entendit Gillian crier, mais ne put détourner son regard du chemin devant lui pour déterminer la cause de son expression de douleur ou de peur.

La Jeep est allée plus loin qu'il ne l'avait prévu, probablement à au moins un quart de mile de l'allée avant qu'elle ne s'arrête en tremblant, complètement bloquée. C'était inutile, mais il essaya de mettre le contact, et rien ne se passa. La Jeep était définitivement morte. "La Jeep était bel et bien morte. Dépêche-toi, et reste près de moi."

Elle ne discuta pas et se glissa de son côté de la Jeep pour le rejoindre à l'arrière. Il ouvrit la porte et prit le sac de sport contenant les armes, laissant à contrecœur la nourriture qu'elle avait emportée. Ils ne pouvaient pas prendre les deux, et les armes seraient plus utiles dans la situation actuelle.

Il lui semblait naturel de prendre sa main dans la sienne, et même s'il se disait que c'était pour ne pas la perdre de vue alors qu'ils faisaient demi-tour et essayaient de se diriger vers la cabane, il ne pouvait pas nier à quel point il se sentait bien en lui tenant la main.

Il laissa un peu de l'ours passer à travers la myriade de filtres qu'il avait placés dans son esprit, car il avait besoin d'une stimulation supplémentaire de ses sens. Il put discerner que l'hélicoptère s'était arrêté près de l'allée, à proximité de la maison, et il compta cinq soldats qui en sautèrent. Il poussa un petit soupir de soulagement lorsque l'hélicoptère s'éleva dans les airs et s'envola quelques instants plus tard. Soit ils reviendraient bientôt chercher les troupes qu'ils avaient déposées, soit les soldats devraient peut-être rentrer par leurs propres moyens, mais au moins ils n'avaient pas à s'occuper de l'hélicoptère pour le moment. "Vous avez vos clés ? Il posa la question en chuchotant à peine.

Elle a fouillé dans son sac et les a sortis. Au moment où elle allait les y déposer à nouveau, il s'interposa, les lui prenant des mains. "Vous risquez de perdre votre sac, il faut donc que les clés soient sur l'un d'entre nous. Ne lui laissant pas le temps d'argumenter, il glissa les clés dans sa poche avant de faire passer le sac de voyage sur son épaule et de lui reprendre la main, l'attirant contre lui. "Essaie de te déplacer le plus discrètement possible. Je ne sais pas à qui nous avons affaire, mais ils sont cinq. Notre objectif est de faire demi-tour et de sécuriser votre voiture. Si vous avez l'occasion de tirer sur l'un d'entre eux, saisissez-la. N'hésitez pas."

Grâce à son sens accru de la vue, il pouvait voir comme ses lèvres tremblaient et comme ses yeux étaient écarquillés alors qu'il n'y avait guère plus qu'une lune en forme d'ongle dans le ciel. Elle frissonnait aussi, et il ne savait pas si c'était par peur ou parce que la nuit d'automne était froide. Il n'avait aucun moyen de la réchauffer pour le moment, elle allait donc devoir endurer les prochaines minutes.

Ils avançaient lentement et prudemment, même s'il aurait pu accélérer un peu le rythme. Il était plus prudent que d'habitude, car il veillait également sur un civil. Cela faisait presque deux ans qu'il n'avait pas été en service actif, mais l'instinct était vite revenu, et il avait l'impression d'être à nouveau sur le terrain. Hier encore, il chassait l'ennemi.

Le fait que l'ennemi porte le même uniforme que lui et vienne du pays qu'il a servi, même indirectement, est un coup dur. La trahison brûlait en lui, alimentant sa rage, et il dut prendre un moment, s'immobilisant en respirant profondément pour reprendre le contrôle. Il ne pouvait pas se permettre de perdre sa concentration dans les affres de la colère.

Avant qu'ils ne se remettent en route, il se figea en entendant un bruissement à leur gauche. Il lui lâcha la main, mais juste pour pouvoir porter une main à ses lèvres, les effleurant du doigt en signe universel de silence.

Lorsque l'attaque survient, elle vient de la droite et non de la gauche. Il grogna lorsqu'un soldat courut vers lui. Wyatt passa à la vitesse supérieure, se jetant sur le soldat pour le plaquer au sol. La forme sous la sienne était solide et volumineuse, et l'odeur était humaine, mais pas tout à fait. Ce n'était pas non plus un métamorphe. C'était quelque chose de complètement nouveau, un hybride des deux, plus quelque chose d'autre.

Il n'avait pas le temps d'analyser toutes les informations que son odorat lui fournissait, car il se concentrait sur sa survie à l'attaque.

Le soldat était fort, presque aussi fort que lui, et il avait bénéficié d'un entraînement et d'exercices récents que Wyatt n'avait pas. Il courait tous les matins, mais ce n'était pas la même chose que de porter un sac à dos de quarante livres et de courir en bottes militaires pendant vingt miles d'affilée.

Il s'était aussi un peu rouillé au corps à corps, et c'est pour cette raison que le soldat a pu lui planter un couteau dans les côtes. Cela faisait un mal de chien, mais ce n'était pas assez fort pour causer des dommages permanents. Même s'il ne le voulait pas, il devait laisser sortir l'ours, au moins assez pour s'occuper du soldat en dessous de lui. Il ramena son bras en arrière, laissant ses griffes s'étendre de la même manière que lorsqu'il avait entaillé ses épaules pour forcer Gillian à chercher la puce.

Il utilisa toute sa force pour abattre sa patte sur le visage du soldat, clignant des yeux lorsque les traits de l'homme semblèrent changer juste avant que les griffes ne s'abattent sur son visage. Il utilisa son autre bras, laissant les griffes se former, et malmena le soldat jusqu'à ce que l'homme ne bouge plus sous lui, à part quelques soubresauts occasionnels. Pour faire bonne mesure, il abattit ses griffes sur la jugulaire du soldat, le tuant avec seulement un petit pincement au cœur. C'était une situation de survie, et il ne pouvait pas risquer de laisser un soldat blessé qui pourrait s'en prendre de nouveau à Gillian et lui.

C'était comme si le fait de penser à elle l'avait poussée à faire un bruit, et qu'elle avait crié. Il se retourna, poussa un grognement dans sa gorge et se leva d'un bond, essayant d'ignorer la douleur qu'il ressentait au côté. Un autre soldat entourait Gillian de ses bras, la tenant dans une parodie d'étreinte. Elle avait visiblement du mal à respirer et ses bras étaient coincés.

Il s'avança, avec l'intention d'arracher le soldat à la femme, mais avant qu'il n'y parvienne, un autre se jeta sur lui. Il s'en rendit compte au dernier moment et se tourna vers le soldat avant qu'il ne puisse tirer. Ses griffes étaient toujours sorties, et il la frappa aussi fort qu'il le put, s'assurant que ses griffes ratissaient son visage.

Il grimaça lorsqu'il réalisa que son visage n'était pas tout à fait humain. Elle avait la forme de base d'un humain, mais ses traits s'étaient allongés et avaient pris une allure féline. Elle avait des moustaches et ses mains ressemblaient davantage à des pattes munies de griffes, tout comme les siennes. Elle laissa tomber l'arme qu'elle avait braquée sur lui, mais il restait un pistolet à sa taille. Alors qu'elle s'en saisissait, il s'élança vers l'avant et la mit à terre, surpris par la force que cela lui demandait. Elle était semblable à celle qu'il avait affrontée avec l'autre soldat, et elle n'était certainement pas humaine. On aurait pu s'attendre à ce que ce soit une métamorphe, mais comme son camarade, elle n'avait pas tout à fait la signature phéromonale pour suggérer qu'elle était une métamorphe *ou une* humaine.

Elle était définitivement un hybride des deux, avec quelque chose d'autre en plus. Il n'eut pas le temps de s'attarder sur cette pensée pour le moment, car il se battit avec elle, prenant finalement le dessus et enfonçant ses griffes dans son cou. Son sang gicla, rendant la fourrure de ses doigts poisseuse, mais il n'avait pas le temps de s'inquiéter de cette sensation dégoûtante. Il s'occupa d'elle aussi vite qu'il le put, en espérant que Gillian était encore en vie.

Alors qu'il commençait à se retourner, il sursauta en entendant un coup de feu. Avec un petit grognement, il se retourna, priant pour que ce ne soit pas le soldat qui tirait sur Gillian.

Au lieu de cela, c'était Gillian avec son arme. D'une manière ou d'une autre, elle s'était suffisamment libérée pour atteindre le pistolet qu'il lui avait tendu, et maintenant elle tirait à plusieurs reprises sur le soldat. Après six tirs, l'homme essayait toujours de se relever. Comme la femme soldat, il était en partie à mi-chemin entre l'humain et le loup, avec un museau allongé et des dents vicieusement aiguisées. Il semblait encaisser les tirs, qui ne l'ébranlaient guère. Il ne se relevait pas, mais il ne restait pas non plus à terre. Il essayait toujours de se remettre debout, et il y parvenait un peu plus entre chaque coup.

Finalement, avec un petit sanglot, elle changea sa visée du tronc à la tête. Au moment où Wyatt l'atteignait, elle tira Trois fois de suite, et le visage du soldat disparut. Lorsque son corps tomba cette fois, il ne bougea pas.

Il passa un bras autour d'elle, en signe de réconfort et pour évaluer les dégâts physiques. Il inhala ses phéromones, détectant surtout de la peur et seulement un peu de douleur. Il doutait qu'elle soit gravement blessée.

Lorsqu'il commença à lui prendre le pistolet, elle s'y accrocha et le remit dans son pantalon, son regard lui indiquant qu'elle avait enclenché le cran de sûreté. Il ne pouvait pas lui reprocher de ne pas vouloir être désarmée après cela.

"Qu'est-ce que c'est ? demanda-t-elle doucement, la voix encore chargée de peur.

Il fixa les restes du soldat qu'elle avait abattu Neuf fois. "Je ne sais pas, mais ce ne sont pas des métamorphes ni des humains. Je ne sais pas exactement ce qu'ils sont. Je sais qu'il y en a encore deux ici, alors il faut y aller avant qu'ils ne nous trouvent."

Elle marcha à ses côtés, tenant sa main dans la sienne. Il s'accrocha fermement à elle, tout en sachant que cela envoyait un mauvais message. Puisque c'était lui qui lui avait pris la main la première fois, il n'aurait pas dû la bousculer, mais son instinct lui soufflait qu'il s'approchait à nouveau trop près.

Il ne pouvait pas se permettre de s'adoucir ou de se laisser submerger par les émotions qui menaçaient de l'envahir. Plus il ressentait, plus l'ours se rapprochait de la surface. Il devait à tout prix garder la bête enfermée, ayant vu ce que ce côté pouvait faire après le programme.

Ils rentrèrent à la cabane sans croiser les deux autres soldats, et il fut soulagé, mais aussi légèrement surpris. Ils devaient être en train de fouiller un autre secteur de la forêt, supposant peut-être qu'il aurait pris sa forme d'ours et couru le plus loin possible de l'accident de voiture. Ou peut-être faisaient-ils autre chose.

Il discerna rapidement ce qui se passait lorsqu'ils s'approchèrent de la cabane par l'arrière, et son ouïe fine les entendit traîner à l'intérieur. Ils étaient soit en train de détruire l'endroit, soit en train de chercher quelque chose. Il ne savait pas trop quoi, à moins que ce ne soit pour découvrir ce qu'il avait fait. Il était heureux d'avoir plié la radio et de l'avoir placée dans le sac de sport avec les armes, car l'acquisition de la radio par l'ennemi aurait rendu ses coéquipiers plus vulnérables. Il avait l'impression qu'ils étaient déjà très vulnérables, et qu'au moins Trois d'entre eux, et probablement plus, étaient morts.

A eux deux, Gillian et lui avaient réussi à éliminer Trois ennemis. Il en ressentit un élan de sombre satisfaction, qu'il réprima rapidement. C'était une émotion dangereuse, du genre à faire passer l'ours au premier plan. Son ours pouvait peut-être s'occuper facilement des deux dans la cabane, mais il ne pouvait pas lui céder le contrôle. Il s'était trop battu pour conserver une certaine stabilité, et s'il perdait le contrôle, il pourrait blesser n'importe qui ou n'importe quoi autour de lui, y compris Gillian.

Depuis qu'il l'avait perdue et qu'il s'était privé d'elle pendant les dix-Huit derniers mois pour la garder en sécurité, il n'allait pas la mettre en danger maintenant - pas plus qu'elle ne l'était déjà, puisqu'ils étaient tous les deux à la merci de celui qui les traquait.

Tenant toujours sa main, il l'éloigna de la cabine, l'incitant à être plus silencieuse que jamais en faisant le mouvement de chut avec son doigt contre ses lèvres. Il était facile pour lui de se déplacer furtivement, tout son entraînement lui revenant, mais elle n'était pas aussi habile. Il grimaça lorsqu'elle marcha plusieurs fois sur des branches cassées ou des feuilles froissées, s'attendant à ce que les soldats à l'intérieur sortent d'un moment à l'autre. Comme ils ne le faisaient pas, il prit une profonde inspiration, s'arma de courage et s'arrêta à la limite du périmètre, pointant du doigt la voiture de la jeune femme.

Il fit un mouvement de course avec ses doigts et elle hocha la tête pour indiquer qu'elle avait compris. Un instant plus tard, alors qu'il hochait la tête, elle se mit à courir. Il était juste derrière elle, bien qu'il ait lâché sa main. Chaque pas semblait être à des kilomètres de l'endroit qu'ils essayaient d'atteindre, bien qu'ils couraient tous les deux à toute allure. Enfin, il freinait un peu la sienne pour éviter de la percuter et de l'écraser, car ses jambes étaient plus courtes que les siennes, et elle n'avait pas l'avantage de la vitesse d'un métamorphe.

Ils eurent l'impression de passer des heures, alors qu'il ne s'agissait que de quelques secondes, avant d'arriver à sa voiture. Instinctivement, elle était allée du côté passager, et il fut heureux de constater que la voiture se déverrouillait facilement lorsqu'il soulevait la poignée. Elle n'avait pas pris la peine de la verrouiller avant d'entrer chez lui, ce qui leur avait permis de gagner quelques secondes.

Ces secondes étaient cruciales, car ils étaient tous les deux dans la voiture lorsque les soldats sont sortis en courant de sa cabine, tirant dans leur direction. Ils disposaient tous deux d'une grande puissance de feu, mais elle n'était pas comparable à celle des canons montés sur l'hélicoptère. La vitre arrière explosa, et elle fut assez intelligente pour se baisser sans qu'il ait à le lui dire. Il s'affaissa le plus possible sur son siège, mit le contact et poussa la petite Honda dans ses derniers retranchements.

Ils descendirent l'allée dans une manœuvre similaire à celle de la Jeep, mettant rapidement de la distance entre eux et les soldats, bien qu'ils aient couru après lui sur près d'un kilomètre, presque au même rythme. Il ne pouvait pas se permettre de les regarder de près, ayant besoin de toute son attention sur la route, mais ce qu'il pouvait apercevoir lui indiquait qu'ils étaient également dans différents états de changement hybride. Il ne savait pas ce que cela signifiait, ni même s'ils pouvaient passer d'un état à l'autre. Peut-être qu'ils étaient coincés de cette façon. Quoi qu'il en soit, ils étaient rapides, mortels et difficiles à tuer.

Ils étaient enfin arrivés au bout de l'allée quand une forte explosion retentit derrière eux. Il regarda dans le rétroviseur et Gillian se retourna sur son siège, un souffle lui échappant. Il savait maintenant ce qu'ils avaient fait dans sa cabane. Ils l'avaient piégée pour qu'elle explose. Il ne savait pas trop pourquoi, si ce n'est pour couvrir sa mort. Il ne les avait pas obligés à se taire. Il ne se faisait pas d'illusion sur le fait qu'ils allaient abandonner. Ceux qui le voulaient continueraient à le chercher, et il ne se sentirait pas en sécurité tant qu'il n'aurait pas retrouvé ses coéquipiers restants au sanctuaire du Mexique.

Il n'y avait pas d'autre solution que d'emmener Gillian avec lui. S'ils n'avaient pas encore réalisé qu'elle était impliquée, ils le feraient maintenant. Les soldats auraient probablement enregistré le numéro de sa plaque d'immatriculation et signaleraient certainement qu'une femme inconnue était avec lui. Elle ne resterait pas inconnue bien longtemps, et ils l'élimineraient probablement, qu'elle en sache peu ou beaucoup, à la fois pour régler un problème et pour s'en prendre à lui.

Il serra les dents, voulant rejeter la vérité sur l'ampleur des dégâts qu'il subirait en la perdant. Il avait eu les dix-Huit derniers mois pour s'adapter à la vie sans elle. Il s'était dit qu'il y était parvenu et qu'il avait enterré son besoin désespéré d'elle quelque part à côté de l'ours qu'il gardait enfermé sous des couches de surveillance attentive et de garde mentale diligente, mais il savait qu'il s'était trompé lui-même. Son besoin de Gillian était plus fort que jamais, et c'était peut-être même plus dangereux que les soldats et le groupe inconnus qui cherchaient à l'éliminer.

Chapitre Trois

WYATT ÉTAIT RESTÉ SILENCIEUX pendant le trajet entre son chalet et Portland. Gillian avait tenté d'engager la conversation à plusieurs reprises, ne serait-ce qu'en lui demandant comment allait son côté où il avait été poignardé, mais il avait répondu par des grognements, quand il avait pris la peine de répondre. Finalement, elle avait renoncé à communiquer pour le moment et avait fermé les yeux. Son corps lui faisait mal là où le soldat l'avait serrée si fort, mais elle était convaincue qu'elle était trop excitée pour dormir.

Elle s'est trompée, se réveillant brusquement à l'entrée de Portland, rejoignant le flux de circulation qui traverse le pont en direction du cœur de la ville. Elle supposa qu'il suivait simplement l'autoroute, et fut donc surprise lorsqu'il se détourna de la direction qui les mènerait à l'I-Cinc Sud. Une fois de plus, elle tente une conversation. "Qu'est-ce que tu fais ?

Étonnamment, il a pris la peine de répondre cette fois-ci. "Nous devons nous débarrasser de cette voiture."

Elle essaya d'imaginer comment cela fonctionnerait, puisque l'idée de marcher jusqu'au Mexique était non seulement pratiquement impossible, mais carrément risible. Ils seraient ramassés en un rien de temps, surtout si Wyatt continuait à saigner et refusait de se déplacer pour soigner sa blessure.

Il s'éloigne du centre-ville, mais s'arrête au bord du trottoir devant un distributeur de billets. "Vous avez vos cartes bancaires ?"

Gillian acquiesce. "Et toi ?

Il a haussé les épaules. "Ils sont de retour à la cabane. Je n'avais pas l'habitude de porter mon portefeuille, car je quitte rarement... la cabane. J'ai perdu l'habitude."

Lorsqu'il est sorti de la voiture, elle a fait de même et a marché à ses côtés jusqu'à la machine. Il était vigilant, et elle aussi. Après la nuit qu'ils venaient de passer, se faire agresser au distributeur serait effrayant, mais pas vraiment surprenant. Heureusement, elle a pu retirer la totalité de ses cartes de crédit et de débit sans incident.

Après avoir mis l'argent dans son sac, il lui prit la main et ils commencèrent à marcher. Elle jeta un dernier coup d'œil à sa voiture, mal garée sur le trottoir, puis se détourna et regarda devant elle. Lorsqu'elle était venue prévenir Wyatt, elle avait fait son choix, même inconsciemment.

Elle était déterminée à être à ses côtés, là où elle devait être. C'est là qu'elle a toujours été à sa place, et Wyatt a juste besoin de le voir, de se rappeler comment c'était autrefois. Ce n'était pas le moment de penser à sauver leur relation. Ils devaient juste survivre assez longtemps pour atteindre le Mexique. Elle espérait qu'il s'agissait vraiment du sanctuaire que Malcolm lui avait brièvement décrit et auquel il avait fait référence dans son enregistrement. Si ce n'était pas le cas, elle n'avait aucune idée de ce qu'ils allaient faire.

Ils marchèrent pendant ce qui semblait être des pâtés de maisons, et c'était probablement le cas. Elle était consciente que le ciel s'éclaircissait légèrement, indiquant que l'aube n'allait pas tarder à poindre. L'idée d'être exposée à la lumière du jour la rendait nerveuse, même si elle doutait que ces soldats s'en prennent à eux dans une rue bondée en plein milieu de la journée. Peut-être.

Avec un doux grognement dans la gorge, qui ressemblait presque à un ronronnement, Wyatt s'arrêta finalement lorsqu'ils atteignirent un quartier résidentiel. Ils l'avaient traversé pendant au moins deux pâtés de maisons, mais apparemment il avait enfin trouvé ce qu'il cherchait. Un peu plus tard, elle découvrit qu'il s'agissait d'un vieux modèle de Geo Metro à hayon. Elle la regarda, puis le regarda avec confusion lorsqu'il s'arrêta à côté d'elle. "Qu'est-ce que tu fais ? demanda-t-elle doucement alors qu'il lâchait sa main, qu'elle n'avait même pas réalisé qu'il tenait jusqu'alors, et qu'il se déplaçait autour de la voiture.

Avec un grognement qui passa pour une réponse, il garda son attention concentrée sur ce qu'il faisait du côté du conducteur. Quelques instants plus tard, il ouvrit la portière et la jeune femme eut d'abord envie de protester contre le fait d'ouvrir le véhicule d'un autre. Elle étouffa rapidement cette envie lorsqu'il lui ouvrit la porte du passager. Elle se glissa à l'intérieur, reconnaissante de ne plus être dans la rue, même si ses nerfs étaient plus tendus que jamais alors qu'ils étaient assis dans la voiture d'un inconnu. "Qu'est-ce que tu fais ? demanda-t-elle à nouveau.

"Câblage", dit-il brièvement. Apparemment, les mois passés à vivre en ermite dans la cabane avaient érodé ses capacités de communication. Il n'avait jamais été du genre à radoter, mais il avait toujours au moins engagé la conversation avec elle. Ce côté de lui était frustrant, mais pas plus que le reste. Elle ne l'aimait pas moins pour autant.

"Savez-vous comment faire ?" Alors qu'elle finissait de poser la question, le moteur s'est mis en marche. "Je pense que oui", se dit-elle en s'adossant au siège. Attacher la ceinture de sécurité était une seconde nature, et elle essaya de se mettre à l'aise sur le siège usé tandis que Wyatt s'éloignait du trottoir et s'engageait sur la route. Lorsqu'elle lui jeta un coup d'œil, elle fut amusée de voir à quel point sa large carrure contrastait avec le petit véhicule. "Si tu devais voler une voiture, pourquoi pas quelque chose de plus confortable ?"

"Les nouveaux modèles de voitures sont mieux protégés contre les voleurs. Je ne suis pas un pro en la matière, j'avais donc besoin de quelque chose dont j'étais sûr de pouvoir faire un câblage".

Elle se souvint brusquement de l'affreuse Datsun verte qu'il conduisait, dont il avait restauré la carrosserie avec l'aide de son père et de son frère, mais en laissant la peinture d'apprêt, car il n'avait pas les moyens de s'offrir un travail de peinture professionnel. C'était sa première voiture, et la première qu'ils avaient conduite ensemble lors de leur premier rendez-vous. Leur premier vrai rendez-vous en tout cas.

Une vague de nostalgie l'envahit lorsqu'elle se souvint de l'excitation qu'elle ressentait en attendant qu'il vienne la chercher, depuis que ses parents avaient finalement cédé et l'autorisaient à avoir des rendez-vous individuels au lieu de rendez-vous collectifs. Elle avait alors quinze ans, et Wyatt venait d'en avoir seize.

Il était venu la chercher chez elle, lui ouvrant la porte de la voiture et arborant le regard désapprobateur de son père. Il n'avait rien contre Wyatt personnellement, mais il n'avait pas aimé l'idée que Gillian sorte avec lui. Sa position avait changé au fil des ans, et il en était venu à considérer Wyatt comme son fils, et il avait été aussi blessé et confus que beaucoup d'autres dans leur petite ville lorsque Wyatt avait rompu les fiançailles et s'était éloigné sans dire au revoir à personne.

Avec un petit soupir, elle repoussa ce souvenir et se concentra sur le présent. Elle n'essaya pas de faire la conversation pendant qu'il naviguait dans la ville. Le trafic n'était rien comparé aux heures habituelles, sans parler des heures de pointe, mais il devait quand même se concentrer. Elle jeta périodiquement un coup d'œil à son côté, grimaçant à chaque fois qu'elle y voyait du sang.

Alors qu'ils s'engagent sur la I-Cinc Sud, elle se penche en avant pour regarder dans la boîte à gants. La trousse de premiers secours qu'elle y trouva était médiocre, mais c'était mieux que rien. Elle la tint dans ses mains tandis qu'ils roulaient sur la route, l'aube approchant à grands pas.

Le silence se prolongeait et mettait ses nerfs à rude épreuve. La conversation n'était peut-être pas la chose la plus bénéfique en ce moment, mais elle en avait assez de laisser le silence s'installer entre eux. Elle était sur le point de dire n'importe quoi lorsqu'elle vit un panneau indiquant une aire de repos. "Garez-vous là, s'il vous plaît.

Il grogna, ce qui était ambigu, mais lorsqu'ils atteignirent la sortie, il s'arrêta sans se plaindre. Dès qu'il eut fait le tour du parking et arrêté le véhicule devant le bâtiment abritant les toilettes, elle enleva sa ceinture et ouvrit sa portière. "Venez avec moi. Il faut qu'on examine cette blessure si vous ne vous déplacez pas pour la soigner."

Il avait l'air de vouloir se disputer, mais cela aurait nécessité des mots. Elle soupira d'agacement lorsqu'il sortit en soufflant et se dirigea vers les toilettes, cette fois sans l'attendre ni lui prendre la main. Le retard devait l'irriter, ou peut-être même l'attention qu'elle portait à sa blessure. C'était dommage pour lui, car elle n'allait pas le laisser se vider de son sang à cause de son entêtement et de son refus de se transformer.

Elle était heureuse de voir des toilettes familiales, et ils devaient encore avoir au moins un processus de pensée similaire, parce qu'il se dirigea directement vers celles-ci. Il ouvrit la porte, la lui tint pour qu'elle puisse passer, puis la suivit avant de la refermer et de la verrouiller. "Enlevez votre veste et votre chemise.

Avec un petit soupir d'impatience, Wyatt se déshabilla jusqu'à ce qu'il soit nu à partir de la taille. Cela faisait si longtemps qu'elle ne l'avait pas vu ainsi que cela la distrayait temporairement. Il avait l'habitude d'être tout en muscles, et bien qu'il y en ait encore beaucoup, il avait clairement perdu du poids. Elle ne pouvait pas vraiment voir ses côtes ou les sentir lorsqu'elle tendait la main pour sonder délicatement la zone autour de la blessure, mais il ne prenait définitivement pas soin de lui comme il le devrait. Elle se retint de le réprimander gentiment, sachant que cela lui coûtait déjà beaucoup de force intérieure pour lui permettre d'examiner la blessure.

Elle fut soulagée de constater que la blessure n'était pas aussi grave qu'elle l'avait semblé plus tôt. La blessure était peu profonde et la lame ne semblait pas avoir touché les organes vitaux. Sinon, il serait probablement mort à l'heure qu'il est. Elle le lava du mieux qu'elle put avec des serviettes en papier et du savon, ce qui le fit siffler et reculer, mais il endura. Après cela, elle utilisa la trousse de premiers soins inadéquate, qui contenait une pommade antibiotique qu'elle étala sur la plaie avec précaution, et utilisa les deux compresses de gaze incluses, ainsi qu'un petit rouleau de ruban adhésif, pour recouvrir la plaie. Une fois qu'elle l'eut recouverte du mieux qu'elle pouvait, elle leva les yeux vers lui avec un petit froncement de sourcils. "Tu devrais te déplacer pour guérir."

Il a jeté un regard noir. "Je ne laisserai pas sortir la bête. Je guérirai très bien tout seul."

Elle haussa les épaules, sachant qu'il ne servait à rien de discuter avec lui. Il pouvait être carrément têtu quand il le voulait, et cela semblait être son choix par défaut ces derniers temps.

"Qu'en est-il de vous ? Êtes-vous blessé ?"

Elle haussa les épaules. "J'ai probablement quelques bleus, et il m'est parfois difficile de respirer profondément, mais je ne pense pas être sérieusement blessée."

"Relevez votre chemise. Il donna l'ordre d'un ton bourru, comme s'il la mettait au défi de refuser.

Il était étonnamment maladroit de soulever sa chemise jusqu'aux aisselles. Il l'avait vue nue de nombreuses fois, et à différents moments de sa vie, de l'époque où elle était maigre à celle où elle avait pris quelques rondeurs. C'était simplement le manque d'intimité entre eux, exacerbé par la séparation de dix-Huit mois, qui donnait l'impression qu'elle mettait son corps à nu devant un étranger. D'une certaine manière, ce Wyatt était un étranger, ce qui était insupportablement triste.

Elle a repoussé ses larmes et a laissé échapper un petit sifflement de douleur lorsqu'il a sondé ses flancs avec précaution, trouvant plus d'un point sensible. "Il avait une sacrée emprise sur moi. C'est une chance que j'aie pu lever mon genou assez haut pour toucher une partie sensible de son anatomie. Je suppose qu'il était encore assez humain pour avoir des couilles".

Il a simplement hoché la tête. "Tu as bien fait de prendre soin de toi."

Les mots étaient laconiques, mais son cœur s'emballa quand elle entendit l'approbation dans son ton. Elle secoua la tête devant sa propre bêtise et baissa sa chemise lorsqu'il acquiesça. "Je vais m'en sortir. J'espère qu'il en sera de même pour toi. Je suis un peu préoccupée par l'infection."

Il se contente de hausser les épaules. "Je suis sûr que je vivrai. Je n'arrive pas à faire autrement."

Ces mots lui firent froid dans le dos et elle oublia la distance qui les séparait et les raisons pour lesquelles il ne voulait pas qu'elle lui tende la main. Au lieu de cela, elle posa sa main sur son torse et l'autre sur sa joue. "As-tu essayé de te débarrasser de toi-même, Wyatt ?"

Il fronce les sourcils, mais ne s'éloigne pas de son léger contact. "Non. C'est juste que je n'ai pas trouvé beaucoup de bonnes raisons de continuer à m'accrocher. La mort serait un soulagement."

Les mots étaient inquiétants, mais elle ne les croyait pas vraiment. Elle ne pensait pas qu'il y croyait non plus. "Si c'est vrai, pourquoi t'es-tu battu si fort pour survivre plus tôt dans ta cabine ?

Il fronça les sourcils, semblant ne pas avoir de réponse pendant un long moment. Finalement, il laissa échapper un soupir. "Je devais te protéger".

"Si tu le dis". C'était une réponse facile pour lui, et ce n'était pas toute la vérité, mais elle ne doutait pas non plus de sa sincérité. Il s'était senti poussé à assurer sa sécurité, et alors qu'il aurait pu ressentir cela pour n'importe qui, elle choisit de le prendre comme un signe qu'il se souciait peut-être encore d'elle.

Elle savait que son ours ne reviendrait jamais sur le fait qu'il l'avait identifiée comme sa compagne, mais l'humain en lui était parfois une tête de mule. Pour l'instant, elle comprenait sa décision de partir autant qu'elle l'avait jamais fait, mais le fait d'être de nouveau avec lui rendait les choses si fraîches, faisant remonter de vieilles blessures à la surface. Elle était heureuse de voir qu'il n'avait pas complètement tourné la page et ne l'avait pas oubliée. Elle n'avait pas réussi à le faire non plus, même si elle n'avait pas vraiment essayé. Comment aurait-elle pu le faire alors que Wyatt était tout pour elle ?

"Il est temps de prendre la route", dit-il d'un ton bourru, sans lui tendre la main cette fois. Il se tourna simplement et sortit des toilettes. Avec un petit soupir, elle rassembla les restes de la trousse de secours et le suivit depuis la sécurité imaginaire des toilettes.

Il n'eut aucun mal à redémarrer la Metro et ils furent bientôt de retour sur l'autoroute, en direction du sud. Son silence continu, combiné à son manque de sommeil et au ronronnement apaisant des pneus sur la route, la bercèrent bientôt d'un sommeil léger et agité.

ELLE SE RÉVEILLA UN peu plus tard, réalisant immédiatement que le soleil était complètement levé et qu'ils avaient dû voyager pendant au moins une heure ou plus. Ils étaient toujours sur l'autoroute, et elle vit une sortie approcher. Il ralentissait, et c'est peut-être la différence de vitesse qui l'avait réveillée. "Où sommes-nous ?

"Juste une petite ville. Nous avons besoin d'essence." Il quitta l'autoroute et s'engagea sur la bretelle de sortie, ralentissant considérablement à l'entrée de la ville. Il aurait pu s'agir de Shifter Springs, ou d'un certain nombre d'autres petites localités semblables à travers le pays. Wyatt tourna à droite, suivant un panneau qui indiquait deux stations-service, un hôtel et deux restaurants. À l'idée de manger, son estomac se mit à gargouiller et elle se redressa à l'approche des pompes. Wyatt baissa sa vitre à l'approche du pompiste et elle lui tendit de l'argent. Puis elle se glissa hors de la voiture, s'arrêtant pour se pencher et regarder à l'intérieur. "Tu as faim ?

"Affamé".

D'un signe de tête, elle ferma la porte et entra dans la station-service, se dirigeant directement vers le rayon alimentaire. Le choix était maigre, mais son estomac était trop vide pour se soucier de la variété pour le moment. Elle prit deux sandwichs pour le petit déjeuner et les fit cuire au micro-ondes tout en se servant de grands cafés pour tous les deux. Elle reprit l'habitude de préparer son café comme il l'aimait, avec un peu de crème et deux sucres. D'une certaine manière, c'est comme si dix-Huit mois ne s'étaient pas écoulés. À d'autres égards, cela aurait pu être dix-Huit ans.

Elle avait atteint le comptoir et était en train de retirer de l'argent lorsqu'elle leva les yeux vers la télévision derrière l'employée et se figea. Le caissier ne faisait pas attention à l'écran, à son grand soulagement, mais elle n'arrivait pas à détacher son regard de l'écran alors que des photos d'elle et de Wyatt défilaient, avec une légende en dessous. Elle les identifiait comme armés et dangereux et affirmait qu'ils figuraient sur la liste des dix personnes les plus recherchées par le FBI.

Elle avala la boule dans sa gorge et essaya d'agir naturellement en prenant sa monnaie. Elle ramassa les cafés et les sandwichs et se tourna vers la porte. Ce faisant, elle croisa le regard des deux hommes derrière elle et leur expression froide et calculatrice la glaça. Elle se dépêcha de partir, traversant le parking aussi vite qu'elle le pouvait avec les cafés dans les mains. Elle en tendit un à Wyatt et en garda un pour elle en montant dans la voiture. "Conduis."

Il fronce les sourcils en la regardant. "Qu'est-ce qui ne va pas ?

"Conduisez, et je vous raconterai en chemin."

Il a répondu à son sentiment d'urgence en allumant la voiture et en sortant du parking prudemment, mais rapidement. Elle ne respire pas bien jusqu'à ce qu'ils soient de nouveau sur l'autoroute, puis elle lui raconte ce qu'elle a vu.

Wyatt n'a pas eu le temps de lui répondre. Au lieu de cela, il a laissé échapper un long juron en regardant dans le rétroviseur et en appuyant plus fort sur l'accélérateur.

"Qu'est-ce qui se passe ? En posant cette question, elle se retourna sur son siège, se tordant le cou pour apercevoir un gros camion qui leur fonçait dessus, avec deux silhouettes reconnaissables dans l'autre véhicule. C'étaient les hommes en chemise de flanelle à carreaux qui l'avaient observée à la sortie de la station-service. Il se pouvait qu'ils veuillent simplement passer le métro, mais vu la façon dont ils se rapprochaient, elle en doutait.

Ils confirmèrent cette supposition quelques instants plus tard en enfonçant la calandre de leur camion dans la petite Metro. Wyatt poussa un nouveau juron et se débattit avec le volant tandis que la petite voiture tournait de manière erratique sur la route avant de dévier sur le bas-côté et de s'encastrer directement dans la glissière de sécurité. Des étoiles dansèrent derrière ses yeux tandis que sa tête basculait vers l'avant puis vers l'arrière contre le siège avec un bruit sourd et sec, et que la conscience semblait s'éloigner, mais pas complètement. Elle eut vaguement conscience que quelqu'un ouvrait sa portière, puis elle perdit cette faible menace de conscience et glissa dans l'obscurité.

Chapitre Quatre

ELLE N'A DÛ QUE S'ASSOUPIR, car elle a rapidement repris conscience lorsque des mains rugueuses se sont posées sur son corps. Elle a d'abord cru que l'un des hommes essayait de la violer, mais elle a vite compris qu'il la fouillait simplement à la recherche d'armes lorsqu'il a empoché le pistolet qu'elle avait mis dans la poche latérale de sa veste, après l'avoir déplacé de sa ceinture pour l'y mettre.

Lorsqu'elle ouvrit complètement les yeux, il y en eut deux pendant un instant, puis ils se fondirent en un seul après qu'elle eut furieusement cligné des yeux. L'homme qui se tenait au-dessus d'elle était solidement bâti, ce qui était évident même à travers sa chemise de flanelle doublée. Son expression était dédaigneuse. "Pourquoi faites-vous cela ? demanda-t-elle d'une voix douce et rauque.

"Billy et moi pensons qu'il devrait y avoir une récompense pour dénoncer deux criminels comme vous."

Avec un certain effort, elle se hissa sur les coudes, lentement, pour éviter qu'il ne lui tire dessus pour avoir changé de position. "Wyatt et moi ne sommes pas des criminels. Son estomac se serra lorsqu'elle prononça son nom, et elle tourna la tête, le cherchant du regard. Elle poussa un cri de consternation en voyant que l'autre homme en flanelle tenait Wyatt plaqué au sol, sa main sur le bandage de Wyatt, exploitant clairement sa faiblesse. La colère monta en elle. "Laisse-le partir, espèce de grosse brute."

Celui que son compatriote appelle Billy ne la regarde même pas. Il était trop occupé à sourire sadiquement à Wyatt.

Wyatt tourna la tête et elle capta son regard, détestant la douleur et la colère qu'elle y voyait. "Transformer", dit-elle. Elle voulut jurer quand son expression devint têtue. Gillian compatissait à sa peur de laisser sortir l'ours, même si elle ne savait pas exactement pourquoi il craignait de le faire, mais s'il y avait jamais eu un moment où il fallait qu'il se transforme, c'était bien celui-ci.

Le bruit de l'armement de son propre pistolet ramena son attention sur celui qui l'avait fouillée. Elle leva des yeux écarquillés à la vue de l'arme qui la visait. "Vous n'avez pas besoin de ça. Je ne suis pas une criminelle. Wyatt non plus."

Il haussa les épaules. "Ce n'est pas ce que dit la télé". Il tourna la tête pour cracher une bouchée de jus de tabac. Lorsqu'il la regarda à nouveau, il y avait une lueur d'intérêt dans ses yeux qui était inquiétante. "J'ai du mal à croire qu'une petite chose comme vous soit dans le Top 10 des personnes recherchées par le FBI. Pourquoi ne pas me dire ce que vous avez fait ?"

Elle lui lance un regard noir. "Nous n'avons rien fait. Nous avons des informations que le gouvernement veut supprimer." Elle espérait qu'il était du genre à aimer son pays, pas son gouvernement.

Cela semblait lui passer au-dessus de la tête. Il se contenta de rire. "Si c'est le cas, je ne vous vois pas opposer une grande résistance lorsque nous vous dénoncerons. Ou avant."

"Qu'est-ce que tu fais, Bobby ? demanda Billy, avec une pointe d'avertissement dans son ton.

Bobby rangea son arme, la glissa dans la ceinture de son jean avant d'attraper la boucle de sa ceinture. "Je m'amuse juste un peu".

Billy jure. "Non, pas du tout. Nous devons mettre ces deux-là entre les mains des flics dès que possible."

Bobby s'esclaffe. "D'après cette dame, elle n'a rien fait de mal. Au cas où elle dirait la vérité, je devrais lui offrir un cadeau de départ. Quelque chose qui lui permettra de se souvenir de moi. C'est sa dernière chance de s'envoyer en l'air avant la prison."

Gillian lui lança un regard noir, prête à se battre jusqu'à son dernier souffle. "Tu devras d'abord me tuer".

"Peut-être pendant", dit Bobby d'un air songeur. "De toute façon, j'imagine qu'ils nous donneront une récompense, que tu sois mort ou vivant."

Un rugissement de Wyatt attira leur attention, et Gillian regarda dans sa direction à temps pour voir son bras se transformer en une véritable patte d'ours. Avec un autre rugissement plus animal qu'humain, il s'élança sur Billy, qui lâcha l'arme qu'il tenait sur Wyatt et tomba en arrière, n'appuyant plus sur sa blessure. Wyatt se releva d'un bond, luttant manifestement contre sa blessure.

Il ne s'arrêta que le temps de ramasser l'arme que Billy avait laissée tomber, l'une de ses propres armes, avant de courir vers elle et Bobby. Il souffrait visiblement, et elle avait envie de maudire son entêtement à ne pas s'être déplacé jusqu'au bout pour se soigner.

Bobby avait abandonné toute tentative et toute idée de lui faire quoi que ce soit en se tournant vers l'homme qui courait vers lui, manifestement terrifié par la patte de l'ours. Malgré sa peur, il adopta la position d'un tireur en cherchant à tâtons son arme.

Gillian a refusé que Bobby tire sur Wyatt avec son arme. Comme il ne la regardait pas, elle a pu le contourner et lui donner un coup de pied dans le genou aussi fort que possible.

L'attention de Bobby se détourna de Wyatt et se reporta sur elle, pointant à nouveau son arme dans sa direction. Il hurlait de douleur et tenait à peine debout avec son genou blessé. Malheureusement, il avait encore les idées claires. Il ne regarda même pas Wyatt lorsqu'il prit la parole. "Arrête-toi là, quoi que tu sois, ou elle meurt."

Gillian regarda Wyatt. Il gardait manifestement le contrôle de l'ours, comme en témoignaient la conscience dans son regard et la façon dont il s'était brusquement arrêté.

"Laissez-la partir", dit Wyatt. "Je suis celui qu'ils veulent vraiment, et je viendrai avec vous tranquillement si vous vous éloignez d'elle."

Bobby renifle. "Je ne suis pas né de la dernière pluie. Dès qu'elle ne sera plus là, tu me mettras en pièces." L'arme s'est déplacée rapidement, visant Wyatt et tirant avant même que Gillian n'ait pu comprendre ce qui se passait.

"Bien sûr, si je t'élimine maintenant, tu n'auras plus à t'en soucier." Il tira à nouveau, mais le coup manqua. Wyatt lui fonça dessus, le mettant à terre et lui tailladant le visage avec sa patte d'ours. Bobby poussa un gémissement de douleur, et son arme lui échappa des mains.

Gillian s'est précipitée pour l'attraper, l'a retournée et a utilisé la crosse pour frapper Bobby sur la tempe. Il s'est relâché presque immédiatement, et Wyatt a dû garder suffisamment de contrôle pour réaliser que la menace était terminée, car il s'est éloigné.

Au lieu de venir vers elle, il a couru dans la direction opposée. Agrippant son arme, Gillian s'est mise à courir après lui. "Wyatt, arrête. Il faut qu'on sorte d'ici." Lorsqu'il continua à courir sur quelques mètres, elle accéléra le pas pour le suivre, parvenant à réduire partiellement la distance, même si son cœur battait la chamade dans sa poitrine. "Nous sommes toujours en danger. Ils peuvent nous retrouver à tout moment."

Wyatt s'arrêta, mais ne se tourna pas vers elle. La fourrure se hérissait sur son cou et les taches laissées visibles par ses vêtements. Il respirait difficilement, essayant manifestement de reprendre le contrôle.

Elle se rapprocha de lui, étouffant le soupçon de peur qu'elle ressentait. Son ours ne manquerait pas de percevoir les phéromones, si l'animal était assez maître de lui pour le faire. Elle ne voulait pas que Wyatt sache qu'elle avait déjà eu peur de lui, même si elle était effrayée par sa perte de contrôle ou sa capacité à le retrouver. Cela ne voulait pas dire qu'elle allait le laisser seul ici ou qu'elle allait lui faire savoir ce qu'elle ressentait.

Il se raidit lorsqu'elle posa sa main sur son épaule, ce qui lui arracha un faible grognement. Elle garda une voix apaisante. "Tu devrais te transformer au moins assez pour guérir. Tu vas avoir besoin de tes forces."

Tout son corps resta tendu pendant un long moment, puis il secoua la tête. La fourrure commença à se retirer de son cou et il se tourna lentement vers elle. Il était alors redevenu Wyatt, et il était encore manifestement blessé.

Elle laisse échapper un soupir d'exaspération. "Tu dois te soigner toi-même".

Il y avait encore un léger grognement dans sa voix quand il parlait, indiquant qu'il ne contrôlait pas aussi bien qu'elle le pensait. "Je ne peux pas. Si je le laisse sortir autant, la bête prendra le dessus."

Elle voulait continuer à discuter, mais ils devaient reprendre la route. Au lieu de cela, elle lui prit la main et l'entraîna, à peine surprise qu'il n'insiste pas pour s'éloigner. "Nous devrons prendre leur camion, car la Geo ne redémarrera probablement pas.

Il grogna, ce qu'elle prit pour un accord, et le précipita vers le camion. Wyatt s'installa sur le siège passager sans se plaindre ni faire de commentaire, et elle atteignit le côté conducteur, laissant échapper un petit juron lorsqu'elle confirma que le moteur était éteint et que les clés n'étaient pas dans le commutateur. Elle vérifia sous la visière et quelques autres endroits évidents, espérant que l'un des deux chasseurs de primes en herbe avait simplement laissé tomber les clés dans un endroit pratique avant de les affronter, mais elle n'eut pas cette chance.

Wyatt était toujours contre la porte, la tête détournée d'elle, et sa respiration légèrement irrégulière. Elle ne savait pas si c'était dû au fait qu'il essayait de garder le contrôle sur l'ours, ou à la blessure qu'il avait reçue au côté et au coup de feu dans l'épaule.

"Je dois trouver les clés."

Il se retourna pour la regarder, l'air inquiet. "Pas question. Tu ne peux pas aller fouiller ces péquenauds."

Elle haussa les épaules. "A moins que vous ne sachiez comment faire passer ce type de véhicule, nous n'avons pas beaucoup de choix."

Il hésite avant de secouer la tête. "Je vais chercher les clés.

"Non, ce n'est pas le cas. Vous devez vous reposer et essayer de reprendre des forces si vous ne voulez pas vous guérir vous-même." Elle saisit son arme et se dirigea d'abord vers la station de métro. La voiture était têtue, le hayon ne voulant pas céder, mais elle réussit finalement à l'ouvrir suffisamment pour récupérer leur sac d'armes. Elle les ramena jusqu'au camion et les déposa dans la cabine, prenant le temps de récupérer un fusil, qui semblait bien plus intimidant que la petite arme de poing. "Est-il chargé ?"

Wyatt avait les lèvres tellement comprimées qu'elles étaient presque blanches. Il doit avoir très mal, car il n'a pas insisté pour l'accompagner ou le faire lui-même. Il s'est contenté de hocher la tête.

Elle désactiva la sécurité et tint le fusil d'une main et l'arme de poing de l'autre. Lorsqu'elle devrait fouiller leurs formes inconscientes, elle devrait poser l'une des armes, et elle déciderait laquelle à ce moment-là.

La chance devait être avec elle, car elle trouva les clés dans la poche de Billy, qui était encore inconscient du coup que Wyatt lui avait donné avec sa patte d'ours. Elle serra le trousseau de clés dans sa main et se précipita vers le camion, remettant le fusil à Wyatt pour qu'il le remette dans le sac de sport, mais glissant à nouveau son propre pistolet dans la poche de sa veste. Puis elle démarra le véhicule et s'éloigna, sans se retourner vers l'épave de la Geo, ni vers les deux hommes inconscients gisant sur le sol au bord de l'autoroute.

ELLE ROULA PENDANT plus d'une heure, n'aimant pas la façon dont Wyatt devenait de plus en plus silencieux et pâle à mesure que le temps passait. Assez, c'était assez, et elle prit une décision, quittant la route à la prochaine sortie disponible. Il s'agissait d'une petite ville agricole, qu'elle traversa en regardant les bâtiments autour d'elle. Dans un rayon de Trois kilomètres, ils étaient si rares qu'ils en étaient presque inexistants. Lorsqu'elle aperçut une grange isolée, à l'aspect usé mais pas encore délabré, elle tourna le camion sur la route de gravier cahoteuse, ce qui provoqua un sursaut de la part de Wyatt.

Il leva la tête de la fenêtre en fronçant les sourcils. "Qu'est-ce qui se passe ?

"Nous devons nous arrêter. Si tu ne peux pas te soigner, je dois essayer de faire quelque chose pour tes blessures. Tu saignes trop et tu vas te laisser mourir." Elle prononça ces mots avec colère, sans aucune empathie pour sa situation difficile. Elle était simplement consternée qu'il se laisse souffrir plutôt que de passer à l'ours pour lui sauver la vie.

Il lui adressa un grognement et elle ignora sa réponse. Elle suivit la route cahoteuse jusqu'au côté de la grange, où elle descendit et s'approcha prudemment. Elle regarda autour d'elle et ne vit aucun autre signe d'habitation, et lorsqu'elle ouvrit prudemment les doubles portes, l'odeur de renfermé et le soupçon de moisissure sous-jacent indiquaient qu'elle n'avait pas été utilisée depuis un certain temps. Il y avait encore une légère odeur de bouse de vache, mais elle s'était estompée.

Satisfaite, elle retourna au camion et le conduisit à l'intérieur de la grange. Une fois qu'elle fut sortie et qu'elle eut refermé les portes, elle constata qu'il faisait sombre à l'intérieur, mais qu'il manquait une partie du toit, ce qui donnait une lumière suffisante pour voir l'intérieur. Ils étaient bien seuls, et ne partageaient pas l'espace avec d'autres animaux - enfin, peut-être des rats et des insectes, mais elle ne voulait pas y penser.

Elle se déplaça du côté de Wyatt et ouvrit sa porte, le faisant sortir avec précaution. Il était dans les vapes, et elle le maudit doucement. Il n'y avait pas besoin d'être chirurgien pour savoir que la balle dans son épaule devait être retirée. Elle découvrit rapidement qu'il n'y avait pas de trou de sortie, donc que la balle était toujours à l'intérieur de lui, et qu'elle semblait avoir sérieusement endommagé sa clavicule, ce qui avait stoppé la progression de la balle.

Il continuait à saigner librement et elle secoua la tête. Elle leva les yeux vers Wyatt et prit son visage dans ses mains. "Tu dois te transformer, au moins assez pour guérir cette blessure. Je ne peux rien faire pour elle, et si tu ne fais rien, soit je dois t'emmener à l'hôpital, soit tu vas mourir. Il faut donc que tu te décides tout de suite."

Il laissa échapper un gémissement, mais au bout d'un moment, il acquiesça. Il s'éloigna d'elle, manquant de trébucher. Elle lui soutint le bras avec sa main, utilisant toutes ses forces pour le maintenir debout. Lorsqu'il continua à essayer de bouger, elle lui dit : "Tu gaspilles ton énergie. Fais-le."

Il acquiesça, son regard rencontrant le sien. "D'accord, mais je veux que tu quittes la grange pendant que je le fais. Je ne veux pas risquer de perdre le contrôle en votre présence."

Elle croise les bras sur sa poitrine. "Et je ne prendrai pas le risque de te laisser seule. Si tu n'es pas capable de te transformer suffisamment, tu pourrais te vider de ton sang et mourir. Et puis, si je sors, on risque de me voir." C'était un peu exagéré, puisqu'ils étaient à au moins un kilomètre de la route principale, et qu'elle pouvait se tenir derrière la grange, à l'abri de toute circulation sur la route de campagne.

Ce n'est pas seulement pour lui qu'elle est restée là, mais aussi parce qu'elle avait besoin que Wyatt comprenne qu'il ne lui ferait pas de mal. Elle avait besoin que Wyatt comprenne qu'il ne lui ferait pas de mal, même s'il était incontrôlable. Il y a dix-Huit mois, lorsqu'il avait failli tuer Clayton Walsh, il avait été erratique et incontrôlé pendant des mois. Il avait passé les dix-Huit derniers mois à étouffer l'ours, et elle avait un peu peur qu'il perde le contrôle. Elle ne pouvait pas lui permettre de voir cette peur, sinon elle perdrait tout le terrain qu'elle avait pu gagner.

Non pas qu'elle ait été assez naïve pour penser qu'elle avait gagné beaucoup au cours de la récente épreuve. Ils étaient tous deux concentrés sur la survie, et elle avait dû pratiquement le culpabiliser pour qu'il la laisse l'accompagner.

"Alors, au moins, dirigez-vous vers la porte, pour pouvoir vous enfuir plus facilement si vous en avez besoin."

Avec un soupir, elle s'exécuta, se demandant pourquoi il ne lui avait pas suggéré de s'asseoir dans le camion pour pouvoir s'éloigner en cas de besoin. Ce devait être parce qu'il ressentait les effets de ses blessures. L'idée lui paraissait évidente, mais elle n'avait pas l'intention de s'éloigner, alors elle ne proposa pas cette option. Au lieu de cela, elle se tint à une courte distance de lui, les yeux rivés sur sa forme pendant que Wyatt abandonnait progressivement le contrôle à l'ours.

Des griffes sortirent d'abord de ses doigts, suivies de pattes, puis de la fourrure se hérissa le long de ses bras. Elle s'étendait jusqu'à son cou, mais son visage ne montrait aucun signe de l'ours. De son point d'observation, elle ne pouvait pas vraiment voir sa poitrine, alors elle essaya de bouger pour avoir un meilleur angle. D'après ce qu'elle put déterminer, sa cage thoracique s'élargissait et elle était certaine que de la fourrure se formait sur son torse.

Le fait de le voir exercer un tel contrôle sur l'ours, en ne laissant que certaines parties de lui-même se transformer, apaisa la plupart de ses craintes. Wyatt craignait peut-être l'ours et l'arme que les militaires avaient transformée, mais elle ne craignait pas Wyatt. Elle ne savait pas avec certitude si les militaires avaient agi de la sorte, mais c'était ce qu'elle pensait en se basant sur ce que ses coéquipiers avaient dit, ainsi que sur l'insistance de Wyatt à tenir son ours à distance. Elle voulait connaître toute l'histoire, mais elle ne pouvait pas lui mettre la pression maintenant. Elle l'avait déjà assez poussé, mais il devait se soigner.

Au bout d'un moment ou deux, alors que l'ours et l'humain semblaient se battre pour la suprématie et que tout son corps tremblait, la fourrure commença à se retirer. Voyant l'ours disparaître, elle s'avança, voulant vérifier par elle-même qu'il avait guéri la blessure avant de repousser son côté ursin.

En s'approchant, elle vit qu'il avait l'air fatigué, mais plus faible. La blessure à l'épaule n'était plus qu'une ecchymose rouge, et le coup de couteau dans son flanc était presque entièrement cicatrisé lorsqu'elle enleva soigneusement les compresses de gaze. Elle hocha la tête avec satisfaction. "Tu as besoin de te reposer avant de reprendre la route."

Il secoue la tête. "Ce n'est pas sûr. Nous devons continuer à avancer."

Elle laisse échapper un petit soupir. "Je sais que tu as raison, mais je suis épuisée, et toi aussi. Nous avons juste besoin de nous reposer un peu. Le camion est un quadricabine, on devrait pouvoir s'allonger sur les banquettes et se reposer. Juste une heure ou deux."

Il eut l'air réticent, mais acquiesça et la suivit jusqu'au véhicule. Elle se glissa sur la banquette arrière, laissant à Wyatt la place avant, et ferma les yeux. Malgré ses pensées tumultueuses et la crainte que le gouvernement ne les trouve ou n'envoie d'autres soldats bizarres, elle réussit à s'endormir presque immédiatement. Elle n'avait pas exagéré en disant qu'elle était épuisée, et elle avait hâte de voir si Wyatt trouverait le sommeil lui aussi.

Chapitre Cinc

LA PLUIE L'A RÉVEILLÉE, en même temps que son corps frissonnait. Elle se redressa lentement, regardant le ciel à travers la partie manquante du toit, et fronça les sourcils en voyant les nuages sombres au-dessus de sa tête. La pluie tombait à torrents, et il semblait évident qu'ils allaient rester dans la grange au moins un peu plus longtemps.

Lorsque Wyatt a crié dans son sommeil, elle a remis en question la théorie selon laquelle la pluie l'avait réveillée. Peut-être que c'était plutôt ses cris. Il avait l'air effrayé dans son rêve, et il se débattait sur la banquette. Sans réfléchir, elle grimpa sur le siège pour s'allonger à côté de lui. Gillian entoura de ses bras la forme tremblante de Wyatt, passant soigneusement ses doigts dans ses cheveux et émettant des sons apaisants tout en essayant de le réveiller. "Ce n'est qu'un rêve. Reviens vers moi, Wyatt."

Ses bras l'entourèrent, la serrant de plus près, et elle soupira de contentement en sentant à nouveau son étreinte. Elle n'avait même pas essayé de tourner la page sur Wyatt au cours des dix-Huit derniers mois. Elle savait que les ours s'accouplaient pour la vie, et bien qu'elle soit humaine et non un ours, elle s'accouplait aussi pour la vie. Wyatt ne l'avait jamais réclamée avec sa morsure, et ils n'avaient jamais eu de cérémonie de mariage ou quoi que ce soit d'autre, mais elle était sa compagne dans son cœur, et aucun autre homme n'aurait pris sa place.

Elle était certaine que c'était la même chose pour lui, et il n'aurait pas cherché la compagnie d'une femme, même pour satisfaire ses besoins les plus bas. Il s'était battu contre l'ours et toutes les choses associées à son ancienne vie au cours des dix-Huit derniers mois, mais dans son sommeil, il l'avait reconnue pour ce qu'elle était. Son ours savait qu'elle était sa compagne, et Wyatt devait s'en souvenir également.

Sa respiration s'est stabilisée et il a cessé de se débattre pendant qu'elle le tenait. Wyatt dormit encore trente minutes avant de commencer à s'agiter, et elle retint son souffle lorsqu'il ouvrit les yeux, se demandant quel accueil elle recevrait. Ce n'était pas parce que l'ours de son subconscient l'avait accueillie que Wyatt lui-même le ferait. Il avait fait tout ce qu'il pouvait pour la repousser.

Comme s'il était en pilotage automatique, ses bras se détachèrent d'elle et il essaya de reculer, bien qu'il n'y eût nulle part où aller.

Elle s'accroche à lui et se rapproche en faisant appel à son sens de l'obstination. "Tu as fait un cauchemar.

Il pousse un long soupir. "Ce n'est pas nouveau. Je vais bien maintenant, alors vous pouvez laisser tomber."

Elle secoue la tête. "Tu n'as pas encore compris, Wyatt ? Je ne te laisserai jamais partir. Je n'aurais pas dû te laisser partir il y a dix-Huit mois, mais je savais que tu avais besoin de guérir de ce que tu avais traversé. Il est évident pour moi que tu n'as pas guéri. Tu as simplement refoulé tout ça, et tu dois y faire face".

"Et vous pensez que c'est le meilleur endroit et le meilleur moment pour le faire ? demanda-t-il avec un sourire narquois. "Alors pourquoi ne pas me soigner, docteur Freud, puisque c'est vous l'expert ?".

Ses paroles lui faisaient mal, mais elle essayait de ne pas le laisser paraître. Un jour prochain, il se sentirait comme un crétin royal pour toutes les façons dont il s'était emporté contre elle, alors elle n'avait pas besoin d'empirer les choses pour lui. "Je ne peux pas te réparer. Tu es le seul à pouvoir le faire, Wyatt, mais je suis là pour t'aider. Si tu veux en parler, je t'écouterai, et si tu ne veux pas parler, nous resterons allongés ici jusqu'à ce que la pluie passe. Laisse-moi être là pour toi".

Il a détourné le regard. "Je suppose que je te dois une explication sur la raison pour laquelle nous ne pouvons pas être ensemble."

"Nous pouvons être ensemble, et nous le serons. Mais j'aimerais savoir ce qui t'est arrivé."

"J'étais dans l'armée depuis cinq ans lorsque j'ai été approché par le colonel Wallace, qui a reconnu que j'étais un métamorphe.

Elle détestait déjà poser des questions, mais elle s'était toujours interrogée et n'avait jamais eu l'occasion de lui poser la question. "Les militaires ne se sont pas rendu compte qu'il y avait quelque chose de différent chez vous quand vous êtes entré dans l'armée ?

Il secoue la tête. "Les *ursa sapiens ont* une évolution différente de celle des humains, mais nous avons le même groupe sanguin. C'est tout ce qu'ils font dans l'armée. Ils font un test pour voir si vous êtes en bonne santé, et bien qu'il y ait quelques différences entre la normale pour un métamorphe et la normale pour un humain, il n'y a rien qui ait déclenché de drapeaux rouges. La plupart des militaires ne savaient pas que j'étais un métamorphe, et aucun d'entre eux ne connaissait nos coéquipiers. Jusqu'à Wallace. Il voulait nous aider à perfectionner nos capacités de métamorphes pour faire de nous de meilleurs soldats. Ça avait l'air bien quand il l'a présenté, mais il ne nous a pas tout dit."

"Besoin de savoir", dit-elle tristement. "Je suppose qu'ils ont pensé que vous n'aviez pas besoin de connaître les détails insignifiants de la façon dont ils allaient ruiner votre vie."

Wyatt laisse échapper un grognement. "C'est presque comme si tu avais été dans l'armée toi-même. C'est exactement ça. Nous n'avons eu les détails qu'après avoir signé l'accord de participation. Il s'agissait d'un régime de drogues et de ce que je soupçonne être un contrôle de l'esprit, bien que je ne me souvienne pas des séances auxquelles ils nous ont soumis. Une fois que c'était fait, ils pouvaient forcer nos métamorphes à sortir à volonté et nous envoyer en mission. C'est pourquoi je n'ai pas eu de contact avec toi, à part quelques lettres, pendant les Trois dernières années où j'étais dans l'armée. Nous n'avions pas le droit de quitter la base, et nos lettres étaient soigneusement examinées, alors je n'ai pas pu te dire quoi que ce soit d'important".

Gillian acquiesce. "Je me souviens de cette époque. Pendant un moment, j'ai cru que tu t'éloignais de moi et que tu étais sur le point de mettre fin à nos fiançailles, même si je savais que ce n'était pas vraiment le cas puisque j'étais ta compagne. J'étais inquiète, et puis tu es sorti, et j'ai été tellement soulagée, au moins pendant quelques semaines." Après cela, son combat était remonté à la surface, et elle avait réalisé que l'homme qu'elle aimait était toujours à l'intérieur de Wyatt et de son ours, mais qu'il avait été blessé d'une manière qui détruisait l'âme et qui nécessitait une guérison. La solution de Wyatt avait été de s'enfuir et de mettre de la distance entre lui et tout le monde.

"Je pense qu'ils ont trouvé un moyen de contrôler notre côté animal, car ils nous envoyaient en mission et je n'avais aucun souvenir de ce que j'avais fait. Je revenais à moi couvert de sang, sans avoir la moindre idée des atrocités que j'avais commises. C'était la même chose pour tout le monde. Aujourd'hui encore, je ne sais pas tout ce qu'ils nous ont fait faire, mais ce dont je me souviens, c'est qu'ils ont complètement massacré l'ennemi et toutes les enceintes dans lesquelles nous sommes entrés. Je ne sais pas combien de personnes j'ai tuées, combien d'innocents, et je ne peux pas contrôler l'ours. C'est pourquoi je ne peux pas prendre le risque de le laisser sortir. Quand je le fais, je ne me souviens pas de ce qu'il fait."

"Avez-vous essayé depuis que vous avez quitté l'armée et que l'on ne vous bourre plus de ces drogues ?

Il lui lance un regard plein d'irritation. "Tu étais là quand j'ai essayé d'arrêter Clayton Walsh et que j'ai perdu le contrôle au profit de l'ours.

Elle acquiesce. "Oui, mais c'était un moment émouvant et tu étais sous l'emprise de l'adrénaline. As-tu essayé d'invoquer l'ours et de te transformer quand tu n'es pas dans une situation stressante ? Il se pourrait que tu aies plus de contrôle sur lui que tu ne le penses, maintenant que cela fait si longtemps que tu n'as pas participé à leur expérience."

"Il se peut aussi que j'aie définitivement perdu le contrôle sur lui et que, si je cède et que je deviens complètement l'ours, je ne retrouve jamais mon côté humain. Il est incontrôlable, assoiffé de sang et de meurtre. Je ne peux pas risquer de lâcher cette bête sur le reste du monde." Ses yeux s'assombrirent et il inspira difficilement. "Je ne supporterais pas de te blesser, ou pire."

"Je crois que j'ai plus confiance en toi que ça. Repousser l'ours ne résoudra pas le problème. Tu ne peux pas passer le reste de ta vie à lutter contre la moitié de ta nature. Tu dois reprendre le contrôle sur lui, et c'est peut-être plus facile que tu ne le penses."

"Ou je pourrais te tuer", dit-il avec un rugissement. "Je pourrais te mettre en pièces et me délecter de l'odeur de ton sang. C'est le genre de souvenirs qui me hantent, qui entachent mes rêves. Si je te faisais quelque chose, je ne pourrais pas continuer. Je ne veux faire de mal à personne, surtout pas à toi."

"Je sais que tu m'aimes toujours, Wyatt. Je t'aime aussi, peu importe à quel point tu es endommagé ou blessé. Je ne te quitterai pas cette fois, et je ne te laisserai pas me quitter."

Il avait l'air triste. "Ce n'est pas sûr d'être avec moi."

"Je préfère vivre avec le risque et t'avoir, plutôt que de retourner à une existence sans toi. Rassemblant tout son courage, s'attendant à être rabrouée, Gillian tendit le cou et leva légèrement la tête pour approcher ses lèvres des siennes. Elle les effleura dans un doux baiser, et comme il ne la repoussait pas, elle revint à la charge. Il ne répondait pas encore, mais il n'essayait pas d'échapper à son emprise. Alors qu'elle posait légèrement ses lèvres sur les siennes, elles finirent par céder, et il laissa échapper un souffle rauque qu'elle captura avec sa bouche avant d'approfondir le baiser. Cette fois, ses lèvres se moulèrent aux siennes et ses bras l'entourèrent à nouveau, la tenant fermement contre lui.

Lorsque Wyatt ne la repousse pas, Gillian le prend comme un signe d'encouragement et approfondit le baiser. Il était encore un peu raide à cause d'une résistance persistante, mais il n'essaya pas de retirer sa bouche de la sienne. En fait, ses lèvres se courbent, se moulent et s'adoucissent lorsqu'il commence enfin à participer. Sa langue s'insinua prudemment entre ses lèvres, sondant la jointure pour une entrée qu'elle n'avait aucune envie de refuser.

Lorsque sa langue caressa la sienne, presque timidement, elle répondit en la massant avec la sienne. Son goût était si familier, et elle en avait été privée pendant si longtemps, que des larmes piquèrent le fond de ses yeux. Elle cligna des yeux avant qu'elles ne tombent, déterminée à ne rien faire qui puisse gâcher ce moment, ou donner à Wyatt une excuse pour s'éloigner.

Elle s'accrocha à lui, approfondissant le baiser tout en déplaçant progressivement ses mains le long de son corps, se glissant sous son tee-shirt déchiré pour caresser son abdomen. La peau était lisse et tendue, mais il était nettement plus mince qu'avant. Il avait encore des muscles abdominaux bien dessinés, et elle passa ses doigts dessus pour en tracer les contours tout en remontant.

Lorsque ses ongles atteignirent son mamelon, elle le ratissa légèrement, exactement comme il l'aimait. Il la récompensa par un souffle indéfini, suivi d'un grognement profond dans sa gorge. Elle savait ce qu'elle lui faisait. Cela le rendait fou.

Il en était de même pour ce point précis de son cou. Avec précaution, aussi lentement qu'elle l'aurait fait s'il s'agissait d'un poulain peureux, elle fit glisser sa bouche de son menton à celui de l'homme, l'embrassant au passage. Lorsqu'elle atteignit la forte colonne de sa gorge, elle sortit sa langue pour lécher le chemin de son artère carotide avant de dévier légèrement vers la gauche, à la recherche d'un endroit où il était presque certain de perdre le contrôle. Dès que ses lèvres effleurèrent la zone, il se raidit et commença à la repousser.

Avec ténacité, elle s'accroche à lui, adoucit ses lèvres en effleurant le point avec ses dents avant de s'y accrocher pour le sucer lentement et en rythme.

"Bon sang, Gillian, tu dois arrêter".

Elle se rapprocha, augmentant l'intensité de sa succion alors qu'elle sentait sa dernière résistance s'effriter et disparaître. C'était évident à la façon dont ses muscles tendus se relâchaient, et à la série de jurons qui lui échappaient alors même que ses hanches se dérobaient, sa bite cherchant instinctivement la chaleur entre ses jambes.

Elle avait déclenché l'interrupteur chez lui, c'était évident. En quelques secondes, ils n'étaient plus allongés côte à côte. Au lieu de cela, elle était coincée fermement sous lui, le poids de son aine appuyant sur la sienne. Il ne s'arrêta que le temps d'enlever sa chemise avant de s'allonger sur elle, l'écrasant presque de son poids. Au lieu de l'étouffer ou de l'effrayer, elle se sentait rassurée ; une présence rassurante qui lui avait manqué au cours des dix-Huit derniers mois.

Il saisit une poignée de ses cheveux et lui tira la tête en arrière pour dévoiler sa gorge. Ses lèvres s'y déplacèrent, se régalant de la peau qu'il découvrait comme s'il était affamé. Elle gémit, cambrant ses hanches contre lui à la recherche d'un soulagement. Les couches de vêtements qui les séparaient étaient trop lourdes à porter.

Lorsqu'il releva la tête, il respirait difficilement et ses yeux s'étaient assombris. La main qu'il avait mise dans ses cheveux se desserra légèrement, laissant les mèches s'égarer entre ses doigts. "Cela m'a manqué. Tu m'as manqué", dit-il d'un ton bourru. Il était clair que l'admission lui avait coûté cher.

Elle acquiesça, ressentant ce besoin irritant de pleurer à nouveau. Gillian repoussa ses larmes et leva les mains pour étreindre ses épaules. Elle le guida jusqu'à elle, sa bouche s'emparant de la sienne dans un autre long et lent baiser. Il en avait toujours été ainsi avec Wyatt, comme si chaque baiser était leur premier. De la dynamite à l'état pur, et une intensité presque surprenante. Cela n'avait pas changé, mais c'était devenu plus fort.

Ses mains se glissèrent entre leurs corps pour déboutonner sa chemise, la dépouillant rapidement de son vêtement. Dans son impatience, il finit par arracher les deux derniers boutons, mais elle s'en soucierait plus tard. Il se passa tout aussi rapidement de son soutien-gorge blanc, décrochant les attaches et le faisant glisser de ses épaules d'un mouvement qui lui parut sans effort.

Comme un homme affamé, il se jeta sur ses seins, sa bouche cherchant un mamelon rose et dodu. Elle enfouit sa main dans ses cheveux, le tenant près de sa poitrine tandis qu'il tétait frénétiquement. Chaque tiraillement de sa bouche envoyait une pulsation de plaisir correspondante à travers son cœur, et elle se déplaçait sans cesse sous lui. Elle voulait qu'il soit à nouveau en elle. Elle en avait rêvé et fantasmé si souvent qu'elle se souvenait parfaitement de ce qu'elle ressentait lorsqu'elle l'avait en elle, et elle avait désespérément besoin de cette connexion. "J'ai besoin de toi, Wyatt.

Il n'y prêta guère attention, passant simplement d'un sein à l'autre, tout en levant une main pour tirer sur le mamelon qu'il venait de sucer. Elle gémit et se cambra à nouveau contre lui, cherchant désespérément à se soulager. "Elle gémit et se cambra à nouveau contre lui, cherchant désespérément à se soulager. J'ai besoin de toi maintenant."

Il releva la tête, la secouant doucement. "Pas encore. Cela fait si longtemps, et je veux savourer chaque instant."

Elle laissa échapper un gémissement de frustration. "Tu pourrais savourer plus tard et me baiser maintenant".

Wyatt sourit. "Une telle bouche sale. As-tu toujours été une fille aussi sale ?"

Elle roula des yeux tout en gloussant lorsque sa bouche descendit plus bas, descendant le long de la chair douce de son ventre pour que sa langue puisse plonger avec précaution dans son nombril avant de tourbillonner autour. "Je sais ce que je veux, et j'ai déjà perdu trop de temps à l'attendre.

"Qu'est-ce qu'un peu plus de temps ?" La question n'était plus qu'un souffle fantôme sur son bas-ventre alors que ses doigts s'occupaient habilement de la fermeture éclair et du bouton-pression de son jean, le poussant vers le bas de ses cuisses avec sa culotte dans un mouvement rapide qui interrompait à peine le chemin de sa langue vers son monticule.

Elle laissa échapper un sanglot lorsque sa langue atteignit sa fente, s'agrippant désespérément à la poignée de cheveux qu'elle avait en essayant de le pousser plus près d'elle. Il résista, maintenant l'espace pendant un moment. Il la touchait presque, et chaque souffle était comme une caresse contre sa chair brûlante.

Finalement, alors qu'elle sanglotait presque de besoin, il céda et porta sa bouche à sa chatte. Le premier contact de ses lèvres contre ses lèvres la fit se cambrer, et lorsque sa langue glissa à l'intérieur de ses plis, elle ne fit qu'attiser la faim en elle plutôt que d'étancher le besoin. Elle s'agrippa au revêtement en tissu du siège, enfonçant ses ongles tandis qu'elle haletait et gémissait sous l'assaut féroce du plaisir.

Elle était si sensible et l'avait attendu si longtemps qu'il ne fallut pas plus que quelques coups de langue sur son clito, suivis de la succion du bourgeon tendu, pour la faire entrer dans l'orgasme.

Elle cria son nom en jouissant, vaguement consciente qu'il la déshabillait pour le reste du chemin.

Elle tendit la main pour toucher sa chair, ayant besoin de sentir le réconfort de sa peau alors qu'il s'éloignait d'elle, sa large carrure le gênant manifestement pour retirer son pantalon. Après quelques jurons et le balancement du camion, il était enfin de retour vers elle, et elle s'est glissée entre eux pour saisir la longueur de sa bite, se délectant de la sensation de la peau lisse sous sa main. Elle a caressé sa queue, l'a pompée plusieurs fois et a été récompensée par une giclée de pré-cum à chaque fois. Lorsqu'il fut lisse et lubrifié, pulsant chaudement dans sa main, elle le guida jusqu'à l'ouverture et il s'y enfonça.

Elle gémit en prenant toute la longueur de son corps. Cela faisait dix-Huit mois qu'ils n'avaient pas été amants, et elle n'avait pris personne entre-temps. Rapidement, son corps s'adapta et se souvint de la sensation et de la longueur de son corps, s'adoucissant et se moulant à sa bite comme si aucun temps ne s'était écoulé depuis la dernière fois qu'il avait été en elle.

Elle prit ses fesses dans ses mains, enfonçant légèrement ses ongles tout en l'attirant aussi profondément qu'elle le pouvait en elle. Sa cuisse heurta le volant, mais elle remarqua à peine la légère poussée de douleur lorsqu'elle remonta ses jambes pour les enfermer autour de la sienne.

Une fois de plus, il enfila ses doigts dans ses cheveux, entoura sa tête de ses mains et abaissa sa bouche jusqu'à la sienne. Leurs langues s'entrechoquaient, s'efforçant l'une contre l'autre tandis que leurs corps bougeaient à un rythme effréné. Elle était déjà sur le point de jouir à nouveau, et Wyatt semblait tout aussi frénétique alors qu'il entrait et sortait d'elle, son rythme devenant de plus en plus erratique, mais pas moins intense.

Avec un petit cri, il releva la tête, arqua le dos et s'enfonça plus profondément en elle. Sa bite tressaillit un instant avant qu'il ne jouisse, annonçant sa libération. La sensation qu'il jouissait en elle commençait à l'envoyer au bord du gouffre, mais ce furent ses mots qui la poussèrent vraiment vers un climax bouleversant.

"Je t'aime, putain, Gillian".

Cette fois, les larmes ne se sont pas fait prier, et elles ont coulé sur ses joues, s'ajoutant aux sensations accablantes qui tourbillonnaient en elle. Pendant un bref instant, elle ne fut rien d'autre que des terminaisons nerveuses et des émotions tandis que le monde basculait autour d'elle, se brisant avant de se reformer en une image totalement différente de ce qu'elle était il y a quelques minutes. Il avait admis qu'il l'aimait toujours, et bien qu'elle l'ait su, l'entendre était toujours rassurant.

Encore tremblante de la force de sa libération, elle s'est recourbée contre lui lorsqu'il s'est légèrement tourné pour qu'ils soient tous deux couchés sur le côté. Il glissa d'elle, et elle fut dépourvue de sa tige dure en elle. Elle voulait rester unie à lui de toutes les façons imaginables, et le fait que ce soit impossible ne l'empêchait pas de le vouloir. Pourtant, elle savait qu'ils ne pouvaient pas passer le reste de leur vie ensemble et essaya de se consoler en se rappelant que ce n'était que la première d'un nombre illimité de fois où ils seraient intimes à l'avenir.

S'ils ont survécu aussi longtemps.

Le retour froid de la réalité la fit frissonner, cette fois non pas de bonheur mais de peur pure. "Qu'est-ce qu'on va faire, Wyatt ?"

"Dors", dit-il en grognant un peu. Il y avait cependant de la tendresse sous-jacente, ainsi qu'un épuisement évident dans son ton.

"Ne devrions-nous pas reprendre la route ?" Elle regarda à travers le pare-brise, vers la partie du toit manquante. Il pleuvait toujours, mais le ciel n'était plus gris foncé, mais gris clair, et l'orage semblait passer.

"Bientôt. Repose-toi pour l'instant. Je veux passer quelques minutes à te tenir comme ça avant de penser à la suite."

Elle pouvait difficilement le contester, et la chaleur de son corps était tentante dans la légère fraîcheur de la cabine du camion. Elle se blottit aussi près qu'elle le pouvait, enroulant son bras autour de sa taille. Son autre bras était passé par-dessus son épaule, et elle se délectait de pouvoir le serrer à nouveau dans ses bras. Elle n'avait pas l'intention de s'endormir, mais la chaleur de son corps, associée à l'effort physique de l'amour et au manque de sommeil, lui fit bientôt fermer les yeux. Elle allait juste faire une petite sieste, et quand elle se réveillerait, ils décideraient de la prochaine étape.

Chapitre Six

WYATT L'ÉCOUTA RESPIRER pendant qu'elle s'endormait. Elle ne tarda pas à émettre un faible ronronnement. Ce n'était pas tout à fait un ronflement, mais plutôt un son de contentement. Il pouvait le comprendre, lui qui se sentait le mieux depuis des années avec elle, dans cet état. Ses bras se resserrèrent par inadvertance autour d'elle, la faisant gémir légèrement dans son sommeil, lorsque la peur de la perdre le traversa. Il l'avait à peine retrouvée, et s'était à peine autorisé à reconnaître le besoin qu'il avait d'elle. Elle était en danger tant qu'elle était avec lui, et il ne pouvait pas la garder à ses côtés.

Cette prise de conscience l'ébranla, le poussant une fois de plus à resserrer ses bras sans réfléchir. Cette fois, elle ne gémit pas. Elle se blottit simplement plus près, ses bras qui s'étaient relâchés pendant le sommeil se resserrant brièvement autour de lui avant que son corps ne se détende à nouveau.

"Je t'aime", dit-il dans un murmure, en effleurant sa tempe de ses lèvres. Elle émit à nouveau ce ronronnement, comme si son subconscient avait entendu ses mots et les approuvait.

Les mots, ainsi que ce bref moment, étaient tout ce qu'il pouvait lui donner. Il savait ce qu'il avait à faire, et c'était de la garder en sécurité. Rien d'autre ne comptait tant que Gillian était protégée, et il ne pouvait pas le faire s'il restait avec elle.

Son ours rugissait dans son esprit, et Wyatt réalisa que l'animal était plus proche de la surface qu'il ne l'avait été depuis des mois. Au lieu de se sentir repoussé par l'idée, il trouva la voix de son animal au fond de son esprit légèrement rassurante pour la première fois depuis au moins deux ans. Son ours ne semblait pas aussi sauvage ou enragé avec Gillian dans ses bras. S'ils pouvaient rester ainsi pour toujours, tout serait parfait. Malheureusement, c'était un objectif impossible à atteindre.

Il s'accorda encore quelques minutes pour la tenir, à la fois parce qu'il ne pouvait pas encore s'en détacher et parce qu'il voulait s'assurer qu'elle dormait profondément avant de quitter son étreinte. Il devait le faire maintenant, tant qu'il avait encore la force nécessaire. Ce n'était pas une force physique, mais une force émotionnelle qui lui avait fait défaut pendant un certain temps. Il s'était caché de lui-même et de son ours, tout simplement. Les événements des dernières vingt-Quatre heures l'avaient forcé à sortir de sa cachette, mais ils l'avaient aussi temporairement réuni avec son compagnon. Il n'était pas certain de ce que l'avenir lui réservait, mais il ne pouvait pas s'en désoler ou regretter quoi que ce soit si cela lui avait permis de vivre ces quelques précieuses heures avec Gillian.

Elle remua à peine lorsqu'il se força enfin à s'éloigner, sentant la séparation comme une déchirure physique dans son corps alors qu'il glissait de son siège au plancher avant d'ouvrir tranquillement la porte et de se frayer un chemin jusqu'à la grange. Wyatt trouva rapidement ses vêtements et s'habilla à la hâte. Il ne pouvait pas partir sans rien dire, mais lorsqu'il trouva le stylo et un morceau de papier froissé dans la console, il tint l'instrument d'écriture au-dessus du papier pendant un long moment, essayant de trouver les mots pour exprimer tout ce qu'il ressentait, et à quel point il détestait la quitter, même si c'était nécessaire.

Finalement, il n'a pas trouvé les mots justes et n'a rien dit. Il se contenta d'écrire les coordonnées de l'endroit où se trouvait Malcom au Mexique, ainsi que le mot *Sanctuaire*, qu'il souligna Trois fois. Après coup, il ajouta un petit cœur dans le coin, incapable d'en faire plus. Elle s'agitait un peu, frissonnante, et il prit le temps de la couvrir de sa veste. Il faisait un peu frais sans elle, et la pluie serait désagréable, mais son ours avait un métabolisme plus élevé qu'un humain, et il survivrait très bien.

Avec un dernier long regard, mémorisant ses traits alors qu'il luttait pour ne pas succomber à la vague de désespoir qui l'envahissait, il s'éloigna du camion, ferma la porte silencieusement et se retourna pour s'éloigner. Il ne pouvait pas se permettre de regarder en arrière, sinon il risquait de dévier de sa route. Il pourrait faire la chose la plus facile, c'est-à-dire retourner auprès d'elle, mais ce n'était pas la bonne chose à faire. Une fois de plus, il s'éloignait de sa compagne, mais cette fois-ci, ce n'était pas pour se cacher du monde. Cette fois, c'était pour la protéger, pour la mettre en sécurité et pour savoir qu'elle aurait une chance de vivre, quoi qu'il lui arrive.

Plus il s'éloignait du camion, plus il courait vite. Il devait mettre le plus de distance possible entre eux avant qu'elle ne se réveille et avant qu'il ne cède à l'envie de retourner auprès d'elle. Il était à peine essoufflé lorsqu'il atteignit la route principale, et il continua à trottiner légèrement pendant plus d'un kilomètre avant de ralentir pour marcher rapidement.

Lorsqu'une voiture s'est approchée, il s'est retourné et a tendu le pouce, sans être vraiment surpris de la voir passer. Il continua à marcher alors que Trois autres voitures le dépassaient, parcourant encore au moins Trois ou Quatre kilomètres à pied avant que quelqu'un ne s'arrête enfin.

Il se dirigea vers le côté passager de la berline, tentant un sourire amical lorsque la vitre se baissa. Il fut surpris de voir une jeune femme au volant, à peine plus qu'une fille. Il eut envie de la mettre sévèrement en garde contre le fait de prendre des auto-stoppeurs, mais comme il avait besoin d'être raccompagné, il décida de garder cette leçon pour le moment où il sortirait du véhicule. "Bonjour", dit-il doucement, en essayant de ne pas paraître menaçant.

Elle lui adresse un sourire tremblant, l'air un peu hésitant. "Euh, bonjour. Je suppose que vous avez besoin d'un chauffeur, n'est-ce pas ?"

Il acquiesce à nouveau. "Si cela ne pose pas trop de problèmes ?"

Elle secoua la tête et la serrure se débloqua. "Je peux vous emmener à peu près partout où vous avez besoin d'aller. Je n'ai pas de destination."

Il ouvrit la portière et se glissa prudemment dans le siège, s'y adossant et gardant une distance respectable entre eux pour que la jeune fille ne se sente pas effrayée. "J'apprécierais que vous me conduisiez à la base militaire la plus proche, mademoiselle. Le simple fait de prononcer ces mots lui serra l'estomac et fit remonter une traînée d'acide dans son œsophage. C'était la dernière chose qu'il voulait faire, mais quelle autre solution y avait-il ?

Elle acquiesça, enclencha la vitesse, et sa petite berline combla la distance qui le séparait de sa captivité bien plus rapidement qu'il ne l'aurait souhaité. Il faillit renifler à cette idée. La captivité semblait peu probable. Il s'agirait probablement d'un état temporaire, mais son sort ultime serait probablement l'exécution. Que feraient-ils d'autre de lui après s'être donné tant de mal pour le tuer, lui et ses coéquipiers ?

LA JEUNE FILLE, DONT il avait appris qu'elle s'appelait Celia, s'arrêta devant la base militaire la plus proche un peu plus d'une heure plus tard. Lorsqu'elle glissa le levier de vitesse en position parking, le léger bruit qu'elle produisit fut comme l'explosion d'une fusée pour ses nerfs tendus. Il tressaillit, mais reprit rapidement le contrôle. En la remerciant et en lui recommandant de ne pas prendre d'inconnus, il salua Celia en sortant de sa voiture avant de s'approcher de la guérite.

Alors que la voiture de Celia s'éloignait avant de faire demi-tour, il s'approcha des gardes, qui se tenaient tous deux au garde-à-vous, les mains sur leurs armes. Il prit soin de garder les mains tendues loin de lui, pour bien montrer qu'il n'était pas armé.

Le plus jeune des deux gardes fit un pas en avant. "Déclinez votre activité et fournissez une pièce d'identité, s'il vous plaît."

"Je m'appelle Wyatt Stone, et je suis ici pour me rendre."

Au son de son nom, le garde un peu plus âgé se raidit et braqua son arme sur Wyatt. "Ne bouge pas. Je ne veux même pas te voir cligner des yeux, ou je t'explose."

Wyatt était légèrement amusé. Le député pensait-il vraiment qu'il était venu volontairement sur une base gouvernementale pour se rendre, juste pour se faire tirer dessus pour comportement menaçant ? Il comprenait que le gamin avait un travail à faire, mais il se demandait s'il ne manquait pas une dose de bon sens.

Au lieu de parler, il est resté debout, les bras étendus le long du corps, jusqu'à ce que le jeune policier militaire s'approche pour lui passer les menottes. Il n'a pas résisté. Pourquoi l'aurait-il fait ? C'était le seul moyen de protéger Gillian. S'ils le tenaient, ils n'auraient plus aucune raison de la poursuivre.

Son escorte armée l'a fait entrer dans la base et l'a conduit directement en cellule. Personne ne fit attention à lui, à part quelques chuchotements et de longs regards, et il les ignora en entrant dans la cellule et en s'asseyant sur la couchette. C'était un lit de camp en toile, pas même un cadre métallique avec un matelas mince, mais au cours de sa carrière militaire, il avait certainement dormi sur des lits pires.

Il s'étira, essayant de retrouver sa vieille habitude de pouvoir s'endormir n'importe où. Il était certain qu'il aurait besoin de repos pour l'épreuve qui l'attendait, mais il ne parvenait pas à calmer suffisamment son esprit pour se laisser aller au sommeil. Il ne s'inquiétait pas trop de son propre sort, puisqu'il savait très bien ce qu'il impliquait. Wyatt Stone ne tarderait pas à n'être plus qu'un casier militaire effacé.

Au lieu de cela, il se concentrait sur Gillian et sur l'avenir qu'ils auraient pu avoir s'il avait fait un choix différent il y a des années, en décidant de ne rien faire d'autre que servir son pays, ou en décidant de ne pas se porter volontaire pour le programme d'amélioration qui était censé faire de lui un meilleur soldat. Tous les chemins qu'il aurait pu emprunter s'étendaient devant lui, et tous menaient à Gillian, sauf celui-ci.

C'était une pilule amère à avaler, et il regrettait férocement ce qui les avait amenés là. Malgré tout, il ne pouvait pas regretter le bref moment où il l'avait à nouveau eue dans ses bras, et il s'endormit finalement en l'imaginant au Mexique, les cheveux au vent, jouant dans le sable avec un petit garçon qui ressemblait beaucoup à Wyatt.

C'était le meilleur avenir qu'il pouvait espérer, du moins pour Gillian. Il doutait de l'avoir mise enceinte, bien qu'ils n'aient pas pris la peine de se protéger, puisqu'ils n'en avaient pas - ou même d'y avoir pensé à l'époque - mais il aimait l'idée que son héritage continue, et que Gillian ait au moins une petite partie de lui en guise de lot de consolation. Elle serait une bonne mère, et elle élèverait bien leur enfant. C'était un fantasme réconfortant qui se transforma en un rêve très vivant alors qu'il sombrait enfin dans un sommeil agité.

Chapitre Sept

DÈS QUE GILLIAN S'EST réveillée, elle a su qu'elle était seule. La présence de Wyatt était totalement absente, ce qui lui indiquait qu'il n'était pas dans les parages et qu'il ne s'était pas simplement échappé de la camionnette. Elle ne savait pas trop comment elle le savait, si ce n'est qu'elle lui répondait à un niveau fondamental, et que cette réponse était absente. Avec un petit soupir, elle s'étira en se redressant, serrant sa veste contre elle un instant avant de trouver ses vêtements. Elle s'habilla à la hâte avant de regarder autour de la grange depuis la cabine du camion. Même si elle savait que c'était futile, elle se glissa du côté du conducteur et examina toute la grange pour s'assurer qu'il n'était pas à l'intérieur.

Comme il n'y avait aucune trace de lui à l'intérieur, elle sortit et scruta le champ autour d'elle, ainsi que la route de gravier. La forte pluie avait remué les rochers pour révéler la boue en dessous, et elle pouvait distinguer une ligne d'empreintes de pas s'éloignant du camion. Elle n'eut pas besoin de les suivre longtemps pour se rendre compte qu'il avait emprunté le chemin qu'ils avaient pris pour se rendre à la grange, probablement pour rejoindre la route principale. Au-delà, sa destination restait un mystère.

Se sentant perdue et blessée, elle retourna dans la grange et ferma la porte derrière elle. N'ayant rien d'autre à faire, elle retourna au camion, et lorsqu'elle monta à nouveau dans la cabine, elle vit le morceau de papier que Wyatt lui avait laissé. Elle le ramassa, incertaine de la signification des chiffres pendant un moment avant de réaliser qu'il s'agissait de points de latitude et de longitude.

Il y avait un petit cœur dans le coin, et cela l'a dévastée. C'était plus choquant qu'un simple au revoir ne l'aurait été. C'était la preuve que Wyatt l'aimait toujours, et il était prêt à la jeter dans n'importe quelle mission qu'il avait entreprise, tout cela sans partager l'idée avec elle ou sans avoir son avis sur la question.

Elle reprit espoir en regardant à nouveau les coordonnées, ainsi que le mot *Sanctuaire* souligné Trois fois. Bien sûr, elle se souvenait que Malcolm l'avait appelé ainsi, donc il devait s'agir des coordonnées de la planque au Mexique. Se pourrait-il que Wyatt ait décidé de s'y rendre séparément d'elle ? L'attendrait-il à son arrivée, pensant peut-être qu'il était plus sûr qu'ils voyagent séparément ?

Cela semblait peu probable, mais elle n'avait rien d'autre à faire. L'autre solution était de retourner à sa vie à Shifter Springs, où elle pourrait ou non être la cible du gouvernement, mais où elle serait certainement sans Wyatt. Les coordonnées du Sanctuaire étaient son dernier lien, ténu, avec l'homme qu'elle aimait. Dès qu'elle le reverrait, elle lui ferait la morale pour avoir pris une telle décision sans elle, mais elle se jetterait ensuite dans ses bras et lui ferait promettre de ne plus jamais la quitter.

C'est avec cette résolution à l'esprit qu'elle mit en marche le camion volé et sortit doucement de la grange, heurtant soigneusement les portes avec le véhicule pour les ouvrir car elle n'avait pas pensé à laisser la sortie ouverte lorsqu'elle était rentrée dans la grange un peu plus tôt. Le bois craqua en signe de protestation, mais les portes s'ouvrirent et elle fut bientôt de retour sur la route de gravier qui menait à l'autoroute. Il ne lui fallut pas longtemps pour retrouver le flux de la circulation, qui était encore peu dense à cette heure matinale, ce dont elle était reconnaissante.

Même si le gouvernement ne la recherchait pas seule, ou ne s'attendait pas à ce qu'elle voyage en solitaire, elle se déplaçait quand même dans un camion volé, pris à des gens qu'ils avaient techniquement agressés. C'était de la légitime défense, mais elle risquait d'être arrêtée si elle attirait l'attention de quelqu'un.

C'est avec cette idée en tête qu'elle a abandonné le camion dans un centre commercial dès qu'elle est arrivée dans la grande ville suivante et qu'elle a pris un bus jusqu'à la gare routière principale. Là, elle a pris un bus pour San Diego, s'arrêtant brièvement pour acheter des collations et un téléphone portable dans un distributeur automatique. Il était équipé d'un programme GPS qu'elle téléchargea avec le forfait de données inclus, ce qui lui permit de tracer un itinéraire jusqu'au Sanctuaire. Elle ne pouvait qu'espérer que Malcolm avait Wyatt avec lui, ou qu'il connaissait son plan et ses allées et venues.

En pensant à lui, elle tendit la main vers le sac de sport à côté d'elle, où elle avait rangé la radio et quelques-uns des fusils. Elle avait laissé les fusils derrière elle, pensant qu'ils ne seraient pas enregistrés et intraçables, et qu'ils auraient trop attiré l'attention sur le fait qu'elle avait des armes dans son sac. Elle devait enfreindre plusieurs lois en apportant ces armes à bord du bus, d'autant plus qu'elles n'étaient pas enregistrées à son nom, mais elle se sentait mieux en les ayant à portée de main.

Le manteau de Wyatt recouvrait les armes et la radio, et personne n'avait demandé à inspecter son sac. Elle prévoyait tout de même de le garder avec elle à chaque seconde pendant le long trajet, et elle espérait comprendre comment utiliser la radio à un moment ou à un autre, à l'un des arrêts. Elle avait vu Wyatt l'assembler, mais elle ne connaissait ni les coordonnées ni la station à syntoniser. Elle n'était pas très optimiste, mais elle se sentait plus à l'aise en étant en contact avec les coéquipiers de Wyatt qu'en ne l'étant pas.

Elle était encore fatiguée de sa longue nuit, suivie de ses ébats matinaux avec Wyatt, et elle plaça le sac sur son côté gauche, entre elle et le côté du bus, avant d'essayer de fermer les yeux pour faire une petite sieste. L'inquiétude la rongeait, tant pour elle que pour Wyatt, ainsi qu'une forte dose d'irritation à l'égard de son compagnon qui l'avait mise dans cette situation sans lui en parler.

Mais surtout, elle se sentait effrayée et vidée, ce qui était une combinaison étrange. Elle se sentait hyperactive, mais somnolente. Le sommeil fut long à venir, et lorsqu'il vint, il fut agité par des cauchemars.

L'ENTRÉE AU MEXIQUE a été étonnamment facile, comme elle l'a découvert deux jours plus tard. Elle n'avait pas vu d'autres panneaux ou avertissements à la télévision sur le fait qu'elle était une fugitive recherchée. Le visage de Wyatt avait également disparu des journaux télévisés, et alors qu'elle aurait dû s'en réjouir, elle avait plutôt la sensation de sombrer dans l'angoisse. Plus elle se rapprochait du Sanctuaire, plus elle était convaincue que Wyatt n'y serait pas. Elle commençait à le soupçonner d'avoir fait quelque chose de noble, mais d'idiot, comme se rendre pour la protéger.

Elle s'accroche encore à l'espoir de le revoir, mais cet espoir s'amenuise considérablement lorsqu'elle est autorisée à franchir la frontière en jetant à peine un coup d'œil à son permis de conduire. Elle n'avait pas son passeport, et il lui serait donc beaucoup plus difficile de retourner aux États-Unis si elle le souhaitait, mais elle s'en préoccuperait plus tard. D'abord, elle devait se rendre chez Malcolm et découvrir si Wyatt l'y attendait.

La première partie du voyage a été relativement facile, avec un système de taxis, de bus publics et de routes raisonnablement bien pavées. La conduite lui faisait peur, alors quand elle roulait, elle essayait de fermer les yeux et de faire comme si elle était n'importe où ailleurs. Cela a bien fonctionné jusqu'à ce qu'elle arrive dans une petite ville au pied des montagnes appelée San Sadoval.

Cet endroit était différent des autres petites villes et des grandes villes qu'elle avait traversées au cours des deux derniers jours de voyage au Mexique. Il y avait très peu de voitures, et certainement pas de taxis. Après l'avoir déposée avec deux autres personnes au dernier arrêt, le bus a immédiatement fait demi-tour pour revenir sur ses pas. Elle regarda les deux personnes qui étaient descendues du bus avec elle, et bien qu'ils évitèrent de se regarder dans les yeux, elle s'approcha. "Y a-t-il un moyen de transport pour partir d'ici ?

L'homme de la paire lui lança un regard d'incompréhension, et elle supposa qu'ils ne parlaient pas anglais. Son espagnol était limité, mais elle essaya tout de même de s'y mettre. "*Autobus* ? Elle espérait l'avoir prononcé correctement, et que demander des informations sur le bus leur donnerait au moins une idée de ce qu'elle voulait.

Ils échangent à nouveau un regard et haussent les épaules avant que la femme ne se détourne. L'homme croise brièvement son regard et dit : "*El gato amarillo*".

Elle fronça les sourcils, mais lorsqu'elle voulut demander des précisions, il se retourna et suivit son compagnon.

Sans alternative et sans idée, elle a pris son sac de voyage et s'est mise à marcher dans les rues endormies. Il y avait des gens visibles en train de faire des corvées ou de vaquer à leurs occupations, mais aucun d'entre eux ne posa le regard sur l'étrange étrangère. Il est vrai que ses vêtements occidentaux la mettaient en évidence. Les quelques personnes qu'elle a aperçues ici portaient un mélange de vêtements occidentaux et de vêtements mexicains traditionnels. Beaucoup de femmes portaient des foulards éclatants et des robes aux motifs vifs.

Ne se sentant pas dans son élément, elle étudia attentivement la ville tout en marchant, son cœur battant la chamade lorsqu'elle s'approcha d'une maison en pisé au bout de la rue. En y regardant de plus près, elle se rendit compte qu'il ne s'agissait pas d'une maison, mais d'une sorte de commerce.

À mesure qu'elle s'approchait, elle apercevait le plus grand nombre de signes de vie qu'elle avait vus jusqu'à présent, et son cœur a encore battu la chamade lorsqu'elle a contourné le bâtiment pour découvrir une grande peinture murale représentant un chat jaune aux yeux verts vibrants dans un décor désertique. Le chat portait un sombrero et dansait sur ses pattes arrière. Elle a levé les yeux vers l'enseigne au-dessus du bâtiment et a reconnu les mots *El Gato Amarillo*. Le chat jaune ? C'était une traduction approximative. Elle doutait de trouver un bus à l'intérieur, mais c'était peut-être un endroit où elle pourrait se procurer un moyen de transport. C'était la seule piste qu'elle avait, basée uniquement sur les informations de l'homme à l'arrêt de bus.

Agrippant la poignée du sac de sport à son épaule, elle franchit les doubles portes battantes qui lui donnaient l'impression de pénétrer dans un saloon du vieil Ouest. Hormis les portes battantes, l'intérieur ne ressemblait guère au club de style occidental auquel elle s'attendait. Les murs étaient en grès, recouverts de couvertures mexicaines colorées, et toutes les tables avaient l'air solides, tout comme les chaises. Certains meubles étaient manifestement plus anciens, mais bien entretenus, et ce n'était pas le genre d'endroit où une bagarre pouvait éclater au hasard d'une accusation de tricherie au cours d'une partie de cartes.

Il était tard dans l'après-midi, mais l'endroit était déjà à moitié rempli d'occupants. Il semblait que tous les regards se tournaient vers elle alors qu'elle se dirigeait vers le long bar en teck, qui avait la patine lisse de l'âge et le même air général de soin que le reste du mobilier.

Prudemment, elle choisit un tabouret de coin et s'y glissa, gardant le sac de voyage bien calé sur ses genoux. Elle n'aimait pas s'asseoir dos à la pièce, mais cette réaction était surtout motivée par la paranoïa. Depuis qu'elle était en fuite, d'abord avec Wyatt et maintenant toute seule, elle avait l'impression d'être surveillée en permanence, même si elle doutait que ce soit le cas. Elle releva le menton lorsque le barman s'approcha, commandant une eau.

Il fronce les sourcils. "Buvez ou sortez". Son accent était prononcé, mais il parlait anglais.

Elle résista à l'envie de lever les yeux au ciel et commanda un verre de tequila qu'elle n'avait pas l'intention de toucher, buvant de l'eau avant d'en demander un autre. Devant son regard suspicieux, elle posa un billet de dix dollars sur le bar. "Est-ce que ça couvre ma note jusqu'à présent ?"

Il grogna avant de prendre l'argent et de le mettre dans sa poche. "Normalement, nous ne prenons pas de dollars américains aussi loin dans l'intérieur, mais *El Jefe* fera probablement une exception pour une jolie *gringa* comme vous".

Elle n'aimait pas la façon dont le barman la regardait, mais elle s'efforça de ne pas réagir en buvant plus lentement son verre d'eau. Elle se souvint brièvement qu'elle n'était pas censée boire l'eau du robinet au Mexique, mais rejeta l'avertissement dès qu'il lui revint à l'esprit. Au vu des autres dangers qu'elle avait affrontés, l'eau contaminée lui paraissait négligeable.

Lorsque le barman partit s'occuper de quelqu'un d'autre, elle se retourna pour arpenter la salle, espérant trouver un visage amical. Elle n'eut pas de chance dans ce domaine, mais elle attira l'attention d'un homme assis dans un coin.

Il avait l'air d'avoir une quarantaine ou une cinquantaine d'années. Sa peau était d'un brun cuivré et il portait une barbe bien fournie qui n'avait même pas un soupçon de gris. Son épaisse crinière était cependant parsemée de mèches argentées. Il portait une chemise blanche boutonnée qui contrastait joliment avec sa peau plus foncée, et lorsqu'il leva la main dans sa direction pour lui faire signe, elle vit plusieurs bagues à ses doigts.

C'était manifestement quelqu'un d'important, ou qui se considérait comme tel, et même si elle n'appréciait pas d'être convoquée à l'autre bout de la pièce comme un chien, avec seulement le sifflet manquant pour la diriger, c'était la première personne qui avait montré le moindre signe de volonté d'engager le dialogue avec elle, à part le barman, qui ne voulait que de l'argent et n'offrirait manifestement pas d'aide. Avec un petit soupir de réticence, elle attrapa son eau et se laissa glisser du tabouret, serrant le sac tout en s'approchant prudemment de l'homme qui lui avait fait signe d'avancer. Lorsqu'elle atteignit la table, elle se tint tranquillement debout, ayant l'impression d'être reçue en audience par le roi.

"Asseyez-vous, *señorita*", dit-il dans un anglais presque parfait, avec un léger accent.

Elle fit ce qu'on lui demandait, bien qu'il s'agissait plutôt d'une demande en soie, en tirant la chaise et en s'asseyant tout en tenant le sac de voyage. Elle posa son eau sur la table et attendit qu'il prenne la parole.

"Nous ne recevons pas souvent la visite d'étrangers. Qu'est-ce qui vous amène à San Sadoval ?"

"Je ne fais que passer", dit-elle prudemment.

Il arqua un sourcil épais. "Vous passez où, *señorita* ?"

Elle haussa les épaules. "Plus haut dans les montagnes".

Il fronce les sourcils. "Qu'avez-vous à faire dans les montagnes ?"

Elle s'arrête un instant pour boire une gorgée d'eau. "De quoi s'agit-il, *señor* ?"

"La plupart des gens m'appellent *El Jefe*, et l'entreprise est la mienne parce que je possède ce territoire.

Gillian avale la boule dans sa gorge, s'efforçant de ne pas montrer sa peur. "Je vois. Eh bien, *El Jefe*, j'essaie simplement d'atteindre une destination. J'ai un ami qui vit là-haut."

Il fronce les sourcils. "Et votre ami est-il membre du cartel ?"

Elle secoue rapidement la tête. "Non, bien sûr que non". En prononçant ces mots, elle se demanda si elle n'avait pas tort. Malcolm était-il mêlé d'une manière ou d'une autre aux cartels ? Cela semblait peu probable, mais elle ne le connaissait pas très bien. Ce qu'elle savait de lui se résumait à quelques échanges de courriels et à quelques appels téléphoniques.

Son expression a légèrement changé. "Je vois. Il n'y a donc qu'une seule autre raison de monter là-haut, mais je ne peux pas vous laisser passer sans savoir ce que vous cherchez."

C'était une drôle de façon de le formuler, et elle fronça les sourcils, perplexe, pendant un moment, alors qu'elle s'efforçait de lui dire ce qu'elle cherchait. Que révéler à cet étranger qui prétendait posséder la région ? Au vu de son aura de puissance, elle doutait qu'il lui mente ou qu'il exagère son importance ou sa stature parmi les habitants de San Sadoval et de ses environs. Elle avait le sentiment que s'il voulait la garder dans la région, en limitant ses déplacements dans les montagnes, il n'aurait aucun mal à le faire. Plus probablement, il lui suffirait de claquer des doigts pour qu'un contingent de son peuple l'entoure et l'enferme. Ou bien il ferait quelque chose de pire.

Elle déglutit doucement à cette idée avant de boire une autre gorgée d'eau et de finir le verre. "Je cherche le Sanctuaire. C'était un coup de poignard dans le noir, mais la façon dont il avait formulé la question était presque comme s'il cherchait un mot de passe.

Il hocha la tête une seule fois. "Je sais où vous cherchez. L'homme qui y vit est venu me demander l'autorisation de s'y établir, lui et sa résidence. Nous partageons le jaguar." Pendant qu'il parlait, ses yeux sombres brillèrent d'un éclat doré, changeant légèrement, et pendant un instant, son visage s'allongea en un museau avant de reprendre ses traits humains.

Ses yeux s'écarquillèrent de compréhension et elle acquiesça. Malcolm ne lui avait jamais dit quel type de métamorphe il était, mais il devait être un jaguar. C'était peut-être pour cela qu'*El Jefe* l'avait autorisé à vivre sur son territoire, ou peut-être que Malcolm lui avait fait une faveur. Ce n'était pas son affaire. Elle devait simplement se rendre au Sanctuaire pour voir si Wyatt s'y trouvait.

"Quelqu'un d'autre est-il venu chercher le Sanctuaire ?"

Il lui adresse un sourire énigmatique. "Ceux qui cherchent ne trouvent pas toujours. Dans votre cas, *señorita*, je peux vous aider à trouver l'endroit que vous cherchez. C'est un long voyage sur des routes difficiles, alors reposez-vous ici ce soir en tant qu'invitée, et j'enverrai quelqu'un vous emmener en haut de la montagne demain."

Elle s'impatiente, voulant se mettre en route tout de suite. "Mais..."

Il leva une main, secouant la tête une seule fois. "J'insiste. Il n'est pas prudent de voyager la nuit, même quand on fait partie du cartel. Il n'y a pas que mon peuple dont il faut s'inquiéter. Il y a des animaux et bien d'autres choses encore dans les montagnes. Il serait stupide de votre part d'essayer de vous enfuir et de partir seul. Attendez le matin, et vous serez là où vous voulez demain après-midi."

Avec un petit soupir, essayant de ne pas montrer son irritation, elle acquiesça. "Y a-t-il une auberge dans les environs ?"

Il secoue la tête. "San Sadoval n'est pas conçu pour les touristes. Cependant, je serais heureux de vous offrir une chambre dans mon *hacienda*."

L'idée la rendait nerveuse, mais Gillian était certaine qu'il serait dangereux pour sa santé d'offenser *El Jefe*. Elle se réconforta avec les armes posées sur ses genoux, dont elle pouvait sentir les contours rigides à travers le sac de sport. Ils n'étaient probablement qu'une sécurité de pacotille, mais c'était tout ce qu'elle avait. Elle fit apparaître un sourire de gratitude qu'elle ne ressentait pas vraiment et hocha la tête. "Merci pour votre hospitalité, *El Jefe*."

À LA SURPRISE DE GILLIAN, *El Jefe* avait été un parfait gentleman, et elle s'était sentie en sécurité dans la chambre qu'il lui avait attribuée - au moins une fois qu'elle avait verrouillé la porte et poussé un lourd meuble devant elle. Pour autant qu'elle puisse en juger, sa chambre était restée intacte toute la nuit, et elle aurait dû le savoir. Elle avait passé la majeure partie de la nuit à fixer la porte tout en tenant l'un des pistolets à la main. Elle s'était assoupie une ou deux fois, recroquevillée sur la chaise longue qu'elle avait installée pour l'occasion, mais jamais plus de quelques minutes.

Elle était épuisée, mais en sécurité, lorsqu'elle quitta la chambre le lendemain matin et rejoignit *El Jefe* pour le petit-déjeuner, trouvant la chambre qu'il lui avait indiquée la veille au soir. Après un solide petit déjeuner de *huevos rancheros* et plusieurs tasses de café colombien fort, il se sépara d'elle en la confiant à deux de ses hommes.

Ils ne lui parlaient pas beaucoup, mais ils ne la menaçaient pas non plus. Peu après le début de l'ascension de la montagne, elle comprit pourquoi *El Jefe* avait insisté pour qu'elle passe la nuit sur place et ne se mette en route qu'au matin. La route n'était guère plus qu'un sentier à travers la jungle, qui la secouait et la bousculait tout au long du trajet. Même à la lumière du jour, elle voyait bien qu'il serait facile de s'écarter du petit sentier et qu'on pourrait se perdre dans la montagne.

Bien que l'ascension de la montagne ait été rude, elle fut rassurée par la difficulté de l'accès à la maison de Malcolm. Lorsqu'ils arrivèrent enfin en fin d'après-midi, ils s'arrêtèrent devant d'imposantes portes construites dans un mur de pierre d'au moins Trois mètres de haut. Des caméras se sont braquées sur la voiture, et une voix claire s'est fait entendre dans l'interphone. "Déclinez votre activité."

"*El Jefe* vous envoie ses salutations, ainsi qu'un invité". Le chauffeur a prononcé ces mots de façon laconique, avec un accent prononcé.

Toujours en anglais, la voix dit : "Qu'elle sorte".

Elle ? s'interrogea Gillian en se glissant lentement hors de la Jeep, refermant la porte derrière elle. Il devait avoir de bonnes caméras, ou peut-être que sa vue améliorée par le métamorphe l'avait identifiée comme une femme.

Elle se tient à côté du véhicule et la caméra se concentre sur elle. "Malcolm ?" demande-t-elle avec hésitation.

Il y eut un crépitement extatique avant qu'il ne réponde. "Est-ce que je vous connais ?"

"C'est moi. Elle se racle la gorge. "Gillian".

Les mots qu'il a prononcés ensuite ont fait chuter son cœur dans son estomac. "Où est Wyatt ?

Elle a baissé la tête pendant un court instant, repoussant ses larmes. "J'espérais qu'il soit avec toi. Je pense qu'il a fait quelque chose de stupide pour me protéger. Je pense qu'il s'est rendu au gouvernement."

Malcolm laissa échapper un son moqueur par l'intermédiaire de l'interphone. Il s'adresse ensuite au conducteur de la Jeep. "Transmettez mes salutations à *El Jefe,* et notez que le colis a été reçu. Il pourrait y avoir d'autres colis, et *El Jefe* sait ce qu'il faut faire."

D'un signe de tête, le chauffeur démarra la Jeep et fit marche arrière. Gillian était contente d'avoir attrapé le sac de sport lorsqu'elle s'était glissée dehors, car la Jeep était partie si vite qu'elle n'aurait pas eu le temps d'interpeller le chauffeur pour réclamer ses affaires autrement.

La porte s'ouvrit en grondant et s'écarta lentement en tremblant. Il l'ouvrit juste assez pour permettre à la jeune femme de se glisser sur le côté avant de la refermer. Malcolm prenait manifestement la sécurité au sérieux. Après les expériences qu'elle avait vécues ces derniers jours, elle s'en réjouissait.

Elle marcha le long de l'allée pavée, avançant aussi vite qu'elle le pouvait. Ce n'était guère plus qu'un chemin pavé traversant une jungle qui offrait probablement une excellente couverture. Une voûte d'arbres la protégeait, lui donnant l'impression de marcher dans un tunnel. Elle bloquait également la lumière du soleil dans une certaine mesure, ce qui renforçait encore l'impression de tunnel.

Elle poussa un cri de surprise lorsqu'une forme sombre se matérialisa soudain devant elle. Elle porta la main à l'arme qu'elle avait glissée dans sa ceinture avant de partir en Jeep tôt ce matin-là, mais avant même qu'elle puisse dégainer, la personne s'approcha et ses traits se dessinèrent dans l'ombre. Il avait des yeux dorés intenses, posés sur un visage robuste qui n'était pas exactement beau, mais qui était étrangement attirant. Si elle n'avait pas été la femme de Wyatt à cent pour cent, elle aurait probablement trouvé cet homme attirant. "Malcolm ?

Il acquiesce. "Venez avec moi, Gillian. Voyons si nous pouvons démêler ce qui se passe et découvrir où se trouve Wyatt."

Elle acquiesça et le suivit, réalisant qu'ils descendaient lentement une pente. Lorsqu'ils atteignirent le bas, il écarta quelques lianes et appuya sur un bouton qui était évident maintenant qu'il le lui montrait. Une porte s'ouvrit, qui semblait être en acier renforcé. Il lui fit signe de passer en premier avant de la suivre à l'intérieur et de refermer la porte derrière eux.

Ils se trouvaient à l'intérieur, dans une ambiance tamisée, et il faisait frais après la chaleur de la journée à l'extérieur. Elle sentait l'air souffler sur elle et devinait qu'il y avait une climatisation centrale. "Qu'est-ce que c'est que cet endroit ?"

"Sanctuaire", dit-il simplement.

Elle acquiesce. "C'est ce qu'a dit Wyatt, et c'est le mot qui m'a fait passer devant *El Jefe*. Mais je veux dire, quelle est cette structure ?"

Il lui sourit en la guidant dans le couloir, bien mieux éclairé que le tunnel d'arbres qu'ils avaient emprunté pour y accéder. "Il s'agit essentiellement d'un bunker construit dans la montagne. Il est presque indétectable par satellite, et la seule structure visible est le mur extérieur. On ne peut rien y faire, mais c'est notre principale faiblesse."

Elle regarda autour d'elle alors qu'ils quittaient le long tunnel d'entrée et pénétraient dans une antichambre principale. Celle-ci ressemblait à une résidence, avec un canapé, des fauteuils et une télévision à grand écran. Deux personnes sont assises dans la pièce. Bien qu'ils portent des vêtements civils, ils ont tous les deux l'air d'un soldat à cause de leur posture droite et de leur attention soutenue. Ils étaient manifestement tendus jusqu'à ce que Malcolm hoche la tête une seule fois. Ils se sont alors détendus en même temps, comme s'il leur avait donné l'ordre silencieux de se calmer.

La main posée sur le haut de son dos, il l'attira vers l'avant, l'amenant d'abord à la femme qui s'était étalée sur le canapé d'une manière aisée maintenant qu'elle n'était plus au garde-à-vous. Elle était à la fois belle et exotique, avec une peau bronzée et dorée, des cheveux d'un noir profond et des yeux sombres légèrement en amande. Lorsqu'elle souriait, elle passait d'une attitude distante à une attitude amicale, et elle tendit la main.

"Gillian, voici Alexandria, ou Lex, comme nous l'appelons."

Elle prit la main de l'autre femme et la serra en souriant.

Malcolm la conduisit ensuite vers l'autre homme, assis dans un fauteuil. Il était plus attentif et moins détendu, mais son expression n'était pas terriblement fermée. Il n'était clairement pas aussi amical que Lex, mais il ne lui donnait pas l'impression d'être malvenue ou effrayée. Il n'a pas pris la peine de lui tendre la main, mais il a hoché la tête dans sa direction lorsque Malcolm les a présentés. "Et voici Devon."

"Où est Wyatt ? demande Lex, et même sa voix est exotique, un mélange de sensualité et d'innocence.

"Je ne sais pas", dit Gillian. "Je pense qu'il s'est rendu pour me protéger.

Devon renifle. "C'est fou.

"C'est sa compagne", dit doucement Malcolm. "Qui sait ce que nous ferions pour nos compagnons ? Il y avait une pointe de nostalgie dans son ton.

"Je sais ce que je ferais", dit Gillian en redressant les épaules. "Je ferais n'importe quoi, et cela signifie que je ferais n'importe quoi pour qu'il revienne sain et sauf. Alors comment allons-nous faire ?" Devon semble légèrement amusé par ses paroles, mais Lex acquiesce avec empressement.

Malcolm semblait lui aussi très sérieux. "Nous devons d'abord découvrir où il se trouve, puis nous le ferons évader."

"Fort Glacier", dit Devon.

Gillian se tourne vers lui et fronce les sourcils de confusion. "Qu'est-ce que Fort Glacier ?

"C'est une base secrète dans le Montana", explique Lex. Beaucoup d'activités de type "black-ops", le genre d'expériences et de groupes qui ne sont pas répertoriés dans les registres officiels du gouvernement.

"Et la maison du projet Shift", a déclaré Malcolm.

"C'est là qu'ils ont fait ce qu'ils ont fait à Wyatt ? demande Gillian.

"Et à nous autres", dit Devon d'une voix totalement dépourvue d'émotion.

"C'est l'endroit où ils sont le plus susceptibles de l'emmener s'ils ne l'ont pas exécuté à vue", a déclaré Malcolm. "C'est notre seule chance de le récupérer. S'il n'est pas là, je ne sais pas où il est. Notre informaticien a disparu."

"Qui était-ce ?"

"Joanna", dit Lex, les sourcils froncés. "Elle était douée pour toutes ces choses.

"Elle était notre spécialiste du cryptage, entre autres choses", dit Malcolm. Sa douleur est restée visible pendant un moment.

Gillian fut saisie d'un pincement au cœur lorsqu'elle reconnut leur chagrin, réalisant qu'ils pleuraient encore les personnes perdues dans leur groupe. Elle s'était concentrée, et se concentrait toujours, sur Wyatt, mais ils avaient perdu bien plus que Wyatt. Ils avaient Trois morts confirmés, et un certain nombre de coéquipiers manquaient à l'appel. Elle se demanda brièvement s'ils étaient capables de sauver Wyatt. "Cela semble être une mission difficile", dit-elle délicatement, avec l'intention de sonder attentivement leur état émotionnel.

"C'est vrai. Fort Glacier est un enfer pour y entrer et en sortir, mais nous allons le faire. Nous n'allons pas laisser Wyatt pourrir là-bas, ni leur permettre de le soumettre à d'autres expériences avant de s'en débarrasser comme d'un déchet."

La détermination que Malcolm ressentait se reflétait sur les visages de Devon et Lex, et la plupart de ses inquiétudes s'évanouirent. Ils étaient manifestement tous marqués par les événements qui leur étaient arrivés, ainsi que par ce qui se passait encore, et même s'ils étaient gênés par le chagrin, ils n'en étaient pas paralysés pour autant. En fait, elle soupçonnait que cela les renforcerait dans la mission à venir, car ils étaient clairement déterminés à ne pas perdre quelqu'un d'autre.

Pour la première fois depuis qu'elle était sortie de la Jeep et qu'elle avait reçu la confirmation que Wyatt ne l'attendait pas, elle ressentit un regain d'espoir que peut-être, juste peut-être, elle reverrait son compagnon, entier et vivant, à défaut d'être complètement guéri. Cela pourrait venir plus tard. D'abord, il fallait qu'elle le retrouve.

Chapitre Huit

WYATT FAISAIT LES CENT pas dans sa cellule, jetant continuellement un coup d'œil à celui qui se trouvait à côté de lui. Son nouveau pseudo-colocataire l'avait rejoint hier soir, traîné inconscient par Trois agents de police militaire et hissé dans la cellule. Ils avaient simplement laissé l'homme étendu sur le sol froid, et à son âge, cela pouvait être dangereux s'il n'avait pas été en si bonne santé.

Wyatt a attendu qu'il se réveille, et il avait été inconscient toute la nuit. À ce stade, Wyatt n'était pas convaincu qu'il ne s'agissait pas d'un jeu auquel ils jouaient, il était donc méfiant et vigilant.

Lorsque le vieil homme s'agita enfin, reprenant lentement conscience, Wyatt s'approcha du mur de la cellule qui les séparait, qui n'était qu'un système de barreaux. Il en saisit deux dans sa main et avança son visage aussi près qu'il le put, tandis que l'autre homme clignait des yeux et levait la tête vers lui, semblant un peu confus. "Bonjour, colonel Wallace. Vous êtes le dernier trou du cul que je m'attendais à voir ici."

Le colonel se serre la tête, semblant lutter contre un crâne qui bat la chamade. Il lui fallut un moment pour parler. "Bon sang, je pensais que tu leur avais échappé, Wyatt."

Wyatt le regarde d'un air sceptique. "J'ai du mal à le croire puisque c'est vous qui m'avez entraîné dans ce pétrin, colonel".

Wallace a haussé les épaules. "J'ai fait ce que je pensais être juste à l'époque. J'ai acheté la ligne de merde qu'ils vendaient tout comme toi, Wyatt. Ils m'ont amélioré aussi. Toi et le reste de l'équipe, vous n'avez rien vécu que je n'aie moi-même vécu."

Les yeux de Wyatt s'écarquillèrent à cette nouvelle, même s'il n'était pas tout à fait certain de pouvoir croire le vieil homme. "Vous me dites que vous avez suivi le régime de drogues et de programmation, tout comme nous ? Vous prétendez vraiment que vous n'aviez aucune idée qu'ils allaient nous jeter à la fin, après nous avoir utilisés au maximum, puis nous traquer un par un pour faire disparaître toutes les preuves ?"

Le colonel soupire lourdement. "Je ne m'attends pas à ce que vous le croyiez, mais c'est la vérité. Je me cachais, comme vous, quand ils m'ont trouvé. La seule raison pour laquelle je méritais de rester en vie était qu'ils pensaient pouvoir m'utiliser pour convaincre le reste d'entre vous de venir de votre propre gré." Il ricane. "Comme si j'allais vous trahir davantage pour eux. Je n'avais aucune idée de ce qu'ils avaient prévu non plus, et c'est la vérité. C'est à prendre ou à laisser, sergent Stone."

Wyatt grimace. "Je ne suis plus sergent, colonel.

Il acquiesce. "Techniquement, je ne suis pas non plus colonel puisque j'ai déserté. Quand j'ai découvert ce qu'ils faisaient, j'ai essayé de tous vous prévenir. J'ai failli entrer en contact avec Malcolm une fois, mais je n'arrivais pas à déterminer la fréquence que vous utilisiez. Je savais que vous deviez en avoir une spécifique, puisque c'était logique, mais tout ce que j'ai obtenu, c'est un peu de parasites et quelques mots de sa transmission sur le sanctuaire. Mais je n'avais pas la clé du code."

"Il aurait fallu que tu entendes tout le message pour obtenir le code de toute façon. Wyatt croisa les bras sur sa poitrine en appuyant son épaule sur le bar. "Que savez-vous de ce qui nous arrive ?" Il n'était pas encore prêt à faire confiance à l'homme plus âgé, mais il voulait une explication à ce qui se passait et espérait que Wallace pourrait la lui fournir.

"Ils ne m'ont pas tout dit une fois qu'ils ont compris que je n'étais pas d'accord avec leur plan. Ce que j'ai compris, c'est qu'ils ont décidé que les métamorphes à part entière étaient trop imprévisibles. Nous avons trop tendance à réaffirmer notre intellect au détriment de notre animal à un moment crucial. En fait, peu importe le nombre de drogues qu'ils nous ont injectées ou la façon dont ils nous ont conditionnés, notre conscience avait plus de chances de surmonter cette programmation. Nous avons tous commis des atrocités sous leur contrôle, mais chacun d'entre nous a apparemment refusé d'accomplir le pire des pires types de tâches. Je n'ai pas pu consulter tous les dossiers, mais j'ai pu en fouiller suffisamment pour m'en rendre compte par moi-même. Nous sommes trop humains pour être entièrement contrôlés, même lorsqu'ils nous font régresser à l'état animal."

"Alors, c'est quoi ces choses qu'ils ont envoyées après nous ? On aurait dit un hybride bizarre d'un humain et d'un métamorphe, mais avec quelque chose d'autre."

"C'est le dernier projet scientifique en date, Wyatt. Ils ont pris notre ADN et l'ont manipulé, améliorant ainsi les soldats humains ordinaires en modifiant leur ADN par l'épigénétique. Comme si cela ne suffisait pas, ils ont également ajouté une dose d'intelligence artificielle grâce à des puces dans leur cerveau qui permettent un contrôle instantané et réduisent ou éliminent le besoin de conditionnement mental et de programmation."

Wyatt frémit. "Je suppose qu'ils n'ont pas encore trouvé comment passer complètement de l'un à l'autre, n'est-ce pas ?"

Le colonel lève une épaule. "Je pense que c'est délibéré. Ils ne veulent pas qu'ils se transforment complètement. Ils veulent contrôler tous les aspects des supersoldats, et ils veulent aussi qu'ils soient sacrément intimidants. N'importe qui sera effrayé s'il voit un ours lui foncer dessus, mais il sera paralysé de terreur à la vue d'une bête mi-homme, mi-ours qui le poursuit. Ils veulent une efficacité maximale de leurs drones, ce qui est essentiellement le cas de ces pauvres bâtards."

Il se moque. "Pauvres bâtards, mon cul. Ils ont déjà tué au moins Trois d'entre nous, et ils nous auraient tués, moi et mon compagnon, si nous ne les avions pas repoussés."

Le colonel acquiesce : "C'est vrai, mais il s'agissait autrefois de volontaires comme nous, à qui l'on a fait croire qu'ils faisaient quelque chose de bien pour leur pays et leurs coéquipiers. Je ne pense pas que ces gens puissent être sauvés. Il ne reste rien, du moins pas grand-chose, des personnes qu'ils étaient, mais j'ai de la sympathie pour le fait qu'ils ont été humains. Ils ne s'attendaient pas plus que nous à devenir des monstres de foire."

Calmé, Wyatt se laissa lentement tomber sur le sol de la cellule, appuyant ses épaules contre les barreaux et tournant le plus souvent le dos à George. "Ouais, je suppose que tu as raison. Mais ça n'aide pas beaucoup. C'est plus facile de les voir comme des outils d'une expérience militaire devenue folle que comme d'anciennes personnes."

"C'est sûr que c'est le cas", dit le colonel en adoptant une position similaire dans sa cellule, se prenant la tête dans les mains.

"Qu'est-ce qu'ils t'ont fait ?"

Le colonel se déplace légèrement. "Ils ont essayé de me convaincre de coopérer avec leur idée de vous attirer tous. Quand j'ai refusé, ils ont essayé de me motiver. Même lorsqu'ils ont chassé ma hyène, je ne les ai pas laissés me contrôler au point de faire quelque chose que je regretterais plus tard. Ils ont décidé que les métamorphes étaient trop têtus."

Wyatt laisse échapper un mélange de grognement et de rire. "Je ne peux pas vraiment dire le contraire. J'ai passé les dix-Huit derniers mois terré dans une cabane, à essayer de nier ma nature et d'échapper à l'ours, tout en me privant de ma compagne. Elle a essayé de me faire changer d'avis, mais j'étais trop déterminé pour l'écouter. J'aurais pu passer les dix-Huit derniers mois de ma vie avec la femme que j'aime, avant qu'ils ne se débarrassent de moi".

Le colonel laisse échapper un rire amer. "Je sais ce que vous ressentez. Joanna était ma compagne."

Wyatt sursaute de surprise. "Qu'est-ce que c'est ?"

Les ours ne sont pas les seuls métamorphes à pouvoir reconnaître leurs compagnons. Cela n'arrive pas toujours aux hyènes, mais quand c'est le cas, nous le savons. J'ai essayé de l'oublier, et de l'oublier aussi, puisque j'avais vingt ans de plus qu'elle. Je n'ai jamais rien fait, et maintenant elle est partie. J'ai fait beaucoup d'erreurs dans ma vie, et il est difficile de dire si le fait de vous recruter tous pour le projet d'amélioration ou de laisser ma compagne m'échapper a été la pire." Sa voix se fissura sur les deux derniers mots et il resta silencieux un instant, ayant visiblement besoin de retrouver son calme.

Wyatt ferma les yeux, invoquant une image de Gillian pour se réconforter. Le silence qu'ils partageaient cette fois-ci était agréable, alors qu'ils s'attardaient sur leurs regrets. Finalement, il réussit à reprendre la parole. "Pourquoi nous ont-ils poursuivis ?

"C'est comme Mal l'a dit. Ils n'allaient jamais nous laisser nous débrouiller seuls, mon garçon. Il s'agit du gouvernement, et de son bras le plus profond et le plus sombre. Ils ne veulent pas que leurs secrets soient divulgués. Ils nous ont laissés partir jusqu'à ce qu'ils soient assurés de la réussite de leur nouveau projet, puis ils ont commencé à nous éliminer discrètement. Ils voulaient cacher ce qui se passait pour que le public ne pose pas de questions et que nous ne comprenions pas à temps pour nous protéger."

"Avez-vous déjà un plan pour sortir d'ici, George ?" Il était un peu étrange d'appeler son ancien commandant par son prénom, mais quelque chose avait changé entre eux, et outre la formalité supprimée par le fait que Wyatt n'était plus un soldat en service actif, ils avaient partagé une connexion qui rendait ridicule le fait de continuer à appeler l'homme plus âgé colonel ou simplement Wallace.

George renifle. "Pas encore, mais quand mon crâne cessera de battre, peut-être que l'inspiration me frappera". Il poussa un juron lorsqu'il entendit le bruit de la porte hydraulique qui s'ouvrait dans la pièce voisine. "Tu ferais mieux d'espérer que l'inspiration frappe rapidement, ou nous sommes tous les deux foutus."

Il se creusait les méninges, cherchant une issue, un moyen logique de s'échapper. Il savait qu'ils allaient devoir jouer à l'oreille et chercher une ouverture s'il y en avait une.

Soudain, l'idée de rester là à les laisser l'exécuter lui parut insensée. Avait-il vraiment acheté la sécurité de Gillian avec son acte, ou s'était-il bercé d'illusions avec son acte de noblesse, à la limite de la stupidité ? Elle savait pour lui, pour le programme et pour les métamorphes. Si le gouvernement découvrait Shifter Springs, où les métamorphes vivaient ouvertement entre eux, la ville entière serait détruite, ainsi que Gillian.

Il ne savait pas si elle était rentrée chez elle ou si elle était allée au Sanctuaire, mais il espérait qu'elle avait choisi de continuer jusqu'à Mal. Son ami la garderait en sécurité, puisque Wyatt avait agi impulsivement dans une tentative qui semblait maintenant futile. Il pouvait ajouter cette décision irréfléchie à sa longue liste de choses qu'il regrettait, au même titre que de s'être tenu éloigné de Gillian pendant un an et demi.

GILLIAN N'ÉTAIT PAS un soldat, elle était donc restée à l'arrière, suivant les guerriers plus aguerris dans la bataille. Elle avait probablement commis une tonne d'erreurs, mais aucun des Trois ne les lui avait signalées. Elle s'était contentée de les suivre pendant qu'ils infiltraient la base, d'abord furtivement, puis en faisant une démonstration de force lorsqu'ils la découvraient.

Elle avait été impressionnée par la rapidité et l'impitoyabilité avec lesquelles ils s'étaient débarrassés des soldats envoyés sur leur chemin, mais elle s'attendait à une confrontation avec ces choses qui les avaient attaqués, Wyatt et elle, un peu plus tôt. Elle doutait qu'aussi compétents et forts que soient ces Trois-là, ils puissent facilement venir à bout de cette variante de l'horreur qui avait probablement émergé de cette même base.

Lex s'était connecté à leur système, et elle faisait rapidement défiler les fichiers électroniques. "Ils ont les supersoldats, comme ils les appellent, *en route* avec une ETA de cinq minutes. Ils étaient tous en mission de reconnaissance à notre recherche, apparemment. Allons-y, tout le monde."

Gillian serre contre elle la mitraillette que Mal lui a donnée et qui provient de sa réserve au sanctuaire. Elle n'avait eu qu'un cours très court et très rapide pour apprendre à s'en servir, mais heureusement, l'arme était l'équivalent d'un périphérique prêt à l'emploi.

Devon avait obtenu un laissez-passer de sécurité de l'un des supérieurs qu'ils avaient rencontrés en chemin, et jusqu'à présent, il leur avait permis d'accéder à toutes les portes. La prochaine qu'ils essayèrent ne fit pas exception, et elle s'ouvrit en grondant avec un bruit sourd, suivi d'un sifflement. D'après la carte que Lex avait téléchargée de leur ordinateur central, c'est là qu'ils devaient détenir Wyatt.

Elle renonça à la prudence pour le retrouver et franchit la porte juste après Malcolm. Elle ignora les mots sifflés de Lex qui lui demandait de rester en arrière, laissant échapper un petit cri lorsqu'elle vit Wyatt accroupi dans une cellule. Elle se mit à courir, franchissant les derniers mètres qui les séparaient en quelques secondes.

Elle atteignit la porte de la cellule, tirant inconsciemment dessus sans se rendre compte qu'elle nécessitait une clé pendant un moment. "Quand je te sortirai d'ici, Wyatt, je vais probablement te botter le cul avant de t'embrasser".

Il avait quitté sa position accroupie pour s'approcher des barreaux, passant sa main pour prendre la sienne. "Pourquoi ne pas inverser cet ordre, parce que j'aurais bien besoin d'un baiser en ce moment même".

La porte par laquelle ils se tenaient la main s'ouvrit soudain, mais seulement de quelques centimètres. Ce fut suffisant pour la faire reculer sous l'effet de la surprise, mais une fois qu'elle eut repris ses esprits, elle tira les barreaux plus près d'elle et ouvrit complètement la porte. Lorsque Wyatt passa le seuil, elle se jeta dans ses bras, vaguement consciente que les Trois autres tournaient leurs armes vers le deuxième homme de la pièce. Elle l'avait à peine remarqué dans sa quête pour rejoindre Wyatt, et elle se força à s'éloigner de son compagnon après un bref baiser, pour ne pas manquer ce qui se passait.

"Je suis de votre côté", dit l'homme plus âgé, d'un ton irrité.

"Nous n'avons aucune preuve de cela", a déclaré Devon.

"Je crois qu'il dit la vérité ", dit Wyatt doucement, ce qui fit se figer temporairement ses coéquipiers avant qu'ils ne le regardent tous les Trois comme s'ils formaient une seule unité cohérente. Elle supposa que c'était une description exacte, parce que c'était exactement ce qu'ils étaient, et que les vieilles habitudes ne s'effaceraient pas si rapidement.

"Tu n'es pas sérieux", dit Lex en se moquant.

Wyatt acquiesça, s'éloignant d'elle pour faire face à ses coéquipiers. Il grogna son approbation lorsque Gillian se déplaça derrière lui, passant ses bras autour de sa taille et posant sa joue contre son dos. Elle ne pouvait pas le laisser hors de sa portée, du moins pas encore.

"Je ne plaisante pas. Je crois que George a été entraîné là-dedans autant que nous. On lui a vendu la même merde plaquée or que le reste d'entre nous. Il est de notre côté."

Gillian jeta un coup d'œil dans son dos, juste à temps pour voir Malcolm et Wyatt échanger un regard significatif avant que Mal n'acquiesce. "Je vous crois sur parole, Wyatt, si vous êtes prêt à vous porter garant de lui.

Wyatt acquiesça, se mettant dans une position plus attentive. Il entraîna Gillian dans son sillage, car elle refusait de le lâcher. "J'assume l'entière responsabilité de ses actes."

"Qu'il en soit ainsi, dit Malcolm. "Nous devons nous tirer d'ici maintenant, parce que ces soldats reviennent à la base et que nous sommes en infériorité numérique."

Gillian saisit la main de Wyatt lorsqu'il se tourna vers elle. Elle se déplaça silencieusement et rapidement à ses côtés, faisant de son mieux pour suivre le rythme rapide imposé par Mal. La seule autre personne qui semblait lutter était le colonel, et il avait visiblement une respiration sifflante. Elle lui jeta un regard inquiet et lui demanda pendant qu'ils couraient : "Vous allez bien ?" Comme il s'agissait d'une sorte de métamorphe, mais qu'il suivait à peine son rythme, elle était certaine que la réponse serait négative.

"Je le serai. Je n'ai pas encore eu le temps de guérir. Je crois qu'ils m'ont cassé quelques côtes." Il se mit à tousser, du sang s'échappant brusquement de sa bouche. "Peut-être qu'ils ont perforé un putain de poumon." Il s'arrêta de courir, s'appuyant contre le mur en haletant et en sifflant.

"Attendez", dit Gillian au groupe. "Le colonel est malade.

"Décalez-vous et finissez-en", dit Malcolm, l'air irrité. "Soigne-toi pour qu'on puisse avancer, Wallace."

Gillian avait déjà vu des métamorphes se transformer, y compris Wyatt à plusieurs reprises, mais elle n'avait jamais rencontré de métamorphes hyènes. Elle détourna poliment les yeux lorsque le vieil homme retira son uniforme, mais elle se retourna à temps pour voir la transformation en hyène. Elle n'avait jamais considéré les hyènes comme particulièrement belles ou gracieuses, mais le colonel était clairement une exception. Bien qu'il soit un peu lourd et qu'il ait l'air vicieux, il avait une grâce sauvage qui l'envoûtait.

Lorsqu'il se décala un peu plus tard, elle détourna rapidement le regard, ne voulant pas voir ses parties humaines intimes. Il avait déjà meilleure allure lorsqu'elle le regarda à nouveau, alors qu'il enfilait son uniforme, un tee-shirt vert olive par-dessus son treillis.

Une fois le colonel guéri, Malcolm adopta un rythme absolument brutal, se déplaçant si rapidement qu'elle avait du mal à suivre. Elle poussa un cri de surprise lorsque Wyatt se retourna brusquement et la souleva dans ses bras, la jetant par-dessus son épaule dans un mouvement involontairement brutal, simplement parce qu'il essayait de l'attacher en toute sécurité. Elle n'appréciait pas particulièrement cette position, ni le manque de dignité qu'elle entraînait, mais au moins, elle ne les ralentissait plus.

Même avec leur nouveau rythme rapide, ils avaient perdu trop de temps, et ils avaient à peine quitté la base qu'elle entendit le bruit d'un hélicoptère. Elle leva les yeux, consternée, tandis que le vaisseau s'approchait, sans prendre la peine d'atterrir. Il se contenta de planer près du sol, comme il l'avait fait à la cabine de Wyatt, dégorgeant ses passagers dans un flot de corps en mouvement. Wyatt la mit sur ses pieds, et elle en compta Sept qui descendirent de l'hélicoptère avant qu'il ne s'élève dans les airs et s'enfonce dans la structure de la base, se dirigeant manifestement vers sa propre aire d'atterrissage.

Elle gémit en serrant son arme un peu plus fort, désactivant la sécurité pour s'assurer qu'elle était prête à tirer, car elle allait forcément avoir besoin des balles qu'elle contenait.

WYATT S'AVANÇA, FAISANT de son mieux pour garder Gillian cachée derrière lui. Ses coéquipiers étaient déjà en train de se déplacer, mais il ne pouvait pas le faire. S'il abandonnait le contrôle à l'ours, même s'il pensait que son ours était plus en contrôle maintenant qu'il ne l'avait été la dernière fois qu'il s'était transformé, il y a un an et demi, il pourrait ne pas être en mesure de revenir, du moins pas avec une once de lui-même intact.

Tout s'est passé très vite. Un instant, la nouvelle génération de soldats améliorés avait l'air tout à fait humaine, et l'instant d'après, ils étaient un mélange hybride d'humain et de métamorphe, qui sentait mauvais à son nez. Il grogna contre eux, et c'était strictement un son d'ours qui sortait de lui, révélant que son ours était plus proche de la surface qu'il ne l'avait pensé.

Il essaya de réprimer le besoin de se déplacer, avançant vers celui qui ressemblait à un croisement entre l'*Homo sapiens* et le lémurien, mais bien plus effrayant, avec des griffes vicieusement aiguisées et des crocs qui dégoulinaient de salive. Quelle que soit l'amélioration qu'ils avaient apportée à celui-ci, ils étaient clairement allés trop loin dans leurs soi-disant améliorations.

Il était plus fort qu'il n'y paraissait, et il lui fallait toute sa concentration et son endurance pour résister à l'attaque. Il s'aperçut brusquement que Gillian lui mettait une arme dans la main, et il fut surpris de ne pas avoir pensé à en prendre une au groupe dès qu'ils avaient ouvert les portes. Il avait été trop distrait par la présence de Gillian et la défense du colonel.

Cela faisait du bien d'avoir une arme familière dans la main, et il la brandit pour l'enfoncer entre les yeux du soldat amélioré dès qu'il eut une ouverture. La chose-homme siffla, essayant de s'éloigner, mais pas assez vite pour éviter la balle qui lui transperça le cerveau. Il tomba au sol presque immédiatement, sans avoir le temps de se débattre dans les affres de la mort ou d'autres absurdités. Il était tout simplement mort, ce qu'il confirma en lui donnant un coup de pied avant de passer à l'affrontement suivant.

Alors qu'il se frayait un chemin, accompagné des métamorphes à ses côtés, il était fier de lui pour avoir gardé le contrôle sur l'ours. Il atteignait cet objectif sans avoir besoin de se transformer, ce qui signifiait qu'il avait enfin réussi à vaincre la bête qui sommeillait en lui. Les dernières années, depuis qu'il était sous le contrôle du gouvernement, avaient été pires que les quelques années qu'il avait passées à la puberté, apprenant d'abord à contrôler le déplacement, puis à contrôler son côté animal lorsqu'il était déplacé. Il y avait eu peu de contrôle ces dernières années, même après s'être échappé, et il était bon de le retrouver.

Son contrôle fragile se brisa complètement lorsqu'il entendit Gillian crier. Il tourna la tête pour regarder dans sa direction, la fourrure hérissée dans son dos, et un faible grognement lui échappa lorsqu'il vit qu'un des soldats améliorés l'avait plaquée au sol. La monstruosité ne se contentait pas d'essayer de la tuer. Elle était en train de déchirer son pantalon, voulant manifestement s'accoupler avec sa compagne. Il poussa un rugissement de rage et, lorsque le pantalon de la jeune femme se déchira, ses vêtements éclatèrent en même temps que l'ours qui sommeillait en lui remontait à la surface, n'acceptant plus d'être refusé ou retenu.

Sous sa forme d'ours, il chargea la combinaison humain-lion, arrachant l'homme à Gillian avant de déchaîner toute sa rage. Il était heureux que son côté humain soit émoussé, le protégeant de la plupart des effets et des actions de son ours, mais il en avait assez vu au fond de lui pour être à la fois écœuré, mais aussi satisfait, par la brutalité de son ours. Cette chose l'avait bien cherché après avoir essayé de blesser Gillian. Essayer de la tuer était déjà assez grave, mais lui infliger un sort aussi horrible qu'il l'avait prévu était inacceptable. Wyatt lâcha les derniers fils de son contrôle, s'abandonnant complètement à l'ours qui s'acharnait sur leur ennemi.

Il fut surpris de constater qu'il ne perdait pas complètement conscience de ce qui se passait. Plus les militaires avaient fait d'expériences sur lui, moins il avait de contrôle sur l'ours, et à la fin, il ne lui restait pratiquement aucun souvenir des périodes passées sous sa forme d'ours. Cela s'était calmé, et cette transformation ressemblait davantage aux transformations d'antan. Son ours était enragé, et Wyatt n'essayait pas de le maîtriser, mais il était certain qu'il pourrait le faire s'il le fallait.

Cette supposition fut vérifiée quelques instants plus tard lorsque Gillian posa sa main sur son épaule, ce qui fit grogner son ours dans sa direction pendant un moment avant qu'il ne retourne son attention sur le soldat amélioré.

"Je suis presque sûr qu'il est parti, Wyatt. Tu peux le laisser partir maintenant."

C'est ainsi qu'au son de sa voix - douce et tendre, mais sans la moindre crainte - il put immédiatement reprendre le contrôle de l'ours. C'est si rapide qu'il se décale en arrière sans même l'avoir prévu.

Avec des yeux humains, il regarda autour de lui et vit Trois corps sur le sol. Quatre, si l'on ajoute celui à côté duquel il était accroupi. Les Trois autres supersoldats n'étaient pas en vue, et il ne pouvait que supposer qu'ils avaient fui ou avaient été rappelés lorsque leurs responsables avaient réalisé que la bataille ne se déroulait pas comme ils l'avaient prévu. Il ne doutait pas que le gouvernement avait injecté des millions ou des milliards de dollars dans le projet et qu'il voulait s'assurer qu'il restait des échantillons pour poursuivre l'expérience, même si cela signifiait poursuivre l'équipe de Wyatt un autre jour.

Il frissonna à cette idée, mais se leva et s'approcha de Gillian. Ce n'est qu'une fois qu'elle fut dans ses bras, ses lèvres pressées contre les siennes, qu'il pensa à tout le sang qui maculait son corps. Lorsqu'il se dégagea un instant plus tard, il grimaça à la vue de la jeune femme trempée dans le sang du soldat amélioré. "Es-tu blessée ?

Elle secoua la tête. "Tu l'as arrêté avant qu'il ne puisse faire autre chose que de me mettre à terre et de me ratisser le côté. Elle se tourna légèrement pour lui montrer son ventre et sa taille, soulevant sa chemise un peu en dessous de son soutien-gorge. Elle grimaça à cette vue, et il tressaillit de compassion. C'était une blessure profonde et désagréable, et elle aurait certainement besoin de points de suture, mais elle n'était pas fatale.

"Sortons d'ici", dit Malcolm, prenant la tête du groupe malgré le fait que Wallace soit techniquement l'officier commandant, s'ils suivaient encore leurs anciens protocoles.

"Cela ressemble à un paradis pour moi", dit Wyatt en entourant Gillian de ses bras et en l'attirant contre lui. Il ne regarda pas les restes du soldat qu'il avait combattu, n'ayant pas besoin de marquer l'image dans son esprit. Il avait déjà suffisamment de souvenirs horribles pour ne pas avoir besoin d'en acquérir d'autres.

La base s'est peut-être verrouillée, car ils n'ont rencontré que peu de résistance en se frayant un chemin, ayant décidé de suivre la suggestion de George d'emprunter l'hélicoptère, puisque Lex et George savaient tous les deux piloter. Les quelques soldats qu'ils rencontrèrent étaient strictement humains, et même avec des armes et de l'entraînement, ils ne faisaient pas le poids face aux métamorphes.

Wyatt était resté sous sa forme humaine, sans vêtements puisqu'il avait perdu les siens pendant la garde. Il avait insisté pour que Gillian reste derrière lui, même s'il était prêt à se déplacer à la milliseconde près, si nécessaire. Ils n'ont pas rencontré de situation qui l'exigeait, mais il n'a tout de même pas lâché une grande bouffée de soulagement avant que l'hélicoptère ne soit dans les airs, piloté par les mains expertes de Lex. Il se retourna vers la base, qui n'était guère plus qu'un amas de bâtiments, la majeure partie de Fort Glacier étant enfouie sous terre. Il connaissait de première main les horreurs qui s'y produisaient, et s'il l'avait pu, il aurait fait sauter l'endroit sur-le-champ.

Ils ont abandonné l'hélicoptère près de la frontière, certains qu'il était repérable. De là, ils se dirigèrent à pied vers un endroit où Malcolm et les autres avaient entreposé les véhicules qu'ils avaient utilisés pour atteindre le Montana. Heureusement, Mal avait aussi des vêtements de rechange, ce qui permit à Wyatt d'enfiler un pantalon.

Ils ont conduit jusqu'à un petit hangar au milieu de nulle part et ont réussi à se glisser dans le petit Cessna qui attendait là. Gillian s'est endormie dans ses bras et il l'a tenue tout le temps, d'abord dans le véhicule, puis sur ses genoux dans l'avion. Elle ne s'est pas réveillée jusqu'à ce que Lex atterrisse à leur destination quelques heures plus tard.

Même après s'être réveillée, elle n'a pas essayé de quitter ses genoux, bien qu'elle soit manifestement en colère à en juger par l'étincelle dans ses yeux. Lorsqu'ils quittèrent l'avion pour une paire de Land Rover, il choisit la banquette arrière et la fit s'étaler sur ses genoux, la serrant contre lui. "Laissez-moi l'avoir", murmura-t-il.

Elle lui lance un regard noir. "Je devrais. Tu n'as pas idée à quel point je suis furieuse contre toi. Tu as pris la mauvaise décision, mais le pire, c'est que tu ne m'as même pas demandé mon avis. Il s'agissait de mon avenir aussi, et tu n'avais pas le droit de te mettre en danger de cette façon."

Il acquiesce. "J'essayais de te protéger, mais...

"Tu ne pouvais pas me protéger d'eux en te rendant. Ils n'auraient pas cessé de me chercher non plus. Je n'étais plus qu'un élément perdu."

Il acquiesce. "Je m'en suis rendu compte par moi-même, mais j'ai entendu dire qu'ils avaient annulé les avis de recherche nous concernant. C'est ce qu'ils faisaient quand ils m'ont arrêté."

"Je ne suis pas surpris", a déclaré Malcolm depuis le siège avant, où il conduisait. Sa contribution à la conversation a détruit toute illusion d'intimité. "Gillian n'était pas moins une cible, mais ils ne voulaient pas attirer l'attention sur elle. Plus les gens verraient vos photos, à tous les deux, plus ils se souviendraient de qui vous êtes et pourraient vous demander ce qui vous est arrivé ou quels sont vos crimes. Ils continueront à venir pour elle, et pour nous tous, mais nous avons gagné du temps."

"Serons-nous en sécurité au Sanctuaire ?" demande Gillian, les lèvres tremblantes.

Malcolm haussa les épaules. "J'espère que c'est le cas. Je le pense en tout cas, mais j'ai un système de refuges dans le monde entier. Je veux que tout le monde mémorise leurs coordonnées, pour que vous ayez toujours un endroit où aller si nous sommes séparés."

"Est-ce que c'est sûr ? demande Gillian.

Wyatt secoue la tête. "Ce n'est pas l'idéal que nous nous séparions, mais c'est parfois nécessaire."

C'est à son tour de secouer la tête. "Je le sais", dit-elle avec une pointe d'exaspération évidente. "Je voulais dire qu'il n'y a pas de danger à ce que nous connaissions tous les coordonnées ? S'ils nous attrapaient et nous torturaient, ou s'ils avaient d'autres moyens d'extraction, ils sauraient où se trouvent tous les refuges."

"Ce sont des points de rendez-vous, pas les maisons elles-mêmes", dit Malcolm, d'un air indifférent. "Nous nous retrouverions aux coordonnées, et le code indiquerait à chacun où aller. Il y a un temps d'attente, un délai pour que le codage commence, et puis il faut traduire. Ce n'est pas sûr à cent pour cent, mais c'est le meilleur choix que nous ayons."

"J'ai peur."

Wyatt se raidit au petit aveu de Gillian et la rapprocha de lui. Son ours ronronnait de contentement, ayant dépassé la soif de sang de tout à l'heure pour atteindre un état bien plus rassasié. C'était la première fois depuis longtemps qu'il entendait clairement son ours dans son esprit, et il se sentait lucide et maître de la situation. "J'ai peur moi aussi, admit-il doucement. "Je suis effrayé de savoir qu'ils sont là, et qu'ils viendront pour nous, mais je vais faire tout ce que je peux pour te protéger."

"La première chose à faire est de disparaître, de laisser derrière nous ce que nous étions et de devenir quelqu'un d'autre", a déclaré Malcolm d'un ton posé.

Sa lèvre inférieure vacille et ses yeux s'emplissent de larmes. "Et mes parents ?"

"Il vaut mieux qu'ils croient que tu es morte, Gillian", dit Malcolm, mais sans méchanceté. "C'est plus sûr pour eux s'ils ne savent rien d'autre que cela."

Au bout d'un moment, elle acquiesça avant de retomber dans un silence pensif.

Wyatt la serra encore plus fort, laissant un ronronnement de satisfaction s'échapper de sa bouche. Les circonstances n'étaient pas idéales, mais le plus important était qu'ils étaient ensemble, et qu'ils étaient tous les deux en sécurité, du moins pour l'instant. "Je t'aime, Gillian, et je suis désolé de t'avoir fait vivre un enfer, à la fois pendant les dix-Huit derniers mois et pour t'avoir quittée plus tôt. Je pensais faire ce qu'il fallait, mais je vois maintenant que ce qu'il fallait, ce n'était pas de s'éloigner de toi, surtout de façon permanente. Je ne te laisserai pas partir à nouveau."

Avec son propre ronronnement de satisfaction, elle se blottit plus près de lui. "Cela me convient parfaitement, puisque je n'ai pas demandé à ce qu'on me laisse partir de toute façon. Ma famille et notre vie à Shifter Springs vont me manquer, mais je comprends qu'il faille rompre proprement et aller de l'avant." Elle renifla, mais lui offrit un sourire courageux qui était presque convaincant.

"Nous allons nous en sortir."

Elle acquiesça, plus confiante cette fois. "Je le crois de tout mon cœur, Wyatt".

Épilogue

GILLIAN PRIT UNE GRANDE inspiration pour se donner du courage et rejoignit Wyatt sur le sable. Ils se trouvaient dans l'une des planques de Malcolm, ayant ressenti le besoin de passer du temps à deux pendant un certain temps. Elle pensait qu'ils se trouvaient toujours en Amérique centrale, bien qu'ils aient pu se rapprocher de l'Amérique du Sud. Elle n'était pas tout à fait certaine de la destination ou des coordonnées, car ce n'était pas elle qui conduisait.

Elle avait laissé la conduite à Wyatt, trop fatiguée pour le faire. Elle était épuisée depuis plusieurs jours, et maintenant elle savait pourquoi. Elle avait trouvé l'appareil qui lui donnait la réponse dans la salle de bain bien garnie. Malcolm semblait vraiment avoir pensé à tout. Ironiquement, il gardait les boîtes de tests à côté d'une réserve de préservatifs.

Elle avait gloussé à cette idée, ce qui l'avait soulagée d'une partie de sa tension en attendant que le test lui donne une réponse. Au fond d'elle-même, elle savait déjà que la réponse serait positive. Ses règles étaient régulières depuis des années, et maintenant qu'elle avait Quatre jours de retard, qu'elle se sentait fatiguée, nauséeuse et qu'elle avait les seins douloureux, ce n'était pas vraiment un choc de voir deux lignes roses. Elle se demandait comment Wyatt allait le prendre.

Il était affalé sur le sable dans une chaise de sable, les jambes étendues devant lui et l'air détendu. Elle ne l'avait pas vu aussi paisible depuis longtemps, même s'il était généralement plus en paix ces jours-ci, depuis l'affrontement à la base, où il avait réussi à contrôler son ours. Il avait affronté sa plus grande peur, qu'il avait trouvée infondée, et ressemblait beaucoup plus à l'ancien Wyatt qu'il ne l'était auparavant. Il y avait encore des moments difficiles et des cauchemars, bien sûr. Elle s'attendait à ce qu'ils le hantent pour le reste de sa vie, mais il était avec elle, et il ne faisait aucun effort pour s'échapper maintenant.

Elle s'enfonça présomptueusement sur ses genoux, sachant qu'il ne s'en soucierait pas. Surtout lorsqu'il se rendit compte qu'elle ne portait rien d'autre qu'un maillot de bain - et que le maillot de bain séchait encore dans la salle de bains. Elle avait bien l'intention de le lui dire tout de suite, mais ses intentions changèrent lorsque sa bouche descendit le long de son cou, cherchant tous les endroits qui lui procuraient des picotements dans la colonne vertébrale. Avec un gémissement, elle changea de position pour se mettre à califourchon sur ses genoux au lieu de s'asseoir dos à son ventre. Elle passa ses bras autour de son cou et embrassa sa bouche avec appétit. Lorsqu'ils se séparèrent quelques instants plus tard, tous deux respirant difficilement, elle dit : "J'aime ta bouche. J'aime ton goût."

Il gémit. "J'aime tout de toi. Tu es parfaite pour moi, Gillian."

Bien qu'il dise souvent ce genre de choses maintenant, elle ressentait toujours un frisson de plaisir en les entendant chaque fois qu'il exprimait ce qu'il ressentait. Cela avait beaucoup contribué à apaiser la blessure qu'elle avait portée pendant les dix-Huit mois de leur séparation, même si elle en avait compris les raisons. Cela n'avait pas empêché le rejet de la ronger, de la marquer plus profondément qu'elle ne l'avait réalisé, comme le prouvait le fait que même un petit aveu de la profondeur de ses sentiments l'avait guérie.

Il laissa échapper un bourdonnement de satisfaction lorsqu'il réalisa qu'elle était complètement nue sous la couverture, ses mains se déplaçant entre ses cuisses pour caresser son clitoris. "J'aime cette partie en particulier. Sa main descendit plus bas, ses doigts s'enfonçant en elle. "Ou peut-être cette partie. Je ne pense pas avoir de préférence."

Elle rejeta la tête en arrière, se pressant contre sa main. "C'est mon moment préféré, du moins quand tu fais ça. Passant la main entre eux, elle plongea la sienne dans son short de bain et en sortit sa bite pour la caresser sur toute sa longueur. Il était déjà dur pour elle, le bout de sa bite laissant échapper du pré-cum pour lui faciliter la tâche. Il n'est pas étonnant qu'elle soit enceinte, puisqu'ils n'utilisent que rarement des préservatifs. C'était comme s'ils avaient tous les deux délibérément cherché à atteindre ce but, mais qu'ils n'en avaient pas encore parlé.

"Je suppose que vous vous sentez mieux ?" Ce faisant, il écarta l'épaule de sa robe de chambre pour la mordre à cet endroit. C'était l'endroit où il l'avait marquée pour la première fois avec sa morsure d'accouplement, la nuit où ils étaient revenus de Fort Glacier.

Elle glapit, puis gémit de plaisir lorsqu'il pencha le cou pour baisser la tête, sa bouche engloutissant son mamelon à travers le tissu qui le recouvrait. Elle siffla de plaisir et de douleur lorsqu'il passa légèrement sa langue sur le bout du téton tendu. "Aïe, ça fait du bien".

Il rit contre elle. "C'est une combinaison étrange", dit-il en s'écartant juste assez pour parler, et en faisant en sorte que ses lèvres frôlent son sein à chaque mot.

Elle frissonna à cette sensation. "C'est ce qu'on ressent".

Avec un léger grognement de possessivité, il changea de position, s'affaissant davantage sur la chaise et la soulevant plus haut pour mieux aligner leurs bassins. "Et j'adore ce que je ressens. Tout en parlant, il s'enfonça en elle, jusqu'à ce que chaque centimètre de son érection l'ait remplie.

Son fourreau s'est accroché à lui, comme toujours, et elle a enfoncé ses doigts dans ses épaules en commençant à le chevaucher. "Je suis venue pour te dire quelque chose", dit-elle en rejetant la tête en arrière, serrant son canal en rythme autour de lui tout en rebondissant de haut en bas.

"Qu'est-ce que c'est ? Il semblait essoufflé alors qu'il remontait, ses mains bloquées sur ses hanches pour la maintenir contre lui alors qu'il poussait rapidement à l'intérieur d'elle.

"Je suis..." Elle s'est interrompue, soudainement incertaine à propos de l'aveu. Une grande partie de l'avenir était encore incertaine, et elle avait peur de ce qu'un bébé pourrait signifier pour eux deux, même si elle était également ravie de l'idée.

"Oui ?" Il l'incita à le faire lorsque son silence s'allongea, sans pour autant ralentir le rythme de ses poussées, ajoutant le tourbillon de ses hanches pour stimuler encore plus sa chatte déjà frémissante.

Elle s'abandonna à l'orgasme, sentant sa crème épaisse l'enduire une seconde avant que sa bite ne se raidisse en elle et qu'il ne la remplisse de jets de sa libération. Avec un soupir d'épuisement, elle posa sa tête contre son épaule, détournant son visage du sien alors que la bravoure l'abandonnait. "Je suis enceinte.

À sa grande surprise, il se met à glousser doucement. "Je sais.

Sous le choc, elle surmonte sa timidité et son hésitation pour lever la tête et le regarder. Qu'est-ce que tu veux dire par "tu sais" ? Je viens de le découvrir moi-même."

"Tes phéromones ont une odeur différente. Il haussa les épaules. "Même si je n'étais pas un métamorphe, je le saurais. Tu as été un peu morose, fatiguée, et Trois des Quatre derniers matins, tu as vomi avant de te sentir bien après. Nous n'utilisons presque jamais de protection, et j'admets que c'est ce que je voulais depuis le jour où je me suis rendue à la base militaire. L'idée de vous voir avec notre enfant quelque part sur une plage comme celle-ci était l'image que j'utilisais pour surmonter l'incertitude d'être dans cette prison pendant des jours, laissée là à pourrir sans jamais savoir quand ils viendraient me chercher, que ce soit pour m'exécuter ou pour poursuivre l'expérimentation. Je suis ravie pour notre bébé".

Elle laissa échapper un doux soupir de satisfaction, se blottissant de nouveau contre lui tout en se mordant la lèvre inférieure. "Est-ce que c'est sans danger d'avoir un bébé ?"

Il a hésité un moment, et il n'a pas offert de platitudes. "L'avenir est incertain. Je ne sais pas s'ils nous rattraperont, ni quand, et je suis certain qu'ils ne laisseront pas une petite chose comme l'âge de notre bébé les dissuader d'effacer complètement toutes les preuves. Mais je sais que toi et moi nous nous battrons comme des diables pour protéger nos enfants, et tant que nous sommes ensemble, nous devons vivre, pas seulement être en vie. Si nous voulons tous les deux le bébé, et je pense que c'est le cas, alors nous devons nous concentrer sur cela".

Elle acquiesce. "Je veux vraiment ce bébé".

Il acquiesce. "Alors nous nous attendrons au pire, mais nous espérons le meilleur. Je ne veux pas penser à l'avenir qui pourrait nous attendre. Je veux juste être avec toi, ici, dans le présent, et laisser l'avenir prendre soin de lui-même." Il la décale légèrement pour pouvoir poser sa main sur son bas-ventre. "Aujourd'hui appartient à toi, à moi et à lui.

"Ou elle", taquina-t-elle en acceptant gracieusement sa déclaration sur l'avenir. Il ne pouvait pas savoir ce qui les attendait, mais au moins ils seraient ensemble pour y faire face.

"Ou elle", acquiesce-t-il amicalement. "Tant que le bébé est en bonne santé et heureux, c'est tout ce qui compte."

Avec ces mots, il l'a transformée en un tas de pâte fondante, et elle a laissé le reste de la tension s'évanouir de son corps. "Tu as une idée de combien je t'aime, Wyatt Stone ?

"Pas autant que je t'aime."

Elle roule des yeux. "Je t'aime encore plus."

Il gloussa, ne se lassant apparemment jamais de cet ancien pseudo-argument. "Appelons cela un match nul et célébrons combien nous nous aimons".

Elle pencha la tête, le regardant, intriguée. "Qu'avez-vous en tête ?" Son corps bourdonnait déjà d'une énergie sensuelle tandis qu'elle imaginait toutes les choses qu'il pourrait dire.

"Marions-nous le plus tôt possible."

Elle sursaute de surprise, n'ayant pas du tout anticipé ces mots. "Sérieusement ? Tu le penses vraiment ?"

Il lui sourit. "Tu es ma fiancée depuis que nous avons dix-Huit ans. Presque dix ans plus tard, je pense qu'il est temps que tu fasses de moi un honnête homme avant que je n'aie un bébé hors mariage."

Elle gloussa, même si elle roula des yeux. "Quand tu le dis comme ça, comment pourrais-je ne pas faire ce qu'il faut ?"

Il passa sa main dans ses cheveux et lui maintint la tête tandis que sa bouche se posait sur la sienne en un lent et tendre baiser. "Je crois que j'ai enfin tout ce qu'il me faut. J'ai passé tellement de temps dans la mauvaise direction, mais je suis enfin là où je dois être. Avec toi et notre bébé. Je ne te quitterai plus jamais."

Avec un soupir, elle se fondit contre lui, se sentant réconfortée par la sincérité de ses paroles et s'y accrochant. Elle était absolument certaine qu'il pensait chaque mot, et il n'était pas nécessaire de confirmer qu'elle ressentait la même chose. Il le savait déjà. Il ne servait à rien de ressasser le passé s'ils devaient se concentrer sur le présent et espérer le meilleur pour l'avenir. Il n'y avait pas de place pour les regrets ou les récriminations alors qu'ils avaient tant de raisons de se réjouir et tant d'amour entre eux.

Inlassable (Guerriers blessés #2)

LORSQUE DEVON MANCHESTER, métamorphe tigré, est parti à la recherche de son coéquipier disparu, il a trouvé Tianna Barrett. Journaliste citoyenne, elle creuse discrètement les secrets du Projet : Shift et aide Devon à trouver sa prochaine piste. Maintenant que le groupe d'opérations noires est au courant de son existence, elle doit l'accompagner dans sa quête d'indices sur la disparition d'un coéquipier dans la nature canadienne. L'accompagner n'est pas une mince affaire, car il est bientôt convaincu que Tianna est faite pour être sa compagne. Il est déterminé à la réclamer - s'ils vivent assez longtemps...

Chapitre Un

Devon s'approcha de la petite maison avec méfiance, bien que ce soit un qualificatif généreux. "Cabane" aurait été un meilleur adjectif pour décrire la petite habitation où le cousin de Benjamin l'avait orienté. Il y avait une bonne randonnée dans les montagnes et l'endroit semblait inhabité. Ce serait une cachette parfaite si Benjamin y avait élu domicile.

Il s'approcha de la cabane en restant bas et en s'abritant le plus possible. À mesure qu'il s'approchait, il inspirait profondément, se fiant à ses sens de tigre pour se faire une idée de ce qu'il trouverait à l'intérieur.

Son cœur a battu la chamade lorsqu'il a détecté la signature phéromonale de Benjamin. Cela faisait des mois qu'il n'avait pas senti l'odeur unique de son ami, mais elle semblait fraîche. Il était optimiste quant à la possibilité de retrouver son ami en vie. Peut-être que Benjamin avait réussi à échapper au gouvernement jusqu'à présent, mais qu'il n'avait pas pu intercepter les messages radio que Malcolm envoyait quotidiennement sur des fréquences rotatives.

S'il avait dû fuir quelque part et qu'il avait laissé derrière lui sa radio militaire, modifiée avec des mesures de sécurité par leur experte en cryptage, Joanna, il n'aurait pas été en mesure de maintenir le contact. Ou peut-être n'avait-il tout simplement pas été en mesure d'atteindre le Sanctuaire ou l'un des autres refuges. Ou peut-être, étant de toute façon du côté des ermites, Benjamin avait-il choisi de rester terré dans la cabane des Black Hills, à la frontière de la réserve de Standing Rock.

Bien que rassuré par la présence des phéromones de Benjamin, il avançait encore prudemment, car il y avait quelqu'un d'autre dans les parages. Cette présence avait une odeur strictement humaine, à en juger par les phéromones, et elle empestait l'odeur amère de la peur. Cela le maintenait sur ses gardes, bien qu'il n'ait pas été enclin à les relâcher, même avec la confirmation provisoire que Benjamin était en vie.

Il atteignit la porte arrière de la cabane, fronçant les sourcils lorsqu'il vit le bois se briser vers l'intérieur, comme s'il avait été frappé par un objet lourd ou un coup de pied violent. Il serra l'arme qu'il avait sortie de son holster bien avant d'approcher la cabane et resta à l'entrée de la porte en ruine, les oreilles tendues pour entendre des bruits qu'un humain normal ne pourrait pas détecter. La cabane était petite, mais il en fouilla tous les coins et recoins en se concentrant sur l'environnement qui l'entourait.

Il y avait une respiration rauque et dure, ainsi qu'un son féminin occasionnel, comme si une femme humaine luttait pour ne pas pleurer. Devon grimaça lorsque son nez tressaillit alors qu'il respirait profondément, détectant la signature phéromonale de l'un des super-soldats. S'il y en avait un, il devait y en avoir d'autres, car il doutait qu'ils soient venus seuls dans la cabane.

Toujours sur ses gardes, il avança prudemment dans la cabane, suivant le bruit des respirations. Il doutait qu'un humain soit capable de percevoir de faibles bruits, mais son tigre n'avait aucun mal à les détecter.

La cabane était aussi petite à l'intérieur qu'elle semblait l'être à l'extérieur, et il ne fallut pas longtemps pour trouver le corps de Benjamin. Son ami avait l'air de s'être bien battu, mais il était clairement mort, et depuis peu. Devon se rendit rapidement compte que le bruit de la respiration provenait du *dessous de* Benjamin. Il doit y avoir une trappe sous lui.

En s'excusant mentalement auprès de son ami, il fit rouler le cadavre de Benjamin pour pouvoir ouvrir la trappe. Il faisait nuit noire dans la pièce, mais sa vision de tigre n'eut aucun mal à détecter la forme humaine accroupie dans la petite cave. "Sors de là. Il garda une voix sévère, ne laissant aucune place à la dissidence. C'était la même voix que celle qu'il avait utilisée contre les insurgés lorsqu'il était en poste en Afghanistan. L'autorité se transmet naturellement.

Elle eut un soubresaut et un gémissement lui échappa, mais elle se leva lentement. "S'il vous plaît, ne me faites pas de mal."

Instinctivement, il lui tendit la main pour l'aider à sortir de la cave, puisqu'il ne semblait pas y avoir de marches. Elle la prit, bien qu'elle semblât réticente, et dès qu'il l'eut amenée au niveau principal de la cabane, elle s'écarta de lui en tressaillant. "Je ne sais rien. Laissez-moi partir."

Il fronce les sourcils. "Je ne vais pas te faire de mal. Qu'est-ce qui se passe ici ?"

Ses yeux s'écarquillèrent soudain, et sa signature phéromonale se modifia juste assez pour révéler un soupçon d'excitation. "Tu es Bone.

Il cligna des yeux, n'ayant pas entendu l'indicatif depuis qu'il avait quitté l'armée il y a presque deux ans. D'un commun accord, ses anciens coéquipiers, devenus compagnons d'armes d'une autre manière, et lui-même avaient renoncé à l'utiliser lorsqu'ils avaient quitté l'armée. Il la regarda d'un air renfrogné. "Comment connaissez-vous ce nom ?

Son regard s'est arrêté un instant sur Benjamin et son expression a révélé sa tristesse. "J'ai rassemblé les pièces du puzzle et je sais ce que le gouvernement a fait à votre équipe. Bien sûr, vous êtes dans les dossiers."

"Quels dossiers ?

Elle a redressé les épaules. "Vos dossiers militaires. Je les ai piratés - les vôtres et ceux des autres - quand j'ai cherché des réponses sur ce qui était arrivé à Joanna."

Il se raidit légèrement à l'évocation de ce nom, repoussant la vague de chagrin. Joanna était l'un des Trois membres de l'équipe qui étaient morts aux mains du groupe d'agents secrets du gouvernement qui tentait d'étouffer les preuves du projet Shift. "Vous connaissiez Joanna ?

"C'était l'amie de ma mère et elle me gardait quand j'étais petite.

Il l'examina un instant en entendant les mots. Elle avait la peau d'un brun crémeux, de grands yeux sombres et une tête pleine de petites tresses. Il n'arrivait pas à savoir comment elles s'appelaient, mais il en reconnaissait le style. Elle était de petite taille, avec des courbes généreuses, et un visage frais qui suggérait qu'elle n'avait pas connu beaucoup de tragédies dans sa vie. Pour lui, elle était pratiquement encore une enfant. "Quel âge avez-vous ?

"Vingt-Trois.

Elle était plus âgée qu'elle n'en avait l'air. "Savez-vous ce qui est arrivé à Benjamin ?"

Elle acquiesce. "J'avais rendez-vous avec lui ce soir. J'ai discuté avec Twitch en ligne après l'avoir retrouvé. Il était surpris que j'aie pu trouver sa présence en ligne. Il avait fait un très bon travail de nettoyage, mais j'avais relevé les fils, et j'ai pris contact. Nous étions censés discuter de ce qu'il savait et de ce que je savais, mais ils sont arrivés avant que nous en ayons eu l'occasion".

Elle ferme les yeux un instant. "Je suppose qu'ils l'ont trouvé de la même façon que moi, c'est-à-dire grâce aux petits indices électroniques qu'il a laissés dans son sillage. Il m'a cachée dans la cave à légumes, tout en me prévenant qu'ils pourraient encore détecter ma présence. Soit ils ne l'ont pas fait, soit ils ne se sont pas occupés de moi parce que je suis humain. Je suppose qu'ils étaient trop concentrés sur lui pour s'apercevoir de ma présence, sinon ils m'auraient éliminé comme un boulet".

"Ils ne vous ont probablement pas identifié comme une cible. Ils ont probablement été programmés pour éliminer Benjamin et tous ceux qui posent un problème à cette mission."

Ses yeux étaient immenses et elle étouffa un sanglot avec sa main avant de parler. "Il s'est sacrifié pour me sauver."

Devon passa une main sur son visage, grimaçant à cause des poils sur ses joues. Sa barbe s'est transformée en une véritable barbe depuis qu'il s'est échappé du Sanctuaire il y a deux semaines à la recherche de Benjamin. Avec les cheveux longs qui lui arrivaient maintenant sous les omoplates, il ne ressemblait plus vraiment au soldat qu'il avait été.

C'était un choix délibéré, tout comme Benjamin avait fait le choix délibéré de protéger la femme devant lui. Son ami avait sans doute compris que ses chances de survie face aux super-soldats n'étaient pas grandes, mais il avait fait en sorte que sa mort ait un sens en protégeant cette fille. Benjamin avait été plus un frère qu'un ami. Si Benjamin avait décidé de protéger la femme en face de lui, Devon ne pouvait pas faire moins.

Il se raidit, les sens lui hurlant dessus, alors même qu'elle parlait. "Tout s'est passé il y a peu de temps. Ils sont peut-être encore là."

Il grogna tout bas dans sa gorge. "Ils sont bel et bien là. J'entends leur hélico approcher, mais un groupe se dirige lentement dans cette direction, probablement à pied. Je peux sentir l'odeur de ces bâtards." Tout en eux sentait mauvais. Ils ne sentaient ni l'humain ni le métamorphe. C'était une combinaison maladive des deux, avec quelque chose en plus. Il savait maintenant, grâce au colonel Wallace, que ce quelque chose en plus était une intelligence artificielle de pointe qui avait éliminé la dernière parcelle d'humanité.

Il baissa les yeux vers Benjamin, voyant que son arme de poing était toujours entre ses doigts. Il se pencha pour le soulever, vérifia le chargeur avant de le remettre dans l'arme et de se tourner vers la femme. "Savez-vous tirer avec ce pistolet ?

Elle le regarde avec précaution et secoue la tête. "Je n'ai jamais touché une arme de ma vie."

"Il est temps d'apprendre. Ignorant sa résistance, il lui ouvrit la main et y plaça le pistolet, enroulant ses doigts autour de lui. Il désengagea la sécurité avant de tirer son bras vers le haut et vers l'avant. "Pointez et tirez. Utilisez vos deux mains lorsque vous tirez, et visez légèrement en dessous de l'endroit où vous voulez frapper. Il y aura un recul, alors préparez-vous à recevoir un coup de pied."

Ses yeux larmoyaient et elle était manifestement terrifiée, mais elle a saisi l'arme comme il le lui avait demandé et, bien que ses bras tremblent, ses mains étaient stables.

Alors qu'il essayait de décider s'il était plus sûr de rester dans la cabane ou d'essayer de s'abriter dans le feuillage à l'extérieur, elle dit : "Twitch avait des armes en bas."

Il se raidit et la regarde par-dessus son épaule. "Dans la cave à légumes ?"

Elle acquiesce. "Je pense qu'ils l'étaient. Je veux dire, ils en avaient l'air. Je ne sais pas ce que c'était, mais ça avait l'air d'être une sacrée puissance de feu."

Devon se glissa en arrière, se glissa dans la cave à légumes et sortit une lampe de poche de la poche intérieure de son long manteau de cuir. Sa vue était assez bonne pour lui permettre de voir des détails grossiers, mais la lumière supplémentaire éclairait exactement ce que son ami avait stocké. Il siffla légèrement entre ses dents en choisissant deux AK-47, les portant en bandoulière avec l'intention d'en donner un à l'humain du dessus.

Il y avait d'autres armes plus petites, mais il les a laissées de côté pour se concentrer sur le FIM-92 Stinger qui a attiré son attention. Il saisit le lance-roquettes, dont le poids lui est familier. L'unité elle-même pesait environ trente-cinq livres, et le missile en ajouterait une vingtaine lorsqu'il le chargerait. Il devait d'abord s'assurer qu'il avait été correctement entretenu et que les batteries étaient chargées, car il ne voulait pas compter sur l'arme pour la trouver inutilisable.

Une vérification rapide confirma que Benjamin avait gardé le Stinger en parfait état de marche, et il n'en attendait pas moins.

Cela faisait quelques années qu'il n'avait pas eu l'occasion d'utiliser une Stinger, mais le processus d'armement lui était familier, et le lance-roquettes fut bientôt prêt à fonctionner.

Il s'élança hors de la cave, sautant et atterrissant sur ses deux pieds. Même dans ces circonstances, il ne put s'empêcher d'afficher un sourire légèrement arrogant lorsqu'elle émit un son d'appréciation devant sa grâce féline. Elle n'avait encore rien vu, si elle pensait que c'était gracieux. S'il avait une raison de se transformer en tigre devant elle, elle serait probablement si impressionnée qu'elle se jetterait sur lui.

Non pas que ce soit le moment de penser à une perspective aussi tentante. Au moins, elle n'était pas aussi jeune qu'il l'avait cru et, de six ans sa cadette, elle n'était pas un appât à prison.

Et il ne pouvait absolument pas se permettre de penser à de telles choses en ce moment.

Après ce rappel intérieur sévère, il se tourna à nouveau vers elle, fit glisser l'un des AK-47 de son épaule et le lui tendit. "C'est une meilleure option que l'arme de poing. Gardez-le pour les combats rapprochés." Lorsqu'elle secoua la tête, essayant de reculer, il reprit sa voix sévère. "Cela pourrait faire la différence entre la vie et la mort, alors ne discutez pas avec moi."

Ses lèvres se raffermirent, et elle n'aimait manifestement pas sa voix dominatrice, mais elle fit un pas en avant au lieu de reculer et lui souleva le fusil. "Je ne sais pas comment tirer avec ce truc".

Il l'a vérifié rapidement, en appuyant sur un interrupteur. "Il est en mode semi-automatique, vous devrez donc appuyer sur la gâchette à chaque fois que vous voudrez lâcher une balle."

Il lui montre l'interrupteur qui permet de passer en mode automatique. "Si vous avez besoin de plus de puissance de feu, vous pouvez passer à ce mode, mais vous épuiserez vos munitions beaucoup plus vite. Si vous passez en mode automatique, vous devez tirer des rafales courtes et contrôlées. N'appuyez pas sur la gâchette et ne tirez pas à tort et à travers, sauf si vous y êtes obligé. Il faut une certaine force pour passer en mode automatique, mais il ne faut pas craindre de le faire accidentellement en tirant. Vous avez trente balles dans le chargeur, et espérons que nous n'aurons pas besoin de plus, car je doute que vous ayez le temps de recharger ou de changer de chargeur."

Elle acquiesça, semblant comprendre tout ce qu'il avait dit. "Je ne suis pas sûre de pouvoir le faire, Bone."

"Devon", dit-il durement. "Je n'ai pas été Bone depuis longtemps".

Ses yeux se sont écarquillés, mais elle a hoché la tête à nouveau. "Je suis désolée."

Il haussa les épaules. "Restez près de moi."

Ses yeux s'écarquillent et elle recommence à trembler. "On va là-bas ? On ne serait pas plus en sécurité ici ?"

"C'est peut-être plus sûr, mais je ne peux pas avoir une bonne vue sur l'hélicoptère à l'intérieur de la cabane. Il souleva le Stinger sur son épaule, le tapotant d'une main dans un geste affectueux. "Si j'ai l'hélicoptère en ligne de mire, cet engin l'abattra, et ce sera un problème de moins à régler. Tu as une idée du nombre de super-soldats qu'il y avait ?"

Elle secoue la tête. "Je ne les ai pas vus, et Twitch m'a mise dans la cave avant qu'ils n'arrivent. Je suis presque sûre d'avoir entendu au moins Trois séries de pas en plus des siens, mais je ne suis pas sûre que ce soit tout ce qu'il y avait."

Trois ennemis, voire plus, dotés d'une force équivalente à celle d'un métamorphe et d'une obéissance aveugle à leurs maîtres, garantie par les puces implantées dans leur cerveau. Sans oublier l'hélicoptère. Contre lui, avec un civil comme seul renfort, et qui n'a jamais tiré avec une arme. Fan-fucking-tastique.

Avant de la raccompagner, il s'arrêta assez longtemps pour enlever sa veste et la laisser pendre près de la porte. Il pourrait avoir besoin de se changer rapidement, et comme c'était son manteau préféré au monde, il ne voulait pas risquer de le déchirer pendant la transition.

Il sortit par la porte de derrière, lentement et rapidement, remarquant dans sa vision périphérique que la femme essayait de suivre ses mouvements. Elle était plus maladroite et moins rapide, mais elle se débrouillait mieux que ce qu'il aurait attendu d'une civile sans entraînement. Ils franchirent la cabane et s'enfoncèrent dans les arbres avant qu'il ne s'arrête pour évaluer leur environnement.

Ses sens l'alertèrent immédiatement de la présence d'un des super-soldats à moins d'un mètre, et il se tourna dans cette direction, tirant avec son arme. Il grimaça à mesure qu'il se rapprochait, cette satanée chose encaissant balle après balle sans jamais tomber, mais en trébuchant de temps à autre. Il orienta son arme plus haut, alignant un tir en direction de la tête, ce qui fit enfin cesser le mouvement.

Elle était tombée à quelques mètres de lui, et il s'avança pour lui donner un coup de pied afin de s'assurer qu'elle était bien morte. Et il passa un moment qu'il ne pouvait vraiment pas se permettre à regarder le conglomérat, qui était quelque chose entre l'humain et ce qui ressemblait à un crocodile. La femme à côté de lui laissa échapper un sanglot rapidement étouffé à cette vue, et elle ne sembla pas s'en rendre compte lorsqu'elle se rapprocha de lui. Il l'aurait bien entourée d'un bras pour la réconforter, mais il avait besoin de ses deux mains, l'une pour l'AK-47, l'autre pour soutenir le Stinger.

L'hélicoptère était plus proche que jamais, elle devait donc être en mesure de l'entendre à présent. Il se tourna vers elle, déplaçant sa bouche à quelques centimètres de son oreille pour pouvoir parler doucement. Les super-soldats devaient aussi avoir une ouïe plus fine. "Quand l'hélico sera en vue, je vais m'efforcer de l'abattre. J'ai donc besoin que tu surveilles mes six ans et que tu gardes les tangos loin de moi." Voyant l'expression glacée de la jeune femme, il sortit du jargon militaire, surpris d'y être revenu si facilement. "Surveillez mes arrières et empêchez ces choses d'interférer avec la destruction de l'hélicoptère si vous le pouvez."

Ses lèvres tremblaient, mais elle avait l'air résolue lorsqu'elle redressa les épaules et hocha la tête. "Je ferai de mon mieux, Devon.

Il lui fit signe de se tenir derrière lui, le dos appuyé contre le sien, tandis qu'il déplaçait son AK-47 sur le côté et épaulait complètement le Stinger, l'ajustant pour le tir. L'hélicoptère arriva en vue à peu près au même moment où il entendit un claquement sec derrière son côté gauche. "Sur votre droite.

Il sentit ses bras bouger lorsqu'elle changea de position dans cette direction, mais il ne détourna pas son regard de l'hélicoptère pendant qu'il alignait son tir. Le réticule zooma sur l'hélicoptère, mais il attendit qu'il se rapproche. Il fallait que le tir compte, car il n'y avait qu'une seule roquette dans l'arsenal.

La femme s'est éloignée de lui en poussant un cri de surprise, mais il n'a pas eu le temps de regarder ce qui se passait. Son monde se réduisait à quelques millisecondes, tandis qu'il attendait que l'hélicoptère se rapproche suffisamment pour être sûr de son tir. Au bon moment, il appuya sur le bouton de mise à feu et, dans un grondement et une vibration contre son épaule, la fusée s'élança et s'éleva dans le ciel nocturne.

Il y eut une forte explosion, doublée d'un éclat de lumière, lorsque le missile entra en collision avec l'hélicoptère quelques secondes plus tard, désintégrant l'appareil qui ne fut plus que de petits débris tombant du ciel. Il lâcha le Stinger et se tourna vers la femme, sachant qu'elle avait besoin d'aide.

Elle luttait contre l'un des soldats, qui semblait être un croisement entre un humain et une hyène. Il s'acharnait sur elle, et si elle n'avait pas porté un manteau bouffant, elle n'aurait eu aucune protection. Le tigre a pris le dessus, et il l'a laissé faire. Contrairement à son coéquipier Wyatt, il n'avait jamais perdu le contact avec le tigre. Refuser de se transformer aurait été comme laisser les militaires prendre le contrôle d'un autre aspect de sa vie.

Son tigre agit par instinct, et il sauta sur le soldat, plaquant la femme au sol. Il la fit tomber, et ils roulèrent ensemble, s'échangeant des coups de griffes vicieux jusqu'à ce qu'il ait une ouverture. Il s'élança vers l'avant, sa bouche se refermant sur le cou de l'hybride hyène/humain, et mordit avec force. Le goût du cuivre emplit sa bouche, mais il ne lâcha pas prise jusqu'à ce que l'animal cesse de bouger sous lui.

Alors qu'il était en train de mourir, elle a commencé à tirer avec l'AK-47. Il leva les yeux aussi vite qu'il le put, une fois assuré que le soldat en dessous de lui était mort, et juste à temps pour la voir tirer une dernière balle qui emporta la tête de l'hybride blaireau/humain. Il se releva, en se déplaçant, et cracha plusieurs fois pour évacuer le sang de sa bouche.

Il s'approcha d'elle et lui prit délicatement l'arme lorsqu'il se rendit compte que ses mains étaient toujours bloquées autour de l'arme et que son doigt était sur la gâchette plutôt que sur le pontet. "C'est simple, je n'en détecte pas d'autres et l'hélico est en panne. Je n'en détecte pas d'autres, et l'hélico est tombé lui aussi. Ça nous a fait gagner du temps, mais il faut qu'on sorte d'ici."

Elle se tourna vers lui, s'effondrant soudain dans ses bras dans un mouvement surprenant. Il la soutint aisément, lui laissant un moment pour rassembler ses émotions et retrouver son calme. Il fut impressionné de voir qu'elle n'éclatait pas en sanglots. Elle s'appuya simplement contre lui en respirant profondément à plusieurs reprises, semblant d'abord à la limite de l'hyperventilation, avant que sa respiration ne devienne plus profonde et plus régulière. Lorsqu'elle s'éloigna enfin, un sentiment de perte accompagna la séparation, et il fronça les sourcils devant cette réaction. Il étouffa cette expression en la regardant. "Ça va maintenant ?"

Ses yeux brillent de larmes non versées, mais elle acquiesce. Elle avait l'air assez calme compte tenu des circonstances. "Je crois que ça va. Ou je vais l'être."

Il lui adresse un petit sourire. "C'était un bon coup".

Elle renifle doucement. "C'était de la chance. Je n'avais aucune idée de ce que je faisais."

Il se contenta d'acquiescer, ne partageant pas avec elle les informations dont elle pourrait avoir besoin pour savoir ce qu'elle faisait et rapidement. Si elle était sur leur radar, elle serait aussi une cible, même si elle était en bas de la liste.

"Et maintenant, Devon ?"

Il hésite. "Je ne suis pas sûr, Mademoiselle... ?"

"Tianna Barrett". Son ton est devenu très sérieux. "J'ai une chambre d'hôtel bon marché à proximité. Je pense que vous devriez venir avec moi, et je vous montrerai ce que j'ai."

Son esprit s'est immédiatement dirigé vers un endroit qu'elle n'avait pas prévu, il en est certain. Cela faisait longtemps qu'il n'avait pas pris une femme au lit, et certainement pas depuis les Neuf derniers mois environ, depuis qu'il avait pris conscience qu'il était une cible lentement traquée par le groupe d'opérations noires chargé du projet Shift.

Il se racla la gorge et essaya de contrôler la réaction physique qui tentait de se manifester. Comme il se tenait nu devant elle, elle ne manquerait pas de le voir s'il se mettait soudain à bander. À force de volonté, il parvint à maintenir son érection à distance alors qu'il retournait vers la cabane. "Je vais voir si je peux trouver des vêtements et nous irons à votre hôtel.

Ce n'était qu'une mesure temporaire, et ils devraient bientôt entrer dans les souterrains, ou bien elle devrait décider si elle prend le risque d'être seule. Depuis que l'équipe l'avait laissée dans la cave, ils ne l'avaient manifestement pas considérée comme une menace, ou comme une menace de moindre importance. Peut-être pourrait-elle utiliser ses compétences en piratage pour déterminer si elle était sur leur liste d'élimination. Quoi qu'il en soit, il était impatient de voir ce qu'elle avait déterré sur le projet Shift et les tentatives d'assassinat dont ils avaient fait l'objet.

Benjamin était un peu plus petit que lui, mais ils avaient à peu près la même masse musculaire, si bien qu'à part le pantalon de jogging qu'il avait enfilé qui était un peu court et la chemise qui ressemblait plus à un crop top et qui exposait un petit bout de son ventre, il était modestement couvert. Lorsqu'il enfila le manteau de cuir et le boutonna, il cacha complètement la différence de taille et son ventre dénudé, même si quelques centimètres de ses chevilles restaient visibles.

Elle se racla la gorge avant d'entrer dans la cabane, lui tendant ses chaussures. "J'ai trouvé celles-ci. L'une d'elles a l'air un peu fendue sur le côté, mais elle pourrait te convenir jusqu'à ce que tu puisses t'en procurer une nouvelle paire."

Touché par sa prévenance, il lui prit les chaussures et les enfila. "Avez-vous déjà vu une équipe de travail ? Vous vous en sortez plutôt bien."

Elle acquiesce. "Un été, j'étais en croisière en Alaska avec mes parents, et nous avons également fait une excursion à terre. Nous étions dans la forêt nationale de Denali, et je suis tombée sur un homme en train de se transformer en ours. À l'époque, je n'avais pas réalisé ce qu'il était, et bien sûr personne ne m'a cru, mais cela m'a mis sur la voie".

Elle n'a pas précisé de quelle voie il s'agissait. "J'ai fini par comprendre ce qu'il était en faisant des recherches. J'en ai parlé à Joanna une fois, et elle a été la seule adulte dans ma vie qui ne s'est pas moquée de moi ou qui ne s'est pas moquée de ce que j'avais vu. Je sais maintenant pourquoi, bien sûr. À l'époque, je n'avais pas réalisé qu'elle était aussi un métamorphe, mais j'ai apprécié qu'elle ne me fasse pas sentir que j'étais fou."

Il sourit. "Joanna était la meilleure. Il était habillé et prêt, mais il lui restait une chose à faire. Il ne pouvait pas laisser le corps de son ami ici, pas comme ça. Il y aurait des questions s'il tombait entre les mains d'un médecin légiste, et il ne pouvait pas supporter l'idée que les militaires continuent à dépouiller le corps de son ami, ou qu'ils se débarrassent négligemment de Benjamin lorsqu'ils enverraient une équipe de nettoyage.

Il sortit et trouva un abri encore plus petit derrière la cabane, qui semblait en meilleur état que la maison elle-même. Il y trouva un bidon d'essence ainsi qu'une petite tondeuse à gazon, bien qu'il n'ait vu aucun signe que son amie ait utilisé la tondeuse dans l'herbe épaisse qui les entourait. Il prit le bidon et retourna vers l'abri, levant la main lorsqu'elle voulut le suivre à l'intérieur. "Restez ici et restez vigilants. Je ne pense pas qu'il y ait d'autres choses de ce genre dans les environs, mais ne soyez pas imprudents. Je serai vite sorti."

Elle acquiesça et se recula, endossant le rôle de soldat comme si elle était née pour cela, bien que son anxiété soit toujours visible dans la façon dont elle tremblait et dans sa signature phéromonale.

Il entra rapidement dans la cabane, éclaboussant l'essence partout, mais se concentrant surtout sur le corps de Benjamin. En jurant, il se rendit compte qu'il n'avait pas récupéré ses plaques d'identité et posa le bidon d'essence pour le faire. Les yeux de Benjamin s'étaient ouverts à cause de la rigidité cadavérique, et après avoir retiré les plaques d'identité, il essaya de les refermer, mais ils s'ouvrirent à nouveau. Avec les traits acérés de ses ancêtres amérindiens et ses longs cheveux noirs, il ressemblait au guerrier féroce qu'il avait été.

Devon penche la tête un instant, appuyant le bout de ses doigts sur le front de son ami. "Je suis désolé de ne pas avoir pu faire plus pour toi, Benjamin. Sur ces mots d'adieu, il se leva et s'éloigna de son ami, se dirigeant vers la sortie de la cabane.

Une fois le seuil franchi, il fouilla dans la poche intérieure de sa veste, où il conservait un kit d'allumage d'urgence. Il y avait plusieurs allumettes, et il en alluma une avant de la jeter à l'intérieur de la cabine. Le souffle de la flamme rencontrant l'essence l'accueillit quelques instants plus tard, ainsi qu'une vague de chaleur. Il s'éloigna rapidement, s'approcha de Tianna et lui prit la main. Il lui sembla naturel de l'entraîner à ses côtés, son corps s'enroulant autour du sien pour le protéger, tandis qu'il se dirigeait vers l'endroit où il avait laissé son véhicule. Elle commença à partir dans la direction opposée, et il s'arrêta, sans la lâcher. "Qu'est-ce que tu fais ?

Elle fait un signe de tête vers la gauche. "J'ai laissé ma voiture à un quart de mile sur la route".

Il la poussa dans la direction où il voulait aller. "Je t'y conduis, mais on ne se sépare pas".

Elle semblait avoir compris la sagesse de cette idée, et elle ne protesta pas en trottinant légèrement pour le suivre. Il allait sans doute trop vite, mais il voulait quitter la zone avant que Fort Glacier n'envoie des renforts. S'ils avaient visionné les images transmises par les puces dans le cerveau de leurs super-soldats, ils étaient au courant de ce qui se passait, et ils seraient impatients d'envoyer une autre équipe avec des bottes sur le terrain pour nettoyer le désordre et essayer de récupérer Devon. Il voulait quitter la zone avant qu'ils n'aient une chance de lancer cette opération.

Chapitre Duex

Tianna suivit Devon Manchester sans protester. C'était un soldat compétent et expérimenté, formé aux opérations secrètes, et un métamorphe de surcroît. Elle n'était qu'une civile inexpérimentée, et assez intelligente pour suivre son exemple dans ce cas précis. Son cœur était encore gonflé d'adrénaline, même si l'excitation commençait à s'estomper et qu'elle commençait à se sentir épuisée.

Il avait dû garer sa voiture à un an de là, et elle se plaignait de ne pas avoir insisté pour aller à sa voiture et le conduire au lieu de faire l'inverse. Enfin, ils traversèrent la forêt et débouchèrent sur l'autoroute. Elle grogna lorsqu'il la fit traverser, mais heureusement, ils n'eurent pas à aller beaucoup plus loin. Il avait rangé son 4x4 dans un endroit caché par les broussailles, et elle monta à l'intérieur avec reconnaissance quelques instants plus tard.

Elle le dirigea vers sa voiture, mais ne trouva rien d'autre à dire pour le moment. Elle était encore abasourdie par les événements de la dernière heure, et par sa première incursion dans le journalisme d'investigation qui avait pris une tournure inattendue et violente.

Lire sur le projet Shift et reconstituer l'ensemble avait été passionnant et stimulant mentalement, mais elle n'avait pas vraiment saisi le danger de la situation lorsqu'elle s'y était impliquée. Elle se rendait compte peu à peu à quel point elle avait frôlé la mort. Sans le sacrifice de Twitch, suivi par Bone - non, Devon - qui la protégeait et lui montrait comment se servir d'une arme, elle serait probablement morte à l'heure qu'il est.

Elle était aussi un peu mal à l'aise à l'idée d'avoir pris une vie. D'après ses recherches, elle était relativement sûre qu'il ne restait plus grand-chose d'humain dans ces super-soldats, mais ils avaient été des personnes, et l'homme qu'elle avait tué avait été un être humain vivant, respirant, avec ses propres pensées, ses peurs et ses sentiments. Elle commença à trembler et regarda Devon. "Arrête-toi. Je vais vomir."

Devon arrêta le véhicule aussi vite que possible, et dans un grincement de freins, le SUV s'immobilisa sur le bord de l'autoroute. Les doigts tremblants, Tianna réussit à ouvrir la portière et à se glisser à l'extérieur, se penchant en avant à la taille avant de céder à la bile qui remontait dans son œsophage.

À un moment donné, Devon lui retint ses tresses et lui frotta le dos jusqu'à ce qu'elle ait terminé. Lorsqu'elle se leva, l'estomac endolori par l'expulsion soudaine, il s'éloigna d'elle. Après avoir ouvert la porte arrière, il prit quelque chose sur la banquette. Quelques instants plus tard, il lui tendit une bouteille d'eau.

Elle dévissa le bouchon et agita sa bouche plusieurs fois avant de se sentir un tant soit peu propre. Lorsqu'elle en fut capable, elle lui offrit un sourire tremblant. "Merci.

"Tu vas bien maintenant ?"

Elle haussa les épaules. "Je pense que j'ai fini de vomir, mais pour ce qui est de savoir si je vais bien ? Je ne connais pas la réponse. Je ne m'attendais pas à tout cela."

Il lui donna une nouvelle tape dans le dos. "Il faudra du temps pour tout assimiler. Tu es en sécurité maintenant, ou du moins pour le moment, et nous devons trouver un plan."

Elle a aimé la façon dont il a dit *"notre", ce qui l'*a rassurée et l'a fait se sentir plus en sécurité. Mais elle avait encore du mal à tourner la page sur ce qui s'était passé. "Je n'ai jamais tué personne auparavant. Ou quoi que ce soit d'autre, d'ailleurs. Mon grand-père m'a emmenée pêcher une fois, et je n'ai même pas pu supporter d'assommer le poisson. Il était dégoûté par moi, mais il a cédé quand je lui ai demandé de tous les rejeter."

Devon s'approcha un peu plus, passant un bras autour de son épaule pour la réconforter. Le fait qu'il ait provoqué des étincelles de chaleur à l'endroit où il l'avait touchée était sûrement un effet secondaire involontaire. "C'est une chose difficile à faire, et tu n'es même pas entraînée pour cela. Dans ces conditions, tu devrais peut-être considérer que tu soulages la souffrance plutôt que de prendre une vie. Quel genre d'existence doivent-ils endurer ? S'il reste quelque chose d'eux, ils sont piégés dans leur corps et à la merci d'une intelligence artificielle et de modifications de l'ADN qu'ils ne peuvent contrôler. Qui sait combien d'entre eux choisiraient la mort plutôt que la vie s'ils en avaient la possibilité ? Je sais que je le ferais dans cette situation.

Elle acquiesça, trouvant ses paroles réconfortantes. C'était peut-être une justification flagrante, mais c'était une justification qu'elle pouvait accepter et qui ne la rendrait pas folle de culpabilité. "Je suis surprise que tu puisses être aussi compatissant envers eux puisqu'ils essaient de te tuer."

Devon haussa les épaules en regardant la route de haut en bas, comme s'il s'attendait à une attaque à tout moment. Cette attente n'était pas déraisonnable. "Mon ancien colonel est le plus compatissant lorsqu'il s'agit d'eux. Je suppose que ses paroles m'ont influencé. De plus, ce ne sont pas les super-soldats qui essaient de nous tuer. Ils sont contrôlés, et ils sont à la merci du groupe d'opérations noires qui essaie de nous faire tomber. Ils sont dangereux et il faut s'en occuper, mais ils ne sont pas la véritable cible que nous devons éliminer pour mettre fin à tout ça."

Elle acquiesce. "Je pourrais savoir sur qui se concentrer".

Il semble intrigué. "Vous vous sentez mieux maintenant ?"

En guise de réponse, elle se retourne vers la voiture et se glisse à l'intérieur. "Je pense que oui. Je ne vais pas peindre ta sellerie de toute façon." Elle réussit même à rire d'un air tremblant.

Devon ferma sa porte pour elle avant de faire le tour et de s'installer du côté conducteur. Quelques instants plus tard, ils étaient devant sa voiture, et elle lui communiqua le nom de l'hôtel en se glissant à l'extérieur, au cas où ils seraient séparés.

Apparemment, Devon était doué pour la filature, ou peut-être était-ce parce qu'il n'y avait pratiquement pas de circulation sur la route, mais il resta dans son rétroviseur tout le temps, ses lumières étant une présence bienvenue alors qu'elle conduisait sa petite voiture à hayon jusqu'à l'hôtel bon marché.

Whispering Pines était loin d'être aussi idyllique qu'il n'y paraissait, mais le prix était correct et le réceptionniste n'avait rien demandé d'autre que de l'argent liquide pour obtenir une chambre. Elle n'avait peut-être jamais mené d'enquête auparavant, mais elle avait appris suffisamment de choses à l'école de journalisme avant d'abandonner ses études pour savoir comment se protéger et essayer de cacher son implication dans l'enquête jusqu'à ce qu'elle publie l'article.

Elle était reconnaissante que sa chambre soit située à l'arrière de l'hôtel et qu'ils aient pu se garer et faire le tour, en utilisant le bâtiment pour protéger leurs véhicules. Elle se glissa hors de sa voiture et rejoignit Devon, qui l'attendait déjà. Il tenait un sac à la main, mais elle n'avait rien à prendre, toutes ses affaires étant encore dans sa chambre. Elle sortit la carte-clé de son jean et l'entraîna dans les escaliers jusqu'à la chambre 202.

Après l'avoir ouverte, elle entra à l'intérieur, et il la suivit d'un pas. Il prit un moment pour verrouiller la porte et la sécuriser avec la chaise qui ne correspondait pas à la table balafrée incluse dans la pièce. Elle se dit que c'est comme ça qu'ils ont réussi à appeler ça une kitchenette, puisqu'il y avait une cafetière qui ne fonctionnait pas, la table et deux chaises qui n'allaient pas ensemble, en plus d'un lit queen-size et d'une salle de bain minuscule.

Elle avait été agréablement surprise de constater qu'il y avait un coffre-fort dans la chambre, et elle s'y rendit pour récupérer son ordinateur portable. Elle le rejoignit à la table, la rapprochant du lit pour qu'elle puisse s'en servir comme d'une chaise, puisqu'il avait bloqué la porte avec l'autre.

Il était assis bien trop près d'elle, même si elle était sur le lit et lui sur la chaise, en tout cas bien trop près pour qu'elle puisse se concentrer correctement. Elle dut fermer les yeux et détourner le regard pendant un moment, se sermonnant sévèrement sur le timing inapproprié. Une femme devrait être morte pour ne pas trouver Devon Manchester attirant, mais ce n'était pas le moment de succomber à cette réaction. Ils avaient des choses bien plus importantes à se mettre sous la dent que la façon dont il faisait battre son cœur, ou la glisse entre ses cuisses lorsqu'elle s'imaginait le prendre en elle.

Elle se racla la gorge, consciente de la chaleur qui lui montait aux joues, et lui rendit son regard. Il y avait une lueur complice dans ses yeux, et elle se demanda s'il savait d'une manière ou d'une autre ce qu'elle pensait. Elle se racla à nouveau la gorge, évitant soigneusement son regard et se concentrant sur l'écran, elle fit apparaître toutes les informations dont elle disposait.

Il fronça les sourcils en détournant son regard de l'écran. "Qui êtes-vous, et comment avez-vous trouvé tout cela ?"

"Je suis journaliste". Elle croise les doigts en prononçant ces mots. Elle était bel et bien journaliste, même si elle n'avait pas terminé l'école de journalisme. Les professeurs étaient trop fermés aux sujets qu'elle voulait étudier, et elle les avait trouvés trop limités par des règles obsolètes qui ne s'appliquaient pas. C'est dans le journalisme citoyen qu'elle a trouvé sa place, et elle fait bien son travail. Les quelque cent mille personnes qui la suivent et qui lisent tous les articles qu'elle publie sur son webzine, AltTruth, lui font savoir qu'elle fait quelque chose de bien. "J'ai enquêté en utilisant tous les moyens à ma disposition.

Il lisait par-dessus son épaule pendant qu'elle lui parlait de la plupart des choses, ne disant pas grand-chose jusqu'à ce qu'elle arrive à la partie de ses recherches sur le groupe qui dirigeait le projet Enhanced. Elle fit apparaître une photo du lieutenant-colonel Jasper Caswell. "Vous le reconnaissez ?

Devon secoue la tête. "Je ne l'ai jamais vu auparavant.

Elle a tapé sur le clavier et son dossier est apparu côte à côte avec sa photo. Devon était clairement concentré sur l'information, et elle détourna le regard. Elle avait déjà vu la photo de Caswell, et elle préférait ne pas la regarder à nouveau. C'était un bel homme, mais ce sont ses yeux qui étaient troublants. Avec ses pommettes sculptées et son nez pointu, ses yeux lui faisaient penser à un oiseau de proie. Ou à un dinosaure.

Il y avait quelque chose de froid et de prédateur dans sa photo officielle, et elle était certaine qu'il aurait la même apparence dans la vie réelle. Elle ne pensait pas que ce qu'elle savait de lui influençait sa perception, car elle avait eu cette réaction la première fois qu'elle avait consulté sa photo, tombant dessus par hasard dans les dossiers, avant de réaliser qu'il était responsable du projet Enhanced, et que l'une des tâches du groupe était d'éliminer tous les survivants du projet Shift.

Après avoir lu tout ce qu'il pouvait, Devon s'est adossé à la chaise. Il sembla s'essuyer pendant un moment, et il était clair qu'il trouvait les faits troublants. Lorsqu'il la regarda, il était hanté. "Ai-je bien lu ? Il a suivi le programme d'amélioration, mais il n'a pas la puce d'intelligence artificielle ?"

Elle acquiesce. "C'est aussi ce que j'ai lu. Il semble qu'il ait décidé de subir la procédure après plusieurs succès."

"Sauf qu'il ne voulait pas céder le contrôle à un maître-chien". Devon s'essuie la main sur le visage. "D'après la carrière de Caswell, il est doué pour les opérations secrètes. On dirait qu'il l'a fait depuis qu'il a été diplômé de West Point."

Elle acquiesce. "C'est un ennemi redoutable. Surtout depuis qu'il a reçu l'ADN d'un ours métamorphe et des modifications pour améliorer sa guérison, ses réflexes et sa force."

Au bout d'un moment, Devon sembla se ressaisir et fouilla dans le sac qu'il avait posé sur le sol à côté de lui. Elle le regarda avec intérêt installer une petite radio, qu'elle reconnut comme étant d'origine militaire. Elle arqua un sourcil lorsqu'il jeta un coup d'œil dans sa direction. "Tu veux que je parte quand tu parleras à tes coéquipiers ?

Il hésite un instant avant de secouer la tête. "Non, mais tout ce que vous entendrez sera confidentiel. Je sais que vous êtes à la recherche d'une histoire, mais vous ne pouvez pas encore la publier. Vous ne feriez que vous mettre des bâtons dans les roues."

Elle fronce les sourcils. "Ce n'est pas qu'une histoire pour moi. Je connaissais Joanna et je me souciais d'elle, vous vous souvenez ? Et les choses que j'ai apprises m'ont donné envie de mettre un terme à ce projet et de l'exposer au monde entier."

Il fait un signe de la main. "D'accord, mais vous ne pouvez pas encore l'exposer. Si vous êtes d'accord, nous travaillerons ensemble pour l'instant."

Elle n'hésita qu'une seconde, partagée entre le rappel de la liberté de la presse et l'angoisse d'être sans lui maintenant qu'elle savait ce qui l'attendait et qu'il y avait une possibilité qu'ils puissent d'une manière ou d'une autre identifier son implication. Si elle publiait l'histoire à ce stade sur son webzine alternatif, ils seraient facilement en mesure de l'identifier. Elle n'avait pas un lectorat suffisamment important pour que l'histoire devienne virale et qu'elle ne soit pas réduite au silence en guise de représailles. Son meilleur pari, et le plus sûr, était de s'en tenir à Devon pour l'instant, de continuer à rassembler des preuves, et d'espérer qu'elle vivrait assez longtemps pour faire éclater l'histoire au grand jour. Elle acquiesce. "Vous avez ma parole.

Il n'avait pas l'air d'en douter, et il ne montrait aucun signe de scepticisme face à sa promesse. De toute évidence, il avait choisi de prendre sa parole pour argent comptant, et sa poitrine se réchauffa à cette constatation.

Il eut bientôt une voix à l'autre bout du fil. Il parlait en termes généraux et ce qu'elle était certaine d'être un code, mais elle n'arrivait pas à le déchiffrer. Elle aurait dû l'enregistrer et l'écouter pendant plusieurs heures avant de pouvoir discerner les motifs secrets et déchiffrer le code. C'était l'un des domaines où elle excellait, mais elle n'avait pas le temps de le décrypter pour le moment.

Il s'agissait d'un code différent de celui que Malcolm envoyait et qu'elle avait intercepté à l'occasion, réussissant parfois à en déterminer la fréquence et à en enregistrer des bribes ici et là pour les reconstituer plus tard. Ce code était sans faille et il lui avait fallu des semaines pour en faire ne serait-ce qu'une petite entaille, si bien qu'elle s'était concentrée sur la recherche d'informations par d'autres moyens, comme les enregistrements électroniques.

Le piratage du ministère de la Défense avait pris le plus de temps, mais lorsqu'elle y était, elle avait accès à tout. Il lui a fallu une semaine de plus pour franchir les cryptages protégeant le projet Shift et suivre la piste du projet Enhanced, mais elle a persévéré.

Devon débriefe rapidement son coéquipier sur leur code. Apparemment, il avait transmis toutes les données sensibles, car il est passé au langage courant en disant : "Voilà où nous en sommes."

"Quelle est votre prochaine action ?" demande la voix à l'autre bout de la radio.

Devon hésite. "Je ne suis pas sûr.

Tianna se lèche les lèvres. "J'ai peut-être une idée".

Il la regarde en fronçant les sourcils. "Qu'est-ce qu'il y a ?

"Je crois savoir où se trouve un autre membre de votre équipe. J'avais prévu d'aller la chercher une fois que j'aurais parlé à Twitch."

Les yeux de Devon s'écarquillèrent un instant, et il inspira un souffle rapide qui sembla siffler entre ses dents. "Qui ?

"Loris Tabor. Je crois qu'elle est à la réserve de Bullhead, ou du moins dans les environs."

"Tu as entendu ça, Malcolm ? demande Devon dans la radio.

"Oui", répond la réponse en demi-teinte. "Si vous avez confiance en cette fille, vérifiez, mais restez en contact."

"Je le ferai". Il replaça le récepteur sur la radio avant de concentrer toute son attention sur elle. Ses yeux sombres étaient d'une intensité presque déconcertante.

La chaleur de son estomac s'en ressentait encore, et elle se rappelait une fois de plus que le moment était mal choisi pour être attirée par cet homme qui était recherché par le gouvernement et promis à la mort.

"Où se trouve la réserve de Bullhead, et pourquoi pensez-vous que Loris s'y trouve ?"

Elle prit son ordinateur portable, chercha un moment jusqu'à ce qu'elle trouve le fichier pertinent avant de le montrer à Devon. Pendant qu'il lisait, elle dit : "C'est un certificat de naissance. Il y a treize ans, Loris a donné naissance à un petit garçon à la clinique de la réserve de Bullhead. Il s'agit d'une réserve ojibwée du Manitoba, isolée et difficile d'accès. Elle n'a aucun lien officiel avec la bande, mais le père de son enfant et son fils y vivent. Elle avait quinze ans lorsqu'il est né, et ses grands-parents l'ont adopté. Il a fallu beaucoup creuser pour trouver cela, car elle était mineure à l'époque. J'espère que personne d'autre n'a fait le lien, car il n'y a aucune raison tangible pour qu'elle aille là-bas. C'est juste une intuition de ma part".

Devon fronce les sourcils. "Loris n'a jamais mentionné qu'il avait un fils.

"Elle l'a donné en adoption à ses grands-parents, alors peut-être que c'était simplement trop douloureux pour en parler. Elle a haussé les épaules. "C'est la meilleure piste que nous ayons".

Il ne semble toujours pas convaincu. "Je ne suis pas sûr qu'elle irait là-bas et risquerait de mettre sa famille en danger."

Tianna acquiesce. "Je doute qu'elle l'ait voulu, mais si elle n'avait pas d'autres options, le désespoir aurait pu la pousser à le faire. Tant qu'elle ne laissait pas les choses dans un état irréparable, je ne peux pas imaginer que le père du garçon ou ses parents lui auraient tourné le dos."

Il a attrapé son ordinateur portable et l'a rapproché de lui. Quelques instants plus tard, il afficha une carte et tapa Bullhead Reserve. Il siffla doucement entre ses dents. "C'est vraiment inaccessible. Nous ferions mieux de nous reposer."

Elle se mord la lèvre. "Peut-on rester ici en toute sécurité ?"

Il hésite un instant avant de se passer une main sur le visage, l'air las. "Non, probablement pas. Il vaudrait mieux rouler un peu et s'arrêter."

"Nous devrions prendre votre SUV. Ma petite voiture à hayon ne tiendra jamais dans la neige." C'était le premier véhicule qu'elle avait acheté toute seule et elle détestait le laisser derrière elle, mais elle était assez réaliste pour savoir qu'il ne ferait pas le voyage. Les pneus étaient dégonflés, il y avait une fuite d'huile et il était déjà à bout de souffle.

Alors qu'ils quittaient sa chambre d'hôtel quelques minutes plus tard, toutes ses affaires en main, elle jeta encore un dernier coup d'œil à la petite voiture à hayon. Alors qu'elle se glissait dans le siège conducteur du SUV, s'étant portée volontaire pour prendre le premier quart de conduite afin que Devon puisse se reposer, elle était certaine de ne plus jamais revoir son véhicule. Elle avait le sentiment profond et inquiétant qu'elle avait dévié du chemin qu'elle avait prévu de prendre dans la vie, et qu'elle devrait bientôt tout laisser derrière elle si elle voulait survivre.

Chapitre Trois

Quelques heures plus tard, elle s'arrêta près d'une petite communauté rurale appelée Green City, le tableau kilométrique lui indiquant qu'ils se trouvaient à 30 miles d'Harvey. En traversant la ville, elle fut légèrement amusée par l'audace de l'ajout du mot "ville". Il y avait une station-service, un dépanneur et un restaurant, ainsi que quelques autres bâtiments et un seul motel. C'était ce qui l'intéressait le plus, même si son estomac protestait contre le manque de nourriture. Devon s'éveilla lorsque sa vitesse diminua, se réveillant instantanément et se redressant d'un coup avec une posture alerte. "Où sommes-nous ? Pourquoi vous arrêtez-vous ?"

"De l'essence, de la nourriture et du sommeil, mais pas nécessairement dans cet ordre. Elle entra dans la station et s'arrêta à la pompe. Cela lui fit du bien d'étirer ses muscles endoloris lorsqu'elle sortit de la voiture, et elle passa un moment à les assouplir avant de faire le plein.

Devon sortit à son tour du véhicule et la rejoignit. Il s'appuya contre la voiture, tout en restant vigilant. "Je vais nous trouver une chambre. Tu peux aller chercher à manger et me rejoindre là-bas ?"

Elle acquiesce. "Une préférence ?"

Il secoua la tête tandis que son estomac grondait. "N'importe quoi fera l'affaire." Il hésite un instant avant d'ajouter : "Sauf un burrito de supérette. J'y suis allé, j'ai fait ça, je n'y retournerai plus jamais."

Elle rit un peu, bien qu'elle soit trop épuisée pour ressentir un véritable amusement. Après avoir fait le plein, elle se rendit au restaurant attenant à la station-service et à la supérette, agréablement surprise de constater qu'il proposait plus que des hamburgers et des frites.

Elle commanda deux plats du jour et parcourut son téléphone à la recherche de nouvelles intéressantes en attendant que leurs commandes soient prêtes. Elle poussa un soupir de soulagement en se rappelant que, quelques mois auparavant, ils avaient diffusé le visage de Wyatt Stone et de sa fiancée dans tous les médias lorsqu'ils essayaient de les retrouver.

Lorsqu'elle eut le sac de récipients en polystyrène à emporter, Tianna retourna à l'endroit où elle avait garé le SUV et traversa la route jusqu'au petit motel. Devon se tenait à l'extérieur du bureau et lui indiqua une place de parking au bout de la rangée. Après s'être garée à l'endroit qu'il lui avait indiqué, elle sortit du véhicule, attrapant leur nourriture et son sac au passage. Devon la rejoignit pour prendre ses propres bagages, puis la conduisit à la chambre numéro Huit, au bout de la rangée. Il s'agissait d'un bâtiment d'un étage, en forme de L, et ils se trouvaient dans le coin où le Huit se transformait en Neuf.

Il lui ouvrit la porte et elle se glissa devant lui, son corps frôlant le sien et s'y attardant plus longtemps que nécessaire. Tianna croisa son regard, et la chaleur qu'il y avait dans ses yeux attisa la sienne. Se raclant la gorge, elle passa devant lui et posa le sac sur la petite table.

Cette chambre était un peu mieux que la précédente, car les meubles étaient assortis et la pièce sentait le propre plutôt que le renfermé. La plupart des meubles étaient usés et le couvre-lit avait l'air un peu mince, mais quelqu'un avait fait l'effort de le garder en bon état. Tout en s'asseyant à la table, elle lui demanda : "Est-ce qu'ils acceptent l'argent liquide pour l'enregistrement ?".

Il secoue la tête. "J'ai dû laisser un permis de conduire et utiliser une carte de crédit, mais Malcolm m'a donné un ensemble de sécurité avant que je ne quitte le Sanctuaire. Il n'aimait pas que je parte seul à la recherche de Benjamin, mais il comprenait que j'avais besoin de le retrouver, et ce n'était pas sûr pour nous tous d'y aller ensemble."

Elle commença à déballer le contenu du sac et lui tendit un plateau de steak fritté et de purée de pommes de terre à la sauce campagnarde. "Je pense qu'il aurait été plus sûr que vous voyagiez tous ensemble, n'est-ce pas ?

Il haussa les épaules en prenant le conteneur avec un signe de tête en guise de remerciement. "D'un point de vue sécuritaire, il aurait été plus sûr, mais aussi plus visible, que nous voyagions ensemble. C'était censé être une mission d'entrée et de sortie, et je n'étais même pas certain de trouver Benjamin. Je pense que je m'attendais à le trouver mort, mais peut-être pas si fraîchement parti."

Sans y penser, elle lui a tendu la main et l'a tapotée. "Je suis désolée pour la mort de ton ami. C'était en partie ma faute. Il est mort pour s'assurer qu'ils ne m'atteignent pas."

Devon lui serra la main un instant avant de se détacher doucement. Il resta concentré sur son plateau, sans lever les yeux vers elle, et protégea son regard. Lorsqu'il leva les yeux, elle ne vit que de la compassion.

"Ils l'auraient tué de toute façon. Je suis toujours étonné qu'ils ne t'aient pas ciblé, ou du moins qu'ils ne t'aient pas considéré comme une menace urgente. Benjamin était le genre de personne qui aurait volontiers choisi de se sacrifier pour sauver quelqu'un d'autre. Sans lui, je ne serais pas en vie aujourd'hui. Il m'a sauvé la mise plus d'une fois au combat, et je n'ai jamais eu l'occasion de lui rendre la pareille."

Une boule d'humidité inattendue s'est formée dans sa gorge, l'obligeant à déglutir plusieurs fois avant de pouvoir parler. "Je suis désolée pour ça aussi." Sur ce, elle plongea dans son plat, décidant que soit c'était vraiment bon, soit elle avait vraiment faim. Ils ne parlèrent pas pendant qu'ils mangeaient, et elle fut rassasiée à mi-chemin, repoussant le récipient en se levant. "Je vais prendre une douche rapide, puis je m'écroule pour quelques heures."

Devon hocha la tête en signe de reconnaissance, mais continua à manger. Avec sa carrure et son métabolisme de métamorphe, il avait probablement besoin de plus de calories qu'elle pour maintenir son endurance.

Si elle n'avait pas été aussi épuisée, elle aurait pu prendre un moment pour spéculer sur la façon dont il pourrait utiliser son endurance. En l'état, elle était trop fatiguée pour faire naître plus qu'un faible désir dans son abdomen.

Après avoir rassemblé ses affaires, elle entra dans la petite salle de bains. Elle était usée comme le reste de la pièce, mais propre, et la serviette sentait légèrement l'eau de javel et brillait d'un blanc éclatant. Ce fut la douche la plus rapide qu'elle ait prise depuis longtemps, parce qu'elle était morte sur ses pieds. Elle n'a même pas pris la peine de mettre ses tresses dans un bonnet de douche. Dix minutes après le début de la douche, elle était séchée, habillée et de retour dans la chambre. Elle se traîna jusqu'au lit et s'y effondra sur le ventre. Elle pensa à peine au fait qu'il n'y avait qu'un seul lit et s'endormit avant même que sa tête ne touche l'oreiller.

ELLE SE RÉVEILLA EMMÊLÉE dans ses bras, son corps enroulé autour du sien, et avec sa main fermement placée entre ses jambes, entourant son monticule d'une manière possessive. Alors qu'elle reprenait pleinement conscience, elle poussa un cri de surprise en réalisant qu'il la tenait si intimement, et à en juger par l'excitation gluante de ses plis, elle s'était tordue contre sa paume. Brièvement, elle se souvint d'avoir rêvé de sexe et d'avoir été sur le point de jouir. Apparemment, c'était la réalité qui s'était infiltrée dans ses rêves.

À son sursaut, ses yeux s'ouvrirent brusquement et il devint rigide. Sa main se resserra autour de sa chair palpitante pendant une milliseconde avant qu'il ne la retire brusquement.

"Je suis désolée. Je dormais." Sa voix ressemblait plus à un grognement rauque qu'à des mots complets, et il devait être sur le point de perdre le contrôle.

La chose la plus intelligente à faire était de mettre de la distance entre eux pour l'aider à reprendre le contrôle, mais elle ne bougea pas. Au lieu de cela, Tianna se lécha les lèvres et croisa son regard. "Ce n'est pas grave. Je dormais aussi." Elle se racla la gorge pour enlever les derniers vestiges de sommeil de sa voix. "Je peux deviner ce dont nous rêvions tous les deux.

Les joues de Devon rougirent légèrement et il sembla gêné, mais pas au point de se retirer. Mis à part sa main qui était passée d'entre ses cuisses à la sienne, ils étaient toujours enchevêtrés, les jambes entrelacées, et ses bras autour de lui. Elle avait roulé sur son autre bras à un moment donné, le coinçant sous son corps, et il était étroitement enroulé autour de sa taille, sa main reposant sur la courbe de ses fesses.

"C'est gênant. Je ne sais pas qui doit bouger en premier."

Elle hausse les épaules. "Je ne sais pas non plus. Une partie de moi ne veut pas bouger, et une autre partie de moi veut se rapprocher, mais je suppose que je devrais laisser le bon sens l'emporter et reculer." C'était plus une question qu'une affirmation, et elle était vraiment déchirée sur le fait de savoir si elle voulait qu'il l'encourage à s'éloigner ou à rester avec lui. Elle laissa échapper un soupir réticent lorsqu'il commença à s'éloigner. Manifestement, son bon sens l'avait emporté. Bon sang.

Il se racla la gorge et, lorsqu'il se leva, la réaction de son corps à celui de la jeune femme était évidente, même à travers son pantalon de pyjama en flanelle. "Je vais prendre une douche. Il avait l'air bourru, mais pas méchant.

Elle comprenait, car elle partageait sa frustration comme la sienne. Son corps avait envie de se libérer, même si son esprit comprenait à quel point il était raisonnable de ne pas céder à ce qu'ils avaient commencé dans leur sommeil. Ils se connaissaient à peine, et voulait-elle vraiment être en fuite pour toujours ? Devon serait toujours traqué, à moins qu'ils ne trouvent un moyen d'éradiquer la menace ou de la mettre en lumière et de gagner le soutien du public, ce qui semblait peu probable.

Cela signifierait que l'existence des métamorphes serait connue de tous, ce qui pourrait ne pas aller du tout dans le bon sens. Le grand public pourrait les mettre davantage en danger que les agents du projet Enhanced. Elle avait encore l'espoir de retrouver sa vie, bien qu'elle soit insatisfaisante à sa manière.

En parlant d'insatisfaction, ses cuisses se sont serrées tandis que son cœur palpitait. Elle attendit d'entendre la douche s'allumer pour glisser ses mains entre ses jambes et caresser son clito. Elle se mordit la lèvre en imaginant que Devon était sous la douche et faisait la même chose, caressant sa bite pour soulager la douleur du désir. L'image mentale suffit à la faire basculer, et elle poussa un cri plus fort qu'elle ne l'avait prévu lorsqu'elle jouit, trempant ses doigts et faisant trembler son corps pendant un moment.

C'était une sorte de satisfaction creuse, mais c'était mieux que la douleur à fleur de peau qu'elle avait ressentie avant de prendre les choses en main. Lorsqu'il sortit de la douche quelques minutes plus tard, la serviette négligemment enroulée autour de ses hanches et ne portant rien d'autre, elle était habillée. Un seul regard sur son corps encore humide suffit à relancer son désir, elle détourna rapidement les yeux et se rendit à la hâte dans la salle de bain, prenant quelques minutes pour reprendre le contrôle.

Lorsqu'elle sortit et le rejoignit, il était allé chercher le petit-déjeuner au même restaurant ouvert vingt-Quatre heures sur vingt-Quatre. Ce n'était pas aussi bon que leur dîner précédent, mais elle le mangea. En jetant un coup d'œil à l'horloge, elle s'aperçut qu'il était un peu plus de Quatre heures du matin et se sentit étonnamment fraîche, bien qu'elle n'ait dormi qu'environ six heures.

Devon faisait comme si de rien n'était, et elle essayait de l'imiter. Gardant un ton aussi professionnel que possible, elle demanda : "Quel est le programme d'aujourd'hui ?"

"Plus de conduite". Il fait un signe de tête vers l'ordinateur portable. "J'ai fait quelques recherches hier soir avant d'aller me coucher. Comme un seul homme, leurs regards se dirigèrent vers le lit où l'incident s'était produit, avant qu'elle ne détourne studieusement les yeux.

"Qu'as-tu découvert ? demande-t-elle.

"Il est difficile de se rendre à Churchill, et la seule route vers la réserve de Bullhead nécessite de prendre un hélicoptère, un bateau ou des traîneaux à chiens. J'ai contacté Malcolm, et il nous facilite la tâche autant que possible, mais nous devrons peut-être réfléchir rapidement et organiser notre propre transport une fois sur place. Pour l'instant, nous devons juste nous rendre à Thompson, puis prendre un vol de correspondance pour Churchill."

"Les documents que Malcolm vous a remis vous permettront-ils de passer la douane ?

Devon finit une bouchée avant de répondre. "Oui, c'est vrai. Ils sont entièrement sauvegardés. Infiltration de la base de données et tout le reste. N'importe quelle agence d'application de la loi peut vérifier mes références, et ils trouveront que Devon Manning est un citoyen honnête sans le moindre casier judiciaire, et certainement pas de détails sur le fait qu'il est recherché pour être éliminé par une branche secrète du gouvernement." Il lui fit un clin d'œil en ajoutant la dernière partie.

Elle se mordit la lèvre. "Et s'ils me relient à toi d'une manière ou d'une autre ?"

Il secoue la tête. "Je ne pense pas que cela puisse arriver. Tu te cachais déjà quand les super-soldats sont arrivés, ils n'ont donc pas pu te voir. Je suis sûr que leurs agents savent qu'une femme humaine est impliquée, mais je ne vois pas comment ils auraient pu t'identifier spécifiquement pour l'instant. Tu devrais pouvoir utiliser ton identité en toute sécurité pour le moment."

Elle fut rassurée par ses paroles et termina rapidement son petit déjeuner. Ils reprirent ensuite la route, cette fois avec Devon au volant. Le silence dans la voiture était gênant et elle se demandait s'il pensait à la façon dont ils s'étaient réveillés. Ses pensées y revenaient sans cesse et elle s'excitait de nouveau.

Soudain, Devon tourne le volant et s'arrête sur le bord de la route qu'ils empruntent. Elle regarda autour d'elle avant de le regarder en fronçant les sourcils. "Quelque chose ne va pas ?

Avec un grognement, il détacha sa ceinture de sécurité et s'élança à travers l'espace qui les séparait, ses bras l'entourant tandis que sa bouche s'inclinait sur la sienne. Elle fut surprise, mais ne résista pas au baiser. Ses lèvres étaient fermes alors qu'elles se moulaient aux siennes, et son baiser reflétait sa faim. Elle plongea sa langue dans sa bouche, caressant son appendice avec la sienne tout en se pressant contre lui. De la façon dont il la tenait, elle ne pouvait pas atteindre sa ceinture de sécurité ou se libérer pour s'approcher davantage, et elle gémit en signe de protestation.

À ce petit bruit, il se retire, l'air ébranlé. "Je n'aurais pas dû faire ça."

Elle saisit une poignée de son T-shirt, essayant de l'empêcher de s'éloigner. "Je voulais que tu le fasses.

Ses narines se dilatèrent et ses yeux s'assombrirent. "Je sais. Je l'ai senti sur toi. Ça me rend fou, et si on était à une autre époque et dans un autre lieu, je t'aurais mis sur la banquette arrière tout de suite."

Elle ne savait pas si elle devait être gênée par l'idée qu'il puisse sentir son excitation, flattée par ses paroles, ou frustrée par le fait qu'il n'avait manifestement pas l'intention d'aller plus loin, du moins pour le moment. Avec un rire tremblant, elle tenta d'écarter tout ce qui précède. "Cela fait longtemps que je n'ai pas embrassé quelqu'un sur la banquette arrière d'un véhicule. Je préfère un lit ces jours-ci".

Il la regarde dans les yeux, l'air sérieux. "La prochaine fois que nous en aurons une, je ferai en sorte de ne pas la gaspiller. Si c'est ce que tu veux ?"

Elle se lécha les lèvres, prenant un long moment pour y réfléchir. Toutes les raisons pour lesquelles c'était une mauvaise idée s'envolèrent de sa tête, et tout ce à quoi elle pouvait penser était ce qu'elle ressentirait en ayant un accès illimité à son corps, et en lui accordant la même chose. "Oui, je le veux."

Chapitre Quatre

Un lit s'est avéré être un luxe auquel ils n'ont pas eu accès pendant le reste de leur voyage. Ils se sont relayés pour conduire et dormir, et même lorsqu'ils ont atteint Thompson, ils n'ont pas eu l'occasion de s'installer dans un hôtel. Leur vol était sur le point de décoller, et s'ils attendaient, il faudrait attendre un jour de plus avant de pouvoir prendre le suivant. Si elle était impatiente de le retrouver, elle savait qu'il était tout aussi impatient d'obtenir des réponses et qu'il espérait retrouver son coéquipier. Elle l'espérait aussi, aussi repoussa-t-elle la suggestion d'attendre un jour de plus qui lui venait à l'esprit et monta à bord de l'avion avec lui.

Malcolm avait réservé un vol charter local et l'avion était ridiculement petit, mais elle essaya de ne pas paniquer en attachant sa ceinture et en supportant le décollage. L'avion lui parut minuscule comparé aux gros jets sur lesquels elle avait volé, mais elle resta calme tant qu'elle ne regarda pas par la fenêtre.

Heureusement, Devon avait le siège côté hublot. L'avion ne pouvait accueillir que douze passagers, mais ils avaient le vol presque pour eux seuls, à part Trois personnes à l'arrière. Pendant les turbulences, elle a pris la main de Devon et ne l'a pas lâchée, même lorsque l'avion s'est calmé. Il n'a pas fait un geste pour s'éloigner, et ils se sont tenus la main pendant presque toute l'heure du vol.

Lorsqu'ils débarquèrent à Churchill et quittèrent le terminal, qui était beaucoup plus petit qu'un aéroport classique, ils trouvèrent Trois taxis qui attendaient. Devon leur indiqua le chemin de l'hôtel en se glissant à l'arrière, et le chauffeur leur fit un signe de tête en s'éloignant.

Tout en gardant la voix basse, elle demanda : "Combien de temps avant d'entrer en contact avec le pilote de l'hélicoptère ?" Elle savait, grâce à Devon, que Malcolm s'était arrangé avec un service d'hélicoptère local pour les amener à la réserve de Bullhead afin de gagner du temps. Sinon, ils auraient dû prendre un bateau, ou essayer en traîneau à chiens ou en motoneige. Elle n'était pas vraiment impatiente de voler en hélicoptère après avoir pris un petit avion, mais cela semblait préférable à une traversée en traîneau à chiens dans la nature.

"Nous avons environ Quatre heures."

"Je pense que nous devrions essayer de trouver la mère de Loris. D'après mes recherches, elle vit toujours à Churchill. Son père est mort il y a longtemps, mais peut-être que sa mère peut nous donner des réponses." Elle espère que ce n'est pas une perte de temps, car d'après ses recherches, Loris et sa mère sont brouillées.

Il semblait que les Tabors avaient coupé les ponts avec leur fille lorsqu'elle était tombée enceinte à l'adolescence, mais elle espérait qu'il y avait eu une réconciliation. C'était probablement trop évident, et peut-être que Loris ne serait pas allée chez sa mère, en supposant que le groupe d'agents secrets la suivrait à la trace, mais il semblait également insensé de ne pas suivre la piste alors qu'ils étaient si proches.

Devon n'a rien dit, et après s'être installés dans la chambre d'hôtel qu'ils n'utiliseraient probablement pas plus de quelques minutes entre le moment où ils parleraient à la mère de Loris et celui où ils iraient manger un morceau, et après avoir acheté quelques fournitures de dernière minute - bien qu'ils aient considérablement augmenté leur garde-robe d'hiver lors d'un arrêt à Winnipeg - ils ont marché jusqu'à l'adresse qu'elle avait pour la mère de Loris, puisqu'elle n'était qu'à Trois pâtés de maisons de l'hôtel.

La maison était petite, mais bien entretenue, même si elle avait un air un peu triste. Elle n'aurait pas été surprise de constater que personne n'y vivait, mais une femme d'un certain âge ouvrit la porte dans la minute qui suivit le coup de sonnette de Devon. Elle ne les invita pas à entrer et les fixa avec des yeux étroits. "Qui êtes-vous et que voulez-vous ?

Tianna se glissa autour de Devon, sachant qu'elle ne serait pas aussi intimidante qu'il pouvait l'être. Elle offrit un sourire, et n'était pas certaine que l'autre femme l'ait vu à travers la fente de la porte, puisqu'elle n'avait pas fait l'effort d'enlever sa chaîne. "Nous ne sommes pas ici pour vous faire du mal, Mme Tabor. Vous êtes Mme Tabor ?"

La femme a hoché la tête une fois.

"Esther Tabor, la mère de Loris ?

Sa bouche s'est pincée et elle a lancé un regard noir. "Il y a un nom que je n'avais pas entendu depuis des années, du moins jusqu'à ce que les militaires viennent fouiner. Je leur ai déjà dit que je ne sais pas où elle est, ni pourquoi elle a déserté. Je ne suis pas surpris qu'elle ait mal tourné là-bas aussi. Elle a toujours été une mauvaise fille.

"Qu'est-ce que vous pouvez nous dire sur l'endroit où elle se trouve ?" demanda Devon avec un léger grognement dans ses mots, clairement agacé par l'évaluation que faisait la femme de sa propre fille et de sa coéquipière.

Elle le renifle. "Je n'ai rien à raconter, mais si j'en avais eu, je l'aurais donné au soldat propre sur lui qui est venu la chercher, pas à une racaille dépenaillée et à une *minorité*." Elle prononça ce dernier mot comme s'il s'agissait d'une grossièreté et lança un regard à Tianna avant de leur claquer la porte au nez. Elles purent toutes deux entendre le bruit de la serrure qui s'enclenchait un instant plus tard, suivi de deux autres, comme si elle craignait qu'ils n'enfoncent la porte.

Tianna secoua la tête en se retournant vers Devon. "Je suppose que c'était une perte de temps".

Il acquiesça, l'air désolé. "J'espère que nous aurons plus de chance à la réserve de Bullhead. En attendant, nous disposons d'environ Trois heures."

Son estomac gargouille. "Je mangerais bien un morceau."

Son ton a changé, il a pris un air fumeux et a passé un bras autour de sa taille. "Moi aussi, mais il y a autre chose que je veux encore plus, et nous avons un lit disponible pour les Trois prochaines heures. Qu'en pensez-vous ?"

Elle n'avait pas besoin d'y penser. Elle laissa échapper un petit rire et commença à le tirer vers l'hôtel que Malcolm avait réservé pour eux, se rappelant qu'il y avait un restaurant sur le chemin. "Je pense que nous devrions prendre notre nourriture à emporter."

ILS VENAIENT D'ACHETER des récipients en polystyrène à emporter dans un restaurant local lorsque le téléphone portable qu'il avait acheté à Winnipeg a sonné. Il lui tendit le sac de nourriture avant de le sortir de sa poche et de répondre. Elle pouvait voir à son expression et à son côté de la conversation qu'ils n'avaient plus Trois heures devant eux à remplir comme ils le souhaitaient. Elle retint de justesse un gémissement de déception en attendant qu'il finisse de parler à la personne qui était à l'autre bout du fil.

Un instant plus tard, il raccroche le téléphone et le remet dans sa poche. Son air désolé en disait long, mais elle avait déjà compris par elle-même que leur temps était écoulé. "Nous avons juste le temps de prendre nos affaires dans la chambre. Phil, le pilote de l'hélicoptère, veut partir dans vingt-cinq minutes au maximum. Il y a une tempête qui arrive plus tard dans la journée, et il veut la devancer et être de retour à la maison avant qu'elle ne frappe."

Pendant une brève seconde, elle aurait pu verser des larmes de frustration, mais elle les a repoussées et a accepté. Se forçant à paraître moins déçue qu'elle ne l'était, elle dit : "Je suppose que nous pourrons manger pendant le vol."

Il avait l'air un peu mal à l'aise à cette idée. "Euh, bien sûr."

Quarante minutes plus tard, alors que leurs bagages étaient rangés dans l'hélicoptère au cas où ils ne reviendraient pas à Churchill, elle découvrit pourquoi il avait trouvé l'idée de manger dans l'hélicoptère peu attrayante. C'était un peu déstabilisant, mais il avait manifestement une réaction bien plus forte qu'elle aux voyages en hélicoptère. C'était la première fois qu'elle montait dans un hélicoptère, mais Devon en avait probablement fait plusieurs au cours de sa carrière militaire. Cela ne l'empêcha pas de trembler et de pâlir, et lorsqu'elle ouvrit son récipient de nourriture, il détourna le regard avec un haut-le-cœur étouffé. "Je ne savais pas que tu avais le mal de l'air.

Il secoua la tête, les yeux toujours détournés de sa direction et de la nourriture posée sur ses genoux. "C'est seulement dans les hélicoptères".

"C'est parfaitement sûr", dit Phil à travers les écouteurs qu'ils portent. "Je fais cela depuis longtemps et j'ai été formé par le meilleur, l'oncle Sam. Alors qu'il parlait, l'hélicoptère tourna légèrement sur la gauche sous l'effet d'une rafale de vent. Il s'est contenté de glousser. "C'est juste un peu de turbulence, les amis.

Tianna mangea aussi vite qu'elle le put, espérant éviter à Devon d'être exposé longtemps à la nourriture au cas où ce serait ce qui aurait déclenché ses nausées et ses vomissements. Elle s'en doutait à la façon dont il tenait dans sa main le sac à vomi que le pilote de l'hélicoptère lui avait gentiment fourni.

Après avoir terminé, elle ferma hermétiquement son récipient et l'enveloppa dans le sac, qu'elle noua et plaça sous ses pieds pour le soustraire à sa vue. Quelques minutes plus tard, il put enfin se retourner vers elle, et elle ne savait pas si elle devait rire ou s'inquiéter profondément de sa misère évidente. Il allait évidemment survivre, mais elle compatissait à sa peur et à sa réaction. Elle s'approcha de lui et lui prit la main, entremêlant ses doigts dans les siens. "Ce n'est pas grave. Nous serons bientôt là."

"Environ vingt-deux minutes à partir de maintenant", dit joyeusement Phil à leurs oreilles. Ils étaient à l'arrière de l'hélicoptère et lui à l'avant, mais il n'avait visiblement aucun problème à participer à la conversation même s'il ne les regardait pas. "Pourquoi voulez-vous aller dans la réserve de Bullhead ?

"Nous cherchons quelqu'un", dit Tianna. Elle resta vague, n'ayant pas besoin de la pression de Devon sur sa main pour savoir qu'il ne fallait pas divulguer trop d'informations. Cela pourrait arriver aux mauvaises oreilles et pourrait même mettre Phil en danger.

"J'espère que vous les connaissez bien, car les gens de la réserve de Bullhead ne sont pas très amicaux envers les étrangers. On ne peut pas leur en vouloir, vu que le gouvernement canadien a essayé de reconfigurer ses frontières il y a quelques années pour exploiter des réserves de pétrole. C'était une sacrée bataille juridique, je vous le dis. Je suppose que vous n'étiez pas là pour ça ?"

Tianna secoua la tête avant de se rappeler qu'il ne pouvait pas voir. "Non, je n'en avais pas vraiment entendu parler".

"Ils n'étaient pas très ouverts aux étrangers auparavant, mais ils ont vraiment fermé leurs portes ces dernières années. Je vais vous déposer, mais je ne pourrai pas venir vous chercher avant demain si la tempête est aussi violente que prévu. J'espère que vous trouverez ce que vous cherchez, ou l'hospitalité parmi les membres du groupe. Sinon, votre visite pourrait mal se terminer pour vous deux".

Elle déglutit à l'avertissement, mais elle savait qu'ils n'avaient pas le temps d'attendre que la tempête soit passée, comme Phil l'avait suggéré au départ. "Je suis sûre que vous avez raison, mais j'espère que nous trouverons de l'aide là-bas."

Après cela, Phil ne leur adressa plus la parole, si ce n'est pour évoquer le paysage, qu'elle pouvait à peine apercevoir à cause de la neige qui s'épaississait autour d'eux. Lorsqu'il arriva à la réserve de Bullhead quelques minutes plus tard, il n'atterrit même pas. "Désolé, les amis, mais je ne suis pas sûr de la solidité de ce manteau neigeux, alors vous allez devoir sauter les deux derniers mètres."

Après avoir jeté leurs sacs, Devon partit le premier, et il sembla se sentir mieux dès que ses pieds touchèrent le sol. Il leva les bras pour l'aider à sortir, et elle accepta son aide avec reconnaissance. L'atterrissage aurait été rude si elle n'avait pas été soutenue par les bras de Devon.

Il fit signe à l'hélicoptère, son bras toujours autour d'elle, la gardant pressée contre son flanc. Ils restèrent baissés jusqu'à ce que l'hélicoptère s'éloigne et disparaisse dans la tempête, puis se redressèrent pour atteindre leur taille maximale.

"Quand reviendra-t-il pour nous ? Je sais qu'il a dit demain, mais comment allons-nous le joindre ?"

"Par le téléphone portable. Il doit y avoir une antenne relais près d'ici, car Phil m'a assuré que j'aurais de la réception."

Il a dû les déposer près du centre de la ville, et elle a vu un panneau indiquant qu'il s'agissait de Bullhead Park, ce qui expliquait la présence d'une zone ouverte et dégagée, sans arbres pour masquer l'atterrissage de l'hélicoptère. En regardant autour d'elle, elle vit plusieurs bâtiments à une courte distance, dont un grand bâtiment rectangulaire qui dominait le carré de forme irrégulière. Elle mit son sac en bandoulière, Devon fit de même, et ils se mirent en route d'un commun accord, leur destination étant le plus grand bâtiment, où elle espérait avoir le plus de chances de trouver les responsables de la fanfare.

Ils n'ont même pas parcouru la moitié du chemin qu'un groupe de dix hommes, l'air furieux, vient à leur rencontre. Elle s'arrêta de marcher, redressant les épaules pour se préparer à un accueil glacial. Devon se tenait à côté d'elle, son bras passant de manière rassurante autour de sa taille.

"L'un d'eux demande : "Pourquoi êtes-vous ici ?

"Je suis à la recherche d'un membre de mon équipe. J'espère qu'elle est ici, ou que vous savez où elle se trouve. Elle s'appelle Loris Tabor."

Tianna était certaine que le nom leur était familier, à en juger par l'expression vacillante de plusieurs d'entre eux, mais c'était la seule indication qu'ils avaient entendu ce que Devon avait dit. Celui qui avait parlé auparavant reprit la parole. "Il n'y a rien ici pour vous, alors appelez votre hélicoptère et partez. La tempête ne fera qu'empirer, et vous ne voulez pas rester coincés ici." Son ton inamical et son attitude indiquaient clairement que personne ne les aiderait.

Une pointe d'anxiété la traversa, et elle se demanda ce qu'ils feraient si le groupe refusait de les aider, même marginalement, en leur fournissant un abri pendant le pire de la tempête. "Nous ne voulons pas faire de mal à Loris. Nous devons la trouver pour la prévenir."

L'homme tourne ses yeux sombres vers elle. "Vous devriez partir. Maintenant."

"Si elle est ici, tu sais qu'elle est en danger", dit Devon. "Je peux l'emmener dans un endroit sûr, où elle aura ses coéquipiers à ses côtés.

L'homme lance un regard à Devon. "Nous prenons soin des nôtres, et nous pouvons assurer la sécurité de n'importe qui." C'était la chose la plus proche qu'il ait pu faire pour admettre qu'il savait qui était Loris, et encore moins qu'elle se trouvait quelque part dans la réserve.

Devon secoue la tête. "Tu ne peux pas la protéger de ce qui va arriver. S'ils la trouvent..."

"Partez. Maintenant." L'autre homme était manifestement en colère, et sa colère augmentait apparemment au fur et à mesure qu'ils résistaient à son ordre de partir. "Nous ne vous dirons pas..."

Le bruit d'un hélicoptère en approche l'a empêché de dire quoi que ce soit. Au début, Tianna pensa que c'était Phil qui faisait demi-tour pour une raison ou une autre afin de revenir les chercher. Peut-être que la tempête s'était déjà aggravée et qu'il allait être cloué au sol à la réserve de Bullhead. Presque immédiatement, elle abandonna cette théorie lorsqu'elle vit Devon se crisper et l'entendit jurer sous sa respiration. "Qu'est-ce qu'il y a ? C'est Phil ?" Alors même qu'elle posait la question, elle était déjà persuadée que la réponse était non.

Il secoue la tête. "C'est un plus gros oiseau. De qualité militaire, et il a probablement des super-soldats. Je ne sais pas encore combien il y en a, mais ça veut dire qu'il y a des problèmes."

L'homme qui les avait accueillis avec tant d'hostilité les regardait maintenant ouvertement en croisant les bras sur sa poitrine. "Qu'avez-vous apporté parmi nous ?"

"Ce n'était pas nous", dit Tianna. Alors qu'elle commençait à se défendre et à défendre Devon, les mots lui échappèrent. Comment les super-soldats avaient-ils pu savoir qu'ils étaient ici ? Elle échangea un regard inquiet avec Devon. "Comment ont-ils su ?

Son expression était inquiétante. "Depuis combien de temps travaillez-vous sur cette affaire ?"

"Plusieurs semaines. Mais j'ai toujours pris soin de cacher ma présence dans leurs bases de données."

Il poussa un long soupir. "Peut-être que tu n'as pas été aussi prudent que tu le pensais. Tu as dû faire quelque chose pour leur mettre la puce à l'oreille."

Se sentant sur la défensive, elle secoua la tête en le regardant fixement. "Je ne l'ai pas fait. S'ils avaient su que je sondais le projet Shift, ils m'auraient éliminée."

Devon poussa un long soupir. "A moins qu'ils n'aient espéré que vous puissiez les mener à d'autres membres de l'équipe en premier. Vous auriez représenté un faible risque pour la sécurité, et l'équipe aurait été plus encline à s'ouvrir à vous, étant donné que vous êtes un journaliste citoyen et un civil." Il a pris un air de regret en disant : "Je crois qu'ils se sont servis de vous pour nous traquer."

"Ça ne peut pas être moi". Elle a presque grogné ces mots. "Tu as dit toi-même qu'ils ne connaissaient pas mon identité."

Il a pris un air de regret. "Je ne le pensais pas, mais il est fort possible que je me sois trompé. S'ils savaient comment me trouver, ils l'auraient déjà fait. Ils sont apparus chez Twitch juste après toi, et maintenant ils nous ont trouvés ici, juste après notre arrivée. C'est pourquoi je pense qu'ils vous suivent. Ce n'est certainement pas ta faute, Tianna, mais nous devons partir du principe qu'ils sont au courant de ton implication."

Elle voulait continuer à argumenter, à insister sur le fait qu'il avait tort, mais ses paroles étaient terriblement logiques. Même si elle savait que ce n'était qu'une théorie, quelle que soit la solidité des preuves anecdotiques, cela ne l'empêchait pas d'être traversée par une douleur fulgurante. Elle secoua instinctivement la tête, voulant rejeter ses paroles. Si elles étaient vraies, cela signifiait qu'elle avait mené le groupe d'agents secrets à Twitch, et maintenant peut-être à Loris. Elle mettait également Devon en danger rien qu'en étant avec lui. S'il avait raison, elle devait trouver un moyen d'empêcher le groupe de continuer à l'utiliser dans sa poursuite des métamorphes.

Comment l'ont-ils trouvée ? Avait-elle laissé derrière elle un paquet de données inoffensif, et ils avaient pu remonter jusqu'à elle ? Elle pensait avoir été très prudente, mais elle avait affaire à certains des systèmes de cryptage les plus sophistiqués au monde, et il était possible qu'ils aient eu recours à un moyen de la marquer et de la suivre qu'elle ne connaissait pas. Ses épaules s'affaissèrent et des larmes se pressèrent au fond de ses yeux lorsqu'un gros hélicoptère noir entra en scène, choisissant d'atterrir à peu près au même endroit que Phil. "Je suis vraiment désolée. Je ne savais pas."

Devon lui prend la main et la serre doucement. "Ce n'est pas grave. Tu ne pouvais pas savoir qu'ils t'utilisaient, et je m'assurerai qu'une fois l'affaire terminée, tous les moyens de te tracer seront définitivement éliminés."

Ses paroles étaient encourageantes, à la fois parce qu'il ne la blâmait manifestement pas et parce qu'il parlait comme s'ils allaient vaincre les Quatre super-soldats qui doublaient la mise afin d'avoir un avenir dont ils pourraient se préoccuper. Elle essaya d'être aussi confiante que lui, mais elle ne le sentait pas. Elle n'avait même pas l'arme qu'il lui avait donnée la dernière fois, puisqu'ils devaient laisser tout cela derrière eux avant de passer la frontière canadienne. Il n'y avait qu'elle, non entraînée comme elle l'était, et Devon, pour faire face à Quatre de ces choses.

Devon se débarrassa de son long manteau avant d'enlever le reste de ses vêtements. Elle était vaguement consciente que les murmures de choc qui parcouraient le groupe derrière eux s'étaient transformés en cris de surprise lorsque Devon s'était transformé en tigre. Elle se joignit à leurs chuchotements d'alarme lorsque les super-soldats se rapprochèrent, et elle réalisa qu'ils s'étaient déjà transformés autant qu'ils le pouvaient. Ils étaient un conglomérat d'humains et de métamorphes, et elle pouvait voir des parties reconnaissables dans chacun d'entre eux, identifiant provisoirement les hybrides comme étant deux ours, un loup et une hyène.

"Wendigo", dit l'un des hommes derrière elle, et elle se tourna pour le regarder à temps pour voir le groupe s'enfuir. Elle les regarda fixement, même si elle voulait les rejoindre. Ses genoux tremblaient, et elle n'était pas certaine de l'utilité qu'elle aurait pour Devon en restant avec lui, mais elle refusait de l'abandonner.

Il se plaça fermement devant elle, s'interposant entre elle et les Quatre soldats qui les avaient presque rejoints. Elle chercha frénétiquement une arme quelconque autour d'elle et attrapa une épaisse branche d'arbre qui se trouvait à sa portée. A en juger par le bord tranchant, elle avait dû se détacher de l'arbre au-dessus d'elle, peut-être à cause d'une chute de neige. Elle espérait qu'elle n'était pas complètement morte ou cassante et qu'elle ne se briserait pas la première fois qu'elle l'utiliserait pour frapper l'une de ces choses.

Ils les rejoignirent, elle et Devon, quelques instants plus tard, et ce fut le chaos. Trois d'entre eux se concentraient sur Devon, et cela la mettait en colère de les voir tourner autour de lui, de savoir qu'il était en infériorité numérique. Elle n'eut pas l'occasion d'exprimer son indignation face à la situation, car l'un des métamorphes-ours avait tourné son attention vers elle.

Elle saisit sa branche d'arbre, qui aurait tout aussi bien pu être un cure-dent face à une telle chose, et se promit de ne pas se rendre facilement. L'animal s'élança vers elle, et elle frappa aussi fort qu'elle le put avec la branche, touchant la joue de l'animal. La peau se brisa et le sang coula, mais cela ne ralentit même pas le métamorphe.

Elle cria, bien qu'elle ne l'ait pas fait exprès, ne voulant pas distraire Devon, lorsque la chose l'entoura de ses bras, les griffes sortant de ses pattes. Elle la tenait fermement, pressant les griffes contre son cou. Elle s'attendait à les sentir percer sa peau à tout moment, aussi sursauta-t-elle lorsqu'une voix s'éleva près de son oreille.

"Donnez-moi les coordonnées de Loris Tabor."

Elle regarda par-dessus son épaule par réflexe, se retournant pour voir l'expression du visage du super-soldat. Il était vide, et elle se demanda comment il avait réussi à parler. Elle n'avait pas beaucoup d'expérience avec eux, mais d'après ce qu'elle avait compris, ils se contentaient le plus souvent de grogner et d'émettre des sons animaliers, quand ils n'étaient pas complètement silencieux. "Comment as-tu fait ça ?

Le super soldat qui la tenait n'a même pas sourcillé. La voix se fit entendre à nouveau, et elle réalisa qu'elle provenait d'un petit interphone accroché à la poitrine de la chose. "Donnez-moi les coordonnées de Loris, ou 142 vous écrasera."

La voix lui fit froid dans le dos, elle semblait froide et autoritaire, mais elle tint bon. "Je ne sais pas où elle est, et je ne vous le dirais pas si je le savais."

"Ne soyez pas stupide. 142 peut vous déchirer. Tu ne m'intéresses guère. Tu n'es qu'un humain. J'essaie de retrouver les monstres du projet Shift."

Elle laisse échapper un rire dur. "Je ne pense pas que ce soient eux les monstres. Avez-vous vu les choses avec lesquelles vous travaillez ?" C'était une supposition, mais elle supposait qu'elle s'adressait à l'un des maîtres-chiens. D'après sa façon de parler, il devait s'agir d'un responsable. "Qu'y a-t-il, lieutenant-colonel Caswell ? Sont-ils plus difficiles à traquer que vous ne le pensiez ?" Elle ne faisait que deviner l'identité, mais elle avait dû toucher un point sensible, car les bras de 142 se resserrèrent autour d'elle, et elle eut du mal à respirer. L'une des griffes commença à s'enfoncer dans sa gorge, et elle ferma les yeux pour se préparer à la fin.

Elles s'ouvrirent un instant plus tard au son des coups de feu. Le corps qui la tenait se relâcha et recula, se retournant pour faire face à la menace qui s'approchait. Elle se laissa tomber au sol, ne voulant pas se faire tirer dessus, alors qu'elle voyait les dix hommes qui les avaient encerclés auparavant se tenir debout et faire face aux choses qui avaient envahi leur maison. Chacun d'entre eux portait un fusil et tirait avec précision.

La chose qui la tenait tomba au sol après que l'un des membres du groupe eut tiré un coup de tête parfait, et elle reporta son attention sur Devon. Il s'était occupé d'un des super-soldats, qui était resté immobile, mais il faisait toujours face aux deux autres. Elle ne voulait pas le distraire, mais elle voulait aussi qu'il sache qu'ils avaient des renforts.

Elle s'approcha, mais se figea lorsqu'il se retourna pour lui grogner dessus avant de reporter son attention sur l'autre métamorphe-ours et les hybrides hyène-morse devant lui. Il sauta sur la hyène alors que plusieurs tirs atteignaient le soldat changeur d'ours. Un autre tir à la tête l'élimina, et ce fut Devon qui se battit contre l'hybride de hyène à ce moment-là. Une fois qu'il eut serré ses mâchoires autour de son cou, la chose émit un son rauque et liquide, et ses talons tambourinèrent contre la neige pendant un moment avant qu'elle ne s'immobilise.

Apparemment, Devon était convaincu que la menace était écartée, car il reprit sa forme humaine, enfila ses vêtements et son manteau. Il enfonça ses pieds dans ses bottes et se tourna vers les Ojibwés qui les avaient secourus. Il fit un signe de tête à celui qui leur avait parlé auparavant. "Merci.

"Loris nous a parlé d'eux, mais les voir, c'est complètement différent.

"Quelqu'un les a appelés wendigo", dit Tianna en s'approchant de Devon, ayant besoin de mettre un bras autour de lui pour s'assurer qu'il allait bien. Il dut ressentir la même chose, car le bras qui ne tenait pas ses vêtements vint entourer sa taille et la serra plus étroitement contre lui.

L'homme acquiesce. "C'est une vieille légende. L'homme-bête, souvent créé par le cannibalisme ou d'autres actes innommables. Ces choses sont aussi proches d'un wendigo que je l'ai jamais vu, même si je connais leurs origines."

"Loris est-il en sécurité ? demande Devon.

"Elle se trouve dans une cabane de chasse près de la limite de la réserve. Elle est isolée et ne peut être atteinte qu'en traîneau à chiens. Je dois lui apporter un ravitaillement dans quelques jours, mais je le ferai plutôt après la tempête. Tu peux venir avec moi."

Elle écarquille les yeux. "Pourquoi ce changement d'avis ?"

L'homme sourit, rendant son beau visage encore plus beau. "Beaucoup de membres du groupe ont décidé que tu as été béni par le rugaru et que tu mérites d'être aidé.

Ses paroles s'adressaient à Devon, qui fronça les sourcils. "Qu'est-ce qu'un rugaru ?"

"Il s'agit d'un dieu louvet, généralement bienveillant à l'égard du peuple Anishinabeg.

Tianna a reconnu que c'était le nom que le groupe s'était donné.

Devon avait l'air embarrassé, mais il ne donna pas d'autre explication à ses origines. "Je ne suis pas sûr que nous puissions nous permettre d'attendre que la tempête passe. Il y aura d'autres choses de ce genre qui arriveront."

Le chef secoue la tête. "Il va y avoir du blizzard et il est dangereux de voyager pendant les prochaines heures. Vous devrez rester ici, au village, et je vous emmènerai dès que ce sera sûr."

Devon fronce les sourcils. "Je ne veux pas t'entraîner au milieu de tout ça".

Il eut un bref regard troublé avant de cligner des yeux. "Je suis déjà au milieu, comme vous dites, parce que Loris est sous ma responsabilité. J'ai pris la décision de lui permettre de rester ici lorsqu'elle est venue me voir. À ce moment-là, elle est devenue ma responsabilité."

"Vous êtes Chesabogue ? demanda Tianna, espérant qu'elle se souvenait bien du nom figurant sur l'acte de naissance du fils de Loris, et qu'elle l'avait prononcé à peu près correctement.

Il semble brièvement surpris, mais acquiesce. "Comment saviez-vous qu'elle était ici ?"

"Nous ne l'avons pas fait, mais j'ai trouvé l'acte de naissance de votre fils en enquêtant, et j'ai espéré qu'elle était venue ici. Si loin que peut-être elle serait en sécurité."

Chesabogue regarde les corps qui les entourent avant de secouer la tête. "Elle n'est pas aussi en sécurité que nous l'espérions. Venez avec nous, nous vous trouverons un logement en attendant la fin de la tempête."

Devon se leva complètement, redressant ses épaules. "D'abord, nous devons nous occuper de ce désordre." Il commença à empiler les corps. "Il faut les brûler. Je ne sais pas quel genre de dispositif de repérage ou d'écoute se trouve dans ces choses."

Le chef s'adressa à l'un des hommes à ses côtés avant de se retourner vers Devon qui se dirigeait en trottinant vers le groupe de maisons. Il dit : "Omemi va apporter du combustible pour le feu."

Devon se tourne vers elle. "J'ai besoin que tes affaires brûlent aussi".

Instinctivement, elle serre plus fort son sac, qui contient son précieux ordinateur portable. "Mais mes recherches..."

"J'ai tout téléchargé sur le nuage pour Malcolm, tu te souviens ? Il ne sera pas perdu, je le promets, mais nous ne pouvons pas risquer qu'ils soient capables de nous suivre après que nous ayons quitté la colonie ici, ou qu'ils quittent complètement la réserve de Bullhead si nous trouvons Loris."

Elle savait qu'il avait raison, mais c'était encore douloureux de retirer l'ordinateur portable qui avait été une partie importante de sa vie ces dernières années, et son principal lien avec son webzine, ainsi que sa façon de gagner sa vie. Il y avait là des travaux pour ses clients éditeurs, mais il n'y avait rien à faire.

Avec un soupir de regret, elle lui tendit l'équipement avant de sortir son portefeuille pour en retirer son permis de conduire et Trois cartes de crédit. Elle passa également son téléphone à Devon, mais ne put se résoudre à le regarder ouvrir son ordinateur portable et commencer à marcher dessus. Cela aurait été comme assister au meurtre d'un ami. C'était peut-être nécessaire, mais c'était quand même difficile à digérer.

Lorsqu'Omemi revint, Devon répandit rapidement l'essence sur les corps et les restes de ses affaires avant d'y mettre le feu. Lorsqu'il fut clairement convaincu que le feu avait fait son travail, ravageant tout ce qu'il touchait jusqu'à ce qu'il n'y ait plus qu'un tas fumant de corps et d'équipements électroniques fondus, la neige tomba vraiment. Il en utilisa des poignées pour tasser le feu, s'assurant qu'il ne se propagerait pas, puis se tourna vers elle. Ensemble, ils firent face à Chesabogue, qui était le seul à être encore debout avec eux.

"Tu es prête maintenant ?", a-t-il demandé.

Sur un signe de tête de Devon, il leur fit signe de le suivre et les conduisit au cœur du petit village.

Tianna regarda autour d'elle avec intérêt, remarquant que les bâtiments étaient simples, mais semblaient solides. Les toits étaient très inclinés, ce qui permettait à la neige de glisser, et les chemins de ciment autour des bâtiments étaient pour la plupart déneigés, ce qui indiquait que quelqu'un avait passé la pelle récemment. Elle était certaine que cela changerait au matin, après le passage du blizzard. Elle frissonna autant à cette idée qu'au froid, car elle portait une lourde parka en duvet et plusieurs couches en dessous. Elle était habillée pour le froid, mais la seule pensée du blizzard qui approchait suffisait à la faire trembler de peur.

Il les éloigna de l'ensemble des bâtiments qui entouraient la place et les conduisit vers la deuxième route qui se trouvait derrière. Le chemin était également en ciment, mais il n'avait pas été déneigé, et il était donc plus difficile de s'y frayer un chemin, même avec ses solides bottes de neige. Elle était reconnaissante à Devon de lui tenir le coude d'une main ferme tandis qu'ils avançaient dans la neige qui s'épaississait rapidement.

Il les conduit à une petite maison non éclairée. "C'était la maison de mes parents. Ma mère est morte il y a Trois ans, et mon père l'a suivie l'année dernière. Jaseance et moi vivons à Trois maisons d'ici". Il désigna une habitation de taille et de conception similaires. "Vous me trouverez là-bas si vous avez besoin de quoi que ce soit. Je vous enverrai de la nourriture et des provisions avant que le temps n'empire. Vous pouvez vous abriter ici ce soir, et nous retrouverons Loris dès que le temps se sera suffisamment dégagé pour que nous puissions sortir les traîneaux à chiens."

Devon s'avança le premier sur le porche et prit la main de la jeune femme pour l'aider à monter les marches légèrement glissantes. Lorsqu'il atteignit la porte, il se retourna vers Chesabogue, qui hocha la tête. La poignée tourna dans ses mains et la porte s'ouvrit facilement.

"L'interrupteur est derrière la porte à droite. Attendez le ravitaillement bientôt." Sur ces mots, Chesabogue les quitta, se dirigeant vers sa propre maison.

Tianna en a déduit que Jaseance était le fils que Loris avait porté à Chesabogue. À un moment donné, le père avait manifestement pris en charge l'éducation de son fils, bien que ce soient ses parents qui aient officiellement adopté Jaseance.

Elle suivit Devon dans la petite maison, qu'elle trouva étonnamment confortable. Il faisait un froid de canard, mais il se dirigea directement vers le poêle à bois situé au milieu du petit salon, le chargeant du bois qui se trouvait à côté. Elle ne savait pas si le bois provenait de cette saison ou de l'année précédente, mais il semblait bien brûler, car il avait allumé un feu en quelques minutes. Elle s'en approcha, tendant les mains pour se délecter de la chaleur qui se dégageait du vieux poêle à bois, tandis que Devon faisait de même.

Il s'éloigna le premier, son métabolisme étant manifestement plus résistant au froid que le sien. Lorsqu'on frappa à la porte et que Devon accepta une boîte de fournitures de la part d'une femme qui ne se présenta pas, Tianna avait enfin assez chaud pour retirer ses gants et sa parka. Elle n'a enlevé aucune des six autres couches qu'elle portait lorsqu'elle est entrée dans la cuisine avec Devon.

Il faisait plus froid ici, car le poêle n'était pas tout à fait à portée, mais il y avait aussi un radiateur d'appoint qu'elle alluma avant de l'aider à déballer les provisions. Il y avait de la nourriture, des articles de toilette, un rouleau de papier hygiénique, quelques serviettes de bain et une arme de poing avec une boîte de balles. Alors que Devon le sortait et vérifiait qu'il était chargé avant de le mettre de côté, elle a dit : "Je pensais qu'il était difficile d'obtenir une arme au Canada."

Il haussa les épaules. "C'est peut-être parce qu'il s'agit d'un groupe souverain, ou parce qu'ils ont trouvé une solution. Quoi qu'il en soit, je leur suis reconnaissant de les avoir." Sa bouche se tordit. "Je ne pouvais pas te protéger de ces Quatre choses."

Elle pose une main sur son bras. "Les chances étaient ridicules. Tu n'étais pas armé, et tu as réussi à te défendre contre eux. Ne t'en veux pas parce que je n'ai pas pu repousser celui qui m'a eu. Nous sommes tous les deux en sécurité, du moins autant que nous pouvons l'être dans ces circonstances, alors ne pensons pas à ce qui aurait pu arriver."

Après avoir maintenu ses muscles tendus pendant un moment, il se détendit lentement. "Tu as raison. Mais je n'aurais pas dû t'amener ici. J'aurais dû appeler mes coéquipiers en renfort et m'assurer que tu étais en sécurité ailleurs."

Elle se rapprocha de lui et posa sa tête sur son épaule. "C'est moi qui t'ai mis en danger. Je n'ai pas réalisé qu'ils me suivaient à la trace et qu'ils savaient tout de mon enquête. Je pensais avoir été si habile, alors si tu veux blâmer quelqu'un, blâme-moi. Si je n'avais pas été négligent, ils n'auraient pas su comment trouver Twitch, et ils ne nous auraient pas suivis jusqu'ici."

Il l'entoura de ses bras et posa son menton sur sa tête. "Tu ne pouvais pas savoir non plus. Je ne te reproche rien."

En se rapprochant, Tianna dit : "Et je ne te blâme pas non plus pour quoi que ce soit. Nous avons fait de notre mieux, en nous basant sur les informations dont nous disposions et en essayant d'agir en conséquence. Nous devons juste continuer à le faire et à nous faire confiance". Vu le peu de temps qu'elle a passé avec Devon, elle lui fait implicitement confiance.

Cela aurait peut-être dû l'alarmer, mais elle se sentait plutôt en sécurité. Elle était certaine que Devon ferait de son mieux pour la protéger, et elle ferait de même pour lui, même si c'était totalement insuffisant. En tant qu'humaine normale, elle était mal équipée pour affronter les métamorphes hybrides, mais elle était tout de même intelligente, et son intelligence était un atout. Ensemble, Devon et elle formaient une équipe redoutable.

L'étreinte passa du confort à quelque chose de plus. Elle leva la tête lorsque la sienne descendit, et leurs bouches se rencontrèrent dans un profond baiser. Elle enroula ses bras autour de son cou, l'attirant plus près, et il la souleva contre son corps, ses mains soutenant ses fesses afin qu'il puisse l'amener à la bonne hauteur pour l'embrasser. Les heures s'étiraient devant eux en attendant que le blizzard se déchaîne, et elle avait une idée précise de la façon dont ils allaient passer ce temps.

Chapitre Cinc

Ils passèrent dans la chambre à coucher, qui était aussi confortable que le reste de la résidence, avec un grand lit et une tête et un pied de lit en rondins rustiques. Sur le lit, un édredon semblait avoir été cousu à la main, et même s'il ne suivait aucun modèle particulier, il était tout de même magnifique. Ce fut la dernière chose qu'elle remarqua de son environnement lorsque Devon l'allongea.

Devon s'allongea sur elle, s'appuyant sur ses bras et penchant la tête pour l'embrasser. Tianna se tendit vers le haut, impatiente de rencontrer sa bouche avec la sienne. Ce baiser était plein de leur faim l'un pour l'autre, et son cœur s'emballa presque dès que ses lèvres touchèrent les siennes. Elle caressa sa langue avec la sienne lorsqu'elle glissa dans sa bouche, suçant légèrement l'appendice et le faisant gémir de son excitation. Son excitation correspondait à la sienne.

Il releva la tête et s'assit, se plaçant à cheval sur ses cuisses et commençant à déboutonner sa chemise de flanelle. Elle aurait bien voulu l'aider, ou attraper la sienne, mais elle ne pouvait pas bouger les bras assez haut avec la façon dont il la tenait clouée au lit. Au lieu de l'irriter, elle se sentait en sécurité et protégée, même si elle était limitée.

Il semblait avoir quelques difficultés avec ses boutons, et finit par ouvrir sa chemise en arrachant les Trois derniers. Elle aurait bien protesté, mais heureusement elle en avait une autre dans son sac.

Il laissa échapper un gémissement, mais celui-ci n'était pas de plaisir ou de satisfaction. C'était de la frustration. "Plus de couches". Il semblait irrité et commençait à tirer sur la chemise thermique qu'elle portait en dessous.

Elle ne peut s'empêcher de rire devant son air mécontent. "Bébé, il fait froid dehors".

Il gémit lui aussi devant son jeu de mots, mais ses doigts continuèrent à la déshabiller. Finalement, il atteignit son soutien-gorge et laissa échapper ce qui ressemblait à un ronronnement de satisfaction. "Enfin".

Elle glousse à nouveau en se déhanchant. "Juste pour que tu saches, j'ai aussi Trois couches en dessous de la taille".

Laissant son soutien-gorge, ses yeux brillent comme si elle lui avait lancé un défi. "Je crois que je ferais mieux de m'y mettre aussi".

En glissant le long de son corps, il avait libéré ses mains, et elle saisit des poignées de cheveux de Devon, laissant les longues mèches soyeuses glisser entre ses doigts. Ses cheveux étaient magnifiques, et bien qu'elle n'ait jamais trouvé les cheveux longs particulièrement attirants auparavant, ils convenaient parfaitement à Devon.

Avec quelques jurons, beaucoup de finesse et un peu de force brute lorsque sa fermeture éclair ne bougeait pas, Devon l'a bientôt déshabillée au-dessous de la taille, lui enlevant sa culotte en même temps que les sous-vêtements thermiques, les jambières et les jeans. Elle l'aida en soulevant ses hanches avant d'essayer d'enlever ses chaussettes. C'était déconcertant de ne porter qu'un soutien-gorge et des chaussettes. Elle fronça férocement les sourcils. "Tu portes trop de vêtements.

Il lui sourit en se levant du lit. "On peut y remédier".

Elle en profita pour enlever ses chaussettes et regarda Devon retirer son jean et sa chemise en flanelle. Il ne portait qu'un T-shirt en dessous, et elle apprécia d'autant plus son métabolisme de tigre qu'il fut déshabillé bien plus tôt.

Lorsque son regard se porta entre ses jambes, elle déglutit légèrement à la vue intimidante de son érection qui se pressait vers l'avant, comme si elle cherchait sa chaleur. Il faisait certainement honte à ses anciens petits amis, et elle appréhendait légèrement la perspective de prendre sa taille, mais surtout, elle était remplie d'un sentiment d'anticipation.

Il revint alors sur le lit, drapant à nouveau son corps sur le sien. Ses mains prirent son visage et il approcha à nouveau sa bouche de celle de Tianna. Elle l'embrassa sans retenue, ne se retenant pas. Ils étaient passés trop près de la mort trop souvent pour qu'elle ait peur d'être vulnérable avec lui. Si quelque chose lui arrivait, elle regretterait certainement de ne pas avoir cédé à l'intense attraction entre eux, alors qu'elle ne pouvait imaginer regretter de faire l'amour avec Devon.

Elle passa la main entre leurs deux corps, ses doigts glissant sur la longueur de sa tige avant de la saisir dans sa main. Ses doigts ne se rencontrèrent pas tout à fait tandis qu'elle le caressait de haut en bas, faisant vibrer ses hanches avant qu'il ne se retourne, l'installant sur lui.

Le changement soudain de position lui donna un peu le vertige et elle s'agrippa à la tête de lit pour se soutenir tandis que Devon déchirait son soutien-gorge. Elle n'était pas sûre qu'il ait survécu à son assaut passionné, mais elle ne s'en souciait pas pour l'instant. Elle voulait simplement sentir sa bouche contre sa chair, et l'état de ses sous-vêtements n'était plus qu'une préoccupation insignifiante.

Une seconde plus tard, son souhait fut exaucé lorsque sa bouche s'engouffra dans l'un de ses seins, sa langue tournoyant presque expérimentalement autour de son mamelon. Elle sursauta sous l'effet de la sensation et pressa son cœur lisse contre son ventre. Son toucher passa d'expérimental à frénétique lorsqu'il suça presque avec force son mamelon, alternant une succion profonde avec de légers coups de langue.

Elle se pressa contre lui, frottant sa chatte contre ses abdominaux à la recherche d'un soulagement. Devon émettait un grognement au fond de sa gorge qui semblait plus animal qu'humain, bien que sa forme n'ait pas changé. Lorsqu'il reporta son attention sur son autre sein, elle saisit une poignée de ses cheveux et berça l'arrière de sa tête en l'attirant plus près d'elle.

Arquant le dos, elle glissa plus loin le long de son corps, sans pouvoir atteindre la partie qu'elle voulait sans s'éloigner de sa bouche sur son sein. Elle serra les dents en s'éloignant, ayant besoin de le sentir en elle. Ils pourraient être lents et doux plus tard, mais pour l'instant, elle avait juste besoin de la connexion avec Devon.

Il essaya de la suivre, comme s'il trouvait ses seins addictifs, et elle tira légèrement sur ses cheveux pour l'empêcher de s'asseoir et de la suivre avec sa bouche lorsqu'elle se mit en position.

Ses yeux s'écarquillèrent lorsqu'elle plaça sa main libre entre leurs deux corps, cherchant sa bite pour la mettre dans une position parfaite. Il gémit lorsqu'elle la fit courir le long de sa fente, la lubrifiant avec son jus abondant.

"Tu ne peux pas être prêt..." Il s'interrompit avec un petit cri de plaisir surpris lorsqu'elle aligna son érection et s'enfonça complètement sur lui en un seul mouvement lent. Ils sifflèrent simultanément, et le sien n'était que plaisir. La sienne était principalement due à l'extase, bien qu'il y ait eu une légère pointe d'inconfort lorsque son corps s'est étiré pour s'adapter à sa taille. Lorsqu'il fut complètement installé en elle et que cette légère sensation de brûlure et d'étirement se fut estompée, elle commença à se balancer contre lui.

"Tu ne peux pas être prête", dit-il encore, tout en saisissant ses hanches et en commençant à la pénétrer de plus en plus profondément.

Avec un sourire, Tianna porta sa main à son clito, se caressant tandis qu'il entrait et sortait profondément et rapidement d'elle. Elle suivit son rythme, montrant sans mots qu'elle était plus que prête pour cela.

Il fronça les sourcils, semblant rassembler toute sa concentration déclinante pour lui poser une question. "Protection ?"

Elle acquiesce. "La pilule. Je suis clean."

Les cordes de son cou se sont gonflées sous l'effet de l'effort évident qu'il a dû faire pour se contrôler assez longtemps pour terminer leur très brève conversation. "Moi aussi. Sur ce, il sembla abandonner la dernière parcelle de son contrôle, et sa bite s'enfonça en elle à un rythme rapide et féroce.

C'était elle qui était au-dessus et qui aurait dû techniquement contrôler la situation, mais c'était lui qui imposait le rythme et elle s'y soumettait volontiers. Une pulsation dans son ventre lui indiqua que son orgasme était proche, et elle accéléra le rythme de ses doigts en les frottant sur son clito tout en se pressant pleinement contre sa bite. En l'espace de quelques secondes, le picotement de chaleur s'étendit vers l'extérieur, se concentrant dans son cœur, mais envahissant chaque partie de son corps alors qu'elle jouissait avec un souffle rauque.

Devon a pompé en elle quelques fois de plus avant de libérer une bouffée de chaleur à l'intérieur d'elle alors qu'il criait son plaisir d'avoir joui. Ensuite, elle s'est allongée sur le ventre et a câliné l'oreiller, la journée épuisante l'ayant rattrapée. Elle s'aperçut à peine que Devon sortait du lit et revenait quelques minutes plus tard avec un gant de toilette chaud qu'il utilisa pour la nettoyer. Lorsqu'il s'allongea à nouveau à côté d'elle, en passant son bras autour d'elle, elle était à peine assez réveillée pour se blottir contre lui avant de céder à l'envie de dormir.

DEVON DORMIT UN MOMENT, satisfait de la tenir dans ses bras et trouvant une paix qu'il n'avait jamais connue auparavant.

Cette paix était absente lorsqu'il s'est réveillé au milieu de la nuit avec une érection furieuse et son corps chaud pressé contre le sien. Il était encore partiellement endormi et agissait principalement par instinct lorsqu'il plaça son corps sur le sien, embrassant une ligne le long de sa colonne vertébrale qui la fit trembler sous lui.

Lorsqu'il atteignit la courbe de ses fesses, elle était clairement réveillée et gémissait, pressant ses fesses contre lui en signe d'invitation silencieuse. Il effleura l'une de ses joues du bout des lèvres tout en saisissant ses hanches et en inclinant ses fesses en l'air. Il écarta ses cuisses, les écartant autant qu'il le pouvait sans la gêner.

En baissant la tête, il grimaça à la façon dont elle serrait les oreillers dans ses poings, le visage tourné de côté tandis qu'elle arquait ses hanches vers le haut et poussait de petits gémissements haletants de besoin. Il aimait la voir ainsi, sachant qu'elle était réduite à un besoin fondamental que lui seul pouvait satisfaire. C'était la même chose pour lui, et alors qu'il enfouissait son visage entre ses cuisses, sa langue se glissant dans ses plis lisses, il était convaincu qu'aucune autre femme ne ferait plus jamais l'affaire pour lui.

Son goût était sucré et acidulé à la fois, et son parfum était séduisant. Il n'aurait pas pu se retenir s'il avait essayé, car il dévorait chaque centimètre d'elle, sa langue pénétrant dans son ouverture pour savourer la crème qui imbibait sa bouche. Elle se cambrait contre son visage tout en criant son nom, sa voix devenant de plus en plus forte jusqu'à ce qu'il doute qu'il y ait encore quelqu'un dans les environs qui ne puisse pas les entendre - ou du moins qui n'aurait pas pu les entendre si la tempête ne s'était pas déchaînée à l'extérieur. Il s'agissait d'un tampon qui protégeait leur intimité alors même qu'ils exprimaient leur plaisir sans s'autocensurer.

Elle se contracta autour de lui, sa crème inondant son visage, et il lécha sans relâche, déterminé à en attraper chaque goutte. Cela eut pour effet de prolonger son orgasme avant de l'entraîner dans un autre, et il ne put résister à l'envie de lui en arracher un autre avant que sa bite ne soit si dure qu'il craignait de jouir comme un adolescent en dehors de sa chatte s'il attendait un instant de plus.

Elle se tordait et tremblait encore sous la force de son orgasme lorsqu'il se déplaça sur le lit, réajustant légèrement son angle pour que son érection soit parfaitement alignée avec son ouverture. Il s'élança en elle quelques instants plus tard, et ils crièrent tous les deux sous l'effet de sa possession.

Il jura, luttant pour garder le contrôle alors que les petits tremblements à l'intérieur de son canal menaçaient d'en défaire le dernier fil. Il resta immobile en elle un moment, jusqu'à ce qu'elle cesse de trembler autour de lui, ayant besoin de cette seconde pour maintenir sa retenue. Lorsqu'elle fut douce et humide autour de lui, mais qu'elle ne le serra plus avec les séquelles de sa libération, il commença à entrer et sortir lentement d'elle.

"Devon", dit-elle doucement, mais avec une passion si intense qu'il perdit un autre fil de son contrôle. Il commença à la pénétrer plus rapidement, s'enfonçant jusqu'aux couilles en elle et pressant aussi profondément qu'il le pouvait, voulant sentir chaque centimètre d'elle s'enrouler autour de sa tige. Lorsqu'elle prononça à nouveau son nom dans le même murmure haletant, il se mit à pousser sans réfléchir, incapable de contrôler son rythme ou de retenir son propre besoin de libération.

Il enfouit son visage contre sa nuque, ses hanches pianotant frénétiquement à la poursuite de son orgasme. Elle était comme de la soie liquide accrochée à sa queue, et il perdit le contrôle bien avant qu'il ne l'ait espéré. Les premières convulsions de sa libération le traversèrent alors qu'il libérait une vague de semence à l'intérieur de son fourreau spasmodique. La façon dont elle gémissait et se contractait autour de lui lui indiqua qu'elle était également en train de jouir à nouveau, et il laissa tomber les derniers vestiges de discipline en s'enfonçant en elle, s'abandonnant à son apogée.

Ses dents s'allongèrent, et il lui restait juste assez de conscience pour réaliser qu'il était sur le point de la marquer avec la morsure d'accouplement et de la revendiquer comme sienne. Pendant une seconde, il fut sur le point de céder à l'impulsion, de la prendre et de la revendiquer à l'ancienne manière des métamorphes. À ce moment-là, il n'était plus qu'un métamorphe tigré et très peu un homme moderne. Seule l'idée de briser un tel tabou en la revendiquant comme sienne sans son avis ni sa permission le retint.

Avec un cri de consternation, il se détacha d'elle et roula hors du lit, s'effondrant sur le sol en plaquant une main sur sa bouche, voulant que ses dents se rétractent. Après un long moment d'hésitation, il reprit le contrôle et les dents se rétractèrent. Ce n'est qu'à ce moment-là qu'il leva les yeux pour voir le regard effrayé qu'elle posait sur lui, sa confusion évidente.

Elle lui tendit la main, l'inquiétude l'emportant manifestement sur la confusion. "Qu'est-ce qui ne va pas ? Tu es blessé ?"

Il secoua la tête, prit plusieurs grandes respirations, mais ne se leva pas avant d'être certain d'avoir maîtrisé l'envie de la marquer. Puis il se leva et alluma la lampe à côté du lit, à la recherche de ses sous-vêtements. Il était certain que son brusque retrait l'avait contrariée, mais il devait s'assurer de pouvoir retenir le tigre et ses pulsions primitives avant de s'asseoir à nouveau à côté d'elle sur le lit.

Elle s'étira en se redressant, dévoilant un instant ses seins avant de les recouvrir de la literie. Cela fit à nouveau grogner son tigre, et il dut réfréner férocement l'envie de se déplacer. Elle fronçait les sourcils, et il s'efforça d'esquisser un sourire tremblant. "Je ne suis pas blessé, mais j'avais besoin d'un moment pour reprendre le contrôle."

Ses yeux s'assombrissent d'inquiétude. "Qu'est-ce qui ne va pas ?

Lui adressant un sourire dédaigneux, il haussa les épaules. "Vous êtes trop tentante. J'ai failli enfreindre l'une de nos lois les plus profondément ancrées."

Elle fronce les sourcils. "Quelle loi ?"

Se sentant un peu plus calme, il dit : "Quand j'étais en toi, j'étais obligé de te réclamer comme ma compagne. J'ai failli te donner la morsure de l'accouplement, mais c'est tabou. Nous devons avoir la permission de notre compagne pour le faire, surtout si c'est une humaine, pour qu'elle comprenne ce que cela signifie."

Elle avait les yeux écarquillés et se léchait les lèvres. Son rythme cardiaque s'était accéléré, mais avec les miasmes du sexe et de la satisfaction qui entachaient sa signature phéromonale, il ne pouvait pas savoir si c'était l'anxiété ou l'anticipation qui provoquait cette réaction.

"Qu'est-ce que ça veut dire si tu me mords ?"

"Cela signifie que tu es à moi. Je te revendique comme ma compagne, et je serais ta compagne aussi. Mes phéromones t'infusent, avertissant tout autre mâle métamorphe et lui faisant savoir que tu es prise."

Ses yeux s'écarquillent et ses pupilles se dilatent. "Je vois. C'est un peu primitif, non ?"

Il acquiesce. "Tout à fait, mais ça ne m'empêche pas d'avoir envie de le faire. Je n'ai jamais ressenti le besoin de mordre une femme pendant l'amour auparavant, et je ne m'attendais pas à ce que ce soit aussi intense. Je suis désolé."

Elle secoue la tête. "Il n'y a pas de quoi être désolé. Tu as réussi à le contrôler. Ça fait mal ?"

Devon glousse. "D'après ce que j'ai compris, cela conduit souvent à l'orgasme le plus intense de la vie de votre partenaire. Certains couples y prennent tellement de plaisir qu'ils en font une partie intégrante de leur accouplement - ce qui est une bonne idée, car les phéromones nécessitent une infusion constante pour s'assurer que le compagnon reste marqué."

Elle respirait plus fort à présent, et il était certain que sa réaction n'était due qu'à l'excitation plutôt qu'à la peur. "Qu'est-ce que cela signifie d'être ton compagnon ? Est-ce que c'est une chose permanente ?"

Il acquiesce lentement. "C'est un engagement à vie. Si je t'avais revendiqué, je n'aurais jamais voulu d'un autre compagnon. Tu pourrais te détourner de moi, mais je ne pourrais jamais me détourner de toi. Je ne t'oublierai jamais. Je t'appartiendrais toujours, même si tu t'éloignais." Il avait le sentiment inquiétant que ce serait le cas de toute façon, qu'il ait ou non franchi l'étape finale de la marquer de sa morsure.

Elle se lèche les lèvres, l'air légèrement nerveux. "C'est beaucoup de choses à penser. A son hochement de tête, elle se lécha à nouveau les lèvres. "Maintenant que le désir s'est estompé, as-tu encore envie de me mordre ?"

Devon laissa transparaître dans son regard un soupçon du prédateur qui sommeillait en lui. "Le désir n'a pas diminué. Je n'ai fait qu'atténuer mon besoin de toi, mais je sens qu'il augmente à nouveau. Pour répondre à ta question, oui, j'ai toujours envie de te mordre. Je peux le contrôler, mais la compulsion est là, sous la surface. Quand j'aurai ta permission et que tu seras prête, j'aurai hâte de te réclamer".

Elle frissonna, ce qui aurait pu être une réaction à la fraîcheur de la pièce, puisqu'ils n'avaient jamais allumé le chauffage d'appoint avant de s'endormir, mais ses sens lui indiquèrent qu'il s'agissait d'une réaction beaucoup plus viscérale. Elle ne répondit pas vraiment, mais il était évident qu'elle y pensait, car elle tapota le lit et l'invita à la rejoindre sans parler. Ses pensées étaient clairement tournées vers tout ce qu'il lui avait dit, mais elle se blottit tout de même contre lui, sans la moindre crainte, alors qu'il l'entourait de ses bras et qu'il s'endormait une fois de plus sur Tianna.

Chapitre Six

Ils ont passé dix-Sept heures dans la cabane à attendre que la tempête se dissipe. Devon profita pleinement de l'occasion pour séduire ses sens et lui montrer ce que ce serait d'être son compagnon. Il était déjà protecteur et possessif envers elle, et alors qu'ils s'habillaient en vue de quitter la cabane dans le calme qui suivait le blizzard qui avait laissé tomber plusieurs centimètres de neige, il savait qu'il était fichu.

Tianna était sa compagne, ce qui le rendait d'autant plus déterminé à ce qu'il ne lui arrive rien. Il était sur le point de suggérer qu'elle reste en arrière, mais il savait qu'elle ne le ferait pas.

Il n'aimait pas non plus l'idée de la perdre de vue. Elle était en danger de toute façon, puisque Caswell et les autres membres du projet d'opérations secrètes étaient clairement au courant de son implication. Elle n'était peut-être pas une cible prioritaire, mais elle finirait par être éliminée. Cela pouvait arriver à tout moment, c'est pourquoi il refusait de la perdre de vue. Il était plus sûr qu'elle l'accompagne jusqu'à l'endroit où se trouvait Loris que de la laisser derrière lui.

Chesabogue était passé plus tôt dans la matinée pour leur dire qu'il faisait assez beau pour se rendre à l'endroit où se trouvait Loris, et ils approchaient de l'heure de rendez-vous fixée. Il attendait probablement déjà à l'extérieur de la cabane avec les traîneaux à chiens, de sorte qu'ils n'eurent pas le temps de céder à l'impulsion de prendre Tianna une fois de plus avant qu'ils ne quittent la cabane. Il pouvait voir à la chaleur de ses yeux qu'elle avait eu la même idée, mais le regret l'avait chassée. Elle savait aussi qu'ils ne pouvaient pas le faire pour le moment.

Il lui tendit la main, la serra fermement un instant avant de la relâcher pour qu'elle puisse prendre son sac et le mettre en bandoulière. Il attrapa les autres. "Restez près de moi. Je ne veux pas vous perdre de vue."

Elle se lèche les lèvres. "C'est parce que c'est si dangereux ?"

Il acquiesce. "Et aussi, j'ai besoin de savoir où tu es à tout moment". Il ne pouvait pas mieux lui expliquer son besoin instinctif de la garder près de lui et de s'assurer qu'elle était en sécurité. Il avait entendu d'autres métamorphes parler de l'intensité du lien, mais il n'en avait jamais fait l'expérience, et il n'avait donc pas été préparé à la férocité du lien, ni au besoin de la garder près de lui. Il se demandait si cela s'estomperait un jour, ne serait-ce qu'un peu, ou s'il se sentirait toujours obligé de la suivre partout où elle irait dans cinquante ans.

Elle lui reprit la main après avoir fermé son sac, et ils quittèrent la chambre avant de traverser la petite habitation et de sortir par la porte d'entrée, où ils trouvèrent Chesabogue qui les attendait avec Trois traîneaux, chacun attelé à un attelage de chiens. Tianna monta sur le traîneau auquel étaient attelés six chiens, et Devon resta près d'elle pendant que Chesabogue lui montrait où se tenir et comment contrôler les chiens si elle voulait que l'attelage change de direction.

Il essaya de repousser l'envie possessive de repousser l'autre homme et de se placer comme une barrière entre Tianna et Chesabogue. Il n'aimait pas voir les mains d'un autre sur elle, même si son côté intellectuel comprenait qu'elle avait besoin de comprendre comment contrôler le traîneau à chiens. Il poussa tout de même un soupir de soulagement lorsque Chesabogue recula et se tourna vers lui.

"Voulez-vous que je vous montre aussi ?"

Devon secoue la tête. "J'ai regardé ce que tu as montré à Tianna. Il n'aurait pas pu détourner le regard s'il avait essayé, ressentant le besoin de surveiller les mains de Chesabogue à tout moment pour s'assurer qu'elles n'étaient pas placées trop familièrement sur sa compagne. Cela allait-il devenir sa nouvelle vie normale ? Il espérait qu'il s'habituerait à son rôle et que la jalousie s'atténuerait un peu. Il n'avait pas l'habitude de se sentir possessif à l'égard d'une femme, et c'était un peu inquiétant, même si cela lui semblait juste au fond.

Chesabogue a dû le prendre au mot, car il a simplement hoché la tête et s'est dirigé vers le troisième traîneau, qui comptait également Huit chiens comme celui de Devon. Ils furent bientôt en route, et ce fut un peu plus difficile qu'il ne l'avait prévu, mais Devon maîtrisa l'art du mushing, du moins suffisamment pour leur voyage de récupération de Loris.

Ils voyagèrent au moins deux heures sur le terrain enneigé avant d'atteindre une habitation rustique en bois. Devon arrêta son équipe après que Chesabogue eut fait de même, et Tianna prit les devants, s'arrêtant derrière eux. Lorsqu'elle descendit de son traîneau, elle semblait un peu tremblante, alors il passa son bras autour d'elle pour la soutenir - et parce que n'importe quelle raison était une bonne raison de la prendre dans ses bras. "Tu vas bien ?

Elle acquiesce. "Je suis juste un peu raide à cause du voyage." Elle regarda l'habitation avant de reporter son attention sur Chesabogue. "Quel est cet endroit ?"

"C'est une cabane à fourrure. Lorsque nous sommes en train de trapper, nous pouvons nous arrêter ici pour nous abriter et pour traiter les fourrures que nous acquérons".

Devon pouvait voir à la façon dont son corps se raidissait qu'elle n'aimait pas cette information, mais elle ne dit rien. Elle se contenta de hocher la tête avant de le regarder à nouveau, comme si elle attendait un signal de Devon lui-même.

Il inspira un moment, savourant l'air et cherchant la signature phéromonale de Loris. Elle était là, mais plus faible qu'il ne l'aurait cru. Les odeurs étrangères des autres se chevauchaient également, et il était certain d'avoir détecté la *mauvaise* odeur des soldats hybrides.

Il poussa un grognement sourd en prenant l'arme de poing que Chesabogue lui avait fournie dans la boîte de fournitures, la saisissant fermement tout en avançant. Chesabogue s'aligna derrière lui, un fusil de chasse à la main, et Tianna s'accrocha à lui. Il se tourna vers elle en fronçant les sourcils. "Restez ici avec les chiens. Je ne sais pas ce que nous allons trouver là-dedans, mais je pense que vous serez plus en sécurité ici jusqu'à ce que je vous donne le feu vert."

Elle le regarda fixement, croisant les bras sur sa poitrine et n'appréciant manifestement pas son ordre, mais, étonnamment, elle ne discuta pas. Il n'était pas certain de ce qui l'avait fait céder, mais il était reconnaissant de ne pas avoir à faire face à ses protestations et à lui expliquer pourquoi elle était plus en sécurité à l'extérieur, puisqu'elle n'avait pas été entraînée à entrer en territoire hostile.

Il n'y avait pas de tangos à l'intérieur, mais pas non plus de trace de Loris. La cabine était en désordre, ce qui indiquait que quelqu'un s'était battu. Il s'attendait à trouver le corps de Loris, comme il avait trouvé celui de Benjamin, mais ceux qui les avaient précédés semblaient l'avoir emportée. Auraient-ils pris Benjamin aussi s'il ne s'était pas battu si durement pour protéger Tianna ?

Après avoir fouillé les lieux de fond en comble, il s'approcha de la porte et fit signe à Tianna de s'approcher. Lorsqu'elle franchit le seuil, ses yeux s'écarquillèrent devant le spectacle qui s'offrait à elle. "Votre ami est parti ?

Il acquiesce. "Au moins, elle n'est pas morte. Ou elle n'a pas été tuée ici."

"Ils ont dû laisser un indice derrière eux. Elle redressa les épaules en regardant le désordre avant de s'y plonger. Devon la rejoignit, ainsi que Chesabogue. C'est lui qui a sorti un morceau déchiré moins de vingt minutes après qu'ils aient commencé à fouiller les débris. Il le tendit à Devon en disant : " Cela me semble militaire, mais je n'ai jamais rien vu de tel. Je ne sais pas ce que cela peut être."

Devon prit l'écusson, un aigle aérodynamique à l'allure agressive avec quelques lettres en dessous. Il pouvait distinguer un P, un R et ce qu'il pensait être un C à la fin. Les deux lettres du milieu étaient déchiquetées au point d'être méconnaissables.

Tianna est venue jeter un coup d'œil par-dessus son épaule. "Vous le reconnaissez ?

Il secoue la tête. "Je n'ai jamais vu ça avant. Peut-être pouvez-vous trouver quelque chose à ce sujet ?"

Elle lui prend le patch des mains, mais semble découragée. "J'ai détruit tous mes appareils électroniques, je n'ai donc aucun moyen de l'identifier.

"J'ai aussi trouvé ceci", dit Chesabogue. Il sort le téléphone de sa poche. "Il était sur la table près du lit, et je suppose que c'est celui de Loris."

Tianna le prend et l'examine attentivement. "Cela pourrait être utile, si elle a un plan de données, et si nous sommes à portée."

Chesabogue sortit un autre téléphone de sa poche et l'alluma avant de hocher la tête. "J'ai du réseau, ça devrait aller aussi."

Tianna l'a retourné dans sa main, a décollé le dos et a sorti une carte SIM quelques instants plus tard. "C'est une marque prépayée, je crois, donc elle peut avoir ou non un forfait de données. Après l'avoir remise en place, elle a inséré la batterie et mis le couvercle avant de retourner le téléphone et de l'allumer.

Ses yeux brillaient et son expression révélait son excitation quelques instants plus tard, indiquant à Devon, avant même qu'elle ne parle, qu'elle disposait d'un plan de données. Alors que Tianna s'asseyait à la table, Devon attira Chesabogue à l'écart. "Je ne pense pas qu'il y ait autre chose que vous puissiez faire pour nous, si vous voulez rentrer chez vous. J'essaierai de vous tenir au courant si nous la trouvons."

L'autre homme acquiesce. "Je vais m'occuper des chiens et leur laisser des provisions pour quelques jours. Si vous ne les avez pas ramenées d'ici demain, nous viendrons les chercher."

Devon fronce légèrement les sourcils. "Sont-ils en sécurité pour être laissés seuls ?" Il n'en était pas encore certain, mais il imaginait qu'il aurait besoin d'envoyer un hélicoptère d'ici peu, et il ne voulait pas mettre les chiens en danger.

Chesabogue acquiesce. "Il y a un enclos derrière la maison, construit spécialement pour les chiens. Loris n'a pas gardé d'attelage ici, parce qu'elle ne voulait pas attirer l'attention sur sa présence, mais il y a des provisions pour les attelages de chiens, alors les chiens seront bien."

Devon tendit la main, serrant fermement celle de l'autre homme. "Merci pour tout.

"Si vous la retrouvez et la mettez en sécurité, ce sera un remerciement suffisant. Mon fils aimerait avoir la chance de connaître sa mère, et je suis certain que Loris aimerait en faire autant une fois le danger passé."

Devon l'a raccompagné, amusé par le fait que Tianna a à peine levé les yeux du téléphone, bien qu'elle ait échangé un mot de départ avec Chesabogue. Moins de dix minutes plus tard, il fit un bref signe de la main en réponse à Chesabogue alors que l'autre homme s'éloignait. Puis il retourna à la cabine, allant directement vers Tianna pour s'asseoir à côté d'elle à la petite table. "De la chance ?"

Elle lève à peine les yeux vers lui. "La connexion est très lente, ça me prend du temps. Cela pourrait prendre des heures."

Devon s'éloigna d'elle pour récupérer la radio, l'installer et contacter Malcolm. Il lui fit part de ce qu'ils savaient et approuva la suggestion de Malcolm de rester à la cabane jusqu'à ce que Tianna ait une piste, ou au moins pour l'heure ou les deux prochaines heures. Il voulait qu'ils s'éloignent le plus vite possible, mais il faudrait au moins autant de temps à un hélicoptère pour les rejoindre. Devon espérait qu'ils aient une destination en tête au moment où l'hélicoptère arriverait.

Tianna avait interrompu ses recherches le temps d'envoyer une photo de l'écusson à Malcolm, mais elle était de nouveau plongée dans ses recherches. Devon faisait les cent pas dans la cabine, examinant attentivement les débris pour s'assurer qu'ils n'avaient rien oublié d'autre, mais ne trouvant rien d'autre d'intéressant qui puisse permettre d'identifier l'emplacement de leur coéquipière.

Près d'une heure plus tard, Tianna poussa un cri d'excitation en appelant son nom. Il était à peine à quelques mètres d'elle, et il fut donc à ses côtés en moins d'une seconde, se laissant tomber dans l'une des solides chaises en bois à côté d'elle, regardant par-dessus son épaule. Ses yeux s'écarquillèrent lorsqu'il vit l'emblème complet sur l'écran. "On dirait que c'est le même, n'est-ce pas ?"

Elle acquiesce. "C'est un écusson des forces spéciales du PRSCC. C'était une unité d'élite de la base Leon-Belson, mais elle aurait été déclassée dans les années 60, en même temps que la base."

Il regarde la pièce sur la table. "Ça n'a pas l'air d'avoir plus de cinquante ans, n'est-ce pas ?"

Elle secoue la tête. "Je pense qu'ils ne sont pas aussi déclassés que le ministère de la Défense veut le faire croire."

"Ou ils ont été rouverts en catimini grâce à des fonds d'opérations secrètes. Il y a une unité du projet Shift à Fort Glacier, mais nous la connaissions et nous l'avons infiltrée pour sauver Wyatt. Il est possible qu'ils aient toujours eu plus d'un site, ou qu'ils aient déplacé leur base d'opérations depuis pour nous empêcher de revenir."

Tianna semble être d'accord avec lui en hochant la tête. "Je pense que c'est notre seule piste pour le moment. Cela semble presque trop facile, n'est-ce pas ?"

Il acquiesce, la bouche serrée. "C'est ce que je me disais". Il le retourna et passa ses doigts sur les boucles de velcro. "Il ne s'attache qu'avec du velcro, il est donc tout à fait concevable qu'il ait été déchiré lors d'un combat. Loris elle-même a pu l'arracher en espérant que nous le trouvions comme indice, ou..."

"C'est peut-être un piège", dit Tianna. Ses yeux étaient solennels et son expression trahissait sa peur.

Devon a hoché la tête une seule fois. Il n'avait pas une idée assez précise de ce qui se passait pour se fier à son instinct. La seule chose dont il était certain, c'est qu'ils ne pouvaient pas se permettre d'ignorer cette piste s'ils risquaient de trouver Loris en la poursuivant. "Laissez-moi contacter Malcolm, et nous procéderons à partir de là."

UN AUTRE PILOTE D'HÉLICOPTÈRE les avait récupérés à la cachette de Loris, volant plusieurs heures vers le sud jusqu'à ce qu'ils rejoignent un petit avion bimoteur sur un aérodrome privé. Tianna était certaine qu'ils avaient passé la frontière illégalement, puisqu'ils n'avaient pas eu à passer la douane ni à montrer leurs passeports. Cela lui était bénéfique, car elle avait détruit toutes ses pièces d'identité, y compris son passeport, car il portait une puce RFID qui pouvait être utilisée pour la pister.

Lorsqu'ils ont atterri sur un autre petit aérodrome, elle n'a pas pu en être certaine sans demander, mais elle a pensé qu'ils devaient être dans le Minnesota. La neige et le froid glacial lui ont mis la puce à l'oreille, tout comme le fait que Leon-Belson se trouve dans le Minnesota.

Apparemment, il s'agissait d'une installation militaire abandonnée qui n'avait pas été utilisée depuis des décennies, et lorsqu'ils s'en approchèrent à pied plusieurs heures plus tard, après avoir laissé leur SUV à des kilomètres de là, elle donnait toutes les apparences d'être ce qu'elle était censée être : abandonnée et inutilisée. L'ensemble de l'installation supérieure était dans un état de délabrement général, et la seule chose qui semblait même modérément entretenue était le poste de garde.

Et la clôture. En s'approchant, en suivant Devon jusqu'à l'endroit où il avait rendez-vous avec son équipe, elle se rendit compte que la structure avait l'air toute neuve et assez moderne par rapport au reste des bâtiments. Quelqu'un avait installé une nouvelle clôture autour de l'extérieur, et récemment. Du fil de fer barbelé l'entourait et, d'après le faible bourdonnement qu'elle pouvait entendre même à cette distance, il devait être alimenté en électricité. Cela n'avait aucun sens de gaspiller des ressources pour protéger des bâtiments vieux de cinquante ans s'il n'y avait pas quelque chose à cacher en dessous.

Un instant, elle ne vit que de la neige, et l'instant d'après, Quatre formes s'étaient solidifiées devant elle. Ils portaient tous des vêtements blancs et, d'après la façon dont ils se tenaient, elle supposa qu'il s'agissait de soldats endurcis. L'une des Quatre silhouettes était plus mince que les autres, et elle l'identifia provisoirement comme une femme, supposant qu'il s'agissait de Lex.

Elle n'arrivait pas à distinguer Wyatt de Malcolm, mais elle était certaine que le visage le plus ancien était celui du colonel George Wallace, dont elle savait, pour avoir parlé avec Devon pendant la période où ils étaient bloqués par la neige, qu'il était celui qui les avait tous recrutés pour le projet Shift. Une vague d'aversion l'envahit, bien qu'elle n'ait aucune raison de ressentir cela, si ce n'est qu'elle était instinctivement en colère contre l'homme le plus âgé pour avoir impliqué Devon dans cette affaire.

Aussi vite qu'elle était montée, l'émotion s'estompa. Après tout, Devon avait fait le choix d'entrer, et il avait agi sur la base d'informations erronées, tout comme le colonel, lorsqu'il avait choisi de rejoindre le programme.

Ils n'ont pas pris la peine de se présenter, et elle n'a pas insisté. Il y avait des choses plus importantes à faire en ce moment que des présentations formelles. Elle comprit rapidement qui était Malcolm et qui était Wyatt d'après la façon dont Devon s'adressait à eux, mais elle garda le silence et écouta pendant qu'ils planifiaient leur entrée dans la base.

Elle était franchement étonnée d'être là, car elle s'attendait à ce que Devon insiste pour qu'elle reste dans un endroit où elle serait plus en sécurité. Il avait dû arriver à la même conclusion qu'elle, à savoir qu'elle serait plus en sécurité avec lui que sans lui. Même dans ces circonstances, alors qu'elle n'était pas formée pour infiltrer la base et qu'elle ne pouvait pas jouer un bon rôle de soutien, elle se sentait plus en sécurité avec lui qu'elle ne l'aurait été en restant terrée quelque part, sans savoir ce qui se passait.

Une fois que tout le monde sembla avoir compris le plan, elle y compris, ils se dirigèrent silencieusement vers la base. Elle avait l'impression d'être un lourdaud par rapport à la façon dont ils glissaient, mais elle essayait de se consoler en se disant qu'elle n'était pas si dépourvue de grâce que ça. Elle semblait simplement l'être par rapport au groupe de métamorphes.

Elle observa avec intérêt Malcolm placer un petit appareil près de la clôture. Elle avait déduit du plan qu'il s'agissait d'une sorte d'impulsion électromagnétique qui couperait l'alimentation électrique de la clôture, au moins temporairement, mais elle fut surprise par la compacité de l'appareil.

Cela semblait fonctionner comme ils l'avaient prévu, car Malcolm et Wyatt étaient bientôt en train de couper les fils de la clôture pour créer un espace leur permettant de passer. Elle était quelque part au milieu du groupe, se mettant à plat ventre et se glissant dans le trou avant de rejoindre Lex et George à l'intérieur.

Devon vint ensuite, suivi de Wyatt et enfin de Malcolm. Il tira le câble vers le bas, le faisant rouler derrière eux. Il passerait une inspection superficielle, mais quiconque regarderait de près verrait qu'il s'agit de leur point d'entrée.

Elle resta près de Devon, comme on le lui avait demandé, tandis que le groupe se déplaçait sur le terrain. Tous les bâtiments semblaient abandonnés, mais ils purent identifier l'endroit où ils devaient se rendre en suivant la trace des pneus de camions. Il y avait eu des chutes de neige récentes, mais pas assez pour remplir complètement les empreintes, et ils les suivirent jusqu'à l'un des grands bâtiments qui avait dû être un hangar.

À l'intérieur, il y avait plusieurs camions, et ils étaient tous beaucoup plus récents qu'ils n'auraient dû l'être pour une base désaffectée qui avait été fermée pendant un demi-siècle. Tout le reste du bâtiment semblait avoir vieilli, jusqu'à la couche de poussière qui recouvrait la plupart des surfaces, à l'exception du sol. Il avait été balayé récemment, si bien qu'il n'y avait pas d'empreintes de pas à relever.

Elle détourna les yeux lorsque Lex commença à se débarrasser de ses vêtements, déduisant rapidement que la femme se déplaçait pour une raison ou une autre. Lorsqu'elle se retourna, un coyote brun foncé et gris se tenait à l'endroit où se trouvait Lex, inspirant profondément.

Sur des pattes légères, le coyote bondit jusqu'au mur le plus éloigné d'eux, appuyant son museau contre un panneau. Puis elle revint, se déplaçant au gré de ses mouvements, et s'habilla rapidement, remettant ses cheveux noirs sous son bonnet blanc avant de prendre la parole. "Il y a une porte là-bas. Je suis sûre que vous autres pouvez sentir leurs phéromones, et que c'est de là que vient l'odeur."

Elle regarda Devon en fronçant les sourcils. Il acquiesça, puis approcha sa bouche de l'oreille de Tianna et chuchota : " Elle a un odorat très fin, encore meilleur que le reste d'entre nous. Nous pouvons sentir les choses du soldat, et j'ai détecté la signature de Loris aussi, donc ils doivent avoir une structure sous ce bâtiment."

Elle suivit Devon qui se dirigeait vers l'endroit où Lex avait identifié une porte. Il ne leur fallut pas longtemps pour trouver le mécanisme d'ouverture, et le mur coulissa pour révéler une solide porte en acier. Une vague de joie l'envahit lorsqu'elle vit le système de panneaux électroniques. "Je peux vous aider. Elle se tortille lorsque tous les regards se tournent vers elle. "Je reconnais le système et j'y ai déjà eu accès."

Malcolm arque un sourcil blond foncé. "Dans quelles circonstances ?

Elle se lécha les lèvres, regrettant qu'il n'ait pas posé cette question. "J'ai assisté une fois à une conférence clandestine pour hackers, et l'une des activités consistait à contourner les systèmes de sécurité électroniques. J'ai fait mon exercice sur le même système".

Il a l'air sceptique, mais lui tend son ordinateur portable. Lorsqu'elle avait fait l'exercice dans le cadre de son inscription à la conférence, elle n'avait eu qu'un ordinateur portable de base pour travailler, ce qui l'avait obligée à construire le code pour percer le système de sécurité à partir de zéro. À l'époque, elle avait été contrariée par l'investissement considérable en temps, et il lui avait fallu des heures pour pirater le système, bien qu'elle ait été l'une des premières de son groupe à terminer l'exercice.

Maintenant, elle était heureuse de pouvoir s'exercer, et recréer le code était beaucoup plus rapide. En moins de vingt minutes, la porte s'ouvrit avec un léger sifflement, et Malcolm put l'ouvrir de quelques centimètres pour vérifier qu'elle était bien déverrouillée. Il parut impressionné lorsqu'elle lui rendit son ordinateur portable, et elle était heureuse d'avoir pu contribuer à l'entreprise.

Ils se glissèrent l'un après l'autre, se déplaçant silencieusement et furtivement. Elle était l'exception, ayant l'impression qu'elle allait trébucher sur ses pieds en essayant de se glisser dans l'étroite ouverture. Ils n'avaient pas ouvert la porte très grand, ne voulant pas attirer l'attention au cas où quelqu'un se trouverait dans le couloir. Elle osa se risquer à quelques centimètres supplémentaires, car d'autres étaient déjà passés sans les alerter de la présence de soldats de l'autre côté de la porte.

Tianna poussa un soupir de soulagement lorsqu'elle se retrouva dans le couloir avec eux, et qu'ils furent à nouveau tous ensemble. Ils avancèrent tranquillement dans le couloir, se dirigeant vers la seule porte au bout du couloir. Une fois de plus, elle lança son programme de désactivation, et la porte s'ouvrit avec un léger sifflement au bout de Quatre minutes.

Comme auparavant, elle se trouvait à la fin du groupe qui se glissait dans le couloir, découvrant qu'ils se trouvaient cette fois dans une grande antichambre. Trois couloirs s'étendaient vers l'extérieur, et elle était certaine de ce que Malcolm allait dire avant même qu'il ne le dise, et elle secouait déjà mentalement la tête à cette idée.

"Nous devons nous séparer. George, Wyatt et toi prenez la gauche, Lex et moi allons tout droit, et Devon, tu vas à droite."

Tianna avait envie de l'engueuler pour l'avoir laissée de côté, mais c'était compréhensible. C'était un coup de chance qu'elle ait pu contribuer à les amener aussi loin, et elle n'avait certainement pas les compétences militaires requises pour agir en tant que véritable partenaire de Devon dans ces circonstances.

Cela ne signifiait pas qu'elle voulait aller quelque part, et il n'allait certainement pas la laisser derrière lui, bien qu'il n'ait montré aucune intention de le faire. Elle le suivit dans le couloir qui leur était réservé, gardant sa voix basse lorsqu'elle dit : "Je suppose que Malcolm n'a jamais vu de film d'horreur. Ne vous séparez pas."

L'ombre d'un sourire effleura les lèvres de Devon, bien que ses yeux ne montrassent aucun signe d'amusement réel. "C'est parfois nécessaire.

Elle se mord la lèvre. "Je n'aime toujours pas ça. Tu es pratiquement seul ici."

Il s'arrêta juste assez longtemps pour froncer les sourcils vers elle. "Tu n'as peut-être pas l'entraînement des autres, mais j'ai confiance en toi pour assurer mes arrières. Mais ne vous mettez pas en danger. S'il faut se battre, je m'en chargerai."

Elle ne savait pas si elle devait être réconfortée par ses paroles selon lesquelles il lui faisait confiance pour surveiller ses arrières, ou si elle devait être agacée par le fait qu'il ait insisté pour être celui qui se chargeait du combat. Elle en déciderait elle-même si la situation se présentait, car il était hors de question qu'elle s'enfuie et l'abandonne, ou qu'elle reste les bras croisés pendant qu'on lui faisait du mal si elle pouvait faire quoi que ce soit pour l'en empêcher.

Le couloir comportait un système de portes, et chacune d'entre elles avait une fenêtre, ce qui était pratique. Ils purent ainsi apercevoir ce qui se passait dans les pièces, du moins celles qui étaient éclairées. Elle comprit rapidement qu'ils se trouvaient dans une unité de fabrication de super-soldats. Les pièces semblaient contenir de nombreux soldats dans différents états d'altération. Ils étaient tous sous sédatifs et reliés à un système de tubes et de machines qui devaient les nourrir, et probablement leur transmettre l'intelligence artificielle d'une manière ou d'une autre.

Ils étaient arrivés au bout du couloir et avaient fait demi-tour, retournant vers l'antichambre sans incident, lorsque la voix de Malcolm crépita dans l'écouteur. Elle ne pouvait pas distinguer les mots, puisque Devon le portait, mais elle reconnut la voix de son commandant et le sentiment d'urgence. Devon se mit à courir, et elle le suivit, se poussant aussi fort qu'elle le pouvait pour suivre ses jambes plus longues et sa plus grande endurance.

Après avoir pénétré dans l'antichambre, ils se dirigèrent vers le couloir que Lex et Malcolm avaient choisi d'explorer. Devon semblait savoir où ils allaient et s'arrêta Trois portes plus loin. La porte était déjà ouverte. Malcolm avait dû utiliser son programme pour contourner la sécurité. Devon se glissa à l'intérieur et prit la main de la jeune femme. Manuellement, il ferma la porte avec précaution, mais pas complètement.

Tout de suite, elle a vu que cette pièce était différente de celles où l'on préparait les super-soldats. Tout d'abord, les Quatre sujets attachés aux tables ne semblaient pas être dans des états différents entre l'humain et l'animal. Ils étaient complètement transformés, et les formes étaient silencieuses - clairement sous sédatifs, ou pire.

Wyatt et Lex se tenaient à côté d'un loup, et Malcolm était également près de lui, examinant visiblement les machines reliées à l'animal. George se déplaçait le long de la rangée, vérifiant les Trois autres animaux, qui comprenaient une panthère noire et deux lions.

"C'est Loris ?" Elle désigna le loup entouré de ses coéquipiers.

"Oui", dit Malcolm, qui scrute toujours les machines. "J'essaie de trouver le meilleur moyen de la déconnecter sans la blesser.

Elle regarda les Trois autres formes animales. "Font-ils aussi partie de votre équipe ?"

"Non, dit Wyatt.

"Il s'agissait d'une équipe différente. Je les ai également recrutés, mais pas pour le projet Shift. Ils étaient censés être un groupe de soldats d'élite", explique George. "Ils sont allés sur le terrain et ont fait le travail que personne d'autre ne pouvait faire, mais la dernière fois, c'était la débandade. Ils ont perdu la plupart de leur unité, et je n'avais aucune idée que l'un d'entre eux avait été entraîné là-dedans." Il s'arrêta près de la panthère noire et lui toucha doucement l'épaule. "Je suis désolé, Dana. Je vais essayer de te sortir de là si je le peux."

Avec un doux son de satisfaction, Malcolm commença à actionner des interrupteurs. Il devait avoir compris la fonction de la machine et le moyen le plus sûr de la désactiver. Quelques instants après l'arrêt de la machine, les yeux de Loris s'ouvrirent et elle commença à se déplacer comme si c'était une réaction inconsciente. Un instant, un loup gris gisait là, et l'instant d'après, il y avait une blonde nue. Tianna détourna les yeux, voyant dans sa vision périphérique que Lex offrait un drap à leur amie.

"Déconnectez les autres", dit Wallace, le regard fixé sur Malcolm.

Malcolm a commencé à se diriger vers le formulaire suivant sur la table, mais ils se sont tous figés lorsque la porte s'est ouverte, suivie par le son d'un claquement de mains en solo, prolongé entre chaque claquement de mains pour un effet dramatique.

Tianna se retourna pour voir la source, reconnaissant Jasper Caswell, flanqué d'une douzaine de super-soldats. Elle déglutit devant ce spectacle intimidant.

"Félicitations. Tu es allé plus loin que je ne le pensais."

Devon grogna tout bas dans sa gorge, son corps déplaçant le bloc le sien alors qu'il faisait face à Caswell. "C'*était* donc un piège".

Caswell la surprend en secouant la tête. "Non, je ne suis pas sûr de ce que vous voulez dire. J'ai été choqué de vous voir sur le système de sécurité, et je ne sais toujours pas comment vous nous avez trouvés ici, mais je voulais voir ce que vous pouviez faire. J'ai lu les comptes-rendus, mais je n'ai pas encore vu la plupart d'entre vous exprimer tout leur potentiel." Pendant qu'il parlait, son regard se porta sur Lex et ses narines se dilatèrent. Ses yeux s'assombrirent et quelque chose dans son comportement changea.

Il n'y eut aucun signal visible ou audible de sa part pour attaquer, mais comme un seul homme, les super-soldats avancèrent, suivant Caswell alors qu'il traversait la pièce, se déplaçant au fur et à mesure qu'il le faisait.

Comme tous les autres participants à l'expérience, il ne pouvait pas se transformer complètement. Il était grotesque, coincé quelque part entre l'homme et l'ours polaire, avec un visage allongé et des dents mortelles, couplé aux bras puissants d'un ours polaire, terminés par de méchantes griffes.

Dans le chaos, elle a perdu la trace de Caswell. Devon lui tendit un AK-47 provenant d'un sac de sport que Wyatt avait emporté. Elle connaissait déjà l'arme, grâce au cours intensif qu'elle avait suivi Trois jours auparavant. Cela faisait-il vraiment Trois jours qu'elle avait trouvé Twitch-Benjamin et que ces hybrides l'avaient trouvée ? Il semblait impossible qu'elle n'ait passé que Trois jours avec Devon, parce qu'à bien des égards, c'était l'équivalent d'une vie entière. Ils allaient si bien ensemble, et c'était juste ce qu'il fallait.

Elle visait toujours aussi mal, mais elle parvint à repousser quelques soldats et à tirer à la tête de deux d'entre eux. Il n'était pas plus facile de prendre une vie maintenant qu'il y a Trois jours, mais lorsqu'elle se plaçait dans la perspective suggérée par Devon, à savoir qu'elle les libérait plutôt que de les blesser, cela lui permettait de continuer à fonctionner.

Partout où elle regardait, des combats se déroulaient autour d'elle. Les hybrides étaient plus nombreux que les métamorphes, mais ils étaient essentiellement des machines dirigées par leurs maîtres, tandis que les métamorphes avaient quelque chose de plus important à défendre que leur programme de base. Ils se battaient les uns pour les autres et pour pouvoir s'échapper.

Elle était satisfaite de voir qu'ils gagnaient, et que le nombre de super soldats diminuait, la plupart d'entre eux gisant morts sur le sol. Il fallait qu'ils soient morts, car ils ne s'arrêtaient que lorsqu'ils étaient complètement hors d'état de nuire, du moins d'après son expérience.

Inexorablement, ils se rapprochèrent de la porte, son groupe l'emportant. Caswell était derrière eux, et seuls deux super-soldats leur barraient la route. Wyatt et Devon s'en occupèrent rapidement, et ils étaient en train de passer les corps qui bloquaient la sortie lorsqu'elle entendit Lex crier.

Tianna regarda par-dessus son épaule à temps pour voir Lex plaquée au sol avec Caswell sur elle, ses dents s'enfonçant dans sa nuque. Elle passa du statut d'humain à celui de coyote, un mouvement auquel il ne s'attendait manifestement pas, et s'éloigna de lui en se tortillant. Avant qu'il ne puisse la poursuivre, Malcolm et George avaient attrapé le lieutenant-colonel et l'avaient jeté à l'autre bout de la pièce dans un ensemble de machines qui ne semblaient pas être reliées aux métamorphes qu'ils n'avaient pas réussi à libérer.

Malcolm se dirigea vers eux, mais le ton tranchant de Wyatt l'arrêta net.

"Nous n'avons pas le temps. Le couloir est inondé et nous devons y aller maintenant."

Wallace poussa un juron long et bas, jetant un regard de regret sur les Trois formulaires qui gisaient encore sur la table. "Nous reviendrons les chercher."

Malcolm acquiesce. "Nous allons faire tomber toute cette opération. Il faut juste trouver comment. Nous devons partir maintenant, George, mais nous ne les abandonnerons pas."

Les super soldats venaient tous d'un bout du couloir, alors ils se tournèrent dans l'autre direction, qui se trouvait être celle de la sortie. Tianna courut aussi vite qu'elle le pouvait, parvenant à suivre le groupe, légèrement ralenti par Malcolm, qui portait Loris.

Elle était clairement incapable de courir dans son état actuel, semblant désorientée et modérément confuse. Ils atteignirent la pièce où se trouvaient les camions et s'entassèrent dans l'un d'eux, Lex faisant un détour pour prendre les clés. Elle prit les six jeux accrochés au support, ce que Tianna trouva intelligent. Une seule fonctionnerait dans le camion qu'ils volaient, mais le manque de clés retarderait la poursuite des super-soldats.

Wyatt était au volant, et il trouva la bonne clé à son deuxième essai. Le camion démarra en grondant, son moteur produisant un rugissement agréable à ses oreilles. Ils étaient si proches de la liberté, et elle était à moitié convaincue que quelque chose interviendrait pour les empêcher de s'échapper, mais elle devint de plus en plus confiante lorsque Wyatt réussit à s'écraser à travers la clôture à l'endroit où ils l'avaient traversée. Une partie de la clôture était encore sous tension, mais le camion a absorbé la tension sans qu'aucun d'entre eux ne la ressente. Il y avait quelques étincelles, mais c'était le seul signe qu'ils avaient rencontré de l'électricité pendant qu'ils traversaient.

Elle s'accroche à Devon, assis sur ses genoux à l'arrière du camion, près de l'endroit où repose Loris. Malcolm avait la tête sur ses genoux, et il passait ses doigts dans ses cheveux dans un geste tendre qui en disait long. Par-dessus le ronronnement du moteur et les bousculades occasionnelles du camion qui se frayait un chemin dans la nature, elle lui demanda : "C'est ta compagne ?".

Malcolm hésite un instant avant de secouer la tête. "Nous avons un passé ensemble, mais elle n'est pas ma compagne. Il était évident qu'il s'intéressait toujours à elle, indépendamment de leur histoire ou de l'état de leur relation.

"Et maintenant ? demande Lex en se frottant la nuque.

"Nous nous arrêterons dans un refuge, puis nous prendrons un moyen de transport pour retourner à Sanctuaire, en faisant des pauses pour changer fréquemment. Il faudra deux jours pour y arriver, car nous ne voulons pas prendre la route la plus directe."

"J'espère que cela ne prendra pas autant de temps", dit Wyatt. "Je vais déjà m'attirer les foudres de Gillian pour l'avoir laissée derrière moi".

George ricane depuis le siège passager. "Elle est enceinte de presque six mois. Seul un imbécile l'aurait emmenée avec lui pour une telle mission."

Wyatt acquiesça, son regard ne quittant pas la route. "Je le sais, et quand elle est complètement rationnelle, elle le sait aussi. Malheureusement, avec les hormones, elle n'est pas des plus rationnelles ces jours-ci. Elle comprenait la nécessité de partir, mais elle était toujours en colère que je la laisse derrière moi."

"Et inquiète", dit Lex, tressaillant lorsque sa main passe à nouveau sur son cou. "Elle avait peur que tu ne reviennes pas, ce qui est tout à fait compréhensible. Elle ne veut pas que ton petit soit seul."

"Louveteau ?" demanda Tianna, légèrement alarmée à l'idée qu'une femme humaine mette au monde des oursons. Elle avait vu Wyatt se transformer pendant la bataille contre les super-soldats, elle connaissait donc sa forme.

"Nous allons avoir un bébé", dit Wyatt.

"Est-ce que Gillian est aussi un métamorphe ?"

"Non, elle est humaine."

Elle se racla la gorge, essayant de cacher son anxiété lorsqu'elle demanda, "Est-ce qu'il naîtra comme... un ourson ?"

Il rit et secoue la tête. "Le changement se produit à la puberté. Toute l'attention de Wyatt semblait être revenue sur la route à ce moment-là, et ses pensées étaient manifestement tournées vers son compagnon et leur enfant.

Elle se blottit contre Devon, sentant la tension disparaître de ses muscles. "Qu'est-ce qui m'attend ensuite ?" demanda-t-elle doucement, espérant avoir une conversation semi-privée avec lui.

Il l'a entourée de son bras et l'a serrée contre lui. "Tu ne peux pas rentrer chez toi en toute sécurité. Ils savent qui tu es et ils te trouveront. Tu n'es peut-être pas leur priorité, mais ils finiront par venir te chercher."

Elle poussa un long soupir, détestant entendre confirmer ce qu'elle avait déjà déduit. "Je crois que ma vie est finie."

Ses bras se resserrèrent autour d'elle et il grogna doucement. "Ton ancienne vie est terminée, mais tu vas continuer à vivre. Je vais faire tout ce qui est en mon pouvoir pour m'en assurer." Ses lèvres effleurèrent sa tempe. "Tu es ma compagne, Tianna. Je le sens dans mes os, et je ferai tout pour te garder en sécurité. Quand tu seras prête à ce que je fasse ma demande, je serai là, attendant de le faire."

Elle frissonna, mais c'était un mélange d'anticipation qui la traversait. "Cela signifie-t-il que tu vas me mordre et me marquer comme tienne ?"

Il acquiesça, sa tête frôlant la sienne dans le mouvement. "Je vais le faire dès que nous serons rentrés au Sanctuaire, si tu es prête ? Sinon, dis-moi quand."

Elle se retourna légèrement dans ses bras, regrettant d'avoir un public qui l'empêchait de faire ce qu'elle voulait vraiment, c'est-à-dire se couler contre lui sans leurs vêtements, son corps fusionnant avec le sien, ses dents se glissant dans la chair de son cou, la marquant comme sienne pour toujours. "Je suis prête tout de suite, mais comme ce n'est pas pratique, je suppose que nous devrons attendre le Sanctuaire.

"Je suis désolé que tu aies dû laisser tout le reste derrière toi", dit-il d'un ton bourru.

Elle acquiesça en s'allongeant contre lui. "Moi aussi, mais j'ai le sentiment d'avoir trouvé auprès de toi quelque chose de bien plus précieux que ce que j'avais dans mon ancienne vie. Tandis que le camion cahotait et filait sur le terrain, en direction de la prochaine étape de leur voyage de retour, elle laissa ses yeux se fermer et rêva aux possibilités qui s'offraient à elle.

Ils étaient toujours en danger, et c'était une réalité à laquelle elle devrait s'adapter, à moins ou jusqu'à ce que les gens autour d'elle trouvent un moyen de faire tomber le groupe d'agents secrets qui les chassait, mais elle était certaine que le bonheur et la joie l'attendaient aussi.

Renoncer à son webzine et à quelques amis proches ne semblait pas être un prix trop élevé à payer pour l'avenir qui s'offrait à eux. Il n'y aura peut-être pas de sécurité, mais elle est certaine qu'il y aura de l'amour. Les premières graines commençaient déjà à pousser, et elle ne pouvait pas s'imaginer continuer sans Devon. Avec ses bras serrés autour d'elle, sa présence chaude et solide qui l'apaisait, elle était certaine qu'il ressentait la même chose.

Marqué (Guerriers blessés #3)

LORSQUE LEX EST ENLEVÉE à ses coéquipiers, elle s'attend à être éliminée ou récoltée pour le Projet Enhanced. Au lieu de cela, le lieutenant-colonel Jasper Caswell, chef du groupe d'opérations noires qui les poursuit, l'a désignée comme sa compagne. C'est un destin pire que la mort, et elle est prête à tout pour s'échapper. Le mystérieux et séduisant Aidan, qui travaille dans les services de soutien, semble être sa meilleure chance d'y parvenir. Avec son aide, elle découvre ce que le groupe veut vraiment des métamorphes qui leur ont échappé. Elle pense aussi avoir trouvé son compagnon, mais Caswell est déterminé à la réclamer. Pour avoir un avenir ensemble, ils devront trouver un moyen de sortir de la base secrète et de contrer la morsure d'accouplement sur son cou qui permet à Caswell de la suivre à la trace...

Chapitre Un

ILS SONT ARRIVÉS À la planque il y a moins d'une heure et sont maintenant réunis dans le salon autour de Loris. Lex se tenait à proximité tandis que Malcolm interrogeait doucement Loris sur son expérience à la base. Elle pouvait voir la tension de son ancien commandant augmenter à chaque question qu'elle posait, car Loris n'avait pas de réponse.

"Savez-vous ce qu'ils vous ont fait ?" C'était la troisième fois que Malcolm posait la question, entrecoupée d'autres.

Loris secoue la tête, sa confusion est évidente. "Je ne sais pas. Je ne me souviens de rien."

"Quelle est la dernière chose dont vous vous souvenez ? demande Malcolm.

Loris sembla réfléchir profondément avant de pousser un petit soupir. "Je me souviens de la neige.

"C'était probablement la réserve de Bullhead", dit Devon. "Tu te souviens qu'ils t'ont emmené ?"

L'espace d'un instant, une note de reconnaissance se dessine sur son visage, mais elle s'estompe rapidement pour laisser place à une expression confuse. "Je suis désolée, mais je ne me souviens pas. Je ne me souviens pas de grand-chose." En prononçant ces mots, Loris se frotta la tête.

Un élan de sympathie traversa Lex alors que la morsure de son cou palpitait avec force à l'endroit où le lieutenant-colonel Caswell s'était emparé d'elle plus tôt. Elle s'était déplacée Trois fois déjà, ce qui aurait dû guérir la blessure, mais elle pouvait encore la sentir sous la surface, brûlant légèrement et se contractant occasionnellement comme si elle avait développé son propre pouls.

Cela devait avoir quelque chose à voir avec son ADN hybride, un composant étranger que son système de métamorphose ne pouvait pas reconnaître comme un envahisseur à guérir.

Tianna étouffa un bâillement qui se répandit comme une contagion dans la pièce. Lex retint son propre bâillement alors que la fatigue l'envahissait. La longue journée était en train de la rattraper.

Il était évident que questionner Loris ne les menait nulle part, et elle fut soulagée lorsque Malcolm dit quelques minutes plus tard : " Reposons-nous un peu. Peut-être que Loris se souviendra mieux demain matin."

APRÈS UNE DOUCHE RAPIDE, elle s'était installée dans sa chambre et avait rapidement découvert qu'elle avait le malheur de partager un mur avec Devon et Tianna. Les écouter faire l'amour lui donna un élan de jalousie. Elle n'était pas jalouse que Devon ait un compagnon, car il était comme un frère pour elle. Elle enviait simplement le fait qu'il ait trouvé sa compagne.

Elle voulait avoir de la chance et faire de même, même si le moment n'était certainement pas idéal, avec les super soldats du Projet Enhanced qui les poursuivaient pour les tuer et faire disparaître toutes les preuves du Projet Shift dans le processus. À en juger par leurs cris de passion et leurs rires occasionnels, aucun d'entre eux ne pensait aux implications de l'introduction d'une autre cible dans ce désordre, et elle les enviait pour cela aussi. Ils avaient la possibilité de se perdre l'un dans l'autre et d'échapper à la réalité de leur situation, au moins pour un temps.

En enroulant l'oreiller autour de ses oreilles, Lex parvint enfin à s'endormir, mais ses cauchemars n'étaient pas un refuge contre la réalité ou son désir pour son propre compagnon. Des images tordues et décousues dansaient derrière ses yeux, et elle se réveilla avec un cri coincé dans sa gorge alors que la panique déferlait en elle.

Elle crut d'abord que ses cauchemars l'avaient réveillée, mais un raclement furtif attira son attention, et son coyote grogna dans sa tête. Elle inspira profondément, reconnaissant immédiatement la signature phéromonale de Loris. Elle se retourna et alluma la lumière en se tournant vers son ancien coéquipier. "Qu'est-ce qu'il y a ? Tu n'arrives pas à dormir ?"

Comme Loris ne répondait pas, Lex inspira profondément et retint son souffle pendant un moment, analysant les différentes odeurs qui émanaient de son amie. Ses sourcils se dressèrent et le coyote remonta à la surface lorsqu'elle reconnut la puanteur de l'intelligence artificielle sous-jacente à la signature phéromonale précédente de son amie. Elle sauta du lit avec grâce, le plaçant entre elle et Loris tout en étudiant son ami.

Les cheveux blonds et les yeux bleus étaient les mêmes, mais c'est ce qu'il y avait dans les yeux qui posait problème. Ou plutôt, l'absence de quelque chose dans son regard. Ses yeux étaient flous et décentrés, et son expression était molle. Elle semblait totalement dépourvue d'émotion, et se déplaçait comme sur un pilote automatique.

"Loris, tu m'entends ?"

Loris s'élança soudain vers elle, sautant sur le lit et l'enjambant avec agilité. Lex s'éloigna lorsque Loris la rejoignit de ce côté du lit, ouvrant la bouche pour crier à l'aide. En attendant l'arrivée des autres, elle regarda Loris avec méfiance. Son ancienne coéquipière tenait une seringue dans une main, et Lex n'était pas certaine de ce que contenait le liquide transparent à l'intérieur, mais elle avait l'impression que Loris voulait lui faire une injection.

Loris lui emboîta le pas tandis que Lex s'éloignait d'elle. Ne sachant pas ce qui n'allait pas chez Loris, elle ne voulait pas s'engager à moins d'y être obligée. Un instant plus tard, Loris prit sa décision en s'élançant vers l'avant et en faisant tomber Lex au sol. Loris était plus grande et plus musclée qu'elle, mais Lex était souple et flexible, comme son coyote. Elle se contorsionna suffisamment pour s'éloigner de son amie, ne voulant pas blesser Loris, mais ne voulant certainement pas accepter l'injection de ce qui se trouvait dans la fiole.

Loris s'approcha à nouveau d'elle, mais Lex s'était levée et se dirigeait vers la porte. Celle-ci s'ouvrit avant qu'elle ne l'atteigne, et Wyatt déboula dans la pièce, suivi rapidement par Malcolm et Devon. Tianna se tenait dans l'embrasure de la porte, visiblement incertaine de la façon dont elle pouvait aider, ou de ce qu'elle devait faire.

"Elle m'a attaqué et a essayé de m'injecter quelque chose. Je ne sais pas ce qu'elle a, mais si vous la regardez dans les yeux, c'est comme si elle n'était pas là."

Personne ne lui répondit, à part un signe de tête de Devon, parce qu'ils étaient tous concentrés sur le fait d'abattre Loris aussi facilement que possible sans la blesser. Ils se rapprochèrent tous les Trois, resserrant leur position jusqu'à ce que Loris n'ait plus aucun endroit où aller. Elle essayait toujours de les dépasser, mais elle ne jetait même pas un coup d'œil à l'un des Trois hommes. Son regard non focalisé semblait pointé uniquement sur Lex, bien qu'il soit douteux qu'elle ait réellement vu ou assimilé quoi que ce soit.

"Elle sent mauvais", dit Devon avec un grognement.

"Comme ces super-soldats", acquiesce Wyatt.

"Je pense qu'il s'agit d'une intelligence artificielle", dit Lex. Elle grimaça quelques instants plus tard lorsque ses amis s'attaquèrent à Loris, la ramenant au sol et la positionnant de manière à ce qu'ils puissent lui attacher les mains derrière elle avec une fermeture éclair.

Alors que Loris continuait à se débattre, Malcolm lui arracha la seringue des mains et l'étudia un instant. Ensuite, il s'est retourné et a glissé la seringue dans son cou, remplissant les veines de Loris avec ce qu'il y avait dans la seringue.

Lex a sursauté. "Tu n'aurais pas dû faire ça. Et si c'était quelque chose de mortel ?"

Il secoue la tête. "Ce n'est pas le cas. Le contenu est indiqué et je l'ai commandé moi-même. Elle a dû la prendre dans l'armoire à pharmacie de la salle de bains principale." Il referma la seringue usagée avant de se lever. "La question est de savoir pourquoi elle l'a cherché et ce qu'elle comptait en faire."

"Elle essayait de me le donner", a déclaré Lex. "J'en suis certain au vu de son comportement. Elle me traquait, comme un prédateur avec sa proie, mais je ne pense pas que Loris avait la moindre idée de qui j'étais, ou de qui elle était. Je pense qu'on lui a implanté la puce d'intelligence artificielle avant de la sauver."

Wyatt se leva, l'air désolé, après avoir maintenu sa position de surveillance jusqu'à ce que Loris cesse de s'agiter et reste à présent allongé en silence, sous l'effet du sédatif.

Chapitre Deux

MALCOLM S'ACCROUPIT à côté de Loris, posant une main tendre sur son épaule. "Qu'est-ce qu'ils lui ont fait ?

C'était plus une question rhétorique qu'une question à laquelle il fallait répondre. Aucun d'entre eux ne savait avec certitude ce que Loris avait subi, mais il était assez facile de déduire de son comportement qu'elle avait été soumise à une reprogrammation de l'intelligence artificielle et qu'elle était désormais sous le contrôle du groupe d'opérations noires.

"Tu crois qu'on peut inverser le processus ? demanda Lex. Elle n'était pas optimiste quant à leurs chances, même si elle posait la question.

George s'est approché, les yeux remplis de regrets. "D'après ce que je sais du programme, je ne pense pas que nous puissions faire quoi que ce soit pour inverser ce qu'ils ont fait à Loris. Elle n'existe plus. Ils ont détruit son esprit pour pouvoir utiliser son corps."

"Il doit y avoir quelque chose... Le bruit du verre qui se brise a coupé les paroles de Wyatt, et ils ont tous été instantanément en état d'alerte.

Laissant Loris sous sédatif sur le sol, le groupe sort de la chambre de Lex et emprunte le couloir. Lorsqu'ils entrèrent dans le salon, elle sursauta à la vue des super-soldats qui envahissaient la maison. Ils devaient être au moins une vingtaine. Essayant de ne pas se concentrer sur leurs faibles chances, elle reporta son attention sur les combats autour d'elle, qui avaient commencé dès qu'ils étaient entrés dans le salon.

Le super soldat le plus proche d'elle semblait être un hybride d'humain et de hyène, et elle s'accroupit en position de combattant, regrettant de ne pas avoir eu le temps d'attraper son arme. Elle avait commis l'erreur de la laisser derrière elle, mais elle avait été distraite par Loris et leurs spéculations sur ce qu'avait vécu leur coéquipier. Au moins, les autres étaient armés, ayant manifestement saisi leurs armes de poing lorsqu'ils l'avaient entendue crier alors que Loris s'en prenait à elle.

Elle était prête à se déplacer si nécessaire, ce qui lui donnerait l'avantage de la vitesse et de la maniabilité, mais sa forme de coyote serait probablement plus vulnérable aux blessures des super-soldats - s'ils parvenaient à l'attraper, bien sûr.

Elle sursauta lorsque l'hybride humain-hyène se détourna d'elle, cherchant une autre cible à la place. En fronçant les sourcils, elle se dirigea vers un hybride loup, mais celui-ci se détourna également d'elle. Elle était vraiment confuse maintenant, et prit un moment pour regarder autour d'elle. Elle se demanda d'abord s'il y avait eu des ordres de ne pas blesser les métamorphes, mais si c'était le cas, les super soldats ignoraient l'ordre pour tout le monde sauf pour elle. Ses amis autour d'elle étaient engagés dans des batailles épouvantables et féroces, avec des chances contre eux.

En regardant autour d'elle, elle vit que Wyatt était en infériorité numérique, même sous sa forme d'ours, alors qu'il faisait face à Quatre des soldats. Elle se déplaça pour l'aider, mais fut surprise de voir que le super soldat le plus proche d'elle, qu'elle avait éloigné de Wyatt, restait passivement face à elle, ne faisant aucun geste pour se défendre, même lorsqu'elle lui donna un solide coup de pied à la tempe et l'assomma, mettant l'hybride guépard hors d'état de nuire.

Elle obtint le même résultat lorsqu'elle en arracha un autre à Wyatt, et elle se rendit compte que, pour une raison ou une autre, les super-soldats ne voulaient pas s'en prendre à elle. Elle se déplaça dans la foule, aidant à réduire le nombre de ses amis, tout en essayant de comprendre pourquoi ils ne l'attaquaient pas.

C'était encore une maison de fous, remplie de chaos et de cris, entrecoupés de grognements de douleur de la part de ses coéquipiers, mais les super soldats restaient silencieux, peu importe la gravité de leurs blessures. Elle était tellement concentrée sur la bataille autour d'elle qu'elle ne réalisa pas que quelqu'un était derrière elle jusqu'à ce que des bras puissants l'entourent, la plaquant contre un corps dur.

Elle se débattit, faisant de son mieux pour se libérer, tandis que l'odeur de son ravisseur emplissait son nez. Elle identifia les phéromones humaines, qui semblaient se mêler en proportion exacte à celles d'un ours. L'odeur seule lui permettait d'identifier la personne qui l'avait capturée, et elle reprit ses efforts pour se libérer des bras de Jasper Caswell. Le lieutenant-colonel aurait pu être fait de granit. Elle ne pouvait ni le déplacer ni le repousser.

En désespoir de cause, elle commença à se déplacer vers le coyote, sachant qu'elle pourrait ainsi se libérer de son emprise. Mais avant qu'elle n'y parvienne, elle ressentit une vive piqûre dans le cou et comprit qu'il lui avait injecté quelque chose.

"Désolé, mais je ne peux pas vous laisser changer de position. Dors, Alexandrie. Tout ira mieux demain matin. Ou les choses ne peuvent pas être pires, de ton point de vue." Il prononça ces mots de manière sarcastique, avec un profond gloussement.

Ses yeux commençaient à se brouiller et elle essaya de concentrer son regard sur le combat qui se déroulait autour d'elle. Elle fut surprise de constater que les super soldats se retiraient brusquement, qu'ils gagnent ou qu'ils perdent. Elle essaya de forcer sa bouche à former des mots, voulant savoir ce qui se passait, mais tout ce qu'elle réussit à faire fut une syllabe bredouillante et faible qu'elle ne put même pas identifier. Ce qu'il lui avait injecté agissait rapidement et était trop puissant pour qu'elle puisse le combattre facilement.

"Dégage", dit Jasper une fois qu'il l'a sortie de la maison. Il a dû envoyer le signal aux super-soldats qui se trouvaient à l'intérieur, car lorsqu'il l'a embarquée dans un hélicoptère, elle était juste assez consciente pour voir les super-soldats se mettre en route depuis la maison en courant vers l'hélicoptère.

Aucun de ses coéquipiers n'avait été pris en otage, mais elle ignorait s'ils étaient vivants ou morts. Elle ne savait pas non plus pourquoi Caswell l'avait ciblée pour l'acquérir, alors qu'il ne semblait pas s'intéresser au reste de son groupe. Quelles que soient ses motivations, elle était certaine qu'elles n'auguraient rien de bon pour elle.

Chapitre Trois

LEX SE RÉVEILLA AVEC un violent mal de tête, à moitié convaincue que des petites personnes à l'intérieur de son crâne étaient en train de lui couper le cerveau en deux avec de minuscules haches tranchantes. Avec un gémissement, elle porta une main à son visage, convainquant finalement ses paupières de se soulever. Elle grimaça à l'intrusion de la lumière, mais ses yeux s'adaptèrent rapidement, lui permettant de voir ce qui l'entourait.

C'était une sorte de cellule, mais pas aussi primitive qu'elle s'y attendait. Se levant, elle se déplaça lentement en attendant que la pièce s'arrête de tourner tout en faisant l'inventaire. Le lit était plus grand qu'elle ne l'avait jamais vu dans une cellule, même s'il n'était que de taille normale. Il y avait une commode, et lorsqu'elle l'ouvrit, elle grimaça en voyant les maigres objets qu'elle y trouva.

Il y avait également un petit réfrigérateur avec uniquement des bouteilles d'eau, un évier et une petite salle de bain cachée dans un coin derrière la cloison. Cela ressemblait plus à une chambre d'amis qu'à une cellule de prison, mais il était tout de même conçu pour l'enfermer, comme elle le confirma elle-même en essayant d'ouvrir la porte. Rien ne se produisit lorsqu'elle posa sa paume sur le panneau biométrique, et bien qu'elle soit déçue, elle n'est pas surprise. Il s'agissait manifestement d'une sorte de cellule de détention, et elle n'avait pas le droit d'en sortir.

Non pas qu'elle ait l'intention d'attendre la permission de quelqu'un avant de s'enfuir. Elle ne savait pas encore comment elle allait s'y prendre, mais ce serait sa priorité numéro un.

N'ayant pas grand-chose d'autre à faire, elle retourna vers le lit et s'assit. Il n'y avait littéralement rien à faire, puisqu'il n'y avait même pas de télévision ou de bibliothèque dans la pièce. Tout ce qu'elle pouvait faire, c'était s'asseoir et attendre, le regard fixé sur la porte, redoutant l'arrivée de Caswell.

Lorsque la porte s'ouvrit enfin, près d'une heure plus tard - d'après ses estimations, et d'après son horloge interne puisqu'il n'y en avait pas dans la pièce - elle s'arc-bouta, partageant son attention entre l'évaluation de la menace à la porte et la recherche d'un moyen de la contourner.

Un homme d'à peu près son âge entra, poussant un chariot à roulettes. Son estomac a immédiatement chuté lorsqu'elle s'est souvenue que George leur avait raconté les tortures qu'il avait subies lorsqu'il avait refusé d'aider à attirer le reste de l'équipe. La conclusion qui s'imposait était de supposer que le bel homme qui était entré dans sa chambre était là pour la torturer afin d'obtenir des informations.

Beau ? Elle ne devrait même pas remarquer une telle chose chez quelqu'un ici. Au moins, il y avait une étincelle d'intelligence dans son regard, et il ne semblait pas être une sorte d'hybride - un fait qu'elle confirma en inhalant son odeur lorsqu'il s'approcha. Ses phéromones humaines étaient distinctes, sans rien de métamorphe ou d'I.A. sous-jacent. Il sentait la nervosité, et il était visiblement tendu alors qu'il s'approchait d'elle, s'arrêtant à quelques mètres. Elle le regarda fixement, croisant les bras sur sa poitrine. Aucun des deux ne parla pendant un long moment, tandis que leurs regards se croisaient, s'entrechoquaient.

Il fut le premier à détourner le regard, pour le porter sur le plateau qu'il introduisit. Elle retint son souffle lorsqu'il plongea la main à l'intérieur, se demandant à quel appareil elle serait confrontée en premier. Ce fut presque anti-climatique lorsqu'il sortit un plateau de nourriture et le posa sur le chariot.

Il lui offrit un sourire timide en tendant prudemment le plateau, comme s'il n'était pas certain qu'elle le prenne ou qu'elle lui saute dessus. "Désolé, mais c'est un ragoût de nouilles au thon. C'est à peu près le pire plat que l'on puisse trouver ici."

Elle ne laisse transparaître aucune expression sur son visage ou dans son ton. "Qui êtes-vous et que me voulez-vous ?"

"Je m'appelle Aidan, et mon travail consiste à prendre soin de vous. Toi et les autres prisonniers." Il y avait un regard hanté dans ses yeux, mais sa voix était stable et forte. "Je vous ai apporté de la nourriture, et je dois vous prévenir que Caswell va bientôt venir vous interroger. Il termine d'autres projets, mais je l'ai entendu dire qu'il avait hâte de passer du temps avec vous." Ses beaux traits révèlent son désarroi. "Il aime mettre la main à la pâte avec la torture."

Elle ne lui faisait pas confiance, mais elle appréciait l'avertissement. Il aurait pu s'agir d'une manipulation visant à lui faire croire qu'elle pouvait lui faire confiance, en essayant de la bercer d'un faux sentiment de sécurité avec lui pour qu'elle trahisse quelque chose d'important au sujet de son équipe, comme l'emplacement du Sanctuaire. Si c'était le jeu auquel ils jouaient, ça ne marcherait pas.

Il hésita encore une seconde, semblant vouloir dire quelque chose, avant que ses yeux bleus ne se détournent des siens. Il se retourna et quitta la pièce sans un mot de plus.

Elle regarda la nourriture avec méfiance, à la fois parce qu'elle pouvait être droguée et à cause de son commentaire sur la qualité de la nourriture. Finalement, sa faim l'emporta, et elle décolla le plastique qui scellait la barquette pour révéler le désordre hideux qu'elle contenait. Elle pouvait distinguer un peu de thon parmi les nouilles pâteuses, et elle prit une grande inspiration pour se donner du courage en levant sa fourchette pour planter son couteau dans le tas de ce qui était censé être de la nourriture. Elle avala difficilement la première bouchée après avoir découvert que le goût était pire qu'il n'y paraissait, et ce fut une bataille de volonté pour ne pas l'expulser de sa bouche.

Seule la certitude qu'elle aurait besoin de sa force pour résister à la torture lui permettait de persévérer. C'était encore lent, et il lui restait quelques bouchées lorsque la porte hydraulique s'ouvrit en sifflant. Caswell se tenait dans l'embrasure. Une poussée de bile l'accompagna, et elle eut du mal à l'avaler. Son estomac était serré par la peur et ses nerfs tendus, mais elle s'efforça de ne montrer aucune réaction lorsqu'il franchit le seuil et entra dans la pièce, refermant la porte derrière lui.

Son regard se porta sur ses mains, et elle fut surprise de ne voir aucun outil de torture visible. Se rappelant qu'il avait subi une partie du processus de transformation, faisant de lui un hybride ours-homme, elle se dit qu'il n'avait pas besoin d'autres outils que les griffes qu'il pouvait former avec ses mains.

Elle ne parla pas, et lui non plus, pendant un long moment. Le silence s'allongea, et il y avait là une pointe qui la fit sursauter. Elle se leva brusquement du lit et lui fit face, croisant les bras sur sa poitrine et fixant le lieutenant-colonel. "Qu'est-ce que vous faites ici ? Pourquoi suis-je ici, et qu'est-il arrivé à mes coéquipiers ?"

"Vos coéquipiers sont toujours en fuite. J'espérais que mes soldats parviendraient à en capturer d'autres, mais vous étiez la cible prioritaire. Nous finirons par trouver les autres."

Elle le regarda fixement tandis qu'il s'approchait, résistant à l'envie de reculer lorsqu'il s'approchait de son espace personnel.

Il s'avança brusquement, ses réflexes étant améliorés. Les siens étaient également rapides, grâce au coyote qui se trouvait à l'intérieur. Elle s'éloigna de lui, mais il n'y avait nulle part où aller dans la petite pièce. Un instant plus tard, il la plaqua contre le mur, lui envoyant une douleur fulgurante dans tout le corps, qui provenait de l'endroit où sa mâchoire s'était heurtée au métal. Le poids de son corps l'écrasa, la clouant au mur malgré ses efforts pour s'échapper.

"Vos amis seront appréhendés à temps et nous les ajouterons à notre armée grandissante. Je peux vivre sans eux, mais pas sans vous."

Elle tremble devant le ton de sa voix, ne sachant comment l'interpréter. "Qu'est-ce que tu veux dire ? Qu'attendez-vous de moi ?"

Pour toute réponse, ses dents s'enfoncèrent au même endroit de la nuque de la jeune femme, là où il l'avait mordue un peu plus tôt. Cette morsure avait continué à la gêner et à la démanger, mais la douleur se manifestait à nouveau. Malgré son désir de ne pas le faire, elle gémit et tenta de s'éloigner de lui, même si elle aurait préféré rester impassible et ne pas révéler à quel point son contact la dérangeait.

Lorsqu'il retira sa bouche de la sienne, ses paroles étaient teintées d'un désir troublant. "Tu es ma compagne, Alexandria. Je l'ai su dès que je t'ai vue."

Elle frissonna à ces mots, essayant de se dégager avec une détermination renouvelée. Elle ne parvint à se libérer que parce qu'il la laissait faire. Elle recula avant de se retourner pour lui faire face. "Tu es fou. Je ne suis rien pour toi."

Il se contenta de lui sourire, mais ce sourire n'avait rien d'apaisant. Il avait un effet glacial sur elle. "Mon ours a reconnu ta signature phéromonale, et j'ai su que tu m'appartenais. C'était la chose la plus étrange de ma nouvelle existence, de te sentir et de te reconnaître comme mienne. Vous savez sûrement que les ours identifient leurs compagnons dès leur première rencontre ?"

Elle haussa une épaule. "Certaines hyènes aussi, mais c'est un trait inhabituel dans le monde des métamorphes, et vous n'êtes pas un métamorphe."

Sa peau ondulait, ses bras étaient musclés et une fourrure blanche poussait. Sa peau sembla fondre pendant le processus, et un instant plus tard, il se tenait devant elle sous sa forme à demi métamorphosée.

Malgré elle, elle est intimidée par l'étalage. Elle lui lança un regard noir. "Tu n'es toujours qu'une moitié d'homme et une moitié d'ours. Et je suis bien généreuse de vous reconnaître la moitié de quoi que ce soit."

Il ne sembla pas gêné par son insulte et reprit sa forme normale. "C'était simplement pour te rappeler que j'ai été amélioré. J'ai tous les sens d'un métamorphe, tous les dons, mais aucun des inconvénients."

Elle secoue la tête. "On ne peut se déplacer qu'à moitié. C'est un gros inconvénient."

Il n'en a pas tenu compte. "Tu peux le combattre si tu veux, mais tu l'accepteras bien assez tôt".

Il se dirigea vers elle en prononçant ces mots, et elle recula jusqu'à ce que son dos touche le mur. Elle leva les mains lorsqu'il s'approcha, les utilisant pour maintenir l'espace entre eux. "Je ne t'accepterai jamais.

Il saisit une poignée de ses cheveux et lui tira la tête en arrière assez brusquement pour que son cuir chevelu se mette à piquer. "Non seulement tu m'accepteras, mais tu me supplieras bientôt. Nous sommes faits pour être des compagnons, et tu ne peux pas nier la connexion."

Elle lui lance un regard noir. "Je peux facilement le nier. Je ne veux rien avoir à faire avec toi, et en tant que métamorphe coyote, je ne suis pas obligée de reconnaître quelqu'un comme mon compagnon. Tu peux considérer que c'est un don de reconnaître quelqu'un que tu penses être ton compagnon, mais cela peut aussi être une malédiction quand cette personne te rejette. Pour votre gouverne, je vous rejette fermement. Je ne veux rien avoir à faire avec toi."

Il tira à nouveau brusquement sur ses cheveux, rapprochant son visage du sien. Sa bouche était à quelques centimètres de la sienne, ce qui faisait ressembler son nez pointu à un oiseau de proie. "Nous allons voir combien de temps ta bravade va durer.

Ses yeux s'écarquillèrent, et elle détesta le fait que ses phéromones aient dû trahir son sentiment de peur. "Allez-vous me torturer ?"

Il secoue la tête. "Tu es mon compagnon. Il est de mon devoir de te protéger, mais je ne veux pas non plus qu'on me refuse ce qui m'appartient." Sur ces mots, il posa ses lèvres sur les siennes.

Elle garda la bouche tendue sous lui, refusant d'assouplir ses lèvres ou de le laisser pénétrer la barrière qui séparait sa bouche de la sienne. Elle se tortille dans ses bras, désireuse de se dégager, et parvient finalement à le repousser en calant son bras et son épaule dans la bonne position. Elle s'essuya évidemment la bouche avec une pointe de mélodrame avant d'essuyer de la même main son short de pyjama. "Tu me dégoûtes, et je ne serai jamais volontairement ton compagnon".

Il haussa les épaules. "Que tu le veuilles ou non, tu es déjà ma compagne. Je t'ai marquée de ma morsure et je peux te trouver n'importe où. La consommation n'est qu'une formalité pour l'union, mais tu devrais t'y habituer maintenant."

"Habituée à quoi ?", demande-t-elle avec une forte dose de suspicion.

"Appartenant à moi. Je te laisse le temps de t'installer et de jouer à tes jeux stupides, mais je t'aurai, et je te garantis que tu me supplieras de le faire."

Elle frémit de dégoût. "J'implorerais la mort avant d'implorer cela."

"Nous verrons".

Le regard toujours fixé sur lui, elle demande : "Pourquoi avez-vous laissé mes amis en liberté ?"

"Ils ne sont pas vraiment libres. Ils sont toujours recherchés, parce qu'ils sont une ressource précieuse pour le programme, mais je ne pouvais pas risquer de vous perdre en les poursuivant ce soir. Ils sont toujours sur la liste, et nous allons les acquérir."

Lex se lèche les lèvres nerveusement. "Qu'est-ce que tu veux dire par "ils sont une ressource précieuse" ? Nous pensions que vous essayiez de nous tuer." Elle n'était même pas certaine qu'il réponde ou qu'il fournisse plus d'informations, mais puisqu'elle avait l'occasion de demander, autant la saisir.

Il hésita un instant, comme s'il réfléchissait à l'opportunité de répondre à sa question. Il haussa les épaules et dit : "Vous ne vous en rendez probablement pas compte, mais vous avez fait partie du premier groupe à recevoir les puces d'intelligence artificielle."

Un frisson d'horreur la parcourut et elle porta distraitement la main à sa tête, comme si elle pouvait creuser et sentir dans son crâne.

Il s'esclaffe. "Ne t'inquiète pas, Alexandrie. Le système immunitaire de votre métamorphe a dissous la puce et a refusé d'en accepter la direction. Il l'a reconnue comme un envahisseur étranger et l'a désactivée, peu importe ce que nos scientifiques ont essayé. C'est pourquoi nous sommes passés au lavage de cerveau, en essayant d'endormir le côté humain et de faire ressortir le côté animal. Même cela a donné des résultats mitigés.

"Je le sais. Nous ne pouvons pas être contrôlés, alors pourquoi voulez-vous nous acquérir plutôt que de nous éliminer ?"

"L'un de nos scientifiques a synthétisé une protéine avec laquelle nous encapsulons la puce d'IA. Votre système immunitaire la reconnaît comme bénéfique et ne fait donc pas d'histoires pour prendre la puce. Lorsque le système immunitaire se rend compte de ce qui se passe, il est trop tard. Nos puces ont déjà vaincu la capacité du métamorphe à les combattre.

"Les hybrides ont leur place, surtout pour inspirer la peur, mais les métamorphes sont des soldats plus précieux. Bien plus précieux, parce qu'ils peuvent entrer et sortir d'endroits où nos soldats hybrides ne peuvent pas aller. Nous pouvons vous envoyer sous couverture derrière les lignes ennemies sous vos formes animales, et vos maîtres contrôleront tous les aspects de ce que vous faites. Ils sont comme des pilotes de drones, sauf qu'ils pilotent les corps des soldats au lieu d'un avion".

Elle frémit. "Vous anéantissez complètement leur esprit juste pour utiliser leur corps. Avez-vous eu des succès ?"

Il hésita un instant, comme s'il se demandait s'il allait répondre. Finalement, il haussa les épaules. "C'est un long processus, mais il y a eu des réussites.

"Tu vas me faire ça ?"

Il fronce les sourcils. "Bien sûr que non. Tu es mon compagnon. Que je le fasse ou non à tes amis... cela dépend de toi. Coopère et rends-moi heureux, et peut-être que je les épargnerai. Combattez-moi, et je vous forcerai à regarder comment je dépouille systématiquement l'esprit de chacun d'entre eux."

Elle lui lance un regard noir. "Vous devez les attraper d'abord, et mes amis continueront à vous échapper. Vous ne pouvez pas les utiliser pour me forcer à coopérer."

Il se contente de lui sourire. "Tu serais surprise de ce que je peux faire, Alexandria".

Elle sentit les poils de sa nuque se hérisser tandis que le coyote tentait de revenir au premier plan. "Arrête de m'appeler comme ça".

"Pourquoi ? C'est ton nom, et il est bien plus beau que Lex. Tu es mon Alexandrie."

Elle eut un haut-le-cœur, ne sachant pas si c'était à cause de la note tendre de sa voix ou parce qu'elle avait perdu la bataille pour retenir le ragoût de nouilles au thon. Quelle qu'en soit la cause, elle réussit à peine à ne pas vomir.

Une fois de plus, il s'est rapproché d'elle, lui faisant perdre de l'espace. Elle se prépara à lutter, mais il se contenta de poser ses paumes contre le mur, de part et d'autre de sa tête, sans les toucher tout à fait. Son corps se pressa contre le sien, mais encore une fois, il ne se toucha pas tout à fait.

"Éloignez-vous de moi."

Il ignora ses paroles et frôla son nez lorsqu'elle s'écarta. "Laisse tomber le passé. Tu dois comprendre que je suis ton avenir, et accepter que je ne te laisserai jamais partir."

Elle lui lance un regard noir. "Et tu dois comprendre que je ne me rendrai jamais. L'idée que vous me touchiez de quelque manière que ce soit me rend physiquement malade."

Ses lèvres se serrèrent, mais ce fut le seul signe de colère qui apparut brièvement avant que son visage ne reprenne une expression plus neutre. Délibérément et méthodiquement, il baissa la tête et appuya ses lèvres sur le front de la jeune femme, dans une parodie de douceur. "Bonne nuit, Alexandrie. Rêve de moi."

"Ce seront des cauchemars. Je préfère mourir que d'accepter ce que vous proposez."

Il ne parla plus et s'éloigna sans se retourner. Une fois qu'il eut franchi le seuil et que la porte se fut refermée derrière lui en sifflant, elle laissa échapper un souffle qu'elle n'avait pas réalisé avoir retenu.

Malgré ses paroles, elle était profondément terrifiée. Elle ne craignait pas du tout qu'il lui fasse craquer l'extérieur ou qu'il la force à accepter ce qu'il envisageait. Au contraire, elle était simplement terrifiée à l'idée qu'il se lasse de jouer le jeu de lui donner l'illusion du choix et qu'il le lui prenne aussi. L'idée qu'il puisse violer son corps lui donna une nouvelle vague de nausée, mais ce fut la réalisation qu'il pourrait tout aussi bien violer son esprit et lui voler tout ce qui la rendait unique qui lui fit finalement perdre la bataille et vomir dans la poubelle.

Chapitre Quatre

ELLE A EU DE LA CHANCE et n'a vu personne jusqu'au lendemain. Elle s'attendait à ce que Caswell revienne cette nuit-là, mais il n'est pas revenu. Le lendemain matin, elle était agitée, s'ennuyait et était furieuse d'être retenue captive. Lorsque sa porte s'est ouverte, elle s'est accroupie, se préparant à bondir. Elle eut un moment de remords lorsqu'elle se jeta sur Aidan, utilisant ses dents contre son cou pour le maintenir immobile. Le coyote s'était libéré sans grand effort, et elle appréciait la liberté de mouvement que lui procurait sa forme.

L'employé était étonnamment calme et immobile sous elle, et elle le regarda d'un œil méfiant retirer soigneusement son badge et le lui tendre. Elle ne le prit pas, car cela signifierait qu'elle relâcherait son emprise sur sa gorge, et elle était certaine qu'il s'agissait d'un piège.

Il le tint encore un moment avant de le poser sur sa poitrine, où elle aurait pu facilement le saisir. Au lieu de cela, elle resta immobile, le tenant sous elle, la gorge serrée dans ses mâchoires. Elle n'avait pas encore rompu la peau ni ne l'avait blessé d'aucune manière, mais elle pourrait le faire en un clin d'œil si cela s'avérait nécessaire. Elle le tenait assez légèrement pour qu'il puisse parler, même si sa voix était un peu tendue.

"Je suis sûr que vous voulez mon badge et que vous voulez partir d'ici. Je comprends, mais vous n'y arriverez jamais tout seul. On dit qu'il y a eu une sorte d'effraction il y a quelques jours, et ils ont renforcé la sécurité presque du jour au lendemain. Il était déjà difficile de circuler ici, et maintenant c'est pratiquement impossible.

"Il y a ces animaux qui rôdent autour du périmètre et des métamorphes qui montent la garde. J'imagine que vous êtes rapide et léger, mais vous n'êtes pas à la hauteur de ce qui vous attend ici. Je ne sais pas ce que Caswell vous fera si vous tentez de vous échapper, mais ce ne sera probablement pas bon. Il a jeté la dernière tentative d'évasion dans la fosse."

Toujours méfiante, Lex se pencha en arrière et laissa sa forme humaine prendre forme. Ses doigts lui donnaient envie d'attraper le badge, mais elle avait d'abord besoin de plus d'informations. Sa nudité ne la dérangeait pas vraiment, car elle avait l'habitude de se déplacer sans vêtements pour faciliter ses déplacements, mais cela avait manifestement un effet sur lui.

Son regard tomba sur ses seins et il se déplaça sur le sol d'une manière qui laissait supposer qu'il était soudain mal à l'aise. Elle aurait dû être dégoûtée, mais lorsqu'elle huma ses phéromones et ne perçut rien d'autre que du pur désir, une lente chaleur brûla dans son ventre. Avec un grognement de frustration contre elle-même, elle s'étira et attrapa la chemise de pyjama qu'elle avait laissée sur la couchette. Elle n'allait pas risquer de le déchirer alors que c'était la seule chose à peu près décente qu'elle avait pour se couvrir. Les options dans les tiroirs étaient destinées à séduire, et la dernière chose qu'elle voulait faire était de donner à Caswell d'autres idées sur elle.

Après avoir enfilé sa chemise, elle a demandé : "Quelle est la fosse ?"

"C'est là qu'ils forment les maîtres-chiens qui manœuvrent les métamorphes et les soldats qu'ils contrôlent. Ils ont utilisé le dernier gars qui a essayé de s'échapper pour s'entraîner. En utilisant les soldats qu'ils contrôlent, les maîtres-chiens l'ont mis en pièces. Au moins, ils n'étaient pas sauvages."

Elle fronce les sourcils. "Qu'est-ce que tu veux dire par "sauvage" ?"

"Parfois, quelque chose ne va pas dans le processus, et l'I.A. ne prend pas le contrôle, ou le prend de la mauvaise façon, je suppose. Ils sont agressifs et incontrôlables, et ils sont généralement abattus immédiatement."

Elle frémit à la façon dont il a dit "*mis à terre*". "Tu veux dire tué". Elle ne prit pas la peine de poser une question, car elle connaissait déjà la réponse.

Il avait l'air malade quand il a hoché la tête. "Parfois, Caswell décide qu'il veut d'abord un peu de divertissement, alors il met deux animaux dans la fosse et ils se battent jusqu'à la mort. Puis il tue celui qui survit. C'est l'idée qu'ils se font du divertissement ici." Son ton dégoulinait de dégoût.

Elle se leva du sol froid en ciment et attrapa son short de pyjama, qu'elle enfila rapidement en lui tournant le dos, avant de se retourner pour faire face à Aidan. "Tu en sais beaucoup pour un type qui apporte des repas".

Ses lèvres s'entrouvrirent, et il sembla sur le point de dire quelque chose, mais son expression se ferma, et il détourna son regard d'elle en se levant du sol. "Je peux apporter autre chose que des repas, si tu veux. Tu veux des livres ou autre chose ?"

Elle acquiesce. "Tout ce qui peut m'occuper, et des vêtements". Elle fit un signe de la main en direction de la petite commode. "Le lieutenant-colonel Pervert l'a garnie de lingerie à plis centraux, et je ne me laisserais pas surprendre à porter ce genre de choses pour lui."

Aidan a l'air troublé. "Je ne vous en veux pas, mais il pourrait vous tuer si vous ne le faites pas.

Elle renifle. "Vu ce qu'il a prévu pour moi, c'est peut-être une bonne chose."

Aidan clipa à nouveau son badge sur sa chemise avant de se diriger vers le chariot à roulettes pour prendre un plateau qu'il lui tendit. Il agissait comme si elle ne s'était pas jetée sur lui, et il ne semblait pas avoir peur d'elle. Les gens sous-estimaient souvent Lex, mais c'était avant qu'ils ne réalisent qu'elle était un métamorphe coyote. C'était un secret soigneusement gardé, mais il l'avait vue se transformer et ne paniquait toujours pas. Elle pourrait admirer son courage s'il ne travaillait pas avec ces gens. Elle prit le plateau qu'il lui offrait, se préparant à quelque chose d'aussi horrible qu'un plat de nouilles au thon.

"C'est des flocons d'avoine et des œufs en poudre. C'est toujours dégueulasse, mais pas aussi mauvais qu'hier soir." Il lui tendit des couverts en plastique, mais il n'y avait pas de couteau. Pas même un couteau en plastique ? Qu'est-ce qu'il pensait qu'elle pouvait faire avec un couteau en plastique ? Elle secoua la tête, mais n'en fit pas un drame.

"Je peux te demander quelque chose ?"

Elle haussa les épaules en retirant l'emballage plastique du plateau et grimaça devant ce qu'ils considéraient comme de la nourriture. "Allez-y. Je pourrais ou non répondre."

"Qu'est-ce qu'il a prévu pour vous ? D'habitude, les personnes qu'ils amènent sont presque immédiatement intégrées au programme, et elles ne sont certainement jamais amenées dans une salle privée comme celle-ci. S'il y a un délai avant qu'ils ne commencent à s'occuper d'eux, ils sont emmenés dans les cellules de détention."

Ne voyant aucun inconvénient à lui répondre, et profitant de l'occasion pour retarder un peu plus la mise en bouche de ce qu'elle appelle la nourriture, elle dit d'un ton lourd de sarcasme : " Je suis la chanceuse qu'il a choisie pour être Mme Caswell. Apparemment, son ours détraqué lui a dit que j'étais sa compagne."

Il avait l'air horrifié. "Cela doit être terrible pour vous".

Elle laisse échapper un rire surpris. "Ce n'est certainement pas la meilleure chose qui me soit arrivée." Elle avala une bouchée de flocons d'avoine en grimaçant. "Cet honneur revient peut-être à essayer de manger ce repas. Je suppose que c'est un peu mieux que le ragoût de nouilles au thon. Tu crois que tu pourrais me faire passer de la vraie nourriture ?"

Il eut l'air regretté en secouant la tête. "Désolé, mais je ne peux pas."

Elle fronce un sourcil en le regardant. "Est-ce que je suis une sorte de régime spécial pour me préparer à être transformée ou quelque chose comme ça ?" Elle posa la question sur un ton désinvolte, mais elle était vraiment curieuse - et inquiète.

Il secoue la tête. "Ce n'est pas du tout ça. C'est juste que je suis coincé ici, comme toi."

Lex mâcha une bouchée de l'œuf, le trouvant légèrement plus appétissant que les flocons d'avoine, avant de répondre. "Vous êtes aussi un prisonnier ?"

"En quelque sorte. Je suis un entrepreneur civil, mais j'ai signé un contrat de Trois mois, et j'aurais dû lire les petits caractères. Une fois que vous êtes ici, ces Trois mois sont passés confinés dans l'installation. Je n'ai pas le droit d'aller et venir à ma guise."

Comme il avait été gentil avec elle et qu'il ne semblait pas aussi horrible que le reste des personnes impliquées dans le programme, elle se sentit presque mal à l'aise lorsqu'elle demanda : "Qu'est-ce qui te fait penser qu'ils te laisseront partir un jour ? Tu en sais trop."

Il pâlit légèrement, mais acquiesce. "J'y ai pensé. Ses yeux bleus trahissaient sa peur autant que la main tremblante qu'il passait dans ses boucles brunes déjà froissées. "Je suis sûr que tu as raison. Lorsque mes Trois mois prendront fin dans quelques semaines, ils prolongeront mon contrat, que je le veuille ou non, ou ils se débarrasseront de moi."

Elle n'essayait vraiment pas d'être une garce, même si son ton semblait un peu narquois lorsqu'elle a dit : "Ou peut-être qu'ils vont simplement te recruter pour le programme."

Il déglutit bruyamment. "Oui, j'y ai pensé aussi. Je ne vais pas me laisser faire."

Elle lui offre un sourire fade. "Bonne chance". Elle le salua avec une brique de lait qu'elle avait ouverte pendant qu'il parlait, prenant un moment pour en avaler une bouchée. Le temps qu'elle finisse, il avait sorti le chariot de la pièce et était parti sans un mot de plus.

En fait, elle ne pouvait pas lui en vouloir, parce qu'elle n'avait pas été trop gentille en le forçant à réfléchir à sa situation. Aussi merdiques qu'elles fussent, elles n'étaient pas aussi mauvaises que les siennes - mais ce n'était pas un concours. Il ne semblait pas vouloir lui causer d'ennuis, et il était manifestement dans une situation qu'il ne pouvait pas contrôler non plus. Il n'avait probablement aucune idée de ce dans quoi il s'engageait lorsqu'il avait accepté le poste au service alimentaire ou quel que soit son titre officiel, et une fois qu'il avait réalisé l'énormité de la situation, il n'y avait plus aucun moyen de s'en sortir. C'est pourquoi elle décida d'essayer d'être plus gentille avec lui la prochaine fois qu'il viendrait lui rendre visite, surtout s'il lui apportait de quoi lire et des vêtements de rechange.

SON PROCHAIN VISITEUR était aussi indésirable qu'il l'avait été la dernière fois, et elle ne prit pas la peine de cacher sa grimace de dégoût lorsque Jasper se glissa dans sa chambre plus tard dans la soirée. Elle se prépara à l'attaquer dès qu'il s'approcherait suffisamment. Elle le scruta à la recherche de signes évidents d'armes, mais à part ses mains serrées en poings, il ne semblait pas armé. Ses poings lui tordirent l'estomac, mais elle repoussa sa peur et se concentra sur le fait de lui faire face. Elle préférait mourir plutôt que de le laisser la toucher.

Il s'approcha, mais s'arrêta à quelques mètres d'elle. "Bonjour, Alexandrie".

Elle se contenta de lui montrer les dents, même si cela aurait été plus efficace sous sa forme de coyote. Elle était prête à se transformer en un clin d'œil, au diable les pyjamas, mais elle hésita, attendant de voir ce qu'il préparait.

"Est-ce une façon de me parler ? Ou de ne pas me parler ?" Il gloussa en levant la main, comme pour l'atteindre. Lorsqu'il lui fit signe de s'approcher avec ses doigts, elle recula d'un pas. Son dos était appuyé contre le mur, et elle se poussa dans le coin où les murs se rejoignaient, heureuse d'avoir la sécurité de son dos couvert. "Qu'est-ce que tu veux ?

"J'ai pensé que nous pourrions prendre un repas ensemble et avoir une conversation agréable." Devant son grognement, il haussa un sourcil. "Non ? Je suppose qu'il est trop tôt pour vous demander d'être civilisée."

"Il est difficile d'être civilisé quand on a été kidnappé et pris en otage par un fou.

Il fronce les sourcils. "Je ne suis pas fou. J'ai passé tous mes tests de profilage psychologique avec brio. Tu ne peux pas me traiter de fou, Lex. Je suis trop intelligent pour ça."

Elle fronce le nez. "Je préférerais presque que tu sois fou de suivre ce plan horrible plutôt que de penser que c'est quelque chose que tu as abordé avec logique et que tu as pensé être une bonne idée."

"Notre accouplement ?"

Elle secoue la tête. "Pas seulement notre accouplement, mais l'ensemble de l'installation et le projet Enhanced. Comment peux-tu faire ce que tu fais ?" Elle secoue à nouveau la tête. "Il est plus facile de penser qu'il y a quelque chose de mentalement déficient chez vous que d'envisager l'idée que vous aimez votre travail."

Il haussa les épaules. "Qu'y a-t-il à ne pas apprécier ? Je suis plus fort que je ne l'ai jamais rêvé, j'ai de nouveaux pouvoirs et de nouveaux sens étonnants, et je suis responsable d'un programme précieux qui aidera notre pays."

Lex se moque de lui. "Tu aides ton pays aux dépens de tous les soldats et métamorphes détruits dans le processus. C'est ce qui me fait penser qu'il faut être fou pour accepter ce genre de travail."

Il a haussé les épaules. "Je ne suis pas d'accord. C'est un mal nécessaire, mais nous avons perfectionné le processus et nous n'aurons plus besoin d'autant de soldats purement humains à l'avenir. Imaginez un monde sans guerre."

Elle roule des yeux. "C'est naïf, et je ne crois pas que ce soit possible tant que l'humanité n'aura pas évolué, mais il n'y aura pas de guerre pour autant. Elle sera juste menée par des gens différents."

Il bâilla, comme s'il s'ennuyait de toute cette conversation. "Ce ne sont pas des gens, du moins plus maintenant. Ils sont plus que des personnes. Mieux que ça. Un de nos super-soldats vaut au moins six soldats humains, et les soldats métamorphes ont tendance à être encore plus forts. Même la coéquipière que vous avez 'libérée' il y a quelques nuits était encore un atout bien qu'elle n'ait pas terminé sa programmation."

La bouche ouverte, elle voulut en savoir plus sur la programmation de Loris, mais il continua avant qu'elle ne puisse le faire.

"Vous et votre groupe êtes la preuve de la valeur des soldats métamorphes. Même sans être complètement améliorés, et sans l'influence de l'intelligence artificielle, vous avez tous réussi à détruire un certain nombre de nos super-soldats, et vous restez tous en liberté - sauf toi, douce Alexandria. Bien sûr, j'ai dû officiellement enregistrer votre mort."

Elle plisse les yeux en le regardant. "Pourquoi cela ?"

"Vous intéressez les gens qui financent notre projet. Vous et les autres membres du projet Shift. Franchement, ils sont impressionnés par la façon dont vous avez réussi à échapper à la capture, et ils veulent voir ce que vous pourrez faire une fois que nous vous aurons tous améliorés et que nous vous aurons placés sous le contrôle de l'I.A. Mais je ne peux pas les laisser t'avoir. Pour les archives officielles, Alexandria Hall est morte. Ils ne surveillent pas mes affaires d'assez près pour découvrir autre chose, alors tant que vous restez cachés, vous n'êtes plus une cible."

Son estomac se serra lorsqu'il posa une main sur son épaule, et elle le repoussa d'un haussement d'épaules. "Je suis toujours ta cible, et l'idée d'être ton compagnon rend la mort attrayante."

Il se déplaça rapidement, son corps la plaquant contre le mur alors même qu'elle s'éloignait de son coin. Elle commença à se déplacer, mais poussa un cri de surprise lorsqu'il lui enfonça quelque chose dans la carotide. Elle fut d'abord persuadée qu'il l'avait tuée d'une manière ou d'une autre, mais elle réalisa rapidement que ce n'était qu'une aiguille. Cela faisait un mal de chien, et il y aurait plus de saignement que d'habitude pour une injection, mais elle n'allait pas en mourir. À moins qu'il n'y ait quelque chose de mortel à l'intérieur. "Qu'est-ce que c'était ? Sa voix était rauque alors qu'une douleur fulgurante l'envahissait, se propageant vers l'extérieur à partir du site de l'injection.

"C'est un simple suppresseur. Je ne peux pas te laisser te déplacer et essayer de t'échapper."

Ses yeux s'écarquillèrent et elle n'arriva pas à prononcer un mot, se demandant s'il avait découvert ce qui s'était passé ce matin-là.

Comme il n'en a pas parlé, elle a supposé qu'Aidan n'avait pas signalé l'incident. "Combien de temps cela va-t-il durer ? Elle était à peine capable de forcer les mots à travers sa gorge distendue. L'endroit où il l'avait injectée avait déjà gonflé, et elle craignait de faire une réaction allergique. Allait-il la laisser mourir d'un choc anaphylactique ou allait-il faire un effort symbolique pour la sauver ?

S'il croyait sincèrement qu'elle était sa compagne - et il semblait le croire - il ferait probablement tout ce qui était en son pouvoir pour la garder en vie. Dans ces circonstances, elle n'était pas certaine que ce soit une bonne chose, même si elle était loin d'être prête à mourir.

"L'injection dure environ douze heures, mais j'ai l'intention de vous donner des médicaments pendant que vous êtes ici avec moi. Vous pouvez prendre les pilules comme une bonne fille demain matin, ou je peux revenir et vous faire une autre injection."

Sa voix s'est abaissée lorsqu'il s'est rapproché, effleurant sa joue de ses lèvres. "J'espère que tu me laisseras faire la piqûre, parce que ça va bientôt t'assommer, et je t'aurai pour moi tout seul. Tu ne pourras pas te plaindre ou me dire non. Je pourrai faire ce que je veux de toi". Il prit sa main dans la sienne, la pressant contre le devant de son pantalon pour lui montrer à quel point il était excité. "Je préférerais que tu sois éveillée et consentante, et je ne te revendiquerai pas tant que tu ne le seras pas, mais je ne suis pas assez stupide pour gâcher une occasion quand elle se présente.

"Vous..." Ce fut le seul mot qu'elle réussit à faire sortir de ses lèvres avant de s'effondrer sur le côté. S'il n'avait pas été là pour arrêter sa chute, elle aurait heurté le sol. Elle aurait préféré cela plutôt que d'être soulevée dans ses bras et portée jusqu'à son lit. Elle était encore assez éveillée pour s'apercevoir qu'il la déposait sur le matelas avant de s'asseoir à côté d'elle. Elle ouvrit les yeux suffisamment pour le fixer lorsqu'il posa sa main sur son sein, mais ne put rien dire.

Son expression était pleine d'une fausse sympathie tandis qu'il faisait glisser sa main le long de son corps d'une manière inappropriée. "J'ai entendu dire que le premier coup de suppresseur était le pire. Les métamorphes n'ont pas l'habitude d'être coupés de leur côté animal, et il faut une bonne dose la première fois qu'on y est exposé. Tu vas dormir longtemps. Probablement jusqu'au matin. Après ça, si tu prends les pilules, tu auras des effets secondaires, mais pas aussi graves qu'en ce moment."

Elle essaya de faire coopérer son corps et de le repousser, mais tout ce qu'elle réussit à faire fut un faible mouvement de son bras avant qu'il ne tombe sur le lit tandis que sa main se glissait dans la ceinture de son caleçon de nuit. Elle était heureusement inconsciente une seconde plus tard.

Chapitre Cinc

LEX SE RÉVEILLA LENTEMENT, avec la sensation d'une gueule de bois matinale, alors qu'elle n'avait certainement pas fait la fête la veille. Tout lui revenait en un clin d'œil, mais cela ne signifiait pas que son corps était capable de se déplacer rapidement pour l'instant. Elle leva la main, heureuse qu'elle obéisse à son ordre, et l'utilisa pour enlever la mèche de cheveux de son visage. Elle dormait normalement avec une queue de cheval, et ses cheveux s'étaient emmêlés autour d'elle, mais les nœuds dans ses cheveux étaient le cadet de ses soucis. D'abord, elle devait se lever. Ensuite, elle pourrait s'occuper de se peigner, mais ce n'était pas le plus important.

Elle réussit à s'asseoir, mais la pièce sembla tourner follement autour d'elle pendant un moment avant que le vertige ne disparaisse. Elle baissa lentement les yeux, horrifiée de constater qu'elle était nue et qu'il n'y avait aucune trace de son pyjama. S'il l'avait emporté ou s'en était débarrassé, elle n'avait plus d'autre choix que les vêtements ridiculement minces de la commode ou le drap de lit comme paréo.

C'était ce qu'elle préférait pour l'instant, et elle la retira soigneusement de la couverture avant de se lever et de l'enrouler autour d'elle. Dès qu'elle fut debout, la pièce se remit à tourner et elle posa une main contre le mur pour s'arc-bouter. Des nausées remontèrent au fond de sa gorge, mais elle n'avait pas mangé depuis le petit déjeuner de la veille, il n'y avait donc rien à évoquer. Paradoxalement, son estomac grondait à l'idée de manger, malgré la nausée.

Elle resta immobile un moment, fermant les yeux tout en essayant de prendre les mesures internes de son corps. Ses mamelons étaient un peu douloureux, et elle se sentait légèrement sensible entre ses jambes, mais elle était presque sûre qu'il ne l'avait pas complètement violée. Le fait qu'il ait fait quoi que ce soit pendant qu'elle était inconsciente suffisait à lui donner des haut-le-cœur.

Au bruit de la porte qui s'ouvrait, ses yeux s'ouvrirent brusquement. Dans son état actuel, elle serait une proie facile, d'autant plus qu'elle ne parvenait pas à faire appel à son coyote. Ce fut un soulagement de voir Aidan à la place, bien qu'elle n'ait même pas réussi à esquisser un sourire tremblant. Cela nécessitait un contrôle musculaire qu'elle n'avait pas encore retrouvé.

Il lui jeta un regard compatissant en s'enfonçant dans la pièce. Lorsqu'il posa sa main sur son bras pour la soutenir, elle s'effondra contre lui. Son contact ne la rebutait pas comme celui de Caswell, et la gentillesse dans ses yeux suffisait à le distinguer de l'homme qui l'avait mise dans cette situation.

"Il t'a donné un suppresseur, hein ?"

Elle acquiesça à la question, puis gémit lorsque la pièce se mit à tourner. Il la ramena avec précaution sur le lit, l'asseyant sur le bord, mais sans la rejoindre. Il semblait faire tout son possible pour lui assurer qu'il ne lui voulait aucun mal. "Merci", dit-elle d'une voix rauque. Sa gorge était encore gonflée et elle leva la main pour toucher l'endroit où il lui avait fait l'injection. Il était boursouflé au toucher, et elle siffla lorsque ses doigts l'effleurèrent.

"Je t'ai apporté un petit déjeuner et de la contrebande." Son sourire enjoué n'était pas à la hauteur, et il était clair qu'il faisait semblant d'être heureux dans le but de la mettre à l'aise, ou peut-être simplement de rendre la situation plus facile pour elle.

"De l'eau ?"

Il acquiesça, laissa le plateau à roulettes près de son lit et se dirigea vers le petit réfrigérateur. Il revint quelques instants plus tard avec une bouteille d'eau entamée et l'aida à la tenir tandis qu'elle buvait à grandes gorgées. Lorsqu'elle eut fini la bouteille, ses muscles ne tremblaient plus et elle était capable de tenir la tasse toute seule, mais elle était loin d'être rétablie.

Son regard se porta sur la petite tasse blanche posée sur le chariot à côté d'un autre plateau enveloppé de cellophane. Elle fixa le gobelet, reconnaissant instantanément qu'il s'agissait du même type de gobelet que celui utilisé par l'hôpital pour distribuer les médicaments lorsqu'elle était là avec sa mère, alors qu'Evelyn endurait les derniers stades de son cancer du pancréas, lorsque Lex était encore au lycée.

Son premier réflexe fut de l'engueuler et de ramasser le gobelet, le lançant aussi loin d'elle qu'elle le pouvait. C'était son instinct, mais elle força la logique à s'exprimer en demandant : "Ce sont les pilules ?".

Il lui adressa un hochement de tête plein de regrets en les attrapant, mais ne les lui remit pas tout de suite. "Vous êtes censée en prendre Trois au petit déjeuner et Trois au dîner. Si vous ne les prenez pas, je suis censé le dire à Caswell, et je suppose que vous aurez à nouveau l'injection."

Elle lui lança un regard noir, bien qu'elle n'en voulût pas vraiment à Aidan lui-même, si ce n'est pour le rôle qu'il avait joué dans toute cette opération. Elle lui montra les dents, luttant de toutes ses forces pour faire apparaître son coyote - non pas parce qu'elle voulait l'attaquer, mais simplement parce qu'elle voulait savoir si elle en était encore capable. Malheureusement, bien qu'elle sente une lente agitation dans ses cellules, il n'y a pas de réponse immédiate, et elle n'arrive pas à faire bouger sa forme.

Aidan retourna au réfrigérateur pour lui apporter une autre bouteille d'eau. Elle la prit, mais lorsqu'elle voulut attraper les pilules, ses yeux s'écarquillèrent lorsqu'elle vit Aidan les prendre dans sa main et les mettre dans sa poche. Il se pencha, gardant sa voix basse. "Pour autant que je sache, il n'y a pas de caméras dans les chambres, mais il pourrait y avoir des micros, alors fais attention à ce que tu dis. Vous devez faire comme si vous ne pouviez pas vous déplacer. Attends le bon moment, et quand j'aurai tout réglé, je viendrai te chercher."

Il se releva une seconde plus tard, faisant mine de ramasser le gobelet blanc vide qu'il avait laissé tomber sur le sol en s'agenouillant. Peut-être jouait-il pour les caméras dont il ne pensait pas qu'elles étaient là.

Un million de questions lui brûlaient les lèvres, mais elle n'osait pas y répondre au cas où Caswell l'observerait quelque part. Pour ajouter au spectacle, elle lui prit le gobelet en papier blanc et le porta à ses lèvres, le rejetant comme si elle avait pris les pilules qu'il contenait avant d'engloutir un peu d'eau. Le sourire d'approbation d'Aidan la réchauffa plus que de raison.

Il s'éloigne d'elle, pose la tasse vide sur le plateau et prend un moment pour enregistrer quelque chose sur la tablette.

"Qu'est-ce que tu fais ?"

"Enregistrer l'heure à laquelle vous avez pris vos pilules. Je dois suivre tout cela, ou je le ferais si vous étiez une recrue régulière." Il grimaça en prononçant le dernier mot, et elle tressaillit. Ils savaient tous les deux que le processus n'avait rien de volontaire, et que les personnes qui y étaient soumises ne pouvaient techniquement pas être appelées des recrues. Il s'agissait simplement d'un euphémisme pour faire oublier aux responsables ce qu'ils faisaient subir aux gens.

"Je vous ai apporté quelque chose." Tout en parlant, il se pencha et ouvrit un côté du chariot à roulettes, se relevant un instant plus tard les bras chargés. Il apporta les offrandes au lit et les déposa à côté d'elle.

Elle ne savait pas si elle était plus heureuse de voir les deux ensembles de gommages, une poignée de magazines et Trois livres, ou la barre protéinée au chocolat et au beurre de cacahuète. Elle ne les avait jamais vraiment appréciées auparavant, mais lorsqu'elle les prit et déchira le papier, inhalant pratiquement la première bouchée, elles avaient meilleur goût qu'un steak d'aloyau. "Où ? demanda-t-elle en avalant une bouchée, même si c'était terriblement impoli.

Il sourit. "Je l'ai volé dans l'une des couchettes des soldats. Une partie de mon travail consiste à nettoyer après ces connards, et vu le bordel qu'ils font, je me dis qu'ils ne vont pas manquer de petites choses comme ça de temps en temps." Il lui fit un clin d'œil.

Elle gloussa en prenant une autre bouchée, savourant l'explosion de chocolat, de beurre de cacahuète et le goût subtil de carton que la plupart des barres protéinées avaient. C'était tout de même délicieux par rapport à ce qu'elle avait mangé jusqu'à présent. "Merci.

Il haussa les épaules. "Je suis heureux d'aider quand je le peux. Je suis libre la majeure partie de la matinée après avoir fait ma tournée, car il ne reste plus beaucoup de gens qui ont besoin de ce genre de repas." Son expression se ferma brusquement et il se racla la gorge.

Elle fronce les sourcils en finissant la dernière bouchée de sa barre protéinée. "Qu'est-ce que tu veux dire ?

"La plupart d'entre eux sont nourris par intraveineuse lorsqu'ils subissent des améliorations. Leur corps change et ils ne peuvent plus manger de vrais aliments".

"Combien de personnes à part moi ont encore besoin de plateaux ?"

Il hésita un instant, son regard parcourant la pièce, avant de baisser la voix. "Deux, mais j'ai entendu dire qu'il y en aurait bientôt d'autres."

La barre protéinée resta comme une boule détrempée dans son estomac tandis qu'elle absorbait ses paroles. "Combien y en a-t-il dans l'établissement ?

Une fois de plus, il regarde autour de lui avant de répondre. Il prit une grande inspiration. "Je pense qu'ils ne surveillent pas votre chambre, sinon nous aurions déjà entendu parler d'eux à l'heure qu'il est. Je ne suis pas censé interagir avec qui que ce soit. Si Caswell l'avait su, il ne m'aurait pas laissé revenir aujourd'hui."

Elle acquiesce. "Je pense que vous avez raison de dire qu'il n'y a pas de caméras ou de microphones ici. Il veut que j'aie l'illusion d'être libre de le choisir. Je sais qu'il finira par en avoir assez et qu'il prendra ce qu'il veut, ou qu'il essaiera de le prendre, mais pour l'instant, il joue les gentilshommes et il essaie de me faire la cour. Je pense qu'il a décidé de ne pas m'espionner".

Elle en était certaine à 99 %, mais pas absolument sûre. Elle ne pouvait pas l'être après la façon dont il l'avait caressée alors qu'elle sombrait dans l'inconscience. Ce n'était pas le comportement de quelqu'un qui essayait de convaincre une femme d'être sa compagne. C'étaient les actes pervers de quelqu'un qui n'avait pas l'intention d'accepter un refus comme réponse. Elle soupçonnait que les motivations de Caswell n'étaient pas tant de la convaincre qu'il était un bon compagnon que de jouer avec elle et d'apprécier le plaisir du jeu. Cependant, elle ne pensait pas qu'il écoutait ses conversations ou qu'il observait ses moindres mouvements, sinon il aurait probablement fait ce qu'Aidan avait dit et serait déjà intervenu. Il ne voulait pas qu'elle se lie d'amitié avec le personnel.

Avec un signe de tête, il dit : "Cent cinquante-deux, plus toi et les deux autres qui n'ont pas encore entamé la dernière étape de l'amélioration. C'est à ce moment-là qu'ils cessent de manger, et c'est à ce moment-là que ce qu'ils étaient disparaît."

Encore une fois, elle voulait en savoir plus, sonder le terrain et découvrir comment il savait tout cela. Le fait qu'il connaisse le nombre exact lui disait qu'Aidan était bien plus qu'un simple entrepreneur civil. Il les avait peut-être comptés lors de ses rondes quotidiennes, mais il semblait y avoir quelque chose de plus, une pièce qui lui manquait. Elle ne pouvait pas attendre l'occasion d'en savoir plus, mais elle ne pouvait pas risquer de le dénoncer s'il n'était pas qu'un simple contractant. "Savez-vous où se trouve le lieutenant-colonel ?

Il acquiesce. "Caswell se régénère de zéro heure trente à onze heures trente chaque jour. D'après ce que je sais, il a besoin d'un cycle de repos plus long et de plus de nourriture, y compris de la vraie nourriture, parce qu'il n'a pas bénéficié des améliorations de l'I.A. Son corps n'est pas une machine aussi efficace que les autres sujets. Son corps n'est pas une machine aussi efficace que le reste des sujets."

"Donc ce sont les heures où je suis libre de lui". Au hochement de tête d'Aidan, elle demanda : "Penses-tu pouvoir me faire sortir d'ici ?"

Il fronce les sourcils. "Je t'ai déjà dit qu'il y avait beaucoup trop de gardes. Personne ne fait attention à ce que je fais, ou au temps que je passe dans une pièce, mais si j'essaie de te faire sortir, ou de m'échapper, ça attirera leur attention PDQ."

Lex acquiesce. "Je comprends, mais j'aimerais voir les sujets dans les chambres, voir le processus de près. J'ai besoin de ces informations quand je sortirai d'ici."

Il faut lui reconnaître le mérite de ne pas s'opposer à sa confiance.

Il se mord la lèvre, l'air indécis. "Je vais voir ce que je peux faire. Ce ne sera pas tout de suite, mais je vais essayer de trouver un plan. En attendant, j'ai besoin que tu agisses naturellement, et surtout n'oublie pas que tu ne peux pas te transformer en coyote. S'il découvre que tu ne prends pas ton suppresseur, il te forcera à prendre les injections à la place, et il me tuera. Je travaille sur un plan, mais tu dois me donner du temps. Tu peux le faire ?"

Bien qu'elle n'ait aucune raison de lui faire confiance, hormis ses simples gestes de gentillesse, la détermination et la sincérité dans ses yeux ne laissaient planer aucun doute. Elle acquiesça, même si elle avait envie de le presser pour obtenir des réponses et des explications plus détaillées. Si, ou quand, il parvenait à la faire sortir de la pièce, peut-être aurait-elle l'occasion de lui demander ce qu'il savait. En attendant, elle devait simplement supporter les moqueries de Caswell et sa propre captivité, tout en gardant son coyote sous contrôle.

Elle avait un excellent contrôle sur l'animal, ce qu'elle avait appris en devenant un métamorphe à la puberté, mais le fait de savoir qu'elle ne pouvait pas se laisser aller à ce côté d'elle-même l'emplissait de la douleur sourde du chagrin, rendue plus aiguë par une pointe de colère. La colère était dirigée uniquement contre Caswell et le groupe d'agents secrets qui orchestrait la misère de tant d'humains et de métamorphes, mais elle craignait qu'elle n'ait débordé sur son expression, car Aidan se raidit et commença à reculer, se dirigeant rapidement vers la porte.

Elle reprit le contrôle des émotions qui tentaient de la submerger lorsqu'il atteignit le clavier de la porte, pressant sa main contre le panneau biométrique. "Je peux le faire. Merci, Aidan."

Il acquiesça, mais ne répondit pas, parce que la porte s'ouvrait et que les chances que quelqu'un écoute ou passe augmentaient de façon astronomique dès que la barrière métallique s'ouvrirait. Il ne se retourna pas vers elle et ne la reconnut pas d'une autre manière, mais elle vit sa main tapoter discrètement la poche contenant les pilules qu'elle était censée prendre, tandis qu'il s'engageait dans le couloir, et que la porte se refermait derrière lui.

Elle pouvait lui faire confiance. Elle s'en remettait strictement à son instinct pour cela, ainsi qu'à ses propres observations et à la façon dont il l'avait traitée jusqu'à présent. De plus, vu les circonstances, elle n'avait pas d'autre choix. Il n'y avait personne d'autre à qui elle pouvait faire confiance dans l'établissement à part elle-même, et pour l'instant, elle était la prisonnière de Caswell et n'allait nulle part, quoi qu'elle fasse.

Chapitre Six

CASWELL REVIENT CE soir-là, mais cette fois, il apporte le dîner et insiste pour manger avec elle. À mi-chemin du déballage des boîtes de plats à emporter qui portaient l'étiquette d'un restaurant italien qu'elle ne connaissait pas, il s'est figé. Son regard s'est arrêté sur elle et il l'a observée de la tête aux pieds en fronçant les sourcils. "Où as-tu trouvé ces blouses ?"

Une boule s'est formée dans sa gorge et son estomac s'est mis à trembler de nervosité lorsqu'elle s'est rendu compte que dire la mauvaise chose pourrait causer des ennuis à Aidan. Elle croisa les bras sur sa poitrine et s'efforça d'adopter un ton non défensif. "Je les ai trouvés.

Il sembla un instant sur le point d'argumenter, puis haussa les épaules. "Je suppose que c'est mieux ainsi. Je n'aime pas l'idée que mon personnel de soutien vous voie dans des vêtements que vous ne devriez porter que pour moi. Vous avez ma permission de les porter, mais j'attends de vous que vous vous habilliez de façon plus séduisante pour moi."

Elle résista difficilement à l'envie de lever les yeux au ciel ou de répliquer. Au lieu de cela, elle s'installa sur le lit tandis qu'il tirait la seule chaise de la pièce près du plateau qui lui servait de table. Il poussa un juron en se cognant le genou sur la barre du plateau. "Il n'y a pas assez de place pour quoi que ce soit ici.

Elle haussa les épaules. "C'est toi qui m'as coincée ici, alors ne te plains pas. Surtout quand tu t'invites à dîner avec moi".

Apparemment, il était de bonne humeur, car il s'est contenté de glousser. "Vous pouvez changer de quartier quand vous voulez".

Elle prend le verre de vin qu'il a versé et le tient dans sa main avant de répondre. "Pourquoi je ne vous crois pas ?" Elle ne fit aucun geste pour siroter le vin avant qu'il n'ait pris un verre à son tour, faisant de son mieux pour s'assurer qu'il ne lui glisserait pas quelque chose qui la droguerait à nouveau.

"Aucune condition n'est requise. Enfin, pas beaucoup. Tout ce que tu as à faire, c'est d'accepter d'être ma compagne et de me supplier de te réclamer."

Tandis qu'il leur servait du poulet alfredo dans des assiettes en polystyrène, elle s'est efforcée de faire le tour de l'appartement. "Ce n'est pas si mal. C'est vraiment confortable."

Son soupir était teinté d'exaspération, mais il ne semblait pas exaspéré outre mesure lorsqu'il secoua la tête en poussant une assiette dans sa direction. "Vous êtes très têtue, Alexandrie.

Elle avait envie de lui dire qu'il délirait, mais elle n'était pas en état de se défendre aussi agressivement. Après la façon dont il l'avait droguée la nuit dernière, elle ne savait pas quels autres cocktails pharmaceutiques il avait à sa disposition, et elle ne pouvait pas risquer de laisser sortir le coyote avant d'être sûre d'avoir un plan de sortie. Si Caswell découvrait qu'Aidan ne lui donnait pas les pilules, il confierait certainement à quelqu'un d'autre le soin de s'occuper d'elle, et on ne pouvait pas savoir ce qu'il ferait à Aidan.

Cela semblait être sa version d'un rendez-vous galant, et il passa le repas à lui poser des questions sur elle-même. Elle répondait aussi brièvement que possible, et bien qu'elle ne fasse aucun geste pour poser ses propres questions, cela ne semblait pas le déranger. Chaque fois qu'elle répondait à une question qu'il lui avait posée, par exemple si ses parents étaient encore en vie ou sa couleur préférée, il était obligé d'en faire autant. À la fin du repas, elle aurait dû mieux le connaître, si elle avait pris la peine de prêter attention à ses réponses. Au lieu de cela, elle comptait mentalement les secondes avant qu'il ne la laisse à nouveau seule.

Combien de temps se contenterait-il d'essayer de la persuader de l'accepter au lieu de la forcer ? C'était une proposition effrayante, et cela alimentait son besoin de s'échapper. Elle voulait sortir de là de toute façon, mais il fallait absolument trouver une issue avant qu'il ne perde patience avec cette mascarade et ne prenne ce qu'il croyait avoir le droit de posséder.

Alors qu'il faisait des gestes pour partir, elle resta absolument immobile lorsqu'il se pencha sur elle pour déposer un baiser sur sa joue. Il lui fallut tout ce qu'elle avait pour rester immobile et ne pas reculer, ni le frapper pour l'éloigner d'elle. Lorsqu'il toucha ses cheveux, laissant les mèches tomber entre ses doigts, elle se promit silencieusement de les raser dès qu'elle en aurait l'occasion, juste pour pouvoir effacer son contact. C'était peut-être un peu exagéré, mais c'était une réaction raisonnable sur le moment.

Il avait l'air déçu lorsqu'il a dit : "J'ai entendu dire que vous avez été une bonne fille et que vous avez pris votre suppresseur ce matin. Votre accompagnateur reviendra plus tard avec la dose de nuit. À moins que vous ne préfériez l'injection ?" La façon dont il a formulé la question était un mélange étrange d'espoir et de résignation, car il connaissait déjà la réponse à cette question.

Elle lui lance un regard noir. "Je vais prendre ces foutues pilules". Son estomac tressaillit à l'annonce de la visite d'Aidan ce soir-là. Il était son seul allié ici, mais il était si mystérieux, et tout ce qu'il savait restait entouré de secret, qu'elle ne pouvait pas non plus lui faire entièrement confiance.

Sachant cela, cela n'expliquait certainement pas pourquoi elle avait un sursaut à l'idée de le voir. Était-elle vraiment assez superficielle pour être attirée par lui dans ces circonstances sans savoir pourquoi il était là, ni quel était son but ?

Après un bref moment de réflexion, elle décida que oui. Cela ne signifiait pas qu'elle allait agir en conséquence, et elle n'avait pas complètement baissé sa garde avec lui. Pour ce qu'elle en savait, il pouvait agir en tant qu'agent double ou s'infiltrer dans ses bonnes grâces pour gagner sa confiance. Elle n'arrivait pas à comprendre pourquoi Caswell lui demandait de faire cela, mais le fait de savoir que c'était une possibilité lui permettait de rester sur ses gardes.

Finalement, Caswell s'éloigne d'elle et se dirige vers la porte. Il s'arrêta, la main sur le panneau, avant de se tourner légèrement pour la regarder par-dessus son épaule. "N'oubliez pas de porter une tenue plus attrayante pour le dîner de demain soir.

Elle ignore ces mots et se concentre sur la question du temps. "Cela signifie-t-il que je n'aurai pas la joie de votre compagnie jusqu'à demain soir ?"

Il acquiesce. "J'ai des choses à faire demain, mais je serai avec vous dès que possible, Alexandria."

Elle n'essaya pas de feindre un sourire ou un quelconque enthousiasme. Elle hocha simplement la tête dans sa direction, ne respirant plus jusqu'à ce qu'il soit sorti de la pièce, la porte se refermant derrière lui dans un sifflement hydraulique.

Puis elle s'affaissa sur le plateau avec les restes de son assiette et le verre de vin presque plein qu'elle avait à peine bu. Malheureusement, il s'agissait d'un gobelet en plastique, et même si elle parvenait à le briser, il ne produirait pas d'éclats assez tranchants pour servir d'arme. Caswell semblait avoir pensé à tout.

Sauf Aidan. Il ne s'attendait pas à ce que la personne qui lui apportait ses repas et s'occupait de ses autres besoins lui soit d'une quelconque aide. Et bien qu'il n'ait pas encore été d'une grande aide, elle plaçait ses espoirs d'évasion en lui.

Elle fit les cent pas dans la petite pièce pendant les quarante-cinq minutes qui suivirent, jusqu'à ce qu'elle entende la porte s'ouvrir en sifflant. Elle retint son souffle un instant, s'attendant à voir Aidan, mais sachant qu'il pouvait encore s'agir de Caswell. Elle laissa échapper le souffle qu'elle avait retenu dans ses poumons avec un petit bruit sourd lorsqu'Aidan franchit le seuil.

C'était un peu étrange de le voir sans le chariot à roulettes, puisqu'il n'avait qu'un gobelet en papier blanc dans une main et une bouteille d'eau dans l'autre. Il referma la porte derrière lui, la paume de la main sur le scanner, avant de traverser la pièce pour la rejoindre là où elle se tenait, près du lit.

Il lui tendit l'eau et attendit qu'elle ait dévissé le bouchon pour lui tendre le gobelet en papier. En lui tendant le gobelet, il l'a fait basculer dans sa paume et a fait disparaître les pilules une fois de plus. Lorsqu'il porta la main à sa poche, elle fit mine de prendre les pilules qui n'étaient pas là, les avalant avec un peu d'eau de la bouteille.

En se penchant devant lui pour déposer la bouteille sur le plateau, elle réalisa à quel point il était proche. La chaleur de son corps s'insinuait dans le sien, et lorsqu'elle inspira profondément, elle put sentir le désir qui teintait ses phéromones. Il l'appelait, mais se souvenant de son vœu de rester sur ses gardes, elle recula d'un pas. "Pouvez-vous me faire visiter le bâtiment demain ? Caswell a dit qu'il avait des choses à faire."

Les yeux d'Aidan s'écarquillèrent, mais il acquiesça. Il parlait toujours à voix basse, mais la technologie d'enregistrement aurait sûrement capté tout ce qu'il disait si elle avait été présente dans la pièce. Si cela avait été le cas, ils l'auraient tous les deux déjà su, après leur conversation de la veille. "Un groupe d'investisseurs vient demain pour une démonstration en direct.

Il fronce les sourcils. "Ils seront occupés dans le secteur G, et même s'il y aura des gardes, je devrais pouvoir au moins vous montrer les installations. Comme personne ne sait que tu es en vie, ils ne connaissent pas ton nom. Je vous apporterai des vêtements, et vous n'aurez qu'à faire semblant d'être à votre place. Je doute que nous soyons contestés, surtout si nous nous faisons passer pour des agents d'entretien. Ils ont tendance à nous regarder en face."

Elle acquiesce. "J'espère que nous pourrons trouver un moyen de nous échapper demain."

Il fronce les sourcils. "Je pense qu'il n'en sera pas question demain. Avec l'arrivée des investisseurs, la base militaire sera verrouillée et toutes les troupes seront à leur disposition, à l'intérieur comme à l'extérieur de l'installation. Ils ne s'intéresseront pas beaucoup à la recherche. Oh, ils auront droit à une démonstration de la recherche dans le secteur G, mais l'usine de fabrication, si on peut l'appeler ainsi, ne les intéressera pas."

Elle fronce les sourcils. "Les investisseurs ? Je ne comprends vraiment pas. Je croyais qu'il s'agissait d'une opération militaire ?"

Il a semblé indécis pendant un moment avant de dire : "Je vous dirai ce que je sais demain, mais il semble que Caswell cherche un investissement dans le secteur privé. Un investissement non autorisé."

"Vous pensez qu'il a l'intention de vendre les recherches à un pays étranger ?"

Il haussa les épaules. "Je ne sais pas qui c'est, ni ce qu'ils veulent, mais j'ai essayé de le découvrir."

"Vous en savez beaucoup pour un gars de la maintenance."

Il lui fait un clin d'œil. "Je t'en dirai plus demain aussi. Je sais où se trouvent les endroits sûrs pour parler, là où il n'y a pas de caméras ou de micros qui enregistrent tout."

"Me verra-t-il sur les caméras et posera-t-il des questions ?"

Il sourit. "J'effacerai toutes les images demain soir."

Plus intriguée que jamais, elle le regarda partir quelques instants plus tard. Il ne devait pas s'attarder trop longtemps, sous peine de voir quelqu'un poser des questions. Son seul devoir était de lui apporter des pilules, et il y avait plus de gens attentifs à cette heure de la soirée.

Pendant l'heure qui suivit, elle lut l'un des livres qu'il lui avait apportés, même si son attention ne cessait de s'éloigner des pages pour se perdre en conjectures sur ce qui se passait à la base et sur ce que Caswell préparait. Finalement, elle s'installa dans son lit, bien qu'elle soit nerveuse et tendue à l'idée du lendemain. Elle avait hâte de sortir de la chambre, même si ce n'était que temporairement, et d'essayer de se faire une idée plus complète de ce qui s'y passait, mais elle avait aussi peur de se faire prendre.

Lex n'aimait pas avoir cette peur. Elle était un soldat et un métamorphe. Elle ne devrait pas avoir peur d'être capturée. Elle savait qu'elle pouvait résister à la torture s'il le fallait, mais elle était certaine que si elle se retrouvait du mauvais côté de Caswell, elle apprendrait une nouvelle forme de torture, une torture à laquelle elle n'avait pas été entraînée à résister.

Elle ne pensait pas qu'il la tuerait, puisqu'il l'avait marquée comme sa compagne, mais il lui ferait certainement souhaiter sa mort. Pour cela, il n'avait qu'à affirmer qu'il était son compagnon, et elle souhaiterait mourir.

Chapitre Sept

JUSQU'À PRÉSENT, LE plan d'Aidan s'était déroulé sans problème. Il lui avait apporté son petit déjeuner et lui avait fait porter un pantalon et une chemise assortis aux siens. L'uniforme la désignait comme faisant partie de l'équipe de nettoyage - les services de soutien, selon le badge qu'il avait accroché à sa chemise. Elle n'a pas demandé comment il l'avait obtenu, puisqu'il contenait sa photo, mais avec un nom différent. Elle poserait la question plus tard, mais pas tout de suite. Son estomac était trop noué pour qu'elle puisse manger, aussi laissa-t-elle la nourriture intacte lorsqu'ils sortirent de la pièce qui lui avait servi de prison quelques minutes plus tard.

Elle regarda le couloir et vit plusieurs portes de chaque côté. "Où sommes-nous ?

"Des quartiers de sommeil, bien qu'ils puissent tous être verrouillés pour agir comme des cellules comme la vôtre, ne réagissant qu'aux données biométriques pour permettre à la porte de s'ouvrir ou de se fermer."

Elle jeta un coup d'œil à travers les fenêtres des portes qui passaient, bien que beaucoup d'entre elles fussent solides et sans fenêtres, comme la sienne. Ce qu'elle voyait était essentiellement une répétition de la pièce qu'elle avait, et elle n'avait aucune raison de douter de l'affirmation d'Aidan selon laquelle il s'agissait d'une section pour les chambres à coucher.

Après avoir quitté le couloir, ils arrivèrent dans une grande antichambre, et il l'emmena sur la gauche. Elle était déjà venue ici, et elle avait reconnu l'aile de la nuit où ils étaient entrés pour sauver Loris. Elle se dirigea directement vers la chambre où son ami avait été logé, et attendit qu'Aidan l'ouvre. Il fronça les sourcils. "Je n'ai pas accès à celle-ci."

Elle posa une main sur ses hanches, inclinant la tête d'un air sceptique. "J'ai l'impression que tu n'as pas accès à tout ou presque, mais ça ne semble pas t'arrêter. Vous ne pouvez pas utiliser votre magie pour entrer ici ?" Elle se rappela que George connaissait Trois des sujets à l'intérieur.

Il secoue la tête. "Je n'ai pas mon ordinateur portable ni mon programme pour cela. De toute façon, ce n'est qu'une chambre de stockage. C'est là qu'ils mettent les super-soldats et les métamorphes qui ont été entièrement convertis jusqu'à ce qu'ils soient prêts à les activer pour une tâche quelconque."

Elle grimace. "Alors les gens qui s'y trouvent sont déjà une cause perdue." C'était une affirmation plutôt qu'une question.

L'air désolé, il acquiesce. "D'après ce que je sais, et d'après ce que les scientifiques responsables de cette expérience de Frankenstein ont découvert, il n'y a pas de retour en arrière possible. Une fois qu'ils ont effacé les cerveaux et pris le contrôle avec l'intelligence artificielle, c'est fini. Nous ne pourrons pas retrouver les personnes que nous connaissions avant qu'elles ne soient soumises à cette expérience."

Ses paroles étaient profondément personnelles, et elle le regarda du coin de l'œil un instant avant de le laisser la conduire hors de la pièce et plus loin dans le couloir. "On dirait que vous avez été personnellement affecté par cette situation.

Il s'arrêta devant une autre porte et posa la main sur le panneau. La porte s'ouvrit pour les laisser entrer un instant plus tard. La pièce semblait identique à celle à laquelle ils n'avaient pas eu accès, mais qu'elle avait vue l'autre nuit. "Est-ce une autre salle de stockage ?"

Il acquiesça et la conduisit à l'intérieur, se dirigeant directement vers l'un des soldats d'une longue rangée. Il y avait deux rangées de personnes allongées sur des tables qui avaient l'air d'être inconfortables s'il leur restait un peu de conscience sensorielle. Elle les compta rapidement, découvrant que la pièce contenait trente-six super-soldats.

Certains étaient à différents stades de transformation, mais aucun n'était plus qu'à mi-chemin. Celui vers lequel il l'emmena était tout à fait humain, du moins à première vue. Une profonde inspiration révéla la présence de phéromones de métamorphes, ainsi que l'intelligence artificielle qui sentait si mauvais à son nez. Ses yeux s'écarquillèrent lorsqu'elle perçut une odeur familière, et elle se tourna vers lui, bouche bée.

Il acquiesce. "Voici ma sœur, l'aviatrice Jennifer Walsh. Nous avons perdu le contact avec elle il y a Sept mois, et l'armée de l'air n'a rien voulu nous dire. Elle n'a pas été répertoriée comme MIA ou KIA, et n'a pas donné de nouvelles. Lorsque nous avons demandé de ses nouvelles, nous avons été bloqués et n'avons obtenu aucune réponse. Même les personnes que nous connaissions affirmaient ne pas être au courant de l'existence de Jenny. C'était comme si elle avait simplement disparu un jour, entre le moment où elle avait quitté notre maison et celui où elle s'était engagée dans l'armée".

Il prit une profonde inspiration, semblant sur le point de perdre le contrôle de ses émotions pendant un moment. Sa voix tremblait lorsqu'il reprit la parole, mais il avait dû reprendre le contrôle. "Nous savions que c'était de la merde, alors j'ai commencé à creuser. Grâce à mes compétences en informatique, je l'ai retrouvée ici, puis j'ai modifié leurs banques de données et je me suis créé une nouvelle identité en tant qu'entrepreneur civil. J'avais prévu d'infiltrer la base et de la sauver, mais il est clair qu'il n'y a plus rien à sauver."

Sans réfléchir, Lex lui tendit la main et la serra doucement. "Je suis désolé. J'ai vu ce que ça a fait à mon coéquipier, Loris. Je suis désolé pour ta sœur."

Il a hoché la tête une seule fois. "Je suis aussi désolé. C'est à cause d'elle que les métamorphes sont maintenant pris pour cible."

Elle fronce les sourcils, confuse. "Je ne comprends pas.

"Jenny avait... un problème métabolique qui l'empêche de décomposer complètement les acides aminés. Les acides aminés sont les éléments constitutifs des protéines, de sorte que les chaînes protéiques qu'elle produit sont légèrement différentes de celles d'un être humain typique. C'est sur sa chaîne de protéines et son processus de synthèse que les scientifiques ont modelé la protéine A10 - c'est la protéine qui trompe les métamorphes en leur faisant accepter l'I.A."

Elle posa une main sur son épaule, la serrant avec précaution, essayant de trouver un équilibre entre le réconfort et la réassurance. "C'est horrible pour elle et pour nous.

Sa voix s'est brisée lorsqu'il a dit : "Dans leurs dossiers, je veux dire dans leurs notes personnelles, les bâtards sadiques l'appellent la protéine Jenny. Le nom officiel est Protéine A10, parce qu'il a fallu de nombreuses variations de l'expérience pour trouver la bonne formule, mais c'est officieusement la Protéine Jenny. Elle aurait détesté que quelque chose comme ça soit son héritage."

Elle lui prit à nouveau la main, l'éloignant de la rangée de soldats allongés sur les tables et le ramenant vers la sortie. "Je suis sûre qu'elle l'aurait fait. Que comptez-vous faire à son sujet ?"

Il se contenta de hausser les épaules en l'entraînant dans l'embrasure de la porte, qu'il referma rapidement derrière eux, comme s'il avait hâte de sortir de cette pièce. Elle ressentait la même chose.

Il la conduisit dans une autre pièce, plus loin dans le couloir, et elle sursauta en entrant. Ici, il y avait des tubes de personnes flottant dans une sorte de solution violette. Ils étaient reliés à des respirateurs et, bien qu'ils soient manifestement inconscients, un nombre surprenant d'entre eux flottaient les yeux ouverts. C'était déconcertant de se sentir observé, même si aucun de leurs regards ne montrait de signe d'intelligence.

"D'après ce que j'ai appris, le processus de transformation d'un humain en super-soldat se déroule en Quatre étapes. La première consiste en une modification génétique pour insérer un gène de métamorphose. Les scientifiques n'ont pas encore déterminé s'il existe un type de métamorphe optimal pour le code génétique de chaque personne, c'est pourquoi ils choisissent au hasard dans une liste des prédateurs les plus puissants et des animaux les plus féroces. Il y a ce que l'on s'attend à trouver, comme des loups, des tigres et des ours, mais ils utilisent aussi d'autres mélanges intéressants, comme le crocodile et le blaireau à miel."

Plus ils avançaient dans la pièce, plus il devenait évident que les gens passaient par des étapes de transformation. Ici, ils étaient plus loin dans un état de transition, semblant être coincés à mi-chemin entre l'humain et l'animal avec lequel ils avaient été mélangés. Ils étaient également plus grands qu'elle ne l'aurait cru et bombés de muscles.

"C'est le stade II, où ils améliorent leurs propriétés normales. Cela implique des stéroïdes et d'autres expériences que je n'arrive pas à comprendre. Je suis ingénieur informatique, pas scientifique. Je ne comprends pas tout le jargon médical que j'ai lu, mais c'est l'étape où ils renforcent les soldats pour les rendre super en améliorant les traits humains et animaux."

Ils tournèrent au coin de la rue et découvrirent une autre rangée de tubes, mais ceux-ci étaient plus compacts et empilés, et les personnes à l'intérieur ne flottaient pas dans cette solution. Au lieu de cela, ils étaient tous connectés à un système de fils qui semblaient s'enfoncer directement dans leurs cerveaux.

"Je suppose qu'il s'agit de la section de l'I.A.", demande-t-elle.

Il acquiesce. "C'est là qu'ils leur enlèvent leur humanité, bien qu'il n'en reste plus beaucoup à ce stade. Ils sont tous reprogrammés maintenant. Des caméras ont été installées dans leurs orbites et des banques de données dans leur cerveau, à partir desquelles ils peuvent télécharger en un instant. Ils ont également leur système de navigation en place, que leur maître utilise pour contrôler le soldat."

Alors qu'ils arrivent au bout de la rangée, elle s'arrête et se tourne vers lui. "Quelle est la quatrième étape ?"

"Formation, puis stockage jusqu'à ce qu'on en ait besoin. Vous avez vu les résultats des Trois premières étapes."

"Est-ce la même chose pour les métamorphes ?"

"Presque la même chose. Évidemment, ils n'ont pas à passer par l'insertion d'un gène de métamorphe dans leur ADN, mais le reste est fondamentalement le même."

"Je dois voir où ils gardent les métamorphes." Elle ne pouvait pas vraiment expliquer pourquoi, si ce n'est la compulsion de voir si elle connaissait quelqu'un. Ce n'était pas comme si elle connaissait tous les métamorphes de la Terre, bien qu'elle puisse les reconnaître grâce à leurs phéromones, mais elle cherchait un nombre précis de personnes. Trois métamorphes qui avaient été ses camarades et qui avaient disparu. Elle devait savoir s'ils étaient dans la pièce, soumis eux aussi à ces expériences.

Ils sortirent silencieusement de cette pièce et elle retint son souffle tandis qu'ils avançaient dans le couloir, manquant de s'arrêter en trébuchant lorsqu'une paire de soldats passa à côté d'eux. Ils semblaient être pleinement humains, du moins d'après leur signature phéromonale, et ils étaient manifestement occupés. Ils ne regardèrent même pas Aidan et Lex, sans parler d'essayer d'établir un contact visuel ou de dire quoi que ce soit.

Ce fut un soulagement de se glisser dans la chambre suivante où il l'emmena, même si elle se prépara au pire. Il ne lui adressa pas la parole en descendant la rangée avec elle, mais sa main se tendit vers la sienne en signe de soutien silencieux, comme elle le lui avait offert au chevet de Jenny.

Au début, elle ne reconnut aucun des visages, puis ils commencèrent à lui être familiers. Il s'agissait d'hommes et de femmes avec lesquels elle avait servi, bien qu'aucun n'ait fait partie de son escouade. Au milieu de la première rangée, elle s'arrêta en trébuchant et porta une main à ses lèvres pour ne pas crier.

Edward, surnommé Blaze, l'un de ses coéquipiers disparus, était connecté au système d'I.A. et était en train de se faire oblitérer pour n'être plus qu'une coquille pour leur programme de super-soldat. Ses mains tremblaient et elle s'approcha du tube, passant ses mains sur le côté pour trouver un moyen de l'ouvrir.

Aidan lui saisit les mains, la ramenant contre lui. Le coyote reprit le dessus, et alors qu'elle se retournait pour lui grogner dessus, elle sentit son contrôle se relâcher.

A son crédit, il n'a pas reculé et n'a pas lâché prise. "Qu'est-ce que tu fais ? Vous ne pouvez pas vous transformer, ni ouvrir le tube. Tout est contrôlé par l'ordinateur."

Elle inspira profondément, s'efforçant de repousser le coyote, et ne parla pas tant qu'elle n'eut pas maîtrisé le côté "shifter". "Alors ouvre-le." Les mots sortaient un peu groggy, alors peut-être qu'elle ne se contrôlait pas autant qu'elle l'aurait voulu. "Je dois le faire sortir d'ici. S'il est là, les autres sont là aussi."

"Je comprends. Il tourna complètement le corps de la jeune femme pour qu'elle lui fasse face, lui faisant détourner le regard de son amie. Ses mains étaient posées sur ses épaules et il la fixait intensément. "Tu sais que je comprends. Je te l'ai montré, Jenny. Mais nous ne pouvons pas l'aider. Si nous ouvrons le tube, les alarmes se déclencheront et ils sauront que tu étais ici. Nous serons tous les deux punis, et je finirai probablement dans un de ces tubes aussi. Nous savons tous les deux ce que Caswell te fera s'il le découvre. Je sais que tu veux aider ton ami, mais il n'y a rien que nous puissions faire pour lui maintenant. Il est déjà parti."

Ses paroles étaient difficiles à entendre, et encore plus difficiles à accepter. Elle pencha la tête en avant et inspira profondément, essayant d'assimiler la réalité. Son ami était à leur merci, et elle ne pouvait rien faire pour aider Blaze. Au moins, elle connaissait son sort, et elle devait savoir si ses autres amis étaient là aussi.

Redressant les épaules, elle prit une profonde inspiration, leva la tête et se dégagea des bras d'Aidan. "Je dois savoir si John et Mary sont ici. Je peux au moins le dire à mes coéquipiers." Si elle trouvait elle-même un moyen de sortir et de renouer avec son équipe.

Aidan passa un bras autour de sa taille et elle lui fut reconnaissante de son soutien alors qu'il avançait dans la file d'attente. Il n'y avait plus de visages familiers dans la première rangée, mais seulement quelques tubes plus bas dans la deuxième rangée, elle s'arrêta devant le tube de Mary, regardant sa peau sombre et lisse et ses beaux yeux bruns qui étaient grands ouverts, complètement dépourvus d'intelligence. Celui qui lui avait fait ça lui avait rasé le crâne, et elle savait que Mary aurait détesté cela. Son amie avait cultivé son afro pendant plusieurs années, ne l'enfonçant qu'à contrecœur sous des chapeaux ou des bonnets lorsque l'occasion l'exigeait, lorsqu'elles étaient en mission.

"Nous l'appelions Diamond, parce qu'elle avait la langue bien pendue. Mais elle était très drôle. Mary était l'une de mes meilleures amies." Sa voix s'est brisée et ses yeux se sont remplis de larmes. Elle s'éloigne rapidement du tube, car plus elle fixe l'expression vide de Mary, plus il lui est difficile de la laisser là et de s'en aller, même si Lex sait qu'il n'y a rien qu'elle puisse faire pour son amie.

Elle trouva John en dernier, à quelques tubes de Mary. Il était calme et timide, mais elle l'avait toujours considéré comme une âme douce malgré son côté guerrier féroce. Maintenant, ses yeux noisette, autrefois expressifs, étaient aussi ternes et sans vie que le reste, et un spasme de chagrin la traversa. "Nous l'appelions Poète, parce qu'il avait l'habitude de porter sur lui un livre de poèmes d'Emily Dickinson. Il disait l'avoir gardé parce que sa mère le lui avait donné, mais il était tellement usé et feuilleté qu'on voyait qu'il l'avait lu plusieurs fois."

"Il s'interrompit brusquement lorsqu'ils entendirent la porte siffler. "Merde", murmura-t-il doucement. Il lui prit la main et l'entraîna plus loin dans la rangée, ce qui les ramena au premier rang, près de la sortie.

À mi-chemin, il s'agenouilla et l'entraîna avec lui sous une grande table noire. Elle n'offrait pas beaucoup d'abri ou de couverture, mais à moins que quelqu'un ait une raison de se pencher sous la table, il était peu probable qu'il remarque la présence de Lex et d'Aidan. Elle s'appuya contre lui, sa main serrée dans la sienne, tandis qu'ils retenaient leur souffle, attendant de voir si les pas qui s'approchaient s'arrêteraient avant eux.

Heureusement, les chaussures blanches se sont arrêtées à plusieurs tubes de distance, et bien qu'elle n'ait pas pu obtenir un bon point de vue pour voir ce que faisait la personne, elle a vu suffisamment de blouse blanche et de pantalons pour en déduire qu'il s'agissait d'un chercheur ou d'une personne chargée d'une tâche scientifique dans le cadre du projet. La personne se retourna et s'éloigna au bout d'un moment, expulsant des gaz en tournant le coin de la rue.

Elle attendit que la porte se referme en sifflant avant de glousser, croisant le regard d'Aidan et y voyant un rire. Ce n'était pas tant les flatulences qui étaient drôles que le relâchement de la tension, et ils appréciaient tous les deux de rire en s'appuyant l'un sur l'autre.

Lorsque son hilarité s'estompa, elle réalisa brusquement que son front était appuyé contre le sien, et elle s'éloigna légèrement. Elle aurait dû reculer davantage, mais elle ne parvenait pas à faire obéir son corps à l'ordre de son cerveau. Au lieu de cela, son regard se posa sur ses lèvres avant de remonter vers ses yeux. Elle y vit le besoin qu'il avait d'elle et se lécha les lèvres. Pendant un instant, ils furent sur le point de s'embrasser, mais la réalité s'imposa rapidement.

Réalisant où ils se trouvaient et qu'ils n'étaient pas en sécurité, elle se racla la gorge et recula, glissant sur ses fesses jusqu'à ce qu'elle puisse se lever et s'éloigner de la table. Il était juste derrière elle et ils se dirigèrent vers la porte. Un instant plus tard, il posa sa main sur le panneau et la porte s'ouvrit.

Ils s'engagèrent dans le couloir, se dirigeant vers sa chambre d'un commun accord. Ils avaient l'impression d'avoir poussé la chance jusqu'au bout, même si elle savait qu'il leur restait encore plusieurs heures devant eux. Pendant un instant, elle eut l'envie folle de l'inviter dans sa chambre et de se perdre dans son corps. Ce n'était pas seulement du désir pour lui, même si elle en avait beaucoup. Le besoin de chasser de son esprit ce qu'elle avait vu la poussait aussi à la compulsion. Cela, et le désir de se rappeler qu'elle était encore en vie - du moins tant que Caswell déciderait de lui accorder ce privilège.

Au lieu de céder à cette envie, elle devrait l'inviter à entrer pour qu'ils puissent discuter de leur plan d'évasion - ou s'arrêter dans un endroit dont il savait qu'il n'était pas surveillé par des caméras et des enregistreurs. Elle commença à le suggérer, mais les mots s'éteignirent avant de sortir de sa bouche lorsqu'elle entendit le lourd bruit des pas qui se précipitaient vers eux. Avant même qu'il ne soit en vue, elle reconnut la signature phéromonale de Caswell, et elle s'arc-bouta lorsqu'il tourna le coin de la rue et leur fit face.

Chapitre Huit

L'ODEUR AMÈRE DE LA peur vint soudain ternir la signature phéromonale d'Aidan, mais il redressa les épaules et tenta de se placer devant elle lorsque Caswell s'approcha. Elle se dégagea de derrière lui pour se tenir à ses côtés lorsque le lieutenant-colonel les rejoignit. Il était clairement enragé, et Lex était certaine qu'il allait passer à sa demi-forme à tout moment.

Lorsqu'il s'arrêta, seuls quelques centimètres le séparaient d'eux. Son attention était entièrement tournée vers Aidan. "Qu'est-ce que tu fais ?"

"Il m'emmenait en promenade", dit Lex avant qu'Aidan ne puisse répondre. "Je devenais fou dans ma chambre et je l'ai convaincu."

Il lui jeta à peine un coup d'œil, son attention inébranlable restant concentrée sur Aidan. "Tu l'as touchée ?

Les yeux d'Aidan s'écarquillent et Lex tente de s'interposer lorsqu'elle voit la fourrure se hérisser sur les avant-bras de Caswell, révélés par sa chemise d'uniforme roulée jusqu'aux coudes. "C'est ma faute. Aidan n'a rien à voir avec ça."

Caswell tourna brièvement la tête, le temps de lui lancer un grognement avant de dire : "Il t'a fait sortir de ta chambre et a choisi d'ignorer les ordres."

"Oui, je l'ai fait", dit Aidan. "Elle a l'air si malheureuse là-dedans, et j'ai eu pitié d'elle."

Au contraire, ses paroles semblèrent mettre Caswell encore plus en colère. "Vous avez eu pitié de ma compagne ? Il n'y a aucune raison de la plaindre. Tu ne devrais même pas la regarder, et encore moins lui parler au point de te sentir désolé pour les circonstances dans lesquelles elle s'est placée. Elle n'est pas prisonnière, mais choisit d'agir comme telle."

"Elle me semble être une prisonnière, monsieur. Elle a demandé à se promener, et cela ne semblait pas déraisonnable."

Caswell lui jette un regard noir. "Ce n'est pas à vous de décider. Il s'élança brusquement vers l'avant, la main autour de la gorge d'Aidan qu'il plaqua contre le mur du couloir. Lex tenta de s'interposer, tirant sur le bras de Caswell, mais celui-ci était bloqué comme un étau autour de la gorge d'Aidan. Il a commencé à renifler, et ce qu'il a détecté a semblé le mettre encore plus en colère. "Je sens ton désir pour elle. Elle est à moi." Sur ces mots, Caswell secoua Aidan avant de le tirer vers l'avant et de le plaquer à nouveau contre le mur.

Aidan essayait de se battre, mais il n'était pas assez fort pour affronter quelqu'un qui avait été amélioré, comme Caswell.

Lorsque Caswell a commencé à frapper Aidan, Lex a tenté de l'arrêter en s'accrochant à son bras. Il l'a repoussée d'un revers de main, gardant son attention fixée sur Aidan. Au moins, il avait relâché son emprise sur la gorge de l'autre homme, mais maintenant il le frappait, et quand Aidan s'effondra sur le sol, il lui donna un coup de pied dans les côtes.

Lex pouvait sentir le coyote s'avancer, et il lui fallait tout son sang-froid pour le retenir. Le seul fait de savoir qu'il le tuerait si Caswell découvrait qu'Aidan ne lui avait pas donné les suppresseurs l'a retenu.

Elle essaya d'attraper son bras, mais il la repoussa à nouveau, avec plus de force cette fois. Elle recula, grimaçant lorsque son épaule heurta le mur opposé. Elle ne se laissa pas ralentir et essaya de se glisser entre eux, protégeant le corps d'Aidan avec le sien autant qu'elle le pouvait. Lorsqu'elle l'eut couvert aussi adéquatement que possible, elle lança un regard à Caswell. "Tu vas le tuer. Arrêtez ça. S'il te plaît."

Pendant un instant, il sembla vouloir s'abandonner à son tour et se lancer à la poursuite d'Aidan, sans se soucier de l'endommager ou de la tuer au passage. Sa poitrine se soulevait et s'abaissait rapidement, et la rage imprégnait sa signature phéromonale. Elle fut franchement surprise lorsqu'il fit enfin un pas en arrière et que ses bras tombèrent le long de son corps. La fourrure de ses bras se retira et il sembla reprendre un peu de contrôle.

Apparemment, il ne la contrôlait pas totalement, car l'une de ses mains saisit une poignée de ses cheveux et commença à la tirer dans le couloir jusqu'à sa chambre. La douleur était atroce, envoyant des étincelles de pure agonie dans son cuir chevelu, et elle fit de son mieux pour se lever afin de pouvoir marcher à ses côtés, mais il ne le permettait pas. Il se déplaçait trop rapidement et la plaçait dans une mauvaise position pour qu'elle puisse faire autre chose que de se laisser traîner derrière lui. La seule autre solution était de passer au coyote, et elle ne pouvait pas faire ça si elle voulait protéger Aidan.

Il s'écoula moins d'une minute, mais ils eurent l'impression de passer une éternité avant d'arriver dans sa chambre. Il appuya sa paume sur le scanner avec plus de force que nécessaire, et la porte s'ouvrit. Il la traîna sur le seuil avant de relâcher son emprise sur ses cheveux. Il la repoussa dans l'embrasure de la porte suffisamment longtemps pour claquer la main sur le panneau et fermer la porte, la laissant enfermée avec lui.

Elle était heureuse que son attention soit détournée d'Aidan, mais il était intimidant de voir qu'il se concentrait sur elle à la place. L'observant avec circonspection, elle se leva et tenta de maintenir la distance entre eux. À chaque pas qu'il faisait en avant, elle en faisait un autre en arrière. La nervosité lui tordait l'estomac, et elle se lécha les lèvres pour parler, car sa bouche était soudain aussi sèche que le désert. "C'était vraiment mon idée. Je voulais juste sortir de cette pièce pour un moment."

Il continua à la fixer du regard, tout en avançant à pas lents et mesurés, au même rythme qu'elle reculait. Il devait savoir qu'elle n'aurait plus d'espace pour fuir à tout moment, et il jouait avec elle. "Tu sais comment sortir d'ici. Il faut juste que tu acceptes ton rôle."

Elle secoue la tête. "Je ne le ferai pas." Elle étouffa un gémissement lorsque son dos heurta le mur, indiquant qu'elle n'avait plus d'espace pour se retirer.

Il combla rapidement la distance qui les séparait, saisit le menton de la jeune fille dans sa main et se pencha en avant pour la renifler. Ses yeux se rétrécirent, et il y avait un grognement certain dans sa voix lorsqu'il parla. "Je peux sentir ton excitation, ce qui me donne envie de le tuer".

Cela l'a rendue humble, et elle n'aurait pas plaidé pour sa propre vie, mais c'était différent pour Aidan. Il était pleinement humain et n'avait rien à envier à Caswell ou à l'un de ses super-soldats. "Ne lui faites pas de mal. Ce n'était qu'une promenade."

Sa main passa de son menton à sa gorge et il la souleva brusquement de ses pieds, la plaquant durement contre le mur. "Ne me mens pas. L'as-tu convaincu de te montrer tous nos secrets ?" Il la secoua pour insister.

Elle s'agrippa à la main qui lui enserrait la gorge, cherchant désespérément de l'oxygène. Il serra encore un moment avant de la relâcher suffisamment pour qu'elle puisse respirer. "Oui", dit-elle d'une voix rauque. "Mais je l'ai manipulé pour qu'il le fasse. C'était mon idée. Ce n'est qu'un humain." Elle s'efforça de paraître dédaigneuse à l'égard de la déficience qu'il percevait, le manque d'oxygène rendant difficile le fait de parler, et encore plus de projeter une certaine intonation.

Caswell la surprit en hochant la tête, et son emprise sur sa gorge se relâcha légèrement, bien qu'elle se balançât toujours dans les airs, et que son flux d'oxygène continuât d'être restreint. "Je m'en étais déjà rendu compte par moi-même. En tant qu'humain, il serait facile à manipuler. Je suis sûr que tu essayais de trouver un moyen de t'en sortir, et je suis satisfait que tu saches maintenant que ce n'est pas le cas."

"Oui. Être d'accord avec lui lui coûtait cher, mais elle devait essayer de l'apaiser pour le moment.

"Tu as vu tes amis ?" Son ton était jubilatoire et il arborait une expression de suffisance.

Elle lui lança un regard noir, renouvelant ses efforts, bien qu'elle ne parvienne pas à aspirer suffisamment d'oxygène pour obtenir de bons résultats.

"Vous allez commencer à coopérer, ou des gens à qui vous tenez vont mourir. Je vais simplement couper le système de survie de vos coéquipiers restants. C'en est fini d'eux."

"Vous leur feriez une faveur", râle-t-elle.

Il haussa l'épaule du bras qui ne la retenait pas contre le mur. "Est-ce que je rendrais service à ton précieux Aidan si je le mettais en pièces ? Je l'aurais mis en pièces si j'avais détecté son odeur sur ta peau."

Elle le regarda fixement, se débattant à nouveau alors que le soulagement qu'ils ne s'étaient pas embrassés l'envahissait. Elle fut surprise lorsqu'il la relâcha brusquement, la faisant tomber sur le sol et atterrir solidement sur ses fesses. Elle détestait la façon dont il la dominait et prenait toute sa place. Lex resta là où elle était tombée, même si elle détestait la façon dont il l'encombrait. La raison en était simple. Si elle essayait d'avancer ou de se lever, elle risquait de planter son visage dans ou près de son entrejambe, et elle ne voulait pas qu'il se fasse des idées. "Je ne sais même pas comment tu l'as découvert. Tu ne viens jamais me voir pendant la journée".

"Et tu as décidé d'être comme un vilain enfant et d'en profiter. Son ton était presque indulgent, lui donnant un coup de fouet émotionnel à cause du changement soudain de son humeur. "Je ne peux pas rester longtemps. J'ai d'importants... visiteurs, mais je voulais m'éclipser pour prendre de tes nouvelles. C'est une bonne chose que je l'aie fait."

Il a l'air désolé. "Malheureusement, ils me prendront beaucoup de temps aujourd'hui et demain, et je n'aurai donc pas l'occasion de vous revoir. J'attends de vous que vous vous comportiez bien, et vous devez utiliser ce temps pour réfléchir. Décidez de la façon dont vous voulez que les choses évoluent, Alexandria. Ma patience s'épuise et je ferai de toi ma compagne la prochaine fois que je viendrai te voir. La façon dont cela se passera dépend entièrement de toi." Il se retourna et s'éloigna, sans lui jeter un regard en quittant la pièce. La porte se referma derrière lui une milliseconde plus tard, et elle resta seule dans le petit espace.

Elle commença à trembler lorsque la réaction l'envahit, faisant presque trembler son corps à cause de la force de ses tremblements. Elle serra les dents et ramena ses genoux sur sa poitrine, les entourant de ses bras avant d'enfouir son visage contre ses jambes. La respiration profonde l'aida, et elle calma lentement la panique qui tentait de monter en elle.

Elle avait un bref sursis, et elle devait l'utiliser. Elle avait besoin d'une stratégie pour s'échapper, car si elle ne trouvait pas un moyen avant qu'il ne revienne vers elle dès demain soir, il la revendiquerait comme sa compagne, avec ou sans son consentement. Et ce serait très certainement sans, parce qu'elle ne pouvait pas se résoudre à accepter son contact de plein gré, ni même à faire semblant de le faire.

Aidan avait été sa meilleure chance de s'échapper, mais elle ne savait pas si c'était encore le cas. Après la raclée qu'il avait subie, il ne survivrait peut-être même pas. Un sentiment de perte la traversa à cette pensée, et son coyote hurla dans sa tête. Ce fut un moment éclairant, qui lui révéla à quel point il comptait pour elle. Les coyotes ne connaissaient pas immédiatement leurs compagnons comme les métamorphes ours, mais les métamorphes en général étaient plus proches de leurs instincts et plus susceptibles de tomber vite et fort lorsqu'ils rencontraient leur compagnon idéal. Était-ce lui ? Son compagnon était-il encore allongé dans le couloir, mourant des coups que Caswell lui avait infligés ?

S'il ne mourait pas, il suivrait probablement l'avertissement de Caswell de rester loin d'elle, ce qui était la chose la plus intelligente à faire. Elle ne pouvait pas se mettre en colère s'il choisissait cette voie, se rappelant qu'il ne ressentait pas d'instinct d'accouplement comme le ferait un métamorphe. Elle devait espérer qu'il suivrait la voie raisonnable qui le mettrait à l'abri - ou à l'abri, pour une courte période, jusqu'à ce que son contrat expire et qu'il soit "recruté" ou éliminé.

Egoïste ou non, elle était définitivement dévastée par l'idée de ne plus le revoir, et ce n'était pas parce qu'il était sa meilleure chance de s'échapper. L'idée de perdre Aidan la remplissait de désespoir, et elle était heureuse d'avoir le visage enfoui contre ses jambes, cachant les larmes qui coulaient de ses yeux. Si Caswell l'observait à ce moment-là, il ne verrait pas toute l'étendue de sa désolation. Elle ne voulait pas lui donner cela.

Chapitre Neuf

PERSONNE NE REVINT dans sa chambre ce soir-là, même pour lui apporter son dîner, et la personne qui apporta le petit-déjeuner le lendemain matin était un soldat hybride aux yeux bridés. C'était pratiquement un automate, et la seule fois où elle croisa accidentellement son regard lorsqu'il déposa le plateau devant elle, elle frissonna devant l'absence de conscience dans ces yeux. Le seul signe de conscience vacilla lorsqu'elle tendit la main vers son badge, plus pour voir si elle y parvenait que pour essayer de le voler et de s'enfuir. La chose grogna contre elle et s'éloigna, mais ne la regarda toujours pas avec une véritable conscience.

Elle mangea ce qui passait pour de la nourriture, sans être surprise lorsque le super soldat plaça devant elle un gobelet blanc contenant les suppresseurs. Cela expliquait pourquoi il s'était appuyé contre la porte pendant qu'elle mangeait. Peut-être qu'elle n'était pas censée les prendre l'estomac vide. Peut-être que Caswell avait demandé à sa chose de la surveiller pour lui rappeler ce à quoi elle était confrontée.

Quoi qu'il en soit, et n'ayant pas le choix, elle a pris les capsules à contrecœur et les a mises dans sa bouche. Elle fit de son mieux pour les attraper avec sa langue et ne pas les avaler, tout en buvant de l'eau. Elle sentait qu'elles commençaient à se dissoudre, mais elle se força à les garder en bouche jusqu'à ce que l'hybride se détourne d'elle pour ouvrir la porte. Il quitta la pièce quelques instants plus tard, et dès que la porte se referma derrière lui en sifflant, elle se dirigea vers la salle de bain.

Lex a soulevé le couvercle des toilettes et a craché les pilules dans l'eau avant de tirer la chasse. Elle se tourna ensuite vers l'évier et en tira un verre d'eau qu'elle utilisa pour se rincer la bouche. Elle craignait d'avoir digéré suffisamment de suppresseurs pour être incapable d'appeler le coyote en cas de besoin.

Pour se rassurer, elle enleva sa blouse et la posa soigneusement sur le lavabo avant de se regarder dans le miroir, de respirer profondément et de vouloir se changer. Il lui fut plus difficile que d'habitude d'obtenir le changement, mais elle se retrouva bientôt sous sa forme de coyote. Le soulagement l'envahit lorsqu'elle reprit sa forme humaine, enfilant rapidement sa blouse avant de quitter la salle de bain. Au moins, elle avait encore cette partie d'elle-même, et elle n'hésiterait pas à se transformer si cela l'empêchait d'être revendiquée comme la compagne de Caswell.

ELLE SE RÉVEILLA EN pleine forme, son horloge interne lui indiquant qu'il était un peu plus de minuit. Un bruit de pas dans l'obscurité lui fit serrer les dents et émettre un grognement qui tenait plus du coyote que de l'humain. Une seconde plus tard, elle se tut lorsqu'elle reconnut que les phéromones appartenaient à Aidan.

Il y avait cependant un élément inconnu, et elle fronça le nez en réalisant qu'il ne sentait pas bon. Il y avait aussi un élément de métamorphose, et son estomac se serra alors qu'elle se préparait à affronter une version d'Aidan qui avait été modifiée pour devenir un super-soldat. Elle ne savait pas à quel jeu Caswell jouait en envoyant Aidan dans sa chambre en tant qu'hybride, mais si elle en avait l'occasion, elle mettrait fin aux souffrances d'Aidan et le retirerait du projet Enhanced.

Elle se redressa lentement, la main se dirigeant automatiquement vers la lampe sur sa table de nuit. Lorsqu'elle cliqua dessus, rien ne se produisit.

"Il n'y a pas d'électricité", dit Aidan, qui semble lucide et parfaitement conscient de lui-même et de ce qui l'entoure. "Nous devons nous dépêcher.

Elle fronce les sourcils. "Qu'est-ce que tu es ? Es-tu Aidan ?" Il sentait comme Aidan, à l'exception de la composante hybride, mais s'il avait été soumis à des expériences, il ne devrait pas être capable de lui parler. Elle ne pouvait imaginer un scénario dans lequel Caswell l'aurait laissé subir des manipulations génétiques sans lui infliger également l'intelligence artificielle.

"C'est moi. Caswell m'a laissé dans le couloir, probablement certain que j'allais mourir. J'avais mal à l'estomac et je me sentais étourdi. Je pense que j'étais proche de la mort. Je suis presque sûr qu'il m'a lacéré le foie avec un de ses coups de pied."

"Comment es-tu là alors ?" Pendant qu'elle posait cette question, Lex sortit du lit et glissa ses pieds dans les pantoufles que personne n'avait pris la peine de lui enlever, ce dont elle était maintenant reconnaissante.

"J'ai rampé jusqu'à la salle où l'on commence à manipuler les gènes. Je n'en savais pas assez sur la science pour utiliser les tubes, et je ne savais pas s'ils faisaient partie intégrante du processus ou s'ils constituaient simplement une sorte de thérapie de soutien pour maintenir les sujets en vie. Tout ce que j'ai pu faire dans l'état où je me trouvais, c'est de me faire injecter l'agent modificateur. Je ne savais pas si cela fonctionnerait, et je ne savais pas quelle quantité prendre".

Sa vision de coyote lui permettait de bien voir dans l'obscurité, et elle pouvait dire qu'Aidan était légèrement malade à sa pâleur et aux tremblements occasionnels qui secouaient son corps. "Tu crois que tu en as trop pris ?"

Il soulève une épaule en haussant les épaules. "Je n'en sais rien. Tout ce que je sais, c'est que je suis capable de me transformer complètement." Après avoir prononcé ces mots, sa forme nue fondit et s'allongea, laissant apparaître un lion là où il se tenait un instant auparavant.

Ses yeux s'écarquillent sous le choc. "Aucun d'entre eux ne peut se transformer complètement. Qu'est-ce qui te différencie des autres ?"

Le lion fauve disparut, laissant place à Aidan. Elle n'avait pas remarqué son absence de tenue lorsqu'il était entré dans la pièce, mais elle s'en apercevait soudain maintenant. Malgré les circonstances, elle ne put s'empêcher de jeter un regard admiratif sur sa queue, longue et épaisse, même si elle ne bandait pas pour le moment.

"C'est peut-être la protéine de Jenny. C'est ma sœur, il y a donc de fortes chances que je l'aie aussi. Je n'ai jamais manifesté de symptômes de troubles métaboliques, et mes parents ne m'ont donc jamais fait passer de tests, mais il s'agit peut-être d'un gène dormant, et le processus de modification l'a activé."

Quelle que soit la raison, elle était reconnaissante qu'il ne soit pas l'un de ces hybrides mi-humains, mi-animaux qui n'allaient pas dans le bon sens. Ses phéromones sentaient encore un peu mauvais pour elle, mais elle était certaine qu'elle pourrait s'y adapter - s'ils vivaient assez longtemps. "Quel est ton plan ? Je suppose que vous êtes ici pour me faire sortir de là ?"

Ses dents brillent dans l'obscurité et il lui adresse un rapide sourire. "Nous n'avons pas beaucoup de temps. J'ai infecté leur ordinateur central avec un virus, et il est en train d'éteindre tous leurs systèmes. Nous devons agir rapidement, et nous devons éviter la confrontation, si possible."

D'un commun accord, ils prirent tous deux leur forme animale. Il serait plus facile de naviguer dans les couloirs et d'essayer de rester discret. Les hybrides auraient aussi l'avantage de la vision nocturne, mais peut-être ne s'attendraient-ils pas à voir un lion et un coyote s'élancer dans les couloirs.

Alors qu'ils atteignaient la porte, Aidan reprit sa forme humaine et plaqua sa main sur le panneau. "J'avais un peu peur que Caswell ait réussi à supprimer toutes mes autorisations, mais je pense qu'il s'attendait à ce que je meure. Il n'a probablement même pas repensé à moi." Tout en donnant cette explication, il passa la tête par l'embrasure de la porte, observant les deux côtés du couloir alors qu'il se transformait à nouveau en lion. Avec un signe de tête dans sa direction, il sortit dans l'espace sombre.

Il faisait vraiment nuit noire, et si elle n'avait pu compter que sur la vue humaine, elle n'aurait pas pu s'orienter. Ils se trouvaient dans la partie souterraine de la base, et sans éclairage artificiel, la véritable obscurité se faisait sentir. Elle espérait seulement que cela suffirait à les camoufler, et que, couplés à leurs formes de métamorphes, ils pourraient passer sans encombre devant quiconque tenterait de les empêcher de s'échapper.

Elle se crispa lorsque des pieds passèrent devant elle, puis relâcha le souffle qu'elle avait retenu lorsqu'elle réalisa que celui qui courait - et il sentait le super soldat - n'avait pas jeté un coup d'œil dans leur direction.

La chance leur sourit jusqu'à ce qu'ils atteignent l'antichambre où ils devaient prendre le couloir de droite pour s'échapper. Elle reconnaissait le chemin depuis la nuit où elle s'y était rendue avec le reste de son équipe, mais elle se figea quand l'un des super-soldats s'avança devant elle. Apparemment, son maître avait reconnu qu'Aidan et elle n'étaient pas à leur place.

La chose essaya de se baisser pour la saisir, mais elle se glissa entre ses bras et entre ses jambes avant de s'élancer et de sauter aussi haut qu'elle le pouvait. Lex heurta le dos de la chose, la faisant basculer en avant, et Aidan s'élança, les dents serrées autour de la nuque. Avec un grognement féroce, il secoua la tête, et lorsqu'il la releva un instant plus tard, le soldat s'agitait sous lui, et son museau était taché de sang. Il cracha d'une manière très humaine avant qu'ils ne poursuivent leur route.

Ils s'occupèrent de deux autres super-soldats et d'un soldat apparemment entièrement humain avant d'atteindre la zone où elle et ses amis avaient volé un camion auparavant. Il y avait encore beaucoup de choix, et elle reprit sa forme humaine tandis qu'Aidan faisait de même. Quelqu'un avait remplacé les clés qu'elle et ses coéquipiers avaient volées, alors elle les reprit toutes, ce qui nécessita deux poignées, car il y avait plus de camions qu'avant.

Elle se glissa dans la cabine de celui qu'Aidan avait choisi, lui tendant les clés. Il lui fallut six essais avant de trouver la bonne et le camion démarra en trombe. Elle était certaine d'avoir entendu des cris derrière eux, mais c'était peut-être son imagination qui réagissait à la peur qui la tenaillait.

Le camion a traversé la porte automatique de la baie, car aucun des deux n'avait l'autorisation requise pour l'ouvrir. Le véhicule était robuste et s'est redressé sans plus qu'un frémissement de son châssis.

Sa vision sensible détecta de nombreux changements sur la base par rapport à ce qu'elle avait vu la dernière fois. Elle avait toujours l'air d'être délabrée, mais il y avait maintenant des mitrailleuses boulonnées au sommet de plusieurs toits, et le poste de garde avait été agrandi, probablement pour accueillir une force plus importante pour garder l'entrée.

Aidan n'a pas pris la peine d'aller dans cette direction. Il tourna brusquement à droite et appuya fortement sur l'accélérateur. Le camion trembla un peu sous l'effet de l'augmentation de vitesse, mais il parvint à franchir la clôture, dont la tension électrique avait été coupée lorsqu'il avait coupé l'alimentation de la base.

Le véhicule avait l'air en piteux état, mais il roulait encore, et c'était tout ce qui comptait. Elle grimaça de sympathie quand Aidan tourna le volant pour entrer en collision avec l'un des super-soldats qui courait dans leur direction. Le camion eut une nouvelle secousse, mais il continua à rouler aussi doucement qu'il l'avait fait, et il absorba l'impact de la collision avec le corps sans le moindre accroc.

"Vous avez une destination ?", lui demande-t-elle.

"Non, pas vraiment. Je me suis dit que nous pourrions régler cela ensemble une fois que nous aurions quitté la base. C'était mon objectif principal."

"Je sais qu'il y a un refuge à quelques heures d'ici. Nous y serions bien restés la dernière fois que nous sommes passés par là, mais nous étions trop nombreux dans le groupe. Malcolm a décidé d'aller dans un refuge plus grand et plus éloigné, et je suppose que Caswell a trouvé cet endroit grâce à la morsure qu'il a laissée sur moi."

"Vous devrez me donner des indications."

Elle acquiesça, se recroquevillant autant que possible dans le siège alors qu'une vague d'épuisement la submergeait. Elle n'avait pas bien dormi depuis que Caswell l'avait faite prisonnière, et même maintenant, elle n'arrivait pas à calmer son esprit suffisamment pour essayer. Ils n'étaient pas encore hors de danger. Si Caswell était capable de la suivre à la trace, il pourrait la retrouver où qu'elle aille.

"Tu devrais me laisser quelque part et continuer sans moi, Aidan. Caswell m'a marqué, et il pourrait suivre ma trace grâce à ce lien."

Il a à peine détourné son regard de la route, mais il a secoué la tête d'un air décidé. "Je ne te laisserai pas derrière moi."

"Je pense que tu devrais le faire. C'est le seul moyen. Je n'y ai même pas pensé quand nous parlions d'évasion. Il peut me trouver n'importe où." Ses yeux se remplirent de larmes, et elle s'autorisa un moment de faiblesse en s'abandonnant à elles. Elle ne sanglote pas et laisse les larmes glisser tranquillement le long de ses joues, les essuyant toutes les secondes jusqu'à ce qu'elles soient épuisées.

Ce n'est qu'à ce moment-là qu'Aidan reprit la parole. "Il doit y avoir un moyen d'enlever la marque. Tu sais tout sur le fait d'être un métamorphe, alors comment faire ?"

Elle se concentrait sur la question, si bien que la révélation l'a prise au dépourvu. "Oh, mon Dieu. Quand vous avez désactivé l'énergie, vous avez coupé le système de survie pour eux tous, n'est-ce pas ?"

Cette fois, il détourna le regard un peu plus longtemps, l'expression triste et le chagrin clairement visible dans ses yeux. "Oui, mais c'était nécessaire."

Elle acquiesça, la tristesse la gagnant à la pensée de ses coéquipiers en train de périr, si ce n'est déjà fait. C'était cependant une libération, et une bénédiction plutôt qu'une raison d'en vouloir à Aidan d'avoir passé l'appel. "C'est mieux ainsi, et nous n'aurions pas pu nous échapper sans la coupure d'électricité.

Il acquiesça, et son expression était sombre lorsqu'il tourna la tête vers la route. "Même si j'avais trouvé un autre moyen de m'échapper, j'avais toujours eu pour objectif d'arrêter le projet autant que possible avant de partir. Je ne pouvais pas les laisser continuer à utiliser Jenny comme ça, et de cette façon, nous avons détruit au moins cent cinquante-Quatre de leurs super-soldats, puisque les deux autres ont disparu de ma liste de repas. Ils ont dû être intégrés au programme."

"Ils en ont probablement plus quelque part."

Il acquiesce. "Je suis sûr que c'est le cas. Nous allons tous les trouver et les faire taire, mais nous devons d'abord nous mettre à l'abri. Il faut qu'on te rende anonyme." Il se mordit la lèvre, son attention s'égarant une seule fois dans sa direction avant de revenir à la route. Il avait finalement allumé les phares, il devait donc les avoir jugés suffisamment éloignés pour être en sécurité.

Un instant plus tard, elle comprit pourquoi, alors qu'ils s'engageaient sur une grande route et sortaient de la forêt qu'ils avaient traversée. Il avait pris un autre itinéraire, mais elle reconnaissait le tronçon de route pour l'avoir traversé quelques jours auparavant. "Continuez vers le nord pendant les quarante-cinq prochaines minutes, mais nous pourrions envisager d'échanger nos véhicules lorsque l'occasion se présentera. Elle s'affaissa dans son siège, se creusant la tête pour trouver un moyen d'effacer la marque de Caswell. "Il nous reste alors cet autre problème..."

"Ça ferait sûrement mal, mais si on coupait cette partie ? Tu te guérirais toi-même quand tu te transformerais, et la morsure de l'accouplement ne serait plus là, n'est-ce pas ?"

Elle hésite. "Cela pourrait fonctionner, mais c'est terriblement proche de ma colonne vertébrale. Sans instruments chirurgicaux délicats et sans quelqu'un d'entraîné, vous pourriez finir par me tuer en essayant d'enlever la chair autour de la morsure." Sans compter que l'idée de subir une telle intervention sans la moindre anesthésie lui donnait des sueurs froides et la faisait frissonner d'effroi. Et s'il utilisait ses dents pour arracher cette partie de sa chair, il pourrait vraiment la tuer.

Une idée lui vint à l'esprit et elle se redressa brusquement. "Si tu peux supporter de le faire, tu peux me mordre à la place".

Son regard se pose sur elle avant de revenir sur la route. "Qu'est-ce que tu veux dire ?"

Un soupçon d'excitation s'est emparé d'elle. "Caswell ne m'a pas mordu depuis le premier jour où il m'a amené à la base, et je ne l'ai jamais mordu. Ses phéromones se mêlent encore aux miennes, mais pas aussi fortement qu'elles pourraient l'être. Vous devriez pouvoir me mordre et remplacer ses phéromones. Vous devrez probablement le faire plusieurs fois, et je devrais me déplacer entre les deux, mais cela devrait effacer sa marque si vous me mordez à la place".

Sa voix était épaisse, et il était difficile de dire quelle émotion teintait ses mots. "Si je te mords, cela signifie-t-il que je te revendique comme mon compagnon ?

Elle se mordit la lèvre avant d'acquiescer. Puis elle se racla la gorge et parla au cas où il n'aurait pas vu le mouvement de sa tête. "Oui, c'est exactement ce que cela signifie. Si je te mords aussi, cela renforce le lien entre nous, et nos phéromones se mélangeront plus vite."

Elle ferma les yeux. "Je sais que c'est beaucoup demander, d'autant plus qu'essayer de marquer le compagnon d'un autre métamorphe peut être physiquement douloureux, mais c'est la seule suggestion que j'ai. Sinon, tu dois partir et te mettre en sécurité, parce que je ne pourrais demander à personne de m'aider à garder une longueur d'avance sur Caswell le temps que sa signature phéromonale s'estompe. Cela peut prendre des jours, des semaines ou des mois."

Elle ne connaissait que les cas où quelqu'un avait perdu son compagnon. Pour elle, il s'agissait de son père, et il était pleinement humain. Il avait fallu des mois pour que les phéromones de sa mère disparaissent de la signature de son père, et elle avait été triste quand cela avait finalement été le cas, parce que c'était une autre façon de se souvenir de sa mère quand elle se sentait seule ou qu'elle lui manquait.

"Si je te prends comme compagnon, c'est pour la vie."

"Oui, c'est vrai, à moins que nous arrêtions de nous marquer l'un l'autre. Nous pouvons le faire, et nous finirons par nous libérer l'un de l'autre. Je pense."

Il détourna à nouveau le regard de la route, l'expression sérieuse, et ses yeux brûlaient de besoin. "Et si je ne veux pas me libérer de toi ?"

La chaleur emplit sa poitrine, mais elle se garde bien d'être pragmatique. Il y avait une attirance entre eux, mais cela ne signifiait pas un engagement à vie. Entreprendre la morsure d'accouplement était une chose sérieuse, et elle détestait en détourner le but habituel pour cacher sa présence à Caswell, mais elle était désespérée de faire quoi que ce soit pour échapper à son rôle de compagne.

Et il y avait certainement de pires compagnons qu'Aidan, quelle que soit la durée de leur relation. "Ce serait certainement quelque chose dont nous pourrions parler et que nous pourrions explorer." Elle ne pouvait pas s'engager plus que ça, et elle étouffait le coyote qui sommeillait en elle, ainsi que sa propre envie de déclarer qu'elle ne voulait pas d'autre compagnon que lui.

Cela aurait été impulsif, à la limite de la folie, puisqu'ils se connaissaient à peine. Malgré la certitude de son coyote qu'il était le partenaire idéal, son côté humain restait plus prudent. Les circonstances les avaient réunis et auraient pu créer un faux sentiment d'intimité qui risquait de s'effondrer dès que l'union serait mise à l'épreuve de quelque manière que ce soit.

Cette connaissance ne l'empêchait pas d'imaginer ce qu'ils feraient lorsqu'ils atteindraient un endroit sûr, ou de fantasmer sur ce que ce serait que d'avoir un accès libre au corps d'Aidan tout en lui transmettant ses propres droits sur lui. Cette seule pensée suffisait à lui faire aiguiser les dents, et elle devait se concentrer pour repousser le coyote.

Elle devait rester calme et ne pas laisser ses émotions interférer pour le moment. Ils devaient encore survivre et se débarrasser complètement de Caswell avant de pouvoir retourner au Sanctuaire. Alors, peut-être auraient-ils une chance de voir ce qu'ils pourraient signifier l'un pour l'autre en plus d'un soutien mutuel et de partenaires dans la fuite de Caswell et de la base.

Chapitre Dix

ILS ATTEIGNIRENT LA petite planque que Lex et les autres avaient délaissée pour se reposer l'autre nuit. Elle était heureuse qu'il le leur ait indiqué à l'époque, sinon elle n'en aurait pas connu l'existence sans la bonne radio et la fréquence actuelle pour obtenir des nouvelles de son équipe.

La dernière fois qu'elle s'était trouvée dans cette zone, ils avaient cherché à atteindre le Sanctuaire, mais à présent, elle cherchait simplement à se débarrasser de toute marque de Caswell, et c'était censé être une planque sécurisée. Ils allaient devoir prendre le risque, car plus vite elle enlèverait la signature phéromonale de Caswell de la sienne, plus vite ils pourraient s'enfuir définitivement.

C'était un petit appartement, conçu pour une ou deux personnes tout au plus, ce qui expliquait en partie pourquoi son équipe avait choisi de le contourner et de se rendre à la prochaine planque. Aidan alluma la lumière en la suivant dans le petit studio, et il était à l'étroit, même s'ils n'étaient que tous les deux.

Son estomac grondait, lui rappelant qu'il devait y avoir de la nourriture dans les placards, mais elle se concentrait sur l'élimination de la marque de Caswell. Aidan était encore en train de s'adapter à son nouveau métabolisme de métamorphe, et il allait être assez difficile pour lui de mordre pour la réclamer là où la signature de Caswell demeurait sans qu'il ait faim ou qu'il soit épuisé. "Tu as besoin de manger ou de te reposer ?

Il la surprend en secouant la tête. "Pas tout de suite. Je pense que nous devrions juste aller au marquage et nous préoccuper du confort plus tard."

Elle aurait peut-être dû insister gentiment pour qu'il s'occupe d'abord de ses besoins, mais elle était aussi impatiente qu'il semblait l'être de supprimer le lien qui permettrait à Caswell de les suivre à la trace. Elle prit le temps d'allumer le thermostat, réalisant à quel point elle avait froid sans vêtements, sans parler d'une parka ou d'autres vêtements d'extérieur. Elle n'avait pas eu le temps d'en prendre lorsqu'ils s'étaient enfuis sous leur forme de métamorphes. Sans son métabolisme de métamorphe, elle aurait probablement gelé dans le camion de l'armée, dont le chauffage était pour le moins inadéquat.

Aidan déglutit audiblement lorsqu'elle se rapprocha de lui, et son regard se posa clairement sur son corps. Il semblait aimer ce qui était révélé, et c'était une bonne chose. Non seulement parce qu'ils partageaient une attirance mutuelle, mais aussi parce que cela l'aiderait à surmonter l'aversion physique que lui inspirait le fait de marquer la compagne de quelqu'un d'autre. S'il la désirait suffisamment, cela l'aiderait à persévérer.

Non pas qu'elle veuille qu'il se sente obligé de le faire, mais c'était leur meilleure chance d'échapper à Caswell s'ils avaient l'intention de rester ensemble. Étant donné qu'elle ne connaissait Aidan que depuis quelques jours, l'idée d'être séparée de lui de façon permanente lui causait un désarroi disproportionné dans la poitrine.

Au bout d'un moment, Aidan se rapprocha d'elle. Son corps était aussi beau que dans ses souvenirs, et sa bite était dure et prête pour elle. Il prit son visage dans ses mains et rapprocha leurs bouches pour leur premier baiser. C'était doux, mais avec une chaleur sous-jacente qui brûlait entre eux, même s'il tressaillait.

Sachant que le baiser devait être douloureux pour lui, bien qu'il ne lui parût qu'extraordinaire, Lex se dégagea pour se pencher, posant ses genoux sur le sol et ses coudes sur le matelas du lit simple. Elle tira en arrière la longue bande de cheveux noirs qui cachait son cou, exposant la zone où la marque de Caswell la démangeait encore légèrement, et attendit sa morsure. Son estomac se tordait d'excitation et d'anxiété au fur et à mesure que les secondes passaient.

AIDAN FIXA LEX DANS sa position vulnérable et une vague de tendresse le traversa, se mêlant au désir qu'il avait déjà ressenti. Il avait été attiré par elle dès qu'il l'avait vue dans cette cellule de prison modifiée, mais depuis qu'il avait pris l'agent qui l'avait transformé en métamorphe, ses pensées étaient beaucoup plus primitives et viscérales. Son lion grondait à l'arrière de sa tête, et il lui fallut tout ce qu'il avait pour ne pas verbaliser une déclaration grognante de possession. Il s'habituait encore aux sens du métamorphe, mais il était certain d'avoir détecté plus qu'un petit soupçon d'excitation dans les phéromones de la jeune femme.

Malheureusement, elle empestait aussi Caswell. C'était une odeur âcre et amère dans ses narines, et il éternua pour la faire disparaître, bien qu'il n'y eût pas moyen de faire disparaître l'odeur, car elle faisait partie de ses phéromones, du moins jusqu'à ce qu'il s'occupe de ce problème.

Se rapprocher d'elle était à la fois excitant et nauséabond, car plus il s'approchait d'elle, plus la marque de Caswell devenait évidente pour ses sens. C'était comme un klaxon qui hurlait dans sa tête, l'avertissant du danger. Se souvenant de la secousse douloureuse qui l'avait traversé lorsqu'il l'avait embrassée, il lui fallut tout son sang-froid pour s'accroupir sur le sol, derrière elle. Lorsqu'il posa sa main sur son cou pour sentir la zone où elle avait été mordue, qui n'avait pas encore complètement cicatrisé malgré ses déplacements, ses doigts lui brûlèrent presque.

Il se sentait déjà un peu instable à cause de l'injection qu'il avait reçue. Il se sentait ainsi depuis qu'il s'était traîné jusqu'au placard à fournitures après avoir administré l'agent, où il avait passé le jour et demi suivant plus malade qu'il ne l'avait jamais été de sa vie. Même lorsqu'il s'en était sorti, c'était plus parce qu'il savait qu'il devait mettre le reste de son plan en marche que parce qu'il se sentait proche de la guérison.

Heureusement, abattre leur réseau électrique faisait partie de son plan depuis un certain temps, et le programme était déjà écrit et attendait sur son ordinateur portable. Il lui avait suffi de le télécharger sur leurs serveurs, puisqu'il s'était introduit par une porte dérobée des semaines auparavant, faisant de cette tâche une priorité depuis son arrivée à la base en tant que contractant civil.

Il serra les dents en se penchant plus près d'elle, imaginant qu'il pouvait sentir des vagues de chaleur se dégager de la morsure de son cou. Il ne savait pas encore grand-chose sur le fait d'être un métamorphe, mais son instinct le poussait à mordre exactement au même endroit que Caswell, et il pensait que ce serait le moyen le plus efficace de lui injecter ses phéromones. Il y avait un faible niveau de désir pour elle qui sous-tendait ses actions, mais il était actuellement si malade et repoussé par la notion que cela retenait son besoin d'elle.

Déglutissant, il ouvrit la bouche et voulut que ses dents se transforment en crocs. Rien ne se passa pendant un long moment, et il fut frustré par son incapacité à ne déplacer qu'une zone ciblée. Il n'avait pas besoin que tout le lion sorte. Avec le martèlement dans sa tête, et son état général de tremblement, il était difficile de se concentrer et de faire sortir ses dents. Seul le tic-tac silencieux de l'horloge à l'arrière de sa tête, lui rappelant que Caswell se rapprochait à chaque instant, le forçait à persévérer.

Enfin, ses dents s'allongèrent en crocs, et il ignora la montée de bile lorsqu'il s'élança vers elle et la mordit, s'abandonnant à son instinct. Il essaya de ne pas y penser et fit de son mieux pour effacer toute réaction physique lorsque ses dents pénétrèrent dans sa chair.

Presque immédiatement, elle poussa un cri et il recula. Il pouvait voir à la quantité de sang qu'il avait mordu trop profondément, mais il ne pouvait rien y faire. Il était trop occupé à vomir et à vider son estomac. Il y avait un goût dans sa bouche dont il ne pensait pas pouvoir se débarrasser un jour, et ce n'était pas seulement du sang. Ce n'était pas agréable non plus, mais il était certain de pouvoir goûter l'essence de Caswell sur sa langue. Cela le fit cracher à nouveau, alors qu'il venait de vomir.

Lex se transforma en coyote, et lorsqu'elle se transforma à nouveau, le saignement s'était arrêté, mais la morsure semblait encore fraîche et récente. Il pouvait encore voir l'empreinte de l'endroit où Caswell l'avait mordue. Bien que moins forte, il pouvait encore sentir les phéromones de Caswell mêlées aux siennes.

Lorsqu'il la mordit cette fois-ci, ce fut un peu plus facile, et son estomac se souleva, mais il ne vomit pas. Elle se déplaça et reprit sa forme humaine, et la morsure commençait à ressembler davantage à sa marque qu'à celle de Caswell.

Il la mordit plusieurs fois au cours des dix minutes suivantes, lui laissant le temps de se déplacer pour guérir. Aidan continua à la mordre jusqu'à ce que les derniers vestiges des phéromones de Caswell se soient estompés et que la marque de morsure qu'il avait laissée sur elle ait complètement disparu. Seule celle d'Aidan restait sur sa peau à présent, et le fait de voir sa marque sur sa peau désormais sans défaut raviva le désir qui s'était accumulé et avait mijoté pendant le processus qu'ils avaient entrepris.

Il se déplaça derrière son corps, imitant la position qu'il avait prise pour la mordre, mais cette fois-ci, c'était différent. Au lieu de la mordre, il déposa une série de légers baisers sur son cou.

Elle frissonna et gémit, et lorsqu'elle parla, sa voix était chargée de passion. "Nous ne devrions pas être ici. Il pourrait nous trouver."

Aidan était trop avancé pour prêter attention au bon sens, et il continua à embrasser son cou et son épaule, tout en mordillant occasionnellement sa chair à la place. En quelques instants, elle s'était fondue contre lui, son dos pressé contre sa poitrine alors qu'elle s'appuyait contre lui pour se soutenir, sa tête rejetée en arrière offrant un accès facile à son cou.

Il suça la courbe de son cou, la faisant gémir et frotter sa chaleur gluante contre sa bite palpitante. Il prit ses seins dans ses mains et fit tourner ses pouces sur ses mamelons, qui se durcirent contre ses doigts tandis qu'elle se cambrait pour se presser plus fermement contre ses mains.

Sa chatte l'inondait de son excitation, et il était à la merci de son côté animal lorsqu'il aligna sa bite sur son ouverture, arquant ses hanches pour l'enfoncer doucement dans son corps, centimètre par centimètre. Ses sens lui disaient qu'elle n'ovulait pas, mais il ne pensait pas que quelque chose aurait pu l'arrêter dans son besoin désespéré d'elle, même si elle l'avait fait.

Elle gémit et se pressa vers le bas, manifestement aussi perdue que lui dans leur besoin l'un pour l'autre, bien qu'ils soient restés fermement humains alors qu'ils jouissaient l'un de l'autre. Elle glissa le long de son corps, ses parois s'accrochant à son érection comme pour y laisser leur marque. Il était heureux de l'avoir et s'abandonna à elle tandis qu'elle le prenait complètement en elle.

Ils restèrent unis sans bouger pendant un moment, bien qu'il continuât à l'embrasser dans le cou et à lui caresser les seins. Ses doigts s'enfoncèrent dans le dessus de ses mains, là où elle avait mis ses mains sur les siennes, et il attendit qu'elle bouge.

Alors qu'il pensait qu'il n'en pouvait plus et qu'il allait mourir de ne plus pouvoir bouger, elle a commencé à le chevaucher. De par leur position, ses mouvements étaient restreints, mais elle glissait toujours de haut en bas sur sa tige. Chaque fois qu'elle le prenait à l'intérieur, elle gémissait, et sa bite tressaillait tandis qu'il répondait par un grognement de satisfaction.

Déplaçant ses mains de ses seins à ses hanches, il commença à l'aider à monter plus fort et plus vite avant de l'attirer contre lui tout en poussant ses hanches frénétiquement. Leur accouplement était brut et primal, sans aucune finesse ou séduction qu'il avait connue dans le passé. Il ne pouvait imaginer qu'il en soit autrement avec elle la première fois, surtout après l'avoir marquée comme sienne.

Il poussa un gémissement de protestation lorsqu'elle se retira brusquement, mais ce ne fut que pour se déplacer et se retrouver face à lui. Ils ne restèrent séparés que quelques secondes avant qu'elle ne ramène sa chaleur en elle, l'englobant sur toute sa longueur alors qu'elle descendait lentement le long de sa queue. Sa bouche chercha la sienne dans un baiser passionné, et leurs langues s'emmêlèrent et luttèrent pour la suprématie, bien qu'aucun des deux ne soit perdant. Les sensations étaient trop intenses pour le vainqueur comme pour le vaincu.

Ils s'adaptèrent rapidement à la nouvelle position d'elle sur le dessus, avec leurs bouches fusionnées, et continuèrent à se pousser frénétiquement l'un contre l'autre, tous deux à la recherche de la libération, presque en compétition. C'était intense et animal, et lorsqu'elle porta sa bouche à son cou, puis à son épaule, il soupira de plaisir lorsque ses dents s'enfoncèrent dans sa peau quelques instants plus tard.

Il y avait un pincement au cœur lorsqu'elle le mordait, le marquant comme sien, mais la plupart du temps, c'était l'extase. Des vagues de plaisir le traversèrent, et il était impossible de savoir d'où elles émanaient. Sa chatte se resserra autour de lui lorsqu'elle jouit, mordant plus fort qu'elle ne l'avait fait pendant son orgasme. Cela l'envoya au bord du gouffre lui aussi, et il y avait tellement de plaisir dans chaque terminaison nerveuse qu'il n'aurait pas pu retarder sa libération s'il l'avait voulu. Il avait vraiment l'impression d'avoir un orgasme de tout le corps lorsqu'il jouissait, la remplissant de sa libération.

Ils s'accrochèrent l'un à l'autre pendant quelques instants, et ses bras se resserrèrent autour d'elle lorsque Lex tenta de s'éloigner. C'était une réaction instinctive pour la garder près de lui, même si sa bite n'était qu'à moitié dure à l'endroit où leurs corps étaient encore fusionnés.

Elle écarta des mèches de cheveux de son visage et lui sourit. Elle avait manifestement déjà repris le contrôle, alors que lui luttait pour le faire. C'était pourtant logique. Elle avait été une métamorphe toute sa vie, et lui l'était depuis moins de deux jours. Lorsqu'elle s'éloigna en déposant un petit baiser sur son nez, il dut la laisser faire malgré son instinct qui le poussait à s'accrocher à elle.

"Nous devrions partir avant qu'ils ne nous trouvent ici". Elle s'est rapprochée. "Tu ne sens plus du tout son odeur sur moi ?"

Aidan grogna à l'idée que quelqu'un d'autre ait marqué sa compagne, mais il inspira aussi profondément qu'il le put et ne détecta rien d'autre que sa propre signature phéromonale mêlée à la sienne. "Je ne le détecte pas. Il y avait encore un soupçon de grognement dans sa voix, mais à mesure qu'elle s'éloignait de lui, il avait plus de facilité à reprendre le contrôle de son côté animalisé qui venait de naître en lui.

Lorsqu'elle fut habillée, il fut capable de se lever et d'imiter ses mouvements sans céder à l'envie de se jeter sur elle et de la prendre à nouveau. Il aurait le temps de le faire plus tard, lorsqu'ils seraient dans un endroit sûr, mais ils devaient d'abord y parvenir. Il ne voulait pas risquer de laisser sa compagne nouvellement revendiquée tomber à nouveau entre les mains de Caswell. Il était convaincu que cela le tuerait, et peu importait si c'était une réaction à leur nouveau lien, ou une hyperbole de la part de son côté métamorphe. C'était la vérité, et il n'avait pas l'intention de découvrir ce que serait la réalité. Il n'allait pas la perdre maintenant.

Chapitre Onze

IL LEUR AVAIT FALLU près de Trois jours pour atteindre Sanctuaire, tant leur itinéraire avait été détourné. Grâce à une radio qu'il avait cachée dans la planque, Lex avait pu entrer et rester en contact avec Malcolm par intermittence, et c'est lui qui les avait guidés, avait organisé les transports, et avait facilité leur passage chaque fois que c'était possible.

Lorsque Lex conduisit Aidan à travers l'entrée qui menait au bunker souterrain, elle eut l'impression de rentrer chez elle. Elle avait toujours prévu d'acheter une maison dans le désert lorsqu'elle prendrait sa retraite de l'armée, un endroit où son coyote se sentirait le plus à l'aise, mais elle appréciait la sécurité du Sanctuaire, avec ses airs de tanière et sa protection contre les regards indiscrets du groupe qui les poursuivait.

Les autres vinrent à leur rencontre lorsqu'ils pénétrèrent dans la salle de séjour principale. Elle grimaça lorsqu'elle vit ses coéquipiers jeter des regards suspicieux à Aidan. Elle leur avait déjà raconté son histoire, et pourquoi il pouvait sentir mauvais pour eux, il n'était donc pas surprenant de les voir tous sur les nerfs. Elle passa son bras autour de sa taille et l'attira plus près d'elle en signe d'approbation et pour leur rappeler qu'il était à elle autant qu'elle était à lui. "Détendez-vous. Je ne serais pas ici sans Aidan, comme vous le savez tous."

Comme un seul homme, les métamorphes présents dans la pièce lâchèrent une longue respiration et la tension s'évanouit.

Gillian s'avance la première, la main sur son ventre arrondi et tend l'autre en direction d'Aidan. "Je suis Gillian Stone, et nous avons une dette envers vous, Monsieur .... ?"

Lex laisse échapper un rire surpris lorsqu'elle réalise qu'elle ne connaît pas non plus son nom de famille.

"Walsh, madame. Il tend la main et serre la sienne. "C'est un plaisir de vous rencontrer."

Wyatt s'avança ensuite, passant son bras autour de la taille de Gillian de la même manière que Lex tenait sa compagne. Il n'a pas serré la main d'Aidan, mais il l'a salué d'un signe de tête avant de poser sur elle un regard inquiet. "Comment vas-tu ?

"Je vais bien. C'est bon d'être à la maison." C'était certainement le cas, parce qu'elle sentait qu'elle pouvait se détendre au moins un peu maintenant. Elle était certaine que Caswell ne pouvait plus la suivre, et elle pouvait enfin se permettre de baisser un peu sa garde.

Elle pourrait aussi consommer complètement son accouplement avec Aidan, ce qu'elle attendait avec impatience. Pendant leur voyage, ils n'avaient guère eu l'occasion d'explorer physiquement le lien qui les unissait. Il y avait eu quelques relations rapides, lorsqu'ils attendaient un transport ou une autre connexion sur le chemin du retour, mais elle n'avait pas encore eu l'occasion d'avoir une session tranquille pour apprendre tout ce qu'il y avait à savoir sur son corps et lui donner la même opportunité.

Lorsque ses coéquipiers eurent tous salué Aidan et les eurent débriefés, elle avait presque physiquement mal pour lui. Il était tard dans la soirée, ils pouvaient donc s'excuser sans être terriblement impolis, ce qu'elle fit dès que possible. Gardant la main d'Aidan dans la sienne, elle l'entraîna pratiquement loin du salon et dans l'un des deux couloirs. L'autre menait au système de maintenance qui maintenait leur sanctuaire non seulement habitable, mais aussi confortable.

De ce côté, c'étaient les quartiers d'habitation, et sa chambre était la troisième sur la droite. Elle ouvrit la porte d'un coup de pied et l'entraîna sur le seuil, parvenant à peine à la refermer derrière lui et à enclencher la serrure avant de se jeter dans ses bras.

Il rattrapa son poids avec un léger grognement et trébucha en arrière avant de se redresser rapidement. Il semblait être plus à l'aise avec ses sens de métamorphe maintenant, même si elle était certaine qu'il aurait encore du mal dans les jours à venir à réconcilier les deux moitiés de lui-même. C'était quelque chose que tous les métamorphes vivaient, mais la plupart apprenaient à le contrôler à la puberté. Elle pensait qu'Aidan y parviendrait plus rapidement, simplement parce qu'il était adulte et plus à même de contrôler ses émotions et ses impulsions.

Non pas qu'elle veuille qu'il se contrôle trop pour le moment. Elle voulait qu'il garde le lion enfermé à l'intérieur de lui pendant leurs ébats, mais elle n'avait rien contre le fait qu'il le laisse entrevoir dans sa passion et son attitude, si ce n'est physiquement.

Ses mains soutiennent ses fesses et la maintiennent contre lui. Elle avait les bras enroulés autour de ses épaules et les cuisses bloquées autour de sa taille. Il était plus grand qu'elle de quelques centimètres et cette position les mettait au même niveau.

Elle enfila ses doigts dans ses cheveux et rapprocha sa bouche de la sienne pour l'embrasser doucement. Elle voulait être lente et tendre, mais la passion entre eux ne tarda pas à s'intensifier. Si elle ne s'éloignait pas, ce serait un autre accouplement rapide et frénétique, mais elle avait envie de quelque chose de plus, quelque chose qui mènerait à une connexion plus profonde entre eux.

Il grogna sa désapprobation lorsqu'elle se dégagea, se tortillant hors de ses bras, et son propre gémissement étouffé de frustration révéla ce qu'elle ressentait également à la séparation. Lorsqu'il fit un pas de plus, essayant de la soulever à nouveau, elle leva la main et recula d'un pas. "Doucement, Aidan. Je veux prendre mon temps."

Ses yeux bleus s'illuminèrent un instant, et elle put presque voir le lion derrière l'homme, mais avec une profonde inspiration qu'il relâcha en frissonnant, il avait clairement repris le contrôle. Il la salua d'un signe de tête, mais cessa d'essayer de réduire la distance qui les séparait.

Elle lui envoya un baiser et, pour le récompenser de son état de contrôle, elle déboutonna lentement son pull. Son soutien-gorge avait été abîmé lors de leur dernier arrêt prolongé, où ils s'étaient livrés à une nouvelle fusion rapide de leurs corps, si bien que lorsque le pull s'ouvrit, il ne révéla rien d'autre que de la peau nue en dessous. Son regard s'arrêta sur ses petits seins, et sa respiration s'accéléra, mais il semblait se forcer à rester immobile.

Elle lui sourit, ravie de cette démonstration de contrôle, car elle avait du mal à garder le sien. Les coyotes métamorphes ne sont pas doués pour connaître immédiatement leurs compagnons, mais elle ne pouvait imaginer rencontrer quelqu'un qui lui conviendrait mieux qu'Aidan.

Leur expérience a peut-être introduit un faux sentiment d'intimité, mais elle n'y croit pas vraiment. Elle était certaine que peu importe la façon dont ils s'étaient rencontrés, ils auraient été attirés l'un par l'autre. Son passage au statut de métamorphe n'avait fait qu'accélérer le processus et exacerber son besoin d'elle, auquel elle répondait pleinement de manière instinctive.

Lorsqu'elle se tint entièrement nue devant lui, il était une statue rigide à quelques mètres d'elle. Aidan n'avait pas avancé, et à part serrer ses mains en poings, il n'avait pas bougé du tout, mais son regard parcourait ses formes de haut en bas, trahissant sa faim d'elle.

Elle s'approcha de lui, se hissa sur la pointe des pieds pour déposer un baiser sur la partie de chair révélée par l'encolure en V de sa chemise en flanelle avant d'en ouvrir le bouton. Sa bouche suivit le chemin tracé par ses doigts à mesure que chaque bouton révélait une autre partie de sa chair, jusqu'à ce qu'elle soit à court de boutons et que sa bouche atteigne la ceinture de son jean.

Il tremblait légèrement de façon continue, et elle lui jeta un coup d'œil pour confirmer qu'il s'agissait simplement de passion et non d'une résurgence des effets secondaires qui l'avaient assailli les premiers jours après l'injection du modificateur d'ADN. Aujourd'hui, il semblait aller bien et être en parfaite santé, si ce n'est qu'il était clairement sur le point de perdre le contrôle. Elle pensait que cela n'avait rien à voir avec une maladie persistante due à l'injection, mais plutôt avec la façon lente et prudente dont elle s'était déshabillée et dont elle avait commencé à le déshabiller, parsemée de baisers aguicheurs.

Son léger tremblement s'est transformé en un frisson de tout le corps lorsque ses doigts se sont portés sur le bouton et la fermeture éclair de son jean. Il gémit lorsqu'elle le fit glisser le long de ses hanches, retirant en même temps son slip. Il souleva un pied, puis l'autre, pour lui permettre de le faire glisser jusqu'au bout, puis il se tint nu devant elle.

Lex se mit à genoux dans un geste de pseudo-soumission, bien qu'elle ait le pouvoir de le réduire à l'état de sensation. Aidan laissa échapper un souffle étouffé lorsqu'elle enroula sa main autour de la racine de sa tige, dirigeant la tête vers sa bouche. Elle fit tournoyer sa langue autour de l'extrémité, à la fois pour faciliter le passage de sa bouche et pour le taquiner. Il gémit et arqua ses hanches vers l'avant, mais ne fit aucun autre geste pour la forcer à progresser plus rapidement, ou pour essayer de la pousser à prendre plus de sa longueur qu'elle ne le voulait à ce moment-là.

Elle avança lentement, enveloppant sa chaleur de ses lèvres à un rythme effréné qui mettait à l'épreuve ses propres limites de contrôle. Lorsque sa tête atteignit le fond de sa gorge, elle avala et le fit gémir à nouveau. Il y avait encore un léger écart entre ce que sa main couvrait et ce que sa bouche pouvait prendre, mais il ne semblait pas s'en préoccuper. Lorsqu'elle commença à faire tourner sa langue et à creuser ses joues tout en bougeant la tête d'avant en arrière, cela ne le dérangea certainement pas.

Aidan se déhancha contre son visage, sa main s'enfonçant dans ses cheveux, bien qu'il n'essayât pas de rapprocher son visage ou de la tenir d'une manière qui restreindrait ses mouvements. Il se contentait de s'ancrer en s'accrochant à elle, et il était manifestement à sa merci.

Elle avait prévu de le faire durer plus longtemps, mais elle s'est retrouvée impatiente de le voir se libérer, voulant être témoin du moment où son visage s'est crispé avant que son expression ne se transforme en une extase totale. Elle garda son regard vers le haut, faisant de son mieux pour voir son visage à tout moment tandis que sa bouche travaillait sa longueur jusqu'à ce qu'il gémisse et halète.

Lorsqu'il s'est durci dans sa bouche avant de commencer à tressaillir, elle a été récompensée par ce changement d'expression, où l'agonie s'est transformée en plaisir en l'espace d'une milliseconde. Il commença à jouir, et elle ne pensait pas qu'elle se lasserait un jour de voir cette expression sur son visage.

Lorsqu'il eut fini, elle se pencha en arrière et s'essuya discrètement la bouche avant de s'asseoir sur ses mollets et de lever les yeux vers lui, dans l'expectative.

"C'est mon tour ", dit-il avec plus qu'un soupçon de grognement dans ses mots. Il se pencha et la souleva dans ses bras, la faisant couiner au changement soudain de position alors qu'il la déplaçait du sol au lit. Il descendit avec elle, écartant ses cuisses pour exposer son cœur ruisselant.

Contrairement à elle, il ne semblait pas motivé par le besoin d'aller lentement et tranquillement. Au contraire, sa bouche s'est fixée sur ses plis et sa langue s'est glissée entre ses lèvres pour alterner entre un mouvement de poignard et un tourbillon de sa langue. Ses cuisses tremblaient et la chaleur provenait de son abdomen tandis qu'Aidan se régalait de sa chair lisse, l'amenant rapidement au bord de l'orgasme. Elle enroula ses doigts dans la literie, ayant besoin de ce soutien, alors qu'elle se préparait à basculer dans le vide.

Au lieu de cela, il s'éloigna de son clito, sa bouche s'adoucit tandis qu'il déposait des baisers le long de ses lèvres pulpeuses et dans sa fente. Il déplaça sa tête et commença à mordiller sa cuisse, et bien que ce soit érotique, ce n'était pas une stimulation suffisante pour la faire jouir. Elle arqua les hanches avec impatience, et il se contenta de rire contre sa peau, ignorant ses demandes tacites pour qu'il continue.

Lorsque l'envie de jouir s'est légèrement estompée, il a semblé s'en rendre compte et sa bouche est revenue au cœur de la jeune femme, ses lèvres pressant doucement son clitoris avant que sa bouche ne s'écarte pour tracer une piste invisible le long de sa cuisse droite qu'il a suivie avec sa langue, s'arrêtant de temps à autre pour l'embrasser ou la mordre.

Finalement, alors qu'elle n'était plus qu'un tas de sanglots et de supplications, il a fait preuve d'un peu de compassion et a dû choisir d'abréger ses souffrances, car sa bouche est retournée à sa chatte pour y travailler sérieusement. En utilisant sa langue, en alternant des coups légers et des poussées vigoureuses, entrecoupées de succions vigoureuses et de baisers légers, il l'a bientôt fait jouir, et jouir encore.

Elle tremblait encore des séquelles de son troisième orgasme lorsqu'il changea de position pour aligner ses hanches sur les siennes. Il s'enfonça en elle et elle serra ses doigts dans ses fesses pour le maintenir fermement contre elle tandis qu'ils commençaient à se pousser l'un contre l'autre. Elle renonça à la lenteur et à la tranquillité, décidant que la rapidité et la force étaient préférables. Être avec Aidan pourrait toujours culminer ainsi, ou peut-être qu'ils finiraient par assouvir une partie de leur faim l'un pour l'autre et qu'ils pourraient profiter de rondes d'amour plus lentes et plus prolongées. Cela ne devrait prendre que quarante ou cinquante ans.

Alors qu'un autre relâchement l'envahissait et qu'elle se pelotonnait contre Aidan, s'accrochant fermement à lui, Lex décida que ce n'était pas grave. Elle était d'accord pour passer les cinquante prochaines années à essayer de satisfaire son désir pour l'homme qui était toujours enfoui en elle. Elle était certaine qu'il lui faudrait encore plus de temps pour satisfaire son besoin de lui.

Allongée contre lui, elle se contentait de consacrer le nombre d'années qu'il faudrait jusqu'à ce qu'ils atteignent un état de besoin moins fervent. Le regardant dans les yeux, les bras autour de ses épaules, les doigts dans ses cheveux, elle fut frappée par un profond sentiment de savoir qu'il était son compagnon. Est-ce que c'était comme ça pour les ours ? Il leur suffisait de regarder quelqu'un pour le savoir ? Cela n'avait pas d'importance pour les autres personnes ou les métamorphes. Cela lui semblait juste à tous les niveaux. "Je pense que je pourrais passer le reste de ma vie avec toi, Aidan.

Il lui adressa un petit sourire avant de pencher la tête vers l'avant, la posant contre son front. "Je ne suis pas sûr que ce soit assez long, Lex.

Elle trembla légèrement à ces mots, réalisant qu'avec Caswell et le groupe d'agents secrets toujours à leurs trousses, leur durée de vie pourrait être bien plus courte que la moyenne. Dans ces conditions, il n'est pas étonnant qu'elle ait tant envie d'être avec lui et qu'elle soit si absorbée par ses pensées. Le fait de savoir qu'ils n'auraient peut-être pas longtemps à vivre ensemble doit être ce qui les a poussés à s'unir aussi frénétiquement.

Elle allait s'accrocher à son compagnon, profiter de chaque seconde qu'ils avaient avec lui, et se battre comme un diable pour s'assurer que cela durerait des années et des années, plutôt qu'un court laps de temps. Caswell pouvait faire ce qu'il voulait, elle serait prête. Elle avait trop de raisons de se battre, et trop de raisons de vivre, pour le laisser gagner, lui ou son groupe.

Justice (Guerriers blessés #4)

S'ACCROCHANT À L'ESPOIR que le docteur Daphne Wells puisse aider sa coéquipière et ancienne amante, Malcolm kidnappe le docteur et l'emmène au Sanctuaire. Une fois qu'elle a compris comment le groupe d'agents secrets a détourné ses recherches, elle est impatiente d'en inverser les effets, si elle le peut. Pendant qu'elle étudie les systèmes d'intelligence artificielle, Malcolm et le reste de l'équipe entreprennent de détruire systématiquement toutes les traces des projets Shift et Enhanced. Lorsqu'ils apprennent qu'un groupe d'investisseurs privés a lancé sa propre version du projet Enhanced, ils ont un nouvel ennemi à abattre. C'est vraiment le mauvais moment pour que son jaguar insiste sur le fait que la scientifique est sa compagne. Il ne peut pas la réclamer tant que leurs vies sont en danger, mais la vie vaut-elle la peine d'être vécue sans elle ?

Chapitre Un

LE CŒUR DE MALCOLM Reese a fait un bond et il a froncé les sourcils en direction de Lex. "Pourriez-vous répéter cette partie ?" Il était certain d'avoir entendu ce qu'elle avait dit, mais il avait besoin de le réentendre.

"J'ai dit que Caswell m'avait dit que Loris n'avait pas terminé la reprogrammation à laquelle ils soumettent les super-soldats avant que nous ne la sauvions. Il l'a activée pour m'acquérir, mais peut-être que..."

"Il y a encore Loris quelque part là-dedans", dit Malcolm. Un élan d'espoir tenta de naître, mais il l'étouffa rapidement. Ce n'était pas dans sa nature d'être trop optimiste, surtout face à des chances aussi sombres. Pourtant, s'il y avait une chance de retrouver la personnalité de leur coéquipier disparu, ils devaient essayer.

Il regarda Tianna, puis reporta son regard sur Aidan, le nouveau membre de leur équipe. Il ne le connaissait pas encore très bien, mais Lex s'était silencieusement porté garant de lui simplement en étant son compagnon, et il avait suffisamment entendu l'autre homme pendant le débriefing pour savoir qu'il savait se débrouiller avec les ordinateurs.

"Tianna et Aiden, je veux que vous cherchiez à savoir qui est le principal scientifique de leur projet Frankenstein. Nous sommes particulièrement intéressés de savoir qui a conçu leur système d'I.A., et qui supervise ce programme."

Avec leur assentiment, le débriefing se termina et il fit un signe de tête en direction de la porte. Wyatt et Gillian furent les derniers à partir, car il fallut à Gillian un moment supplémentaire pour se lever de son siège. Wyatt l'entoura d'un bras protecteur, l'une de ses mains enveloppant son ventre naissant, tandis qu'ils quittaient la salle de conférence.

Cela envoya une vague de désir à travers Malcolm qu'il étouffa rapidement. Même si son jaguar désirait ardemment retrouver sa compagne, son côté humain savait que ce n'était pas le bon moment. Il ne voulait pas risquer d'entraîner une femme qu'il aimait dans la situation dans laquelle ils étaient embourbés. Il n'y aurait pas de compagne pour lui tant qu'il n'aurait pas détruit tous les composants du projet Shift et du projet Enhanced et éliminé la menace qui pesait sur lui et ses coéquipiers.

LORSQUE SON TÉLÉPHONE portable sonna des heures plus tard, Malcolm gémit et l'attrapa. Le repos n'avait pas été facile, et il n'avait dormi que quelques heures. Le temps qu'il décroche le téléphone et réponde, il avait les idées claires. Une seule personne l'appelait sur ce numéro, et généralement ce n'était pas pour discuter. Maintenant que tous ses coéquipiers avaient été recensés, la plupart étant morts, il était impossible qu'*El Jefe* l'appelle pour obtenir l'autorisation d'une nouvelle arrivée au Sanctuaire. "Allô ?"

"Il y a un homme et ces choses dans la région. Mes hommes ont entendu l'hélicoptère il y a quelques heures et m'ont alerté. Je suis sorti pour les rencontrer et leur faire comprendre qu'ils ne devaient pas être ici sans ma permission, mais ce Caswell n'a aucun respect pour la façon dont les choses doivent être faites."

Malcolm a poussé un juron avant de demander : "Sont-ils près du Sanctuaire ?"

"Ils sont encore dans la moyenne montagne pour le moment, mais si nous ne nous occupons pas d'eux maintenant, ils vous trouveront."

"Combien ?

"Au moins dix-Huit. Vous aurez besoin d'armes et d'hommes à vos côtés."

Malcolm hésite, ne voulant pas introduire des personnes inexpérimentées dans l'équation. "J'ai mes coéquipiers."

"Dix-Huit ans, tu te souviens ? Laisse-moi faire ça pour toi."

Malcolm trouvait qu'il était presque impossible de refuser l'offre formulée de cette façon. Ce n'était pas comme si les hommes proposés par *El Jefe* étaient innocents. Ils protégeaient leur trafic de drogue avec zèle, et ils avaient probablement tué pour le faire. Il ne menait pas des agneaux à l'abattoir. "Très bien. Nous vous donnons rendez-vous dans une heure. Venez à pied pour éviter d'utiliser un véhicule qui pourrait attirer leur attention."

"Nous vous attendrons."

Il raccrocha quelques instants plus tard et se glissa hors du lit. Il avait mis un caleçon et un débardeur vert olive au lit, il ne lui restait plus qu'à trouver un pantalon de camouflage et à enfiler ses bottes. Il décida d'enfiler également une chemise camouflage à manches longues pour se protéger des combats. Comme toujours, il choisit des vêtements qu'il n'a pas envie de détruire si le besoin de se changer rapidement se fait sentir.

Après cela, il a alerté le reste de l'équipe, qui s'est mise en route en quelques minutes, à l'exception de Gillian, qui ne pouvait pas se battre à six mois de grossesse, et de Tianna, qui n'avait aucune expérience du combat en dehors de ce qu'elle avait appris pendant la période où elle et Devon avaient trouvé Loris.

Aidan était un inconnu, mais Malcolm n'avait pas d'objection à ce qu'un homme soit prêt à les accompagner. Ils auraient besoin de toutes les mains disponibles pour affronter un tel nombre de super-soldats, et si Lex lui faisait confiance - ce qu'elle devait faire si elle l'avait choisi comme compagnon - cela suffisait à Malcolm.

Ils se déplaçaient silencieusement dans la jungle, et c'était une randonnée qui aurait été impossible pour les deux humains qu'ils avaient laissés derrière eux. Seule leur vue perçante de métamorphe leur permettait de se frayer un chemin aussi sûr que possible dans le feuillage enchevêtré. Ils arrivèrent au point de rencontre désigné un peu moins d'une heure plus tard, et *El Jefe* était déjà là avec au moins une douzaine de ses propres hommes, tous armés d'AK-47. Malcolm ne doutait pas qu'ils avaient été convertis en armes entièrement automatiques, ce qui pouvait rendre les hommes entourant *El Jefe* trop confiants.

Se raclant la gorge, il parla doucement, mais assez fort pour que tout le monde l'entende. "Vous n'avez jamais été confronté à ce genre de choses. Une rafale de balles peut les mettre à terre, mais ils se relèveront probablement. Dès qu'ils sont au sol, il faut leur tirer une balle dans la tête. C'est le seul endroit vulnérable."

Chacun des hommes acquiesça solennellement et Malcolm réalisa qu'il s'était mis à l'espagnol sans y penser. C'était une langue qu'il avait apprise dans l'armée, mais il avait atteint un niveau de conversation en vivant au Mexique pendant près de deux ans.

"Ils sont à environ deux kilomètres au sud-ouest, *mi hijo*, dit *El Jefe*. "Vous nous guidez."

Malcolm acquiesça et avança, ses sens de métamorphe le guidant dans la bonne direction. Au moins un demi-kilomètre avant qu'ils ne voient les choses, leur odeur le frappa. Les super-soldats sentaient mauvais à tous les niveaux. Ils étaient une combinaison d'humain et de métamorphe, mais avec la puanteur amère de l'intelligence artificielle tissée à travers les deux. Il les avait sentis à de nombreuses reprises, mais il n'était pas encore assez habitué pour considérer l'arôme comme quelque chose qu'il pourrait prendre à bras-le-corps et auquel il pourrait s'acclimater facilement.

Sachant que les super-soldats pouvaient probablement les sentir aussi, il se déplaça rapidement, mais plus prudemment que jamais. Ceux qui l'entouraient faisaient de même, mais les humains n'étaient pas aussi fluides dans leurs mouvements. Ils étaient également gênés par leurs sens plus émoussés et la nécessité de suivre son groupe en deux lignes, ce qui obligeait les métamorphes à leur ouvrir la voie.

La jungle étant dense, il n'y avait pas de clairière dans laquelle ils pouvaient émerger. Ils ont simplement rencontré Caswell et son groupe, et l'état chaotique de la jungle était à la fois une bénédiction et une malédiction. L'état chaotique de la jungle était à la fois une bénédiction et une malédiction. Elle offrait un peu plus de couverture, mais elle rendait aussi plus difficile la recherche des super-soldats, du moins pour les humains. Ils ne pouvaient pas se fier à leur nez pour savoir dans quelle direction aller.

La proximité imposait de se battre de près, et il n'était pas le seul métamorphe à prendre sa forme animale presque immédiatement. Tous les super-soldats s'étaient déjà transformés dans la mesure de leurs capacités, et leur puanteur amère se mêlait dans son nez à la peur sous-jacente aux phéromones des humains derrière eux.

À leur décharge, aucun d'entre eux n'a fui. Soit ils étaient déterminés à éliminer la menace de leur territoire, soit ils avaient plus peur d'*El Jefe* que des super soldats. Ils se sont battus jusqu'au bout, avançant inexorablement pour faire face à chaque menace au fur et à mesure qu'elle se présentait.

Il a affronté un hybride d'humain et de blaireau, et bien que la chose soit vicieuse, Malcolm a contré chaque coup avec l'un des siens, forçant le super soldat à reculer alors qu'il marchait vers l'avant. Lorsqu'une ouverture se présenta, il transforma l'une de ses pattes en main et s'en servit pour arracher l'arme du super soldat de son étui. Il fallut Trois tirs de l'arme de petit calibre, directement entre les deux yeux, pour que la chose tombe définitivement.

Il s'arrêta brièvement pour regarder autour de lui, évaluant comment les autres s'en sortaient. Tout le monde était dans le feu de l'action, et les humains n'avaient pas cessé de tirer, si ce n'est le temps de changer leurs chargeurs. Il vit plusieurs corps de super-soldats sur le sol, puis il se retrouva aux prises avec un autre qui courait et sautait sur lui.

La bataille fut intense, mais brève. En moins de dix minutes, ils avaient vaincu les super-soldats, et il avait achevé l'hybride guépard qu'il combattait avant de regarder autour de lui pour évaluer à nouveau la situation.

Tous les autres étaient tombés, ainsi que certains humains, mais les membres de son équipe semblaient encore en un seul morceau. Un seul continuait à se battre, et il se rendit compte qu'il s'agissait de Lex. Combattre n'était pas tout à fait le bon mot. Elle avait clairement maîtrisé son adversaire, mais elle continuait à lui donner des coups de poing et de pied. D'après ce qu'il avait appris de sa coéquipière lors de son débriefing, elle avait définitivement le droit d'être celle qui mettrait fin à Caswell, mais il devait d'abord l'interroger. "Arrête, Lex. Ne le tue pas encore."

Le fait qu'elle se soit immédiatement figée, même si ses muscles continuaient à trembler, témoignait de son entraînement et de sa maîtrise de soi. L'effort qu'elle avait dû fournir pour se maîtriser et ne pas achever l'homme qui l'avait retenue prisonnière et avait tenté de la forcer à devenir sa compagne était évident.

Alors qu'il s'avançait, *El Jefe* lui posa une main sur l'épaule et il croisa le regard interrogateur de son aîné.

"Il y a une petite maison près d'ici. Elle est abandonnée, mais les blocs de ciment sont solides et elle tient encore debout. Elle devrait vous convenir."

Malcolm acquiesce. "Ouvrez la voie." Il s'avança et s'approcha de Caswell pour le soulever. Aidan saisit son autre bras et ils traînèrent le lieutenant-colonel à moitié conscient entre eux. Après avoir laissé derrière lui plusieurs de ses hommes pour brûler les corps, *El Jefe* les conduisit en direction de la maison qu'il avait mentionnée.

Ils l'atteignirent moins de dix minutes plus tard, et elle était à peu près telle que l'autre homme l'avait décrite. Le toit était en métal et les murs en ciment, mais la structure semblait saine et l'intérieur était encore partiellement meublé avec les restes des biens laissés par la famille qui y habitait autrefois. Ils avaient probablement fui lorsque le cartel avait envahi leur région, ou ils avaient reçu une compensation d'*El Jefe* pour déménager. Quoi qu'il en soit, ils n'avaient pas tout emporté avec eux, y compris une chaise de cuisine branlante.

En vertu d'un accord tacite, Aidan et lui ont traîné le lieutenant-colonel jusqu'à lui et l'ont déposé sur le siège. Le temps qu'ils lui attachent les mains et les pieds au bois, Caswell commence à se ressaisir. Il pouvait encore se débrouiller pour sortir de l'enfermement, mais il semblait trop affaibli physiquement pour le faire. Ils resteraient néanmoins vigilants.

Au début, il semblait confus, mais au fil des secondes, la confusion s'estompa dans son regard, remplacée par une résignation lasse. Ses épaules s'affaissèrent et son menton se posa sur sa poitrine.

Malcolm saisit une poignée de ses cheveux, le forçant à reculer la tête pour regarder les yeux de l'autre homme, qui étaient froids et légèrement reptiliens. S'il n'avait pas déjà su que Caswell s'était hybridé avec un ours, il aurait été certain qu'il s'agissait d'une espèce de reptile. "Savez-vous pourquoi vous êtes ici ?"

Caswell acquiesce, puis gémit. Apparemment, le mouvement l'avait fait souffrir. "Je peux imaginer", dit-il d'un ton rauque.

"Je veux que tu me donnes des détails. Donne-les moi facilement, et je ferai en sorte que Lex en finisse rapidement avec toi. Sinon, nous allons faire traîner les choses."

Caswell ouvrit un peu plus grand un œil tuméfié, semblant essayer de le fixer du regard alors qu'il tentait de renégocier. "Je vous dirai ce que je sais, mais vous devez me promettre de me laisser partir".

Malcolm était conscient de la façon dont Lex s'est raidie, mais elle n'a pas répondu verbalement. Il secoua subtilement la tête avant de fixer Caswell, l'air sombre. "Il n'y a pas de scénario dans lequel tu quittes cet endroit en vie. Vous êtes une menace pour Lex, et pour nous tous, et vous allez être neutralisé ce soir. La seule question est de savoir comment on le fait. Est-ce que tu souffres plus d'abord, ou est-ce que tu as une fin humaine et rapide ?"

La fureur de Lex se dégageait d'elle par vagues, l'odeur se mêlant à ses phéromones. Il ne pouvait pas lui reprocher sa colère indignée. Elle avait clairement anticipé plus qu'une fin rapide pour Caswell. Malheureusement pour elle, Caswell avait une petite monnaie d'échange sous la forme d'un savoir dont ils avaient besoin. Malcolm devait au moins lui proposer d'en finir rapidement en échange des informations qu'ils recherchaient.

Prouvant qu'il était plus lâche que courageux, Jasper Caswell a commencé à déballer tout ce qu'il savait, y compris l'emplacement des bases de l'armée où ils convertissaient des humains en super-soldats. Lorsque Malcolm s'est assuré qu'il avait toutes les informations qu'il voulait obtenir, il a fait un signe de tête à Lex. Celle-ci le surprend en ne s'avançant pas immédiatement pour se débarrasser de Caswell.

Au lieu de cela, elle se rapprocha de Malcolm, se plaçant à côté de lui et jetant un regard noir à Caswell. "Parlez-nous de vos affaires privées. Vous m'avez parlé d'investisseurs en dehors du programme. Nous voulons ces détails."

Caswell secoua la tête, jetant un regard à la femme qu'il aurait revendiquée comme sa compagne, avec ou sans son consentement. "Je ne te donnerai pas tous mes secrets."

Lex a su le persuader, et moins de cinq minutes après qu'elle ait commencé, le couteau à la main, ils avaient deux noms sur lesquels Tianna et Aidan devaient enquêter : Anthony et Collin Rochester.

"J'ai encore une question à poser", dit Malcolm. "Comment nous avez-vous trouvés ici ?"

Caswell avait l'air mal en point, et il saignait de presque toutes les parties visibles de son corps. "Lui". Il fixa temporairement son regard sur Aidan avant de regarder à nouveau Malcolm. "Il y a une puce en lui. Il se l'est mise lui-même quand il a volé le sérum de modification des métamorphes pour sauver sa misérable vie." Il commença à rire, mais son rire se transforma rapidement en toux. "Cette foutue montagne a brouillé le signal, mais nous l'aurions trouvé."

Caswell fixa Aidan du regard. "Je t'aurais mis en pièces devant elle pour avoir osé marquer mon compagnon. Puis il fixa Lex. "Je t'aurais baisé jusqu'à ce que tu sois en sang et que tu me supplies d'arrêter. Puis j'aurais recommencé plusieurs fois jusqu'à ce que sa puanteur te quitte."

Lex était clairement en colère, et ses joues étaient rouge vif, mais elle a gardé le contrôle en s'avançant et en frappant Caswell aussi fort qu'elle le pouvait contre l'arête de son nez.

Malcolm tressaillit au son de l'os qui se brise, suivi d'un bruit humide et écrasant lorsqu'elle atteignit la matière cérébrale. C'était fini en quelques secondes et c'était une fin bien plus rapide que ce que Caswell méritait.

El Jefe était resté en retrait, mais il s'est avancé et a fait un signe de tête en direction du corps de Caswell sur la chaise. "Nous allons nous occuper de nettoyer tout ça. Vous devez avoir une stratégie sur laquelle travailler."

Malcolm acquiesça, serrant brièvement l'épaule de son aîné tandis qu'*El Jefe passait* devant lui, apparemment décidé à quitter la cabane pour aller chercher ses hommes afin qu'ils s'occupent du corps de Caswell de la même manière qu'ils s'étaient débarrassés des autres super-soldats et des humains tombés au champ d'honneur. "*Gracias, Papi*", dit-il doucement, la chute soudaine d'adrénaline le fatiguant et le faisant presque vaciller sur ses pieds.

Après cela, ils retournèrent vers le Sanctuaire, et lorsqu'il vit la façon dont Aidan entourait Lex de ses bras, lui offrant son soutien pendant qu'ils marchaient ensemble, une nouvelle vague d'envie l'envahit. Il essaya de l'écraser en se rappelant qu'il ne pouvait pas avoir de compagnon pour le moment, mais cela ne rendait pas son désir pour son compagnon moins intense.

Chapitre Deux

APRÈS SIX HEURES DE sommeil, Malcolm se sentait à nouveau presque humain, et une tasse de café a achevé la transformation. Il terminait sa deuxième tasse lorsque Tianna entra dans la cuisine, l'air excité. Il fronça les sourcils dans sa direction.

Elle s'assit à la table avant de faire glisser un morceau de papier sur la surface en bois lisse. Il le prit et observa la photo ainsi que la collection de données. La brune de la photo était certainement agréable à regarder, et son chat ronronnait de plaisir devant ses traits uniformes, ses grands yeux verts et son air général de délicatesse. Ses cheveux bruns touffus étaient la seule chose qui gâchait son apparence éthérée, mais il aimait cette touche excentrique.

Il l'aimait trop, et il détourna son regard de la femme sur la photo pour regarder Tianna. "Qui est-ce ?

"Elle s'appelle Daphne Wells, et d'après ce qu'Aidan et moi pouvons glaner, le modèle qu'elle a présenté pour sa thèse de doctorat a été coopté par l'armée et institué dans le projet Shift et le projet Enhanced.

Il regarda à nouveau le papier, prenant cette fois-ci le temps de lire les informations au lieu de fixer l'image comme un adolescent qui se moque de tout. "Qu'est-ce que la robotique neuronale ?"

"Il s'agit d'une branche émergente de la robotique qui se concentre sur le cerveau humain. L'objectif est de comprendre l'ensemble de son fonctionnement, puis les voies divergent en fonction des scientifiques. La robotique neuronale a deux objectifs principaux. Le premier est de créer un cerveau artificiel qui fonctionne et imite la physiologie du cerveau humain, et le second est de trouver des moyens d'améliorer la fonction du cerveau humain."

Il ricane à cette idée. "Je peux deviner dans quelle branche le Dr Wells était impliqué". Il regarda à nouveau sa photo, trouvant presque impossible de croire qu'elle était médecin. Elle semblait trop jeune pour avoir passé les années nécessaires à l'obtention d'un doctorat. D'après les informations que Tianna ou Aidan avaient compilées, elle avait vingt-Quatre ans. Il fronça les sourcils en regardant à nouveau Tianna. "Tu es sûre que c'est elle ? Comment peut-elle être médecin à vingt-Quatre ans ?"

"Uber-genius", dit Tianna en haussant les épaules. "Daphne Wells a terminé le lycée à quatorze ans et a obtenu sa maîtrise à dix-Huit ans. Elle a terminé son doctorat à vingt ans et travaille dans le secteur de la recherche privée depuis Quatre ans."

Son regard se porte sur la section "expérience professionnelle" et ses lèvres se retroussent légèrement. "Elle travaille à l'Institut du cerveau ? C'est un nom tellement évident. Je me serais attendu à quelque chose de plus subtil."

Elle a haussé les épaules. "Je suppose qu'ils ont opté pour la rapidité, la clarté et la facilité d'adaptation. La plupart de leurs fonds proviennent de donateurs privés, bien qu'ils reçoivent quelques subventions du gouvernement. Apparemment, ils ont décidé qu'être flagrant était le meilleur moyen d'attirer les investisseurs."

"Quel type d'investisseurs ?

"Certaines fondations sont impliquées, mais la plupart des donateurs sont des personnes indépendantes qui font des dons pour diverses raisons : ils veulent améliorer leur propre intellect, poursuivre le traitement d'un proche souffrant d'une lésion cérébrale, etc.

Malcolm se frotta les yeux avant de regarder Tianna. "Vous dites donc que l'armée a coopté ses recherches ? Ce n'est pas elle qui supervise le projet ?"

Elle acquiesce. "D'après ce que nous avons pu déterminer, Mark Spencer était le scientifique de l'armée chargé de l'aspect intelligence artificielle des projets Shift et Enhanced. Il a disparu il y a cinq mois, et ce sont ses subordonnés qui dirigent depuis."

Il se renfrogne. "Il a disparu ? A-t-il vraiment disparu, ou le gouvernement l'a-t-il fait disparaître parce qu'il en savait trop ?"

Tianna lève une épaule, visiblement incertaine de la réponse. "Selon le rapport de police, sa fille a trouvé sa maison saccagée, et il y avait au moins un demi-litre de sang sur le tapis du salon, mais il n'y avait pas d'autres indices sur ses allées et venues, et il n'a pas été revu depuis." Elle baisse légèrement la voix. "Nous avons trouvé un dossier qui indique que la récupération de Spencer est une priorité absolue pour la division des opérations secrètes de l'armée qui s'occupe de cette expérience. Je pense qu'ils ne savent pas non plus où il est, et ils n'ont pas la moindre idée s'il a disparu volontairement ou si quelqu'un l'a enlevé. Quoi qu'il en soit, je doute que nous le trouvions, il est donc probablement dans une impasse".

Avec un soupir, Malcolm termina son café, désormais froid, en s'adossant à sa chaise. "Dans quelle mesure la conception de l'armée est-elle similaire à celle que le Dr Wells a présentée pour son doctorat ?"

"Presque identique, bien qu'ils aient modifié certaines choses ici et là.

Il soupira à nouveau en se passant la main sur le visage. "Tu penses qu'elle pourrait comprendre leur système puisqu'il est basé sur le sien ?"

Après une brève hésitation, Tianna acquiesce. "J'imagine que c'est possible. C'est pourquoi je vous ai apporté cette information. Pensez-vous pouvoir la recruter ?"

"Je vous garantis que je le ferai." *Recruter* était un mot si nébuleux, et s'il le fallait, il l'étirerait au maximum de sa signification. Lorsqu'il approcherait le docteur Wells, elle viendrait avec lui d'une manière ou d'une autre. Quoi qu'il en soit, il la ramènerait au Sanctuaire pour qu'elle mette ses talents au service de la résolution du désordre causé par son prototype.

DAPHNÉ A MAL AUX PIEDS et au bas du dos. Elle ne l'avait pas remarqué jusqu'à ce qu'elle sorte de l'entrée latérale de l'Institut du cerveau, car elle était absorbée par son travail. C'est ainsi qu'elle fonctionne. Lorsqu'elle travaillait, elle se concentrait uniquement sur la tâche qui l'attendait et faisait abstraction de toute gêne ou préoccupation secondaire.

C'est la raison pour laquelle elle oubliait souvent de déjeuner et qu'elle rentrait presque toujours à la maison avec des courbatures à force de rester debout dans des positions bizarres toute la journée à scruter le microscope ou à programmer des modèles théoriques à son bureau. Elle s'est toujours juré de mieux prendre soin d'elle, mais elle ne s'en souvenait jamais jusqu'à ce qu'elle quitte son travail pour la journée.

Non pas qu'elle l'ait vraiment laissé derrière elle, car son esprit était toujours tourné vers le modèle théorique sur lequel son équipe travaillait.

C'est sans doute pour cela qu'il lui a fallu un peu de temps pour se rendre compte qu'elle était suivie sur le chemin du parking. Elle avait retiré ses clés de son sac à main avant de quitter le travail, et les tenait maintenant fermement dans sa main tandis qu'elle cherchait à tâtons la bombe lacrymogène attachée à son trousseau de clés. Une fois qu'elle l'a mise en place dans sa main et qu'elle s'est assurée que la buse était orientée vers l'extérieur, elle se retourne pour faire face à celui qui la suivait. "Stop. Qu'est-ce que vous voulez ?"

Elle fronça les sourcils en finissant de poser la question, ne voyant personne derrière elle. Ils étaient dans le parking, et théoriquement, quelqu'un aurait pu se glisser derrière un véhicule, mais elle était certaine d'avoir bougé trop vite et d'avoir fait un geste inattendu en se retournant pour faire face à la personne qui la suivait.

Pourtant, il n'y avait personne, et elle n'avait pas d'explication à cela. Peut-être devrait-elle simplement considérer comme de la paranoïa le fait d'avoir été suivie, mais elle était certaine d'avoir senti des yeux sur elle, et peut-être d'avoir entendu des bruits de pas furtifs de temps en temps. Elle avait l'habitude de se fier à son intuition, et celle-ci lui criait actuellement qu'elle était en danger.

Plutôt que de hausser les épaules, elle a gardé la bombe lacrymogène bien serrée dans sa main et a commencé à se retourner. Avant qu'elle ne puisse le faire, des bras puissants l'ont entourée et elle a commencé à se débattre pour s'échapper. Son agresseur la tenait de telle manière qu'elle ne pouvait pas lever les bras pour l'asperger au visage avec le spray au poivre, et elle s'est contentée d'arroser le dos de sa main. Il siffla alors que sa peau commençait à rosir, mais il ne la lâcha pas.

Quand il sifflait, il sifflait vraiment. Elle réalisa que cela ressemblait plus à un son de détresse félin qu'à un son humain. L'idée lui donna des frissons, sans qu'elle puisse dire pourquoi. "Qu'est-ce que tu veux ? Réalisant qu'elle ne devrait pas perdre son temps à poser des questions, elle ouvrit la bouche pour crier. Elle réussit à lancer un faible appel à l'aide avant que l'autre main ne se referme sur son visage.

Oui, celui qui la tenait était bel et bien un homme. Elle le devinait à la forme et à la taille de sa main, à la paume et au bout des doigts légèrement rugueux et calleux. Elle continua à se débattre contre lui, déterminée à s'échapper. Elle refusait d'être violée, volée ou assassinée à moins d'un demi-pâté de maisons de son employeur, où elle passait le plus clair de son temps. C'était son endroit sûr, bon sang, et il n'allait pas le lui voler.

En se tortillant contre lui, elle réussit à avoir assez d'espace pour ramener son coude aussi fort que possible dans son plexus solaire. Il laissa échapper un souffle d'air, et son emprise sur elle se relâcha tandis qu'il gémissait. Elle parvint à se libérer et commença à courir, sans prendre la peine de se retourner pour voir qui avait essayé de l'attraper.

Malheureusement, son agresseur se ressaisit rapidement, et le lourd martèlement des pieds derrière elle l'incite à courir encore plus vite. Soudain, un poids dur atterrit dans son dos et le ciment du parking se précipita sur son visage. Une main teintée de rose lui étreignit la joue, interrompant le choc de son visage contre la surface dure. Son agresseur grogna sous l'impact, et il devait être douloureux de voir sa peau fraîchement aspergée de poivre bousculée par son poids contre le ciment. Elle grimaça à cette idée tout en roulant sur le dos et en continuant à se battre pour lui échapper.

La première fois qu'elle a vu son visage, elle s'est arrêtée une demi-seconde, et ce n'était pas parce qu'elle essayait de mémoriser ses traits pour rédiger un rapport de police plus tard. Elle était simplement fascinée par ce qu'elle voyait. Il avait la peau bronzée et les yeux marron doré, et ses cheveux blonds avaient plus qu'une pointe de rouge. La barbe le long de ses joues lui démangeait les doigts pour en sentir la texture, et elle fut consternée par cette réaction. Cela la ramena à sa situation et elle recommença à se débattre.

Il grogna vers elle, un vrai grognement d'animal, puis son visage s'allongea et se déplaça pendant une seconde, révélant un museau et des moustaches avant de reprendre sa forme humaine. "Ne bouge pas et arrête de te débattre. Je ne veux pas te faire de mal."

Son cœur s'emballait dans ses oreilles, battant encore plus fort qu'avant sous l'effet de l'adrénaline provoquée par la poursuite et la tentative d'échapper à la capture. "Qu... Qu'est-ce que vous êtes ?" Sa voix tremblait lorsqu'elle posa la question.

"J'ai besoin de votre aide, Dr. Wells."

Elle pouvait bien imaginer que c'était le cas si elle avait vraiment vu ce qu'elle pensait avoir vu. Ce n'est pas possible. C'était impossible. Se dire cela ne la convainquait pas complètement que ses sens l'avaient trompée. "Que veux-tu de moi ?"

"C'est une longue histoire, et je vous la raconterai en chemin."

"En route vers où ?"

Son ravisseur secoua la tête et commença à se lever, l'entraînant avec lui. "C'est aussi une longue histoire. J'ai besoin que vous veniez avec moi maintenant, Dr. Wells."

Elle secoua la tête, essayant de se dégager du bras qu'il avait autour de sa taille. "Je ne sais même pas qui tu es, ni ce que tu veux. Il n'y a aucune chance que j'aille quelque part avec toi volontairement."

Il laissa échapper un soupir qui ressemblait à un mélange d'irritation et de résignation. "Je me doutais bien que ce serait ta réponse."

Elle se débattait encore lorsque la piqûre d'une aiguille dans son cou la fit tressaillir. "Quoi ?" Elle était tellement surprise qu'elle ne parvint pas à formuler le reste de sa question. Elle avait eu l'intention de demander ce qu'il lui avait donné, mais il avait répondu à une toute autre question, supposant probablement qu'elle avait prévu de lui demander ce qu'il était en train de faire.

"Je vous recrute, Dr. Wells."

MALCOLM AVAIT DÉTESTÉ devoir endormir la scientifique, mais cela semblait préférable à la blesser si elle continuait à se débattre. Il avait apporté le sédatif en guise d'assurance, et il en avait eu besoin. À présent, elle était affalée du côté passager du véhicule, la tête penchée comme si elle faisait une sieste. Il avait dû lui administrer une autre dose entre le moment où il l'avait acquise et celui où il s'était arrêté à son appartement pour prendre quelques affaires essentielles, dont son passeport.

Elle s'était réveillée une fois pendant le trajet vers la frontière, mais elle était tellement groggy et confuse qu'il avait réussi à la convaincre qu'elle avait juste besoin de faire une sieste, et elle s'était rendormie. Peu avant d'atteindre la frontière mexicaine, il s'est arrêté pour tester ses réflexes et ses réactions, et l'a trouvée à peine consciente. Son pouls et son rythme cardiaque étaient bons, il n'était donc pas inquiet qu'elle dorme trop profondément. Il voulait simplement qu'elle soit suffisamment endormie pour passer la frontière tranquillement et sans incident.

Le moment était venu, et même s'il aurait préféré se glisser dans l'un des endroits plus vulnérables où la sécurité était moins stricte, il s'agissait du chemin le plus direct pour entrer dans le pays, et le temps était compté. Une fois arrivé au poste de péage, il tendit son faux passeport, mais entièrement fonctionnel, et le sien à l'agent chargé de la barrière.

Derrière lui, un *fédéral* semblait monter la garde, et plusieurs membres de l'armée mexicaine étaient bien visibles et exhibaient ouvertement leurs mitrailleuses. C'était un spectacle typique de son expérience de la traversée depuis un an, mais il en était d'autant plus conscient aujourd'hui qu'il retenait techniquement le docteur Wells contre son gré, et que si elle se réveillait, cela lui causerait de gros ennuis. Même son métamorphe pourrait avoir du mal à échapper aux soldats et aux agents armés.

Heureusement, le préposé au péage n'a pas dû les considérer comme suspects. Tout au plus a-t-il dit : "Tournez la tête de ce côté, s'il vous plaît."

C'est ce que fit Malcolm en se pressant contre son siège, l'avançant légèrement pour que le garde puisse la voir. "Je suis désolé, mais elle a le sommeil profond, et c'est elle qui a conduit la plupart des véhicules jusqu'à ce que nous changions d'endroit, il y a environ une heure."

Il se contente de hocher la tête avant de poser quelques questions d'usage. Apparemment, rien de ce qui concerne Malcolm ou Daphne Wells ne l'a intéressé ou n'a éveillé ses soupçons, car il leur a rendu leur passeport et les a fait passer en quelques minutes.

Après cela, le trajet jusqu'au hangar où il a laissé un avion privé s'est déroulé sans encombre. La doctoresse est restée inconsciente pendant le transfert de la voiture au petit Cessna, et il l'a installée avec soin dans l'un des Quatre sièges inclinables du petit avion. Il l'inclina de façon à ce qu'elle soit allongée et plaça une couverture sur elle et un oreiller derrière sa tête. C'était le moins qu'il puisse faire pour la mettre à l'aise pendant qu'il la kidnappait.

Cela, et son chat l'incitait à la surveiller. La bête se sentait déjà possessive à l'égard du Dr Wells, et c'était une constatation alarmante. Il ne voulait pas que son jaguar remarque une femelle susceptible de s'accoupler en ce moment. C'était gênant et contraire à tout ce qu'il avait planifié. En ignorant cette pulsion, il pouvait faire comme si elle n'existait pas. Il l'espérait.

Après l'avoir installée, il alla s'asseoir sur le siège du pilote et ils furent bientôt en route. Le vol fut rapide par rapport à la durée du trajet, et il atterrit dans l'un des hangars privés d'*El Jefe* moins de Trois heures après son départ de Tijuana. Une Land Rover robuste les attendait, la même que celle qu'il avait apportée au début du voyage, et il se glissa hors de son siège pour retourner dans la section passagers de l'avion afin d'y récupérer le Dr Wells.

Elle dormait encore, et il essaya de se dire que c'était l'irritation qui l'animait lorsqu'il se penchait pour la prendre, plutôt qu'une réaction plus primitive à sa proximité. Toutes ces pensées s'envolèrent devant la brûlure soudaine de ses yeux. Il poussa un juron et la lâcha en se tripotant le visage, ses mains imitant le mouvement qu'aurait utilisé son jaguar. "C'est quoi ce bordel ?"

Elle n'attend pas pour répondre à sa question. Elle s'était déjà levée de son siège et se précipitait vers la porte. Avec ses yeux brouillés, il pouvait la voir se débattre avec le mécanisme de verrouillage, et il poussa un juron lorsqu'elle parvint enfin à le libérer alors qu'il se précipitait vers elle. Il voyait à peine et ses yeux étaient en feu. Il allait devoir se laver, même s'il savait que cela risquait d'aggraver la piqûre. Une fois le spray au poivre enlevé, il pourrait se déplacer pour soigner les dégâts, mais cela prendrait du temps.

Il gloussa même dans sa douleur en se rappelant exactement où ils se trouvaient. Le hangar et la piste d'atterrissage se trouvaient littéralement au milieu de nulle part, entourés de jungle de tous les côtés. Même si elle était assez folle pour s'enfoncer dans la jungle à la recherche d'une échappatoire, son chat n'aurait guère de mal à la retrouver.

Il ne prit pas son temps, car il ne voulait pas qu'elle prenne trop d'avance, mais il s'arrêta assez longtemps pour enlever le maximum de résidus du spray au poivre avec de l'eau et du savon, ne voulant pas qu'il en reste dans sa fourrure lorsqu'il se métamorphoserait, sinon la blessure ne guérirait pas.

Après s'être nettoyé, ses yeux larmoyaient et brûlaient toujours, et il s'est rapidement déshabillé pour pouvoir passer au jaguar. Presque immédiatement, sa vision s'améliora, et lorsqu'il reprit sa place, il voyait à nouveau parfaitement. En s'habillant, il remarqua que la tache rose de peau irritée sur sa main était redevenue normale, comme il s'y attendait. Le changement l'avait guéri, et il devait maintenant trouver la femme qui l'avait aspergé.

DAPHNÉ S'ÉTAIT ENFUIE de l'avion aussi vite qu'elle le pouvait. Elle s'était réveillée pendant la descente et avait retrouvé suffisamment de ses facultés pour se rendre compte qu'il avait posé son sac à main sur ses genoux. Il n'avait pas pris la peine de se débarrasser de ses clés, alors elle les avait trouvées dans la section des fermetures éclair. Ce n'était pas l'endroit où elle les rangeait habituellement, mais elle n'allait pas s'en plaindre.

Il avait été difficile de jouer les opossums pendant qu'il posait l'avion et revenait vers elle. Lorsqu'il s'est penché pour la soulever, elle a été surprise de remarquer son odeur masculine attirante. Elle avait dû forcer le retour de ses pensées pour s'échapper, et il avait été étonnamment difficile de diriger le spray au poivre sur lui. Elle n'avait pas voulu lui faire de mal, ce qui était une réaction ridicule étant donné qu'il l'avait kidnappée, et qui savait ce qu'il avait l'intention de lui faire ? Si elle avait de la chance, il voudrait simplement demander une rançon, et elle était certaine que son employeur paierait pour la récupérer. Ils appréciaient son intelligence, si ce n'est elle-même.

Mais il pouvait vouloir quelque chose de bien pire, et c'est ce qui l'a poussée à courir. Même lorsqu'elle atteignit l'extrémité de la piste d'atterrissage et qu'elle chercha autour d'elle un signe de civilisation, mais n'en trouva aucun, elle continua à courir. Bien sûr, elle avait vérifié la Land Rover, mais elle était fermée à clé, et elle ne doutait pas que les clés se trouvaient sur l'homme qu'elle avait laissé derrière elle dans l'avion.

Elle n'hésita qu'un instant avant de s'élancer dans la jungle. C'était une citadine dans l'âme et elle n'avait aucune idée de comment survivre dans un tel environnement, mais tout ce qu'elle avait à faire était de s'y abriter pendant un petit moment jusqu'à ce qu'il cesse de la chercher. Ensuite, elle pourrait d'une manière ou d'une autre retourner aux États-Unis - car elle était certaine qu'ils n'étaient plus aux États-Unis à en juger par le terrain autour d'elle - et rapporter l'incident.

Elle avait même son passeport, offert par son kidnappeur. Il avait été glissé dans son sac à main avec ses clés, de sorte qu'elle pouvait passer la frontière et qu'elle avait les moyens de payer le transport si elle trouvait la civilisation. Si l'on considère qu'il était un ravisseur impitoyable, il était étonnamment prévenant, gardant toutes ses affaires ensemble et en sa possession.

Son cœur battait la chamade dans sa poitrine alors qu'elle se précipitait dans un bosquet de lianes, essayant de s'en servir comme bouclier. Elle tressaillit lorsqu'elle l'entendit crier son nom.

"Dr. Wells, sortez s'il vous plaît. Vous allez vous blesser là-dedans."

Elle lui tira la langue, mais ne prit pas la peine de répondre au-delà de ce geste puéril. Seule une idiote parlerait et révélerait sa position, et Daphné n'était pas une idiote.

"Il y a des animaux que vous ne connaissez pas et vous pouvez vous perdre. Si vous disparaissez dans la jungle, vous risquez de ne jamais être retrouvé, docteur Wells. Soyez raisonnable et sortez. J'ai déjà promis de ne pas vous faire de mal."

Avec un regard plein de ressentiment en direction de l'endroit d'où émanait sa voix, elle toucha le point douloureux de son cou où il l'avait injectée la première fois. Il y avait un point similaire sur sa hanche, là où il l'avait fait la deuxième fois. Elle avait été suffisamment réveillée pour se rendre compte qu'il lui donnait un sédatif, mais pas assez pour lutter contre ses tentatives. Elle était sûre qu'il ne lui ferait pas de mal. Elle supposait qu'il était un homme de parole. Elle renifla doucement à cette pensée, mais plaqua une main sur sa bouche.

Elle roula des yeux en lâchant sa main. Elle était trop loin pour qu'il puisse entendre un si léger bruit.

C'est pourquoi elle fut déconcertée lorsque son regard sembla se fixer sur elle en se tournant dans sa direction. Elle avait l'impression d'avoir dévoilé sa cachette par ce petit son, même si cela semblait trop insensé pour être possible. Il fallait qu'il ait une super ouïe pour percevoir cette petite expulsion sonore.

Néanmoins, par prudence, elle décida de changer de cachette. Aussi prudemment et silencieusement que possible, elle se dégagea des lianes et avança, rampant prudemment dans l'épais sous-bois. Chaque pas était une bataille, comme si la jungle elle-même était déterminée à la maintenir en place jusqu'à ce que son kidnappeur puisse la rattraper. Les lianes la combattaient, s'emmêlant dans ses cheveux ou griffant sa peau tandis qu'elle se frayait un chemin. Les grands arbres poussaient trop près les uns des autres à certains endroits pour qu'elle puisse s'y faufiler, et sa progression était tortueusement lente.

Finalement, elle décida de grimper à l'un des arbres et de s'y cacher. C'est une bonne chose qu'elle se soit astreinte à faire de la gym au moins Trois fois par semaine, parce qu'elle avait besoin de toute son endurance pour grimper à l'arbre. C'est aussi une bonne chose que le code vestimentaire de son bureau soit décontracté, car elle n'aurait pas pu faire une telle ascension en escarpins et en jupe.

Son kaki et sa chemise blanche étaient sales lorsqu'elle atteignit une branche qu'elle jugea assez haute pour être hors de sa vue, bien qu'elle ne s'attendît pas à ce qu'il soit assez intelligent pour lever les yeux. S'il avait le moindre don intellectuel, il n'en aurait pas été réduit à kidnapper pour subvenir à ses besoins.

C'est pourquoi elle fut mécontente lorsqu'il atteignit l'arbre où elle se cachait moins de cinq minutes plus tard et qu'il la regarda droit dans les yeux. Ses yeux brillaient dans le crépuscule naissant, reflétant la lumière avec un éclat d'or animal. Elle déglutit bruyamment, se souvenant brusquement du moment où elle avait cru qu'il avait brièvement transformé son visage en un museau et des moustaches semblables à ceux d'un félin. Non, ce devait être un effet secondaire de la drogue. Ce n'était qu'une hallucination. Il était impossible de savoir ce que le sédatif avait fait à son cerveau à court terme, et elle ne pouvait que prier pour qu'il n'ait pas d'effet à long terme.

Les mains sur les hanches, il la regarde fixement. "Descendez de là, docteur Wells. J'aimerais être de retour au Sanctuaire avant la tombée de la nuit, et la route est encore longue. S'il fait trop sombre, nous devrons nous arrêter quelque part en chemin plutôt que de risquer de rouler dans les montagnes en pleine obscurité. Même les phares n'y parviendront pas et nous ne serons pas en sécurité. Je doute que tu veuilles t'arrêter quelque part et partager une chambre avec moi - et tu n'auras certainement pas la tienne après ce petit tour de force."

Elle lui lance un regard noir. "Ce n'est pas un coup monté. Vous m'avez kidnappée, et j'exige que vous me rameniez chez moi tout de suite. Même jusqu'à l'ambassade américaine la plus proche, c'est parfait. Je ne vous dénoncerai pas, du moins pas spécifiquement, mais vous devez me ramener."

Il secoue la tête, l'air agacé. "Je n'ai rien à faire, docteur Wells. Je suis heureux de vous donner une explication à tout cela, mais vous devez d'abord descendre. J'ai déjà promis de ne pas vous faire de mal, et je le pensais."

Elle lui lance un regard noir. "Tu m'as bourrée de drogues. Deux fois."

Il acquiesça d'un signe de tête laconique. "J'ai fait ça pour ne pas te blesser davantage. Ton combat allait te blesser".

Elle laisse échapper un rire dur. "Je vois. Tout est de ma faute. Je n'aurais pas dû résister à votre tentative de me kidnapper ? C'est de la victimisation à outrance, espèce de voyou."

"Malcolm", dit-il d'un ton doux.

Connaître son nom était quelque peu déconcertant, et elle tenta de l'ignorer. "Je me fiche de votre nom et de vos motivations. Je veux rentrer chez moi."

"Je te promets de te ramener chez toi quand tu auras fait ce que nous attendons de toi. Maintenant, descends."

Elle renifle. "Comme si j'allais faire ça".

Il semblait à bout de patience, mais ses actions étaient déconcertantes. Au lieu de continuer à essayer de la cajoler ou de lui donner des ordres, il commença simplement à se déshabiller. Elle voulait détourner le regard, et elle aurait certainement dû le faire, mais elle n'y parvenait pas. Daphné se reprocha d'avoir pris un moment pour apprécier la belle forme masculine devant elle, se rappelant que voir son ravisseur nu n'était pas une bonne chose pour elle. On ne pouvait pas savoir ce qu'il avait l'intention de faire, même si elle n'était pas certaine de ce qu'il pourrait accomplir en bas, sans vêtements. Bien sûr, elle ne pouvait pas rester dans l'arbre toute la journée. Ses bras se fatiguaient déjà à force de s'agripper à la branche, et elle aurait dû prendre le temps de s'asseoir dans une position plus confortable.

Elle sursauta lorsque l'homme devant elle sembla se fondre dans la forme d'un jaguar. Il était d'un brun doré avec des taches plus sombres et avait une allure royale lorsqu'il s'étira et secoua la tête avant de sortir ses griffes et de commencer à grimper à l'arbre. Son cerveau refusa un instant d'assimiler ce qu'elle voyait, et elle scruta désespérément le sol, à la recherche de signes de son ravisseur. Où était passé Malcolm ?

Elle savait très bien où il était allé, pour en avoir été témoin elle-même. Il s'agissait simplement de croire que c'était impossible. Il était tout simplement impossible que le jaguar qui montait à l'arbre soit le même être qui avait été humain quelques secondes auparavant. Absolument pas.

Finalement, sa paralysie due au choc se brisa et elle commença à essayer de grimper plus vite, mais elle progressa à peine avant que le jaguar ne la rejoigne. Elle s'accrochait au tronc de l'arbre, ses fesses amorties par la branche en dessous d'elle, lorsque le félin arriva à sa hauteur.

Ses griffes s'accrochèrent à l'écorce, mais son visage fondit pour redevenir celui de Malcolm. "Descends maintenant, ou je devrai te porter sur mon dos, et je ne peux pas garantir ta sécurité. Je vous expliquerai tout, mais j'ai besoin de votre promesse de coopérer au moins pour un petit moment. Le ferez-vous, Dr. Wells ?"

Accrochée de façon précaire à l'arbre, face à quelque chose qui pouvait se transformer en homme ou en chat selon les besoins, elle fit la seule chose qu'elle pouvait faire. Elle ouvrit la bouche et se mit à crier comme une hystérique.

Chapitre Trois

LES OREILLES DE MALCOLM bourdonnaient encore lorsqu'il la traîna au pied de l'arbre et la déposa sur le sol de la jungle avec un peu moins de douceur qu'il n'aurait dû. Il était tout simplement irrité contre elle. Avait-elle la moindre idée de la difficulté qu'il y avait à descendre d'un arbre en la portant alors qu'elle se débattait contre lui, sa forme se déplaçant à moitié pour permettre à un bras de s'enrouler autour d'elle, tandis que ses autres membres naviguaient entre l'écorce et les branches pour les amener tous les deux au sol en toute sécurité ?

La regardant toujours, il s'habilla rapidement. Au moins, elle s'était tue, même s'il supposait que ce n'était pas une bonne chose non plus, car son silence semblait frôler la catatonie. Il s'agenouilla près d'elle, prit son menton dans sa main et la secoua doucement, tout en lui parlant fermement. "Calme-toi et respire. Votre vision du monde a changé et il va vous falloir du temps pour vous y adapter. Je t'expliquerai tout en chemin, mais je retourne à la Land Rover et tu viens avec moi."

Lentement, elle hocha la tête, ce qui était un progrès. Il avait craint qu'elle ne soit enfermée dans son propre esprit pendant un moment, ayant été poussée par le choc à se dissocier de lui et de la réalité, même brièvement. C'était un soulagement de la retrouver, et un soulagement encore plus grand de ne plus la voir crier. "Tu peux marcher toute seule ?

Hésitante, elle acquiesça, et lorsqu'il se leva, lui offrant une main pour se lever, elle sembla vouloir l'ignorer. Avec un juron d'impatience étouffé, il lui saisit le poignet et la souleva pour la mettre debout, ne la relâchant pas tandis qu'il la tirait quelque part entre le côté et l'arrière de lui, tandis qu'ils traversaient la jungle et retournaient vers la piste d'atterrissage.

Il avait perdu un temps précieux à la poursuivre, mais il pensait qu'ils pourraient atteindre Sanctuary avant la tombée de la nuit sans avoir à s'arrêter nulle part. Sinon, il était certain qu'ils pourraient au moins atteindre l'*hacienda* d'*El Jefe, et il était* certain de pouvoir disposer de sa chambre habituelle. Il était tout aussi certain que la femme à demi-docile qui marchait à ses côtés se battrait et crierait au meurtre s'il l'obligeait à partager cette chambre. Il se prépara à cette réaction si elle s'avérait nécessaire, car il ne la quitterait plus des yeux jusqu'à ce qu'ils atteignent le Sanctuaire. Et même là, il ne la quitterait peut-être pas des yeux.

C'était strictement une question de sécurité, et il n'y avait pas d'autres motivations, se rassura-t-il rapidement. Il ne voulait pas qu'elle s'échappe parce qu'il avait besoin de son cerveau, ni parce qu'il était attiré par son apparence, ni même légèrement impressionné par son courage constant face à l'enlèvement.

Cette fougue s'était cependant sensiblement estompée lorsqu'elle l'avait vu se transformer. C'était un basculement brutal de sa réalité sur son axe, il comprenait donc sa réaction. Il espérait que le feu en elle n'avait pas été complètement éteint en réalisant ce que Malcolm pouvait faire exactement. Il ne voulait en aucun cas nuire à la jeune scientifique. Il voulait simplement son aide.

Et c'est tout ce que je veux, se dit-il sévèrement lorsque son chat se mit à ronronner en imaginant la réclamer. Il n'y aurait pas de revendication d'aucune sorte avec qui que ce soit pour l'instant, et certainement pas avec le docteur qu'il avait kidnappé. Elle ne voudrait pas d'une telle chose de toute façon. Même si son chat décidait qu'elle était leur compagne, il était hors de question qu'il s'abaisse à lui imposer sa marque comme Caswell l'avait fait avec Lex. C'était la chose la plus taboue qu'un métamorphe puisse faire, et cette idée le dégoûtait.

Elle était silencieuse lorsqu'ils se sont installés dans la Land Rover, mais au fil des kilomètres, elle a semblé se calmer suffisamment pour demander : "Qui êtes-vous ?".

"Je suis un métamorphe jaguar. Ce n'est pas quelque chose de magique", s'empressa-t-il de la rassurer.

Elle laisse échapper un grognement. "Bien sûr que non. Il faut que ce soit scientifique, mais comment ? Êtes-vous le sujet d'une expérience ?"

Il hésita une brève seconde, essayant de décider comment répondre à cette question. "Techniquement, je suis un métamorphe depuis ma naissance, mais je n'ai commencé à me transformer qu'à la puberté. Je faisais partie d'une expérience, mais c'était parce que j'étais un métamorphe, pas parce qu'ils m'en avaient fait un. Est-ce que ça a un sens ?"

Elle acquiesça après une longue pause. "Tu es donc né métamorphe ? C'est une question de génétique alors, n'est-ce pas ?"

Il lui adressa un bref sourire, satisfait de la rapidité avec laquelle elle saisissait le concept. "C'est le cas. Les métamorphes ont simplement suivi une voie évolutive différente de celle de l'*homo sapiens*. Puis nous avons divergé davantage en suivant les lignes d'autres espèces. Je suis un métamorphe jaguar, mais je connais des métamorphes de toutes sortes - ours, loups et autres grands félins."

"Toutes les espèces de prédateurs ?

Il secoue la tête. "Il y a une variété d'espèces, y compris des cerfs, et d'autres que l'on pourrait considérer comme des proies plutôt que comme des prédateurs.

Sa voix n'était pas du tout effrayée, mais elle avait un air détaché et clinique qui était presque aussi déconcertant que si elle s'était recroquevillée avec terreur contre la porte pour mettre le plus d'espace possible entre eux. "Les métamorphes prédateurs chassent-ils les métamorphes proies ?"

Il secoue la tête. "Nous vivons selon les mêmes lois de la civilisation que vous. Il n'y a pas de grand conseil des métamorphes, ni rien de ce genre. Nous sommes simplement une espèce différente, mais similaire à la vôtre, et notre but est de vivre en harmonie."

Elle se lécha les lèvres. "Et tu as besoin de moi pour guérir ta... *métamorphose* ? Je sais que ce n'est pas un mot, mais je n'arrive pas à trouver le bon. Je dois te prévenir, je ne pense pas pouvoir te guérir si cela fait partie de ton code génétique."

Il serra les dents pour ne pas la brusquer. "Nous ne cherchons pas un remède à notre *métamorphose*. Il insista sur le dernier mot, incapable de cacher sa colère et son dégoût face à cette supposition. "C'est notre nature même. Vous êtes ici parce que l'une de vos théories a été récupérée par l'armée et utilisée pour faire beaucoup de mal à un certain nombre de métamorphes et d'humains. Nous espérons que vous pourrez y remédier."

Daphné se raidit à ses mots, ses yeux devenant aussi ronds que des soucoupes. "Qu'est-ce que tu veux dire ?"

"Le modèle théorique que vous avez soumis avec votre thèse pour obtenir votre doctorat a été volé par l'armée - enfin, un bras obscur. Leurs scientifiques l'ont adapté à des fins de contrôle total d'un sujet humain."

Elle le regarde d'un air renfrogné. "C'est impossible. J'ai mis en place des protections et des redondances. Ma puce avait une multitude d'applications, mais toutes étaient bénignes. Vous devez savoir que mes recherches sont axées sur la restauration de la mémoire perdue à la suite de dommages, qu'ils soient externes ou internes, comme les plaques qui se forment à cause de la maladie d'Alzheimer et qui affectent les tissus cérébraux."

Malcom se risqua à détourner brièvement son regard de la route. "Et tu devrais savoir que les gens qui utilisent ta conception se fichent éperdument de tes nobles intentions. Ils l'ont utilisé pour reprogrammer les gens afin qu'ils n'aient aucune conscience, qu'ils soient leurs marionnettes. Ce n'est pas tout ce qu'ils ont fait."

Elle semble ne pas y croire, mais elle ne le traite pas de menteur, ni ne le nie à nouveau. "Qu'ont-ils fait d'autre ?"

Baissant les yeux, il vit les mains de la jeune femme se refermer sur ses genoux, serrant le tissu de son pantalon. "Ils ont volé les gènes de métamorphes comme moi pour créer un hybride d'humains et de métamorphes. Ils utilisent ces super-soldats sans pitié, et il ne semble pas rester la moindre trace des gens qu'ils étaient. J'espère que nous nous trompons, car l'un de nos coéquipiers a été soumis à votre puce de contrôle mental."

La jeune scientifique lui jeta un regard noir, et ce fut le moment inopportun pour remarquer que ses cheveux déjà crépus s'étaient défaits du chignon qu'ils portaient pour pendre autour de son visage en une crinière touffue de vagues brunes.

"Ce n'est pas *ma* puce de contrôle de l'esprit. Je ne travaillerais jamais sur un tel projet."

Il acquiesça, la regarda brièvement avant de reporter son attention sur la route. C'était une description généreuse du chemin cahoteux et parsemé d'ornières qu'ils traversaient dans la Land Rover. "Je comprends cela, docteur Wells, c'est pourquoi j'espère que vous nous aiderez à contrer ce qu'ils ont fait.

Elle resta un moment assise, raide, avant que ses mains ne se déploient enfin. D'une inclinaison saccadée de la tête, elle regarda par la fenêtre. "Je ferai ce que je peux. Si vous me dites la vérité, je suis furieuse qu'ils utilisent mes recherches et mes idées de cette manière."

"Je ne vous ai pas menti et je n'ai pas l'intention de le faire, docteur. Je m'excuse de la façon dont j'ai dû vous acquérir, mais j'espère que vous comprenez pourquoi je n'avais pas le choix."

Elle tourna la tête et le poids de son regard se posa sur lui, bien qu'il ne détournât pas les yeux de la route pour croiser son regard.

"Vous auriez pu essayer de demander".

Périphériquement, il l'a vue agiter une main.

"Vous auriez pu m'expliquer ce dont vous aviez besoin et me laisser prendre ma décision.

Il a haussé les épaules. "Et tu aurais pu dire non. Loris a besoin d'aide. Nous en avons tous besoin."

Avec un grognement, elle commence à fouiller dans son sac. "Il faut que j'appelle mon patron et que je lui dise... quelque chose pour expliquer mon absence pendant quelques jours."

Il acquiesça, se retenant à peine de sourire lorsqu'elle poussa un juron une seconde plus tard. "C'est raisonnable et faisable, mais pas par ici. Vous n'aurez plus de réseau avant d'être proche de San Sadoval."

Les épaules de Daphné s'affaissent en signe de défaite évidente. "Où sommes-nous ?

"A une quarantaine de kilomètres de San Sadoval."

Elle laissa échapper ce qui ressemblait à un soupir irrité. "Et où est San Sadoval ?"

"Au Mexique.

Après cela, elle devint silencieuse, bien qu'il pût presque entendre son esprit tourner tandis qu'elle se concentrait sur les pensées qui lui venaient à l'esprit. Le silence qui régnait entre eux donnait à penser qu'elle était plongée dans son cerveau et qu'elle n'était pas ouverte à la discussion, même s'il savait par où commencer. Quel genre de conversation décontractée pouvaient-ils avoir après qu'il l'ait kidnappée ? Ce faisant, il avait révélé son état secret de métamorphe, et sa répulsion avait été évidente. D'accord, peut-être pas de la répulsion, mais certainement un choc horrifié. Elle était sans doute en train de réfléchir à la vitesse à laquelle elle pourrait rentrer chez elle.

Ou bien elle préparait son évasion et ses paroles de coopération n'étaient qu'une ruse pour l'inciter à lui faire confiance. Si c'était le cas, le bon docteur allait avoir un choc, car il ne lui faisait pas confiance. Il ne faisait confiance à personne tant qu'elle n'avait pas prouvé qu'elle était digne de confiance - et rares étaient ceux qui avaient prouvé qu'ils étaient dignes de confiance.

DAPHNE REGARDA PAR la fenêtre et s'accrocha à la poignée au-dessus de la porte du passager tandis que le SUV les bousculait et les secouait sur le terrain. Cela semblait prendre une éternité pour traverser le chemin brisé à travers la jungle, et sa vessie criait au soulagement lorsqu'elle aperçut une petite ville qui se rapprochait. "C'est San Sadoval ?

"Oui.

"Avons-nous le temps de nous arrêter quelques minutes ?"

Ses lèvres tressaillent. "Vous voulez faire du tourisme ?"

"Non, j'ai besoin des installations", dit-elle.

Il la regarde et le sourire qu'il lui adresse est dévastateur. "Alors, bonne nouvelle. Il fait trop sombre pour rouler jusqu'à la montagne ce soir, alors nous allons devoir rester ici, en ville. Vous aurez tout le temps d'utiliser les installations."

Elle fronce les sourcils. "Un autre retard ?" Était-elle vraiment si impatiente d'atteindre la destination qu'il avait fixée ? Si quelqu'un avait vraiment perverti ses recherches, alors oui, elle l'était. Elle voulait voir ce qui avait été fait et le défaire, si possible.

Il a haussé les épaules. "Il n'y a rien à faire, Dr Wells. Personne ne conduit sur le flanc de la montagne la nuit. Même avec la vue perçante de mon jaguar, ce n'est pas sûr. Nous pourrions y aller à pied, mais cela prendrait toute la nuit, alors autant attendre le matin."

D'un signe de tête raide, elle marque son accord et ouvre sa porte lorsque, quelques minutes plus tard, il s'arrête devant un immeuble où trône un chat jaune coiffé d'un sombrero. "*El Gato Amarillo* ?" lit-elle à haute voix. "Qu'est-ce qu'on fait ici ?

"Vous pouvez utiliser les installations pendant que je m'occupe de quelqu'un."

Ce fut sa seule réponse lorsqu'il sortit du véhicule, les clés à la main. Il ne lui laissa pas d'autre choix que de la suivre, car il vint à ses côtés et ouvrit sa portière. En apparence, il s'agissait d'un geste courtois, mais elle ne manqua pas de remarquer qu'il s'était rapproché d'elle, bloquant avec son corps l'espace entre le véhicule et la portière ouverte. Il ne lui faisait manifestement pas confiance pour ne pas s'enfuir.

Pour une raison ou pour une autre, cela l'a piqué. Rationnellement, il devrait craindre qu'elle essaie de s'échapper, parce que c'est ce qu'elle devrait faire. Quelle que soit l'histoire farfelue qu'il lui a racontée, elle devrait essayer de trouver un moyen de s'échapper.

Il ne comprend pas que sa curiosité l'emporte sur sa peur. Ce qu'elle avait vu cet après-midi-là avait ébranlé tout ce qu'elle croyait savoir, mais elle avait l'esprit vif et agile. Déjà, elle s'adaptait, et elle avait mille questions à poser. Peut-être aurait-elle l'occasion d'en poser pendant leur escale.

Il posa une main apparemment bienveillante sur son coude pour la guider à l'intérieur. Elle fit comme si ce n'était pas une façon subtile de l'empêcher de fuir et marcha à ses côtés sans attendre. En plus de ressentir le besoin de prouver qu'elle n'allait pas s'enfuir, sa vessie ne lui permettait pas de tarder de toute façon.

Ils sont entrés par des portes battantes, mais c'était le seul vestige d'un saloon. À l'intérieur, c'était plutôt une boîte de nuit à l'ancienne, et il y avait même une voluptueuse Mexicaine qui chantonnait une chanson très sexy en espagnol. Le balancement de ses hanches et les mouvements occasionnels de son corps donnèrent à Daphné la certitude que la chanson était définitivement du côté de la paillardise.

Malcolm la conduisit dans un couloir éloigné de la salle à manger principale. Comme personne n'a essayé de les arrêter lorsqu'ils ont franchi une porte dont le panneau indiquait, selon elle, "Interdit", elle a supposé qu'il avait la permission d'être là. Quelques pas plus loin dans le couloir, il lui montra une porte sans inscription. Elle hésita, le regardant d'un air incertain.

"La salle de bains". Il désigna une porte deux plus bas. "Je serai là. Trouve-moi quand tu auras fini."

Les mots étaient assez polis, mais avec une pointe d'acier. Elle acquiesça en se glissant dans la salle de bains. Il fallait vraiment qu'il arrête de prendre un ton autoritaire et de lui donner des ordres s'il attendait son aide.

Après s'être occupée de ses affaires, elle se lava les mains et sortit par la porte par laquelle elle était entrée. Elle tourna dans la direction qu'il lui avait indiquée, s'approchant avec hésitation de l'embrasure de la porte. Daphné resta là, à jeter un coup d'œil dans la pièce.

Malcolm se tenait aux côtés d'un homme plus âgé, manifestement d'origine hispanique. Il avait une allure sophistiquée et restait beau malgré ses quelques décennies de plus que Malcom. Bien que l'homme qui l'avait enlevée ait la peau plus claire, quelque chose dans la façon dont ils se tenaient ensemble lui disait qu'ils étaient apparentés d'une manière ou d'une autre.

Il a levé les yeux et l'a vue, lui faisant signe d'entrer dans le petit bureau. "Je vous présente *El Jefe*. Il sera notre hôte ce soir."

Daphné s'approcha, le regard fixé sur les yeux du vieil homme. Elle jura qu'ils avaient un éclat animal et dit sans réfléchir : "C'est aussi un métamorphe ?".

L'homme plus âgé s'approcha d'elle et lui tendit une paume lisse pour lui serrer la main. "C'est moi, docteur Wells. Le jaguar est très présent dans ma famille. En six générations, il n'y a eu qu'une seule fois où un autre a vaincu le jaguar."

Elle fronce les sourcils, essayant de cacher sa confusion. "Je vois. Son regard se porta sur Malcolm.

"El Jefe signifie que son arrière-grand-mère était une métamorphomage-loup, et que l'un des Quatre fils qu'elle a mis au monde était lui aussi un métamorphomage-loup. Tous les autres descendants depuis six générations sont des métamorphes-jaguars."

Ses paroles lui confirment qu'il existe un lien de parenté entre eux. "Y compris vous ?"

Il acquiesça une fois, mais ne donna pas plus d'explications. Il se tourna vers *El Jefe*, qui avait relâché sa main, et posa une main sur l'épaule de l'autre homme. "Je vais l'emmener à l'hacienda et nous installer."

"Le dîner est à onze heures, mais dites à Maria ou à l'un des autres membres du personnel si vous avez besoin d'un rafraîchissement pour patienter." Son regard doré se tourne à nouveau vers Daphné et il lui fait un clin d'œil. "Je sais que vous, les Américains, mangez très tôt."

Elle ne prit pas la peine de protester qu'elle considérait que le dîner servi une heure après l'heure à laquelle elle se couchait habituellement était tout aussi insensé. Elle se contenta de sourire et d'acquiescer avant de suivre Malcolm depuis le bureau jusqu'à la Land Rover. Il lui tint à nouveau la porte et elle se glissa à l'intérieur. Lorsqu'il s'installa dans le véhicule et démarra, elle demanda : "Qui est *El Jefe* ?"

Il hésite un instant. "C'est le chef du cartel de Sadoval."

Elle a cligné des yeux. "Oh." C'était inattendu. Se léchant les lèvres, elle essaya à nouveau : "Je voulais dire, qui est-il pour toi ?"

Pendant une seconde, il sembla qu'il ne répondrait pas, car il se concentrait sur la conduite qui s'éloignait du bâtiment en pisé et se dirigeait vers une route escarpée qui menait à ce qui semblait être une maison luxueuse reposant au sommet. "Mon père.

Daphne ne s'est pas montrée choquée. Elle avait déjà deviné qu'il y avait un lien entre les deux. "Que fait votre cartel avec les recherches de l'armée, Malcolm ?"

Il n'a pas détourné son regard de la route, mais ses épaules semblent tendues. "Ce n'est pas *mon* affaire au sein du cartel. Je n'ai appris son existence que peu de temps avant d'obtenir mon diplôme et de m'engager. Il m'aide parce que nous sommes de la même famille, pas parce que le cartel a des intérêts dans la recherche ou veut tirer profit de la fabrication de super-soldats. *El Jefe* les trouve aussi abominables que le reste d'entre nous, je vous l'assure."

Elle se lèche les lèvres. "Je ne voulais pas..."

Il arrêta la Land Rover un instant pour la regarder. "N'est-ce pas ? Tu ne te demandais pas si je t'avais amenée ici sous de faux prétextes et si je voulais que tu utilises ta conception comme arme pour créer une armée pour le cartel ?"

Avec un froncement de sourcils, elle haussa les épaules. "Je ne sais pas. C'est une théorie plausible."

Il la surprit en soupirant. "Oui, je suppose que c'est le cas, mais je reste en dehors des affaires du cartel, et mon *papi* n'essaie pas de m'attirer dans ses filets. Il sait que je désapprouve, et il veut une relation avec moi suffisamment pour respecter mes sentiments sur le sujet et voir au-delà de ma réprobation sur la façon dont il gagne son argent. En retour, j'essaie de ne pas penser à ses activités illicites et au mal qu'elles peuvent causer. Nous n'avons pas besoin d'être d'accord sur tout pour avoir une relation".

Whoa, elle l'avait définitivement offensé. "Je suis désolée si je vous ai insulté. Je suis heureuse d'apprendre que vous vous tenez à l'écart du cartel, parce que je n'aiderais jamais à faire quelque chose comme ça. Je n'aurais jamais accepté que mes recherches nuisent à qui que ce soit non plus."

Il acquiesça et reprit la route. Alors qu'ils atteignaient enfin le sommet de la colline, s'arrêtant devant une paire de portes ornées, avec un duo de gardes portant des armes suffisamment grandes pour la faire trembler de peur, il se tourna vers elle et lui dit doucement : "Ne mentionne pas les affaires d'*El Jefe* ou ne trahit pas sa désapprobation de quelque manière que ce soit. Cela sera perçu comme un manque de respect, et *El Jefe* dirige son empire en combinant le respect et la peur. Ne vous mettez pas à dos."

Elle acquiesce frénétiquement. "Je prétendrai qu'il est comme n'importe quelle autre personne en position de pouvoir. Peut-être un politicien ?"

Le sourire en coin de Malcolm l'assaillit à nouveau. "Je ne suis pas sûr que cette profession soit meilleure que celle du cartel."

Ses paroles lui arrachèrent un rire qui la laissa sans souffle - non pas parce qu'elle ne pouvait pas respirer après avoir ri, mais parce que l'homme à côté d'elle avait la capacité inhabituelle de lui couper le souffle. Il lui donna un sentiment étrange, à la limite de quelque chose qu'elle n'avait pas le droit de nommer. Quoi qu'il en soit, la sensation était exaltante, et elle prit brusquement conscience de Malcolm à un niveau purement féminin.

Il pouvait être très dangereux, mais pas parce qu'elle pensait qu'il lui ferait du mal - du moins pas délibérément. Physiquement, elle est certaine qu'il ne présente aucun danger. C'est un risque purement émotionnel qu'elle prend en étant avec lui et en s'adoucissant à son contact.

Chapitre Quatre

LE DÎNER AVEC MALCOLM et *El Jefe* fut étonnamment agréable. L'homme le plus âgé semblait charmant, ou du moins faisait de son mieux pour la convaincre qu'il l'était. Elle n'eut guère de mal à le croire, et elle fut surprise par sa capacité à interagir avec lui de manière polie, même en sachant ce qu'il faisait.

C'est en partie parce qu'il aimait visiblement son fils. Cela se voyait dans la fierté de son regard lorsqu'il regardait Malcolm, ainsi que dans la fureur froide de ses yeux lorsque Malcolm en disait un peu plus sur l'expérience à laquelle il avait été soumis. Elle était certaine qu'*El Jefe* et elle partageaient un lien commun : l'indignation que l'armée dans laquelle Malcolm s'était engagé pour servir son pays ait exploité son côté métamorphe pour commettre des atrocités tout en nuisant aux soldats métamorphes dans le processus.

Malcolm lui-même était un compagnon de table facile. Après lui avoir donné quelques brèves informations qu'elle avait demandées avec insistance, il semblait déterminé à orienter la conversation vers des sujets plus légers. Elle avait encore une myriade de questions, mais savait qu'elle devrait attendre pour les poser à un autre moment. Bien que son expression soit presque neutre, elle était certaine, d'après sa posture, que Malcolm était encore contrarié par la discussion sur le projet Shift.

Après le dessert, *El Jefe se* retire de la table. "Tu devrais montrer les jardins au docteur, *mi hijo*. Un scientifique appréciera sûrement la profusion de plantes uniques que nous avons ici."

Au bout d'un moment, Malcolm acquiesça et s'écarta de la table, s'approchant d'elle pour l'aider à se lever de sa chaise comme un aristocrate du vieux monde. Il lui tendit le bras et elle le prit, un peu déconcertée par la tournure des événements, tandis qu'ils s'éloignaient du patio, où ils avaient dîné à *la belle étoile*, pour entrer dans un grand jardin près de la maison. Il était éclairé d'une lumière discrète, mais elle ne distinguait pas grand-chose. "Je suis sûre que c'est très joli, mais..."

Il sourit. "Je m'excuse, mais il s'agit d'une tentative maladroite d'*El Jefe* d'établir une correspondance. Il ne cache pas qu'il souhaite que je lui donne des *nietos*."

Elle arque un sourcil. "Qu'est-ce que c'est ?"

"Petits-enfants. Il semble légèrement gêné par cet aveu. "Il refuse d'accepter que ce n'est pas le bon moment pour prendre un compagnon avec le gouvernement qui cherche à m'éliminer. Un fardeau partagé, et tout ça..."

Elle rougit légèrement en détournant le regard. "Il a l'air d'être un romantique. Quelle est l'histoire entre lui et ta mère ?" Daphné était insupportablement curieuse, mais elle pensait que le fait d'avoir été kidnappée et plongée dans la dynamique compliquée de sa famille l'autorisait à poser quelques questions trop personnelles.

Il ne semble pas s'inquiéter de la nature intrusive de sa demande. "Ma mère l'a rencontré pendant les vacances de printemps. Rafael Torres l'a séduite et l'a convaincue de l'épouser en quelques semaines. Quelques jours avant le mariage, elle a découvert qu'il était l'héritier du cartel de Sadoval, et elle s'est enfuie."

"Elle était enceinte ?" Devant son hochement de tête, elle a demandé : "Le savait-il ?"

Malcolm secoue la tête. "Non, sinon il n'aurait jamais cessé de la chercher. Il m'a dit qu'il l'avait cherchée pendant des années, mais elle était intelligente et s'y attendait. Roxanne - c'était son nom à l'origine - a pris une douzaine de pseudonymes différents au fil des ans. Tout ce dont je me souviens de ma petite enfance, c'est d'avoir déménagé d'un endroit à l'autre et d'avoir toujours regardé par-dessus mon épaule. Maman m'a appris à ne faire confiance à personne, et c'est une leçon qui m'est restée. Nous ne nous sommes installés que lorsque j'ai eu Quatre ans et qu'elle a épousé Joe Reese. Il m'a adoptée et est devenu mon père. J'ai un peu oublié qu'il ne l'était pas, je suppose".

"C'est bien".

Il a haussé les épaules. "Oui, d'une certaine manière. Joe était un bon père, et lorsqu'il est décédé l'année après que j'ai terminé le lycée, j'avais laissé s'estomper tous les autres souvenirs. Je savais de manière abstraite qu'il n'était pas mon père, mais je n'ai pas vraiment réfléchi à qui pourrait l'être. J'ai essayé de ne pas trop y penser, et la question ne s'est jamais vraiment posée, sauf pendant la puberté, quand j'ai commencé à changer de sexe.

Ses yeux s'écarquillent. "Ta mère est au courant ?"

"Elle n'avait aucune idée que Rafael était un métamorphe jaguar, ce qui a été un choc désagréable pour nous deux. C'est Joe qui a pris tout cela à bras-le-corps. Je ne sais pas comment il a fait, mais il a réussi à trouver un métamorphe qu'il a ramené à la maison pour le dîner un soir. C'était un métamorphe, mais il a répondu à mes questions et a dû conseiller Joe sur la façon de me guider.

"Ça a dû être effrayant". Sans réfléchir, elle posa une main sur son biceps. "Ta mère était-elle d'accord pour que tu te déplaces ?"

Il hésite. "Oui et non. Elle m'aimait, mais elle détestait ça. Je devais réprimer l'envie autant que possible pour qu'elle reste calme. Mais Joe comprenait. Il m'emmenait parfois dans sa propriété à la campagne, et je passais tout le week-end dans la peau du chat."

"Quand avez-vous découvert que votre père était un chef de cartel ?"

"Ma mère a eu un accident de voiture l'année où j'ai obtenu mon diplôme, et elle m'a dit son nom et ce qu'elle savait de Rafael Torres avant de mourir. Il s'est rapproché un peu plus. "Je n'ai rien fait pour l'info au départ. D'abord, je m'engageais dans l'armée et je ne pouvais pas risquer d'avoir des liens avec un cartel."

Elle acquiesça, serrant son biceps d'une manière encourageante. Elle ne le faisait certainement pas avec un soupçon d'appréciation pour la force enroulée dans son muscle boudiné. "Qu'est-ce qui t'a fait changer d'avis ?

"Être seul, je suppose. Mes parents étaient partis et j'étais curieux. Une mission m'a amené près de cette région du monde, suivie d'un congé, et je l'ai approché. Il était heureux de me connaître, et je suis sûr qu'il était en colère contre ma mère, mais il n'a jamais dit un mot dur à son sujet. Il parle aussi de Joe en termes élogieux, bien qu'il ne l'ait jamais rencontré. Son opinion a été formée par ce que je lui ai raconté au fil des ans sur mon enfance."

"Il vous a donc acceptée sans poser de questions ?" Cela lui paraissait peut-être stupide de la part d'un homme riche, mais elle supposait que cela n'avait pas beaucoup d'importance à l'âge de Malcolm. Il aurait été trop âgé pour bénéficier d'une pension alimentaire.

"Nous avons partagé le jaguar. Les motifs de nos chats sont à la fois similaires et distincts. Il l'appelle le manteau Torres, bien que je sois toujours un Reese".

"Peut-être pas complètement, du moins ici". Elle toucha sa poitrine au dessus de son cœur avant de lever les yeux vers lui. "Tu sembles être un mélange de Torres et de Reese ici." Elle tapota sa peau avec sa paume avant de retirer lentement sa main de lui.

Le fixant, regardant ses yeux bruns s'assombrir en or liquide sous l'effet d'un désir évident, elle se demanda ce qui l'avait poussée à le toucher, ou à s'approcher si près de lui qu'elle en était maintenant à quelques centimètres. Qu'est-ce qui l'avait poussée à entremêler ses doigts dans les siens lorsqu'il lui avait tendu la main ?

Ce n'était pas de la simple compassion pour la douleur émotionnelle d'un autre être humain. Il en portait manifestement encore, mais elle semblait faible, et il s'était manifestement réconcilié avec les circonstances qui l'avaient séparé de son père - et qui lui avaient probablement évité de suivre les traces de son père sur le chemin du cartel. Sa douleur ne l'interpellait pas, et ce n'était pas ce qui la poussait à s'approcher.

Il s'agit là d'une contrainte qui lui est propre. Daphné avait l'habitude de se sentir mal à l'aise en présence du sexe opposé. Tant qu'elle les considérait comme des collègues, tout allait bien. C'est lorsqu'elle a soudainement remarqué qu'un de ses collègues était un homme qu'elle a commencé à avoir la langue bien pendue et à être timide. La raison n'est pas mystérieuse. Elle avait été douée pour les études et était allée à l'école avec des personnes de plusieurs années plus âgées qu'elle. Ils ne l'avaient jamais considérée comme une fille fréquentable, et elle ne pouvait pas les en blâmer. Ce n'est que lorsqu'elle a obtenu son doctorat qu'elle est enfin devenue "légale", mais les hommes autour d'elle ne l'ont toujours pas remarqué.

Ils étaient soit instructeurs, soit tellement concentrés sur leurs propres études qu'ils ne l'avaient pas vue. Elle avait été plus soulagée que déçue, car elle ne savait pas comment leur parler ou interagir avec eux. Après une nuit embarrassante au cours de laquelle elle avait finalement perdu sa virginité à l'âge de vingt ans, elle avait abandonné l'idée et s'était concentrée sur ses recherches. C'était plus facile.

Mais ce... quoi que ce soit... se développer avec Malcolm semblait facile. Il n'y avait pas la maladresse habituelle. Elle n'avait pas ses manières maladroites ou sa timidité habituelles. Tout était nouveau et différent, et il était naturel de lever la tête lorsque la sienne descendait.

Ses lèvres étaient douces et tendres contre les siennes, plus exploratrices que passionnées. Pour un moment, du moins. Elle sursauta lorsque sa langue caressa sa lèvre inférieure et qu'elle se glissa à l'intérieur de sa bouche par l'ouverture. Après cela, la lenteur et la tendresse disparurent dans un brasier ardent, et elle s'enflamma. Se rapprochant de lui, elle enfila ses doigts dans ses cheveux et approcha sa bouche.

Ils s'embrassèrent avec appétit pendant plusieurs instants, et elle aurait continué, probablement bien au-delà du baiser, s'il ne s'était pas éloigné. Il avait l'air désolé, et elle fronça les sourcils devant son expression.

"Je suis désolée. Je n'aurais pas dû faire ça, Dr. Wells."

"Daphne", dit-elle d'une voix rauque.

Il a acquiescé à sa correction, mais n'a pas prononcé son nom. "Ce doit être l'environnement. Je ne recommencerai plus."

Elle se lécha les lèvres, partagée entre l'envie de faire comme si rien ne s'était passé pour faciliter les relations et le besoin d'en faire plus. "Ça ne m'a pas dérangé".

Il lui adresse un sourire gêné. "Moi non plus, mais le moment est mal choisi. Je ne prendrai pas le risque de prendre une compagne alors que je suis marqué pour la mort. Je ne voudrais pas entraîner un partenaire dans ce pétrin."

"J'ai l'impression d'être déjà là."

Malcolm soupire en s'éloignant d'elle. "Seulement temporairement, et discrètement. Tu pourras bientôt retourner à ta vraie vie."

Elle parvint à esquisser un sourire tremblant, mais elle n'était pas dupe. Plutôt que de se réjouir de cette perspective, elle était déçue par son retrait et forcée d'admettre qu'un sentiment de vide l'envahissait à l'idée de retourner à la vie qu'elle avait menée avant cela. Elle avait été inconsciente de la passion et de son existence. Maintenant qu'elle connaissait les deux, comment pourrait-elle retourner à la vie académique épanouissante, mais émotionnellement vide, qu'elle avait menée auparavant sans aucun regret ?

Chapitre Cinc

SI ELLE PENSAIT QUE la route entre la piste d'atterrissage et San Sadoval avait été rude, le voyage dans la montagne avait donné un nouveau sens à ce mot. Elle s'accrocha fermement à la poignée au-dessus d'elle et eut du mal à déployer ses doigts lorsque la Land Rover atteignit enfin un terrain plus plat. "On y est presque ?" Il y avait encore une vibration évidente dans sa voix à cause de toutes les bousculades.

"Presque. C'est l'entrée arrière et c'est là que nous gardons les véhicules." Alors qu'il finissait de parler, un grand mur apparut, et il y avait une petite porte qui semblait être en fer forgé, encastrée dans les dalles de pierre qui composaient le mur. Il tendit la main vers la visière pour appuyer sur un bouton, et elle reconnut une télécommande qui ressemblait à celle qu'elle utilisait pour la porte de son garage.

Un instant plus tard, la porte métallique bascula vers l'intérieur, et la voiture passa dans le nouvel espace avec seulement quelques centimètres d'avance de chaque côté. Elle ne s'était pas rendu compte qu'elle retenait sa respiration jusqu'à ce qu'ils soient passés et que la porte se soit refermée derrière eux lorsque Malcolm appuya à nouveau sur le bouton.

Daphné ne savait pas trop à quoi s'attendre, mais ce n'était certainement pas une bande de végétation semblant léviter dans les airs, révélant une ouverture derrière elle. "Comment... ?"

Il lui lance un sourire. "C'est du faux feuillage, mais il a l'air authentique, n'est-ce pas ? Son sourire s'élargit et il gloussa. Il devait être manifestement amusé par la réaction de la jeune femme, qui avait les yeux écarquillés. "C'est le camouflage parfait pour dissimuler l'entrée du bunker."

Le mot *"bunker" avait une* consonance inquiétante et elle s'efforça de ne pas frissonner en réponse. Au lieu de cela, elle se concentra droit devant elle tandis qu'il traversait l'ouverture dans le feuillage. Il faisait sombre là où ils allaient, et elle se retourna pour observer le feuillage qui s'abaissait derrière eux, occultant cette source de lumière.

Malcolm alluma les phares, ce qui lui permit de voir qu'ils étaient dans un tunnel qui semblait avoir été renforcé par du ciment tout autour. Il s'inclinait brusquement vers le bas, et elle ferma les yeux alors que la dernière partie du trajet prenait des allures de montagnes russes. Elle n'avait jamais aimé les sensations fortes, aussi fut-elle soulagée lorsque le véhicule se stabilisa avant de s'arrêter quelques secondes plus tard.

Ouvrant les yeux, Daphné regarda autour d'elle après avoir cligné des yeux au retour soudain de la lumière. C'était une autre caverne de ciment, et elle vit Trois autres véhicules garés à côté de la Land Rover qu'il avait arrêtée.

Lorsque Malcolm ouvrit sa porte, elle lui emboîta le pas et sortit de la Land Rover. Le bruit de la fermeture de la porte résonna dans la chambre, et elle lissa ses mains sur le devant de la robe aux couleurs vives que Malcolm lui avait apportée plus tôt dans la matinée. Elle semblait avoir été faite à la main, et elle était ravissante, bien que les couleurs vives et les motifs fluides ne fussent pas vraiment son style.

Lorsqu'elle lissa à nouveau ses mains sur la robe, elle se rendit compte qu'elle était nerveuse. Elle allait rencontrer les coéquipiers de Malcolm, et elle voulait qu'ils aient une bonne opinion d'elle, même si elle ne pouvait pas dire pourquoi. Ce n'était pas comme si elle s'était portée volontaire pour ce travail, donc cela ne devrait pas avoir d'importance pour elle qu'ils l'apprécient ou non.

La raison pour laquelle cela importait s'est manifestée lorsque Malcolm est venu se placer à côté d'elle, lui prenant la main et la serrant un instant avant de la relâcher en lui adressant un sourire encourageant. Elle voulait que ses amis l'apprécient, parce qu'elle l'appréciait. Elle réussit à lui rendre son sourire, même si le sien était tremblant.

Il avait lâché sa main, à son grand regret, et elle se mit à marcher derrière lui tandis qu'il la conduisait de la grande salle où ils avaient garé les véhicules vers un tunnel plus étroit qui semblait relativement plat. Après une courte marche, ils débouchèrent dans une grande antichambre, et elle eut la bouche sèche lorsque tous les regards se tournèrent vers elle.

Quatre hommes et une femme, et tous la sondent de leurs regards curieux. Elle résiste difficilement à l'envie de s'agiter et reprend le ton distant qu'elle avait adopté lors de la présentation de sa thèse devant le comité.

Elle n'essaya pas de sourire, car aucun d'entre eux ne lui souriait, du moins pendant un long moment. Lorsqu'elle établit le contact visuel avec le plus âgé, celui-ci lui adressa un sourire de bienvenue, accompagné d'une inclinaison de tête respectueuse. Les autres lui sourirent bientôt, et elle parvint à sourire à son tour.

La femme se leva du canapé où elle était assise, lovée contre l'un des autres hommes. Elle était d'une beauté exotique, et encore plus lorsque son sourire s'élargit et qu'elle lui tendit la main. "Je n'étais pas sûre que Malcolm parviendrait à vous recruter.

Elle aurait pu révéler la vérité, mais elle n'a pas voulu le faire. Au lieu de cela, elle haussa les épaules et dit : "Il peut être persuasif." Elle tendit la main pour prendre celle de l'autre femme. "Je suis Daphne Wells."

"Je suis Lex, et le reste de ces réprouvés sont Devon, Wyatt, George et Aidan. Tianna est dans la salle informatique, et Gillian fait la sieste, alors vous les rencontrerez plus tard."

Ils échangent des plaisanteries pendant quelques minutes avant que l'ambiance ne change lorsque George demande : "Alors, tu t'y connais en la matière, chérie ?"

"Je ne sais que ce que Malcolm m'a dit. Je dois voir votre coéquipier."

Malcolm pose une main sur le bas de son dos. "Je vous emmène." Il l'éloignait déjà du groupe pendant qu'il parlait. Elle tourna la tête par-dessus son épaule pour dire un mot d'adieu aux autres avant de laisser Malcolm continuer à l'entraîner vers l'avant. Permettre n'était probablement pas le bon mot, car il était comme une vague implacable s'abattant sur une côte, et elle n'aurait pas pu l'arrêter si elle l'avait voulu.

Non pas qu'elle l'ait fait, car elle avait hâte de voir Loris, et elle espérait honnêtement leur prouver, ainsi qu'à elle-même, que sa conception avait été détournée comme ils le prétendaient. Elle s'accrochait à l'espoir qu'il s'agissait de la conception de quelqu'un d'autre, car cela la dérangeait beaucoup d'être impliquée dans une expérience scientifique telle que Malcolm l'avait décrite, même si cela avait été fait à son insu et sans sa permission.

Quelques minutes plus tard, elle se tenait à côté du lit de la blonde, la pitié la gagnant en regardant cette femme qui était probablement belle quand son visage n'était pas détendu par le coma. Elle la fixa un moment avant de tendre la main pour lui tapoter la sienne, bien qu'elle ne réagisse pas. "J'ai besoin de voir les données.

Malcolm acquiesça et l'éloigna du chevet de Loris. Il l'entraîna loin de la chambre, dans le couloir, jusqu'à une autre porte. Lorsque la porte s'ouvrit en sifflant, ils entrèrent et son regard se porta immédiatement sur une source de mouvement.

Une jolie femme noire aux longs cheveux tressés leva les yeux de son écran, clignant plusieurs fois des yeux alors que son regard se brouillait, comme si elle devait physiquement déplacer son attention de ce sur quoi elle avait travaillé vers eux. Finalement, ses lèvres se retroussèrent en un petit sourire et elle hocha la tête en direction de Malcolm, bien que son attention restât concentrée sur Daphné. "Je n'étais pas sûre qu'il serait capable de vous convaincre de nous aider."

Daphne haussa les épaules, répétant la même phrase que celle qu'elle avait donnée à Lex en s'approchant. "J'ai besoin de voir ses données. Vraiment, toutes les données que vous avez."

La main de Malcolm dans son dos lui rappelait qu'il était là, même si elle supposait qu'elle ne l'avait pas vraiment oublié, du moins à un niveau subconscient. Son corps semblait hyper conscient lorsqu'il était présent, et c'était un état étrange pour elle.

"Asseyez-vous à côté de Tianna, elle vous montrera ce que nous avons."

Elle s'est assise comme il le lui a demandé, ajoutant un "Appelez-moi Daphné" à la femme maintenant identifiée comme Tianna avant de se tourner vers l'écran de l'ordinateur.

Tianna prit un moment pour connecter leurs moniteurs, puis les données commencèrent à apparaître. L'estomac de Daphné s'est retourné lorsqu'elle a vu que son dessin avait été incorporé dans les fichiers. Quelqu'un dans l'armée l'avait ouvertement volé malgré son brevet, mais ce n'était pas l'absence de royalties qui la dérangeait. C'était la façon dont ils avaient pris ses recherches et les avaient détournées pour en faire quelque chose de sombre et d'horrible, alors qu'elle n'avait jamais voulu qu'elles soient utilisées pour le bien. La colère monta en elle et elle serra les poings sur ses genoux. Sa voix tremblait sous l'effet de la rage qui l'envahissait. "Ces salauds".

Malcolm posa une main sur son épaule et la serra pour la soutenir. "Je suis désolé, Daphné. Je sais que tu espérais que ce n'était pas ton travail."

Elle ne lui avait jamais dit cela, mais elle n'était pas surprise qu'il ait perçu son espoir désespéré que ce ne soit pas ses recherches qu'ils aient cooptées. Sa voix tremblait d'un mélange de colère et de tristesse. "Ma mère était une cycliste de compétition jusqu'à ce qu'elle tombe de vélo et subisse un traumatisme crânien. Elle portait un casque, et c'était un accident totalement fortuit qui n'aurait jamais dû se produire, mais elle n'était plus la même après.

"Elle avait des moments où elle se souvenait de moi, mais tout autant de moments où elle ne s'en souvenait pas. Elle avait besoin d'une surveillance et d'une aide constantes, et les tâches quotidiennes la frustraient tellement. Mon père a embauché des aides-soignants à temps plein pour les moments où il n'était pas là, parce qu'il devait continuer à travailler. Je me suis également retrouvée avec une nounou, parce que je n'avais que Neuf ans et que, bien que précoce et intelligente, je n'étais pas prête à être responsable de moi-même. J'ai vu ma mère s'éloigner un peu plus chaque jour, oubliant de plus en plus de choses au fil du temps. Elle a vécu dix ans après son accident, mais elle n'avait aucune idée de qui j'étais pendant au moins les cinq dernières années, et elle a oublié mon père vers la fin aussi."

Il n'avait jamais retiré sa main de son épaule, et il la serra à nouveau. "C'est ce qui vous a amenée à vous intéresser à la robotique neuronale ?

Elle acquiesça, repoussant les larmes qui voulaient couler. "J'étais fascinée par le fonctionnement de la mémoire et par le fait qu'une simple lésion cérébrale pouvait entraîner une détérioration continue des souvenirs. J'ai eu l'idée que si vos souvenirs pouvaient être téléchargés sur une puce et sauvegardés - un peu comme sur un serveur en nuage -, si quelque chose arrivait, ils seraient toujours disponibles. Même si le cerveau du patient était trop endommagé pour utiliser son propre centre de mémoire et qu'il ne pouvait pas être restauré, mon objectif était de faire en sorte qu'il puisse puiser dans les souvenirs disponibles sur la puce. C'est là qu'intervient le reconditionnement, mais il n'a jamais été question de l'utiliser comme une technique de lavage de cerveau et de contrôle."

Malgré tous ses efforts, des larmes glissèrent sur ses joues et elle trembla d'indignation et de chagrin. Ceux qui avaient volé son dessin et l'avaient perverti de la sorte l'avaient violée. Elle ne pouvait imaginer que cela aurait été pire s'ils l'avaient physiquement maintenue au sol et violée. Voir l'œuvre de sa vie, motivée par le désir d'aider sa mère, et plus tard - lorsqu'elle a accepté la réalité qu'il était impossible de récupérer les souvenirs de sa mère ou de l'aider à redevenir ce qu'elle avait été - son objectif d'aider les autres à éviter une situation similaire, l'a laissée au bord de la nausée.

La chaise sur laquelle elle était assise grinça en signe de protestation lorsque Malcolm la retira du bureau avant de la faire pivoter pour qu'elle lui fasse face. Il s'agenouilla et ses bras autour d'elle lui apportèrent un réconfort bienvenu alors qu'elle se laissait aller aux larmes. Daphne savait qu'elle ne pleurait pas dignement et qu'elle ne l'avait jamais fait. Elle n'était pas de ces femmes qui paraissent plus belles après avoir pleuré une tempête de larmes. Elle ne pouvait se résoudre à s'en soucier alors qu'elle se laissait aller à d'affreux sanglots rauques qui secouaient tout son corps. Malcolm l'avait rapprochée de lui et son bras était passé dans son dos, sa paume effectuant des mouvements circulaires pour l'apaiser.

Finalement, les larmes se sont calmées et elle s'est éloignée de lui à contrecœur. Il sembla tout aussi hésitant à la laisser partir, mais ses bras se détachèrent et il se leva. Elle n'avait étonnamment pas honte de son explosion émotionnelle, car elle se targuait normalement de garder un contrôle total. C'était une compétence qu'elle avait apprise très tôt, et elle portait bien le masque de l'indifférence.

Elle avait dû le développer en menant une vie aussi peu orthodoxe. Plus d'une fois, elle a été la cible de blagues cruelles ou de commentaires méchants de la part de personnes plus âgées dans ses classes, et elle a appris à faire comme si elle n'avait pas entendu et comme si elle s'en fichait. Elle ne pouvait pas s'imaginer maintenir cette façade avec Malcolm.

L'embarras survint lorsque Tianna se racla la gorge et qu'elle se souvint qu'elle n'avait pas complètement perdu le contrôle en présence de Malcolm. Ses joues rougirent et elle tourna la tête pour regarder l'autre femme. "Je m'excuse.

Tianna secoue la tête. "Tu n'as aucune raison d'être désolée. Je suis sûre que je réagirais de la même manière si j'apprenais ce que tu viens de découvrir."

"Malcolm me l'a dit, mais je n'ai pas voulu le croire. J'espérais qu'il se trompait et que ce n'était pas moi. Mon travail, je veux dire."

Malcolm posa à nouveau sa main sur son épaule. "Au moins, tu pourras peut-être aider, puisque tu comprendras le système. Peut-être que tu pourras défaire une partie de ce qu'ils ont fait."

Elle redressa les épaules, animée d'une détermination renouvelée. "Je veux éradiquer jusqu'à la dernière parcelle de leur expérience." Cette détermination lui rendit sa concentration, et elle tourna sur sa chaise pour faire de nouveau face à l'écran. Elle n'avait que vaguement conscience que Malcolm les avait quittées, elle et Tianna, quelques minutes plus tard, mais elle n'était pas tellement immergée dans ce qu'elle voyait qu'elle ne se sentait pas dépourvue lorsqu'il les quitta.

Lorsqu'il revint un peu plus tard, il portait deux plateaux de nourriture. Lorsque l'odeur lui parvint, son appétit se réveilla et elle regarda l'horloge. Elle fut choquée de constater que près de Trois heures s'étaient écoulées, et que Tianna et elle semblaient avoir à peine avancé dans leurs recherches.

Elle prit la nourriture avec gratitude, tout comme Tianna, et avec la présence de Malcolm, elle éprouva des difficultés inattendues à se concentrer sur l'écran. Son regard se porta sur lui. Elle aimait bien le regarder, ce qui était une réaction stupide et puérile, surtout dans les circonstances actuelles, mais elle ne parvenait pas à détacher son regard de lui pendant un long moment.

Finalement, elle cligna des yeux et se racla la gorge. "Je sais que vous avez Loris, mais j'ai besoin d'étudier l'un des autres soldats. Il se peut que je doive ouvrir le cerveau, et je ne veux surtout pas le faire sur votre coéquipier. Je ne suis pas neurochirurgien, bien sûr, mais j'ai une formation en neurophysiologie. Je suppose que ce que je demande, c'est un sujet de test". Elle grimaça à cette phrase, et l'idée de sonder l'une de ces choses la perturbait.

Elle était relativement certaine, d'après les données qu'ils avaient recueillies, qu'elle ne pouvait rien faire pour les super-soldats qui avaient suivi le programme d'intelligence artificielle, mais elle devait s'en assurer. Elle avait besoin d'un scanner pour comparer, ainsi que d'autres outils de diagnostic, qui lui permettraient de voir si Loris avait subi les mêmes dommages que les autres, puisqu'elle n'avait pas été conditionnée aussi longtemps. Ses coéquipiers l'avaient sauvée avant qu'elle ne termine le programme, mais cela ne signifiait pas que des dommages importants n'avaient pas déjà été causés. Le seul moyen d'en avoir le cœur net était de se comparer à quelqu'un qui avait suivi le programme jusqu'au bout, afin d'avoir une idée de ce à quoi elle pouvait s'attendre.

Malcolm ne rechigna pas à la demande. Il acquiesça simplement et se tourna vers la porte, appelant par-dessus son épaule : " Nous allons en récupérer un et vous le ramener dès que possible.

EN UTILISANT LA LISTE des bases de l'armée menant des expériences pour le projet Enhanced qu'Aidan avait déterrée, Malcolm choisit la plus proche d'eux, bien qu'il faille encore deux jours de voyage à l'aller comme au retour. Il n'était pas question de ramener l'un des super-soldats pour l'examiner, et ils se sont donc préparés à détruire l'installation.

C'est exactement ce qu'ils ont fait. Une fois entrés, ils ont éliminé tous ceux qui se trouvaient sur leur chemin en se frayant un chemin dans la base. Ils ont fouillé chaque pièce jusqu'à ce qu'ils trouvent celle utilisée pour compléter le programme d'intelligence artificielle sur les super-soldats. Laissant Wyatt et Lex monter la garde à la porte, lui et les autres se déplacent dans la pièce, vérifiant chaque coin pour s'assurer qu'il est sécurisé avant de se retrouver près de l'entrée. "Il ne nous reste plus qu'à en prendre un, dit Malcolm.

"Et le reste ? demande Aidan.

"Vous avez coupé le système de survie la dernière fois que vous avez eu affaire à ces choses, alors dites-nous comment faire."

Devon fronce les sourcils. "Je pensais que nous étions ici pour voir s'il y avait quelque chose à faire pour les sauver ? Voulons-nous vraiment arrêter le système de survie ?"

Malcolm lui fait un signe de tête laconique. "Nous n'aurons pas d'autre chance, et l'un d'entre vous croit-il vraiment que ces gens peuvent être ramenés ? Si ce n'est pas le cas, nous devons les éliminer maintenant avant qu'ils ne deviennent une autre menace pour nous. Nous pouvons mettre fin à leurs souffrances tout en nous protégeant. Et si j'ai tort, et que Daphné découvre un moyen d'inverser ce qui leur est arrivé, alors je devrai vivre avec la culpabilité d'avoir ordonné leur destruction, mais je ne pense pas que cela arrivera."

Sans autre protestation, ils se dirigèrent vers le tube le plus proche et, après quelques essais avec les commandes, ils découvrirent comment l'abaisser en position horizontale et le libérer du support dans lequel il avait été enfermé. Sans savoir quelle partie de l'équipement était vitale pour le maintenir en vie, ils prirent tout ce qui était connecté, et Aidan le brancha sur le générateur qu'ils avaient apporté à cet effet.

"Tout le monde, sauf Aidan, ramène cette chose aux véhicules. Nous serons juste derrière vous, et l'ordre permanent reste de tirer sur quiconque se met en travers de votre chemin."

Alors que les autres partaient, George, Wyatt et Devon transportant le tube entre eux, il se tourna vers Aidan. "Non seulement nous devons arrêter le système de survie, mais je veux aussi saborder toutes les données qu'ils ont ici. Sais-tu comment faire ?"

Aidan hésite avant d'acquiescer. "C'est possible, mais le plus simple serait de tout faire sauter." Il avait l'air de plaisanter.

Malcolm trouve que c'est une excellente idée. "Pouvez-vous sortir les schémas de la base ?"

Un instant plus tard, Aidan enleva son sac à dos et sortit son ordinateur portable. Il ne lui fallut pas longtemps pour trouver les informations, et Malcolm se pencha en avant pour les étudier. Au bout de quelques secondes, il désigna une pièce située à l'autre bout de la base. "Ils garderont des explosifs ici."

Les yeux d'Aidan sont écarquillés. "Tu veux vraiment faire sauter toute la base ?"

Avec un hochement de tête décisif, il s'est redressé. "Si c'est le meilleur moyen de faire disparaître toute trace du projet Enhanced, je suis tout à fait d'accord. Mais d'abord, je veux éteindre les machines ici. Je ne sais pas si ces gens peuvent ressentir la douleur, mais juste au cas où, il semble plus paisible de les déconnecter de leurs systèmes de survie que de les faire exploser."

En quelques clics de plus sur son clavier, Aidan fit apparaître une version améliorée du schéma, identifiant une pièce dans le même couloir. "Cette pièce a beaucoup de jus, alors je parierais que c'est là que se trouve leur salle de contrôle principale. C'est logique puisqu'elle est proche de cette pièce."

Après qu'Aidan eut remis son ordinateur portable dans son sac à dos et l'eut enfilé, les deux hommes quittèrent la pièce. Ils avançaient prudemment, mais rapidement. Malcolm était certain qu'ils s'étaient occupés de tous ceux qui restaient sur la base, mais il était également prêt à faire face à des surprises.

La pièce s'avéra être ce qu'Aidan avait théorisé, et Malcolm se tint à l'écart tandis que l'autre homme commençait à couper la source d'énergie du système de survie.

L'air légèrement malade, Aidan tendit un levier. "C'est ça alors". Il semble essayer de se convaincre de le tirer. "La dernière fois, je n'avais pas une approche aussi directe. J'ai juste inséré un virus qui a détruit tout leur système électrique."

"Il suffit de le tirer vers le bas ?" Sur le signe de tête d'Aidan, Malcolm passa devant lui et abaissa le levier. Il ne se permit pas d'hésiter ou de remettre en question sa décision. Dans un vrombissement, les machines s'éteignirent. Ils attendirent d'être certains qu'elles s'étaient toutes éteintes avant de quitter la pièce.

Ils se rendirent ensuite dans la salle des munitions, où Aidan se tenait prêt à offrir son aide, tandis que Malcolm préparait plusieurs blocs de C4 avec des détonateurs. Normalement, ils auraient pu les répartir dans la base en différents points structurels, mais ils travaillaient avec un manque de temps, et ils avaient l'avantage de la puissance explosive combinée de toutes les munitions entassées dans cette pièce. Cela devrait suffire à dévaster la ferme de serveurs située dans le prochain couloir, même si cela n'effaçait pas complètement toute trace du projet Enhanced.

Le détonateur à distance en main, il fit un signe de tête à Aidan, et ils le déclenchèrent à deux reprises depuis la salle d'armement. Comme prévu, ils n'ont rencontré aucune résistance lorsqu'ils ont fui la base, rejoignant leurs coéquipiers aux deux camions désignés.

Il grimpa du côté passager de celui que conduisait George et attendit pour appuyer sur le bouton qu'ils soient à la distance minimale de sécurité. Les camions ne s'arrêtèrent pas, mais ils ralentirent tous deux lorsque les premières explosions retentirent derrière eux. Malcolm regarda par la fenêtre, convaincu par le bruit des explosifs et la propagation des flammes qu'une bonne partie de la base avait été détruite. C'était une ressource de moins que l'armée pouvait utiliser pour les traquer, et un endroit de moins pour produire des super-soldats.

Chapitre Six

C'ÉTAIT INSENSÉ, MAIS il avait manqué à Daphne. Elle connaissait à peine Malcolm, et elle avait certainement assez de travail à faire pour se concentrer sur l'élucidation de ce que les militaires avaient fait à sa conception pour créer le programme d'intelligence artificielle, mais ses pensées ne cessaient de s'égarer vers lui. Lorsqu'il entra dans la pièce qu'elle s'était appropriée comme laboratoire, les battements de son cœur s'accélérèrent follement, et il lui fallut toute son énergie pour rester assise dans le fauteuil qu'elle avait rapproché du bureau.

Elle avait croisé les mains sur ses genoux, essayant de paraître sereine lorsqu'elle dit : "Vous êtes de retour. Tu vas bien ?" La question s'est échappée, uniquement motivée par la position épuisée de ses épaules et la tension qui se lisait sur son visage. "Tout le monde est rentré sain et sauf ?

En marchant vers elle, Malcolm acquiesce. "Mission accomplie, et nous apporterons bientôt l'échantillon." Il grimaça lorsqu'il identifia le super-soldat comme un échantillon, visiblement gêné par cela.

"Je ne sais pas comment vous avez fait, mais les hommes de votre père ont apporté tout ce dont j'avais besoin hier pour équiper le laboratoire. Ils ont même apporté des choses que je n'aurais jamais demandées ou dont je n'aurais jamais eu besoin, il est donc clair pour moi qu'ils ont acquis tout ce qu'il y avait sous le soleil."

Il haussa les épaules. "Je n'ai pas pensé à vous demander ce dont vous pourriez avoir besoin, alors quand j'ai contacté *El Jefe*, je lui ai simplement demandé de vous équiper de tout ce dont un spécialiste en robotique neuronale pourrait avoir besoin."

Elle lui sourit. "Il a dû faire des recherches, alors. Cela a dû coûter des millions de dollars."

Malcolm s'assit sur le coin de son bureau, et son épuisement était plus évident que jamais. "Il peut certainement se le permettre, et il est bon que son argent serve à aider quelqu'un au lieu de lui nuire."

Sans réfléchir, elle tendit la main et la serra légèrement. "Tu m'as manqué. L'aveu rauque la choqua plus que lui. Elle avait prévu de lui poser une question sur sa mission, ou peut-être sur le super-soldat qu'il lui avait apporté pour qu'elle l'étudie. Elle n'avait certainement pas prévu de faire une déclaration aussi sincère.

Son expression s'est adoucie et il a tracé son pouce sur le dessus de sa main. "Tu m'as manqué aussi. C'est vraiment n'importe quoi, mais je n'arrêtais pas de penser à toi."

Son cœur fit un bond à cet aveu, mais il s'installa plus lourdement que jamais dans sa poitrine lorsqu'il retira sa main et se leva. "Tu devrais te reposer.

Il acquiesce. "Je pense que nous avons tous besoin de repos. Cela fait des jours que nous travaillons sans relâche. Une fois l'échantillon obtenu, je pense que nous irons tous nous coucher."

En vingt minutes, ils avaient livré le super-soldat, et Aidan avait connecté son système de survie au système d'énergie principal plutôt qu'au générateur portatif. Elle sursauta lorsque Malcolm la tira à l'écart, alors que les autres sortaient, et lui mit l'arme dans la main. Elle la regarda avant de relever les yeux vers lui, une question dans les yeux. "Qu'est-ce que..."

"Cette chose apparaît dehors, et si vous prévoyez de la garder sous sédatifs, cela ne devrait pas poser de problème, mais vous avez besoin d'une sorte de protection au cas où elle se réveillerait. S'il s'en prend à vous, vous devez lui tirer une balle dans la tête. Je suis sûr que vous pourriez éventuellement l'abattre en tirant à d'autres endroits, mais nous avons découvert que le moyen le plus efficace est de lui faire exploser le cerveau."

"Comme un zombie", dit-elle en essayant de faire de l'humour, mais le résultat est plus triste que joyeux ou amusé. C'était à peu près ce que ces gens étaient devenus. Pas le zombie classique dévoreur de cerveau, mais une créature contrôlée par quelqu'un d'autre, dont la conscience est sublimée.

"Savez-vous tirer ?"

Elle secoue la tête. "Mes parents avaient des armes, mais ils ne m'ont jamais montré comment m'en servir. Elles ont toujours été interdites, et ce n'est pas quelque chose dont j'ai eu besoin dans ma vie d'adulte."

Il a mis son bras autour d'elle, et c'était censé être un moyen de stabiliser sa visée pendant qu'il lui montrait comment retirer la sécurité et tirer, même si, bien sûr, elle n'a pas lâché une cartouche vivante dans le laboratoire. Elle espérait que son cerveau fonctionnait suffisamment pour absorber ce qu'il disait, car son toucher et son odeur l'enveloppaient, et tout ce qu'elle pouvait vraiment observer était sa proximité. L'excitation la transperça, la rendant poisseuse de besoin.

Il grogna soudain, un son très félin, et lui arracha l'arme des mains. Il le posa sur la table voisine avant de se placer complètement derrière elle. L'épaisse chaleur de son érection se pressa contre sa hanche tandis qu'il posait ses mains sur sa taille et l'attirait plus étroitement contre lui.

Elle avait relevé ses cheveux en une queue de cheval désordonnée, dévoilant ainsi son cou. Sa bouche s'y attarda et ses lèvres se pressèrent contre sa peau, mais il ne l'embrassa pas. Elle gémit lorsqu'elle sentit le léger mouvement de ses dents, mais c'était fini avant d'avoir commencé, et sa bouche passa à autre chose. Ses lèvres frôlèrent son oreille lorsqu'il parla.

"Je peux sentir ton excitation. Je veux te goûter et te toucher". Sa main se déplaça de sa taille vers le bas, caressant doucement son monticule sans exercer la pression qu'elle recherchait. Daphné se cambra contre sa main, gémissant à ce contact qui ne faisait qu'augmenter sa conscience de lui sans lui apporter aucun soulagement.

Son autre main se déplaça de sa taille pour commencer à remonter la jupe de la robe qu'elle portait. Elle n'avait qu'à poser sa main sur la sienne pour l'arrêter, ou simplement dire un mot, et elle était certaine qu'il se serait retiré. La capacité de parler lui échappa, et tout ce qu'elle put faire fut une série de gémissements haletants lorsqu'il remonta la jupe jusqu'à sa taille, et que la main qui tenait sa chaleur se déplaça pour que ses doigts puissent se glisser à l'intérieur de l'élastique de sa culotte.

Malcolm la toucha avec confiance, ses doigts plongeant dans sa chaleur gluante pour trouver son clitoris. Elle se cambra contre sa main, se tortillant pour se libérer. Il caressa le bourgeon tendu dans un rythme circulaire qui la poussa toujours plus près de l'orgasme. Bien qu'elle ait été sur le point de jouir, l'orgasme la prit par surprise, tant par sa rapidité que par son intensité, et elle commença à se resserrer autour de ses doigts.

Un cri de plaisir s'échappa de ses lèvres, et sa main était là une seconde plus tard, caressant la partie inférieure de son visage. Il ne la tenait pas fermement. C'était plutôt un rappel à être silencieuse dans son plaisir, et elle l'appréciait. Ils étaient trop près des autres pour qu'elle puisse être trop bruyante, à moins qu'elle ne veuille que tout le monde sache que Malcolm venait de la doigter jusqu'au bout.

Lorsqu'il la lâcha un peu plus tard, elle n'était pas certaine que ses genoux la soutiendraient un instant. Elle s'agrippa au bord de la table tandis qu'il posait une main de soutien sur ses hanches. Lorsque les derniers frissons de félicité se furent calmés, elle se redressa et se tourna vers lui. Elle n'était pas certaine de ce qu'elle aurait dit, ni même de ce qu'elle voulait qu'il se passe ensuite.

La seule chose dont elle était sûre, c'est qu'elle ne voulait pas qu'il parte. Alors qu'il déposait un baiser sur son front et semblait prêt à la quitter, elle lui tendit la main. "Malcolm.

Il secoue la tête. "Je ne peux pas. C'est trop dangereux de te réclamer. Je n'aurais pas dû faire ça."

Elle lui lance un regard noir. "Je voulais que tu le fasses. Je veux..." Elle s'interrompit, sans être tout à fait certaine de ce qu'elle voulait.

Son expression semble refléter sa compréhension de son conflit. "C'est une autre raison pour laquelle je ne peux pas. Je vous laisse vous remettre au travail." Sans un mot de plus, et sans la regarder à nouveau, il quitta le laboratoire. Elle le suivit des yeux pendant un moment, ne sachant pas si elle voulait le suivre et exiger qu'il continue, ou si elle voulait se retirer dans le coin et réfléchir à ce qui venait de se passer. Finalement, elle ne fit ni l'un ni l'autre. Au lieu de cela, elle se tourna vers le super soldat et se perdit dans son travail, bien qu'elle n'ait pas pu complètement chasser Malcolm de ses pensées.

PLUSIEURS HEURES PLUS tard, ils se sont réunis dans la salle de conférence et elle sait qu'ils attendent son rapport. Elle est entrée dans le vif du sujet. "J'ai étudié le super-soldat que vous m'avez apporté, et j'en ai conclu que je ne pouvais rien faire pour inverser le processus."

Elle absorbe leur déception pendant un moment avant de reprendre la parole. "Le cerveau est divisé en deux moitiés, puis ces moitiés sont divisées en lobes. Le lobe frontal est l'endroit où nous traitons la pensée consciente et l'utilisons pour des choses comme la prise de décision. À l'intérieur du lobe frontal, il y a une partie appelée cortex préfrontal, et c'est là que nous formons les souvenirs à court terme. Il nous aide également à conserver des souvenirs à long terme, mais uniquement ceux qui ne sont pas liés à une tâche, c'est-à-dire les souvenirs personnels et les éléments qui influencent la personnalité, plutôt que la capacité à marcher, à parler ou à lire, par exemple.

Daphné fait une pause pour respirer et s'assurer que tout le monde suit son explication. "Le lobe temporal est une autre partie du cerveau qui aide à former la mémoire à long terme, et dans le lobe temporal médian, vous avez l'hippocampe, qui est essentiel pour la fonction de la mémoire et où la mémoire à court terme est traitée et stockée en tant que mémoire à long terme".

"Cette partie est déréglée chez Loris et les autres maintenant ?" demande Malcolm.

"Les scientifiques semblent avoir délibérément ciblé l'hippocampe pour le détruire, bien qu'ils aient également causé des dommages importants au cortex préfrontal et au lobe pariétal. Le lobe temporal est moins touché, mais ce qu'ils semblent faire, c'est altérer la capacité des sujets à créer des souvenirs à long terme. Ils détournent leur vue, leurs sens et leur mémoire à court terme vers la puce de leur cerveau, qui est téléchargée dans la base de données du projet. Ils utilisent essentiellement les super-soldats comme un dispositif d'enregistrement en plus d'un vaisseau de guerre".

Lex pousse un gros soupir. "Alors il n'y a rien que nous puissions faire pour Loris ?"

Elle hésite un instant. "Ce n'est peut-être pas exact. J'ai effectué un scanner sur elle et je l'ai comparé à celui du super soldat, et bien que son hippocampe soit significativement endommagé, il semble que les autres parties de son cerveau n'aient pas encore été ciblées pour être détruites. Je suppose qu'ils utilisent une sorte d'outil ciblé, comme un faisceau de protons."

"Si vous réussissez à ramener Loris, elle n'aura plus aucun de ses souvenirs à long terme ?" demande Malcolm.

"Je n'en suis pas sûr. En plus d'aider la mémoire à court terme à devenir une mémoire à long terme, l'hippocampe influence également votre comportement et votre mémoire spatiale. Si je trouve un moyen de contrecarrer la programmation de la puce, il y a une chance que je puisse la ramener à la conscience, mais elle pourrait avoir une personnalité complètement différente, et sa mémoire sera certainement affectée.

"La bonne nouvelle, c'est que l'hippocampe peut en fait générer de nouveaux neurones. Je doute qu'elle soit jamais tout à fait la même, mais grâce à de nouvelles thérapies et recherches, l'un de mes collègues a trouvé un moyen d'accélérer la réparation des neurones tout en bloquant les glucocorticoïdes qui entravent le processus. Je peux le contacter pour ses recherches si nous arrivons à ce qu'elle soit réveillée. Au moins, les scientifiques ont veillé à préserver le système des ganglions de la base, qui est l'endroit où nous stockons la mémoire procédurale. Elle se souviendra comment marcher et parler, et probablement d'autres compétences enracinées, comme la lecture et l'écriture".

"Et si vous enleviez simplement la puce ? demande Gillian, les mains sur le ventre. La pauvre femme avait l'air malheureuse et devait être sur le point d'accoucher.

"Si je retire la puce, tous ses systèmes s'éteindront. Sa vie dépend de son maintien, donc je dois trouver un moyen de l'extraire, de la contourner ou de l'utiliser à son avantage. C'est ce sur quoi je me concentre en ce moment."

Malcolm reprit la parole : "Vous continuez à vous concentrer sur ce point, et nous allons nous concentrer sur l'élimination des bases de l'armée où ils développent leur armée hybride. Aidan et Tianna ont une liste pour nous, et il y a Trois autres bases que nous devons détruire. Nous nous concentrerons là-dessus pendant que vous travaillerez sur la science, Dr Wells."

Le son de son titre et de son nom de famille la fit tressaillir, et elle ne savait pas si c'était parce qu'il essayait de mettre une distance émotionnelle entre eux, ou parce qu'ils se trouvaient dans un débriefing formel. Quoi qu'il en soit, cela lui faisait mal, et elle s'efforça de ne pas le montrer. Au lieu de cela, elle acquiesça et resta silencieuse, essayant d'avaler la boule d'humidité au fond de sa gorge.

Gillian était devenue pâle, et Wyatt avait son bras autour de sa compagne. "Qu'est-ce qui ne va pas ?

Daphne s'attendait à ce que la femme lui dise qu'elle avait des contractions, et ses paroles l'ont donc surprise.

"Je suis à moins de Trois mois de l'accouchement. Je ne veux pas que tu détruises les bases de l'armée, Wyatt."

Les autres détournent délibérément le regard, mais personne n'a encore bougé de la table.

Wyatt posa une main sur son ventre. "Je sais, et je ne veux pas le faire non plus, mais si nous pouvons détruire toutes les traces du Projet Shift et du Projet Enhanced, nous pourrons retrouver les vies que nous avions. Nous pourrons avoir notre bébé à Shifter Springs, et nous n'aurons plus à nous cacher ici, au Sanctuaire. Je ne te quitterai plus jamais."

Gillian éclate en sanglots, ce qui fait monter l'humidité aux yeux de Daphné. Elle les chassa en jetant un coup d'œil vers le couple, juste à temps pour voir Wyatt la prendre dans ses bras.

Lex s'est rapprochée, gardant sa voix au niveau d'un murmure lorsqu'elle a dit : "Gillian pleure beaucoup ces jours-ci. Les hormones de grossesse."

Daphne acquiesce et la réunion se termine quelques minutes plus tard. Elle ne partit cependant pas tout de suite. Elle attendit que Gillian se rapproche pour croiser le regard de l'autre femme.

"Vous avez dit qu'il vous restait encore Trois mois à tenir ? Elle regarde le gros ventre de Gillian d'un air dubitatif. "Avez-vous vu un obstétricien ?

"Non, mais il y a une sage-femme à San Sadoval, et elle est venue me voir plusieurs fois. Elle vérifie mes mensurations pour voir si j'ai bien grandi et cherche des signes d'inquiétude, comme la présence de protéines dans les urines."

"Je ne suis pas médecin, du moins pas dans ce sens, mais il y a un appareil d'échographie dans le laboratoire. Si vous voulez, on peut y jeter un coup d'œil ?"

Gillian acquiesça avec empressement, et Wyatt fit de même. Avec un sourire, elle leur indiqua de la suivre. Il était hors de question qu'elle les fasse attendre après l'offre.

Une fois qu'ils furent dans le laboratoire, elle regarda autour d'elle pendant une minute, cherchant un endroit pour faire l'échographie. Le seul lit était occupé par Loris, mais une des tables était assez facile à dégager. Elle enleva les plateaux et l'équipement avant de faire un geste vers elle. "Ce n'est pas très confortable, mais ce n'est que pour quelques minutes.

Pendant que Daphné préparait l'appareil à ultrasons, devant lire le livret d'instructions puisqu'elle n'en avait jamais utilisé, Wyatt aidait sa compagne à s'asseoir sur la table. Toujours à l'aide du livret, elle suivit les étapes de mise en marche de l'appareil, puis utilisa le tube de gel non ouvert pour enduire l'estomac de l'autre femme après avoir fait sauter le sceau. Elle le regarda d'un air dubitatif. "Je crois que j'en ai mis trop. Je n'ai jamais fait ça avant."

"Nous non plus", dit Gillian en riant.

Elle récupéra des serviettes en papier et essuya l'excédent de gelée avant de saisir la baguette et de la passer sur son ventre. Des images apparurent sur l'écran, et il s'agissait manifestement d'une partie du bébé. "Je pense que c'est la jambe", dit-elle avec une pointe de doute. En déplaçant la baguette, elle ajouta : "Et voilà l'autre jambe, et ça, ça doit être un bras... Non, ça aussi, c'est une jambe."

Gillian se raidit et Wyatt pâlit. "Notre bébé a Trois jambes ? demanda-t-elle.

"Non, je ne crois pas. Un instant." Elle passa un moment à déplacer la baguette autour de l'estomac gonflé de Gillian, essayant d'obtenir une image complète. Cette fois, elle ne raconte pas tout ce qu'elle a vu. Avec un sourire, elle s'est approchée et a allumé le système de haut-parleurs. Le son rapide des battements de cœur du fœtus remplit la pièce. "Vous les entendez ?"

"Eux ?", demande Wyatt.

"Des jumeaux", dit Daphné. "Si votre sage-femme veut utiliser cette machine lors de votre prochain rendez-vous, n'hésitez pas. Je suis sûre qu'elle pourra vous en dire plus que moi, mais il y a bien deux bébés." Elle pointe du doigt les deux têtes sur l'écran et les met au point. "Je suis désolée de ne pas pouvoir vous donner le sexe, parce que je ne sais pas comment le faire, mais il y a bien deux bébés là-dedans.

"Cela explique pourquoi je suis si énorme", dit Gillian, le ton à mi-chemin entre l'exaltation et le léger mécontentement. "Cela veut dire que je vais devenir de plus en plus grosse et de plus en plus malheureuse".

"Des jumeaux", dit Wyatt, l'air choqué. "Cela veut dire deux.

Daphne réussit à étouffer son rire, mais Gillian ne fut pas aussi gentille. Elle gloussa à la déclaration de son compagnon tout en lui prenant la main. "Oui, c'est ce que les jumeaux veulent dire.

Pendant qu'ils discutaient tranquillement et fêtaient l'événement, Daphné s'essuya rapidement l'estomac et fit signe à Wyatt qu'il pouvait la lever. Il le fit avec précaution et ils quittèrent le laboratoire quelques minutes plus tard.

Après leur départ, le silence s'est installé, et elle s'est sentie envahie par la solitude. Elle voulait ce qu'ils avaient, ce lien profond qui était évident entre eux. Elle enviait leur petite famille, sur le point de doubler de taille, et elle voulait cela pour elle-même. Pour la première fois depuis longtemps, elle s'est autorisée à admettre qu'elle se sentait seule, et que son travail ne comblait pas le vide en elle. Elle voulait quelqu'un avec qui partager sa vie, et quelqu'un à qui donner ses bébés.

Non, pas quelqu'un. Pas juste un étranger encore inconnu. Elle voulait que Malcolm soit cet homme.

Chapitre Sept

LE LENDEMAIN MATIN, ils partent en mission et Daphné ne sait pas où ils vont. Cinq longs jours s'écoulèrent avant qu'ils ne reviennent, et bien qu'elle ait beaucoup de recherches à faire pour s'occuper, elle commençait rapidement à être frustrée. Il semble qu'elle ne puisse rien faire pour aider Loris, mais elle est loin d'abandonner. Cette femme était manifestement importante pour son équipe, et s'il y avait une chance infime qu'elle puisse retrouver une vie normale, Daphné était déterminée à poursuivre toutes les options.

Lorsqu'ils revinrent le cinquième soir, ils avaient tous l'air épuisés et sales, mais il n'y avait pas de blessures apparentes. La boule de tension qu'elle portait en elle depuis cinq jours sembla se déployer dès qu'elle croisa le regard de Malcolm qui entrait dans l'antichambre où elle, Tianna et Gillian l'attendaient. Ils étaient là depuis deux heures, depuis qu'ils avaient reçu une transmission radio annonçant le retour de l'équipe au Sanctuaire.

Ses compagnons se sont immédiatement dirigés vers leurs compagnons, et c'est tout naturellement que ses pieds l'ont conduite vers Malcolm. Contrairement à Tianna et Gillian, elle ne le serra pas dans ses bras et ne le toucha pas, mais elle resta près de lui, se réjouissant de son retour en toute sécurité. "Comment ça s'est passé ?

"La base a été détruite, ainsi que tous les sujets et les données. Cela signifie que nous avons deux autres bases de l'armée."

"J'essaie toujours de trouver où les Rochester pourraient cacher leurs expériences", dit Tianna dans les bras de Devon. "Il pourrait y en avoir plusieurs."

"Quand vous les aurez trouvés, nous les détruirons aussi. Malcolm a parlé sans le moindre doute, et son chemin a dû être clairement défini. Il était déterminé à faire disparaître toute trace des deux projets et à éliminer tout danger pour lui et ses coéquipiers.

Il était probablement tout aussi catégorique sur le fait de ne pas la réclamer ou de ne pas progresser dans leur relation tant qu'il n'avait pas réussi. Elle essaya de ne pas faire la tête, mais cela l'irritait qu'il ait pris la décision pour eux deux. Il fallait vraiment qu'elle ait une discussion avec lui.

ILS N'EURENT PAS LE temps de lui parler, car ils étaient repartis le lendemain matin. Ils n'étaient partis que Quatre jours cette fois-ci, mais le temps semblait s'éterniser encore plus que lorsqu'ils étaient partis cinq jours auparavant. Elle voyait bien que Tianna et Gillian se languissaient de leurs compagnons, et elle craignait que son comportement ne soit à l'image du leur.

Elle ne savait pas ce qu'elle avait avec Malcolm, ni même s'il pouvait y avoir quelque chose avec lui compte tenu de la façon dont ils s'étaient rapprochés et des obstacles qui s'étaient dressés sur leur chemin, mais elle ne pouvait pas nier qu'il lui manquait. Chaque nuit, elle se réveillait haletante et seule, avec l'envie de sentir ses bras autour d'elle et l'inquiétude qu'elle éprouvait pour lui dominait ses pensées.

Lorsqu'ils sont revenus au Sanctuaire cette fois, elle ne lui a pas donné l'occasion de s'éclipser ou de la fuir avant qu'ils puissent parler. Autour d'un dîner rapide, elle n'insista pas et écouta les coéquipiers décrire la difficulté de la destruction de la base. Il était évident qu'ils redoutaient la dernière base de l'armée, car chacune semblait mieux préparée que la précédente.

Elle craignait qu'il n'ait l'intention de repartir si tôt, aussi, une fois le dîner terminé, elle s'éclipsa discrètement et se dirigea vers ses quartiers. Il n'avait pas de système de sécurité biométrique, elle put donc entrer facilement. En attendant qu'il la rejoigne, elle fit les cent pas dans la petite pièce, qui était militaire par son exiguïté, à l'exception du grand lit confortable.

Lorsqu'il la rejoignit, elle était certaine d'avoir compté au moins six fois le nombre de carreaux sur le sol, mais elle sursauta encore en entendant la porte s'ouvrir, alors qu'elle l'avait attendu.

Il parut encore plus surpris lorsqu'il franchit le seuil et s'immobilisa à la vue de la jeune femme figée à mi-pas près de son lit. Il y avait dans ses yeux un regard hanté, ou peut-être chassé aurait été un meilleur qualificatif. Il avait l'air d'une proie pendant un moment, et malgré les choses sérieuses qui l'accablaient, elle eut envie de rire.

"Je ne vous attendais pas. Tu as besoin de quelque chose, Daphné ?"

Elle acquiesça en faisant un signe de la main vers la porte. "Fermez-la, nous devons parler en privé.

Il fit ce qu'elle lui demandait avant de traverser la pièce pour la rejoindre. Il s'arrêta à quelques mètres, les bras croisés sur sa poitrine. Elle fut irritée par sa posture défensive jusqu'à ce qu'elle réalise qu'elle reflétait simplement la sienne.

Prenant une profonde inspiration, elle força ses bras à se détendre et les laissa tomber le long de son corps, et les siens firent de même un instant plus tard. "Je n'aime pas que tu partes et que nous ne sachions pas quand tu reviendras. Je n'aime pas que tu sois en danger, et je n'aime surtout pas que tu aies pris la décision pour nous deux qu'il ne peut pas y avoir... quoi que ce soit entre nous."

Il laisse échapper une expiration rude. "Je n'ai pas dit qu'il ne pouvait rien y avoir. Mais pas maintenant."

Ses mains se posèrent sur ses hanches et elle ne put s'empêcher de le regarder. "Et pourquoi pas ? Pourquoi est-ce que tu décides de ça tout seul ?"

"C'est la chose la plus intelligente à faire. Tu sais à quel point ce serait dur de perdre ton compagnon ? Les humains ne sont pas les mêmes que les métamorphes, et on ne s'accouple pas pour la vie, mais il y a un lien plus profond avec la revendication. Je ne pourrais pas te réclamer et te laisser ensuite, sans savoir si je reviendrai. Il est de plus en plus difficile de faire tomber les bases, parce qu'elles nous attendent maintenant. Je m'attends à ce que beaucoup de super soldats nous attendent à la dernière, et il se peut que je ne revienne pas te voir."

"C'est une raison de plus pour ne pas attendre. Ne préférez-vous pas une nuit ensemble plutôt que rien du tout ?"

Il poussa un soupir rauque. "Je ne suis pas sûr de pouvoir me contenter d'une seule nuit. Si je te réclame..."

Elle poussa un soupir exaspéré. "Les métamorphes ne font jamais l'amour avec quelqu'un qu'ils n'ont pas revendiqué ?"

Il semble surpris par la question. "Bien sûr, mais...

Elle s'est rapprochée, pressant ses doigts sur ses lèvres. "Mais rien. On peut se contenter de cette soirée, n'est-ce pas ? Nous pourrons réfléchir à la question de la revendication plus tard, et à la façon dont cela fonctionnerait avec nos vies si disparates, mais nous n'avons pas besoin d'y penser ce soir." Elle était étonnée de sa propre éloquence, car les hommes séduisants la laissaient généralement sans voix.

Tout était différent avec Malcolm, comme elle s'en était déjà rendu compte. Elle avait hâte de voir à quoi ressemblerait l'amour avec lui. La seule expérience qu'elle avait eue auparavant avait été rapide, brutale et insatisfaisante. Elle n'avait pas vraiment désiré l'homme qu'elle avait choisi, mais elle avait accepté parce qu'elle s'était sentie comme un monstre, toujours vierge à vingt ans.

Être avec Malcolm serait comme la première fois, mais en mieux. Elle en était certaine. C'était sa chance de revivre ce qu'aurait dû être sa première fois, et s'ils avaient de la chance, il y aurait plus d'une fois qui s'étendrait devant eux. Si seulement elle pouvait le persuader d'arrêter d'être aussi têtu.

Elle s'approcha, posa sa main sur sa poitrine et fit glisser ses doigts de sa bouche, le long de sa joue et sur la colonne de sa gorge avant d'enrouler son bras autour de son cou. Il poussa un grognement sourd lorsqu'elle se rapprocha de lui, ses seins poussant contre sa poitrine tandis qu'elle se hissait sur la pointe des pieds, levant le menton pour lui offrir sa bouche.

Avec un son doux qui signalait sa défaite, ses lèvres prirent possession des siennes. Le baiser était à la fois tendre et énergique, il était à la fois tendre et exigeant. Elle répondit avec la même intensité, exigeant de lui la moindre parcelle de son baiser, tout comme il l'exigeait d'elle.

Ils se serrèrent l'un contre l'autre, leurs bras s'enroulant l'un autour de l'autre, et elle enfouit sa main dans ses cheveux pour garder sa bouche contre la sienne le plus longtemps possible. Elle était légèrement étourdie et essoufflée, mais elle ne pouvait pas dire si c'était à cause de sa proximité ou du manque d'oxygène dû à la durée des baisers. Quoi qu'il en soit, cela ne faisait qu'ajouter à l'expérience, la rendant étourdie. Lorsqu'il s'éloigna enfin, elle avait envie que cela continue plutôt que d'être reconnaissante d'avoir la chance d'aspirer une bouffée d'oxygène.

Il n'a pas essayé de l'en dissuader, il a donc clairement capitulé. Peut-être était-il parvenu à la même conclusion qu'elle, à savoir qu'une nuit valait mieux que rien. Alors qu'elle l'aidait à enlever sa chemise, elle s'accrocha à l'espoir que ce n'était que la première nuit d'une longue série.

Malcolm gémit lorsqu'elle se pencha en avant, amenant sa bouche contre son mamelon pour faire claquer ses dents sur le petit bourgeon. Elle gratta ses ongles sur l'autre, le faisant siffler plus comme un chat que comme un humain, tandis que sa main descendait jusqu'à la ceinture de son pantalon de camouflage.

Il lui fallut un moment pour découvrir l'ouverture à boutons-pression et à fermeture éclair, puis elle le fit descendre le long de ses hanches, en même temps que le slip qu'il portait en dessous. Le pantalon descendit jusqu'à mi-mollet avant que ses bottes de combat ne lui barrent la route. C'était suffisant pour le moment, et elle saisit sa tige dans sa main, la guidant vers sa bouche alors qu'il sifflait à nouveau avec ce même son félin de plaisir.

Malcolm enfila ses doigts dans ses cheveux, berca l'arrière de sa tête sans la tenir fermement. C'était une touche de connexion et de tendresse plutôt qu'une tentative de la garder enfermée contre lui.

Sa langue était agile alors qu'elle léchait la longueur de son corps, faisant tourbillonner l'appendice autour de sa bite jusqu'à ce qu'il pousse ses hanches vers l'avant dans un besoin inexprimé. La seule indication, à part les mouvements de son corps, de l'envie désespérée qu'il avait de sa bouche était les petits gémissements de plaisir qu'il émettait.

Daphné ouvrit la bouche et étira ses lèvres autour de lui, guidant lentement son érection à l'intérieur tout en évitant d'en racler la longueur avec ses dents. Lorsqu'il fut installé au fond de sa gorge et qu'elle en eut pris autant qu'elle le pouvait, elle recommença à le lécher par de longs et lents coups de langue.

Cette fois, il était enfermé dans sa bouche, ce qui limitait les mouvements de sa langue tout en augmentant clairement son plaisir. Lorsqu'il commença à balancer ses hanches contre son visage, il ne semblait pas du tout conscient de ce qu'il faisait. Ses yeux étaient glacés par la passion et son expression frôlait l'agonie. Il était clair qu'il utilisait chaque once de maîtrise de soi pour éviter de jouir.

Résolue à briser son contrôle, elle a concentré la pointe de sa langue sur le dessous de sa bite, léchant rapidement le V avant de s'arrêter pour sucer la tête. Puis elle reprit sa langue et il se mit à pousser frénétiquement contre elle. Sa main dans ses cheveux s'était resserrée, mais même dans les affres de son plaisir, il n'essaya pas de bloquer sa tête contre lui ou de l'empêcher de s'éloigner. Il se contenta de la bercer tandis qu'elle l'amenait au bord du gouffre et l'attirait vers elle par une succion profonde.

Avec un grognement rauque, la tige de Malcolm se contracta entre ses lèvres et des vagues de sa semence se déversèrent dans sa gorge. Elle les avala avidement, ne voulant pas gaspiller une goutte de son plaisir. Elle arrêta sa bouche, mais garda ses lèvres autour de lui jusqu'à ce que le dernier spasme se soit dissipé de son érection. Puis elle se pencha en arrière, ses fesses soutenues par ses mollets, et leva les yeux vers lui.

Il était difficile de croiser son regard, et elle se rendit compte qu'elle était timide. C'était ridicule, compte tenu du lien étroit qui les unissait et de ce qu'elle venait de faire pour lui, mais elle ne pouvait pas se résoudre à continuer à le regarder, alors elle détourna le regard.

Il lui prit le menton avant de porter sa main à sa joue et de passer son pouce sur le côté de son visage. D'une douce pression, il lui fit avancer la tête, puis la lui fit remonter, jusqu'à ce que leurs regards se croisent. La tendresse de ses yeux lui coupa le souffle, et sa dernière timidité s'évanouit. Lorsqu'il lui tendit la main, elle la prit et se leva sans hésiter avant de l'entourer de ses bras et de presser son visage contre son torse.

Il s'éloigna d'elle avec précaution, mais ses mains restèrent un instant sur ses épaules, qu'il serra. "Pourquoi ne finirais-tu pas de te déshabiller, et je m'occuperai de ça ?" Sa main se dirigea vers ses pieds, mais son regard ne quitta pas le sien. "Je veux voir chaque centimètre de toi.

Elle aurait pu s'attendre à ce que la gêne revienne à ce moment-là, mais au lieu de cela, elle se sentait en sécurité en sa présence. Daphné s'éloigna de lui pour lui laisser de la place afin qu'il puisse enlever ses bottes et se tortiller pour retirer le reste de son pantalon pendant qu'elle retirait son pull.

Avec les vêtements que Malcolm lui avait fournis, et en empruntant quelques pièces à Tianna et Gillian, elle avait réussi à se constituer une garde-robe de base. La seule chose qui lui manquait était un soutien-gorge. Elle avait celui qu'elle portait le jour où il l'avait emmenée, mais c'était tout. Comme elle ne savait pas quel jour il reviendrait, elle n'avait pas fait d'effort particulier pour porter le soutien-gorge, et il était en train de sécher dans sa salle de bain. Il ne sembla pas s'inquiéter de ses seins nus lorsqu'elle lança le pull-over vers une chaise dans le coin sans prendre la peine de vérifier s'il atteignait sa cible.

Son jean et sa culotte vinrent ensuite, et ils glissèrent facilement. Ils avaient été empruntés à Tianna, alors elle n'a même pas eu besoin de détacher le jean. Le denim a simplement roulé. Elle ne s'arrêta que brièvement pour enlever ses chaussures avant de se déshabiller complètement.

Il était maintenant complètement nu devant elle, et lorsqu'elle a enlevé ses chaussettes, elle était dans le même état physique. Sauf qu'elle avait faim de lui, plus faim que lui sans doute, puisqu'elle n'avait pas encore atteint l'orgasme.

Malcolm la souleva dans ses bras, poussant ses cuisses à s'enrouler autour de sa taille tandis qu'il la portait jusqu'au lit. Sa bouche captura la sienne dans un long baiser, et il ne l'interrompit pas lorsqu'il la descendit sur le matelas. Il s'accroupit au-dessus d'elle pendant un moment, tandis que leurs langues s'entremêlaient, avant de se détacher. Son expression indiquait que la séparation était douloureuse, mais elle ne put voir son visage lorsque sa tête descendit plus bas, l'une de ses lèvres frôlant son mamelon gauche avant qu'elles ne l'entourent toutes deux et qu'il ne prenne le bourgeon tendu à l'intérieur.

Elle gémit lorsqu'il commença à le sucer tandis que ses doigts pinçaient légèrement l'autre mamelon, s'assurant qu'elle recevait le même stimulus. Elle enfila ses doigts dans ses cheveux, poussant sa tête vers le bas sans l'avoir consciemment prévu. Même si elle aimait avoir sa bouche sur son sein, ce n'était pas là qu'elle voulait vraiment sentir sa langue.

Il gloussa contre son ventre tandis qu'elle le guidait plus bas, sans jamais faire le moindre geste pour résister à ce qu'elle lui demandait. Elle laissa échapper un sifflement aigu lorsqu'il mordit son clito dès que ses dents touchèrent le bourgeon. Il apaisa la légère piqûre un instant plus tard en massant l'endroit avec sa langue avant que sa bouche ne descende plus bas.

Elle se cambra contre lui tandis qu'il léchait sa fente, descendant vers le bas pour s'enfoncer dans son ouverture. Elle poussa contre lui, agitée par son besoin, puis cria doucement lorsqu'il glissa un doigt en elle. Elle s'était à peine habituée à cette intrusion que le deuxième, puis le troisième doigt la rejoignirent. Il les enfonça et les retira d'elle tandis que sa bouche continuait à travailler sa chatte. Elle était imbibée de son besoin et il était certain qu'il en était imbibé avant même qu'elle ne jouisse pour la première fois.

Des frissons d'extase enserrèrent ses jambes autour de lui pendant un moment, et elle oublia de respirer jusqu'à ce que la première réplique s'estompe. Son souffle s'échappa d'elle avec un petit bruit qui ressemblait à un sanglot. Elle était si sensible que le moindre coup de langue déclenchait une nouvelle vague de plaisir, et il continua à la taquiner jusqu'à l'orgasme, jusqu'à ce qu'elle ne compte plus le nombre de fois où elle avait joui.

Lorsqu'il releva enfin la tête pour s'éloigner, elle ne sut pas si elle avait envie de se réjouir du contact perdu ou de sangloter à cause de lui. Elle était déjà au bord de l'épuisement, mais elle ne pouvait s'empêcher d'en redemander.

Malcolm semblait s'en rendre compte, car il ne la quitta que le temps de fouiller dans sa table de nuit avant de revenir dans un bruit de papier d'aluminium déchiré. Un instant plus tard, il a gainé sa bite de latex, puis il s'est aligné sur l'ouverture de la jeune femme.

Elle essaya de ne pas se crisper, mais elle ne pouvait s'empêcher d'être nerveuse. Quatre ans s'étaient écoulés depuis sa seule et unique incursion dans le sexe, en dehors de son petit ami à piles, et Malcolm était plus grand que son précédent amant.

Heureusement, son corps s'adaptait facilement, et elle était certaine que tous les orgasmes qu'il avait insisté pour lui donner avaient facilité son passage. Il se glissa en elle avec seulement un moment d'inconfort, puis elle bloqua ses jambes autour de ses hanches et commença à pousser contre lui, soulevant le bas de son corps du lit pour s'adapter à l'angle.

Malcolm lui tenait les cuisses, la soutenant tandis qu'il se déplaçait avec urgence contre elle. Chaque poussée augmentait avec sa passion, accompagnée du léger bruit de leur peau qui se frôlait et qui se transformait en un véritable claquement au fur et à mesure qu'il avançait.

Une fois que son corps s'est adapté à l'intrusion, elle répond à chaque poussée de ses hanches avec la même intensité. Elle n'avait jamais rien ressenti de tel auparavant, et elle en redemandait encore et encore.

Lorsque sa bite tressaillit en elle une seconde avant qu'il ne commence à jouir, cela fit convulser son fourreau et provoqua sa propre libération. Ils jouirent ensemble, bien que les frissons qui consumaient son corps semblaient durer plus longtemps que les siens, tout comme le resserrement rythmique de ses parois autour de lui.

Brusquement, l'épuisement la rattrapa et elle s'affaissa contre le lit. Elle put à peine se résoudre à l'aider à se déplacer pour qu'il puisse s'effondrer à côté d'elle. Il s'approcha d'elle, ses bras l'enveloppant solidement d'une manière rassurante qui lui fit comprendre qu'il était là avec elle.

Deux fois encore dans la nuit, il s'est approché d'elle et ils ont fait l'amour encore et encore. Lorsqu'elle se réveilla tôt le lendemain matin, elle se retrouva seule. Avant même d'ouvrir les yeux, elle sut, à la fraîcheur du lit à côté d'elle et à l'absence de conscience de sa présence, qu'il était déjà parti.

Avec un gémissement de déception, elle se tourna sur le côté. Le gémissement se transforma en un gémissement d'inconfort lorsque des muscles qu'elle avait oubliés lui rappelèrent leur présence. Elle passa une main entre ses cuisses pour y prendre appui sur son mamelon douloureux, tandis que son regard tombait sur un morceau de papier posé sur l'oreiller de son mari.

De l'autre main, elle récupéra les mots et les parcourut rapidement. Malcolm ne savait pas combien de temps il serait parti, mais ses mots lui assuraient qu'il penserait à elle tout le temps. Elle savait qu'elle ressentirait la même chose, même si elle était toujours déçue qu'il ne soit plus là. Elle savait que cela arriverait, et elle avait insisté pour n'avoir qu'une nuit, mais après cette nuit, elle était certaine qu'une nuit ne serait jamais suffisante. Elle ne pouvait qu'espérer que Malcolm lui revienne sain et sauf.

Chapitre Huit

ILS ÉTAIENT EN INFÉRIORITÉ numérique et Malcolm devait garder ses pensées concentrées sur la bataille à venir, mais elles revenaient toujours à Daphné et à la nuit qu'ils avaient passée ensemble. Son jaguar était certain qu'elle était leur compagne, et il lui avait fallu tout ce qu'il avait pour ne pas la réclamer en la mordant et en la marquant de ses phéromones. Cela éloignerait les autres métamorphes mâles et l'identifierait comme sa compagne.

Il était certain que le perdre maintenant serait dévastateur pour elle, mais ce serait encore pire s'il avait cimenté leur lien en la réclamant. Maintenant, en regardant les chiffres à travers les jumelles, il remettait en question sa décision. Il semblait probable qu'il ne reviendrait pas auprès d'elle ce soir, ou jamais, et il aurait aimé connaître le bonheur parfait de la prendre comme compagne, même si ce n'était que pour une nuit.

"Quel est le plan ? demande Lex.

"Lance-roquettes ?" Tout en posant la question, il lui passa les lunettes de vision nocturne. Les autres membres de l'équipe se partageaient les deux autres paires, et il vit son expression se transformer en désarroi lorsqu'elle réalisa le nombre de signatures thermiques enregistrées.

Elle abaissa les jumelles et le regarda, puis hocha la tête. "Ils les ont tous regroupés dans les baraquements, à l'exception d'une douzaine d'entre eux qui patrouillent en permanence dans le périmètre. Je pense que les lance-roquettes sont la solution. Nous devrons nous occuper de la patrouille du périmètre, mais nous devrions pouvoir détruire la majeure partie de ce bâtiment avant qu'ils ne trouvent notre position."

"Regardez le bâtiment à onze heures", dit Wyatt.

Malcolm attrapa les lunettes et regarda à travers elles là où son coéquipier l'avait indiqué. Il y avait au moins quarante signatures thermiques émanant de ce bâtiment également, mais à en juger par la façon dont elles étaient positionnées, il s'agissait plutôt de métamorphes hybrides qui passaient par la programmation de l'intelligence artificielle. En abaissant les lunettes, il regarda Aidan. "Où en sommes-nous sur les schémas de cette base ?"

"On dirait qu'il est similaire à celui de Fort Glacier. Je n'étais pas d'accord avec vous sur ce point, mais quand je compare les superpositions, ils semblent avoir presque le même design. Si c'est le cas, les serveurs sont probablement conservés dans ce bâtiment." Il toucha un bâtiment sur son écran, à droite des baraquements abritant ce qu'ils supposaient être les super-soldats actifs. Avec l'usine de fabrication à gauche, ils devaient se concentrer sur Trois zones d'attaque.

"Nous utiliserons les lance-roquettes sur les baraquements, puis nous nous déplacerons et nous nous diviserons en deux groupes. Lex, Aidan et moi-même mettrons du C4 tout autour de l'usine de fabrication, tandis que le reste d'entre vous fera de même pour la ferme de serveurs." Il n'a pas pris la peine d'aborder le fait qu'ils devraient se frayer un chemin à travers au moins une douzaine de super-soldats qui patrouillaient le périmètre. Ils le savaient tous.

Ils avaient Trois lance-roquettes et six roquettes à eux tous. George, Devon et Wyatt se sont alignés en formation droite à quelques mètres les uns des autres. Ils portaient les lance-roquettes sur leurs épaules, et Malcolm et les autres s'éloignèrent. "Feu", dit Malcolm.

Comme un seul homme, ses coéquipiers ont tiré leurs roquettes sur la caserne. Les Trois premières firent pas mal de dégâts, mais au moins un tiers du bâtiment était encore debout. Malcolm les appela pendant qu'ils rechargeaient. "Wyatt, vise avec ta dernière roquette le bâtiment où ils cultivent ces salopards. George, vise le bâtiment des serveurs, et Devon, utilise ta dernière roquette pour détruire les restes de ce bâtiment."

Ils semblaient l'ignorer, mais comme un seul homme, ils répondirent : " Oui, Monsieur ". Malcolm fut brièvement amusé par le retour au protocole, surtout de la part de George, puisqu'il avait techniquement été leur commandant lorsqu'ils étaient tous ensemble dans l'armée.

Une fois de plus, comme une unité homogène, ils commencèrent à tirer sur leurs différentes cibles. Malcolm fut distrait par l'arrivée des super-soldats. Lex, Aidan et lui prirent leurs différentes formes, et il était heureux d'avoir apporté des vêtements de rechange. Il n'avait pas eu le temps d'enlever ce qu'il portait avant de laisser sortir le jaguar.

Deux hybrides se rapprochèrent de lui, et il eut à peine le temps de remarquer que l'un d'eux était à moitié métamorphe et que l'autre devait avoir de l'ADN de crocodile infusé dans son code. Ils l'encerclèrent, essayant de lui couper tout moyen de s'échapper, et il se défendit avec acharnement et sans pitié. Il pouvait avoir de la pitié pour leur situation, mais il ne pouvait pas se permettre d'en avoir lorsqu'il les combattait. C'était définitivement une situation de lui ou d'eux, et il avait l'intention de survivre.

Il entendit Lex hurler, mais il ne pouvait pas se permettre de regarder son coyote, même brièvement, pour s'assurer qu'elle allait bien. Il entendit le rugissement d'un lion un instant plus tard et sut qu'Aidan s'était déplacé pour aider sa compagne.

Il avait d'abord ouvert une brèche dans le crocodile métamorphe, s'avançant et passant sous les pattes de l'ours métamorphe pour bondir en avant et serrer ses mâchoires autour du cou de l'animal. Les armes à feu auraient été plus efficaces pour retirer le cerveau, mais ils avaient rapidement découvert que les super-soldats étaient conditionnés pour combattre des ennemis qui se tenaient sur deux jambes, et que le fait d'être métamorphosé constituait donc un avantage - même si c'était aussi plus viscéral et plus pratique lorsqu'il s'agissait de tuer les super-soldats.

Le goût du sang lui inonda la bouche, et il lutta pour ne pas en avoir la nausée. Même cela n'avait pas du tout le même goût quand il s'agissait de ces choses de métamorphes. Il n'était pas métallique comme le sang normal, mais plutôt amer, avec un goût âcre sous-jacent qui avait probablement quelque chose à voir avec le liquide nutritif qu'ils pompaient à travers les choses au lieu de les nourrir. Quoi qu'il en soit, c'était un goût auquel il ne s'habituerait jamais, mais avec un peu de chance, il n'aurait pas à le faire. C'était la dernière base de l'armée, et la dernière cible.

Au moins jusqu'à ce que Tianna ait une liste des bases privées financées par les Rochester. Avec un peu de chance, elles ne seraient pas aussi organisées, et leurs super-soldats ne seraient pas pris en charge par des responsables ayant des compétences militaires.

Une fois le crocodile immobilisé, il s'en éloigna d'un bond, sifflant lorsque les griffes de l'ours métamorphe s'enfoncèrent dans son flanc, mais refusant de se laisser ralentir. Il se retourna et s'engagea, s'élançant et louvoyant autour de la chose jusqu'à ce qu'elle se mette à osciller de façon confuse en essayant de le rattraper. Lorsqu'il arriva derrière la chose, il s'élança et sauta, plantant ses griffes dans ses épaules et utilisant ses dents acérées pour sectionner le tronc cérébral et la colonne vertébrale, rendant la chose paralysée et inutile quelques secondes avant qu'elle ne meure.

Il entra dans la mêlée avec ses coéquipiers, et peu à peu, ils se débarrassèrent des douze. Il n'y en eut pas d'autres pour les remplacer, et aucun soldat humain.

Remettant ses lunettes de nuit, il fouilla la base et trouva un groupe de signatures thermiques provenant d'un bâtiment situé plus loin. Il était séparé du bâtiment où se trouvaient probablement leurs serveurs, mais il était suffisamment proche pour être le centre de commandement, et il était certain que la quarantaine de formes de vie qu'il y avait dénombrées étaient les manipulateurs chargés de diriger les super-soldats pendant leur combat.

Ils étaient semblables à des pilotes de drones, mais plus pratiques, et avaient une vision beaucoup plus proche et plus macabre de ce que les créatures qu'ils contrôlaient pouvaient faire. Malcolm n'avait aucune pitié pour eux non plus. Contrairement aux soldats qui avaient été recrutés et transformés en super-soldats hybrides, peut-être sans permission et probablement sans être pleinement informés de ce qu'ils subissaient, ces humains s'étaient tous portés volontaires pour le poste, ou avaient au moins choisi de ne pas être transférés ailleurs. Ils devaient être éliminés, car ils avaient connaissance du programme, et Malcolm refusait de laisser subsister le moindre détail qui permettrait à quelqu'un de relancer une nouvelle fois cette expérience d'horreur macabre.

Il observa les dégâts subis par les bâtiments et utilisa ses lunettes pour évaluer les signes de vie dans les baraquements. Quelques-uns semblaient encore en vie et produisaient une signature thermique, mais ils ne bougeaient pas. Il s'en occuperait en chemin. Le bâtiment abritant les serveurs semblait abriter deux formes de vie, et à en juger par les couleurs à travers les lunettes, il s'agissait d'humains plutôt que d'hybrides. Il espérait qu'il ne s'agissait pas d'employés de soutien administratif pris entre deux feux, mais ils possédaient aussi des connaissances qu'il fallait éliminer.

Il reprit sa forme humaine avant de parler. "Changement de plan. Lex et Aidan, vous vous occupez des serveurs et des deux humains qui s'y trouvent. Wyatt et Devon, vous vous assurez qu'il n'y a pas d'expériences qui ont survécu dans leur usine. George et moi nous occuperons des quelques survivants restés dans les baraquements avant de nous attaquer aux manipulateurs."

C'était une tâche qu'aucun d'entre eux ne souhaitait, mais ils en comprenaient tous la nécessité. Pourtant, il préférait épargner aux autres l'acte lui-même s'il le pouvait. George semblait avoir la même vision des choses que lui, et c'était lui qui avait aidé à se débarrasser des maîtres-chiens jusqu'à présent. Malcolm était certain que cela pesait lourd sur George aussi, mais il était assez pragmatique pour comprendre qu'il fallait le faire, et comme Malcolm, il préférait éviter aux autres d'avoir cela sur la conscience.

ILS SE SONT RETROUVÉS quarante minutes plus tard, et Malcolm s'est réjoui de leurs rapports de réussite. Il n'a pas pris la peine de les débriefer, et George non plus. Ils n'avaient pas besoin de savoir qu'ils avaient tous les deux arrosé les maîtres-chiens de plusieurs balles de leurs mitraillettes. Ils auraient entendu les coups de feu, et ils sauraient ce qui s'est passé. Si quelque chose avait mal tourné, Malcolm le leur aurait dit, mais sinon, il n'était pas nécessaire de discuter des détails.

"Rentrons à la maison." Immédiatement, une vision de Daphné lui vint à l'esprit, et elle se sentit plus que jamais chez elle. Il aurait aimé retourner auprès d'elle pour y rester, mais il y avait encore les hybrides du secteur privé à gérer, car s'ils ne le faisaient pas, tout ce qu'ils avaient fait jusqu'à présent n'aurait servi à rien. Ils ne pouvaient pas risquer de laisser des traces derrière eux.

IL ÉTAIT IMPATIENT de revoir Daphné, et dès leur retour au Sanctuaire, il se mit à sa recherche. Il ne fut pas surpris de la trouver dans son laboratoire, même si elle leva à peine les yeux vers lui lorsqu'il entra dans la pièce. Ayant besoin de la sentir dans ses bras, il se rapprocha, pressant son corps contre le sien tout en enroulant ses bras autour de sa taille. Il caressa le côté de son cou avant de se rendre compte qu'elle ne s'était pas détendue contre lui. Sa posture était raide et distante. Même si cela lui faisait mal, il s'éloigna d'elle, la poussant doucement à se détourner de la tâche qui l'accaparait tant.

Elle était visiblement réticente, mais elle se tourna finalement dans ses bras, bien que son regard se dérobât au sien. Il fronça les sourcils, confus, et plaça sa main sous son menton, tournant doucement son visage dans sa direction pour pouvoir la regarder dans les yeux. "Qu'est-ce qui ne va pas ?

"Rien", dit-elle avec raideur.

Il retint de justesse un grognement. D'après son expérience, lorsqu'une femme disait "rien" sur ce ton, cela signifiait que tout allait mal, ou du moins qu'il y avait quelque chose de grave. Il fronça les sourcils. "Parle-moi, Daphné. Quelque chose vous tracasse visiblement, et nous devons régler ce problème avant que je puisse vous saluer correctement."

Elle se mordit la lèvre inférieure pendant une minute, visiblement déchirée. Finalement, ses yeux verts s'assombrirent de colère. Ses mains se portèrent à ses hanches et elle le regarda fixement. "Pourquoi ne m'as-tu pas dit que Loris est ton compagnon ?"

Sous le choc, il recula d'un demi-pas. "Où as-tu entendu ça ?"

"Gillian m'a dit que tu devais être très inquiet pour Loris et que tu attendais qu'elle se réveille. Comment peux-tu avoir une relation avec elle et coucher avec moi sans me le dire ? C'est de la triche, espèce de pou."

Il secoua la tête, essayant de ne pas rire. Il n'y avait rien de drôle dans ce moment, sauf qu'elle était absolument adorable dans son indignation. Il s'efforça de trouver la bonne note de sincérité, voulant apaiser ses craintes. "Si Gillian a dit qu'elle était ma compagne, elle s'est trompée. Loris et moi avons une histoire, mais nous n'avons jamais été partenaires."

"Mais vous êtes amants ?"

Malcolm secoue à nouveau la tête. "Non, plus maintenant, et pas avant longtemps. Je m'inquiète pour elle, et bien sûr je tiens toujours à elle, mais je n'attends pas qu'elle se réveille et je ne me sers pas de toi en attendant. J'espère que tu pourras nous la ramener pour son bien, mais ce n'est pas parce que je me languis d'elle. En tant qu'amants, nous étions de bien meilleurs amis."

Lentement, alors qu'elle le fixait, sa posture s'assouplit et, finalement, la dernière tension visible s'estompa et elle lui adressa un signe de tête. "Ok. Je m'excuse d'avoir écouté la mauvaise source."

Malcolm s'est rapproché d'elle et l'a entourée de ses bras. "Gillian est fiable, mais elle n'était pas là quand Loris et moi étions en couple, alors elle a pu se tromper sur l'importance que nous avions l'un pour l'autre. Je doute qu'elle ait essayé de vous induire en erreur délibérément".

Elle secoue la tête. "Bien sûr que non. Elle ne sait même pas pour nous. *Je ne* sais même pas pour nous."

Il fronça les sourcils en entendant ces mots étranges. "Qu'est-ce que tu veux dire par là ?"

"Qu'est-ce que c'est que cette histoire de nous ? Est-ce qu'il y a un *nous*, ou est-ce que notre nuit ensemble n'a servi qu'à satisfaire un besoin mutuel ? Je ne sais pas ce que tu attends de moi, Malcolm."

Sa résolution de ne pas la réclamer avant que le danger ne se soit apaisé passa en un éclair, et il ne put se résoudre à renforcer cette détermination. Au lieu de cela, sa bouche s'écrasa sur la sienne et sa langue s'insinua entre ses lèvres serrées, mais elle se sépara facilement pour lui. Il n'y avait aucune force dans ce baiser. Il s'agissait simplement d'un besoin urgent de la part de chacun d'entre eux, qui se pressaient et se tendaient l'un vers l'autre.

Son corps bourdonnait de désir et il la souleva dans ses bras. Il lui restait un peu de conscience, suffisamment en tout cas pour qu'il se détourne de la table où elle avait étalé un tas d'appareils électroniques et de fils pour se tourner vers une autre qui était en grande partie vide. Il posa ses fesses sur le rebord, sans jamais rompre le baiser. Il était resté trop longtemps sans elle, et il ne pouvait pas contenir son besoin pendant longtemps.

Tout en continuant à se délecter de sa bouche, il remonta la robe jaune avec ses rayures de couleurs primaires à l'ourlet et à l'encolure, en fronçant le tissu à la taille de la jeune fille. Il se força à s'éloigner du baiser suffisamment longtemps pour dire : "Je veux tout de toi. Je sais que c'est dangereux pour toi, mais je ne pense pas pouvoir te laisser partir."

Ses pupilles se dilatèrent, et elle se balança vers lui tandis que sa main se déplaçait vers l'arrière de sa tête, ramenant sa bouche vers la sienne. C'était une réponse suffisante, du moins sur le moment.

Il glissa ses doigts entre ses cuisses, découvrit l'entrejambe de sa culotte trempée et l'arracha avec un grognement impatient. Malcolm enfonça ses doigts dans le fourreau de la jeune femme, pour vérifier qu'elle était prête à l'accueillir. Elle était luisante de besoin, et son désir correspondait clairement au sien.

Avec plus de force que de grâce, il parvint à défaire son pantalon et à le faire descendre jusqu'à mi-cuisse. Il huma sa signature phéromonale pendant une seconde, vérifiant qu'elle n'était pas en train d'ovuler, avant de la soulever à nouveau de la table et d'inciter ses cuisses à s'enrouler autour de sa taille.

Elle s'accrocha à lui, inclinant son bassin juste ce qu'il fallait pour lui permettre de se glisser en elle. Il la prit d'une longue et dure poussée, et elle grogna son plaisir. Elle avait presque l'air d'un métamorphe à ce moment-là.

Il entra et sortit d'elle avec une telle force que la table contre laquelle ils s'appuyaient gémit en signe de protestation. Il ne pouvait pas se soucier de l'intégrité du mobilier à ce moment-là, car il était trop captivé par la chaleur soyeuse qui s'accrochait à sa queue tandis qu'elle le rencontrait, poussée après poussée.

Lorsque son fourreau a commencé à se convulser, Daphné a rejeté la tête en arrière dans son extase, exposant son cou. Sans réfléchir, il porta sa bouche à l'endroit où son épaule et son cou se rejoignaient. Ses dents s'allongèrent au premier tressaillement de sa bite alors qu'il commençait à jouir, l'orgasme de Daphné provoquant le sien. Avant de perdre tout contrôle, il la mordit à l'arrière de l'épaule et elle hurla dans ses bras. C'était un cri de plaisir, pas de douleur, et sa bouche se referma sur la sienne un instant plus tard pour étouffer ses cris de libération tout en repoussant les siens.

Brusquement, ses bras ne purent plus la tenir tant il était ravagé par le plaisir, et il la déposa délicatement sur la table en s'appuyant sur elle. Leurs corps étaient toujours fusionnés, et bien que la position exerce une pression contre nature sur le bas de son dos, il ne pouvait pas se résoudre à se retirer tout de suite. Elle respirait aussi difficilement que lui, mais il y avait une étincelle dans ses yeux que la rougeur de ses joues mettait en évidence.

Il s'est rapproché, les fronts se touchant, et a respiré profondément et irrégulièrement pendant plusieurs minutes. Enfin, lorsqu'il a pu reprendre la parole, il a dit : "Tu es à moi maintenant, Daphné. Je t'ai revendiquée."

Il y avait un soupçon d'incertitude dans son regard lorsqu'elle approcha une main entre eux, cherchant visiblement l'endroit où il l'avait mordue. "Qu'est-ce que ça veut dire ?

"Cela signifie que je me suis lié à toi. En tant qu'humain, tu peux t'en aller, mais je ne pourrais jamais le faire. Tu es tout pour moi, et il n'y aura jamais une autre femme qui me fera ressentir ce que tu ressens. Je suis à toi pour le reste de ma vie, et j'espère que tu seras à moi." Techniquement, il aurait dû en discuter avec elle avant de la mordre, mais elle avait donné son accord quand il lui avait dit qu'il voulait tout, et ils avaient tous les deux été trop pris par le moment pour discuter de la situation dans les moindres détails.

Elle posa la main qui avait touché son épaule sur son visage et lui prit la joue. "Je n'ai pas l'intention de m'éloigner. Je ne peux pas imaginer ressentir cela pour quelqu'un d'autre. Je ne l'ai jamais fait de ma vie, et je ne vais pas y renoncer maintenant que c'est le cas."

Le soulagement l'envahit, en même temps qu'une forte dose de culpabilité. "Je n'aurais pas dû t'entraîner là dedans et te mettre en danger. Tu es mon compagnon, et je n'aurais pas dû te mettre en danger."

"Si tu n'étais pas venu me voir, nous ne nous serions jamais trouvés. Je veux être ici, Malcolm. Je veux résoudre le problème de l'intelligence artificielle de ton ami, et je veux voir les recherches de l'armée complètement détruites. Ils ont pris mon idée et l'ont transformée en quelque chose d'horrible alors qu'elle n'était destinée qu'à aider des gens comme ma mère."

"Votre mère a eu des lésions cérébrales, n'est-ce pas ?"

Elle acquiesça en posant sa tête contre son torse. Le changement de position le fit se détacher d'elle, et bien qu'il regrettât la perte du lien, il se délectait de la savoir blottie contre lui.

"Elle a perdu de plus en plus de souvenirs au fil du temps. Finalement, papa ne pouvait plus s'occuper d'elle et il a dû la placer dans un établissement. Nous allions souvent la voir, mais elle n'avait aucune idée de qui nous étions. Je vous ai déjà dit que c'est ce qui a éveillé mon intérêt pour l'utilisation de la robotique neuronale afin d'améliorer les fonctions cérébrales et de conserver la mémoire. Cela m'a également motivé à travailler plus dur et à surmonter tous les obstacles qui se dressaient sur ma route, comme le fait d'être beaucoup plus jeune que mes camarades et de ne pas être à ma place. J'espérais faire une percée avant le décès de ma mère, mais cela ne s'est pas produit. Et puis, savoir qu'ils ont perverti quelque chose que j'avais l'intention d'aider les gens comme ma mère me met hors de moi. Je veux être ici avec vous, et je veux être ici pour les faire tomber".

Ses bras se resserrèrent autour d'elle et il émit un son apaisant au fond de sa gorge. "Je devrais être désolé de t'avoir emmenée, mais ce n'est pas le cas. Je te promets de te garder en sécurité."

"C'est presque fini de toute façon. Tianna et Aidan ont fait de gros dégâts dans les fichiers de l'armée. Pendant votre absence, Tianna a enfin franchi les derniers pare-feu du ministère de la Défense, et elle a éradiqué toutes les traces du projet Shift et du projet Enhanced. Vous avez détruit la dernière base, il ne reste plus qu'à essayer de trouver un moyen d'aider Loris."

Il aurait aimé être d'accord avec elle, mais il secoua la tête en se retirant un peu pour la regarder. "Ce n'est pas encore fini. Lorsque nous avons interrogé Caswell avant que Lex ne l'achève, il a admis avoir vendu le programme à Anthony et Collin Rochester. Nous devons encore les retrouver et éliminer tous les progrès qu'ils ont faits."

Elle se mordit la lèvre, semblant vouloir argumenter, avant de finalement soupirer. "Je sais que vous avez raison. Je veux qu'il soit détruit presque autant que vous, mais pouvez-vous m'apporter des échantillons de ce qu'ils ont fait ? S'ils ont changé quelque chose, ou fait quelque chose différemment, cela pourrait peut-être aider Loris."

"Bien sûr, mais nous ne partons pas tout de suite. Mais nous ne partons pas avant un certain temps. Tianna et Aidan travaillent sur la traque des Rochester, donc nous avons au moins cette nuit, et probablement quelques jours."

Elle pencha légèrement la tête, l'air intrigué. "C'est vrai ? Qu'allons-nous faire de tout ce temps libre ?"

Il la souleva dans ses bras, l'embrassa un instant avant de répondre. "Je suis sûr que nous trouverons quelque chose à faire".

Chapitre Neuf

QUATRE JOURS PLUS TARD, Aidan et Tianna ont identifié Trois emplacements possibles pour les Rochester. Le suivi des commandes de fournitures susceptibles d'être utilisées pour créer des super-soldats les avait menés à ces Trois endroits. Malcolm regarda les points sur la carte. Deux d'entre eux seraient assez faciles à atteindre, bien qu'aucun ne soit situé aux États-Unis ou au Mexique. Celui du Groenland serait le plus difficile. Ils le garderont pour la fin.

À l'aide de son pointeur laser, il a déplacé le point rouge vers la Patagonie, en l'encerclant avec le laser. "Nous allons commencer par là. Daphné a besoin d'échantillons de leurs recherches dans l'espoir de trouver quelque chose de différent pour aider Loris. Gardez cela à l'esprit lorsque nous passerons. Sinon, c'est la même procédure que pour les bases de l'armée.

"Nous détruisons tout, mais surtout les données et les super-soldats. Nous ne voulons pas que ces gens puissent recréer leur programme une fois que nous l'aurons décimé." Il se tourne vers Tianna. "J'aimerais que vous continuiez à travailler sur le sujet pendant notre absence, pour vous assurer qu'ils n'ont pas vendu ou partagé leurs recherches avec quelqu'un d'autre. Nous ne pouvons pas retourner à nos vies et être en sécurité tant que nous ne sommes pas certains que toutes les preuves du projet Shift et du projet Enhanced ont été détruites."

Elle acquiesce. "Je vais certainement creuser un peu plus, mais je doute qu'ils aient partagé ou vendu quoi que ce soit à ce stade. Les Rochester sont deux des hommes les plus riches du monde, ils n'ont donc pas besoin de vendre la technologie pour en tirer profit, et je doute qu'ils soient du genre à partager. D'après ce que j'ai pu comprendre, Anthony semble être le stéréotype du sociopathe qui fait ce qu'il veut, quand il veut. Son père a passé son adolescence et le début de sa vie d'adulte à le renflouer, et maintenant il se renfloue lui-même avec son propre argent. Une longue liste de méfaits lui est attribuée, mais rien ne colle jamais, même si cela va jusqu'à l'intervention des autorités. Cela arrive rarement, et il se contente généralement d'acheter sa sortie."

"Et l'autre frère ? demande Daphne.

"Je n'ai pas beaucoup d'informations sur lui. Il semble qu'il ait vécu une vie plus tranquille, mais cela ne le rend pas moins dépravé que son frère. Il est juste plus discret."

Malcolm acquiesce. "Les Rochester sont des cibles prioritaires, tout comme le reste de l'organisation. Nous devons tout détruire, y compris eux. Si quelqu'un a un problème avec cette partie de la mission, qu'il le dise maintenant. Si vous ne pouvez pas accepter le fardeau d'assassiner des civils, je comprends. Je m'en chargerai moi-même."

Lorsque Malcolm s'arrête de parler, il est surpris et touché par la détermination qu'il lit sur les visages autour de lui. Personne n'a émis d'objection, bien qu'il soit certain qu'ils devaient tous en avoir envie. Au fond de lui, c'est aussi ce qu'il voulait. Il avait prêté serment de défendre leur pays et les civils, mais il s'agissait bel et bien d'une guerre. Les Rochester n'étaient pas innocents, loin de là, et ils représentaient une menace pour lui et son équipe. Aucun d'entre eux ne pouvait laisser cette menace subsister.

Il déplaça son regard vers Daphné, s'attendant peut-être à un soupçon de répulsion dans son expression, bien qu'elle n'ait émis aucune protestation à l'idée d'éliminer les Rochester. Il fut surpris de voir dans son expression la même fermeté que dans celle des autres. Il lui adressa un semblant de sourire avant de reporter son attention sur l'ensemble du groupe. "Nous partons demain matin à Quatre heures cent."

Après cela, les autres sortirent au compte-gouttes, mais Daphné resta en arrière, à l'attendre. Personne ne semblait surpris par cela, mais ils auraient évidemment détecté ses phéromones mêlées aux siennes lors de sa morsure et compris qu'elle était sa compagne. Lex lui avait accordé quelques sourires et un coup d'épaule, mais il n'y avait eu aucun commentaire sur son état soudain de compagnon. Il savait que ses amis étaient heureux pour lui, même s'ils partageaient probablement son inquiétude pour Daphné, ainsi que pour leurs propres compagnons. Mais ils étaient tous dans le même bateau.

Il passa son bras autour de sa taille et l'attira contre lui, se délectant de la tenir un instant. Il ne savait pas ce qui les attendait à leur arrivée au Chili, et cette inconnue le préoccupait.

Au moins, avec les bases de l'armée qu'ils avaient détruites, ils avaient une idée générale de ce à quoi s'attendre, ayant servi et vécu dans des bases similaires par le passé. Cette opération civile créée par les Rochester était une inconnue totale. Il y avait une réelle possibilité qu'il ne retourne pas auprès de Daphné, et cette idée le poussa à resserrer son bras autour d'elle jusqu'à ce qu'elle grogne en signe de protestation.

Il relâcha légèrement son emprise pour lui laisser suffisamment d'espace pour respirer, mais il ne pouvait se résoudre à lâcher prise. "Si je ne reviens pas..."

Elle secoua la tête, ses lèvres prirent un air obstiné et elle le regarda fixement. "Tu reviendras."

Il attendit qu'elle ait cessé de parler pour continuer. "Si je ne reviens pas, j'aimerais que vous mettiez fin aux souffrances de Loris avant de partir d'ici.

Elle lui lance un regard plus dur. "Tu reviendras, et je n'irai nulle part. Je ne partirai pas tant que nous n'aurons pas arrêté ce programme pour de bon. J'ai déjà dit à mon employeur que j'étais en congé indéfini, et même s'ils n'ont pas apprécié, ils n'ont pas contesté non plus. Pour être franc, j'ai trop de valeur à leurs yeux pour être licencié pour une absence prolongée. Je serai là à attendre que vous reveniez d'ici quelques jours, et vous le ferez. Vous ne me quitterez pas maintenant."

Il aurait pu continuer à argumenter, à insister jusqu'à ce qu'il soit certain qu'elle comprenne, mais il savait au fond de lui qu'elle comprenait. Elle n'avait pas besoin d'accepter ce qu'il avait demandé pour qu'il sache qu'elle le ferait. Si elle en arrivait à décider qu'elle ne pouvait rien faire pour Loris, il était certain qu'elle ne laisserait pas son ami s'éterniser dans son état actuel.

Il lui laisserait quelques informations, notamment *le* numéro d'*El Jefe*, afin qu'elle puisse rester aussi longtemps que nécessaire, jusqu'à ce qu'elle ait résolu le problème ou abandonné. Il ne voulait pas passer ce qui pourrait être ses dernières heures avec elle à se disputer ou à insister pour qu'elle accepte la possibilité qu'il ne revienne pas. Au lieu de cela, il la ramena dans sa chambre et passa le reste de la nuit à mémoriser chaque parcelle de son corps, stockant chacune de ses réponses dans son cerveau jusqu'à ce qu'elles soient gravées profondément dans ses banques de mémoire.

Elle sombra dans un sommeil épuisé quelques heures avant qu'il ne rejoigne les autres pour partir. Le corps de Malcolm réclamait du repos, mais il passa plusieurs minutes à mettre tout en ordre pour elle et à le placer dans une enveloppe manille sur la table de nuit avant de s'effondrer sur le matelas à côté d'elle et de profiter de quelques heures de sommeil avec sa compagne reposant dans ses bras.

IL FAISAIT PLUS FROID que ce à quoi il s'attendait, même si, intellectuellement, il savait que la Patagonie était soumise à des fronts venant de l'Antarctique. Il ne s'était simplement pas préparé à l'idée qu'il puisse faire aussi froid quelque part en Amérique du Sud. Il était reconnaissant à son métabolisme de métamorphe de compenser l'absence d'un manteau plus lourd. Son gilet pare-balles ferait l'affaire.

En sortant du hangar de la piste privée où ils avaient atterri près de Punta Arenas, il a vu un frisson comparable parcourir la plupart de ses coéquipiers, qui étaient tous habillés de la même façon.

Un camion déglingué les attendait, ainsi qu'un chauffeur local que Malcolm avait fait venir. Il glissa à l'homme une enveloppe remplie de pesos chiliens. Le chauffeur feuilleta la pile avant de hocher la tête et de glisser l'enveloppe dans la poche de son lourd manteau.

"Je vous emmène maintenant." Il s'exprima en espagnol, bien que ce soit un peu différent de l'espagnol mexicain que Malcolm parlait couramment. La différence n'était pas assez importante pour qu'il ne puisse pas comprendre l'autre homme, et vice-versa.

Ce fut un long trajet sur un terrain accidenté jusqu'à l'installation que Tianna et Aidan avaient identifiée comme recevant des cargaisons pour les expériences des Rochester. Ils s'arrêtèrent deux miles avant d'atteindre l'installation, et Malcolm obtint du chauffeur l'assurance qu'il les attendrait. Tout ce qu'il pouvait faire était de croire l'homme sur parole, mais si le chauffeur était parti lorsqu'ils reviendraient - s'ils revenaient - ils trouveraient un moyen de retourner à la piste d'atterrissage.

Au mieux, ils devraient se déplacer et parcourir la distance sous leur forme animale. Heureusement, il s'agissait d'une région désolée et ils n'avaient pas rencontré d'autres véhicules sur les routes accidentées. Il n'y avait donc pas de témoins susceptibles de s'étonner de voir un ours, une hyène, un jaguar, un lion et un coyote courir ensemble tout en ramenant un spécimen pour que Daphné puisse l'étudier.

Ils parcoururent furtivement le reste de la distance à pied, s'arrêtant près du périmètre, mais pas assez près pour être facilement observés. Ils restèrent abrités derrière un affleurement rocheux, après avoir descendu la colline escarpée qui menait au bâtiment niché dans la vallée en contrebas.

Il faisait sombre, mais ils voyaient tous suffisamment bien pour distinguer la plupart des détails du paysage. Les lunettes de vision nocturne amélioraient suffisamment leur vue naturelle pour leur permettre de voir tout ce qui les entourait. Passant les lunettes d'un côté à l'autre, ils passèrent quelques instants à examiner l'installation.

Enfin, il retira ses lunettes et regarda les autres. Ils avaient fait de même et étaient maintenant accroupis en cercle. Il parla à voix basse, même s'il doutait que leur système de sécurité comprenne des capteurs audio. " Ça a l'air plutôt basique, non ? Je m'attendais à un peu plus avec leur budget."

Lex acquiesce en rangeant ses lunettes dans son sac. "Je pense qu'ils sont trop confiants à cause de leur emplacement. Il n'y a personne aux alentours, et ils pensent probablement qu'ils seront remarqués si quelqu'un s'approche de l'installation. Pour autant qu'ils le sachent, personne d'autre n'est au courant de ce qu'ils font ici, ni même des recherches qu'ils ont achetées à Caswell. En apparence, il s'agit simplement d'une exploitation minière. Cela pourrait paraître suspect s'ils avaient trop de sécurité, du moins une sécurité évidente."

Malcolm sortit la carte que Tianna avait imprimée pour lui. Il s'agissait d'un schéma de base de l'installation et de ce qu'elle avait pu recueillir à partir d'images satellites et d'une base de données gouvernementale.

Les Rochester avaient choisi une bonne couverture sous la forme d'une installation minière, car cela expliquait la grande caverne souterraine située sous le bâtiment et visible sur les images satellite. Il était certain qu'en descendant sous le niveau principal de l'exploitation, ils découvriraient une sécurité plus sophistiquée.

À eux six, et armés du programme de porte dérobée de Tianna, il était persuadé qu'ils pourraient franchir tous les obstacles, même s'il s'inquiétait du nombre de super-soldats actifs qu'ils pourraient avoir en patrouille ou disponibles pour répondre à une incursion.

L'accès au niveau principal n'a pas été difficile. Ils ont pu facilement contourner les protocoles de sécurité, comme ils s'y attendaient, et entrer par une entrée latérale qui semblait avoir été conçue pour accepter les livraisons d'un semi-remorque.

Les plans de Tianna se sont avérés exacts, et ils ont pu contourner les bureaux administratifs en étant sûrs que rien de fâcheux ne s'y passait. Les Rochester voulaient donner l'impression qu'ils possédaient une installation minière, et les opérations en surface étaient donc strictement confidentielles.

Une fois qu'ils sont entrés dans les ascenseurs de chargement et qu'ils sont passés au niveau inférieur, il est certain que les choses sont sur le point de changer. Ils étaient tous sur leurs gardes lorsque les portes s'ouvrirent quelques secondes plus tard, après une descente d'au moins cent pieds dans le sol.

Il n'est pas surpris de la résistance qu'ils rencontrent. Un groupe d'hommes et de femmes en uniforme noir les encercla, armes au poing. Les sens de Malcolm lui indiquèrent qu'ils étaient tous humains, et il eut un moment de regret en pensant au sort qui les attendait. Ils n'avaient peut-être aucune idée de ce qu'ils défendaient ici, mais ils avaient des connaissances, et il ne pouvait pas risquer de les laisser s'échapper de l'installation. Il savait que ses coéquipiers étaient tous sur la même longueur d'onde et il pouvait voir au changement subtil de leur signature phéromonale qu'ils étaient résignés et prêts.

Celui qui devait être le chef s'est avancé. C'était un Hispanique d'une quarantaine d'années. Il parlait l'espagnol chilien et leur aboyait : "Qui êtes-vous ? Pourquoi êtes-vous ici ?"

Malcolm ne prit pas la peine de répondre. Il fit simplement un signe de tête à ses coéquipiers, et ils s'occupèrent de la menace aussi rapidement et humainement que possible, se frayant un chemin jusqu'à ce que tous les gardes soient tombés.

Une fois la zone dégagée, ils se répartirent en équipes prédéfinies, allumant les radios pour maintenir le contact. Avec Devon et George dans son dos, Malcolm balaya les couloirs, découvrant pièce après pièce le style auquel il s'était habitué lorsqu'ils avaient détruit les bases de l'armée.

Ils rencontrèrent encore quelques gardes, mais ils étaient tous strictement humains. Il devint vite évident que les Rochester n'étaient pas allés aussi loin que l'armée.

"Malcolm ?

A la voix de Lex dans son oreille, il dit : "Terminé ?"

"Nous avons trouvé le laboratoire principal et Aidan télécharge le disque dur pour Daphné. Voulez-vous que nous prenions un échantillon d'ici ?"

"Où en sont les progrès sur ces échantillons ?" Comme il détestait utiliser ce mot pour décrire les personnes qui avaient été modifiées pour le projet.

"Ils semblent subir les dernières étapes de la programmation de l'intelligence artificielle.

"Envoyez-moi vos coordonnées et nous vous rejoindrons là-bas. Nous devons arrêter les systèmes de survie dans cette section. Il semble que nous rencontrions des sujets de test qui n'ont pas encore atteint ce stade. Je suis sûr que Daphné voudra le sujet le plus développé que nous pourrons trouver pour elle."

"Compris. Dehors."

Travaillant rapidement et efficacement, ils ont tous les Trois entamé le processus d'arrêt des systèmes de survie pour les personnes allongées sur les tables et confinées dans les tubes. Une fois cette tâche macabre terminée, ils se dirigèrent vers l'endroit où Lex et Aidan attendaient avec Devon, et les trouvèrent tous les Trois facilement. Ils avaient laissé une ligne de gardes dans leur sillage, donc même sans les schémas et les informations de Lex sur la salle où ils se trouvaient, ils auraient pu trouver leurs coéquipiers assez facilement en suivant la trace des sentinelles tombées.

Leur système de stockage était légèrement différent, mais comme ils avaient déjà eu l'occasion d'extraire l'un des sujets d'expérience, ils ont tous les six réussi à le faire sans problème. Au bout d'une demi-heure, ils abandonnèrent l'installation et il s'arrêta près de l'endroit où ils s'étaient accroupis avant d'appeler Tianna avec le téléphone satellite.

"Allô ?"

"La voie est libre, vous pouvez tirer à volonté."

Ne connaissant pas très bien l'agencement de l'installation, et certains qu'ils ne trouveraient pas une salle de stockage pratique remplie d'armes, ils avaient dû trouver une approche plus créative pour détruire cet espace. Au cours de ses recherches, Tianna est tombée sur une autre opération secrète, baptisée Projet Lens. Il s'agissait d'un laser très puissant attaché à un satellite en orbite au-dessus de la Terre.

"J'ai le contrôle total et je me déploie maintenant.

Malcolm et les autres confirmèrent la destruction de la base lorsque ce qui ressemblait à un rayon lumineux apparut soudainement dans le ciel. La seule chose qui le distinguait d'un faisceau de lumière était le fait qu'il laissait une traînée de feu dans son sillage, brûlant la neige au sol dans le quartier difficile en dessous. Il se dirigea directement vers la base, avant de se concentrer sur le générateur, qui se trouvait dans un bâtiment séparé à côté de l'installation principale. Il ne fallut pas longtemps pour que le système explose, détruisant une grande partie du bâtiment.

Tianna ne s'est pas arrêtée là. Elle semblait concentrer le laser au cœur de l'installation souterraine, et ils restèrent là où ils étaient, assistant à la destruction jusqu'à ce que la Terre commence à trembler, et que la lumière du laser s'éteigne brusquement.

Le téléphone satellite a sonné quelques instants plus tard. "C'est fait."

"Merci, Tianna. Il raccrocha, rangea le matériel dans son sac et ils partirent à la rencontre du chauffeur.

Compte tenu du spectacle lumineux, il est surpris de voir que l'homme les attend toujours, même s'il semble tendu et méfiant. Il s'est mis à prier en espagnol en voyant le tube qu'ils ont chargé à l'arrière du camion, mais il n'a pas fait d'effort pour se soustraire au transport, et il n'a pas posé de questions. Peut-être avait-il trop peur d'eux, ou était-il trop intelligent pour vouloir connaître les détails. Cela convenait parfaitement à Malcolm, car plus l'homme en savait, plus le risque était grand qu'il révèle quelque chose d'important à quelqu'un.

De retour à la piste d'atterrissage, il tend une autre enveloppe de pesos au chauffeur, qui la regarde avec surprise. "Appelez ça une prime pour un travail bien fait", dit Malcolm.

L'autre homme acquiesça, semblant toujours effrayé, mais maintenant avec une pointe de plaisir face à cette aubaine inattendue. Ses phéromones trahissaient cependant son anxiété, et elles ne commencèrent à revenir à la normale que lorsque Malcolm et les autres se furent détournés de lui et eurent fait plusieurs pas en direction du hangar.

Une fois qu'ils sont montés à bord de l'avion avec leur cargaison, le voyage de retour a été direct. Ils n'ont été en contact avec aucun des pays qu'ils ont survolés et ont atterri au hangar *d'El Jefe* plusieurs heures plus tard. Après avoir chargé le tube dans un camion, ils ont emmené le vieux camion de l'armée rénové dans les montagnes et l'ont ramené à Sanctuary.

Malcolm avait porté une boule de tension en lui pendant tout le voyage, mais il n'en était même pas conscient jusqu'à ce qu'elle se dissipe à la vue de Daphné qui attendait son retour sain et sauf. Il n'était que vaguement conscient que Wyatt accueillait Gillian avec le même enthousiasme qu'il avait manifesté en prenant Daphné dans ses bras avant de l'embrasser fougueusement. Ils avaient été séparés trop longtemps, mais il était de retour au Sanctuaire, et elle était dans ses bras, là où elle devait être.

Il aurait été parfaitement satisfait de la faire sortir de la pièce et de l'emmener dans ses quartiers, mais elle s'éloigna au lieu de cela. Ses yeux brillaient d'une excitation différente de celle qu'elle avait manifestée en le voyant pour la première fois. "Avez-vous obtenu plus de données et un échantillon ?"

Il acquiesce. "Nous avons laissé le sujet dans le laboratoire, même s'il n'y avait pas beaucoup de place.

Elle laisse échapper un petit soupir. "J'ai appris tout ce que je pouvais de l'autre sujet, alors qu'est-ce qu'on en fait ?"

Malcolm poussa un soupir rauque, se rappelant que la personne qui avait existé dans cette coquille avait déjà disparu, complètement sublimée par la puce d'intelligence artificielle et les dommages délibérés causés lors de son insertion. "Je vais m'en occuper pour vous."

Elle se mordit la lèvre avant de poser une main sur son épaule. "Je t'aiderai. Tu ne devrais pas avoir à le faire seul."

Il secoua la tête, fermement campé sur ses positions. "Vous êtes ici pour aider les gens, en particulier Loris, et je ne vous laisserai pas porter le fardeau de déconnecter l'un des super-soldats de son système de survie. Je m'en charge."

"Je vais vous aider", dit George. "Après l'avoir libéré, nous pourrons lui donner un enterrement digne de ce nom."

Malcolm remercia son ancien commandant d'un signe de tête et se força à lâcher les doigts de Daphné, qui étaient toujours entrelacés dans les siens. Plus vite ils s'occuperaient de cette tâche désagréable, plus vite elle serait terminée. Même s'il aurait préféré suivre le plan A, qui consistait à mettre Daphné seule et nue dès que possible, cette tâche était prioritaire. L'être humain à l'intérieur du tube avait attendu assez longtemps la paix.

Chapitre Dix

LE LENDEMAIN MATIN, Daphné se rendit au travail avec empressement, après avoir commencé plus tard que prévu. Ses retrouvailles avec Malcolm avaient été retardées de quelques heures après leur retour initial, et elles s'étaient prolongées jusque tard dans la nuit. Elle était encore un peu fatiguée, mais elle ne pouvait pas passer la journée à dormir.

Le reste de l'équipe était parti peu de temps auparavant pour se rendre dans une installation située dans les Caraïbes, où ils prévoyaient de la détruire aussi complètement qu'ils l'avaient fait pour la première installation au Chili. Elle essaya de ne pas s'inquiéter pour Malcolm et les autres et se plongea dans le travail, même si son inquiétude pour eux restait dans un coin de sa tête.

Il ne lui a pas fallu longtemps pour découvrir que cette puce et ce système fonctionnaient différemment de ceux de l'armée. Il présentait encore des défauts évidents, mais elle était ravie de constater qu'il avait été affiné et qu'il s'agissait d'un système plus sophistiqué. Elle n'avait pas encore découvert pourquoi, mais la personne qui avait dirigé ce projet de recherche s'était concentrée sur l'utilisation du système du corps pour supprimer la capacité du sujet à distinguer le bien du mal ou à refuser des ordres directs.

Il était possible, bien qu'elle n'en soit pas encore certaine, que la puce ait été conçue pour permettre aux sujets d'avoir des capacités de raisonnement et de logique, afin qu'ils n'aient pas besoin d'un manipulateur pour conduire leur corps. Si c'était le cas, elle pourrait peut-être modifier le système pour redonner de l'autonomie à Loris.

Retirer la puce du cerveau de Loris n'était pas une option, car elle contrôlait désormais une grande partie de son système autonome et son corps s'arrêterait sans elle. Daphné espérait pouvoir télécharger le logiciel de la puce actuelle sur laquelle elle travaillait dans celle de Loris et remettre leur amie en ligne, en quelque sorte. Elle était loin d'être prête à le faire, mais elle était impatiente de parler à Malcolm et aux autres de cette possibilité d'espoir lorsqu'ils reviendraient des Caraïbes.

LORSQUE L'ÉQUIPE EST revenue deux jours plus tard, elle avait un plan en tête. Elle courut à leur rencontre, Gillian ayant appris il y a quelques minutes qu'ils étaient entrés en contact pour leur dire qu'ils étaient presque rentrés. Elle était excitée à l'idée de partager ses progrès, mais encore plus excitée à l'idée de voir Malcolm, et elle se jeta dans ses bras, qui se refermèrent autour d'elle dans une étreinte serrée. Elle l'embrassa avant de se forcer à s'éloigner, car elle devait lui parler de ses progrès.

Avant qu'elle ne puisse le faire, il lui a tendu une clé USB. Elle la regarda avant de relever les yeux vers lui. "Qu'est-ce que c'est ?

"Les dossiers de recherche personnels du directeur du programme. Tianna a identifié le Dr Mark Spencer comme le directeur du programme de l'armée, mais il a disparu il y a six mois. Nous savons maintenant où il a disparu. Il a simulé sa mort pour échapper à la surveillance de l'armée et se concentrer sur le programme des Rochester, parce qu'il avait plus de liberté et un financement illimité."

Elle fronce les sourcils. "Comment savez-vous tout cela ?"

Ce qui aurait pu ressembler à un sourire aigu a traversé ses lèvres avant de disparaître. "Il était au centre des Caraïbes et on l'a persuadé de partager ses données.

"Où est-il ? Il pourrait être utile pour certains des travaux que je veux entreprendre pour essayer de ramener la conscience de Loris."

Malcolm secoue la tête. "Nous n'avons pas pu le persuader de travailler avec nous, et franchement, nous ne pouvons pas lui faire confiance. Il était aussi pourri que les autres, et nous ne pouvions pas prendre le risque de le ramener au Sanctuaire. Il a été neutralisé avec les autres."

Elle déglutit lorsque la dure réalité la frappa de plein fouet. Elle n'était pas un soldat, mais elle savait ce que *neutraliser* signifiait dans ce contexte. Elle était horrifiée que Malcolm et les autres aient été obligés de prendre un chemin aussi difficile pour retrouver leur liberté et leur sécurité. Plutôt que de discuter avec lui, ou de débattre des mérites de la ligne de conduite qu'il avait déjà adoptée, elle glissa simplement la clé USB dans la poche de son pantalon avant de s'appuyer à nouveau contre lui, laissant le plaisir de ses bras autour d'elle l'envahir.

Elle décida qu'elle pourrait lui parler plus tard de sa possible percée, et qu'il serait peut-être préférable d'attendre d'avoir eu l'occasion d'examiner les données de Spencer. Cela pourrait l'aider à résoudre certaines des questions auxquelles elle n'avait pas encore trouvé de réponses, tout en lui permettant de créer la version la plus sûre et la plus stable du prototype de puce avant d'essayer d'écraser la programmation actuelle de Loris.

Ils ont préparé et pris le dîner en groupe. On parla un peu de leur mission, mais la conversation porta surtout sur des sujets plus légers, et elle était agréablement détendue lorsqu'elle eut fini son steak et ses Trois verres de vin. En regardant autour de la table les personnes qui étaient devenues ses amies, elle se rappela brusquement les vacances qu'elle avait passées lorsque sa mère était encore en vie et avait ses facultés intactes.

À l'époque, ses parents avaient un large cercle d'amis, et les fêtes avaient toujours été un joyeux chaos lorsqu'ils se réunissaient en grand nombre. Les choses ont changé après l'accident et la mort de sa mère, lorsque son père s'est replié sur lui-même et qu'elle a trouvé du réconfort dans son travail.

La perte de sa mère avait changé son père au point que Daphne ne le connaissait plus vraiment. Elle le voyait quelques fois par an, mais ils n'étaient plus aussi proches qu'avant. Comme elle, il s'était retiré dans le confort de son travail, mais dans son cas, c'était derrière les murs matelassés de l'université. Jusqu'à cet instant, Daphne n'avait pas réalisé à quel point ces réunions de vacances lui avaient manqué, et une vive douleur l'a envahie.

La main de Malcolm se posa soudain sur sa cuisse et sa voix se fit plus grave. "Qu'est-ce qui ne va pas ?

Elle le regarde, clignant des yeux à travers le voile des larmes, et essaie de paraître normale. "Rien. Pourquoi ?"

"Vous avez les larmes aux yeux et votre signature phéromonale a soudainement changé de façon radicale. Vous êtes en deuil."

Elle soulève une épaule. "Un peu, je suppose."

Il avait l'air troublé. "Es-tu en train de faire le deuil de la vie que je t'ai volée ? Veux-tu rentrer chez toi ?"

Son stoïcisme lui fit comprendre qu'il se préparait à la laisser partir. Elle secoua la tête avec détermination. "Non, ce n'est pas ça. Je me disais juste que ce repas ressemblait beaucoup à une réunion de famille et que ma mère me manquait. La proximité que j'avais avec mon père m'a aussi manqué. Je ne sais pas s'il y a une chance que cela revienne un jour, puisque la perdre si graduellement et complètement l'a dévasté. Ils étaient proches. De véritables âmes sœurs, pourrait-on dire."

Sa main sur sa cuisse se resserra, et il y eut un léger grognement dans sa voix lorsqu'il dit : "Je sais exactement ce qu'il ressent. Je serais perdu sans toi."

Ses paroles firent palpiter subtilement la morsure à l'arrière de son cou. Ce n'était pas une sensation douloureuse, mais plutôt un rappel de la présence de la morsure. La sensation ne lui déplaisait pas. Se rapprochant, elle posa sa tête sur son épaule, gardant sa voix basse lorsqu'elle dit : "J'ai envie d'un dessert."

"Je pense qu'il y a quelques tartes..."

Elle secoue la tête, lui coupant la parole. "Pas ce genre de dessert". Elle parlait à peine plus qu'un murmure.

Alors qu'il prenait conscience de la situation, il hocha la tête une seule fois avant de se lever de son siège et de l'amener à se lever du sien. Il regarda à peine le groupe avant de dire "Bonne nuit".

Elle fut inexplicablement timide pendant un moment face aux regards complices qui se dirigeaient vers eux, et elle enfouit son visage contre son torse. Alors qu'ils se dépêchaient de quitter la pièce, le commentaire taquin de Lex lui fit brûler le visage lorsqu'elle dit : "Bon appétit." Cela lui rappela clairement que les chuchotements ne fonctionneraient pas avec un groupe de métamorphes, en raison de leurs sens accrus. Un gloussement lui échappa et elle s'accrocha à la main de Malcolm, le pressant d'aller plus vite. Elle avait bien l'intention de savourer pleinement son dessert.

DAPHNÉ A PASSÉ UN JOUR et demi à examiner les données de Spencer et à les intégrer à ce qu'elle avait déjà. Il s'agissait principalement d'une série de conceptions et d'améliorations prévues qu'il n'avait pas encore eu le temps d'intégrer, mais elle a pris ses idées et les a exploitées.

Elle s'est terrée dans le laboratoire pendant le processus, ne mangeant que lorsque Malcolm lui apportait de la nourriture, et ne dormant que lorsqu'il l'entraînait au lit. Finalement, elle dormait quand même. Son estomac gargouilla et elle réalisa qu'il était presque l'heure du dîner. Elle avait d'autres informations à leur communiquer, aussi décida-t-elle de se joindre à eux pour le dîner.

Lorsqu'elle entra dans la salle à manger quelques minutes plus tard, elle les trouva en train de finir de placer les plats sur la table, et elle s'assit sur le siège à côté de Malcolm. Avant de pouvoir partager ce qu'elle avait découvert, elle réalisa qu'il y avait un fil de tension sous-jacent à l'humeur de tout le monde. Tous les visages autour d'elle étaient solennels, et il était évident qu'elle avait interrompu une discussion. "Qu'est-ce qui se passe ?

"Nous parlons simplement de la stratégie à adopter pour éliminer la base au Groenland", a déclaré Malcolm.

"Si les chiffres de Tianna sont exacts...", dit Wyatt.

"Ils le sont", déclare Tianna avec une pointe d'aigreur dans le ton.

Le métamorphe lui adressa un signe de tête avant de poursuivre. "Avec Quatre-vingt-Quatre de ces super-soldats actifs et prêts à défendre les Rochester, nous avons besoin d'un plan solide."

"Quatre-vingt-Quatre ?" demande Daphne d'un ton incrédule. "Ces chances sont ridicules. Tu ne peux pas le faire."

La bouche de Malcolm se crispe. "Nous devons le faire. Il n'y a personne d'autre, et cette base doit être détruite, ainsi que toutes les données et tous les super-soldats qu'elle contient."

Elle lui tendit la main et la serra contre la sienne tout en se tournant légèrement sur son siège pour mieux le regarder dans les yeux. "C'est trop dangereux. Vous n'êtes que six et ils sont Quatre-vingt-Quatre. Ils ont probablement des soldats humains et une grande puissance de feu. Vous ne pouvez pas faire ça."

Il ne s'est pas éloigné, mais elle a pu sentir son retrait émotionnel. "Nous n'avons pas le choix, Daphné. Nous allons être aussi sûrs que possible, et nous serons certainement intelligents, mais nous ne pouvons pas les laisser continuer à produire ces créatures."

"Pourquoi ne pas utiliser la lentille du projet ? demande Tianna. "Nous pourrions le cibler depuis le bunker ici, et aucun d'entre nous ne serait en danger."

"C'est la même raison pour laquelle nous ne pourrions pas l'utiliser pour la Patagonie ou les Caraïbes. Nous devons être sur place pour vérifier que toutes les données ont été détruites. Nous ne pouvons pas risquer de laisser quoi que ce soit derrière nous pour que quelqu'un puisse recommencer. Nous pouvons utiliser l'objectif du projet, mais ce ne doit pas être notre seul outil. Nous devons être sur le terrain et nous assurer que tout est détruit.

Tianna acquiesce, l'air résigné. Un instant plus tard, elle posa sa tête sur l'épaule de Devin, et l'acceptation lasse de son expression irrita Daphné.

Elle lance un regard à Malcolm. "Je comprends que vous vouliez vous débarrasser de la dernière partie de cette opération, mais cela ne vaut pas vos vies."

"C'est vrai", dit doucement Malcolm.

"Quoi ?"

"Cela vaut notre vie, Daphné. Je sais que tu ne veux pas entendre ça, mais c'est la vérité. Il ne s'agit pas seulement de nous. Détruire tout cela nous permet de retourner en toute sécurité à nos anciennes vies, mais si c'était la seule raison pour laquelle nous nous battons, nous ne prendrions pas ce risque. Si les Rochester sont autorisés à continuer à fabriquer ces super-soldats, ils auront bientôt leur propre armée privée.

"Nous n'avons aucune idée de leur objectif, mais je doute qu'il soit bénin pour qui que ce soit sur cette planète. Nous devons arrêter ce qu'ils font avant qu'ils ne recrutent de force et n'exterminent des centaines ou des milliers d'humains supplémentaires, et pas seulement pour le bien des personnes qui deviendraient ces choses. Nous pensons à tout le monde, car personne ne sera en sécurité avec une armée de super-soldats, surtout s'ils sont à la disposition de deux milliardaires sans état d'âme et assoiffés de pouvoir. Je pense que cela vaut la peine de mourir pour cela, même si ce n'est certainement pas mon premier projet."

Elle le fusilla du regard avant de jeter un coup d'œil aux autres autour de la table lorsqu'elle vit qu'ils étaient tout aussi résolus. Seule Gillian semblait être de son côté, mais elle ne parlait pas. Elle avait juste l'air malheureuse, et ses yeux lançaient un léger regard en direction de son compagnon. Wyatt ne la regardait pas, comme s'il voulait délibérément éviter de voir son mécontentement.

"Vous êtes tous fous. Elle poussa un soupir difficile, acceptant qu'elle ne pourrait pas les faire changer d'avis. "Quand prévoyez-vous de repartir ?"

"Nous en parlions justement, et ce ne sera probablement pas plus tôt que demain ou après-demain.

"J'ai besoin de deux jours".

Malcolm arque un sourcil. "Deux jours pour quoi, chérie ?"

L'attendrissement la réchauffa en même temps qu'il l'irrita, car elle avait la faible impression qu'il l'avait utilisé comme un rappel délibéré de leur relation dans le but de la distraire de ses objections à leur plan d'assiéger une base remplie de super-soldats. "La programmation qu'ils utilisent est différente. La plupart des procédures ont été modifiées. Avec les notes de Spencer, j'ai la possibilité de reprogrammer la puce de Loris. J'aimerais que tu sois là quand j'essaierai."

Malcolm partagea un regard avec les autres, qui acquiescèrent presque à l'unisson. "Nous pouvons le faire.

C'était une petite concession, et elle savait qu'ils avaient encore des chances dangereuses, mais peut-être trouverait-elle un moyen de le faire changer d'avis dans les deux jours à venir. Peut-être même trouverait-elle un moyen d'annuler ce qui avait été fait aux super-soldats et de faire en sorte qu'ils ne soient plus une menace.

Chapitre Onze

SES DEUX JOURS SE SONT prolongés en Trois, mais jusqu'à présent, personne ne s'est plaint. Elle savait qu'ils attendaient dans le couloir, mais elle ne pouvait pas vraiment penser aux autres. Malcolm était à côté d'elle, prétendument comme son assistant, mais en réalité juste une source de soutien émotionnel, puisqu'il n'avait pas la formation nécessaire pour aider à la reprogrammation.

Elle regarda son ordinateur, vérifiant que le super-soldat qu'elle avait surnommé Test Subject Two était en ligne. Puis son regard se porta sur le champ de données de Loris, et elle confirma que sa puce était également en ligne. La main posée sur le clavier, elle regarda Malcolm. "Pourquoi n'iriez-vous pas vous occuper de Loris ? Si ça marche, elle devrait revenir et se réveiller assez vite. Elle aura besoin d'un visage familier."

Il semblait réticent à la quitter, mais il s'approcha de sa coéquipière. Il se tenait maladroitement près du brancard, son regard se posant sur Daphné et non sur Loris.

Prenant une profonde inspiration, elle appuya sur la touche "Enter", et la programmation commença à être transférée de Two à la puce de Loris. Elle surveilla la barre qui indiquait la vitesse de téléchargement, retenant son souffle lorsqu'elle s'arrêta à Quatre-vingt-quinze pour cent pendant un moment, comme si elle allait se figer.

Elle doutait que la puce de Loris soit capable d'accueillir les données supplémentaires, puisqu'il s'agissait d'un modèle plus ancien et moins sophistiqué. Lorsque la barre se remit à bouger, passant immédiatement à Quatre-vingt-dix-Neuf avant d'atteindre cent pour cent, elle poussa un soupir de soulagement avant de tourner son regard vers Loris au lieu de regarder l'écran de l'ordinateur.

"Vous voyez des signes de vie ?" demande-t-elle à Malcolm.

"Non, pas..." Il s'interrompit en se penchant plus près, rapprochant son visage de celui de Loris. "Ses paupières clignotent.

Elle s'éloigna de l'ordinateur pour le rejoindre et observa les ondes cérébrales de Loris sur l'EEG. Il y avait bel et bien un regain d'activité, confirmé un instant plus tard par l'ouverture des yeux de Loris. Son regard se porta immédiatement sur Malcolm, et sa confusion était évidente. "Où suis-je ?

"Tu es en sécurité. Malcolm prit sa main dans la sienne et la serra doucement.

Daphne repoussa une poussée de jalousie à ce geste, se rappelant que Loris avait besoin de réconfort et d'un visage familier, et qu'elle croyait Malcolm quand il disait que tout ce qu'il avait eu avec l'autre femme était terminé. C'était simplement une réaction instinctive de voir son homme toucher quelqu'un d'autre, bien qu'elle soit innocente dans le contexte. Elle mit de côté cette réaction improductive et attrapa la lampe de poche accrochée à sa chemise. "Loris, j'ai besoin de te regarder dans les yeux.

Loris tourna la tête dans sa direction, le regard toujours aussi confus. "Qui êtes-vous ?"

"Je suis le Dr Wells, et j'essaie de vous aider. J'ai besoin de voir vos yeux."

Loris ne discuta pas et n'essaya pas de s'éloigner lorsque Daphné fit briller la lampe dans ses yeux, évaluant la réaction de ses pupilles. C'était plus lent qu'elle ne l'aurait souhaité, mais au moins il y avait un soupçon de conscience.

"J'ai mal à la tête".

Daphne acquiesce. "Je ne suis pas surprise. Vous avez traversé beaucoup d'épreuves."

"Est-ce que je suis tombé ? Je me souviens de la neige. Je voulais faire de la luge avec Jaseance, mais il est trop vieux. Il ne le fait plus." Elle avait l'air si triste en prononçant ces mots.

Daphne n'avait aucune idée de qui était Jaseance, mais la tristesse de l'autre femme lui a été transmise, et elle a repoussé des larmes de sympathie. "On n'est jamais trop vieux pour faire de la luge", dit-elle d'un ton vif. "Une fois que tu seras remise sur pied, tu pourras peut-être le convaincre."

"Peut-être..." Loris fronça les sourcils et tendit la main vers sa tête, bien qu'elle n'eût pas la force de lever le bras très haut. "Ça brûle. Je n'ai jamais rien ressenti de tel." Elle se mit à crier et à se débattre sur la table.

"Merde", dit Daphné en regardant les relevés de Loris. Elle se précipita sur l'ordinateur, qui confirma ce qu'elle avait deviné. "Les nouvelles données ont remplacé l'ancienne programmation, mais c'est trop pour sa puce. Elle ne peut pas gérer les nouvelles exigences. Elle est en surchauffe et va exploser."

Alors qu'elle finissait de prononcer le dernier mot, Loris s'est raidie et le moniteur cardiaque s'est arrêté.

Daphné s'éloigne de son ordinateur pour retourner au chevet de Loris, jetant à peine un coup d'œil à Malcolm. "Va chercher le défibrillateur. Il faut la ramener et la mettre sous assistance respiratoire."

Il ne discute pas et revient quelques secondes plus tard avec le défibrillateur. Daphné n'avait qu'une connaissance théorique de son utilisation, mais elle était soulagée de laisser Malcolm s'en charger. Il a dû choquer Loris Trois fois avant que son rythme cardiaque n'enregistre un changement notable, et Daphné a immédiatement contourné la puce pour remettre Loris sous assistance respiratoire.

La puce fonctionnait à peine. Elle en était certaine, au vu de la réaction de Loris, et l'ordinateur le confirma un instant plus tard.

Elle frappa la table pour exprimer sa frustration. "Merde, merde, merde."

Malcolm s'éloigne prudemment de Loris pour s'approcher d'elle et lui passe le bras autour de la taille. "Qu'est-ce qui s'est passé ?

"C'est la puce de mauvaise qualité que l'armée a installée. Elle n'avait pas la capacité de gérer la nouvelle programmation, et elle a été court-circuitée. Elle contrôle tellement de fonctions autonomes qu'elle ne peut littéralement pas vivre sans elle très longtemps. Je l'ai mise sous assistance respiratoire, mais ce ne sera qu'un palliatif temporaire."

Il a haussé les épaules et a semblé se préparer à dire : "Je suppose que c'est tout".

Daphne prend une grande inspiration et secoue la tête. "Non, pas encore. Il y a une autre alternative, mais je ne l'aime pas."

Il resserra son emprise sur elle, comme s'il sentait qu'elle avait besoin d'un soutien supplémentaire. "Quelle est l'alternative ?

"Je vais devoir retirer la puce du super-soldat et remplacer celle qui se trouve dans le cerveau de Loris. Je ne suis pas neurochirurgien, mais je connais bien sûr l'anatomie du cerveau et j'ai effectué des opérations virtuelles sur le système chirurgical da Vinci dans le cadre de ma formation. Jusqu'à présent, j'ai surtout travaillé sur l'aspect théorique. J'espérais ne pas avoir à remplacer les puces".

L'une des raisons était que cela signifierait mettre fin à la vie du super-soldat actuellement soutenu par la puce. En l'étudiant, elle s'était rendu compte qu'il serait possible de modifier sa programmation pour lui permettre de revenir à un état conscient. Une fois la puce retirée, cette possibilité disparaissait, et elle n'avait certainement pas de puce de secours avec laquelle travailler. Il s'agissait de la vie du sujet de test Deux ou de celle de Loris, et même si la décision était difficile à prendre, elle n'était pas impossible. Elle ne connaissait ni l'un ni l'autre, mais elle savait ce que Loris représentait pour son équipe.

"Si vous avez envie d'essayer, nous vous aiderons du mieux que nous pourrons. Et je veux que vous sachiez que si ça ne marche pas, personne ne vous en voudra. Vous avez déjà aidé Loris plus qu'aucun d'entre nous n'aurait pu le faire, et il se peut que nous ne puissions tout simplement pas la sauver."

Daphne acquiesce, mais sa détermination se durcit. Il avait peut-être raison. Loris était peut-être une cause perdue, mais elle avait l'intention de tout essayer avant d'abandonner - même si ce tout incluait de pratiquer une neurochirurgie délicate et de mettre fin à la vie d'une personne pour en sauver une autre.

L'OPÉRATION ÉTAIT ENCORE plus difficile que ce qu'elle avait prévu. Lorsqu'elle s'était exercée à la chirurgie pour son doctorat, elle avait eu le luxe d'utiliser des modèles simulés et le da Vinci pour réaliser la véritable opération, qui avait été effectuée sur des répliques synthétiques et non sur de vrais humains.

Le faire à la main était beaucoup plus compliqué, et la première vue du sang qui coulait de l'incision qu'elle avait faite dans le crâne du super-soldat l'avait presque fait s'évanouir. La personne qui avait installé la puce à l'origine avait déjà retiré l'os autour de la zone, soit avec une perceuse, soit avec une scie à os. Des cheveux avaient repoussé pour couvrir l'endroit, mais l'os lui-même ne s'était pas régénéré. Heureusement, la puce était assez accessible, bien que plus profondément enfoncée dans le cerveau qu'elle ne l'aurait souhaité. C'était logique, car elle devait être positionnée de manière à contrôler toutes les parties du cerveau et à éviter qu'un coup fortuit ne la détruise accidentellement.

Il a été plus difficile de retirer la puce qu'elle ne l'avait prévu, mais pas à cause de son emplacement. Une fois qu'elle l'a trouvée, il suffit de retirer le tissu cérébral qui s'y est développé et de l'extraire. La difficulté résidait dans le fait de savoir que la personne à laquelle la puce était attachée cesserait de fonctionner dès qu'elle retirerait le minuscule morceau de technologie qui la maintenait en vie.

Un coup d'œil à Loris renforça sa détermination et elle utilisa une paire de micro-pinces pour retirer le tissu cérébral avant de séparer la puce de la chair qui l'entourait. Elle la plaça dans un bassin métallique et se dirigea vers l'évier pour désinfecter ses mains et la puce avant de l'insérer dans Loris. Un rapide coup d'œil aux machines qu'elle avait éteintes avant de commencer la procédure confirma que le super soldat n'avait plus d'activité cérébrale et que son cœur avait cessé de battre.

Après s'être lavée et avoir enfilé des gants neufs, elle se dirigea vers Loris et répéta les mêmes étapes que celles qu'elle avait suivies pour accéder à la puce du super-soldat. Elle n'avait pas besoin d'être très prudente avec celle qui se trouvait dans le cerveau de Loris, car elle ne fonctionnait plus depuis qu'elle avait été court-circuitée. Seules les machines qui les entouraient la maintenaient en vie, et ce sinistre rappel permit à Daphné de garder la main ferme lorsqu'elle retira la puce de Two de la cuvette métallique et l'inséra avec précaution dans le cerveau de Loris.

Elle était légèrement plus grande, et il lui a fallu quelques instants pour trouver l'endroit où la connecter afin que la puce reçoive une alimentation régulière en énergie électrique du cerveau de Loris. Elle a surveillé de près les machines pendant la procédure, et elle a pu voir qu'elle avait finalement réussi à l'insérer correctement, parce que les ondes cérébrales de Loris sont passées de faibles pics et vallées à un modèle erratique presque immédiatement.

Après moins d'une minute, les ondes ont commencé à se stabiliser dans un schéma plus discernable qui correspondait à ce qu'elle attendait d'un cerveau fonctionnant normalement. C'était un signe d'espoir, mais ils n'en seraient pas sûrs tant qu'ils n'auraient pas retiré l'anesthésique et qu'elle ne se serait pas réveillée à nouveau - si elle se réveillait.

Daphné recoud la plaie avant de s'éloigner. Le poids qui pesait sur ses épaules, un fardeau dont elle n'avait pas eu conscience avant qu'il ne disparaisse, sembla se dissiper. Elle fit un signe de tête à Devon, son assistant pour la procédure en raison de sa formation d'infirmier, qui se tenait près du respirateur. À son signal, il désactiva le système qui délivrait l'anesthésique pour assurer le confort de Loris pendant l'intervention, puis ils reculèrent légèrement et attendirent qu'elle s'agite.

Les autres qui attendaient dans le couloir se sont rapprochés, et Malcolm s'est avancé derrière elle, mettant ses bras autour de sa taille. Elle s'appuya contre lui un instant, enlevant ses gants, avant de se retirer pour aller se laver.

Lorsqu'elle revint vers lui, glissant cette fois son bras autour de sa taille, il était évident que Loris était en train de se ressaisir. Elle ne fut pas surprise lorsque l'autre femme commença à se débattre, et elle fit un nouveau signe de tête à Devon. Il se rapprocha de Loris et Malcolm se plaça de l'autre côté de la femme. Ensemble, ils la maintinrent au sol tout en lui parlant d'une voix apaisante. "Détendez-vous, dit Malcolm. "Vous êtes intubée. Il va falloir voir si ça peut sortir." Il regarde Daphné d'un air interrogateur.

Elle regarda les machines avant de s'intéresser à Loris. Sa poitrine se soulevait frénétiquement, ce qui aurait pu être de la panique, mais cela indiquait aussi qu'il y avait une chance qu'elle puisse respirer seule. La situation était délicate, mais toutes les machines indiquaient que Loris était prête à reprendre ses fonctions corporelles.

"Allez-y et retirez le tube, Devon, et nous le réinsérerons si nécessaire."

À ses mots, Devon s'est retourné vers Loris, et lorsqu'il s'est éloigné, il a jeté le tube respiratoire tandis que Daphné s'est occupée d'éteindre le ventilateur et le système de maintien en vie auxquels Loris n'était plus connecté.

En observant attentivement les machines, elle a pu constater que Loris s'adaptait et que la puce semblait bien s'intégrer. Elle prenait en charge les fonctions que la puce précédente contrôlait. Mieux encore, le regard de Loris était clairement conscient de la situation.

La femme blonde essaya de parler, mais elle n'obtint qu'un râle. Malcolm attrapa une bouteille d'eau que Daphne avait laissée près de son chevet, anticipant cette réaction. L'intubation est dure pour la gorge et il est souvent difficile de parler après l'avoir retirée.

Avec son aide, Loris parvint à boire quelques gorgées, et lorsqu'elle s'éloigna de la bouteille, il la reboucha et la mit de côté. Cette fois-ci, lorsqu'elle essaya de parler, sa voix était audible, bien que grinçante. "Qu'est-ce qui se passe ?

"Qu'est-ce que tu te rappelles ? demanda Malcolm.

Elle a semblé confuse pendant un moment, puis elle a cligné des yeux et son regard s'est aiguisé. "Je me souviens de tout.

Malcolm et ses coéquipiers poussèrent un soupir de soulagement, et Daphné expira lentement. Elle était à moitié convaincue que cela ne marcherait pas. Si c'était le cas, elle était presque assurée d'avoir des problèmes de mémoire à long terme malgré le sérum que Daphné avait créé et administré avant l'opération. Sa collègue avait partagé à contrecœur la formule pour aider l'hypothalamus à régénérer ses neurones plus rapidement. Même avec ce coup de pouce à sa guérison naturelle, elle risquait d'avoir des troubles permanents et un fonctionnement inférieur à celui qu'elle avait avant l'implantation de la puce et la destruction de son cerveau.

Même si Loris n'était pas encore complètement sortie d'affaire, puisqu'il était possible qu'elle rejette encore la puce ou qu'un autre dysfonctionnement l'emporte, c'était un signe encourageant que sa mémoire des événements récents était revenue. Il lui restait cependant un long chemin à parcourir.

Toujours en parlant, Loris dit : "Je me souviens de tout."

Malcolm acquiesce. "C'est une bonne chose. Vous savez ce qui s'est passé avec le projet Enhanced et le projet Shift ? Vous vous souvenez avoir été retenu prisonnier ? Vous souvenez-vous d'avoir été emmené de la réserve de Bullhead ?"

Elle lui lance un regard teinté d'exaspération. "Bien sûr que je me souviens de tout ça. Ce que j'essaie de te dire, c'est que je me souviens de tout. Je me souviens de ma naissance. Je me souviens que mon père m'a laissé tomber quand j'avais six mois et qu'il l'a caché à ma mère, parce qu'il avait peur qu'elle panique. Je me souviens de la façon dont il m'a regardée et dont il a parlé sur un ton de conspirateur de ne pas le dire à maman". Elle rit, visiblement ravie de ce souvenir. Un instant plus tard, son expression s'est transformée en confusion. "Comment puis-je me souvenir de ces choses ? Est-ce une hallucination ?"

"Je pense que c'est la nouvelle puce", dit Daphné en se rapprochant pour que Loris puisse la voir. Son esprit tournait à plein régime alors qu'elle essayait de trouver une explication au fait que la mémoire de Loris était non seulement ce qu'elle était, mais qu'elle était manifestement améliorée si elle se souvenait vraiment de tous les détails de sa vie. "Le secteur privé a amélioré la conception militaire, qu'il m'a volée. Je pense que cela a considérablement amélioré vos fonctions cérébrales."

Elle n'avait pas prévu cela, mais un picotement d'excitation l'a traversée lorsqu'elle a réalisé que Loris n'aurait peut-être pas à lutter pour retrouver ne serait-ce qu'un semblant de son ancienne personnalité et que les recherches de Daphné avaient peut-être permis de faire la découverte qu'elle attendait.

Loris fronce les sourcils. "Qui êtes-vous ? C'est toi qui es responsable de tout ça ?"

"Non, elle ne l'est pas", dit Malcolm avant que Daphné ne puisse ouvrir la bouche pour se défendre. "Ses recherches ont été volées par le gouvernement, mais *c*'est grâce à elle que ta mémoire a été restaurée et que tu es de retour parmi nous."

Loris acquiesça avec raideur, puis son nez tressaillit et elle fronça à nouveau les sourcils. "Tu l'as marquée comme ta compagne. Les mots avaient un air d'accusation.

Malcolm n'a pas semblé s'en préoccuper. Il s'exprima calmement en disant : "Je l'ai fait. Daphné est ma compagne, et tu devrais lui montrer la reconnaissance qu'elle mérite pour ce qu'elle a fait pour toi."

Au bout d'un moment, la posture de Loris changea et elle n'était plus aussi tendue. Elle fit un signe de tête à Daphné, et sa sincérité parut réelle lorsqu'elle dit "Merci".

Daphné acquiesça en réponse, s'efforçant d'adopter un ton tout aussi sincère. "J'ai été heureuse de pouvoir aider à défaire une partie de ce que mes recherches ont servi à créer."

Quelques minutes plus tard, alors que les coéquipiers de Loris se pressaient autour du lit, Daphné vérifia une nouvelle fois ses constantes avec les machines avant de s'éclipser de la chambre. C'était l'heure de la réunion, et comme elle ne connaissait pas Loris et qu'elle ne faisait techniquement pas partie de l'équipe, elle n'avait rien à y faire.

Apparemment, Tianna avait ressenti la même chose, car elle s'est éclipsée quelques instants plus tard. Il y avait de la camaraderie dans le fait qu'elle soit là, et Daphné fut surprise de réaliser qu'elle ne se sentait pas comme une étrangère qui regardait à l'intérieur, comme elle l'avait souvent fait dans le passé. Elle avait choisi de quitter le groupe et personne ne l'avait exclue délibérément. C'était juste une intrusion, mais pas parce qu'elle n'avait pas sa place dans le groupe. Elle ne s'était jamais sentie aussi à sa place de toute sa vie.

Chapitre Douze

ILS ATTENDIRENT ENCORE un jour avant que Malcolm ne convoque une réunion. Après avoir pris sa forme de loup, Loris avait guéri de l'opération, mais il voulait lui laisser au moins un jour de récupération avant de lui demander de décider si elle voulait participer à la mission de destruction de la dernière base de Rochester.

Maintenant, il appelle la carte topographique informatisée du Groenland que Tianna a créée pour lui. Elle était interactive et se concentrait sur les endroits qu'il touchait sur sa tablette avant d'être projetée sur l'écran pour que tout le monde puisse la voir. Après que tout le monde ait eu le temps de regarder le Groenland, il toucha une zone proche de la station Nord avant d'encercler une petite île avec son doigt. L'image sur le grand écran montra immédiatement le cercle où il avait tracé une ligne rouge.

"Île Hovgaard, population zéro. Ou plutôt, elle devrait l'être, mais Aidan et Tianna l'ont identifiée comme la dernière base de Rochester, où, d'après les scanners satellites, ils disposent d'au moins Quatre-vingt-Quatre super-soldats activés. C'est un endroit isolé et difficile d'accès. Nous allons devoir prendre un vol commercial vers l'aéroport de Kangerlussuaq avant de prendre un vol plus petit vers Hovgaard. Tianna nous a trouvé un pilote qui accepte de faire le vol, mais si le temps est mauvais, nous devrons plutôt prendre le bateau. À cette époque de l'année, la glace ne devrait pas être un facteur, car les océans commencent tout juste à geler, mais il est toujours possible qu'une tempête soudaine ou une autre crise survienne."

"Si nous devons prendre un vol commercial, nous ne pourrons pas emporter d'armes", a déclaré Wyatt, l'air troublé.

Il acquiesce. "C'est vrai. Nous devrons chercher ce que nous pourrons trouver en arrivant à Hovgaard. Je suis sûr que nous serons confrontés à des gardes lourdement armés, mais une fois que nous les aurons abattus, nous pourrons libérer leurs armes pour nos propres besoins."

"Le gouvernement ne vous trouvera-t-il pas dès que vous prendrez l'avion ?" demande Loris.

"Nous avons de nouvelles identités qui nous ont été fournies par les meilleurs hackers *d'El Jefe*, avant que Tianna et Aiden ne rejoignent l'équipe, mais le plus important, c'est que nous ne sommes plus sur aucune liste de personnes recherchées par le gouvernement. Entre la destruction physique des bases et le travail assidu de Tianna pour corrompre tous les serveurs et les fichiers du ministère de la Défense, nous sommes sûrs de ne plus figurer sur les radars de l'armée ou du gouvernement. Une fois que nous aurons traité avec les Rochester, ce sera fini."

Loris a l'air troublé. "Pourquoi ne pas laisser tomber alors ? Nous pouvons tous retourner à nos vies."

"Je n'aime pas l'idée qu'ils poursuivent cette expérience, dit Malcolm avec une pointe d'acier dans le ton. "Nous ne serons probablement plus jamais une cible, mais je ne peux pas vivre avec l'idée qu'ils recrutent de force d'autres humains et métamorphes pour les soumettre au processus. Je ne peux pas non plus rester les bras croisés et leur permettre d'amasser une armée qui ne répond qu'à eux. Pouvez-vous imaginer les dégâts que les Rochester pourraient causer au monde s'ils disposaient d'une armée de super-soldats suffisamment nombreuse ?

"Nous sommes les seuls à être au courant et c'est à nous de nous en occuper. Cependant, je n'insisterai pas pour que quelqu'un vienne avec nous. C'est une mission strictement bénévole." Il regarda délibérément Wyatt avant de jeter un coup d'œil à l'estomac de Gillian et de revenir à son ami. "En fait, je suggère fortement qu'au moins deux d'entre vous ne viennent pas. On a plus besoin de vous ici."

Wyatt et Gillian échangèrent un regard silencieux, bien qu'ils semblaient dire beaucoup de choses sans parler. Au bout d'un moment, ses épaules s'affaissent et elle acquiesce.

Malcolm ne fut pas vraiment surpris lorsque Wyatt le regarda à nouveau, l'expression ferme. "J'irai avec vous. Il est impératif de garder mon compagnon en sécurité, et la menace doit être éliminée."

Il s'attendait à ce qu'ils se portent tous volontaires, aussi ne fut-il pas surpris de les voir insister l'un après l'autre pour venir. Lorsque Tianna s'est portée volontaire, il a secoué la tête en disant : "J'ai besoin de toi pour diriger le projet lentille."

Elle semblait mécontente, mais elle acquiesça. Il était heureux de ne pas avoir d'argument de sa part. Alors qu'il commençait à discuter de stratégie, les paroles de Daphné lui glacèrent le sang.

"Je viens aussi."

Il détourna son regard de la carte topographique pour regarder sa compagne, lui lançant un regard féroce. "C'est bien ce que tu es. Tu vas rester ici avec Gillian et Tianna, là où c'est plus sûr. Tu n'es pas entraînée pour une telle incursion."

"Qu'allez-vous faire des super-soldats ?"

Il fronça les sourcils, ne regardant pas l'écran sur le mur alors que son doigt passait à la diapositive suivante de sa présentation. Il savait qu'elle affichait un diagramme de l'installation sur l'île d'Hovgaard, ainsi qu'un groupe de points rouges tous les quelques mètres qui constituaient un rapport en temps réel de l'emplacement des formes de vie super-soldats sur l'île.

Il y avait un plus petit nombre de points bleus, qui représentaient les humains à proprement parler. "Grâce à la surveillance de Tianna, nous saurons où ils sont et à quoi nous sommes confrontés. Aidan a fait quelques recherches et a découvert que les Rochester sont retranchés dans cette installation, c'est donc le moment et l'endroit parfaits pour frapper. Nous éliminons les derniers vestiges de la recherche, et nous les éliminons pour qu'ils ne puissent pas financer une nouvelle installation. Nous nous en occuperons au fur et à mesure."

"J'ai une meilleure idée."

Il est déconcerté pendant un moment, à la fois par l'assurance et l'audace de la jeune femme. Il avait envie de lui faire remarquer qu'elle n'avait aucune expérience militaire, mais il se retint de la critiquer. Il aurait écouté n'importe quel autre membre de son équipe qui aurait eu une idée, et ils en auraient discuté les mérites ou les inconvénients. Il ne pouvait pas accorder moins de respect à sa compagne. "Quelle est ton idée ?"

"Je propose de réécrire leur programmation. Nous pouvons télécharger les modifications que j'ai apportées dans leurs puces pour leur redonner une autonomie totale. Ils pourront prendre leurs propres décisions, et je suppose que la plupart d'entre eux ne sont pas là volontairement. Il est peu probable qu'ils continuent à essayer de défendre l'installation ou les Rochester s'ils se souviennent de qui ils sont et des circonstances qui les ont amenés là."

C'était une idée brillante, et il acquiesça lentement. "Et s'ils ne sont pas tous améliorés ? Vous avez dit qu'il s'agissait d'une puce prototype, donc il est probable qu'un certain nombre d'entre eux, si ce n'est tous, soient équipés de la puce inférieure de l'armée, ou d'une variante de celle-ci. Et s'ils tombent tous en panne ?"

Elle prit une grande inspiration et eut l'air légèrement nauséeuse lorsqu'elle dit : "Alors ils mourraient tous, mais au moins ils ne seraient plus une menace pour aucun d'entre nous, et ils ne pourraient toujours pas défendre les Rochester."

Cela semblait froid, mais ce n'était pas différent de son plan qui consistait à les éliminer du chemin, ce qui signifiait détruire leurs cerveaux, puisque c'était la seule chose qui semblait arrêter les super-soldats. "La programmation fonctionnera-t-elle sur les soldats si des parties de leur cerveau ont été délibérément endommagées, comme l'a fait l'armée lors de ses expériences ?"

Elle secoue la tête. "S'ils sont physiquement endommagés, la puce ne peut pas les réparer. Elle ne fonctionnera que sur des personnes comme Loris, qui n'a pas terminé la reprogrammation. La puce a compensé les dommages causés à son hypothalamus en réorientant ses fonctions de traitement de la mémoire et en recâblant son cerveau, ce à quoi je ne m'attendais pas, mais elle ne peut pas réparer un cerveau endommagé. La reprogrammation fonctionnera également sur ceux qui ont le nouveau prototype qui supprime la conscience au lieu de l'oblitérer. Je ne peux pas vous dire avec certitude combien survivront et combien mourront, mais je pense que c'est notre meilleure chance".

Il acquiesça en regardant autour de la table, voyant l'accord dans les yeux de ses coéquipiers. "Nous allons suivre votre plan, Daphné, mais vous n'avez aucune raison de nous accompagner. Nous pourrons le télécharger à distance, ou quand nous serons sur place."

"Non, tu ne peux pas."

Il lui lance un regard noir avant de se tourner vers Tianna. "Pouvez-vous télécharger ces données dans leurs puces ?"

Tianna hésita un instant avant d'acquiescer. "Je pourrais le faire si vous aviez le bon équipement pour le recevoir et le transmettre. Je ne pourrais pas le faire avec les lignes satellites que j'utilise pour déployer le Projet Lentille. Les données risqueraient de trop se dégrader."

"Vous négligez le fait que des ajustements de dernière minute peuvent être nécessaires. Si nous découvrons que ceux qui sont autonomes après la reprogrammation sont toujours prêts à se battre pour les Rochester, par exemple, je pourrais ajuster la programmation et les rendre neutres et non plus menaçants. Mais je ne peux pas le faire d'ici. J'ai besoin d'être avec vous et l'équipe."

"Non. Absolument pas. Je ne risquerai pas ma compagne. Tu restes ici, en sécurité, et c'est tout." Il avait parlé avec fermeté et détermination, mettant fin à l'affaire.

DEUX JOURS PLUS TARD, Malcolm ne savait toujours pas comment l'embargo sur son accompagnement avait été ignoré par tous les membres de l'équipe. S'ils avaient été encore dans l'armée, il les aurait tous verbalisés pour insubordination et aurait recommandé qu'ils passent en cour martiale. Ils avaient simplement ignoré ses objections, passé outre son refus persistant de l'emmener, et l'avaient embarquée sur le vol commercial pour Kangerlussuaq comme si ce n'était pas la pire idée qui soit.

N'ont-ils pas compris qu'il ne pouvait pas supporter de la perdre, et que si le choix était de l'emmener avec lui dans cette opération, ou de devoir abattre Quatre-vingt-Quatre des super-soldats à lui tout seul au cas où la reprogrammation ne fonctionnerait pas, il choisirait la seconde option à chaque fois ?

Il était furieux de la tournure des événements, mais aussi très inquiet. Alors que le petit avion qu'ils avaient affrété à Nuuk atterrit sur l'île de Hovgaard, il lui jette un regard inquiet.

Son regard s'est adouci et elle a traversé l'allée pour lui prendre la main. "Je vais m'en sortir. Je pense que nous irons tous bien."

"Vous ne devriez pas être ici, et vous ne devriez pas prendre ce risque."

Elle poussa un petit soupir, l'air agacé, mais aussi compréhensif. C'était une étrange juxtaposition. "Je suis ici pour les mêmes raisons que vous, toutes celles que vous avez énumérées à Loris. Nous ne pouvons pas laisser cette situation perdurer. Je ne suis peut-être pas un soldat, et je ne peux pas me battre à vos côtés, mais je peux faire ma part pour mettre fin à cette atrocité. Ils ont utilisé mes recherches et trahi mes idéaux pour créer ces horribles abominations, et si je peux faire quoi que ce soit pour rendre leur vie à ces gens, je le ferai. Et je préfère être responsable de mettre fin à la vie de tous ceux qui ne peuvent être sauvés plutôt que de les laisser continuer à exister dans leur état actuel et être utilisés par des bâtards corrompus et sans âme comme les Rochester."

Ses mots atténuèrent sa colère et il poussa un profond soupir. "Quand tu le dis comme ça, comment pourrais-je te refuser ?"

Elle lui sourit. "Chéri, tu ne pouvais pas me refuser de toute façon. J'allais venir de toute façon, comme tu l'as probablement remarqué".

"J'ai remarqué que vous étiez sacrément têtu."

Elle lui a serré la main. "C'est une des choses que tu aimes chez moi".

Comme un seul homme, ils se sont tus et ont échangé un regard significatif. Ils n'avaient pas encore prononcé les mots, et sa voix était épaisse quand il a murmuré : "Oui, je le veux."

"Moi aussi", dit-elle tout aussi calmement.

C'est Loris qui a réagi en disant : "Vous vous y prenez mal. Vous êtes censés dire ça quand vous vous mariez."

Malcolm fut soulagé de ne trouver aucune trace de jalousie, ni dans son ton, ni dans ses phéromones. Elle était aussi satisfaite de lui qu'il l'était d'elle, ce qui facilitait leur collaboration. "Nous discuterons sérieusement de ce scénario une fois que nous aurons terminé."

Daphné est stupéfaite et ses yeux verts sont écarquillés. "Vraiment ?" Sa voix était presque un grincement.

Il lui adressa un lent sourire, appréciant de la voir déséquilibrée alors qu'il avait passé les deux derniers jours dans un état similaire. "Oui, vraiment.

Elle eut l'air craintif pendant un moment, puis elle redressa les épaules et hocha la tête. "J'ai hâte d'y être".

Il n'en était pas tout à fait certain, mais il avait l'impression qu'il venait de la demander en mariage et qu'elle venait de l'accepter, de la manière la moins orthodoxe qui soit. Cette pensée le remplit de chaleur et de plaisir, et il est confiant dans l'avenir plutôt qu'effrayé par l'idée de s'engager avec elle. Lorsqu'il l'avait mordue, il s'était déjà engagé, et le fait de savoir qu'elle était prête à faire de même ne faisait qu'apaiser les dernières craintes qu'il n'avait pas admis avoir à propos de la perdre une fois que tout serait terminé.

Il devait juste s'assurer qu'il ne la perdait pas non plus pendant l'opération. Lorsque le pilote a éteint l'avion, il a élevé la voix, alors que tous les autres s'étaient tus. "Daphné va faire son travail ici, dans l'avion, et elle n'en sortira pas. C'est compris ?"

Ceux qui l'entouraient acquiescèrent, y compris, étonnamment, sa compagne elle-même. Il fut surpris de la voir accepter de rester dans l'avion, mais il lui en fut reconnaissant. "Nous n'avons que quelques minutes avant qu'ils ne viennent enquêter sur l'avion qui a atterri, car je suis certain qu'ils disposent d'une technologie qui a permis d'identifier l'atterrissage. Faites ce que vous avez à faire, Daphné, parce que nous allons devoir partir."

Elle ouvrit son ordinateur portable d'un signe de tête, son attention restant concentrée sur l'écran. Ses doigts volaient sur le clavier, et même si chaque seconde semblait s'écouler avec une lenteur angoissante, elle ne tarda pas à relever la tête et à le regarder. "C'est fait. Ils devraient commencer à ressentir les effets dans quelques minutes, tout comme Loris. Vous trouverez soit un groupe de cadavres sur votre chemin, soit peut-être un groupe de personnes confuses qui n'ont aucune idée de ce qu'elles font là, mais la plupart d'entre elles ne devraient pas être agressives."

"Sauf s'ils sont devenus sauvages", dit Aidan. Il les avait tous débriefés après avoir vu quelques-unes des expériences sur les féraux qui n'avaient pas bien tourné à la base où Lex avait été détenu. Caswell avait l'habitude de les faire s'affronter dans des combats à mort avant de détruire le vainqueur pour se divertir. Il n'était pas certain qu'il s'agisse d'un problème puisque les Rochester avaient probablement détruit tous les échantillons féraux lors du processus de conversion initial, mais il s'agissait d'une autre complication possible dont ils devaient être conscients.

Son équipe descendit de l'avion en file indienne, et il ne s'arrêta que le temps de se pencher et d'embrasser durement les lèvres de Daphné. Il avait envie de laisser une empreinte de lui sur elle, au cas où il ne reviendrait pas. "Restez dans l'avion", répéta-t-il en se levant.

Elle lui fait un signe de tête. "Je le ferai. Je ne connais rien au combat, et je ne ferais que vous gêner."

Il secoua la tête. "Tu ne seras jamais sur mon chemin, Daphné, mais j'aurai plus de facilité à me concentrer sur le combat si je n'ai pas à penser à ta sécurité et à m'inquiéter que tu sois prise au milieu de tout ça."

"Vous avez une radio ? Je veux pouvoir entendre ce qui se passe."

Il s'est arrêté pour se débarrasser de son sac à dos et l'a ouvert pour en sortir sa radio de rechange. Il la régla sur la bonne fréquence avant de la lui remettre et de lui montrer comment l'utiliser. "Appuyez sur ce bouton pour entendre notre conversation, puis appuyez sur ce bouton et parlez dans le microphone si vous avez besoin de me parler. Ne rompez pas le silence radio si vous m'entendez donner cet ordre."

Elle hocha la tête en posant la radio à côté d'elle, et bien qu'elle lui lançât un regard stoïque, il n'en fut pas vraiment dupe. Il pouvait lire l'inquiétude dans ses yeux, et elle ne se rendait peut-être même pas compte que son corps tremblait légèrement, ses phéromones trahissant son anxiété. Il ne voulait pas faire une promesse qu'il ne pourrait pas tenir, alors il ne lui dit pas qu'il reviendrait. Il se contenta de lui serrer à nouveau la main avant de se retourner et de s'éloigner. S'il restait plus longtemps, il n'aurait plus la possibilité de partir.

BIEN QUE CE SOIT OSTENSIBLEMENT l'été dans la région, Malcolm est toujours reconnaissant pour sa parka et ses solides bottes de neige. Ils avaient opté pour l'équipement arctique, anticipant les températures glaciales, surtout au fur et à mesure que le jour déclinait.

Ils marchaient sur le manteau neigeux, sur leurs gardes et s'attendant constamment à être confrontés. Il était presque anti-climatique d'atteindre l'installation composée principalement de structures temporaires et de huttes Quonset sans avoir reçu la moindre contestation de leur présence.

Plus ils s'approchaient, plus la raison devenait évidente. Plusieurs corps étaient éparpillés sur le sol, et il était clair que la reprogrammation avait court-circuité leurs puces. Après avoir vérifié les premiers et les avoir trouvés tous morts, ils n'ont pas pris la peine de vérifier les autres. Ils ramassèrent simplement leurs armes et continuèrent à avancer.

La première super-soldate vivante qu'ils rencontrèrent était assise au milieu d'un banc de neige, et ses yeux n'étaient pas focalisés. Malcolm tenait fermement l'arme de poing qu'il avait ramassée, avec l'intention de s'approcher d'elle. À sa grande surprise, Loris arriva la première. Elle s'agenouilla dans la neige à côté du soldat et agita calmement la main devant le visage de l'autre femme.

D'un clignement d'œil et d'un claquement de cou, elle se tourna vers Loris. Sa bouche s'ouvrit et elle poussa un cri d'agonie. "Où suis-je ? Qu'est-ce qui m'arrive ?"

Répétant les paroles que Malcolm lui avait dites il y a deux jours, Loris dit : "De quoi te souviens-tu ?".

"Je quittais la classe et je crois que quelqu'un me suivait. C'est tout ce dont je me souviens..." Elle s'interrompit, secouant la tête en frottant l'endroit où se trouvait la puce. "Non, je me souviens de plus que ça." Elle laissa échapper un souffle d'horreur et ses yeux se remplirent de larmes. "Je me souviens de tout ce qu'ils m'ont fait. Pourquoi me font-ils ça ?"

Loris lui passe le bras autour de l'épaule. "Je ne sais pas pourquoi ces gens font ce qu'ils font, mais nous sommes ici pour les arrêter. Si vous revenez par le chemin que nous avons emprunté, il y a un avion là-bas. Attendez-nous."

Malcolm regarda Loris d'un air renfrogné, n'aimant pas l'idée d'envoyer l'un des super-soldats dans l'avion où son compagnon était le plus en sécurité. Il secoua la tête et parla fermement. "Ce n'est pas sûr là-bas. Tu seras plus en sécurité en attendant ici. Nous ferons en sorte que les secours arrivent." Il le pensait sincèrement, et il avait bien l'intention de faire de son mieux pour aider tous ceux qui pouvaient être sauvés du programme, mais il n'allait pas risquer Daphné dans le processus.

Elle hocha la tête d'un air incertain, mais ne fit aucun geste pour se lever. Loris lui parla encore un moment avant de se lever, et ils continuèrent à avancer. Il regarda sa tablette, consultant la carte que Tianna lui avait fournie. La plupart des points rouges se trouvaient au même endroit que les dernières fois qu'il avait vérifié, et il était certain qu'il s'agissait de super soldats qui étaient tombés et qui resteraient à l'endroit où ils étaient tombés. Il était plus préoccupé par ceux qui se déplaçaient, et il avertit son équipe de l'endroit où elle devait s'attendre au prochain point, alors qu'elle se dirigeait vers l'entrée.

Lorsqu'ils sont entrés dans l'installation, ils ont trouvé le chaos. Il y avait d'autres corps éparpillés et d'autres soldats hébétés qui erraient dans un état dissociatif. Aucun d'entre eux ne s'est engagé, et Malcolm a suivi de près les points dispersés sur la tablette à mesure qu'ils s'enfonçaient dans l'installation.

"Nous sommes sur le point d'arriver à un tournant du couloir, et nous devons aller à droite pour accéder aux serveurs."

"Comment savoir où se trouvent les serveurs ? demande Loris.

"C'est la meilleure supposition de Tianna, mais elle a dit que la majorité de la consommation d'énergie provient de cette pièce, donc il est probable que ce soit le centre des communications et du stockage des données. Soit c'est ça, soit il s'agit d'une autre usine, mais elle a identifié une aile entière de ce bâtiment qui semble être consacrée à cette activité, avec des points bleus fixes qui suggèrent qu'ils sont en cours de programmation."

Alors qu'il glissait à nouveau la tablette sous son bras, Malcolm sursauta en entendant un grognement se rapprocher. Les signatures phéromonales de ses coéquipiers changèrent instantanément, lui faisant savoir qu'ils étaient tous aussi attentifs à la menace potentielle.

Il n'était pas certain de ce que c'était, mais cela ne ressemblait à rien de ce qu'il avait vu auparavant. La source du grognement prit le virage et se précipita sur eux. Elle se déplaçait comme un animal à Quatre pattes, mais elle avait un mélange de traits qui suggéraient à la fois des origines humaines et félines.

Il sentait vaguement la panthère métamorphe, mais aussi l'humain. Il inspira, cherchant un signe de l'odeur d'intelligence artificielle qui sous-tendait la plupart des phéromones des super-soldats, mais ne put la détecter. Au lieu de cela, il sentit une odeur totalement inconnue, mais tout aussi mauvaise pour son jaguar que l'odeur de l'intelligence artificielle. "Qu'est-ce que c'est que ce truc ?" Qu'est-ce que les Rochester expérimentaient ici ?

"C'est un féral", dit Aidan, la voix teintée d'effroi. "Je les ai déjà vus, et je ne sais pas si celui-ci s'est échappé par hasard, ou si ses gardiens se sont éloignés ou sont morts. Peut-être que la destruction de la puce a supprimé l'effet modérateur de l'intelligence artificielle."

"Je ne peux pas sentir l'intelligence artificielle qu'il contient", a déclaré Wyatt. Il a éternué après avoir inhalé profondément. "Ça sent mauvais, mais ça ne sent pas comme ces autres choses".

Plus il s'approchait, plus Malcolm se crispait. "Quoi qu'il en soit..."

Lex s'est soudain étouffé. Elle avait l'odorat le plus fin de tous. Son nez se contractait et elle déglutissait dans un effort évident pour ne pas vomir. "Je peux sentir l'intelligence artificielle, mais ce n'est qu'une faible odeur. Je pense qu'Aidan a raison, et que ce qui est arrivé à cette chose s'est produit après que sa puce ait été reprogrammée. Ça sent très mauvais."

C'était le cas, et il avait pensé que rien ne pouvait sentir plus mauvais que les super-soldats, avec leur mélange d'humains, de métamorphes et d'intelligence artificielle se fondant en un miasme âcre. Il n'attendit pas plus longtemps que la chose se rapproche. Il commença à tirer, et ses coéquipiers firent de même.

Comme les autres super-soldats, il était plus résistant aux balles qu'il n'aurait dû l'être, mais un tir en pleine tête de George l'a stoppé net, et il s'est effondré dans le couloir avant d'avoir pu s'approcher suffisamment pour attaquer l'un d'entre eux.

"Qu'est-ce qui se passe ?

La voix de Daphné à la radio fait sursauter Malcolm, et il détourne le regard de la chose qui gît dans le couloir pour expliquer ce qui s'est passé. Il ne fut pas surpris lorsqu'elle demanda qu'ils le récupèrent pour un échantillon, mais il répondit : "Je ne peux pas te le promettre, chérie. Cela dépendra s'il est encore là quand nous aurons fini, parce qu'il nous reste beaucoup à faire ici."

"Je comprends, mais cela pourrait être très important. Nous ne savons pas quel genre de ramifications..." Elle retint un long soupir. "Essayez juste de le ramener avec vous si vous le pouvez, s'il vous plaît."

"Je ferai de mon mieux."

Après avoir mis fin à la conversation, il fit un signe de tête aux autres, et ils continuèrent le long du couloir pour tourner à droite. Il sortit sa tablette pour examiner où se trouvaient les points et en vit quelques-uns éparpillés entre leur position actuelle et la pièce au bout du couloir. Lorsqu'il leva les yeux, il eut la confirmation visuelle des points les plus proches, et ils se déplaçaient dans un état similaire à celui des premier et deuxième points qu'ils avaient rencontrés.

La confirmation visuelle montrait également plusieurs corps éparpillés dans le couloir, et il baissa à nouveau les yeux sur la tablette, remarquant qu'ils ne s'enregistraient plus maintenant. Peut-être que leur température centrale était déjà trop basse pour apparaître sur le scanner infrarouge.

Alors qu'il l'étudiait, quelque chose d'autre attira son attention et il fronça les sourcils. "Il y a un petit groupe de bleus qui se dirige vers l'avion. Ils sont humains, mais ils peuvent représenter une menace." Une menace pour son compagnon, et pour leur sortie de l'île s'ils parvenaient à s'emparer de l'avion.

Levant la tête, il croise le regard d'Aidan, puis celui de Lex. "Vous pouvez vous occuper du démontage et de la destruction des données ? Après avoir reçu leur confirmation par un signe de tête, il se tourna vers Loris et George. "Pensez-vous pouvoir vérifier l'aile qu'Aidan et Tianna considèrent comme leur usine ?" Il avait confiance dans les capacités de George, mais il n'était pas encore tout à fait certain de celles de Loris. Physiquement, elle s'était remise de son traumatisme, mais il n'était pas sûr que ce soit le cas sur le plan émotionnel. Elle était encore à l'état brut et n'était pas au top de sa forme.

Elle a hoché la tête aussi fermement que Georges, et sa voix était assurée lorsqu'elle a dit : "Je peux m'en occuper. Ne t'inquiète pas." Elle lui fit un petit clin d'œil. "Je ne serais pas venue si je n'avais pas été capable de faire ma part."

Il hocha la tête de soulagement avant de se tourner vers Devon et Wyatt. "Vous deux, vous êtes avec moi. Nous allons intercepter ce groupe d'humains avant qu'ils ne puissent détourner l'avion." *Ou qu'ils blessent Daphné.* Il laissa la dernière partie en suspens. Ils avaient tous les deux des compagnons, ils comprenaient donc son urgence et son inquiétude. Il n'était pas nécessaire de l'exprimer à voix haute alors qu'il avait le sentiment superstitieux que cela reviendrait à tenter le destin.

Ils ne se déplacèrent pas, mais ils se mirent à courir, car il avait hâte d'intercepter le groupe avant qu'il n'atteigne l'avion. Il avait un mauvais pressentiment, et même s'il espérait qu'il s'agissait simplement d'une panique injustifiée de la part de son compagnon, il savait qu'il ne fallait pas ignorer son instinct.

"UN GROUPE APPROCHE, mademoiselle, dit le pilote. Il avait un accent épais qui rendait ses paroles un peu difficiles à discerner, et il sembla s'en rendre compte, car il les répéta plus lentement cette fois-ci.

Ses yeux s'écarquillèrent et elle refoula la vague d'excitation que lui procurait le retour de l'équipe. L'appréhension suivit rapidement lorsqu'elle réalisa qu'ils ne devraient pas encore s'approcher. Cela faisait à peine cinq minutes qu'elle avait parlé à Malcolm, et ils n'avaient même pas commencé à détruire les serveurs, à télécharger les données et à s'assurer que tous les soldats en cours de création étaient soit mis hors ligne de façon permanente, soit rétablis dans leur état antérieur, selon le type de puces qu'ils trouveraient en arrivant dans la pièce.

Alors qu'elle ouvre la bouche pour le dire au pilote, la radio grésille et elle appuie sur le bouton. "Oui ?"

"Il y a un groupe d'humains qui se dirige vers vous, alors soyez sur vos gardes. Nous ne connaissons pas leurs intentions, mais ils veulent sans doute quitter cette île, et notre avion est probablement le meilleur moyen pour eux d'y parvenir."

Elle se lèche les lèvres. "Le pilote a vu le groupe arriver. Nous n'avons pas d'armes, alors que faire ?"

"Montez dans l'avion et verrouillez-le. Ne laissez personne..."

Un cri strident poussé par le pilote couvrit le reste des paroles de Malcolm, et elle se pencha pour jeter un coup d'œil par la fenêtre à côté de son siège, sursautant lorsqu'elle vit un groupe de Sept personnes entourant le pilote, qui gisait sur la neige. Son sang rouge tachant la neige d'un blanc immaculé formait un contraste saisissant. "Ils ont neutralisé ou tué le pilote. Je ne sais pas lequel, mais il a une blessure à la tête et il est allongé sur le sol. Ils viennent me chercher." Lorsqu'elle a prononcé ces mots, ils ont résonné en elle. Elle ne savait pas trop comment ni pourquoi elle le savait, mais elle était sûre qu'il ne s'agissait pas seulement de prendre l'avion.

Le groupe entra dans la petite cabane quelques instants plus tard, leurs bottes claquant sur les escaliers métalliques pliants. Elle était consciente que Malcolm jurait et l'appelait, mais elle ne parvenait pas à briser sa paralysie assez longtemps pour répondre.

Ce n'est que lorsqu'ils se sont rapprochés, lui permettant d'identifier six hommes et une femme, qu'elle a enfin pu faire bouger son corps. Elle tâtonna avec l'accoudoir et s'extirpa de son siège, s'enfonçant dans l'avion.

"Voyez ce qu'il y a sur son ordinateur portable", dit l'un des hommes. Il semblait avoir une trentaine d'années, et bien qu'il portait un bonnet de laine et une parka blanche qui le rendaient difficile à identifier, elle était presque sûre qu'il s'agissait de l'un des frères Rochester. Elle avait vu des photos d'eux lors d'un débriefing de Tianna et Aidan. Mais elle ne savait pas lequel.

"Qui êtes-vous ? Il demande l'information d'un ton vif avec un accent de la Nouvelle-Angleterre.

Elle ne répondit pas, recroquevillée contre la paroi de l'avion. Recroquevillée était le mot juste, mais elle n'avait pas le courage de s'éloigner du support métallique, et encore moins de répondre à sa question.

Celui qui était à côté de lui, qui portait une parka noire et qui avait fouillé dans son ordinateur, a donné la réponse en moins de cinq minutes. Ils étaient tous restés dans l'expectative, tendus, et elle n'avait pu ni briser la paralysie qui la tenait en place, ni trouver la voix pour dire quoi que ce soit. Au fond de sa tête, elle comptait les minutes, certaine que Malcolm n'allait pas tarder à apparaître.

"Voici le Dr Daphne Wells, la mère de notre programme d'intelligence artificielle."

Elle le regarda fixement et retrouva soudain sa voix. "Je ne suis pas la mère de cette chose. Spencer et les militaires ont pris mon travail et l'ont transformé en quelque chose d'horrible."

"Mais vous avez réussi à corriger leurs défauts et vos recherches semblent parfaites. Il détourne son attention d'elle vers l'homme en blanc. "Anthony, cet avion est plus qu'un plan d'évacuation. Il est aussi la clé qui permettra de tout relancer." Quand son regard se porta à nouveau sur elle, on comprit exactement ce qu'il voulait dire.

Daphné secoue la tête avec véhémence. "Je ne t'aiderai jamais avec ça".

"Vous n'avez pas besoin d'aider volontairement. Tout ce dont tu as besoin, c'est d'un peu de persuasion." Anthony prononça ces mots froidement, tout en se caressant l'arrière du crâne.

Elle ne savait pas s'il s'agissait d'un message concernant l'insertion d'une puce dans son cerveau, ou si c'était simplement un geste inconscient de sa part. Quoi qu'il en soit, cela lui révéla beaucoup de choses, y compris le fait qu'au moins Anthony Rochester possédait la puce. Cela signifiait probablement que Collin l'avait aussi. "Avez-vous fait des expériences sur vous-mêmes ?" Elle posa la question avec un mépris total pour le processus et l'insouciance stupide qui l'accompagnait.

"Avec l'aide du Dr Spencer, et bien sûr sans suppression consciente. C'est incroyable à quel point je peux penser clairement maintenant."

Collin a ajouté : "Quand je pense à toutes les choses que je ne savais pas ou ne comprenais pas avant, c'est suffisant pour me faire pleurer". Malgré ses paroles, il avait l'air de ne pas être capable de verser des larmes, même pour son propre compte. Elle était certaine qu'il n'avait jamais pleuré pour quelqu'un d'autre.

"Si vous êtes si intelligent, vous n'avez pas besoin de moi. Travaillez sur vos propres données. Je descends de l'avion, et vous pouvez l'avoir." Ce n'était probablement pas la meilleure idée, puisqu'il faudrait les retrouver s'ils s'échappaient, mais elle était certaine que Malcolm préférerait qu'elle quitte l'avion plutôt que d'y monter avec eux. C'était aussi ce qu'elle voulait.

"Mais vous êtes déjà un génie, Dr Wells. Bien sûr, nous connaissons votre travail. Cela faisait partie de la présentation lorsque nous avons adhéré au projet secondaire de Caswell. Avec tout ce que vous avez accompli à un si jeune âge, imaginez ce que vous pourrez faire avec la puce d'intelligence artificielle qui boostera vos capacités cérébrales déjà prodigieuses."

Pendant la plus courte des secondes, elle a été tentée. Pas tentée de les aider à créer leur propre armée privée ou à soumettre des groupes entiers de personnes pour qu'elles deviennent des super-soldats et des métamorphes hybrides, mais elle était tentée par l'idée de ce qu'elle pourrait accomplir.

L'une de ces puces pourrait libérer tout son potentiel, et c'était une perspective enivrante pendant les cinq millisecondes où elle contempla l'idée avant de l'écarter. Libérer tout son potentiel intellectuel inexploité risquait d'éliminer son humanité, si l'on en croit ces deux-là. Bien sûr, elle doutait qu'ils aient été doués d'empathie avant de subir l'insertion de la puce et l'accélération de leur cerveau. Elle secoua la tête. "Je ne suis pas intéressée.

Anthony rit, et ce son glacial la transperce plus que n'aurait pu le faire le vent arctique le plus vicieux qui soufflait à l'extérieur de l'avion. "Cela n'a pas vraiment d'importance si vous êtes intéressée, docteur Wells. Vous pouvez vous considérer comme une invitée ou une prisonnière, mais vous venez avec nous, et nous sommes vos nouveaux employeurs."

"Vous ne l'emmenez nulle part."

Elle s'affaissa de soulagement lorsque la voix de Malcolm emplit la cabine.

Les cinq qui accompagnaient les frères Rochester se tournèrent immédiatement vers Malcolm, Wyatt et Devon. Elle sursauta en les voyant se déplacer avec une vitesse et une souplesse incroyables. Ils avaient manifestement été modifiés par les puces, même s'ils ne semblaient pas avoir d'ADN de métamorphe.

Les frères Rochester choisirent de s'approcher d'elle plutôt que de se joindre à la bagarre, et elle chercha une issue, mais il n'y en avait pas. Quand l'une de leurs mains se referma sur son bras, elle lutta de toutes ses forces pour se dégager, gémissant quand Anthony la frappa du revers de la main, et des étoiles se mirent à danser derrière ses yeux.

"Fais attention à son cerveau, mon frère", dit Collin d'une voix grinçante. "Tu ne veux pas risquer de l'endommager."

Elle cligna des yeux, attendant que la pièce cesse de tourner. Son regard se posa sur Malcolm, et il était évident qu'il se battait avec tout ce qu'il avait pour se frayer un chemin à travers les cinq - non, maintenant plus que Trois - super-soldats debout qui lui bloquaient la route.

Collin l'attrapa, l'attirant contre lui dans une parodie d'étreinte amoureuse. Son bras entourait sa taille, et son autre main s'accrochait à ses bras pour l'empêcher de le frapper.

Elle pouvait encore donner des coups de pied, et alors que Malcolm se rapprochait inexorablement d'elle, s'occupant d'un des autres êtres qui lui barraient la route, elle reçut un coup de pied chanceux. Sa botte de neige heurta le genou de Malcolm, et Collin poussa un juron en voyant son emprise vaciller. Elle eut un sourire de satisfaction en se dégageant. Son intelligence nouvellement améliorée et la présence de la puce d'intelligence artificielle ne pouvaient pas protéger ses zones vulnérables.

C'est avec cette idée en tête qu'elle s'est retournée alors qu'Anthony s'approchait d'elle, plantant cette fois le bout de sa botte solidement contre son entrejambe. Il poussa un cri d'agonie et se prit les testicules en tombant à genoux avant de s'affaisser sur le côté. Le temps que Malcolm la rejoigne et l'entoure de son bras, Anthony était complètement hors d'état de nuire, et Collin se traînait à peine jusqu'à une position debout en s'appuyant sur le mur pour se soutenir.

Elle se retourna pour sourire à son compagnon. "Je ne savais pas que je pouvais faire ça."

"Je ne l'ai pas fait non plus, mais j'en suis sacrément reconnaissante. Et je suis fier de toi." Il l'embrassa longuement avant de se tourner vers ses camarades. Ils s'étaient occupés des deux derniers et les traînaient maintenant hors de l'avion.

Il lui donna une tape sur les fesses. "Pourquoi ne pas vous écarter du chemin pour que nous puissions emmener ces deux-là dehors aussi ? Nous devons nous occuper d'eux."

Elle fit ce qu'on lui demandait, parce que c'était le bon sens. Elle avait eu de la chance en repoussant les deux frères, car ils ne s'attendaient pas à ce qu'elle se défende. Elle ne s'y attendait même pas, même si c'était l'instinct qui l'avait poussée à résister. Si Anthony était plus capable de bouger qu'elle ne le pensait, Malcolm, Wyatt ou Devon seraient en mesure de le maîtriser bien plus facilement qu'elle. Cela ne l'empêcha pas de les suivre hors de l'avion lorsqu'ils traînèrent les deux autres et les mirent à genoux dans la neige à côté de leurs super-soldats tombés au combat.

Elle regarde les corps autour d'elle. "Sont-ils tous morts ?"

"Tous sauf ces deux-là. Les autres ont continué à se battre et n'ont pas voulu s'arrêter. Ce ne sont pas des métamorphes, mais ils ont une intelligence artificielle. Ils ont une odeur différente des autres."

À la réponse de Devon, elle se rapproche d'Anthony, mais pas assez pour qu'il puisse l'attraper, ce qui lui donnerait de l'influence. "Qu'est-ce que tu leur as fait de différent des autres ?" Elle pourrait peut-être le défaire, mais pas pour ceux qui continuaient à se battre, bien sûr.

Il secoue la tête. "Nous ne leur avons rien fait d'autre que d'améliorer leur intelligence. Ce sont les plus loyaux d'entre nous, et Wendy était notre sœur." Il lança un regard à Wyatt, qui avait été le seul à éliminer Wendy. "Je vais prendre plaisir à te regarder souffrir et à te mettre en pièces à mains nues une fois que les autres t'auront maîtrisé."

"Quels autres ? demande Malcolm.

"J'ai supprimé le code que le Dr Wells avait écrit pour restaurer leur autonomie, puis j'ai envoyé un message pour qu'ils viennent à notre emplacement. Il sourit lorsque des bruits de pas se rapprochent. "Vous avez endommagé notre opération, mais vous ne l'avez certainement pas paralysée. Il y a au moins vingt soldats en état de marche qui répondent à nouveau à notre commandement." Il jeta un coup d'œil par-dessus son épaule et rit lorsque sa petite armée apparut. "Détruisez-les tous", lança-t-il dans un cri de triomphe.

Daphné courait déjà vers l'avion tandis que les Trois métamorphes se préparaient à affronter les super-soldats qui leur fonçaient dessus. Elle trébucha en montant les escaliers, mais s'agrippa à la rampe pour ne pas tomber. Elle atteignit rapidement son siège et effaça l'économiseur d'écran pour afficher le programme.

Elle a poussé un juron en voyant les changements et a immédiatement appelé Tianna. "Je t'envoie des données. J'ai besoin que tu m'aides à réécrire ça aussi vite que possible." Tianna et Aidan s'étaient révélés inestimables pour le codage de sa réécriture dans le but de reprogrammer les soldats, et elle ne pouvait certainement pas le faire seule. N'ayant aucune idée de l'emplacement d'Aidan, et espérant qu'il ne soit pas tombé avec les autres dans l'installation, elle et Tianna allaient devoir travailler rapidement, en essayant de résoudre le problème à elles deux.

"Je m'en occupe".

Ensemble, ils suivirent les étapes pour effectuer les changements nécessaires et restaurer le code que Collin avait reprogrammé. De temps en temps, elle jetait un coup d'œil par la fenêtre et grimaçait à chaque fois qu'elle voyait les combats en cours. Les métamorphes étaient meurtris et ensanglantés, ils s'étaient tous débarrassés de leurs vêtements et passaient de l'état animal à l'état humain selon les besoins. Chaque fois qu'ils étaient blessés, elle les voyait se transformer, mais elle savait qu'ils ne pourraient pas le faire indéfiniment. Cela demandait trop d'énergie de passer constamment d'un état à l'autre, et ils s'épuisaient clairement sous l'effet de la force.

"Je crois que je l'ai de mon côté. Je le transmets maintenant."

"Merci, Tianna. En attendant que le fichier soit téléchargé, elle jeta à nouveau un coup d'œil par la fenêtre, sentant cette fois une étincelle d'espoir lorsqu'elle vit que Lex et Aidan avaient rejoint le combat.

Alors qu'elle incorporait les dernières lignes de code dans le programme, la radio grésilla sur le siège à côté d'elle. Elle jeta un nouveau coup d'œil par la fenêtre et constata qu'aucun des métamorphes n'avait sa radio sur lui. Elle souleva la sienne et appuya sur le bouton. "Oui ?

"Daphne, c'est George. Il aurait probablement pu s'en tirer sans s'identifier, mais elle n'avait pas le temps de s'en amuser. "Je suis gravement blessé, et je ne reviendrai pas avec vous tous. Ne m'attendez pas. Dites à Tianna d'activer la lentille maintenant."

"Non, vous ne pouvez pas faire ça". Elle regarda à nouveau par la fenêtre après avoir jeté un coup d'œil à son programme, qui avait été téléchargé et diffusait maintenant. "Si je répare ce que Collin a fait, les super-soldats devraient cesser de se battre dans un instant et retourner à l'état de stupeur que Malcolm a décrit à la radio.

George laissa échapper une toux rude, qui avait un son liquide et râpeux. "Ce n'est pas grave pour moi, ma chérie. Je suis trop blessé pour me transformer, et je n'ai plus d'énergie pour le faire de toute façon. Essayer de me déplacer me tuerait, et je ne peux pas risquer de sortir avant d'avoir déclenché les explosifs qu'Aidan et Lex ont placés dans la salle des serveurs. J'ai la télécommande dans la main, et dès que mon doigt bougera, elle explosera. J'essaie d'attendre le plus longtemps possible pour donner à Loris une chance de sortir du bâtiment. Vous l'attendez, ou vous venez la chercher, mais ne me cherchez pas. Je suis déjà parti."

Elle connaissait à peine George, mais des larmes se pressaient au fond de ses yeux. "Il doit y avoir une autre solution, George. Ne fais pas ça."

Une autre toux rauque et humide lui échappe. "Pour te dire la vérité, chérie, ce sera une bénédiction. J'ai été malheureux sans Joanna, et peut-être que j'aurai la chance de la revoir. Je ne sais pas si je crois en tout cela, mais la seule possibilité de pouvoir enfin lui dire ce que je ressens suffit à atténuer la douleur de quitter ce monde. Je ne peux pas retenir le..." Il s'est interrompu et, un instant plus tard, il y a eu un boom dans la radio.

L'avion était suffisamment éloigné de l'installation pour qu'elle ne ressente aucune des réverbérations de l'explosion, bien que le sol ait commencé à trembler quelques instants plus tard. "Tianna ?

"Oui, j'ai entendu. La voix de Tianna était chargée de larmes, et bien qu'elle n'ait pas fait partie de l'équipe initiale de George, elle semblait tout aussi bouleversée par sa perte. "Le projet Lens fait son travail, et l'installation sera effacée de l'existence dans quelques minutes. Comment va l'équipe ?"

Elle regarda à nouveau par la fenêtre et poussa un soupir de soulagement. "Ils sont encore debout, et les soldats sont soit tombés, soit en train d'errer dans le vide." Elle se mordit la lèvre, contemplant le groupe devant elle. Il n'y avait pas de tiers à qui les remettre, et il n'y avait certainement pas d'aide gouvernementale ou de renfort disponible.

La dernière chose qu'ils voulaient faire était de raviver l'intérêt pour le projet Shift ou le projet Enhanced, ou pour la technologie qui avait été utilisée pour créer ces abominations. Une fois de plus, ils étaient livrés à eux-mêmes. "Tianna, peux-tu nous trouver un bateau ? Qu'il soit assez grand pour transporter au moins quarante ou cinquante personnes, car je ne sais pas combien ont survécu. Une estimation prudente serait la moitié, et nous devons les transporter."

Tianna hésite un instant avant de parler sur le téléphone satellite. "Vous êtes sûr de vous ? Qu'allez-vous faire d'eux ?"

"J'espère pouvoir les aider à guérir, mais on ne peut pas les laisser comme ça. C'est inhumain, et si quelqu'un de mal intentionné tombe sur eux, il pourrait être capable d'inverser le processus de ce qui leur a été fait. Nous allons demander à Malcolm de nous indiquer le refuge le plus proche qui puisse les accueillir, et nous ferons de notre mieux pour ces personnes."

"Je m'en occupe alors."

Après avoir raccroché avec Tianna, elle se leva du siège de l'avion et se dirigea vers l'allée, sortant de l'avion d'un pas plus prudent qu'elle ne l'avait fait quelques minutes auparavant.

Elle se rendit immédiatement auprès de Malcolm, qui portait sa parka et ses bottes de neige. Le reste de ses vêtements semblait avoir été détruit lors d'un changement précipité, mais il était encore chaud lorsqu'elle se blottit contre sa poitrine. "J'avais tellement peur pour toi.

Ses bras se resserrent autour d'elle. "J'avais peur pour toi aussi. Maintenant, nous devons trouver une solution pour nettoyer ce gâchis."

"J'ai déjà commencé à m'en occuper". Elle releva la tête, attendant sa réponse.

Ses yeux brillent d'approbation. "J'ai entendu dire que tu étais une fille intelligente, Daphné".

Elle le serra plus fort en appuyant son visage contre son torse avant de relever la tête. "Je suis assez intelligente pour savoir reconnaître une bonne chose quand je la trouve, et je ne vais pas la laisser partir.

Épilogue

APRÈS AVOIR ANALYSÉ les données recueillies par les Rochester, Daphné s'est rendu compte qu'ils n'avaient pas soumis leurs sujets de test à la modification de l'ADN des métamorphes pour leur dernière série de production, et la réponse à la question de savoir pourquoi se trouvait également dans les données. Les modifications apportées à la puce la plus récente ne fonctionnaient pas bien sur les métamorphes. Ils les avaient trouvés incontrôlables, et les soldats qui avaient été soumis à l'ingénierie génétique pour devenir des métamorphes avant de recevoir la puce d'intelligence artificielle s'étaient révélés intraitables et avaient un taux de retour à l'état sauvage bien plus élevé que ceux qui n'avaient pas reçu la modification pour les métamorphes.

Il était donc plus facile d'aider à restaurer la mémoire des personnes touchées et de les préparer à reprendre une vie normale. Il aurait été beaucoup plus difficile de cacher ou d'expliquer la présence d'une quarantaine de métamorphes hybrides que celle d'un nombre équivalent de personnes ayant soit des trous de mémoire, soit une intelligence soudainement prodigieuse.

La plupart d'entre eux ont été enlevés et forcés à participer au programme. Quelques-uns ont été amenés par la ruse à signer pour de l'argent, sans se rendre compte de ce à quoi ils s'engageaient. Tous étaient impatients de retrouver leur vie d'avant et semblaient désireux de mettre les expériences derrière eux. Au bout de deux semaines, la plupart d'entre eux se sont suffisamment adaptés pour reprendre une vie normale. Lorsque Loris avait exprimé des doutes quant à leur libération, ne sachant pas s'ils garderaient le silence sur ce qui leur était arrivé, Malcolm avait réagi de manière pragmatique.

"Nous ne pouvons pas les forcer à rester. Nous ne dirigeons certainement pas une prison, et je ne suis pas prêt à explorer la seule autre option qui leur permettrait de rester tranquilles. Et vous ?" Loris avait rapidement reculé devant le défi, et ils en avaient maintenant terminé avec cette étape. Tous les super-soldats avaient quitté la planque, où ils avaient été reprogrammés une nouvelle fois, cette fois pour être eux-mêmes, ou du moins autant qu'ils pouvaient l'être après ce qu'ils avaient vécu.

Il ne restait plus que les autres membres de l'équipe, mais pas pour longtemps. Daphné passa son bras autour de la taille de Malcolm, lui offrant un soutien silencieux alors qu'il se tenait devant Wyatt et Gillian. Ils quittaient Reykjavik en avion pour les États-Unis, où ils avaient l'intention de retourner dans leur ville natale de Shifter Springs avant la naissance de leurs bébés.

"Restez en contact", dit Malcolm, la voix chargée d'émotion.

Wyatt semble tout aussi ému lorsqu'il acquiesce avant de tendre la main à Malcolm. "Vous aussi, et merci pour tout. Il y a quelques mois, je ne pensais pas que cela serait possible."

"Je suppose que tu peux remercier ma paranoïa profondément inculquée ", dit Malcolm d'un ton léger, bien qu'il semble un peu forcé. Un instant plus tard, il dédaigna la main de Wyatt et l'étreignit à la place. "Je viendrai te rendre visite bientôt."

"Bien sûr que vous le ferez. Nous n'avons pas oublié ta promesse d'être leur parrain", dit Gillian en lui caressant le ventre, juste avant qu'un klaxon ne retentisse. Elle semblait presque regretter d'avoir serré Malcolm, puis Daphné dans ses bras. Ils étaient devenus très proches depuis le peu de temps qu'ils se connaissaient.

Les yeux de Daphné se sont remplis de larmes inattendues qu'elle a refoulées en serrant son amie dans ses bras, tout en faisant attention à son ventre naissant. "Je viendrai te voir bientôt aussi."

Il aurait dû être naturel qu'elle et Malcolm y aillent ensemble, mais il n'avait rien dit de plus sur l'avenir au cours des deux dernières semaines.

Elle craignait qu'il ait changé d'avis, mais elle n'avait pas eu le temps d'avoir une conversation approfondie avec tout ce qui se passait. Pour cette raison, elle était heureuse que Gillian et Wyatt soient les derniers à partir. Loris était partie deux jours auparavant, prévoyant de retourner à la réserve de Bullhead pour faire plus ample connaissance avec son fils, qu'elle avait donné en adoption à sa naissance, il y a treize ans. Devon et Lex étaient partis la veille avec leurs compagnons, avec l'intention de retourner dans leurs différentes maisons. Une fois tout le monde parti, elle aurait enfin l'occasion de parler à Malcolm.

Son souhait a été exaucé moins de cinq minutes plus tard. Les Stones sont partis avec une nouvelle série d'accolades et de saluts, et la promesse d'une prochaine visite. Une promesse qu'elle avait l'intention de tenir, car elle avait hâte de rencontrer les jumeaux.

Une fois qu'ils furent partis, le calme revint. La grande maison que Malcolm s'était procurée se trouvait à deux heures de la ville de Reykjavik, ce qui leur avait permis de s'isoler, mais elle était suffisamment proche pour leur permettre d'obtenir les fournitures dont ils avaient besoin et de ne pas avoir à garder les soldats trop longtemps sur le bateau lorsqu'ils avaient tous quitté l'île d'Hovgaard.

"Et maintenant, qu'est-ce qu'on fait ?

Il haussa les épaules. "J'allais vous le demander. Où en sommes-nous, Daphné ?"

Elle se rapproche de lui, saisit son tee-shirt et l'entraîne plus près. "Nous sommes accouplés et engagés, j'espère. Je croyais que c'était ce que nous avions décidé ?"

Il hésita une seconde avant d'acquiescer. "C'est ce qui me tient à cœur, mais je voulais m'assurer que les choses n'avaient pas changé pour toi, maintenant que le danger est passé. Tu peux reprendre ta vie d'avant."

"J'ai hâte de retourner au laboratoire, surtout avec toutes les nouvelles données que je dois apporter à mes recherches - en toute discrétion, bien sûr - mais je ne veux pas y retourner seule. Où voulez-vous vous installer ?"

"Je m'installerai n'importe où, et ce n'est certainement pas une installation. Je devrai retourner au Mexique quelques fois par an pour rendre visite à *El Jefe*, mais je n'ai pas d'attaches solides ailleurs. J'aimerais m'enraciner avec toi. Peut-être avoir quelques petits et essayer de créer notre propre bonheur. Que penses-tu de ce plan ?"

"Je pense que c'est un son *parfait*".

Il gémit à son jeu de mots avant de couvrir sa bouche avec la sienne. Leur baiser commun scellait la promesse qu'ils venaient de faire et posait une nouvelle pierre dans les fondations de leur avenir. Qu'ils aient un avenir, et qu'il soit riche de possibilités vertigineuses, la remplissait de joie, et elle ne pouvait imaginer que ce sentiment s'estomperait jamais au cours de la longue vie qu'elle avait l'intention de partager avec son compagnon.

Bio de l'auteur

AURELIA SKYE EST LE nom de plume que Kit Tunstall, auteur de best-sellers *USA Today,* utilise pour écrire des romans de science-fiction, des romans féminins paranormaux et des romans d'amour paranormaux (en particulier des romans de métamorphose). Il s'agit simplement d'une façon de séparer la myriade de types d'histoires qu'elle écrit afin que les lecteurs sachent à quoi s'attendre avec chaque "auteur".

Kit Tunstall vit dans l'Idaho avec son mari et ses deux fils. Elle aime écrire plusieurs genres et sous-genres, mais presque tout ce qu'elle écrit comporte un fort élément romantique. Fan de livres post-apocalyptiques, zombies et dystopiques, elle préfère lire ou regarder ces histoires dans le confort de son salon et jamais, au grand jamais, en personne.

Si vous avez aimé cette histoire et que vous souhaitez recevoir des notifications sur les nouvelles parutions ou accéder à des chapitres bonus de vos livres préférés, veuillez vous inscrire sur ma liste de diffusion[1]**. Vous recevrez également des livres gratuits pour votre inscription. Si vous préférez recevoir des notifications pour un ou plusieurs des noms de plume de Kit, vous aurez la possibilité de sélectionner les listes auxquelles vous souhaitez vous abonner lors de votre inscription.**

1. http://kittunstall.com/newsletter/

Did you love *Compilation Guerriers Blessés*? Then you should read *Wahre Richtung* by Aurelia Skye!

Un destin surnaturel, six gardiens, un choix impossible.

Tout ce que North Campbell croit de sa vie est un mensonge. Elle ne le découvre que le soir où son père meurt et apprend qu'il n'était pas son père. Il l'a enlevée, alors qu'elle était bébé, à ses parents biologiques, Jim et Carol Allis. Ils semblent ravis de la retrouver, mais elle apprend rapidement qu'ils ont des plans infâmes pour elle, ainsi que leur puissant allié dragon-shifter Pytor Douglas.

Elle tombe directement dans les bras d'un autre groupe mystérieux, qui lui apprend qu'elle est une Trueblood, issue de toutes les races mythiques et capable d'un grand pouvoir. Elle est en danger, mais le Conseil lui assigne six gardes du corps, et l'Oracle a vu que son futur mari se trouve parmi les six.

North est entraînée de royaume en royaume pour apprendre à utiliser ses pouvoirs. Cette tâche semble impossible, presque aussi impossible que de choisir un seul homme parmi les six mythes chargés de sa protection. Comment choisir entre un vampire, un ange, un démon, une sorcière, un elfe noir et un loup métamorphe, alors que chacun de ces hommes est parfait pour elle à différents égards ? Osera-t-elle tout risquer et les choisir tous ? Aura-t-elle une chance de prendre sa décision, ou le groupe de Pytor l'aura-t-il en premier ?

Also by Aurelia Skye

Alien Baby Pact
Baby For The Brundle Commander
Baby For The Grimlock General
Baby For The Palantir Chief
Baby For The Alphan Captain

Celestial Mates
Wrong Place, Right Mate
Destined For The Drakari Warlords

Cybernetic Hearts
Mated To The Cyborg General
Claimed By The Cyborg Commander
Fated For The Cyborg Officer
Meant For The Cyborg Captain
Baby For The Cyborg General
Cybernetic Hearts: Complete Series

Dazon Agenda

Written In The Stars

Alien's Babies

Diplomatic Affairs

Moon Madness

Across The Stars

Emperor's Assassin Bride

Dazon Agenda: Complete Collection

Future Fairytales

Hooked

Guerriers Blessés

Chassé

Inlassable

Marqué

Justice

Compilation Guerriers Blessés

Harrow Bay

Hell Gates & Hot Flashes

Nightmares & Night Sweats

Warlocks & Wrinkles

Love Spells & Liver Spots

Phantasms & Presbyopia

Vampires & Varicose Veins

Mermaids & Mood Swings
Séances & Sagging Skin
Necromancy & Knee Pains
Marids & Memory Loss
Devil Deals & Dizzy Spells
Happy Endings & New Beginnings
Harrow Bay, Volume 1
Hellhounds & Mistletoe
Harrow Bay, Volume 2
Harrow Bay, Volume 3

Harrow Bucht Serie
Höllentore & Hitzewallungen
Alpträume Und Nachtschweiß
Hexenmeister & Falten
Liebeszauber Und Leberflecken
Phantasmen Und Alterssichtigkeit
Vampire und Krampfadern
Meerjungfrauen Und Stimmungsschwankungen
Séancen Und Schlaffe Haut
Nekromantie Und Knieschmerzen
Marids und Gedächtnisverlust
Teufelsgeschäfte Und Schwindelzauber

Hell Virus
Catching Hell
Surviving Hell
Bleeding Hell
Raising Hell
Sharing Hell

Howls Romance

The Jaguar Alpha's Forbidden Lover

Northstar Shifters

Northstar Heir's Scarred Mate

Olympus Station

Station Commander's Surrogate

Alien Prince's Secret Baby

Security Agent's Alien Bartender

Olympus Station Compilation

SpicyShorts

Music In My Heart

Kilted Tentacle Monster: A Search for True Love

Sweet Escapes

Hook & Wendy

Three Crones Inn

Vastly Inn-proved

Ghastly Intentions

Ghostly Inn-heritance

Three Crones Inn Compilation

True North

True North #1: Death & Deception

True North #2: Rescued & Revelations

True North #3: Fire & Ice

True North #4: Enemies & Lovers

True North #5: Truth & Tiranog

True North #6: Fight & Flight

True North #7: Love & Loss

Wounded Warriors

Relentless

Marked

Justice

Wounded Warriors Collection

Hunted

Standalone

Reluctant Companion

Princess By Mistake

Fire Lord's Assistant

True North

Dragon Laird's Witch

Alien General's Rebel Consort

Tempted By Demons

Enemy Combatant

Grotesquerie

Mistaken Bounty

Wahre Richtung

Power Surges & Amorous Urges

Ingram Content Group UK Ltd.
Milton Keynes UK
UKHW010806190623
423681UK00015B/618

9 798223 757573